BORN TO RUN

HEYNE <

Ein Verzeichnis aller im
Wilhelm Heyne Verlag erschienenen
Shadowrun-Bände finden Sie
am Schluss des Bandes.

STEPHEN KENSON

GEFALLENE ENGEL

Drei SHADOWRUN-Romane
in einem Band

Überarbeitete Neuausgabe

WILHELM HEYNE VERLAG
MÜNCHEN

Titel der amerikanischen Originalausgaben
BORN TO RUN
POISON AGENDA
FALLEN ANGELS
Deutsche Übersetzung von Christian Jentzsch

FSC
Mix
Produktgruppe aus vorbildlich bewirtschafteten Wäldern und anderen kontrollierten Herkünften
Zert.-Nr. SGS-COC-1940
www.fsc.org
© 1996 Forest Stewardship Council

Verlagsgruppe Random House FSC-DEU-0100
Das für dieses Buch verwendete
FSC-zertifizierte Papier *Holmen Book Cream*
liefert Holmen Paper, Hallstavik, Schweden.

2. Auflage
Überarbeitete Neuausgabe 9/08
Redaktion: Catherine Beck

www.heyne.de
Printed in Germany 2008
Umschlagbild: Klaus Scherwinski
Umschlaggestaltung: Nele Schütz Design, München
Satz: C. Schaber Datentechnik, Wels
Druck und Bindung: GGP Media GmbH, Pößneck

ISBN: 978-3-453-52433-0

Kapitel 1

Als Kellan Colt am *Underworld* ankam, fing es an zu regnen. Nicht sonderlich stark, nur ein Nieseln aus bleiernen Wolken, das vom Neonglanz des Metroplex angestrahlt wurde und als Lichttröpfchen auf die schmierigen Fenster des Grid-Cab klatschte.

»Danke, dass Sie mit Grid-Cab gefahren sind, Miss Webley«, zirpte der Bordcomputer fröhlich, als Kellan ihren Kredstab aus dem Schlitz zog – um ein paar Nuyen leichter, als ihr lieb war. Die Taxitür öffnete sich mit einem Zischen automatisch, und sie stieg aus. Jemand anders wartete bereits darauf, einsteigen zu können, während das Taxi flötete: »Danke, dass Sie mit Grid-Cab fahren. Bitte schieben Sie Ihren Kredstab ein und geben Sie Ihren Bestimmungsort ein …«

Kellan schaute zur Chromglanz-Markise hoch, die sich an den Mauern hochzog und auf der der Name *Underworld 93* prangte. Das Gebäude war ein umgebautes Lagerhaus: groß, klotzig und aus grauem Plastikbeton, mit Rissen und Löchern übersät und großzügig mit Graffiti besprüht, was seinen Ruf als feste Einrichtung der Seattler Nachtclub-Szene nur untermauerte. Die Schlange derer, die in den Laden wollten, reichte bereits einen Block weit. Sie bestand größtenteils aus eifrigen jungen Konzern-Babes in neuster Straßenkluft für eine Nacht in den Slums, verführerisch nah bei den Puyallup Barrens, ihrer Vorstellung vom Leben am Rande des Abgrunds. Dazwischen hatten sich Ortsansässige gemischt, deren Kleidung nicht ganz so perfekt aufeinander abgestimmt und deren Look nicht ganz so aufgesetzt war. Kellan sah eine ganze

Reihe Metamenschen: ein paar Zwerge, wenige Elfen, die aussahen, als kämen sie gerade vom Laufsteg einer Modenschau, sogar einige Orks und ein Troll in Leder und zerrissenen Kunstdenim-Jeans.

Sie ließ sie alle links liegen, schob die Hände in die Taschen ihrer Lederjacke und schlenderte direkt zum Kopf der Schlange, als gehöre sie zum Laden, die Augen starr geradeaus gerichtet und das Kinn hochgereckt.

Eine massige Hand hielt sie am Arm fest und riss sie beinahe herum. »Hey, was bildest du dir ein, Kleine?« Die tiefe Stimme übertönte den Lärm der Menge und den stampfenden Beat der Musik im Club.

Kellan schaute hoch und in eins der hässlichsten Gesichter, das sie je gesehen hatte. Er war ein Ork, um fast zwei Köpfe größer als Kellan, tatsächlich auch größer als die meisten Menschen. Sein Gesicht schien einer Gruselgeschichte für Kinder entsprungen zu sein: breite Nase und Kiefer, schräg abfallende Stirn und weiße Hauer, die über die Oberlippe ragten. Seine Haut war dunkel und mit Muttermalen und Warzen übersät, und die braunen Haare hingen in schweren Dreadlocks herab und waren mit glänzenden Metallstücken geschmückt. Andererseits war sein Outfit scharf genug, um sich damit zu rasieren. Er trug ein weißes Hemd, das Mühe hatte, die dicken Muskeln seiner Arme, Schultern und Brust zu umschließen, und darüber eine eng sitzende Weste. Seine Hose war maßgeschneidert (das musste sie sein, um ihm überhaupt einigermaßen zu passen), und die Stiefel waren ein wenig abgestoßen, aber Designerware. Das Outfit war nicht brandneu, zeigte aber, dass der Ork (oder sein Arbeitgeber) Geschmack und durchaus ein paar Kreds in der Tasche hatte.

Kellan schüttelte seine Hand ab, richtete sich zu voller Größe auf, wodurch sich ihr Gesicht immer noch auf Höhe seiner Brust befand, und starrte ihn ihrerseits an. »Ich gehe rein«, sagte sie.

»Wie alt bist du, Kind?«, fragte der Rausschmeißer.

Kellan hörte Gejohle und ein paar Buhrufe aus der Schlange,

ignorierte sie aber und wandte den Blick nicht von dem Ork ab. »Einundzwanzig«, erwiderte sie glatt.

»Lass mal 'nen Ausweis sehen.«

Kellan zückte ihren Kredstab, und der Kerl schob ihn in ein tragbares Lesegerät an seinem Gürtel. Bevor sie ihm den Stab reichte, stellte Kellan ihn so ein, dass sich der Ork ein paar Nuyen abbuchen konnte, wenn er wollte.

»Ich bin geschäftlich hier«, sagte sie gerade so laut, dass er es hören konnte.

Seine Augen huschten ohne jede Gefühlsregung von der Anzeige auf dem Bildschirm des Lesegeräts zu ihrem Gesicht und wieder zurück, dann tippte er ein paarmal auf den Schirm. »Ach ja? Was denn für Geschäfte?«, fragte er beiläufig, ohne aufzuschauen.

Ihr erster Impuls war, ›Das geht dich nichts an‹ zu sagen, aber das verkniff sie sich. Es wäre unklug, den massigen Ork zu verärgern. Und eigentlich konnte es auch nichts bringen, ihn anzulügen. »Ich suche jemanden«, sagte sie. »Einen Chummer namens G-Dogg.« *Das* ließ ihn aufmerken.

»Warum?«, fragte er mit einem Lächeln. »Schuldet er dir Geld oder irgendwas?«

»Wie ich schon sagte, es ist geschäftlich. Ist er da?«

Der Ork zuckte die Achseln. »Ich hab ihn nicht gesehen, aber G-Dogg geht in 'ner Menge Clubs ein und aus.« Er zog den Kredstab aus dem Lesegerät und gab ihn ihr zurück. »Wenn ich ihn sehe, richte ich ihm aus, dass du ihn suchst. Amüsier dich gut.« Er winkte sie zur Clubtür durch.

»Danke«, sagte Kellan.

Der Ork wandte sich wieder der Schlange zu, wo eine ganze Reihe Möchtegerns anfingen zu maulen und zu protestieren.

»Also gut, der Nächste!«, sagte er. »Lass mal 'nen Ausweis sehen.«

Kellan ging durch die Tür und betrat das *Underworld*.

Als Erstes traf sie der Sound; eine Mauer aus Lärm, die aus den riesigen Lautsprechern neben der breiten Bühne dröhnte.

Die Musik wurde von blitzendem Laserlicht begleitet, und über die vom Boden bis zur Decke reichenden Bildschirme an der hinteren Wand flackerte eine Collage aus Videoclips.

Hinter der Lobby wand sich eine breite Treppe um die volle Tanzfläche zum Rand der niedrigen Bühne. Eine Band produzierte Klänge, welche die Dachbalken erbeben ließen, und die Menge reagierte mit begeistertem Gehüpfe. Der elfische Frontmann der Band warf eine Flasche mit irgendwas in die Menge, während die Sasquatch, welche die zweite Stimme sang, einen wummernden Bassrhythmus mit dem Soundsystem erzeugte.

Kellan blieb im Eingang stehen und stieß einen Seufzer aus, als Licht und Lärm sie einhüllten. Sie hatte es geschafft. Natürlich hatten sie ihre Einstellung und ein anständig gefälschter Ausweis sowie einige gut untergebrachte Trinkgeldern in Kansas City in mehr als nur ein paar Clubs gebracht, aber dies war *Seattle*. Die große Nummer. Der Seattler Metroplex war ein Ereignis, ein kleines Stück der Vereinigten Kanadischen und Amerikanischen Staaten inmitten der potenziell feindlichen Native American Nations, und grenzte außerdem noch an den Elfenstaat Tir Tairngire und den Freistaat Kalifornien. Er war das Tor zum Pazifischen Rand, wo die Schatten tief und dunkel waren, und hier gab es Möglichkeiten, ganz groß abzusahnen, nicht nur Kleinkram wie in Kansas City.

»Seattle«, hauchte Kellan, während sie sich im Club umsah und einfach alles in sich aufnahm. Der Laden war gerammelt voll, alle Leute trugen die neuste Clubwear, und die meisten drehten und wanden sich zur Musik.

Kellan registrierte den Kontrast zwischen den Clubgästen und ihrem eigenen Outfit. Sie trug eine verschlissene Lederjacke über einem weißen T-Shirt, das schon eine ganze Weile nicht mehr gewaschen worden war und in einer alten Jeans steckte, die ihr etwas zu groß war und an der Hüfte von einem ausrangierten Gürtel gehalten wurde, dazu schwere Arbeitsstiefel. Sie war nicht halb so trendy gekleidet wie die

Konzern-Kids, die draußen in der Schlange warteten, aber was ihr an Stil fehlte, machte sie mit ihrer Einstellung wett. Schließlich war sie drin, und die Kids warteten noch.

Unbewusst tastete eine Hand zu dem Torques, den sie um den Hals trug. Er war bei weitem das extravaganteste Element von Kellans Outfit. Sie hatte sich immer noch nicht richtig an sein Gewicht gewöhnt, aber er schmiegte sich um ihren Hals, als gehöre er dorthin. Seit sie ihn zum ersten Mal gesehen hatte, wusste sie, dass er für sie bestimmt war. Sie wünschte nur, sie hätte mehr über ihn gewusst. Das gehörte hoffentlich zu den Dingen, die sie noch herausfinden würde.

Das Paket war eines Tages einfach bei ihrer Tante aufgetaucht. Ein Glück, dass Kellan an jenem Tag tatsächlich zu Hause gewesen war, sonst hätte ihre Tante das Paket mit Sicherheit genommen und den Inhalt versetzt, ohne ihr etwas davon zu sagen. Mit dem Geld hätte sie sich irgendeinen billigen Fusel gekauft, als Ausgleich für das viele Geld, das sie im Lauf der Jahre für Kellan ausgegeben hatte, worüber sie sich andauernd beklagte. Dass Kellan, seit ihre Mutter sie bei ihrer Tante gelassen hatte, nur eine Last für sie sei.

Auf dem Paket war kein Absender angegeben, aber der Poststempel hatte ihr verraten, dass es in Seattle aufgegeben worden war. Darin hatte Kellan den Halsring und noch ein paar andere Dinge gefunden: einen Betäubungsschlagstock, eine eng gefaltete Panzerweste, ein paar Granaten, eine Survival-Ausrüstung, ein Amulett mit Drachenmuster, einen beglaubigten Kredstab mit ein paar tausend Nuyen darauf und einen ausgedruckten Begleitzettel: ›Diese Sachen haben deiner Mutter gehört. Dachte, du hättest sie gerne.‹

Der Zettel war nicht unterschrieben, und es gab keinen Hinweis darauf, wer die Sachen geschickt haben mochte, aber Kellan war schlau genug, die Gelegenheit beim Schopf zu packen. Sie nahm die Sachen und machte, dass sie aus der Bude ihrer Tante kam. Sie hatte es satt, ständig daran erinnert zu werden, dass sie nur eine Last war, obwohl sie dabei half, die meisten Rechnungen zu bezahlen. Sie war die Kellner-

Jobs leid, wo privilegierte Konzern-Kids sie verspotteten oder, noch schlimmer, sie wie Luft behandelten, unter der Würde ihrer Kenntnisnahme. Sie schwor sich, nicht so zu enden wie ihre Tante und in irgendeinem Idiotenjob zu arbeiten, sich den Hintern aufzureißen, um die Rechnungen zu bezahlen, und die wenigen überschüssigen Nuyen dafür auszugeben, sich zu betrinken, damit sie nicht darüber nachdenken musste, wie sie ihr Leben vergeudete.

Kellan würde etwas aus sich machen. Was gleichbedeutend mit Geldverdienen war, und für eine Jugendliche mit unterdurchschnittlicher Schulausbildung ohne Berufsaussichten blieben ihr nur zwei Möglichkeiten: Sie konnte sich auf der Straße verkaufen oder in den Schatten arbeiten. Mit den Sachen in dem Paket hatte Kellan genügend Mittel, um einen Anfang als Shadowrunner zu machen, und sie wollte ihre Chance nutzen.

Sie hatte ein paar Jobs in Kansas City durchgezogen, genug, um ihre Nuyen zu vermehren und ein paar Connections aufzutun, sodass sie nach Seattle gehen konnte, woher das Paket gekommen war und wo die richtige Action abging. Und jetzt war sie hier.

Gedankenverloren wäre Kellan beinahe mit dem Burschen zusammengestoßen, der am Geländer über der Tanzfläche stand. Sie drehte sich um, darauf vorbereitet, sich zu entschuldigen oder zu verteidigen, aber das war unnötig. Sie sah seinen leeren Blick und das dünne Kabel, das sich aus der Chrombuchse hinter seinem Ohr zu dem kleinen Kasten wand, den er am Gürtel trug. Er war ein Chippie und lebte in der virtuellen Welt aufgezeichneter SimSinn-Informationen, die direkt in sein Hirn überspielt wurden. Er schwankte und schlurfte in einem langsamen Tanz, der nichts mit der Musik zu tun hatte, und ging ganz in seiner digitalen Phantasie auf. Kellan schob die Hände wieder in die Taschen und beschloss, auf ihre Umgebung zu achten. Genug über die Vergangenheit nachgedacht, Kansas City lag hinter ihr. Sie war jetzt in Seattle, und es war an der Zeit, ins Geschäft einzusteigen.

Abseits der Tanzfläche standen ein paar voll besetzte, winzige Tische und Stühle, die von Zwergen mit Sinn für Humor gefertigt worden sein mussten. Die Clubgäste quetschten sich dort, und Kellan bahnte sich vorsichtig einen Weg hindurch zur Bar, die sich die Seitenwand entlangzog. In einer Ecke, unweit des einen Endes der Bar, sah sie eine seltsame Figur.

Es war eine Statue, zehn Meter hoch und aus verchromtem Metall, die mit ihrem kahlen, kugelförmigen Kopf, einem dicken Bauch, einem langen, gegürteten Gewand und Sandalen an den nackten Füßen vage wie eine Art Buddha aussah. Um die Arme und Beine der Statue waren Neolux-Schläuche gewickelt, und aus einem Lautsprecher im Bauch dröhnte die Musik von der Bühne. Der Ausdruck auf dem Gesicht der Statue war jedoch nicht von heiterer Gelassenheit, wie Kellan ihn mit Buddha-Statuen assoziierte. Er war verschlagen und streng zugleich, als sei der Knabe in irgendeinen geheimen Scherz eingeweiht. Rauchwolken quollen aus den Füßen der Statue und fingen das Laserlicht aus dem oberen Gerüst. Leuchtende Worte flackerten über die verchromte Oberfläche, wo sie nur für einen Moment zu sehen waren. Sie huschten über das glänzende Metall und verschwanden dann wieder. Sie verkündeten ›Hinterfragt Autorität‹, ›93‹ und ›Liebe ist das Gesetz‹.

»Glotz da nicht zu lange hin«, übertönte eine Stimme den Lärm. »Es ist schon vorgekommen, dass die Bestie glotzende Neulinge hypnotisiert.«

Kellan drehte sich zur Bar um und sah, dass sie direkt daneben stand. Vom Anblick der Statue verzaubert, war sie dorthin geschlendert. Ein Elf stand hinter der Theke, ein wenig in ihre Richtung geneigt, die Hände auf dem Tresen und in einer einen Lappen, mit dem er ihn abwischte. Wie jeder Elf, den Kellan je gesehen hatte, sah er wie ein Sim-Star aus: groß und hübsch mit schulterlangen schwarzen Haaren, durch welche die Spitzen seiner Ohren ragten. Er schenkte ihr ein betörendes Lächeln und tippte vor sich auf die Bar.

»Was darf's denn sein?«, fragte er mit einem Nicken.

Kellan schob ihren Kredstab in das Lesegerät an der Bar und tippte auf die Anzeige.

»Wie wär's mit 'nem Bier und noch was extra?«, fragte sie.

Der Elf lächelte weiter und hob eine zierliche Augenbraue. »Geht klar. Das Bier kostet fünf Nuyen, aber das Extra kostet fünfzig.«

Kellan tippte auf den Schirm. »Gemacht. Kennst du einen Chummer namens G-Dogg?«

Die Augenbraue hob sich erneut. »Ja, kenne ich. Warum suchst du nach ihm?«

»Geschäftlich«, erwiderte Kellan kurz angebunden. »Ist er hier?«

Er zuckte vielsagend die Achseln. »Weiß ich nicht. Heute habe ich ihn noch nicht hier gesehen, aber G-Dogg ist ziemlich beschäftigt, weißt du? Er lässt sich in vielen Clubs blicken, im *Penumbra*, in *Dante's Inferno* und so. Vielleicht taucht er später noch auf, vielleicht aber auch nicht.«

Kellan unterdrückte einen Seufzer. »Okay. Kannst du ihm sagen, dass ich ihn suche?«. Sie drückte noch auf ein paar Tasten auf dem Schirm und übertrug ihre Kontaktinformationen auf den Computer der Bar. »Das ist meine Nummer.«

»Geht klar«, sagte der Thekenmann wieder. Er stellte eine geöffnete Flasche auf die Bar, legte einen Chip in den Schacht des Computers und bediente die Bildschirmtasten mit geübter Leichtigkeit.

Kellan zog ihren Kredstab heraus, und der Elf entnahm den Datenchip und schob ihn in seine Tasche, während Kellan die Bierflasche nahm.

»Solltest du sonst noch was brauchen«, sagte er, »schrei einfach.«

»Danke«, sagte Kellan mürrisch und trank einen Schluck. Das Bier war nicht schlecht, aber Kellan war nicht in Stimmung, etwas zu trinken, und wollte sich mit Sicherheit nicht *be*trinken. Sie war geschäftlich hier, aber wie sollte sie irgendwas auf die Reihe kriegen, wenn sie nicht mal eine anständige Connection auftun konnte? Sie hatte gehört, G-Dogg sei der Mann, mit dem ein in der Seattler Szene neuer Runner reden müsse; dass er Bescheid wisse, viele Leute kenne und einen ins Geschäft bringen könne. Kellans Hand schloss sich um den Kredstab in ihrer Tasche. Das Geld wurde langsam knapp. Sie musste Arbeit finden, und zwar bald, sonst würde sie wieder auf der Straße landen. Sie hatte nicht einmal mehr genug Geld für eine Rückkehr nach Kansas City – nicht, dass sie vorhatte, je dorthin zurückzukehren. Nein, sie würde es in Seattle schaffen, komme, was da wolle, aber dafür musste sie die richtigen Leute kennenlernen.

In diesem Augenblick tauchte ein Troll aus der Menge rund um die Tische auf und steuerte auf Kellan zu wie eine wärmesuchende Rakete.

Er war noch größer und hässlicher als der Rausschmeißer vor dem Laden. Sein Kopf war flach und kantig, fast wie ein Football geformt, und wies auf beiden Seiten ein nach unten gekrümmtes Horn auf. Ein Hauer war abgebrochen und mit Chrom überzogen. Sein Kuppelkopf war bis auf ein paar dunkle Stoppeln rasiert, und in den großen spitzen Ohren steckten unzählige Metallringe, wie auch in seinen buschigen Augenbrauen und in der breiten, platten Nase, durch die ein Ring gezogen war wie bei einem Bullen. Er trug eine schwere Lederjacke, von deren Schultern Ketten baumelten.

»Hey, Baby, dich hab ich hier noch nie gesehen«, sagte er mit tiefer, knirschender Stimme. Er war fast drei Meter groß. Kellans Gesicht befand sich auf gleicher Höhe mit seinem Bauch, der ein wenig rundlich war und sich ein Stück über einen dicken schwarzen Ledergürtel wölbte. Trotz der Entfernung zwischen ihnen war sein Mundgeruch stark genug, um eine Mauer umzuwerfen. Er stank wie eine Brauerei und schwankte ein wenig, als hätte er gerade eine ausgetrunken.

»Und das wirst du auch nie wieder«, sagte Kellan, indem sie sich von der Bar löste und ihr praktisch kaum angerührtes Bier dort stehen ließ. Ein massiger, in Leder gehüllter Arm versperrte ihr den Weg.

»Wo willst du hin?«, fragte der Troll. »Du hast mir noch

nicht mal deinen Namen verraten. Ich bin Pferd.« Er lächelte, wobei er abgebrochene gelbe Zähne zeigte, wackelte mit dem Kopf in einem übertriebenen Nicken und zwinkerte ihr zu. »Stimmt genau, Schätzchen, es bedeutet genau das, was du gerade denkst.«

»Ach ja?«, fragte Kellan. »Tja, dann solltest du dir vielleicht 'nen netten Zentaur suchen oder irgendwas.«

»Hä?«, grunzte der Troll, indem er sie wieder betatschte. »Sei doch nicht so, Baby. Ich will doch bloß ... ups!« Er blieb wie angewurzelt stehen, als Kellan ihren Betäubungsschlagstock zwischen seine Beine schnacken ließ.

»Ist *der* groß genug für dich, *Baby?*«, fragte sie. »Weil ich nämlich wette, dass das mehr ist, als du hast. Und wenn du jetzt nicht deine Schmierfinger wegnimmst, Dreklappen, werden sie deinen Namen von Pferd in Wallach ändern.«

»Du verfluchtes Norm-Drekstück ...«, murmelte der Troll, indem er eine Hand zur Faust ballte.

Kellan drückte auf den Auslöser. Es knisterte, und der Troll stieß ein unglaublich schrilles Jaulen aus, das in der stampfenden Musik unterging, dann fiel er um wie ein gefällter Baum und krachte zu Boden. Dort blieb er zuckend liegen, während Kellan ein paar Schritte zurückwich. Ein paar Leute aus der Menge schauten zu ihnen herüber. Kellan wandte sich ab und ging zum Eingang des Clubs. Die wenigen Leute, die ihre Auseinandersetzung mitbekommen hatten, gingen ihr aus dem Weg. Ein paar applaudierten sogar oder johlten beifällig über Kellans Handhabung der Situation. Die meisten Clubgäste nahmen den Krach und den massigen Troll, der sich ächzend auf dem Boden herumwälzte, allerdings gar nicht zur Kenntnis.

Der orkische Rausschmeißer an der Tür bemerkte Kellan beim Hinausgehen. »Hey«, sagte er. »Glück gehabt?«

»Eigentlich nicht«, erwiderte sie, während sie die Hände in die Taschen schob. Das Nieseln war in stetigen Regen übergegangen, der auf die Straße prasselte und die Laune vieler Möchtegern-Clubbesucher dämpfte. Kellan marschierte an der Schlange vorbei und holte ihr Handy aus der Tasche, um sich ein Grid-Cab zu rufen. Vielleicht sollte sie noch einen anderen Laden besuchen, überlegte sie, obwohl sie eigentlich nur Schluss machen und sich an einen warmen, trockenen Ort verziehen wollte, um sich auszuschlafen.

Dann hörte sie Tumult hinter sich, und als sie sich umdrehte, sah sie Pferd und zwei andere Trolle nach draußen kommen, die sich hektisch auf der dunklen Straße umschauten. Pferd sah Kellan, packte seinen Kumpel am Arm und zeigte auf sie.

»Ach, Drek«, sagte Kellan. Dann drehte sie sich um und rannte, während sich die drei Trolle an die Verfolgung machten.

Sie lief so schnell sie konnte, wobei sie immer wieder Leuten auf der Straße ausweichen musste, aber die drei Metamenschen hinter ihr waren trotz ihrer Massigkeit schnell auf den Beinen und kannten die Gegend ganz eindeutig besser als sie. Sie bog in eine Gasse, in der Hoffnung, aus ihrem Blickfeld verschwinden und sie abhängen zu können, musste aber erkennen, dass das Ende der Gasse durch einen schweren Kettenzaun versperrt wurde. Sie sprang aus vollem Lauf am Zaun hoch und begann zu klettern, aber er war nass vom Regen, und ihre Stiefel eigneten sich nicht zum Kraxeln. Auf halbem Weg rutschte sie ab, und dann krallte sich eine schwere Hand in den Rücken ihrer Jacke und zog sie nach unten.

Kellan schlüpfte aus der Jacke und sprang auf den Boden, sodass dem massigen Troll nur noch eine Handvoll Kunstleder blieb. Pferd prallte gegen sie und nagelte sie mit dem Rücken an das kalte, nasse Metallgeflecht des Zauns. Sein stinkender Atem wehte ihr ins Gesicht, und seine Körpermasse presste sich gegen sie. Kellans Betäubungsschlagstock befand sich in ihrer Jackentasche, also außer Reichweite, ebenso wie alles andere, das sie als Waffe hätte einsetzen können.

Der Troll grinste bösartig, packte mit einer gewaltigen Pranke Kellans Kinn und drehte ihren Kopf so, dass ihre Gesichter nur Zentimeter voneinander entfernt waren. Regen tropfte von seinen buschigen Brauen und seinem Gesicht, als er sich mit der Zunge über einen seiner Hauer fuhr.

»Wenn wir mit dir fertig sind, wirst du nicht mehr so hübsch sein, Baby«, schnurrte er, »aber wenn du dich einfach entspannst, gefällt's dir vielleicht sogar.«

Kapitel 2

»Jetzt werden wir zwei ein bisschen Spaß miteinander haben«, grollte der Troll.

»Hey!«, brüllte eine vertraute Stimme vom Ende der Gasse, »verpisst euch!«

Die Trolle drehten sich um und rückten dabei auseinander, sodass sie den Blick auf den orkischen Rausschmeißer des Nachtclubs freigaben, der durch die Gasse auf sie zumarschierte und dabei mit den Fingerknöcheln knackte. Andere Waffen schien er nicht zu besitzen.

»Ich sagte: ›Verpisst euch‹«, wiederholte er.

»Leck mich!«, konterte Pferd über die Schulter. Seine beiden Chummer standen zwischen ihm und Kellan sowie dem Rausschmeißer.

»Dann lasst kommen«, sagte der Ork, und die beiden Trolle stürzten sich auf ihn.

Der Troll mit den schweren schwarzen Dreadlocks erreichte ihn als Erster und versuchte es mit einem Schwinger seiner rechten Faust, die so groß war wie Kellans Kopf. Aber der Ork duckte sich so schnell, dass seine Bewegungen verschwammen, wirbelte herum und traf ihn mit beiden Fäusten tief im Rücken, sodass der größere Metamensch vor Schmerzen fluchend nach vorn in einen Müllhaufen und auf ein Knie fiel.

Der andere Troll, über dessen pockennarbiges Gesicht sich eine dicke Narbe zog, versuchte es ebenfalls mit einem Schwinger. Der Ork wehrte den Schlag ab und traf den Troll seinerseits mit einem Tritt in den Magen. Während sich der

Troll vor Schmerzen krümmte, riss der Ork ein Knie hoch und knallte es ihm ins Gesicht. Es knirschte laut, und Blut spritzte aus der gebrochenen Nase des Trolls, während er rückwärts taumelte.

Dann kam der erste Troll wieder auf die Beine und packte den Rausschmeißer von hinten. Er legte ihm seine mächtigen Arme um den Leib und hob den Ork einfach hoch. Die gewaltigen Schultern und Bizeps des Trolls spannten sich, als er zudrückte und der Ork sich in seinem Griff wehrte.

Der vernarbte Troll wischte sich das Blut aus dem Gesicht und schüttelte den Kopf, dann griff er in seine Lederjacke. Ein lautes Klicken ertönte, als er ein schweres Messer aufschnappen ließ und damit auf den festgenagelten Rausschmeißer losging.

Fest im Griff des Trolls, trat der Ork ihm gegen das Knie, was den Troll vor Schmerzen aufheulen ließ und dazu veranlasste, ihn gerade in dem Augenblick loszulassen, als sein Kumpel herangestürmt kam. Der Ork tauchte unter dem Messer weg und stürzte sich dann auf den Troll, sodass beide auf den Müllhaufen in der Gasse stürzten.

»Erledigt ihn endlich, ihr Wichser!«, brüllte Pferd ungeduldig, während der verwundete Troll zum Schauplatz des Handgemenges schlurfte.

Kellan trat nach Pferd und bereute es sofort. Für einen Moment hatte er sie fast vergessen, aber ihr Tritt verpasste sein eigentliches Ziel und traf ihn am Oberschenkel, was ihn an das Mädchen erinnerte, das er an den Zaun genagelt hatte.

Er verpasste Kellan eine Ohrfeige, die sie auf den nassen Asphalt beförderte, und sie versuchte sich aufzurappeln, bevor er sie wieder packen konnte. Pferd hob eine Hand vor das Gesicht und kurze, verchromte Klingen, die Skalpellen ähnelten, sprangen aus seinen stumpfen Fingerspitzen. Hinter ihm sah Kellan den Troll mit den Dreadlocks rückwärts taumeln und sich dabei fluchend einen Arm halten, während Pferd einen Schritt näher kam.

»Ich schneid dich in Streifen, du Drekstück«, sagte er, indem er Kellan bei der Weste packte und auf die Beine riss, während er mit der anderen Hand ausholte.

Es war, als bliebe für einen Moment die Zeit stehen, als Kellan die Hand in dem vergeblichen Versuch hob, die Klingen an Pferds Fingerspitzen abzuwehren. Sie spürte jähe Hitze aufwallen und das Pochen des Herzens in ihrer Brust. Ein rötlicher Nebel hatte sich über ihr Gesichtsfeld gelegt, das sich ganz auf den Troll vor ihr konzentrierte. Das Metall des Torques um den Hals fühlte sich auf ihrer brennenden Haut kalt an. Kellan sah ihre ausgestreckte Hand rötlich glühen und die schwarzen Schatten der Knochen durch die Haut. Dann schien die Hitze wie eine Flutwelle aus ihr herauszuströmen. Ein Zischen ertönte, und der Troll ging in Flammen auf.

Pferds Kleidung, sogar seine Lederjacke und die spärlichen Haare, alles fing Feuer und verwandelte ihn in eine brennende Fackel. Der Troll schrie, ließ Kellan fallen und klopfte sich in dem vergeblichen Versuch ab, die Flammen zu löschen. Er warf sich auf den Boden, wälzte sich umher und strampelte mit den Beinen, während sein Geschrei und der Gestank nach verbranntem Stoff, Leder, Haar und Fleisch die Gasse erfüllte.

Der Kampf kam zum Erliegen, als Pferd in Flammen aufging, aber der orkische Rausschmeißer beeilte sich, die Situation auszunutzen. Während die anderen Trolle ihren Chummer in entsetzter Faszination anstarrten, landete der Ork einen Tritt auf die Brust des Trolls mit dem Messer, der ihn gegen eine Mauer stolpern ließ. Das Messer fiel irgendwo klirrend zu Boden, und der Troll glitt an der Mauer entlang nach unten und blieb liegen.

Der andere, verletzte Troll schaute vom Ork zu seinen Chummern, von denen der eine ohnmächtig war und der andere noch schwelte und vor Schmerzen stöhnte. Dann wich er langsam ein paar Schritte zum offenen Ende der Gasse zurück, drehte sich um lief los.

Kellan sackte gegen den Kettenzaun und starrte schockiert auf Pferds schwelende Gestalt, auf seine verkohlte Kleidung und Haut. Es war, als habe sie ihre gesamte Energie auf einen Schlag verlassen, und plötzlich war ihr kalt und sie war sehr, sehr müde. Sie sank auf den Boden, als der orkische Rausschmeißer zu ihr kam, und als sie nach unten schaute, sah sie, dass ihre Hände heftig zitterten.

»Mädchen, hey, Mädchen ...«, rief eine Stimme aus weiter Ferne. Sie schaute auf und sah den Rausschmeißer mit einem besorgten Ausdruck in dem hässlichen Gesicht vor sich stehen. Kellan sah ihn wie am Ende eines langen dunklen Tunnels. Dann verschwamm ihr Blickfeld.

»Hey, ist alles in Ordnung?«, fragte er.

Dann wurde alles dunkel, und Kellan verlor das Bewusstsein.

Als sie wieder zu sich kam, lag sie auf einer Pritsche in einem kleinen, düsteren Zimmer unter einer kratzigen alten Decke der UCAS-Armee. Sie schlug sie beiseite und stellte die Füße auf den Boden. Ein dumpfer Schmerz hinter ihren Augen ließ sie die abrupte Bewegung sofort bereuen, als sie herausfand, dass das Hämmern nicht nur vom Bassrhythmus der Musik stammte, die durch Tür und Wände dröhnte, sondern auch von ihrem Schädel. Sie beugte sich vor, stützte die Ellbogen auf die Knie und massierte sich die Schläfen, um die Schmerzen zu verjagen.

Dann tastete sie reflexartig nach ihrer Ausrüstung, um sich zu vergewissern, dass noch alles da war. Sie seufzte erleichtert. Nichts war angerührt worden, soweit sie das sagen konnte. Sogar ihre Jacke hing über einem Stuhl in der Nähe. Sie stützte die Hände auf die Pritsche und ließ sich Zeit, damit sich ihre Augen an die Düsternis gewöhnen und das Hämmern in ihrem Kopf etwas nachlassen konnten.

Buntes Licht flutete in das Zimmer, als sich die Tür weit genug öffnete, um eine schattenhafte Gestalt einzulassen. Kellan sprang auf und griff sofort nach ihrem Betäubungsschlagstock.

»Hey, hey!«, sagte die kratzige Stimme. »Immer mit der Ruhe!

Ist alles cool, Mädchen. Ich bin's nur.« Als er einen Schritt vortrat, konnte Kellan die Züge des orkischen Rausschmeißers erkennen. Sie ließ sich wieder auf die Pritsche sinken, und der Ork kam näher.

»Wie fühlst du dich?«, fragte er, indem er einen Stuhl herumdrehte und sich so darauf setzte, dass er die Arme auf die Lehne stützen konnte.

»Als wäre ich überfahren worden«, sagte Kellan. »Wie lange war ich ...?«

»Ungefähr eine Stunde«, erwiderte er. »Es ist kurz nach elf.«

Kellan schüttelte langsam den Kopf und massierte sich mit einer Hand die Stirn.

»Hätte viel schlimmer kommen können«, sagte er.

»Ja.« Sie sah ihn an. »Danke. Ich weiß die Hilfe zu schätzen.«

»Kein Problem«, sagte der Ork, während er den Kopf neigte. »Aber wenn ich gewusst hätte, dass du Hokuspokus am Start hast, wäre ich nicht ganz so schnell am Abzug gewesen.«

»Was? Was meinst du damit?«

»Den Trick, als du den alten Gaul in ein Streichholz verwandelt hast«, sagte er. »Hässlich.«

»Aber ich ... das war ich nicht«, sagte Kellan. Oder doch? Sie erinnerte sich an die Hitzewelle, bevor der Troll Feuer gefangen hatte.

»Nicht? Tja, ich war's ganz bestimmt nicht«, knurrte der Ork. »Wie dieser schicke Halsring von dir geleuchtet und es dich richtig ausgelaugt hat, war ich eigentlich ganz sicher, dass du es warst. Also bist du keine Zauberschleuder?«

»Ich? Nein, ich meine, ich hab noch nie ... ich hab's bis jetzt noch nie gemacht ...« Kellans Hand fuhr unfreiwillig zu dem Torques um ihren Hals, und sie erinnerte sich, wie er vor Kälte auf ihrer Haut beinahe gebrannt hatte. Jetzt war er angenehm warm. Dann fiel ihr ihre Hand wieder ein – sie hatte rot geglüht, und die Schatten ihrer Knochen waren durch die Haut sichtbar gewesen. Sie nahm ihn in die andere Hand, aber alles sah wieder vollkommen normal aus. Sie blickte den Rausschmeißer an und berührte den Halsring.

»Du sagtest, das hier hat ... geleuchtet?«

Der Ork zuckte die Achseln. »Nicht richtig geleuchtet, sondern irgendwie, keine Ahnung, ein bisschen geschimmert oder so. Ich habe solche Sachen schon bei magischen Typen gesehen und mir gedacht, du wärst auch so eine. Ist das Ding magisch?«

»Keine Ahnung«, sagte Kellan. »Ich hab's erst kürzlich bekommen. Es hat meiner Mutter gehört.«

»Vielleicht hat es damit was zu tun«, sagte er und kratzte sich den Handrücken. »Keine Ahnung. Ich meine, ich erkenne Magie, zumindest manchmal, aber im Grunde weiß ich nicht viel darüber.« Dann betrachtete er Kellan wieder, als sehe er sie zum ersten Mal.

»Weißt du, wenn du keine Zauberschleuder bist, war es nicht sonderlich schlau von dir, dich mit drei Trollen von den Spikes anzulegen. Pferd und seine Chummer sind üble Kerle. 'n Neuling sollte sich nicht auf so was einlassen.«

»Wer sagt, dass ich ein Neuling bin?«, fuhr Kellan auf.

»Na ja, ich hab dich hier noch nie gesehen, und du konntest dich nicht aus Ärger raushalten oder zumindest dafür sorgen, dass Pferd beim ersten Mal unten bleibt, als du beschlossen hast, dich mit ihm anzulegen.«

»*Er* hat beschlossen, sich mit *mir* anzulegen«, konterte Kellan. »Und ich bin ganz gut zurechtgekommen.«

»Ja, schon, aber nur, bis du in die Gasse gerannt bist.«

Kellan verkniff sich eine Erwiderung und ließ sie als Seufzer entweichen. »Ich schätze, du hast recht. Tut mir leid. Ich weiß deine Hilfe wirklich zu schätzen.«

»Wie ich schon sagte, kein Problem. Hat mir'n Vorwand für'n bisschen Radau gegeben, und da war ich schon den ganzen Tag scharf drauf.« Er bedachte sie mit einem breiten Grinsen, bei dem er seine Hauer zeigte, und Kellan musste unwillkürlich lachen. »Aber du bist neu in der Stadt, oder nicht?«, fragte er spitz. »Wie heißt du?«

»Kellan Colt.« Sie hielt kurz inne, als ihr klar wurde, dass sie dem Ork ihren richtigen Namen anstelle des falschen auf ihrem Kredstab genannt hatte. Falls es ihm aufgefallen war, ließ er es sich nicht anmerken.

»Woher kommst du, Kellan?«

»Aus Kansas City. Ich bin gestern hier angekommen. Ich brauche ein paar Connections, wenn ich Arbeit finden will.«

»Wie lange hast du in KC in den Schatten gearbeitet?«

»Zwei Jahre.«

»Das ist ziemlich lang, aber Kansas City ist nicht Seattle, Mädchen. Hier läuft alles anders.«

»Ja, das wird mir auch langsam klar.«

Die Tür öffnete sich, und der elfische Barmann trat ein. Er reichte Kellan einen Plastikbecher mit Wasser und ein kleines Druckpflaster. »Hier«, sagte er. »Das müsste dich wieder auf die Beine bringen.« Er deutete mit einem Nicken auf das Pflaster. »Das ist für deinen Kopf.«

Sie sah sich das Etikett an, dann zog sie die Schutzfolie ab und klebte es sich auf den Hals, auf die Arterie, damit das Schmerzmittel in den Blutkreislauf eindringen konnte. Dann trank sie einen großen Schluck von dem kalten Wasser.

»Danke«, sagte sie, und der Elf nickte.

»Ja, danke, Leif«, wiederholte der Ork, als der Barmann sich zur Tür wandte.

»Gern geschehen, G«, sagte er und schloss die Tür hinter sich.

Kellans Kopf ruckte so rasch herum, dass sich das Pflaster fast gelöst hätte. »Du! Du bist G-Dogg!«, rief sie.

Er nickte. »Jau.«

»Warum hast du das nicht gleich gesagt?«

»Weil ich dich nicht von irgendwelchen Möchtegerns von der Straße unterscheiden konnte und du mich offensichtlich nicht kanntest, sonst hättest du mich ja nicht gefragt. Ich sagte doch, dass das hier nicht Kansas ist. Du bist jetzt in Seattle, und hier im Plex läuft es anders. Wenn du nicht von irgendjemandem vorgestellt wirst, bist du ein Niemand. So ist es nun mal.«

»Warum hat sonst niemand was gesagt?«

»Weil ich hier bekannt bin und sie Verstand genug haben, den Mund zu halten. Leif wusste, dass du beim Reinkommen an mir vorbeimarschiert sein musstest, mich also nicht kennen konntest. Er hat sich gedacht, wenn ich mich nicht zu erkennen gegeben habe, müsste ich einen guten Grund haben, und den hatte ich.«

»Also hast du mich einfach verarscht«, sagte Kellan mit hartem Blick.

»Nein, ich habe dich beobachtet. Ich wollte sehen, wie du zurechtkommst und was du vorhast, bevor ich mit dir rede.«

»Und?«

»Nach allem, was ich gesehen habe, kommst du ganz gut klar, Mädchen. Du musst ein paar Dinge über das Leben und die Schatten in Seattle lernen, aber ich glaube, du kannst auf dich aufpassen. Außerdem sind Zauberschleudern nicht so leicht zu erledigen, nicht einmal hier.«

»Ich sagte doch schon ...«

»Ja, ich weiß, du bist keine und du weißt nicht, was das Ding um deinen Hals macht. Ich sag dir was: Wenn du willst, kenne ich jemanden, der dir da weiterhelfen kann. Ich weiß nicht viel über Magie, aber Lothan weiß alles, was man wissen muss, und wird es dir wahrscheinlich auch sagen. Das heißt, wenn du Lust hast.«

Als G-Dogg grinste, erwiderte Kellan es erneut mit einem dünnlippigen Lächeln. »Was soll's?«, sagte sie. »Gehen wir.«

Kapitel 3

G-Dogg führte Kellan zu einem etwas ramponiert aussehenden Honda-Kia Argent, der auf dem eingezäunten Platz hinter dem *Underworld* abgestellt war. Der Wagen zirpte und die Lichter blinkten, als sie sich näherten, obwohl Kellan nicht gesehen hatte, dass G-Dogg eine Fernbedienung betätigte. Der Ork ging zur Fahrerseite, und Kellan nahm den Beifahrersitz. Drinnen war es sauberer, als sie vermutet hätte, und als G-Dogg den Zündcode eingab, lief der Motor mit kaum gezügelter Kraft an.

»Nett, nicht wahr?«, fragte er mit gewissem Stolz.

»Ja, nett«, sagte Kellan, obwohl sie in Wahrheit nicht sonderlich beeindruckt war.

»Die Karre sieht vielleicht nicht nach viel aus«, sagte G-Dogg wie zur Antwort auf ihre unausgesprochenen Gedanken, »aber wie man so schön sagt: Sie ist bezahlt und hat alles, was zählt. Es geht nicht nur ums Aussehen, stimmt's?«

G-Dogg nahm die Route 167 nach Norden in Richtung Renton, wo sie in die I-405 überging. Unterwegs zeigte er ihr verschiedene Örtlichkeiten und gab Kellan einen Überblick über ihre jeweiligen guten und schlechten Seiten. Insbesondere erwähnte er die Strafanstalt *Shadow Lake*, wobei er betonte, dass er selbst noch nie dort eingesessen habe, aber mehr als nur ein paar Ehemalige kenne.

»Da drüben liegt Knight Errants Hauptausbildungszentrum für den gesamten pazifischen Nordwesten«, sagte er, indem er auf eine Lichterkette abseits der Interstate zeigte.

»Erledigt Knight Errant viel Sicherheitsarbeit in Seattle?«, fragte Kellan. KE war eine Tochter des Megakonzerns Ares Macrotechnology und als eine der bedeutendsten Sicherheitsfirmen im Geschäft bekannt.

»Nicht so viel, wie sie gern erledigen würden«, sagte G-Dogg mit einem Schnauben. »Die Megakonzerne unterhalten natürlich alle ihre eigenen Sicherheitstruppen, und den Zuschlag für die Polizeiarbeit im Plex hat Lone Star bekommen, also muss sich Knight Errant mit der Sicherheitsarbeit für Ares und einem Haufen Kleinkram begnügen. Sie legen es seit Jahren darauf an, Lone Star den Vertrag mit dem Metroplex abzujagen.« Lone Star Security Services aus Texas war Kellan und überhaupt jedem Runner sehr wohl bekannt. Die Firma hatte mehr Verträge für Polizeiarbeit als jeder andere Konzern.

»Dieses Jahr versuchen sie's wieder«, fuhr er fort. »Aber die Chancen stehen gut, dass sich der Star durchsetzt. Sie haben den Gouverneur in der Tasche, also ist es eine sichere Sache, wenn sie's nicht so versauen, dass der gute Lindstrom sie nicht zur Schadensbegrenzung absägen muss.«

Hinter ihnen war plötzlich Motorenlärm zu hören und G-Dogg warf einen Blick in den Rückspiegel.

»Festhalten«, sagte er, und dann trat er so fest aufs Gaspedal, dass Kellan förmlich in ihren Sitz gepresst wurde. Der Argent schoss mit einem Aufheulen des Motors vorwärts, und G-Dogg ruckte am Lenkrad und wechselte auf die äußerste linke Spur. Um diese Uhrzeit war nicht viel Verkehr auf der Interstate, aber der Ork musste dennoch einigen Autos und einer Lkw-Drohne ausweichen, die vom Spatzenhirn an Bord gefahren und vom Verkehrsleitsystem des Plex' gelenkt wurde.

Kellan warf einen Blick nach hinten und sah mehrere einzelne Scheinwerfer hinter ihnen; etwa ein halbes Dutzend Motorräder, die mit ihnen Schritt hielten.

»Wer sind die?«, fragte sie.

»Hellhounds«, erwiderte G-Dogg knapp, als erkläre das alles. Dann riss er den Wagen nach rechts und wich einem

Ford Americar aus, der sie wütend anhupte, obwohl das Geräusch rasch verhallte, da sie den anderen Wagen schnell hinter sich ließen.

Obwohl G-Dogg in die Eisen trat, rasten sie so schnell in die Ausfahrt, dass Kellan sicher war, der Wagen werde sich überschlagen. Doch der Argent fiel mit lautem Reifenquietschen wieder auf alle vier Räder, und nun fuhr G-Dogg langsamer, nachdem die Motorräder an der Ausfahrt vorbeidröhnten und weiter nordwärts fuhren.

»Freunde von dir?«, fragte Kellan, und G-Dogg grinste nur.

»Kann man nicht sagen. Die 405 ist Hellhound-Revier, und die Hellhounds sind alle Norms, Menschen. Sie sehen nicht gerne Metamenschen in ihrem Revier, also versuche ich ihnen aus dem Weg zu gehen, für den Fall, dass ihnen langweilig ist oder so.«

Er fuhr auf die I-90 und nach Westen, den in der Ferne glitzernden Wolkenkratzern der Seattler Innenstadt entgegen.

»Warum bist du dann überhaupt durch ihr Revier gefahren?«, fragte Kellan. »Ich meine, wir machen doch jetzt einen Umweg, oder?«

»Eigentlich nicht«, erwiderte er. »Außerdem gehört die Route 5 deinen neuen Chummern, den Spikes. Das ist eine rein trollische Motorrad-Gang, also Trolle wie dein Kumpel Pferd, und alle auf verflucht großen Motorrädern. Die Spikes sind prinzipiell ziemlich empfindlich, aber in letzter Zeit kann es auch schon mal vorkommen, dass sie alles platt machen, was durch ihr Revier fährt. Sie sind an neue Waffen gekommen und uns im Moment wahrscheinlich nicht sonderlich freundlich gesonnen. Die Hellhounds sind kein so großes Problem.«

Kellan dachte an die Trolle, gegen die G-Dogg in der Gasse am *Underworld* gekämpft hatte. Dann stellte sie sich eine ganze Bande von ihnen vor, auf Harleys und bis an die Zähne bewaffnet. »Ich verstehe, was du meinst.«

Die Stadtsilhouette teilte sich vor ihnen, als der Highway über den Lake Washington auf eine dicht bewaldete Insel führte.

»Das ist Council Island«, sagte G-Dogg, »die Botschaft der Native American Nations im Plex, aber der Stammesrat lässt den Verkehr ungestört über die I-90 rollen, solange man spät nachts nicht von der Straße abbiegt.« Der Ork wurde etwas langsamer, als sie sich der Insel näherten; entweder um die Geschwindigkeitsbegrenzung einzuhalten, oder um Kellan einen besseren Blick zu ermöglichen. Oder aus beiden Gründen.

Sie nahm die traditionellen, von dichten Baumgruppen umgebenenen Salish-Langhäuser mit den hohen Totempfählen davor zur Kenntnis. Sie bemerkte außerdem die massiven Blockhäuser aus Stahlbeton an den Kontrollpunkten neben der Autobahn, die mit strenggesichtigen Native-Soldaten in Drillich mit schmückendem Beiwerk aus Federn und Perlen bemannt waren, das in krassem Gegensatz zu den modernen Sturmgewehren über ihren Schultern stand. Sie glaubte sogar, einen Salish-Schamanen zu sehen, der einen Bärenfellumhang und eine Knochenkette trug.

Die Schamanen hatten die Zukunft ihres Volkes und der Native American Nations gesichert. Der Geistertanzkrieg zwischen der Souveränen Bewegung der Amerikanischen Indianer und den Regierungen der Vereinigten Staaten und Kanadas war mit Magie ausgetragen und gewonnen worden, nicht lange, nachdem das Erwachen sie in die Welt zurückgebracht hatte. Die Native Americans hatten mit zu den Ersten gehört, die erkannt hatten, welche Macht in den alten Traditionen steckte, an denen sie so lange festgehalten hatten, und sie waren bereit gewesen, sie zu benutzen.

Zuerst hatte es fast nach einem Witz geklungen: zerlumpte Banden indianischer Terroristen gegen das mächtigste Militär der Welt. Dann hatten die Geistertänzer die Macht aller Vulkane im Kaskadengebirge gleichzeitig entfesselt. Gegen die Macht von Mutter Natur hatte man nicht kämpfen können, also war den Nationen Nordamerikas keine andere Wahl geblieben, als mit den Indianern zu verhandeln.

Beinahe die Hälfte Nordamerikas war an die Native American Nations abgetreten worden, aber der Seattler Metroplex war Teil der neuen Vereinigten Kanadischen und Amerikanischen Staaten geblieben. Er lag inmitten des Salish-Sidhe-Council, einem der mächtigsten Mitglieder der NAN. So, wie Council Island von UCAS-Territorium umgeben war, alles schön ineinander verschachtelt, und alle behielten sich gegenseitig aufmerksam im Auge.

Kellan schüttelte all diese Überlegungen ab, als G-Dogg den Highway verließ und Richtung Innenstadt fuhr, ins Herz des Metroplex. »Wer ist eigentlich dieser Knabe, den wir besuchen?«, fragte sie, und der Ork kicherte boshaft.

»Ach, ich finde, du solltest dich einfach überraschen lassen«, sagte er. »Manche Dinge und manche Leute kann man einfach nicht erklären. Man muss sie selbst erleben. Lothan gehört dazu.«

G-Dogg navigierte kundig durch die Straßen der Innenstadt zum Bezirk Capitol Hill. Kellan war überrascht, wie hügelig dieser Teil der Stadt war, insbesondere für jemanden, der an die ebenen Prärien des Mittelwestens gewöhnt war. Außerdem war die Gegend gehoben: Reihenhäuser und restaurierte viktorianische Villen mit kleinen Geschäftsstraßen, Cafés und Läden, die sich ausschließlich an *Shaikujin* wandten, ›aufrechte Bürger‹ mit ehrlichen, anständig bezahlten Jobs. Kellan fragte sich, wen jemand wie G-Dogg in dieser Gegend kennen konnte.

Der orkische Rausschmeißer fand eine Parklücke, manövrierte den Argent geschickt hinein, stellte den Motor ab und deutete dann auf das Haus direkt vor ihnen. Es hatte einen Turm auf der einen Seite, und um die Front zog sich die breite Veranda eines Bauernhauses. Die Vorhänge waren zugezogen, und die hohen Fenster starrten auf die Straße wie dunkle Augen.

»Da wären wir«, sagte er, als er ausstieg.

Kellan folgte ihm die Treppe zur Eingangstür hinauf, auf der ein Türklopfer aus Messing in Gestalt eines Gargylkopfes prangte.

G-Dogg lächelte schelmisch. »Nach dir«, sagte er mit einer Geste zur Tür. Kellan fragte sich, was er vorhatte, aber sie wollte verdammt sein, wenn sie vor ihm ängstlich aussehen würde. Sie streckte die Hand aus, um den Türklopfer zu benutzen.

Bevor ihre Hand ihn berührte, schwang die Tür lautlos auf, und sie wäre fast rückwärts gesprungen. Plötzlich erschien eine leuchtende Lichtkugel von der Größe eines Softballs auf Augenhöhe und schwankte dort hin und her, wobei sie einen goldenen Schein abstrahlte wie eine körperlose Fackel.

»Er erwartet uns«, sagte G-Dogg, als erkläre das alles. Die Lichtkugel schwebte langsam von der Tür weg und hielt dann inne, als warte sie auf etwas. Kellans Blick wanderte zwischen ihr und G-Dogg hin und her, dann trat sie über die Türschwelle, dicht gefolgt von dem Ork. Die Tür schloss sich mit einem leisen Klicken, während die Lichtkugel durch den Flur schwebte.

Im Haus war es still, und erhellt wurde es nur durch die leuchtende Kugel und das bisschen Licht, das durch die schweren Vorhänge vor den Fenstern fiel. Die Kugel flog durch eine offene Tür am Ende des Flurs und verschwand, also folgte Kellan ihr.

Der Raum dahinter war ziemlich groß, obwohl es angesichts des Krams, den er enthielt, eigentlich schwer einzuschätzen war. Jeder verfügbare Platz an der Wand war mit Regalen bedeckt, in denen mehr Bücher standen, als Kellan in ihrem ganzen Leben gesehen hatte. Keine Datentafeln oder Bildschirme, sondern schlichte *Bücher* aus Papier, in Stoff und Leder gebunden und mit Gold und Silber geprägt. Einige Titel waren zu stark verblasst, um sie in dem trüben Licht noch lesen zu können. Zwischen den Büchern stand aller möglicher Krimskrams: eine Kristallkugel, ein knorriger, mit Federn verzierter Holzstab, Perlenketten, getrocknete Blumen, halb abgebrannte Kerzen, seltsam geformte Steine, ein oder zwei silberne Pokale. Von einem hohen Regal grinste ein gehörnter Schädel herab. Es roch muffig, nach altem Papier, Staub und ein wenig nach getrockneten Kräutern und Rosenblüten.

»Nun denn, G-Dogg«, grollte eine Stimme. »Was hast du mir diesmal mitgebracht?«

Kellan drehte sich um, da die Lichtkugel durch den Raum schwebte und eine große, schattenhafte Gestalt beleuchtete, die neben einem Schreibtisch am Fenster saß. Es handelte sich um einen Troll, wenn auch um einen, wie Kellan ihn noch nie gesehen hatte. Obwohl er saß, war offensichtlich, dass er riesig war. Wenn er stand, kamen seine gewundenen Hörner den hohen Decken im Haus wahrscheinlich gefährlich nah. Sein Haar war dick und eisengrau, und er hatte buschige Augenbrauen, die über den dunklen Augen zusammenwuchsen. Seine Züge waren so kantig, als seien sie grob in Stein gemeißelt worden, und die Haut war grünlich-grau.

Er hielt die breite, ebene Handfläche auf, und das kleine Licht schwebte hinein wie ein gut abgerichtetes Haustier. Es beleuchtete die goldenen Symbole auf den Säumen der offenen Robe, die er über einer dunklen Kombination aus Hemd und Hose trug. Ein Amulett aus Gold und Juwelen ruhte auf seiner tonnenförmigen Brust. Die dunklen Augen betrachteten Kellan von oben bis unten: taxierend, abschätzend.

»Kellan«, sagte G-Dogg, »das ist Lothan, der Weise ...«

»Meister des Mystischen, Erz-Arkanist und Initiat der Inneren Mysterien«, warf der Troll ein, indem er sich von seinem Platz erhob. Er warf den Lichtball zur Decke empor, wo er schwebend blieb und sein Licht im Raum verteilte, und bückte sich, um eine Hand der völlig benommenen Kellan zu ergreifen, sich zu verbeugen und die Hand an seine Lippen zu führen. »Zu Ihren Diensten. Und Sie sind ...?«

»Äh, Kellan ... Kellan Colt«, gelang es ihr zu antworten, und der Troll lächelte ein wenig.

»Willkommen in meinem bescheidenen Heim, Kellan Colt«,

sagte Lothan und wies in den Raum. »Bitte machen Sie es sich gemütlich.« Er trat beiseite, sodass sie ein unter das Fenster gezwängtes kleines rotes Sofa erreichen konnte. Es war von Stapeln aus Büchern und Papieren umgeben, die es offenbar vor ihrer Ankunft noch in Beschlag genommen hatten.

»Danke«, erwiderte sie.

G-Dogg ließ sich neben ihr auf das Sofa fallen, wodurch es ein wenig eng wurde, während Lothan sich wieder auf seinen breiten Stuhl setzte.

»Mein Freund G-Dogg hat mir nur wenig von Ihnen erzählt, als er angerufen hat«, sagte er. »Er sagte, Sie hätten kürzlich ein wenig Aplomb in den arkanen Künsten zur Schau gestellt.«

»Hä?«, machte Kellan mit einem Seitenblick auf G-Dogg.

»Er meint die Art, wie du Pferd gegrillt hast, Mädchen.«

»Ach so. Tja, wie ich G-Dogg schon sagte, ich weiß nicht, was da passiert ist.«

»Also haben Sie noch keine Erfahrungen mit Magie gemacht?«

Kellan schüttelte den Kopf. »Eigentlich nicht. Ich meine, ich habe etwas darüber in der Schule gelernt, das Erwachen und so, und ich kannte diesen Burschen in Kansas City, der Schamane war ...«

Lothan schnitt den Vortrag ab, indem er eine Hand hob. »Aber keine *persönliche* Erfahrung mit Magie?«, fragte er.

Kellan schüttelte wiederum den Kopf.

»Hmm«, grollte der Troll, indem er sich langsam den Bart strich. Er lehnte sich zurück und betrachtete Kellan langsam von Kopf bis Fuß und wieder zurück, wobei er sie offenbar genau unter die Lupe nahm. Kellan spürte, wie sie eine Gänsehaut bekam. Die Art, wie der Troll sie ansah, hatte etwas Beunruhigendes.

»Äh, Lothan ...?«, begann sie, doch G-Dogg unterbrach sie.

»Still, Mädchen«, flüsterte er. »Er arbeitet.«

Falls Lothan den Wortwechsel bemerkte, zog er es vor, ihn

außer Acht zu lassen. Einen Augenblick später sah er Kellan an, und seine Augen schienen sich wieder auf das Hier und Jetzt zu richten. »Würde es Ihnen etwas ausmachen, wenn ich mir einmal das Schmuckstück um Ihren Hals ansehe?«

Kellans Hand fuhr sofort zu dem Torques. »Nein, ich glaube nicht.«

Sie streifte ihn ab und hielt ihn Lothan hin, der ihn ihr abnahm und vorsichtig umdrehte, wobei sich seine dicken Finger als überraschend geschickt erwiesen. Seine Augen nahmen denselben unfokussierten Ausdruck an wie zuvor, während er den Torques aus jedem Winkel betrachtete und dabei sanft mit einer Hand darum herum wedelte, als betaste er etwas Unsichtbares um das Metallband. Kellan sah, wie sich ganz kurz eine buschige graue Augenbraue fragend hob. Dann hob Lothan wieder den Kopf und hielt ihr den Halsring hin. Sie nahm ihn und legte ihn wieder an.

»Warten Sie bitte«, sagte er. »Geben Sie das G-Dogg.«

Der Ork nickte beruhigend, und Kellan tat, was Lothan verlangte.

»Nun denn«, sagte der Troll in autoritärem Ton, wie ein Professor, der eine Vorlesung hält, »schließen Sie die Augen.« Kellan zögerte, und er fügte hinzu: »Bitte.« Als sie gehorchte, fuhr er fort. »Ich will, dass Sie sich vor Ihrem geistigen Auge eine Art Ei rings um Ihren Körper vorstellen, das aus Glas oder Kristall besteht. Es kann jede Farbe haben, die Sie möchten, aber ich will, dass Sie es sich so deutlich vorstellen, wie Sie können.«

Kellan konzentrierte sich darauf, sich vorzustellen, was Lothan beschrieben hatte. Sie sah das Kristallei in einem leichten Rosaton, und es leuchtete, als sei es aus Licht.

»Sehen Sie das Bild?«, fragte er, und Kellan nickte.

»Schön, schön«, schnurrte Lothan. »Entspannen Sie sich und konzentrieren Sie sich nur auf das Bild. Machen Sie das Ei so glatt und perfekt wie möglich.«

Kellan stieß einen Seufzer aus und konzentrierte sich weiter auf das Bild von dem Ei. Sie fragte sich langsam, was für eine Art Irrer dieser Lothan war. Warum sollte sie sich hübsche Formen vorstellen? Sie hätte es vorgezogen, nach Arbeit Ausschau zu halten.

Dann flammte plötzlich ein grünliches Licht vor ihrem geistigen Auge auf. Kellan spürte es auf dem rosa Kristallei wie einen heftigen Schlag, und Schmerzen flammten hinter ihren Schläfen auf, als habe ihr jemand einen Eispickel ins Gehirn gestoßen.

»Aua!«, schrie sie und presste sich die Handrücken gegen die Schläfen.

»Alles in Ordnung?«, fragte G-Dogg, indem er sich zu ihr beugte.

Kellan wehrte ihn mit ausgestrecktem Arm ab. »Ja, ja, ich bin okay«, sagte sie. »Ich habe nur Kopfschmerzen.«

»Was Sie wirklich haben, ist eine mäßig wirksame Spruchabwehr«, sagte Lothan.

»Was?«, fragte Kellan. Der Trollmagier sah furchtbar zufrieden mit sich aus, was, wie ihr langsam aufging, sein Normalzustand war.

»Eine Spruchabwehr«, wiederholte er. »Das Bild, auf das zu konzentrieren ich Sie bat, ist eine Grundübung für die Verstärkung der Aura und den Schutz vor feindlichen Zaubern. Während Sie sich darauf konzentrierten, habe ich einen einfachen Betäubungszauber gegen Sie gewirkt und ...«

»Sie haben was?«, rief Kellan und sprang auf.

»Einen Betäubungszauber gewirkt«, sagte Lothan, indem er ihr bedeutete, sich wieder zu setzen. »Nichts dauerhaft Schädliches. Tatsächlich hätte er sie nur schmerzlos einschlafen lassen sollen.«

»Wenn das Ihre Vorstellung von schmerzlos ist, Chummer, dann ...«

»Wenn Sie es mich *erklären* lassen ...«, sagte der Trollmagier ernst, und Kellan hielt mitten im Satz inne. Sie schloss den Mund und setzte sich betont langsam wieder hin.

»Das ist besser«, hauchte Lothan. »Nun denn, wie ich schon sagte: Mein Betäubungszauber hätte Sie schmerzlos einschläfern sollen. Jeder Normalsterbliche wäre erloschen wie ein Licht. Aber Sie sind keine Normalsterbliche, meine Liebe.« Als Kellan ihn nur anstarrte, fuhr er fort. »Sie haben eine Menge magisches Talent, wenn auch begrenzt und ungeübt. Sie sind eine Magierin.«

»Äh ... aber wie?«, stammelte sie. »Ich meine, wenn ich eine wäre, würde ich es dann nicht längst wissen?«

»Nicht unbedingt. Bei manchen tritt das Talent erst spät im Leben hervor. Es kann sogar eine Zeit untätig ruhen, bis es durch irgendetwas aktiviert wird: Stress, starke Gefühle, sogar der Kontakt mit anderer Magie, zum Beispiel diesem Torques.«

»Was ist damit?«, fragte Kellan.

»Er ist eindeutig verzaubert«, erwiderte Lothan, indem er die Stirn runzelte und sich den Bart strich, »obwohl ich zugeben muss, dass mir die exakte Natur seiner Verzauberung schleierhaft ist. So etwas wie diesen Halsring habe ich noch nie gesehen. Woher haben Sie ihn?«

»Er hat meiner Mutter gehört«, sagte Kellan, »aber ich weiß nicht, woher sie ihn hat. Eigentlich weiß ich über sie auch nicht viel. Ich hatte gehofft, hier in Seattle mehr über sie herauszufinden.«

»Ihrer Mutter, sagen Sie«, erwiderte Lothan. »Hmm, ich habe so etwas jedenfalls noch nie gesehen. Vielleicht liefert er ein paar Hinweise über sie.«

»Meinen Sie?«, fragte Kellan.

»Ich kann nichts versprechen, aber es wäre möglich.«

»Tja, tolle Neuigkeiten für dich, Mädchen«, sagte G-Dogg, während er ihr auf den Rücken klopfte. »Du bist eine Zauberschleuder! Da dürfest du keine Schwierigkeiten haben, ins Geschäft zu kommen.«

»Sie ist keine ausgebildete Magierin, G-Dogg«, warf Lothan ein. »Nur ein unfertiges Talent mit wenig mehr, was für sie spräche. Sie braucht eine Ausbildung. Tatsächlich ...« Sowohl Kellan als auch G-Dogg sahen Lothan an, als dieser nachdenklich die Augen verdrehte. Dann wandte er sich wieder

Kellan zu. »Sie faszinieren mich, meine Liebe«, sagte er. »Ich habe hier schon lange kein frisch Erwachtes Talent mehr gesehen, das nicht bereits durch irgendein Straßengrimoire oder, schlimmer, das Thaumaturgie-Programm eines Konzerns beeinflusst war. Zu viele schlechte Angewohnheiten, um sie noch ablegen zu können, aber Sie, Sie sind die sprichwörtliche *Tabula rasa*, eine leere Tafel. Und da wäre auch noch Ihr faszinierender Torques.« Er zeigte mit dem Finger auf Kellan und legte ihn dann kurz auf seine Lippen, während er seine Gedanken sammelte.

»Ich mache Ihnen einen Vorschlag«, sagte er. »Ich wäre bereit, Sie als meinen Lehrling anzunehmen, Sie in den arkanen Künsten auszubilden und Ihnen beizubringen, sich das soeben entdeckte Potenzial zu Nutze zu machen, wenn Sie dafür zu gewissen Gegenleistungen bereit wären.«

»Welche ›Gegenleistungen‹?«, fragte Kellan vorsichtig.

»Einen Anteil Ihrer Einnahmen natürlich«, sagte Lothan. »Im Grunde würden Sie für mich arbeiten. Das heißt, wenn Sie immer noch an Arbeit interessiert sind.«

Kellan widerstand dem Drang, einen Blick auf G-Dogg zu werfen, um zu sehen, was er von Lothans Angebot hielt. Das würde ein unsicherer Neuling tun, aber kein erfahrener Runner. Wenn sie es in den Seattler Schatten schaffen wollte, musste sie anfangen, ihre Angelegenheiten selbst in die Hand zu nehmen und ihre eigenen Geschäfte abzuschließen. Sie wartete absichtlich einen Moment, um darüber nachzudenken, ohne jedoch den Blick von Lothan abzuwenden, während sie Ihr Bestes tat, den alten Troll und seine Absichten richtig einzuschätzen. Lothans Gesicht war so unergründlich wie zerklüftetes Gestein, aber er schien sich recht gut mit seinem Kram auszukennen, und G-Dogg hatte es auch gesagt – was hatte sie also zu verlieren? »Abgemacht«, sagte Kellan und streckte eine Hand aus.

Lothan nahm sie in seine gewaltige Pranke und schüttelte sie fest.

»Nun denn«, sagte er, »du kannst gleich anfangen. Heute

Abend habe ich noch eine Geschäftsbesprechung. G-Dogg, ich möchte, dass du auch mitkommst, weil dieser Job interessant für dich sein könnte, und wenn alles gut läuft, hätte ich gern, dass du ein paar Leute für mich kontaktierst.«

Der Ork nickte, und Lothan schlug sich auf die Knie, während er sich von seinem breiten Stuhl erhob und den geschnitzten Holzstab nahm, der in einer Ecke des Zimmers stand. »Kümmern wir uns also ums Geschäft, ja?«, sagte er.

Kapitel 4

Der Laden, zu dem Lothan sie führte, nannte sich *Ebey's Bar*. Lothan sagte, das sei ein Wortspiel, wenn es darum ging, Geschäfte zu machen, aber Kellan verstand es nicht. Jedenfalls sah er nicht wie die Sorte Läden aus, in denen Runner Deals abschlossen. Er hatte nichts vom Chrom und Neon solcher Schuppen wie dem *Underworld 93* und einiger anderer Nachtclubs im Metroplex an sich und war nur ein heruntergekommenes, zwischen zwei größere Gebäude gequetschtes kleines Loch in einer Mauer irgendwo in Everett. Drinnen war es düster und verräuchert, die Einrichtung bestand aus dunkelfleckigem Holz, das tiefe Schatten rund um die Nischen und kleinen Tische warf. Die matten gelben Lampen über der Bar unternahmen nur einen schwachen Versuch, den Laden zu erhellen.

In der Bar waren ein paar Gäste auf Tische und Nischen verteilt, alles in allem nicht mehr als ein Dutzend. Auf den ersten Blick hielt Kellan den Mann hinter der Theke für einen Ork. Er war jedenfalls groß und breit und auch hässlich genug dafür, aber ihm fehlten die Hauer und die spitzen Ohren. Sein kahl rasierter Schädel glänzte in der Barbeleuchtung, als er schäumendes Bier gekonnt in Krüge laufen ließ und sie ein paar Typen in Kunstdenim und Straßenleder zuschob, die an der Bar standen. Der Barmann schaute auf, als Lothan, Kellan und G-Dogg eintraten, und wechselte ein fast unmerkliches Nicken mit Lothan, dann drehte er sich zur Rückseite seines Etablissements um.

»Hier entlang«, sagte Lothan gelassen, indem er die Führung übernahm. Der Troll ging um die Bar und zwischen einigen der Tische hindurch nach hinten, wo an einem Tisch zwei Männer warteten.

Kellan fiel auf, dass niemand in ihrer Nähe saß, und die Männer selbst saßen mit dem Rücken zur Wand und so, dass sie Vorder- und Hintereingang der Bar im Blick hatten.

Sie sah sich die beiden genauer an. Der erste Mann war eindeutig derjenige, den sie hier treffen wollten. Er war jünger, als Kellan erwartet hatte, obwohl man das Alter angesichts der Möglichkeiten, die kosmetische Chirurgie, Magie und Gentherapie Leuten mit dem nötigen Kleingeld boten, nur sehr schwer einschätzen konnte. Er war ein Norm und hatte dunkles, ziemlich streng, fast militärisch geschnittenes Haar. Er trug unauffällige schwarze Jeans und einen weinroten Pullover, der weit und dick genug für ballistisches Futter und die eine oder andere Waffe war. Außerdem trug er schwarze Lederhandschuhe, was bedeutete, dass er vermutlich jemand mit einer Systemidentifikationsnummer war. Fingerabdrücke, sein genetischer Abdruck und andere Daten waren irgendwo in der Matrix in irgendeinem Regierungscomputer gespeichert. Das bedeutete, dass er sich ganz besonders vorsehen musste, keine Spuren zu hinterlassen.

Runner hatten keine SINs – wenigstens keine, wie man sie von einem Computer bekam. Sie waren Leerzeichen, Geister in der Maschine, und genau darum wurden sie von Leuten mit SIN überhaupt angeworben.

Runner, die sich in ihrem Geschäft auskannten, achteten sehr sorgfältig darauf, nicht in den Datenbanken der Regierungen und Konzerne aufzutauchen, da es ihre Anonymität – und die damit verbundene Möglichkeit, sie zu verleugnen – war, die sie so nützlich machte.

Kellan fragte sich kurz, ob der Mann beim Militär war. Er sah so aus, und es wäre nicht das erste Mal, dass das UCAS-Militär (oder das einer anderen Nation) Runner anwarb. Er betrachtete die drei taxierend, aber nichts an ihm deutete auf Nervosität, Besorgnis oder etwas anderes als völliger Souveränität hin. Ein wenig von diesem Selbstvertrauen mochte auf die Anwesenheit der Person zurückzuführen sein, die neben ihm saß.

Der andere Mann war kein Norm, sondern ein Elf. Als sie ihn ansah, fragte sich Kellan kurz, ob alle Elfen wie Models kurz vor dem Shooting aussahen. Er wirkte ebenfalls jung, aber das traf auf alle Elfen zu, sogar auf diejenigen, die gleich nach dem Erwachen vor gut fünfzig Jahren geboren waren. Er war hoch gewachsen und schlank, aber Kellan sah, dass sich sein T-Shirt mit dem Keltische-Knoten-Muster über eine sehr muskulöse Brust spannte. Das Haar hatte einen rötlichen Kastanienton und war schulterlang, wie man sie bei Elfen oft antraf. Er hatte es zum Pferdeschwanz zurückgebunden. Seine Augen waren leuchtend grün. Das Outfit des Elfs entsprach nicht dem glatten Understatement des anderen Mannes. Vielmehr trug er eine schwere Motorradjacke aus schwarzem Leder mit Reißverschlüssen und Schnallen aus Chrom, ein enges T-Shirt, zerrissene blaue Jeans und schwarze Motorradstiefel. Kellan nahm außerdem zur Kenntnis, dass seine beschlagenen schwarzen Handschuhe fingerlos waren und er in einer Scheide auf dem Rücken ein Schwert trug, dessen Griff über die rechte Schulter ragte, sodass er es überhand ziehen konnte. Das war keine sonderlich weit verbreitete Marotte, wenn auch keine furchtbar unübliche. Manche Gefahren in der Sechsten Welt wurden immer noch besser mit ehrlichem Stahl als mit modernen Waffen bewältigt.

»Mr Johnson, nehme ich an?«, fragte Lothan, und der erste Mann nickte und deutete auf die anderen Stühle. Lothan nahm denjenigen ihm direkt gegenüber, während Kellan und G-Dogg sich links und rechts neben den Trollmagier setzten, sodass Kellan dem Elf am nächsten saß, der sie alle über den Tisch hinweg anfunkelte.

Lothan wartete nicht mit einer Vorstellung seiner Begleiter auf, und ›Mr Johnson‹ verlangte auch keine. Natürlich war das nicht sein wirklicher Name. Runner nannten ihre Auftraggeber ›Mr Johnson‹ (oder ›Mrs Johnson‹, je nachdem), weil ihnen und jenen, die sie anwarben, Anonymität und Diskretion sehr wichtig waren. Potenzielle Auftraggeber wollten ihre richtigen Namen nicht bekannt machen, für den Fall, dass etwas schiefging. Was die Runner nicht wussten, konnten sie auch keiner Behörde verraten oder für zukünftige Erpressungsversuche missbrauchen. Runner benutzten aus ganz ähnlichen Gründen Straßennamen.

»Kommen wir zum Geschäft, ja?«, sagte Mr Johnson in neutralem, ein wenig gelangweilt wirkendem Tonfall.

»Unbedingt«, erwiderte Lothan.

»Gewisse Parteien, die ich vertrete, haben ein Interesse daran, sich eine ganz bestimmte Lieferung anzueignen, die bald in den Metroplex gelangt. Ich kann Ihnen Informationen über die Route liefern, auf der die Lieferung in den Plex kommt. Ich brauche jemanden, der sich in den Besitz der Ladung bringt und sie an einen Ort im Metroplex liefert, den ich noch nennen werde.«

»Und wem gehört diese Lieferung?«, fragte Lothan.

Mr Johnson schüttelte kaum merklich den Kopf. »Ich bin nicht bereit, darüber zu reden, bevor wir zu einer Einigung gelangt sind«, sagte er. »Der Job ist vierzigtausend Nuyen in beglaubigten Kreds wert, und zwar nach Beendigung des Auftrags und vollständiger Lieferung der Ware.«

»Wie schnell muss der Run stattfinden?«, fragte Lothan.

»Noch in dieser Woche.«

»Das ist nicht viel Zeit«, sann der Troll laut. »Fünfzigtausend, die Hälfte im Voraus und den Rest bei Lieferung.«

»Fünfundvierzig, davon fünf sofort, um Ihre Auslagen zu decken, die anderen vierzig bei Lieferung.«

Lothan überlegte kurz. »Abgemacht.«

»Noch eine andere Sache«, sagte Mr Johnson. »Ich will Orion im Team haben.« Er neigte den Kopf zu dem Elf.

»Ich stelle mir mein Team selbst zusammen«, erwiderte Lothan.

»Das gehört mit zum Geschäft. Sie akzeptieren es so oder lassen es bleiben«, erwiderte der Johnson kategorisch.

»Wenn wir ihn ins Team nehmen, sind das zusätzliche Kosten ...«, begann Lothan.

»Ich will dein verdammtes Geld nicht«, knurrte Orion. Mr Johnson legte seine behandschuhte Hand vor dem Elf auf den Tisch und ließ ihn damit verstummen.

»Diesbezüglich ist bereits eine separate Vereinbarung getroffen worden«, sagte er zu Lothan. »Die Bezahlung für diesen Job ist nur für Sie und alle, die Sie anwerben. Orion brauchen Sie bei Ihren finanziellen Erwägungen nicht zu berücksichtigen.« Als Lothan erst den Elf ansah und dann wieder den Johnson, fuhr dieser fort: »Das ist das Angebot. Sind wir uns einig?«

»Sagen Sie achttausend im Voraus, dann sind wir uns einig.«

»Abgemacht«, erwiderte der Johnson. Er griff langsam in eine Tasche am Ärmel seines Pullovers und entnahm ihr einen kleinen Palmtop. Er tippte ein paarmal auf den Schirm, dann zog er einen Speicherstab aus dem Port, schob ihn Lothan über den Tisch zu und zog die Hand betont langsam zurück. »Darauf finden Sie Ihren Vorschuss und die Informationen bezüglich Zeitpunkt und Route der Lieferung«, sagte er. »Die Lieferung gehört Ares Macrotechnology und kommt in ein paar Tagen per Lkw in den Plex. Auf dem Stick ist außerdem angegeben, wo und wann Sie die Ware abzuliefern haben.«

Lothan nahm den Stick und reichte ihn beiläufig an G-Dogg weiter, der einen ähnlichen Palmtop aus einer seiner Taschen zog, den Stab einschob, einen Blick auf die Anzeige warf und seinerseits ein paarmal auf den Schirm tippte. Dann sah er Lothan an und nickte.

»Und wenn wir Sie kontaktieren müssen?«, fragte Lothan.

»Unser einziger anderer Kontakt wird die vereinbarte Übergabe sein«, sagte er. »Darüber hinaus sollten Sie keinen weiteren Kontakt benötigen. Ich hoffe doch, dass Sie diese Angelegenheit selbst regeln können.«

»Selbstverständlich«, erwiderte Lothan energisch. »Nun denn, ich glaube, damit wäre dann alles besprochen?«

Der Johnson nickte und erhob sich vom Tisch. »Ich freue mich auf unser nächstes Treffen.«

»Es ist ein Vergnügen, mit Ihnen Geschäfte zu machen«, sagte Lothan.

Der dunkel gekleidete Mensch ging und ließ die Runner am Tisch zurück. Orion blieb, wo er war, und beobachtete die anderen mit wachsamem Blick.

»Wartest du auf ein Trinkgeld, Jungchen?«, fragte G-Dogg.

»Nein«, sagte er hochmütig. »Ich warte darauf, dass es losgeht.«

»Dann schlage ich vor, dass Sie woanders warten«, sagte Lothan. »Wir melden uns bei Ihnen, wenn Ihre Dienste benötigt werden.«

»Mr Johnson hat gesagt, dass ich an diesem Run teilnehmen soll«, sagte Orion, indem er eine Hand flach auf den Tisch legte und sich zur Betonung ein wenig vorbeugte. Kellan spannte sich und rechnete damit, dass der Elf jeden Augenblick aufspringen würde.

»Und das werden Sie auch«, erwiderte Lothan, »aber wann und wo ich es sage. Wenn Sie bei diesem Job mitmachen wollen, müssen Sie zuallererst begreifen, dass ich sage, wo's langgeht. Also, ich nehme an, dass es eine Möglichkeit gibt, wie wir Sie kontaktieren können?«

Der Troll und der Elf schauten einander in die Augen, und Orion schwieg eine ganze Weile. Kellan konnte die Anspannung in den Linien seines Kiefers und an den Schultern sehen. Dann zog der Elf mit einer Hand seine Jacke auseinander und griff mit der anderen langsam in die Innentasche. Kellan sah, dass er eine Kanone in einem Schulterhalfter darunter trug, obwohl sich seine Hand davon fern hielt. Er holte ein kompaktes Mobiltelekom heraus, und G-Dogg reagierte darauf, indem er seinen Palmtop auf den Tisch stellte. Orion tippte eine Ziffernfolge in das Handy ein und sendete etwas an den Palmtop, der augenblicklich zirpte.

»Ihr habt meine Nummer«, verkündete er, während er das

Handy wieder einsteckte. Dann erhob er sich vom Tisch, wandte sich ab und rauschte aus der Bar.

Kellan nahm zur Kenntnis, dass G-Dogg sich umdrehte, um seinen Abgang zu beobachten, Lothan dem Elf aber nur die Kehrseite zeigte. Einen Moment später hörten sie ein Motorrad aufheulen, und Kellan gestattete sich wieder zu atmen.

»Der Bursche wird Ärger machen«, meinte G-Dogg.

»Ich werde mit ihm fertig«, sagte Lothan mit einem verächtlichen Abwinken. »Das ist kein Problem.«

»Ich weiß nicht«, erwiderte der Ork. »Hast du den Rücken seiner Jacke gesehen? Die Ancients sind Leute, mit denen ich mich nicht anlegen will.«

»Du kannst gern aussteigen, wenn du willst.«

»Das habe ich nicht gesagt. Ich glaube nur, dass es problematisch werden könnte, wenn die Ancients mitmischen.«

»Wer sind die Ancients?«, fragte Kellan, und die beiden wandten sich ihr zu, als hätten sie vergessen, dass es sie gab. Kellan nahm den ungläubigen Ausdruck auf Lothans Gesicht zur Kenntnis.

»Das ist eine Gang«, sagte G-Dogg. »Eine Elfen-Gang, eine der größten im Plex. Untergruppen der Ancients gibt es überall, aber in Seattle gibt es einen ganzen Haufen, weil Tir Tairngire so nah ist. Ich hätte gesagt, dass sie die härteste Gang im Plex sind, bevor die Spikes angefangen haben, sich in ihrem Revier breit zu machen. Jetzt ist es wahrscheinlich 'n totes Rennen. Nicht mit den Spikes zurechtzukommen, ist etwas, das du mit unserem neuen Chummer gemeinsam hast«, sagte er mit einem Grinsen.

»Das war also das Gang-Symbol auf dem Rücken seiner Jacke?« Kellan meinte das eingekreiste, giftgrüne ›A‹ auf Orions Rücken.

»Yep«, sagte G-Dogg.

»Warum will wohl der Johnson, dass wir mit einem Gang-Mitglied zusammenarbeiten?«

»Das ist nicht von Bedeutung«, unterbrach Lothan schroff, bevor G-Dogg antworten konnte. »Solange Mr Johnsons Kreds gut sind, braucht das nicht unsere Sorge zu sein. Er will den Elf bei dem Run dabei haben, also wird er dabei sein, und dies ist ohnehin nicht der richtige Ort, um darüber zu reden.« Er warf Kellan einen vielsagenden Blick zu, und sie hielt den Mund, da ihr der Wink in Bezug auf ihre professionelle Einstellung zu schaffen machte. Der Trollmagier erhob sich und beendete damit das Gespräch.

Kellan spürte, wie sie vor Verlegenheit errötete, und stand rasch auf, um Lothan und G-Dogg aus der Bar hinaus zu folgen. *Blöd,* dachte sie, *Fragen zu stellen wie ein dämliches Kind!* Ihr war aufgefallen, wie schnell Lothan und G-Dogg Orion ausgeschlossen hatten. Betrachteten sie Kellan genauso? Als irgendein Mädchen, das sie am Hals hatten – ob es ihnen gefiel oder nicht? Lothan *hatte* sie zu der Besprechung eingeladen, auch wenn er ihr gegenüber diesbezüglich keine zwei Worte verloren hatte, und G-Dogg schien nicht einmal zu glauben, dass ihre Fragen ungehörig waren, aber ...

Kein aber, dachte sie, als sie in den Wagen stieg. *Ich werde ihnen zeigen, dass ich den Job schaffe. Das ist die Gelegenheit, die ich mir erhofft habe. Ich werde die Sache* nicht *verpatzen.*

Sie fuhren zu Lothans Haus zurück, wo sich der Trollmagier für einen Moment entschuldigte, um ein paar Anrufe zu tätigen, und G-Dogg und Kellan in seinem überfüllten Arbeitszimmer warten ließ. Als Lothan zurückkehrte, schien er mit dem Ergebnis seiner Anfragen zufrieden zu sein.

»G-Dogg, setz dich für mich mit ein paar Leuten in Verbindung. Die Einzelheiten bekommst du in Kürze.«

»Okay«, sagte der Ork, indem er sich erhob. Als Kellan das sah, tat sie es ihm nach.

»Was dich betrifft«, sagte Lothan, »können wir mit deinem Unterricht bald anfangen, falls du immer noch Interesse hast ...?«

Kellan nickte. »Ja, du kannst auf mich zählen.«

»Ausgezeichnet«, sagte er mit einem Kopfnicken. »Nun denn, wenn ihr mich dann entschuldigen würdet, ich verkrafte diese nächtlichen Zusammentreffen auch nicht mehr so wie früher, und es gibt noch viel zu tun. G-Dogg, ich melde mich bald. Ihr findet selbst hinaus.«

»In Ordnung, Lothan. Wir sehen uns«, sagte der Ork. Er ließ Kellan nach draußen vorangehen und folgte ihr auf dem Fuß.

Sie redeten erst wieder, als sie im Wagen saßen und auf dem Rückweg zum Lake Washington waren.

»Hey, ich wollte mich nur bedanken«, sagte Kellan leise.

»Wofür?«

»Na ja, für alles – dass du mir vor dem Club geholfen hast, dass du mich mit Lothan bekannt gemacht hast ... für alles eben.«

Der Ork gluckste. »Bedank dich noch nicht, Mädchen. Du hast noch nicht mit deinem Unterricht beim ›Meister der Arkanen Künste‹ begonnen.« G-Dogg gelang eine unheimlich echte Nachahmung von Lothans hochmütigem und gebildetem Tonfall. »Versteh mich nicht falsch«, sagte er, als er Besorgnis über Kellans Gesicht huschen sah. »Lothan ist ein toller Magier, vielleicht sogar so toll, wie er glaubt. Er kennt sich mit seinem Kram wirklich aus, aber ... na ja, sagen wir mal, er ist irgendwie nicht ganz von dieser Welt.«

»Nicht so wie du«, sagte Kellan.

»Genau. Manchmal glaube ich, es könnte daran liegen, dass Lothan kein geborener Trog ist.« Kellan war überrascht, sowohl über die Information als auch über G-Doggs beiläufige Benutzung der rassisch abwertenden Bezeichnung, die Orks und Trollen von den Überlegenheitsfanatikern des Humanis-Policlubs entgegengeschleudert wurde.

»Nicht?«, fragte sie.

»Nein. Lothan ist *vor* dem Erwachen geboren, Mädchen. Er ist älter als du und ich zusammen. Er hat schon 'ne Menge erlebt und ist immer noch da und kann davon erzählen.«

»Dann war er auch nicht von Anfang an Magier?«

»Wohl nicht«, erwiderte der Ork, während er lässig die Fahrbahnen wechselte, um langsamere Fahrzeuge zu überholen. »Der gute alte Lothan war elf oder zwölf, als das Erwachen begann, also war er noch ein Junge. Ich weiß nicht, ob sein Talent da erwacht ist oder erst bei seiner Goblinisierung.«

»Wow«, sagte Kellan. »Ich habe ihn auf vierzig oder so geschätzt.«

»Tja, er sieht so aus und wär's wohl auch, wenn er ein geborener Troll wäre. Drek, wenn Lothan ein geborener Troll wäre, würde er gar nicht mehr leben. Nicht viele Trolle erreichen sein Alter.«

Oder Orks, dachte Kellan. Die gleich nach dem Erwachen geborenen Elfen waren mit fünfzig und sechzig immer noch jung und vital, aber die als Ork und Troll Geborenen waren nicht mit einer ähnlich langen Lebenserwartung gesegnet. Tatsächlich wurden die sogenannten ›Goblins‹ unter den Metamenschen körperlich schneller reif als Menschen und alterten auch schneller. Orks hatten schon Glück, wenn sie älter als vierzig wurden, und ein fünfzigjähriger Troll war beinahe ein Greis. Anscheinend verhielt es sich bei Goblins, die als Menschen geboren waren, anders, und sie genossen ihre normale menschliche Lebenserwartung, doch G-Dogg sagte, er sei ein geborener Ork. Kellan überlegte kurz, wie alt G-Dogg wohl sein mochte, und plötzlich ging ihr auf, dass er wahrscheinlich viel jünger war, als sie ursprünglich geglaubt hatte.

»Ich bin jedenfalls froh, dass mir diese Verwandlung erspart geblieben ist«, sann G-Dogg laut. »Ich habe gehört, dass es höllisch wehtun soll.«

Kellan stellte sich vor, wie sich Muskeln und Knochen als Reaktion auf irgendeinen versteckten genetischen Befehl verformten, sodass ein normaler Mensch zu einem Ork oder Troll wurde. Allein der Vorgang des Hinzufügens der zusätzlichen Körpermasse war unglaublich schmerzhaft, obwohl sie irgendwo gehört hatte, dass dabei auch Magie eine Rolle spielte. Kein Wunder, dass unter dem Einfluss dieses Vorgangs einige der ersten Betroffenen wahnsinnig geworden waren. Sie stellte sich Lothan vor, wie er all das durchgemacht und sich im Laufe mehrerer schmerzerfüllter Tage von einem Menschen in einen Troll verwandelt hatte, und plötzlich wallte Mitgefühl für den alten Magier in ihr auf.

»Ich hoffe, ich kann all das lernen«, sagte Kellan.

»Was denn, Magie?«, fragte G-Dogg. »Die ist mir zu hoch, Mädchen. Ich stehe mit beiden Füßen auf der Erde. Ich hatte mit dem Hokuspokus noch nie was zu tun, und das ist auch gut so. Ist mir zu kompliziert. Ich hab's gerne einfach. Aber ich glaube, dass du es schaffen wirst. Gibt nicht so viele Runner im Plex, die sich besser mit Magie auskennen als Lothan.«

Er wechselte das Thema. »Hast du eigentlich einen Schlafplatz? Weil, wenn du einen brauchst, kannst du gerne in meiner Bude übernachten.« Er warf Kellan einen kurzen Blick zu, bevor er sich wieder auf die Straße konzentrierte.

»Nein, danke«, sagte sie. »Ich habe einen Schlafplatz. Ich muss nur meine Karre am Club holen.«

»Kein Problem«, sagte G-Dogg betont neutral. »Ich will sowieso noch dahin zurück, weil ich mich noch um ein paar Sachen kümmern muss. Ich setz dich da ab.«

Die Fahrt zurück zum *Underworld 93* war weniger ereignisreich als die Tour durch die Innenstadt, und sie wurden weder von Motorrad-Gangs noch sonst jemandem belästigt. G-Dogg plauderte ab und zu über Orte, die sich Kellan in Seattle ansehen sollte, sprach aber nicht mehr über Lothan und den Run. Eigentlich hatte der Ork weder etwas über den Job gesagt, noch darüber, was er von dem Johnson und dem Elf Orion hielt. Kellan sprach das Thema ihrerseits nicht an, da sie nicht noch einmal wie eine blutige Anfängerin dastehen wollte.

Dann standen sie vor dem Club. Die Schlange der Hoffnungsvollen hatte sich aufgelöst, und das Geschäft dieser Nacht ließ langsam nach, obwohl Kellan immer noch den stampfenden Rhythmus der Musik von drinnen hören konnte. Sie zückte ihr Handy und schickte G-Dogg ihre Nummer, der die Anzeige seines Handys prüfte und ihr dann seine Nummer schickte, bevor er es wieder schloss.

»Sahne«, sagte er. »Ich ruf dich an, wenn die Sache ins Rollen kommt. Sollte sich irgendwas ergeben, ruf mich an.«

»Okay.«

»Willst du zum Abschluss noch einen trinken?«, fragte G-Dogg. »Ich geb einen aus.«

Kellan schüttelte den Kopf. »Nein, danke, ich muss wirklich los.«

»Dann bis demnächst«, sagte er, fuhr los und bog neben dem Club um die Ecke.

Kellan wartete, bis er nicht mehr zu sehen war, bevor sie zum nächsten öffentlichen Telekom ging, ihren Kredstab einschob und ein Taxi rief. Sie hoffte, dass die Grid-Cabs auch noch spät nachts fuhren, hatte G-Dogg aber nicht danach fragen wollen, um nicht zugeben zu müssen, dass sie kein eigenes Transportmittel besaß. Darum musste sie sich kümmern; vielleicht, wenn sie das Geld hatte, das ihr dieser Job einbringen würde.

Kurze Zeit später kam das Taxi. Kellan stieg ein, schob ihren Kredstab in den Schlitz und sagte dem Taxi-Bot, wohin sie wollte. Das Fahrtziel leuchtete auf dem Stadtplan auf, der auf dem zerkratzten und ramponierten Bildschirm zu sehen war, und sie bestätigte, dass es korrekt sei. Auf halbem Weg fing es wieder an zu regnen, und kurz darauf trommelte es beständig auf das Dach und gegen die Fenster des Taxis, und der Regen tauchte die Straßen der Stadt in Streifen verzerrter Straßenlaternen und Neonschilder.

»Danke, dass Sie mit Grid-Cab gefahren sind ...«, zirpte die Stimme des Cab-Bots fröhlich, als sie ihr Ziel erreicht hatten. Kellan zog rasch ihren Kredstab aus dem Schlitz und stieg aus, wobei sie wegen des eisigen Regens die Jacke fest an sich drückte. Sie lief zu dem skelettartigen Gebilde aus Stahl und Beton, das sich vor dem Hintergrund des bewölkten Himmels dunkel vor ihr erhob.

Das flackernde Neolux-Schild, das sich seitlich am Gebäude entlangzog, besagte nur: SCHLAFEN. Von außen sah es aus wie ein Parkhaus, was es in gewisser Weise auch war. Kellan ging zu dem kleinen Häuschen mit den massiven kugelsicheren Plastikscheiben und schob ihren Kredstab in den dafür vorgesehenen Schlitz. Der Mann hinter dem Schalter sah kaum von dem winzigen Bildschirm auf seinem Pult auf, der auf irgendeinen Matrix-Pornokanal eingestellt war, und winkte sie weiter. Sie erklomm die Metallsprossen der Treppe zum dritten Stock, wobei ihre Stiefel auf dem Laufgitter klirrten. Beiderseits der Treppe waren etwa einen Meter breite und drei Meter lange Zylinder gestapelt. Diese Formen hatten solchen Herbergen den Namen ›Sarghotel‹ eingebracht, denn in jedem der Bauelemente war kaum mehr Platz als in einem typischen Sarg.

Kellan blieb vor Nummer 314 stehen und schob ihren Kredstab in den Schlitz. Ein Summen ertönte, und die Luke der Einheit klappte auf. Sie kroch hinein, zu müde, um sich noch die Mühe zu machen, auch nur ein einziges Kleidungsstück abzulegen. Sie tippte nur den Befehl zum Schließen der Luke in die Tastatur ein, und der Straßenlärm und das Plätschern des Regens traten in den Hintergrund. Dann streckte sie sich auf dem Schaumstoff aus, mit dem der Boden ausgepolstert war. Das einzige Licht in dem Kämmerchen stammte von fluoreszierenden Leuchtstreifen an den Seiten. Kellan hatte ein Hemd über den kleinen Bildschirm gehängt, über den beständig Werbung für billige SimPornos und andere gebührenpflichtige ›Unterhaltung‹ wie den Drek flackerte, den sich der Typ unten in seinem Häuschen ansah.

Sie dachte über all das nach, was in dieser Nacht passiert war, und ihr schwirrte der Kopf. Sie hatte nicht nur einen Job hier im Plex ergattert, sondern ein langjähriger, erfahrener Shadowrunner hatte ihr auch noch verklickert, dass sie eine Magierin war und sich bereit erklärt, sie auszubilden! Kellan überlegte, wozu sie in der Lage sein würde, wenn sie von Lothan gelernt hatte, wie man Magie wirkte. Wie G-Dogg gesagt hatte: Zauberschleudern - zumindest gute - waren in den Schatten immer gefragt. Wenn sie von Lothan lernte, winkte ihr tatsächlich das große Geld. Nie mehr jeden Nuyen zweimal umdrehen müssen, um über die Runden zu kommen.

»Das große Geld ...«, murmelte Kellan, als sie sich auf dem Schaumstoff ausstreckte und eindöste.

Kapitel 5

Das beharrliche Klingeln von Kellans Handy riss sie aus dem Schlaf, und sie tastete in der Düsternis des Sargs herum, um es zu finden.

»Ja, hallo?«, murmelte sie und wurde von G-Doggs fröhlicher Bass-Stimme begrüßt.

»Hey, Kellan«, sagte er.

»Wie ... wie spät ist es?« Sie wälzte sich herum und zog das Hemd vom Bildschirm des Sarghotels, sodass sie die Zeitanzeige in der unteren rechten Ecke sehen konnte.

»Es ist Zeit fürs Geschäft«, sagte er, während die Uhr Kellan verriet, dass es 12:22 Uhr war. »Ich soll alle für eine Besprechung heute Abend bei Lothan zusammentrommeln, und ich dachte, ich horche mal, ob du mitkommen willst. Das würde dir Gelegenheit geben, ein paar Leute kennenzulernen, bevor wir uns alle zusammen treffen. Das heißt, wenn du nicht zu beschäftigt bist.«

Nun, da sie sich etwas wacher fühlte, ging Kellan auf, dass das eine gute Idee war. Jedenfalls war es ihr viel lieber, ihre potenziellen Teamkameraden gemeinsam mit G-Dogg kennenzulernen, als später bei Lothan nur eines von vielen Gesichtern in der Masse zu sein. Sie richtete sich vorsichtig auf, um sich nicht den Kopf an der niedrigen Decke zu stoßen. »Ja, das klingt Sahne«, sagte sie mit so viel Begeisterung, wie sie aufbringen konnte.

»Ich fahre«, erbot sich G-Dogg. »Wo soll ich dich abholen?«

Kellan nannte G-Dogg eine Adresse. Er sagte, er wisse, wo das sei, und werde in Kürze dort sein. Als er auflegte, steckte sie das Handy weg und machte sich sofort daran, ihre Sachen zu packen. Kellans gesamte Besitztümer waren in einen Kunstlederbeutel gestopft, der am anderen Ende des Sargs lag, oder steckten in ihren Jackentaschen. Sie kam zu dem Schluss, dass es das Beste sei, nichts im Sarghotel zu lassen. Zwar waren im Allgemeinen nur Gäste im Haus zugelassen, aber sie traute der Sicherheit des Ladens trotz ihrer mageren Habseligkeiten absolut nicht.

Wahrscheinlich sehe ich wie Drek aus, dachte Kellan, indem sie sich in dem Bemühen, sie zu bändigen, durch die Haare fuhr. Schließlich verbarg sie sie unter einer Baseballkappe aus ihrem Beutel. Seit ihrer Ankunft im Metroplex hatte sie nicht geduscht (sie würde auf keinen Fall die Gemeinschaftswaschräume des Sarghotels benutzen, viel zu exponiert), also fing sie langsam an zu stinken. Sie hoffte, dass es niemanden, dem G-Dogg sie vorstellen würde, störte. Nach allem, was sie bei Lothan und der Besprechung in *Ebey's Bar* gesehen hatte, gehörte ihre persönliche Hygiene zu den Dingen, über die andere Leute zuletzt nachdenken würden.

Kurze Zeit später wartete Kellan vor einem Stuffer Shack, und G-Doggs Argent rollte auf den winzigen Parkplatz. Sie warf das Einwickelpapier und den letzten Happen ihres Nuke-It-Frückstücksburritos weg, fuhr sich mit dem Ärmel über den Mund und stieg ein.

»Bist du bereit fürs Geschäft?«, fragte der Ork. Anders als Kellan trug er andere Kleidung als in der vergangenen Nacht, wenn auch in einem ähnlichen Stil. Kellan bemerkte, dass G-Doggs Kunstlederweste mit einer dicken Lage ballistischen Stoffs gefüttert war.

»Kann losgehen«, sagte sie, und er fädelte sich geschickt in den fließenden Verkehr ein.

»Okay«, sagte G-Dogg in geschäftsmäßigem Ton. »Lothan hat die Leute ausgesucht, die er im Team haben will, und mich gebeten, mich mit ihnen in Verbindung zu setzen und zu klären, ob sie Interesse haben. Das gibt dir Gelegenheit, ein paar Experten hier in der Stadt kennenzulernen. Ist ziemlich wahrscheinlich, dass du früher oder später von den meisten hören und schließlich mit ihnen zusammenarbeiten wirst. So läuft's eben ...«

»Jeder arbeitet mit jedem?«, fragte Kellan. »Also hat Lothan kein festes Team?« In Kansas City hatte sie immer mit derselben Gruppe Runner zusammengearbeitet. Natürlich gab es in KC bestimmt viel weniger Shadowrunner als in Seattle.

»Wie ich schon sagte: Lothan ist nicht unbedingt von dieser Welt. Er mag keine Teams. Er sucht sich seine Leute lieber nach den Erfordernissen des Jobs zusammen und hält alles streng geschäftlich. Wenn du mich fragst«, fuhr er fort, »ist das clever. Ständige Teams sind okay, aber es ist auch gut, wenn man sich eine beliebige Truppe zusammenstellen kann, die ganz auf den Job zugeschnitten ist. Hier arbeiten viele Leute so, also solltest du dich daran gewöhnen.«

G-Dogg fuhr wieder nach Norden, über die 405 durch Bellevue, aber anstatt über den Lake Washington nach Council Island zu steuern, nahm er eine Ausfahrt nach Bellevue.

»Nette Gegend«, sagte Kellan, der die Komplexe mit Eigentumswohnungen auffielen, von denen viele von privaten Sicherheitseinrichtungen umgeben waren. An den Fassaden prangten deutlich sichtbar die Logos von Sicherheitsfirmen wie Lone Star, Knight Errant und Wolverine, um aller Welt zu verkünden, dass das Gesetz diese Anwohner besser schützte, weil sie das nötige Kleingeld hatten, eine eigene private Polizeitruppe zu beschäftigen. »Wohin fahren wir?«, fragte sie.

»Das wirst du schon sehen. Bei diesem Job geht es darum, die Ware abzutransportieren, und zwar zügig, also ist unser Fahrer der erste Bursche, mit dem wir reden müssen.«

Der Ork fuhr auf etwas, das wie eine umgebaute Tankstelle aussah. Es gab drei Wagenbuchten neben einem kleinen Büro mit Fenstern aus getöntem Glas, an denen innen die Rollos heruntergelassen waren. Über der Garage und dem Büro war eine zweite Etage, deren Fenster ähnlich verhangen waren. Es gab keine Zapfsäulen, aber der Asphalt draußen wies hier und da Ölflecken und Reifenspuren auf. G-Dogg stellte den

Argent neben dem Gebäude ab. Er wartete, bis Kellan ausgestiegen war, bevor er die Tür schloss und das Sicherheitssystem des Wagens aktivierte.

Der Ork ging direkt zu der Tür, die der ersten Fahrzeugbucht am nächsten war. Dort blieb er stehen. Kellan zwang sich, geduldig auszuharren, statt G-Dogg zu fragen, worauf er wartete. Ein paar Augenblicke später schaute G-Dogg in die Höhe, und als sie seinem Blick folgte, sah sie über der Tür etwas an der Wand hängen. Mit dem runden silbrigen Leib von der Größe einer Orkfaust auf dünnen Metallbeinchen sah das Ding wie eine Metallspinne aus. Vorne leuchtete ein einzelnes rotes ›Auge‹, und der Ork begrüßte es mit einem breiten Grinsen. Die Spinne wendete plötzlich und huschte die Mauer empor, dann ertönte ein Summen, und die Tür sprang auf. G-Dogg stieß sie ganz auf und bedeutete Kellan, einzutreten.

Verglichen mit draußen war es in der Garage dunkel, und Kellan sah die schnittigen Umrisse von Autos in den Wagenbuchten. Überall waren Werkzeugschränke auf Rollen, Wandregale mit Ersatzteilen, Hilfsmitteln und Schrott aus Metall und Gusskeramik in allen Größen und Formen aufgereiht. Der Wagen in der Bucht am anderen Ende des Gebäudes befand sich auf einer Hebebühne, und darunter war ein elektrisch-blaues Flackern zu sehen.

G-Dogg ging an den anderen Wagen vorbei zur letzten Bucht, und Kellan folgte ihm. Unter der Hebebühne befand sich eine mehrarmige Vorrichtung mit verschiedenen Werkzeugen und Greifern, die im Augenblick verschiedene Fahrgestellteile des Wagens festhielten und präzise festschweißten. Ein wenig abseits saß eine klobige Gestalt. Es handelte sich um einen Zwerg, nach Kellans Schätzung nicht einmal eineinhalb Meter groß. Seine Augen waren geschlossen wie in stummer Meditation, und die Hände lagen in seinem Schoß. Er trug schwere Arbeitsstiefel und einen dunkelblauen Overall mit Schmierflecken und einigen kleinen Brandlöchern. Haare und Bart waren braun und lang und mit metallischen Perlen und Klammern zu Zöpfen geflochten, aber was Kellan sofort auffiel, war das dünne Glasfaserkabel, das in der verchromten Buchse hinter seinem rechten Ohr steckte. Es führte an seinem Arm entlang und über den Boden zu dem Schweißgerät unter dem Wagen.

Das Gerät schweißte noch eine Naht, dann falteten sich seine Arme zusammen wie die Blüten einer sonderbaren Blume, und es nahm eine Ruhepose an. Der Zwerg auf dem Stuhl öffnete die Augen und wandte sich seinen Besuchern zu. Die Iris seiner Augen war von silbrigen Fäden durchzogen, die im trüben Licht funkelten. *Cyberaugen,* dachte Kellan.

»G-Dogg«, sagte er in neutralem Tonfall.

»Hey, Max, was liegt an?«

»Immer dasselbe«, erwiderte der Zwerg, indem er sich hinter das Ohr griff und das Kabel mit deutlich vernehmlichem Klicken aus der Buchse zog. Es wickelte sich rasch ins Gehäuse des Schweißgeräts auf. »Nur ein paar Verbesserungen«, sagte er.

»Sieht gut aus«, sagte G-Dogg nach einem Blick auf den Wagen.

»Danke.«

»Max, das ist Kellan Colt. Kellan, das ist Silver Max, einer der besten Rigger, die du je kennenlernen wirst.« Der Zwerg schien das Kompliment als angemessen zu empfinden und bedankte sich nicht.

»Hey«, sagte Kellan, indem sie die Hand ausstreckte.

Max nahm sie mit festem Griff und schüttelte sie. »Stellst du irgendwas zusammen, G-Dogg?«, fragte er.

»Nicht ich, sondern Lothan. Wir brauchen einen Fahrer, wahrscheinlich auch Überwachung.«

Der Zwerg hob eine buschige Augenbraue. »Was würde ich fahren und was springt dabei raus?«

»Einen Laster, und es wären 5K bei Lieferung.«

»Kampf?«, fragte der Zwerg.

»Kaum, wenn wir es richtig anstellen.«

»Wann?«

»Wir treffen uns heute Abend bei Lothan. Die Sache geht schon in ein paar Tagen über die Bühne.«

Der Zwerg ging zu der hydraulischen Bühne und betrachtete die Schweißnähte von unten. »Okay«, sagte er kurz angebunden. »Ich bin dabei.«

»Sahne«, sagte G-Dogg. »Wir treffen uns heute Abend um zwanzig Uhr bei Lothan.«

»Ich werde da sein«, erwiderte der Zwerg, ohne den Blick von seiner Arbeit abzuwenden. G-Dogg ging zur Tür, und Kellan folgte ihm dichtauf. Als sie gingen, nahm Silver Max einen Schraubenschlüssel und machte sich am Unterboden des Wagens zu schaffen.

»So weit, so gut«, sagte G-Dogg vor der Garage. »Mal sehen, ob die Info stimmt, die ich über den anderen Burschen bekommen habe.«

»Wo ist er?«, fragte Kellan, als sie einstiegen.

»In Redmond.«

Sie fuhren nach Osten. Der Nachbarbezirk Redmond hätte sich selbst dann nicht mehr von Bellevue unterscheiden können, wenn jemand es so geplant hätte. Die Konzern-Wohnkomplexe und eingezäunten Viertel wichen Straßen mit größtenteils verlassenen Häusern und gelegentlichen Konzernanlagen, die von hohen Stacheldrahtzäunen umgeben waren. Warnschilder wiesen darauf hin, dass die Zäune elektrisch geladen waren und zusätzlich von paranormalen Wachtieren wie Barghests, Höllenhunden und Schreckhähnen bewacht wurden.

»Redmond war früher mal eine ziemlich feine Gegend«, sagte G-Dogg, während Kellan ausgebrannte Ladenfronten und Fenster ohne Scheiben betrachtete, die mit Platten aus Bauplastik und Speerholz vernagelt waren und auf die Gangs ihre Graffitis gesprüht hatten. »Damals um die Jahrtausendwende gab es hier reichlich Computerfirmen, kleine Internetkonzerne und so'n Drek. Damals gab es die Matrix natürlich noch nicht. Der große Crash von '29 hat die ganzen Computerfirmen mitgerissen. Die meisten gingen über Nacht pleite, und viele andere zogen von hier weg und siedelten sich woanders an. Nach den Schäden, die der Geistertanzkrieg angerichtet hatte, und bei all dem Drek, den der Plex sonst noch durchmachte, hatte niemand Interesse daran, auch nur den Versuch zu unternehmen, alles wieder hinzubiegen. Also kamen Flüchtlinge und Metamenschen und Leute ohne Zuhause hierher und zogen einfach irgendwo ein. Heutzutage geht Lone Star nicht mit weniger als einem gepanzerten Truppentransporter und vollständiger Ausrüstung zur Aufruhrunterdrückung in die Barrens.«

Sie kamen an etwas vorbei, das wie eine Art Stuffer Shack in einer alten Tankstelle aussah, deren Zapfsäulen schon vor langer Zeit stillgelegt worden waren und über der das Skelett des alten Schildes aufragte. Kellan sah ein paar Mädchen – Menschen und Orks – an einer Straßenecke in der Nähe anschaffen, wo sie den Insassen aller vorbeifahrenden Wagen lustlos präsentierten, was sie anzubieten hatten.

»Diese Gegend hier wird ›Touristendorf‹ genannt«, sagte G-Dogg mit Blick auf ihre Umgebung. »Das ist hier die Grenze zu Bellevue, und ein paar von den Pinkeln und Anstandsbürgern gehen gern durch die Slums, wenn sie etwas nicht ganz so legalen Spaß haben wollen. Hier ist es gar nicht so schlimm, weil der Star einen ziemlichen Wirbel veranstaltet, wenn die Einheimischen einen Pinkel piesacken. In den Gegenden weiter östlich wie Glow City und Rattennest würden einen die Mutanten und Penner für ein Paar Schuhe abstechen, oder auch nur als Frischfleisch für die Ghule.«

Kellan schauderte ein wenig, obwohl sie es zu verbergen versuchte. Sie hatte Geschichten über Ghule gehört, entstellte Metamenschen, neben denen Orks und Trolle vergleichsweise angenehm wirkten. Ursprünglich menschlich, waren sie jetzt halbintelligente Kreaturen, die sich von menschlichem (und metamenschlichem) Fleisch ernährten. Sie lebten in Banden an Orten wie den Barrens, wo sie sich von Leichen ernährten und gelegentlich Jagd auf Penner und die Leute von der

Straße machten, wenn sie frisches Fleisch wollten. Kellan hatte noch nie einen Ghul gesehen und war nicht sonderlich erpicht darauf, je einem zu begegnen. Viele Gemeinden hatten ein Kopfgeld auf Ghule ausgesetzt, da sie sie für eine Bedrohung der öffentlichen Sicherheit hielten, und sie kannte einen Typen in Kansas City, der sich als Ghuljäger ein paar Kreds nebenbei verdient hatte, bis er dabei eines Tages verschwunden und nie wieder aufgetaucht war.

In Gedanken vertieft nahm Kellan kaum zur Kenntnis, dass G-Dogg langsamer wurde und den Wagen auf einen Parkplatz neben einem ramponierten und maroden Haus mit Ziegelfront fuhr. Der Platz war eine Mischung aus offenem Lehm und rissigem Asphalt und von einer dicken Kette umgeben, die an einbetonierten Pfosten befestigt waren. Eine ganze Reihe von Autos und Motorrädern parkten dort bereits; die meisten erheblich älter und ramponierter als der Argent des Orks. G-Dogg schaltete das Sicherheitssystem ein, kaum dass sie den Wagen verlassen hatten, und führte Kellan zur Vorderseite des Hauses.

Metallbuchstaben an der abbröckelnden Ziegelmauer verkündeten *Crusher 495*, und die Fenster darin waren massiv und dunkel getönt, sodass man von draußen nicht sehen konnte, was drinnen vorging.

G-Dogg drehte sich zu Kellan um, als sie sich der Tür näherten. »Richte dich einfach nach mir, okay?«, sagte er, und sie nickte, während er die Tür öffnete und in die Düsternis dahinter trat. Kellan folgte ihm, und ihre Augen gewöhnten sich langsam an die Dunkelheit. Während G-Dogg selbstsicher vorwärts schritt, ging ihr auf, dass viele der Läden, die sie in Seattle gesehen hatte, absichtlich düster oder schattig gehalten wurden. Vielleicht lag es daran, dass metamenschliche Augen in der Dunkelheit gut sehen konnten und Orks, Trolle und Zwerge weniger Licht bevorzugten, als Menschen lieb war. Oder daran, dass Runner und andere Gäste die Abgeschiedenheit mochten, die ihnen das matte Licht bescherte, oder an einer Kombination aus beidem.

Das *Crusher* erwies sich als Bar, die dem *Ebey's* ähnelte, obwohl es erheblich größer war. Das Mobiliar war schwer und aus Metall und sah nach Industrieware aus. Jedenfalls konnte es die massigen Körper der Orks und Trolle tragen, die den größten Teil der Kundschaft ausmachten. Die Bar verlief auf einer Seite und hatte eine geriffelte Metalloberfläche, vor der massige Hocker aufgereiht standen. Obwohl es mitten am Tag war, hing bereits eine blaugraue Rauchschwade unter der Decke und schuf Dunstkreise um die matt fluoreszierenden Lampen, während die dunkle Tönung der Fenster den größten Teil des Tageslichts schluckte.

G-Dogg betrachtete das gute Dutzend Gäste, das in der Bar verstreut saß, und peilte dann einen Typen an, der allein im hinteren Teil des Ladens hockte. Mit Kellan im Schlepptau ging er auf ihn zu. Sie bemerkte, dass die meisten Gäste ihr einen wachsamen Blick zuwarfen, bevor sie sich wieder ihren Getränken und Gesprächen zuwandten. Sie hatte das sichere Gefühl, dass der Empfang, wenn sie nicht mit G-Dogg, sondern allein gekommen wäre, noch weniger freundlich ausgefallen wäre.

Also überraschte es sie umso mehr, dass der Mann im hinteren Teil der Bar, der an einem hohen Glas mit einer dunklen Flüssigkeit nippte, ein Mensch war. Jedenfalls hielt Kellan ihn dafür. Es war schwer zu sagen. Er war dünn und drahtig, hatte breite Schultern in einer Lederjacke verpackt, die durch ihre Panzerung klobig aussah. Er trug einen breitrandigen Hut, der sein Gesicht in Schatten hüllte, aber aus der Nähe konnte Kellan erkennen, dass er hohlwangig war, eine spitze Nase und ein ebensolches Kinn hatte. Sein Gesicht war leichenblass und so tätowiert, dass es wie ein Schädel aussah, und als er sein Glas hob, um einen Schluck zu trinken, sah Kellan, dass die Hände aus verchromtem Metall beinahe skelettartig waren. Sie bewegten sich mit einem fast unhörbaren Sirren hydraulischer Myomerfasern; Cyberhände ohne die übliche Schicht synthetischer Haut, um ihnen ein normales Aussehen zu verleihen.

Der Mann sah bei ihrer Annäherung kaum auf, obwohl kein Zweifel daran bestand, dass er sie bemerkte. Er grüßte sie nicht und ließ nicht einmal beiläufiges Interesse erkennen.

»Soll ich dir einen ausgeben, Deacon?«, fragte G-Dogg.

Das schien die Aufmerksamkeit des Mannes zu erregen. Er sah den Ork an, aber das Gesicht blieb ausdruckslos, und die spiegelnden Augen waren unergründlich.

»Ich bin bedient«, sagte er knapp und schleppend, während er den Blick wieder auf die andere Seite der Bar richtete.

Mit einem Kratzen von Metall auf Beton zog G-Dogg einen Stuhl auf der anderen Seite des Tisches heraus. Er drehte ihn um und setzte sich mit dem Gesicht zur Lehne darauf. Kellan setzte sich auf einen Stuhl an dem kleinen Tisch daneben, und zwar seitlich, sodass die Lehne zwischen ihr und dem Mann war, den G-Dogg ›Deacon‹ genannt hatte.

»Wie wär's dann, wenn ich dir was anderes anbiete?«, fragte der Ork, und Deacon hielt inne und trank wieder einen Schluck, bevor er antwortete.

»Was hast du?«

»Arbeit. Lothan stellt ein Team zusammen.«

»Lothan ist ein erbärmlicher Sünder«, konterte Deacon. »Ein Anhänger der teuflischen Künste. Welche Sorte Arbeit hat er mir anzubieten?«

G-Dogg grinste und zeigte dabei seine Hauer. »Einen schlichten Job, bei dem es darum geht, einen Megakonzern um einige seiner erschlichenen Waren zu erleichtern.«

Das schien Deacons Interesse zu wecken. G-Dogg beugte sich ein wenig weiter vor und sagte leise: »Ares.«

Der Mann reagierte nicht, und sein Gesicht blieb so unbewegt wie ein Stein. Er trank noch einen Schluck und stellte das Glas auf den Tisch, bevor er antwortete.

»Wann?«, fragte er nur.

»Heute Abend bei Lothan, zwanzig Uhr.«

Deacon nickte behäbig.

»Wir sehen uns dann.« G-Dogg erhob sich und drehte seinen Stuhl wieder um. Kellan stand gleichzeitig auf. Sie drehten sich um, gingen und ließen Deacon an seinem Drink nuckelnd im Schatten zurück.

Kellan wartete, bis sie draußen waren, bevor sie etwas sagte. »Wer zum Teufel *war* das?«, fragte sie.

»Der Typ nennt sich Street Deacon«, erwiderte der Ork. »Gerüchten zufolge hat er früher für einen Megakonzern gearbeitet, und der hat ihn wohl im Regen stehen lassen. Du kannst dir denken, welcher es war. Jedenfalls hat ihn das gewaltig aus der Bahn geworfen. Er arbeitet jetzt schon seit Jahren in den Schatten Seattles. Sagt, er sei ein ›Werkzeug göttlicher Vergeltung‹ oder irgendwas in der Art. Er nimmt Jobs an, bei denen es Megakonzernen, dem organisierten Verbrechen und allem anderen an den Kragen geht, das er für ›sündig‹ hält. Er ist einer der besten Kanonen, die man im Plex mieten kann.«

»Er hat dich nicht mal gefragt, wie viel bei dem Job rausspringt.«

»Das liegt daran, dass es ihm ziemlich egal ist«, sagte er. »Er tut es nicht des Geldes wegen, obwohl er nicht billig ist. Er glaubt, er handelt im Auftrag Gottes oder so. Außerdem kennt er mich, und er kennt Lothan, und keiner von uns würde versuchen, seinen Preis zu drücken. Er ist niemand, von dem ich mir wünschen würde, dass er sauer auf mich ist.«

»Ja, aber er hat gesagt, Lothan wäre ein erbärmlicher Sünder«, sagte sie.

G-Dogg gluckste. »Für Street Deacon ist *jeder* ein erbärmlicher Sünder, Mädchen, er selbst eingeschlossen. Das heißt nicht, dass er nicht mit einem arbeitet. Trotzdem solltest du möglichst auf den Magiekram verzichten, wenn du in seiner Nähe bist. Er scheint zu glauben, dass alle Zauberschleudern ihre Seele dem Teufel verkauft haben.«

»Sahne.«

»Mach dir keinen Stress. Wie ich schon sagte: Das heißt nicht, dass er nicht mit dir arbeitet. Solange er bezahlt wird, ist es nur ein Geschäft. Natürlich nur, bis ihn jemand anders dafür bezahlt, auf seiner Seite zu sein.«

Kellan blieb neben der geöffneten Wagentür stehen. »Ist das schon vorgekommen?«

G-Dogg zuckte die Achseln, bevor er einstieg. »Sicher, es kommt andauernd vor. In dem Fall musst du einfach versuchen, auf der Gewinnerseite zu sein oder zumindest Leuten wie Deacon aus dem Weg zu gehen.«

»Und wenn das nicht geht?«, fragte Kellan.

G-Dogg sah sie an, als er den Motor anließ und den ersten Gang einlegte. »Dann bist du auf dich allein gestellt, Mädchen«, erwiderte er.

Kapitel 6

Als G-Dogg zurück nach Capitol Hill fuhr, glaubte Kellan schon, sie hätten alle kontaktiert, die sie kontaktieren sollten, und würden zu Lothan fahren. Wie sich herausstellte, hatten sie vor der Rückkehr zum Haus des Trollmagiers allerdings noch einen weiteren Besuch vor sich. G-Dogg fand einen Parkplatz in einer Seitenstraße unweit der Mitte des Viertels, ein kurzes Stück von Lothans Haus entfernt. Er schob seinen Kredstab in die Parkuhr, die automatisch die Parkgebühr abbuchte und die verbleibende Parkzeit anzeigte.

G-Dogg führte Kellan an ein paar kleineren Läden und einem Café vorbei. Die Gehsteige waren voller Leute, die ihren Geschäften nachgingen und bemüht waren, einander so gut wie möglich zu ignorieren. Manche telefonierten, indem sie entweder in ein winziges, ans Ohr gequetschtes Handy sprachen oder einfach ins Leere, wobei sie subdermale Implantate benutzten, die sie direkt mit dem Fernsprechnetz verbanden.

Kellan sah eine kleine Gruppe Mädchen, die wahrscheinlich nur ein paar Jahre jünger waren als sie. Sie sahen sich die Trideo-Werbung für das neuste Darkvine-Album und die damit verbundenen Mode-Accessoires im Schaufenster eines Ladens an und unterhielten sich aufgeregt. Kellan verspürte eine Woge der Abneigung gegen diese offensichtlich privilegierten Töchter wohlhabender, anständiger Eltern, aber sie empfand auch eine Spur Neid. Sie gehörten zu den Mädchen, die Kellan in Restaurants und Geschäften bedient hatte, bevor sie sich selbstständig gemacht hatte, und denen sie für einen lachhaften Lohn in den Hintern gekrochen war.

Für einen winzigen Augenblick fragte sie sich, wie es wohl war, aus einer Familie mit Geld zu stammen und sich nicht fragen zu müssen, wann und was man das nächste Mal essen, wo man schlafen und ob man wohl einen Job finden würde, der einem genug Geld zum Überleben einbrachte. Sie fragte sich, ob es wohl anders gewesen wäre, hätte es ihre Mutter noch gegeben.

Ihre Hand strich über das kühle Metall des Torques. Ihre Mutter – wer war sie gewesen? Was war ihr zugestoßen?

Als kleines Mädchen hatte sie sich immer vorgestellt, ihre Mutter sei eine wichtige Persönlichkeit und habe Kellan zurückgelassen, um sie zu schützen, und nicht, weil sie sich nichts aus Kellan gemacht hatte, wie ihre Tante sagte. Sie hatte immer gehofft, ihre Mutter würde zu ihr zurückkehren und sie mitnehmen, obwohl diese Hoffnung mit jedem Jahr ohne Nachricht immer geringer geworden war. Kellans Tante hatte behauptet, ihre Mutter sei wahrscheinlich tot.

Und nun, ohne Vorwarnung, gab es diese Verbindung zu ihrer Mutter, wie klein sie auch sein mochte. Hatte sie das Paket geschickt? In der Nachricht hatte es geheißen: ›Diese Sachen haben deiner Mutter gehört‹, was ihre Mutter so sicher nicht schreiben würde, es sei denn, sie wollte nicht, dass Kellan erfuhr, dass sie noch lebte. Aber warum?

Kellan hoffte, sie würde Gelegenheit bekommen, es herauszufinden, aber dafür brauchte sie die nötigen Mittel und Connections.

Sie freute sich auf den Tag, an dem sie das große Geld machen und Kreds verprassen würde. Dann konnte sie endlich herausfinden, was mit ihrer Mutter geschehen war, und sich um ihre Angelegenheiten kümmern. Dann würde sie diejenige sein, die sagte, wo es langging. Sie würde es schaffen, und dann würde sie sich nie wieder um irgendetwas Sorgen machen müssen.

»Willst du etwas über deine Zukunft erfahren?«, fragte eine Stimme nicht weit entfernt von Kellan, und als sie sich umdrehte, sah sie eine Frau hinter einem Kartentisch sitzen, der vor einem Café stand. Ein uralt aussehender, schwarzer Schal war über den Tisch geworfen, und ein Satz Tarot-Karten lag darauf. Die Frau war eine Elfe und trug ein enges T-Shirt unter einem Umhang, der an der Schulter von einer runden Brosche mit einem keltischen Knoten-Muster gehalten wurde. Die weite Jeans war mit mystischen Symbolen und Zeichen bemalt, ihr Haar war sandfarben und lang und fiel ihr in Wellen über die Schultern, und natürlich sah sie umwerfend aus mit ihren durchdringenden blauen Augen, die direkt in Kellans Seele zu schauen schienen.

»Die Karten wissen alles«, sagte sie hochtrabend und mit einer weit ausholenden Geste. »Nur zwanzig Nuyen für die geheimen Einsichten in das Tarot des elfischen Lebensbaums.«

»Wie wär's, wenn du *mir* die Karten legst, Liada?«, sagte G-Dogg, und die Frau lächelte.

»Ich habe nichts zu verschenken, G«, erwiderte sie. Statt einer Antwort zog der Ork eine zerknitterte Mylar-Note aus der Tasche und warf sie in den umgedrehten Zylinder vor Lindas Füßen.

»Okay«, sagte sie achselzuckend. »Mal sehen, was die Karten zu sagen haben.« Sie mischte das Spiel mit präzisen, geübten Bewegungen, bevor sie zweimal abhob und den Stapel so in drei Haufen teilte, die sie vor sich ablegte. Dann schloss sie einen Moment die Augen und stieß einen leisen Seufzer aus.

»Vergangenheit, Gegenwart und Zukunft«, sagte sie, indem sie bei jedem Wort auf einen Packen tippte. Sie drehte die oberste Karte des ersten Haufens um. Es war die Pentagramm-Vier. Das Bild zeigte Maurer, die an einem halb fertigen Turm oder Schloss mit Buntglasfenstern arbeiteten.

»Harte Arbeit als Grundlage für materiellen Erfolg«, sagte sie. »Sich abmühen, Sachen zu regeln.« Sie warf G-Dogg lächelnd einen Seitenblick zu und drehte dann die nächste Karte um.

Es war der König der Stäbe. »Ein düsterer Mann«, fuhr sie fort, »mit starkem Willen, intellektuell ...« Sie hielt inne und sah G-Dogg wieder an, den Mund zu einer dünnen Linie zusammengepresst. Dann drehte sie die oberste Karte des letzten Stapels um.

Die Prinzessin der Stäbe, die eine brennende Fackel hielt, welche die Dunkelheit erleuchtete. »Eine junge Frau«, sagte sie, »mit einer leidenschaftlichen Natur, die den richtigen Weg weist.« Sie sah Kellan an und dann wieder G-Dogg und lehnte sich dann mit einem Seufzer zurück. »Was will Lothan?«, fragte sie, indem sie die Karten nahm und wieder in den Stapel schob. Sie glättete ihn, indem sie mit dem Packen leicht gegen den Tisch klopfte, bevor sie ihn in einem kleinen bestickten Lederbeutel verstaute.

»Wir haben eine Besprechung ...«, begann G-Dogg.

»Kein Interesse«, erwiderte Liada abwinkend.

»Verdienst du so viel Geld mit Kartenlegen?«, erwiderte G-Dogg.

»Es geht«, sagte sie ein wenig rechtfertigend, »aber damit hat es nichts zu tun. Mir ist nur einfach nicht danach, mit dem ›Allmächtigen Meister der Arkanen Künste‹ zusammenzuarbeiten.« Ihr gelang eine ziemlich gute Parodie von Lothans hochmütigem Tonfall, und zudem wedelte sie dazu hochtrabend in der Luft herum.

»Es geht um einen ganz einfachen Job«, sagte G-Dogg.

»Mit Lothan ist es nie ganz einfach. Das weißt du.«

»Ja, und ich weiß auch, dass du seine erste Wahl für magische Rückendeckung bei diesem Job bist.«

»Rückendeckung«, wiederholte Liada. »Was bedeutet, die zweite Geige nach dem Meister zu spielen. Nein, danke.«

»Okay.« G-Dogg zuckte die Achseln. »Ich sage ihm einfach, du warst nicht bereit dazu.«

Die Elfe hob eine Augenbraue und funkelte den lächelnden Ork an. Dann schob sie den Lederbeutel mit dem Tarotspiel in die geräumige Schultertasche, die neben ihr auf dem Boden stand. »Wann ist die Besprechung?«, fragte sie.

»Bei Lothan um zwanzig Uhr.«

»Ich werde da sein«, sagte sie. »Ich höre mir an, was er zu

sagen hat, aber ich verspreche nichts. Wenn mir nicht gefällt, was ich höre, sage ich Lothan, wo er sich seinen Job hinstecken kann, und schwirre ab.«

»Hört sich fair an«, sagte G-Dogg.

»Bist du bei dieser Sache dabei?«, fragte Liada Kellan.

»Ja.«

»Pass gut auf den da auf«, sagte sie mit einem G-Dogg geltenden Kopfnicken, »und auf Lothan. Sie haben eins gemeinsam: Sie sind beide manipulative Bastarde.«

G-Dogg grinste, stritt es aber nicht ab.

»Ich bin Liada.« Sie hielt Kellan eine Hand hin, und Kellan schüttelte sie.

»Kellan.«

»Bist du neu in Seattle?«

»Ja.«

»Tja, nett, dich kennenzulernen.«

»Sie ist Lothans neuer Lehrling«, meldete sich G-Dogg zu Wort, was Liada dazu veranlasste, eine zierliche Augenbraue zu heben.

»Ach, tatsächlich?«, sagte sie. »Tja, mein Beileid. Ich hoffe, du überlebst die Erfahrung.« Sie erhob sich von ihrem Hocker und wandte sich an G-Dogg. »Sag seiner Hoheit, dass ich heute Abend dabei bin.«

Nachdem sie Liada verlassen hatten, blieb ihnen immer noch etwas Zeit, also schlug G-Dogg vor, irgendwo etwas zu essen. Kellans Magen erinnerte sie daran, dass sie abgesehen von dem Nukit-Burrito den ganzen Tag noch nichts zu sich genommen hatte. Kurze Zeit später saßen sie in irgendeinem Laden in Capitol Hill in einer Nische und unterhielten sich.

»Warum die ganze Arbeit, um Leute zu kontaktieren?«, fragte Kellan. »Lothan hätte all das mit drei Anrufen erledigen können.«

G-Dogg fing an, Punkte an seinen Fingern abzuzählen, und Kellan fiel zum ersten Mal auf, dass der Ork sechs Finger an jeder Hand hatte. Ihr fiel ein, in diesem Zusammenhang mal irgendwas über eine ›sekundäre Mutation‹ gehört zu haben. Nur ein geringer Prozentsatz der Orks hatte den zusätzlichen Finger, wie nach dem Erwachen noch viele andere seltsame Mutationen aufgekommen waren.

»Erstens«, sagte er, »regelt Lothan diese Dinge nicht gern, und wie du dir denken kannst, ist er auch nicht besonders gut darin. Ich unterhalte mich gern und regle meine Geschäfte auch lieber von Angesicht zu Angesicht.

Zweitens muss man mit Geschäftsdingen am Kom sehr vorsichtig sein. Man weiß nie, wer vielleicht zuhört. Ein Job wie dieser ist wahrscheinlich keine große Sache, aber es gibt Decker, die sich ihren Lebensunterhalt damit verdienen, Bruchstückinfo aus der Matrix zusammenzusetzen, Verbindungen herzustellen und die Daten dann an die richtigen Leute weiterzugeben, die bereit sind, dafür zu bezahlen. Es besteht immer die Möglichkeit, dass jemand mithört, wenn ein Run über die Bühne geht. Deswegen versucht man das so verschwiegen wie möglich zu handhaben. Außerdem ist es leichter, ein Gefühl dafür zu entwickeln, was die Leute denken, wenn man ihnen gegenübersteht, statt mit ihnen am Kom zu reden.«

»Gibt es ein Drittens?«, fragte Kellan.

»Ja. Drittens wollte ich dir Gelegenheit geben, alle kennenzulernen und ein wenig zu schnuppern, wie das Geschäft hier in Seattle abläuft.«

»Kommt mir nicht so vor, als wäre Lothan bei allen unheimlich beliebt«, forcierte Kellan einen Themenwechsel. Sie wusste seine Rücksichtnahme zu schätzen, aber es störte sie irgendwie auch, dass G-Dogg glaubte, sie müsse überall vorgestellt werden wie eine blutige Anfängerin.

»Lothan kann eine ziemlich hohe Meinung von sich haben«, sagte G-Dogg, »aber ich kann dir sagen, dass er das Geschäft kennt wie sonst kaum jemand. Lothan läuft schon länger in den Schatten als irgendwer, den ich kenne. Er ist vielleicht nicht das Charisma in Person, aber er weiß, was er tut. Und genau das zählt in diesem Geschäft. Deswegen arbeiten die Leute noch mit ihm zusammen, auch wenn er einem manchmal ziemlich auf die Nerven gehen kann.«

»Arbeitest du auch deswegen mit ihm zusammen?«

»Das ist einer der Gründe. Sagen wir einfach, dass ich Lothan was schuldig bin, und belassen es dabei, okay? Er hat mir mal geholfen, also helfe ich jetzt ihm.«

Es dauerte nicht lange, bis sie zu Lothan zurückfuhren, wo sich die Runner zur Besprechung versammelten. Der alte Troll hatte ganz auf geschäftlich geschaltet und wollte warten, bis alle da waren, bevor er über den Job redete. Sie versammelten sich in Lothans Arbeitszimmer und saßen in einem knappen Halbkreis vor den überladenen Bücherregalen.

Liada traf zuerst ein, gefolgt von Silver Max, Street Deacon und Orion. Als alle da waren, setzte sich Lothan auf den breiten Stuhl hinter seinem Schreibtisch. Er drehte den Bildschirm des Telekoms zu den Anwesenden und drückte auf eine Taste. Ein grünes Licht leuchtete am Schirm auf und zeigte an, dass er betriebsbereit war.

»Ich glaube, die meisten von euch kennen Jackie Ozone, zumindest dem Namen nach«, sagte Lothan mit einem Nicken zum Telekom. Auf dem Bildschirm erschien das cartoon-artige Bild eines Mädchens mit großen Augen, einem winzigen, zierlichen Mund und langen, dunklen Haaren, das ein fließendes weißes Gewand trug und einen silbernen Stab in der Hand hielt. Sie verbeugte sich mit einer verschnörkelten Bewegung des Stabs, der ein Gefunkel kosmischen Staubs hinter sich herzog.

»Hallo zusammen«, erklang eine fröhliche Stimme aus den Lautsprechern des Telekoms.

»Jetzt, wo wir alle hier sind«, sagte Lothan, »lasst uns zum Geschäft kommen. Der Job ist ziemlich simpel: Wir sollen uns irgendeine Fracht krallen, die mit dem Laster in den Plex kommt. Sie gehört Ares Macrotechnology, und Informationen unseres Auftraggebers deuten darauf hin, dass die Ware durch bescheidene Sicherheitsvorkehrungen geschützt wird.«

»Was ist das für eine Fracht?«, fragte Silver Max, und Lothan zuckte die Achseln.

»Der Johnson meinte, der Job liefe unter dem Grundsatz, dass wir alles erfahren, was wir wissen müssen ...«, erwiderte er.

»... und das müssen wir nicht wissen«, beendete Max den Satz und bedeutete dem Troll mit einem Kopfnicken, fortzufahren.

»Wir müssen uns den Laster schnappen, wenn er im Plex ist, und ihn dann an einem Ort in Redmond abliefern, den unser Klient genannt hat. Da er über die East Road in den Plex kommt, sollten wir den Laster angehen, solange er noch in Redmond ist und bevor er Bellevue erreicht.«

»Er fährt zur Ares-Anlage in Bellevue?«, fragte Liada, und Lothan nickte.

»Hört sich ziemlich einfach an«, sagte Silver Max.

»Das Honorar beträgt fünftausend Nuyen pro Kopf bei erfolgreicher Beendigung des Runs«, sagte Lothan, während er die Runner der Reihe nach ansah. »Die Zeit ist etwas knapp, da die Fracht in zwei Tagen eintrifft. Damit haben wir nur einen Tag, um den Run im Detail auszuarbeiten und alle Vorbereitungen zu treffen.« Er musterte die versammelten Runner. »Sind wir uns über die Bedingungen einig?«

»Sieht so aus, als hättest du mehr Muskeln, als du brauchst«, sagte Street Deacon lakonisch in seiner schleppenden Redeweise mit einem Blick auf Orion und G-Dogg.

»Ich finde, eine kleine Reserve kann nicht schaden«, erwiderte Lothan, »aber du kannst gern aussteigen, wenn es dir zu voll ist.«

Deacon bedachte Lothan mit einem dünnlippigen Lächeln, bei dem Kellan das Blut gefror. »Es ist dein Geld«, sagte er.

»Sonst noch jemand?«, fragte der Troll. »Also gut. Folgendes: Max, der Laster dürfte ein normaler Ares-Tieflader sein.«

»Bemannt?«

»Ja, aber mit Rigger-Kontrollen. Also brauchen wir dich an Ort und Stelle, um ihn zu fahren, wenn wir ihn gesichert haben.«

»Kein Problem«, sagte der Zwerg. »Was habe ich vorher zu tun?«

»Beobachtung«, sagte Lothan. »Deine Drohnen werden den Laster auf seinem Weg zu dem von uns ausgewählten Angriffspunkt überwachen. Außerdem sollst du den Weg auskundschaften und geeignete Stellen heraussuchen, wo wir uns den Laster mit einem Minimum an Zeugen und Ärger schnappen können.«

Die silbernen Perlen in den Zöpfen des Zwergs funkelten, während er nickte.

»Jackie, meine Liebe«, sagte Lothan zum Telekom. »Deine Aufgabe besteht darin, dein Netz auszuwerfen und alle Informationen zu sammeln, die sich in der Matrix über diese Ladung auftreiben lassen. Verifiziere die Informationen von unserem Mr Johnson und finde alles Nötige über die Sicherheitsvorkehrungen und die Opposition heraus, über alles, womit wir es zu tun haben werden.«

Das hübsche Cartoon-Gesicht verzog sich zu einem mädchenhaften Schmollmund. »Ist das alles?«, fragte sie. »Lothan, ich dachte, dieser Job würde interessant. Das hört sich alles nicht sonderlich schwierig an.«

»Das weiß man immer erst, wenn man es versucht«, sagte der Troll, »aber versuch nicht, die Angelegenheit ›interessanter‹ zu machen, als sie ist, *so ka*?«

»Spielverderber«, sagte die Deckerin mit einem schelmischen Lachen.

»Liada«, fuhr der Troll fort, wobei er außer Acht ließ, dass Jackies Persona ihm auf dem Telekom-Monitor die Zunge herausstreckte. »Ich möchte, dass du die astrale Aufklärung der Route übernimmst, um ganz sicherzugehen, dass es keine Überraschungen gibt. Anschließend würde ich gern die Koordination unserer magischen Offensive und Defensive mit dir besprechen.«

»In Ordnung«, sagte die Elfenmagierin, die vage gelangweilt wirkte. »Dann wirst du uns also auf diesem kleinen Run begleiten?«

»Selbstverständlich«, erwiderte Lothan in einem Ton, der keinen Hehl aus der Tatsache machte, dass er keinem von ihnen zutraute, die Angelegenheit zu meistern, wenn sie nicht unter seiner Leitung standen.

»G-Dogg«, wandte er sich an den orkischen Rausschmeißer. »Wird die Route 90 gegenwärtig von jemandem für sich beansprucht?«

G-Dogg öffnete den Mund, um zu antworten, doch Orion kam ihm auf der anderen Seite des Zimmers zuvor.

»Die Rusted Stilettos und die Red Hot Nukes beanspruchen sie beide«, sagte der Elf. »Aber nach allem, was mir zu Ohren gekommen ist, haben beide nicht viel, um ihre Ansprüche zu untermauern.«

Lothan sah G-Dogg um Bestätigung heischend an, und der Ork nickte. »Hört sich richtig an«, sagte er. »Ich glaube, die Stilettos haben die Nase vorn, weil Glow City so nah am Highway liegt und niemand wirklich scharf auf ihr Revier entlang der 202 ist.«

»Ja, aber die Nukes haben die Motorräder«, konterte der Elf, »und kürzlich sind sie von Hollywood aus weiter den Highway entlang vorgedrungen.«

Lothan wandte sich an G-Dogg. »Finde alles über ihre jüngsten Aktivitäten heraus«, sagte der Magier. »Stell fest, ob wir womöglich Ärger mit ihnen bekommen.« Dann wandte er sich an Orion. »Glauben Sie, Sie können noch mehr herausfinden?«

»Ich kann mich umhören«, sagte der Elf.

»Tun Sie das, aber diskret. Tatsächlich solltet ihr alle zusehen, ob ihr etwas über die Situation entlang der East Road und der Grenze zwischen Redmond und Renton herausfinden könnt – und auch sonst alles, was hilfreich sein könnte. Aber ich will nicht, dass irgendwas davon durchsickert. Wir haben zwar nur zwei Tage, aber es wäre dennoch unschön, wenn unser Ziel vorgewarnt wäre. Wir treffen uns morgen zur selben Zeit hier«, sagte Lothan, »und besprechen den Plan. Es sei denn, es gibt noch andere Fragen?«

»Äh, ja«, sagte Kellan, indem sie sich in dem Raum umsah. »Was soll ich machen?«

Lothan lächelte nachsichtig. »Für dich schwebt mir etwas ganz Besonderes vor, Kellan«, sagte er. »Da sich, wie ich es einschätze, die meisten deiner Kontakte in Seattle hier in diesem Raum befinden, halte ich es für das Beste, wenn wir uns darauf konzentrieren, dich auf deine Rolle in unserem kleinen Drama vorzubereiten. Du kannst heute Nacht hier bleiben, wenn du willst, dann machen wir uns morgen an die Arbeit.«

Liada schnaubte in ihrer Ecke, was Kellan geflissentlich ignorierte, da sie sich ganz auf Lothan konzentrierte. Sie nickte. »Okay«, sagte sie.

»Keine Sorge, Schätzchen«, kam Jackie Ozones Stimme aus dem Telekom. »Lothan ist nicht mehr der Frauenjäger, der er mal war, obwohl es stimmt, was man über einen Mann mit Erfahrung sagt!« Ihre Persona verdrehte die großen Augen und kicherte mädchenhaft. Kellan sah, wie sich Lothans buschige weiße Augenbrauen zusammenzogen, und sie hätte schwören können, dass der massige Troll unter seinem grünlichen Teint ein wenig errötete.

»Ich würde sagen, wir sind hier fertig«, sagte er, indem er mit seinem dicken Finger auf eine Taste des Telekoms drückte. Der Bildschirm wurde plötzlich schwarz. Liada und G-Dogg glucksten leise, während sich die Runner erhoben und verabschiedeten, bevor sie zur Tür gingen. Orion und Street Deacon hatten vor ihrem Abgang nichts mehr zu sagen, aber die anderen blieben noch einen Moment, um zu reden.

»Also?«, fragte G-Dogg Kellan. »Du pennst heute Nacht hier?«

Sie sah Lothan kurz an, bevor sie antwortete, und der Trollmagier sagte: »Trotz Jackies kindischer Scherze versichere ich dir, Kellan, dass du nichts von mir zu befürchten hast. Es gibt ein Gästezimmer, in dem du schlafen kannst. Die Tür ist verschließbar, falls du dich dann besser fühlst.«

»Ich denke schon«, sagte sie zu G-Dogg.

Der Ork nickte und tätschelte ihr beruhigend den Arm, bevor er ging.

Die anderen Runner waren gerade gegangen, als Kellans Handy klingelte. »Hallo?«, sagte sie, und die schelmische Stimme von Jackie Ozone begrüßte sie.

»Lothan ist okay«, sagte die Deckerin, »aber nimm dich trotzdem in Acht.«

»Danke«, sagte Kellan in so neutralem Ton wie möglich. »Das werde ich.«

»Hier ist eine Nummer, unter der du mich erreichen kannst.« Kellans Handy summte, als es die Daten empfing. »Ruf mich an, wenn du irgendwas brauchst. Willkommen in Seattle«, sagte Jackie mit einem Lachen. »Wir sehen uns.« Dann legte sie auf. Als sie ihr Handy zusammenklappte, ging Kellan auf, dass sie die Deckerin nicht gefragt hatte, wie sie überhaupt an ihre Nummer gekommen war.

Kapitel 7

Lothans Gästezimmer war zwar nicht verschwenderisch ausgestattet, aber Kellan konnte sich trotzdem nicht mehr daran erinnern, wann sie zuletzt in einem so schönen Raum geschlafen hatte. Jedenfalls nicht, seit sie sich selbstständig gemacht hatte. Das Zimmer war viel besser als das Sarghotel, in dem sie seit ihrer Ankunft in Seattle geschlafen hatte. Sie vermisste die Enge und die dünne Schaumpolsterung kein bisschen und schlief trotz der ungewohnten Umgebung und Jackie Ozones etwas ominöser Warnung, sich vor Lothan in Acht zu nehmen, wie ein Stein.

Nichts und niemand störte ihren Schlaf, und als Kellan erwachte, fühlte sie sich ausgesprochen munter. Sie setzte sich auf, reckte sich ausgiebig, wobei ihre Gelenke knackten, und stieß einen Seufzer aus.

»Oh, gut, du bist wach!«, sagte eine Stimme.

Kellan fuhr herum und stieß einen leisen Schrei aus.

Über dem Bett schwebte eine winzige Gestalt, weniger als einen halben Meter groß. Sie war humanoid und hatte einen breiten Kopf, der in erster Linie aus einer langen Nase und großen, spitzen Ohren zu bestehen schien. Das Wesen hatte dünne Arme und Beine, aber große Hände und Füße. Besonders auffallend waren die Fledermausflügel, der gegabelte Schwanz und die Tatsache, dass die Kreatur durchsichtig war. Kellan konnte Wand und Möbel hinter dem Wesen sehen.

»Wer ... was bist du?«, fragte sie mit bis zum Kinn hochgezogenem Laken.

Das kleine Wesen verbeugte sich in der Taille (wenn es

denn eine hatte) und wedelte mit einem Arm. »Ich bin Nicodemus«, sagte es mit hoher, schriller Stimme. »Der Meister hat mir aufgetragen zu warten, bis du aufwachst. Der Meister hat mir aufgetragen, dir etwas zu sagen. ›Sag es ihr, wenn sie wach ist‹, hat er gesagt.«

»Was sollst du mir sagen?«

Diese Frage schien Nicodemus zu verblüffen, und er hielt kurz inne. Er verdrehte die Augen, und seine Stirn runzelte sich voller Konzentration, während er sich das Kinn rieb.

»Hmm«, überlegte er.

»Was sollst du mir sagen?«, wiederholte Kellan, und der kleine Kobold schien aus seinen Grübeleien zu erwachen.

»Er hat gesagt, ich soll dir sagen, dass du dich waschen und frühstücken sollst, bevor du heute mit der Arbeit anfängst«, erwiderte er. »Er hat gesagt, ich soll dir zeigen, wo alles ist, und dass er nicht gestört werden will, bevor er nicht fertig ist. Komm.« Der Geist schwebte näher an Kellan heran und winkte mit einer Hand. »Komm, ich zeige dir alles.«

Kellan sammelte vorsichtig ihre Kleidung auf und folgte der schwebenden Gestalt aus dem Zimmer. Nicodemus führte sie in ein Badezimmer, wo Kellan den Kobold verscheuchte und ihr zweitgrößtes morgendliches Vergnügen genoss: Eine lange, heiße Dusche. Zwischendurch ging ihr auf, dass dies ein Badezimmer für Gäste sein musste. Die Vorrichtungen waren nicht annähernd groß genug für einen Troll wie Lothan, der sich nicht in die Badewanne oder Dusche hätte quetschen können (tatsächlich hätte er kaum in das Zimmer gepasst).

Sie war fast mit dem Haarewaschen fertig, als der rötliche Kobold wie ein Geist durch die Milchglastür der Dusche schwebte.

»Willst du jetzt essen?«, fragte Nicodemus fröhlich.

Kellan schrie etwas, warf die Seife nach ihm und scheuchte ihn aus der Dusche. Sie trocknete sich ab, zog sich an und wünschte, sie hätte Gelegenheit gehabt, ihre Klamotten zu waschen, aber das musste noch warten. Sie traf Nicodemus vor dem Badezimmer wieder. Ihr Ausbruch schien seinem Enthusiasmus keinen Abbruch getan zu haben, und er führte sie in die Küche des Hauses, wo Kellan einen reichlichen Vorrat Fertignahrung fand, mit dem selbst ihre beschränkten Kochkünste zurechtkamen. Sie stellte etwas in die Mikrowelle und saß bald vor einer Mahlzeit, die weniger Soja-Ersatzprodukte enthielt, als alles, was sie seit langem gegessen hatte. Lothan kam ganz offensichtlich im Geschäft mehr als gut zurecht.

Nicodemus schwebte nah bei ihr und beobachtete Kellan schweigend beim Essen. Ihr ging auf, dass er wahrscheinlich ebenso Wachhund wie Helfer war und die Aufgabe hatte, sie im Auge zu behalten und dafür zu sorgen, dass sie Lothan keine Kopfschmerzen bereitete, während er sie bediente. Lothan war ein gewiefter alter Troll, das war mal sicher.

Wenn er mir beibringen kann, wie man solche Sachen macht, dachte sie mit einem Blick auf Nicodemus, *dann hat G-Dogg recht. Dann kann ich es in diesem Geschäft zu was bringen.* Kellan dachte an die Entwicklung der letzten paar Tage. Sie war von einem Neuankömmling im Plex, der eigentlich niemanden kannte, zum Lehrling eines Trollmagiers aufgestiegen und Teil eines Runner-Teams, das sich auf einen Job vorbereitete. Sie konnte ihr Glück kaum fassen.

Trotzdem musste sie immer wieder daran denken, dass jeder, mit dem sie gestern geredet hatte, sich vor Lothan zu hüten, wenn ihm nicht sogar mit Verachtung zu begegnen schien. Sie waren zwar bereit, mit ihm zu arbeiten, schienen ihn aber nicht sonderlich zu mögen. Selbst G-Dogg, der für Lothan eintrat, kam ihr nicht wie ein Freund des Trolls vor. Dann war da noch Jackie Ozones Warnung. Was meinte sie damit, Kellan solle sich in Lothans Nähe ›in Acht nehmen‹? War etwas mit dem Troll, wovon ihr noch niemand etwas gesagt hatte?

»Na, fühlst du dich gestärkt für den Tag?«

Beim Klang von Lothans Stimme drehte sich Kellan um und sah den alten Troll in der Küchentür stehen. Sie schluckte den Bissen herunter, an dem sie gerade kaute, und schob ihren Teller weg. »Ja, alles klar«, sagte sie rasch.

»Nicodemus hat gemeldet, dass du wach bist. Ich hatte schon gedacht, du würdest den ganzen Tag verschlafen, aber ich bin sicher, du hattest den Schlaf nötig.«

»Äh, ja, danke«, sagte Kellan. »Wie spät ist es überhaupt?«

»Kurz nach zehn«, erwiderte Lothan. »Immer noch reichlich Zeit, um mit deiner Ausbildung anzufangen. Bis heute Abend dürften wir von den anderen eigentlich nichts hören. Bist du bereit?«

»Ich denke schon.«

»Ausgezeichnet. Warum kommst du dann nicht mit in mein Arbeitszimmer, dann können wir gleich anfangen. Nicodemus?«, sagte er zu dem in der Nähe schwebenden Geist.

»Ja, Meister?«

»Ich brauche dich einstweilen nicht mehr. Du bist entlassen.«

»Ja, Meister.« Der Geist verbeugte sich gehorsam. Dann wallte eine winzige Wolke schwarzer Rauch auf, und der kleine Kobold verschwand. Lothan wandte sich ab und verließ die Küche ohne ein weiteres Wort.

Kellan nahm die Überreste ihres Frühstücks und ging damit in Lothans Arbeitszimmer. Das Haus war bei Tag erheblich heller und viel weniger schaurig, obwohl ihr auffiel, dass Lothan dazu neigte, die schweren Vorhänge vor den Fenstern zu lassen, sodass das Haus von innen lediglich von dem wenigen Licht erhellt wurde, das an den Rändern durchsickerte. Sie nahm an, es lag daran, dass Trollaugen lichtempfindlicher waren als Menschenaugen. Oder vielleicht mochte Lothan auch nur die gespenstische Atmosphäre, die das Haus dadurch bekam.

Als sie ins Arbeitszimmer trat, zeigte Lothan auf einen leeren Stuhl gegenüber seinem. »Nimm doch Platz.«

Auf dem niedrigen Tisch zwischen den beiden Stühlen lagen mehrere Gegenständen. Einige davon kannte Kellan, bei anderen konnte sie den Zweck nur erraten. Da waren ein paar

Kerzen in angelaufenen Messinghaltern, Notizzettel, einige grob geschliffene Kristalle und ein elektronisches Datenpad. Als Kellan Platz genommen hatte, ließ sich der Magier mit einem leisen Seufzer auf seinen massiven Stuhl sinken.

»Also«, begann er. »Sag mir, was ist Magie?«

»Magie? Das ist, äh, na, du weißt schon, Zaubersprüche und so.« Sie fuchtelte vage in der Luft herum. »Die Fähigkeit, Dinge zu bewirken.«

Lothan nickte und strich sich dabei mit einer Hand durch den Bart. »Nicht schlecht«, sagte er, »wenn auch drollig formuliert. Magie«, erklärte er, indem er zur Betonung den Zeigefinger hob, »wird als die Kunst und Wissenschaft definiert, mit der Kraft des Willens Veränderungen herbeizuführen.« Er öffnete die erhobene Hand mit einer verschnörkelten Bewegung, und in seiner Handfläche entstand das Bild einer wunderschönen nackten Frau mit elfischen Zügen und winzigen, durchsichtigen Flügeln auf dem Rücken. Sie war kaum größer als zehn Zentimeter und tanzte ein kompliziertes Ballett auf seiner Handinnenseite. Kellan staunte, wie realistisch sie aussah.

Dann drehte Lothan die Hand um und ließ das Bild mit einer Handbewegung verschwinden. Es löste sich in einer Wolke aus Engelsstaub auf.

»Ein Wohnzimmertrick«, sagte er mit einem gewissen Grad falscher Bescheidenheit. »Magie kann für weitaus nützlichere und interessantere Dinge eingesetzt werden.«

»Was *kann* Magie denn leisten?«, fragte Kellan, die zum ersten Mal die Gewaltigkeit der vor ihr liegenden Aufgabe begriff. Lothan sagte, sie habe das Potenzial, eine Magierin zu sein, aber ihr ging gerade auf, wie wenig sie eigentlich darüber wusste, was Magie war und wie sie funktionierte.

»Theoretisch kann Magie buchstäblich alles leisten«, sagte Lothan, indem er sich wieder auf seinem Stuhl zurücklehnte. »Aber in der Praxis gibt es Einschränkungen. Magie ist die Fähigkeit, gewisse Kräfte, Mana genannt, wahrzunehmen und zu formen, und zwar mit gewissen Absichten. Alles hängt vom Wissen und vom Willen des Magiers ab, der diese Kräfte einsetzt. Je mehr man darüber weiß, wie man magische Kräfte formen kann, und je stärker der Wille ist, der sie lenkt, desto mehr kann man bewerkstelligen. Zum Beispiel ist die magische Tat, die G-Dogg mir beschrieben hat, als du dieses Gang-Mitglied in Brand gesteckt hast, kein einfacher Trick.«

»Aber ich weiß nicht einmal, wie ich das gemacht habe.«

»Exakt«, erwiderte Lothan. »Du scheinst Talent zu haben, aber es ist roh, ungeübt und undiszipliniert. Es reagiert einzig und allein auf deine Gefühle und unbewussten Empfindungen, und auch dann nur in Zeiten höchster Not. So entdecken viele mit dem Talent ihr Potenzial, wenn etwas es an die Oberfläche zwingt und sie zum ersten Mal die Kräfte freisetzen. Sag mir, wie hast du dich unmittelbar danach gefühlt?«

»Echt müde. Total erledigt. Ich bin sogar bewusstlos geworden.«

»Ja, das liegt daran, dass das Wirken von Magie einen Tribut von Körper, Geist und Seele fordert. Magische Energie zu kanalisieren, ist anstrengend, so anstrengend wie körperliche Arbeit. Zu viel Magie kann einen auslaugen, aber man kann seine magische Stärke wie Muskeln trainieren, sodass dieselbe Leistung nicht mehr so auszehrend ist. Ein einfacher Zauber wie derjenige, den ich dir gerade gezeigt habe, bereitet mir praktisch keine Mühe mehr, aber ein elementarer Zauber wie der, den du in dieser Gasse benutzt hast, wäre für die meisten Magier anstrengend, wenn auch nicht so sehr wie für dich. Für jemanden mit meinen Fähigkeiten ist er es noch weniger. Nun denn«, sagte Lothan, indem er die Hände auf die Knie legte und sich ein wenig vorbeugte. »Wir haben festgestellt, was Magie ist. Denken wir noch etwas darüber nach, wie sie funktioniert, ja?« Als Kellan zustimmend nickte, fuhr er fort. »Wie ich schon sagte, beinhaltet Magie eine gewisse Art von Energie, die Mana genannt wird. Mana ist die Quelle aller magischen Macht, eine unsichtbare Kraft, die es überall rings um uns gibt.« Er breitete zur Betonung die Arme aus. »Sie ist wie die Luft, die wir atmen, oder vielleicht wie das beständige Rauschen der Funk- und Kommunikationssignale, das uns umgibt. Magier, diejenigen mit Talent, sind wie Antennen. Sie können sich auf die richtigen Frequenzen einstellen und Mana kanalisieren.«

»Geht einem die Energie je aus?«, fragte Kellan.

»Eigentlich nicht. Viel wahrscheinlicher ist, dass ein Magier seine Fähigkeit erschöpft, Mana zu kanalisieren, bevor er die Quelle der Energie selbst erschöpft, obwohl es einige Fälle gibt, wo Mana auf ein bestimmtes Ziel gerichtet ... aber ich schweife ab«, sagte der Troll, indem er missbilligend den Finger schwenkte. »Also, wo war ich ...? Ach ja. Magier formen Mana auf einige wenige, ganz spezielle Arten. Eine besteht darin, verschiedene Effekte in der physikalischen Welt zu bewirken, die von unbedeutendem Hokuspokus und Illusionen wie derjenigen, die ich dir gerade gezeigt habe, bis hin zum Schleudern von Feuer und Blitzen, zum Levitieren von Gegenständen und sogar zur Transformation ihrer physikalischen Struktur reichen. Das ist die Kunst der Hexerei und die primäre Kunst der Magie. Zweitens kanalisieren Magier Mana, um die Tore zu den Ebenen zu öffnen und verschiedene Arten von Geistern zu beschwören und zu binden, damit sie ihnen zu Willen sind. Das ist die Kunst des Beschwörens.«

»Hast du so Nicodemus beschworen?«

»Ja, eine bescheidenere Leistung im Rahmen der Beschwörungskünste«, sagte Lothan nickend. »Watcher wie Nicodemus sind nützlich für unwichtige Aufgaben, aber man kann ihnen nicht zu viel zutrauen. Ihre Fähigkeiten sind, gelinde gesagt, ziemlich beschränkt. Es gibt weitaus mächtigere Geister, aber deren Beschwörung ist viel gefährlicher, und sie sind auch schwerer zu kontrollieren. Über Beschwörungen reden wir ein andermal, jetzt ist es besser, sich auf die Grundlagen zu konzentrieren.«

Kellan nickte und gestattete Lothan, fortzufahren.

»Und schließlich«, sagte er, »investieren Magier Mana in physikalische Gegenstände, um ihnen magische Eigenschaften zu verleihen und daraus nützliche Gegenstände für das Wirken von Magie zu machen. Das ist die Kunst des Verzauberns, die solche Dinge wie dein Amulett hervorbringt, deinen Halsring.« Lothan zeigte auf Kellans Hals. »Und auch das hier.«

Am Schreibtisch lehnte ein schwerer Stab, und Lothan ergriff ihn. Er war aus knorrigem Holz, und in ihn waren mystische Symbole und Schriftzeichen eingeritzt. Den Abschluss bildete ein rötlicher Kristall am Knauf, der im Sonnenlicht funkelte, das durch die schweren Vorhänge fiel, und der Stab selbst war mit Bändern aus Kupfer und Bronze verziert.

»Der Stab von Candor-Brie«, intonierte Lothan. »Einer der nützlicheren Gegenstände, die ich mir im Laufe der Jahre zugelegt habe.«

Kellan konnte die Magie beinahe spüren, die von dem massiven Stab ausging, als kribble statische Elektrizität auf ihrer Haut. »Was bewirkt er?«, fragte sie.

»Gewöhnlich ist die Frage nicht, was ein bestimmter Fokus bewirkt, sondern was er einem ermöglicht. Ein Fokus ist genau das: ein Werkzeug für das Fokussieren der magischen Fähigkeiten und Kräfte seines Besitzers. Er hat überhaupt keinen Nutzen für jemanden ohne das Talent, und je fähiger der Besitzer ist, desto wirkungsvoller kann der Fokus sein.« Er stellte den Stab sorgsam wieder ab und sah Kellan an. »Das war einstweilen genug Theorie, versuchen wir es mit etwas Praktischem.«

Lothan nahm eine dicke Kerze vom Tisch zwischen ihnen und steckte sie in einen alten Kerzenhalter aus Messing, den er dann mitten auf den Tisch stellte.

»Nun denn, da du bereits eine Affinität dazu demonstriert hast, Dinge in Brand zu setzen«, sagte er trocken, »versuchen wir es mit einem Experiment.« Er deutete auf den jungfräulichen Docht der Kerze. »Versuch diese Kerze anzuzünden.«

»Wie?«, fragte Kellan, deren Blick zwischen dem Troll und der Kerze hin und her wanderte.

»Zuerst musst du deinen Geist freimachen. Mach dir keine

Gedanken um das *Wie*. Hol tief Luft. Genau. Jetzt konzentrier dich auf den Kerzendocht. Konzentriere deine Aufmerksamkeit darauf, aber lass sie nicht abschweifen. Wenn man Magie wirkt, ist es wichtig, den Gegenstand seiner Zauberei zu sehen«, fuhr er in leisem, einschläferndem Ton fort. »Das Bild dieses Gegenstands ist ein Schlüsselbestandteil des Zaubers.

Genau so«, intonierte Lothan. »Konzentrier dich nur. Und jetzt konzentrier dich auf ein Bild vom Feuer. Spüre, wie die Hitze durch deine Glieder rauscht. Höre das Tosen und Knistern. Spüre es in dir brennen und wie es sich aufbaut. Spüre die Idee, die *Essenz* des Feuers. Nimm sie. Richte sie auf den Kerzendocht. Ergreif das Feuer in dir, mach es zu deinem eigenen und lenke es.«

Die Kerze blieb aus. »Es funktioniert nicht«, sagte Kellan.

»Geduld, Geduld«, erwiderte Lothan. »Konzentrier dich. Erinnere dich an dein Erlebnis in der Gasse, als du G-Dogg kämpfen sahst. Erinnere dich, wie du dich gefühlt hast, als der Troll dich gepackt hatte. Erinnere dich an den Kampf um dein Leben.«

Kellan spürte plötzlich die Wärme ihrer Haut, als sie sich an Pferds höhnisches Gesicht, an seine Stimme und an sein Gelächter erinnerte. Sie erinnerte sich an seine Drohung und an seinen Gestank. Ein rötlicher Nebel kroch von den Rändern her in ihr Gesichtsfeld, und ihre Haut fühlte sich heiß an.

»Ja«, sagte Lothan leise. »Nimm das Feuer, Kellan. Es gehört dir. Lenke es auf die Kerze.«

In Kellans Ohren war ein mattes Rauschen. Dann hob sie eine Hand und zeigte mit ausgestrecktem Finger auf die Kerze. Die sich aufbauende Energie schien aus ihr zu fließen wie Wasser aus einem Schlauch, und plötzlich ging die Kerze in Flammen auf. Es war keine winzige Flamme, sondern eine Lohe, die zur Decke schoss. Die Kerze schmolz augenblicklich, und Lothan fluchte und wedelte mit den Händen.

Kellan sank zusammen, und die Flammen erloschen so plötzlich, wie sie aufgetaucht waren. Auf dem Tisch breitete sich langsam eine Lache geschmolzenen Wachses aus, doch ansonsten sah das Arbeitszimmer nicht schlimmer aus als vor dem jähen Ausbruch des Feuers. Kellan fühlte sich erschöpft, aber längst nicht so wie in der Gasse.

»Tut mir leid«, sagte sie, und der Trollmagier schüttelte den Kopf.

»Ist schon in Ordnung, dein Zauber war nur etwas ... heftiger, als ich erwartet hatte«, sagte er. »Beim nächsten Mal muss ich das nur berücksichtigen. Trotzdem war es ein ausgezeichneter erster Schritt.«

»Tatsächlich?«

»Absolut. Viele angehende Magier brauchen Wochen oder sogar Monate, bis sie ihren ersten Zauber wirken können. Diesen scheinst du beinahe instinktiv aufgeschnappt zu haben.«

»Also habe ich einen Zauber gewirkt? Mehr ist nicht dabei?«, fragte Kellan. »Was ist mit den magischen Worten und so?« Sie wedelte vage mit einer Hand und beschrieb eine pseudomystische Geste.

Lothan gluckste. »Ich verrate dir noch ein Geheimnis der Zauberei«, sagte er, indem er sich ein wenig vorbeugte. »Die Wahrheit ist, dass der Singsang, die Zauberformeln und die großen Gesten nur schmückendes Beiwerk sind. Gewiss nützlich, weil sie einem helfen, sich auf Geist und Wille und das zu konzentrieren, was man da tut, was wichtig sein kann, wenn man in aller Eile den richtigen Zauber wirken muss, aber all das ist streng genommen nicht nötig. Das Zeigen, zum Beispiel« – er deutete mit einem Kopfnicken auf die geschmolzene Kerze auf dem Tisch – »ist sicher ein netter Zug, und es hat dir wahrscheinlich auch dabei geholfen, den Zauber zu lenken, aber du hättest dasselbe auch ohne Zeigen geschafft.«

In diesem Augenblick flog eine leuchtende Kugel aus Licht durch die Tür des Arbeitszimmers. Sie war wie das Licht, das Kellan und G-Dogg am vergangenen Abend ins Haus geführt hatte. Vielleicht war es dasselbe, das konnte Kellan nicht sagen, obwohl sie jetzt den Verdacht hatte, dass es irgendein Geist war, so wie Nicodemus.

Das Licht schwebte zu Lothan und verhielt kurz vor den Hörnern des Trolls. Er neigte den Kopf und schien auf etwas zu lauschen, das Kellan nicht hören konnte. Dann winkte er in einer entlassenden Geste, und das Licht verließ den Raum, während sich Lothan wieder Kellan zuwandte.

»Machen wir eine kurze Pause, ja? Verschnauf etwas und ruh dich nach der Anstrengung aus. Bis jetzt sind wir gut vorangekommen, aber nun rufen mich andere Geschäfte. Wir haben Besuch.«

Kapitel 8

»Liada, immer herein«, sagte Lothan, und die Elfe trat ins Arbeitszimmer, wobei sie den Riemen ihrer klobigen Schultertasche hochzog und Kellan flüchtig ansah.

»Ich habe die Route astral ausgekundschaftet«, sagte sie ohne Vorrede. »Ich glaube nicht, dass wir Probleme mit der Kontaminierung aus Glow City oder einer der anderen heißen Stellen in den Barrens haben werden, obwohl es astral gesehen nicht gerade die sauberste Gegend ist.«

»Gut, gut«, sagte Lothan, indem er sich erhob. Er nahm das Datenpad von seinem Schreibtisch und drückte auf ein paar Tasten, bevor er es Kellan reichte. »Kellan, hier sind einige Grundlagentexte, die du lesen solltest. Bitte entschuldige uns, während wir uns geschäftlich unterhalten, ja?«

Kellan warf einen Blick auf das Datenpad, bevor sie es Lothan abnahm, und sah Liada an. Die Miene der Elfe war ebenso unergründlich wie Lothans.

»Ja, sicher«, sagte sie schlicht, erhob sich von ihrem Stuhl und ging zur Tür. Liada schloss sie hinter ihr, und sie konnte hören, wie die beiden Magier eine gedämpfte Unterhaltung begannen. Kellans Hand krampfte sich um das Datenpad, als sie durch den Flur in die Küche ging. Sie hätte es beinahe auf den großen, massiven Tisch in der Mitte des Zimmers geknallt.

Drek! Gerade hatte sie geglaubt, dass Lothan und die anderen sie ernst nahmen, und jetzt behandelte er sie wie ein Kind, gab ihr etwas zum Spielen mit und schickte sie in die Ecke, während sich die ›Erwachsenen‹ unterhielten! Sie hatte gedacht, sie sei ein Mitglied des Teams. Warum wollte Lothan sie nicht dabei haben?

Liada hatte ihr gesagt, sie solle sich vor Lothan in Acht nehmen, und sie war nicht die Einzige, die ihm nicht zu trauen schien. Hatte Lothan irgendwas vor und versuchte sie im Unklaren zu lassen, während er sie reinlegte? Andererseits war Liada gerade im Arbeitszimmer und redete mit ihm. War ihre Warnung eine bewusste Irreführung, um Kellan dazu zu bringen, Lothan zu misstrauen? Machten sie und Lothan vielleicht sogar gemeinsame Sache?

Sie hielt kurz inne. Sie war ja verrückt. Schließlich kannten Lothan und die anderen sie kaum, und sie würden ihr wohl kaum über Nacht blind vertrauen. Sie waren professionelle Runner. Sie würden auf Nummer sicher gehen und alle Risiken vermeiden, bis sie genau wussten, dass Kellan sauber war. Also musste sie ihnen einfach beweisen, dass sie genau das war und mit allem zurechtkam, was sie ihr zumuten würden.

Kellan ließ sich auf einen Stuhl sinken und sah sich das Datenpad an. Ein Text mit dem Titel ›Grundzüge der Modernen Thaumaturgischen Theorie‹ von einem gewissen Miles Swinburne, Th.D. war geladen. Sie warf einen Blick auf die Seitenanzeige und sah, dass Lothans Vorstellung von einem ›Grundlagentext‹ annähernd zweihundert Seiten hatte.

Gibt es denn keine Videoversion davon?, fragte sie sich.

»Ich kriege das hin«, murmelte sie. »Was auch immer ich dafür tun muss.« Sie fing an zu lesen.

Der Text war genauso trocken, wie Kellan befürchtet hatte, aber er war trotzdem ziemlich interessant. Er führte einige der Bemerkungen aus, die Lothan gemacht hatte, beschrieb die Existenz der Astralebene, die magische Energie namens Mana und wie Magier beides benutzten, um Magie zu wirken.

Ein paarmal musste Kellan im Wörterbuch des Datenpads Definitionen einiger Begriffe nachschlagen, aber sie war ziemlich sicher, dass sie das meiste verstand. Jedenfalls hatte sie eine Menge Informationen zu verdauen. Sie hatte gewusst, dass Magie irgendwie kompliziert war, aber was sie bisher davon gesehen hatte, sah so einfach aus. Sogar die Sachen, die Lothan machte. Er wedelte nur mit den Händen und sprach ein paar Worte, und dann passierten Sachen. Offenbar waren ziemlich viele Definitionen, Diagramme und Theorien nötig, um all das zu erklären.

Ein leises Knarren der Bodenbretter im Flur erregte Kellans Aufmerksamkeit, und als sie von ihrer Lektüre aufschaute, sah sie Liada in die Küche schlendern.

»Wie kommst du voran?«, fragte die Elfe mit einem Kopfnicken zum Datenpad.

Kellan seufzte. »Ganz gut, glaube ich. Jedenfalls gibt es reichlich zu lesen.«

Liada lachte kurz. »Das ist noch gar nichts«, sagte sie. »Es gibt ganze Bibliotheken voller Bücher über Magie und magische Theorie. Sieh dir bloß all die toten Bäume an den Wänden von Lothans Arbeitszimmer an.«

Kellan stellte sich vor, all diese Bücher lesen zu müssen, und schauderte. »Wie behält man das alles?«, fragte sie.

»Das braucht man gar nicht«, sagte Liada, indem sie zur Anrichte ging und sich einen Soykaf aus dem Automaten zog. »Wenn man einmal die Grundlagen kennt, sind es eigentlich nur Variationen ein und desselben Themas. Die richtig komplexen Sachen braucht man nur für Rituale, und sogar ganz alte Hasen wie Lothan werfen dabei einen Blick in die Bücher, um sicherzugehen, dass sie alles richtig machen.« Sie kam mit der dampfenden Tasse zum Tisch, setzte sich Kellan gegenüber, trank einen Schluck und verzog das Gesicht, um anzudeuten, dass sie schon besseren getrunken hatte.

»Natürlich«, fuhr sie fort, »wird Lothan alles mindestens zehnmal komplizierter und mystischer erscheinen lassen, als es sein muss, und wahrscheinlich lässt er dich Drek lesen, den du nie wirklich brauchst ...« Sie streckte die Hand nach dem Datenpad aus, drehte es zu sich um und warf einen Blick auf die Anzeige. »Swinburne?«, sagte sie mit hochgezogener Augenbraue. »Siehst du, genau das meine ich. Swinburnes Sachen sind überholt, vor über dreißig Jahren geschrieben worden, aber Magier wie Lothan halten sie immer noch für eine ›klassische Grundlage moderner Hermetik‹.« Sie imitierte Lothans Tonfall und Aussprache bemerkenswert gut. »Es überrascht mich, dass er nicht mit Waite, Crowley und Caroll angefangen hat, wo er schon mal dabei war.«

Kellan kannte die Namen nicht, aber es war klar, dass Liada nicht viel von ihnen hielt. »Was sollte ich denn lesen?«, fragte sie.

»Wenn du mich fragst, solltest du mehr tun als nur lesen«, erwiderte Liada nach einem Schluck von ihrem Kaf. »Lesen ist gut und schön, und in der Matrix gibt es einige wirklich gute *moderne* Grimoires und Texte, aber es gibt keinen Ersatz für die Praxis.«

»Damit haben wir uns auch schon beschäftigt«, sagte Kellan ein wenig zaghaft. »Ich hätte beinahe das Haus in Brand gesetzt.«

Liada lachte wieder. »Ich wünschte, dabei hätte ich Lothans Gesicht sehen können.«

»Wo ist Lothan?«, fragte Kellan mit einem Blick zum Flur.

»Er meditiert«, erwiderte Liada. »Wahrscheinlich kontrolliert er mich nur. Er will absolut sicher sein, dass alles klar ist.«

»Dieses ›astralen Auskundschaften‹, das du erwähnt hast?«

»Ja, obwohl ich darin besser bin als Lothan, wenn du mich fragst«, sagte Liada mit einem Lächeln. »Aber wenn er alles überprüfen will, dann ist das seine Sache.«

»Wie ist das denn so? Die Astralebene, meine ich. Ich habe ein bisschen was darüber gelesen.«

Liada überlegte einen Moment. »Wie erklärt man einem Blinden, wie Farbe ist?«, sagte sie. »Nichts für ungut«, fügte sie hinzu, als sie Kellans Miene sah. »Aber du hast gesagt, du hättest überhaupt keine Erfahrung damit. Das ist das Schwierige an der Astralebene. Sie ist ein Ort, der eigentlich gar keiner ist, weil sie in gewisser Weise direkt neben der physikalischen Welt liegt. Man spürt sie mit einer Art psychischem sechsten Sinn, was wir Askennen nennen. Damit erspürt man

Gefühle, Manaströme, magische Eindrücke, solche Dinge eben. Die meisten Leute sehen sie als farbige Lichtauren, obwohl manche auch Geräusche, Gerüche oder einfach nur starke Gefühle wahrnehmen. Das ist schwer zu beschreiben. Das meine ich, wenn ich sage, du musst sie selbst erleben. Aber wenn man es tut, gibt es auf der ganzen Welt kein größeres Gefühl von Freiheit.«

»Hört sich Sahne an«, sagte Kellan.

»Ja, ist es auch, aber mach dir nichts vor – die Astralebene kann auch gefährlich sein. Dort leben Geister, und manche von ihnen sind nicht sonderlich freundlich. Tatsächlich sind einige sogar richtiggehend gemein.«

Liada sah Kellan kurz an, als wolle sie etwas beurteilen, und Kellan fragte sich, ob die Elfe sie gerade mit ihrer ganz speziellen magischen Sicht betrachtete, sie ›askennte‹, wie sie das genannt hatte.

»Es überrascht mich irgendwie, dass du noch keine Erfahrung mit dem Astralen gesammelt hast«, sagte Liada. »Spontanes Askennen oder astrale Projektionen kommen bei gerade Erwachten Magiern recht häufig vor.«

Kellan schüttelte den Kopf. »Die einzige richtige Erfahrung habe ich gemacht, als ich diesen Troll in Brand gesetzt habe. Und dann eben, als Lothan mir etwas gezeigt hat.«

»Interessant. Ist Lothan sicher, dass du eine Magierin bist?«

»Er hat gesagt, dass er glaubt, ich hätte das Talent«, sagte Kellan.

»Ja, aber ist er sicher, dass du Magierin bist und keine Schamanin?«

Kellan war verwirrt. »Wo liegt der Unterschied?«

»Typisch«, sagte Liada mit einem traurigen Kopfschütteln. »Das hätte ich mir bei Lothan denken können.« Als Kellan sie weiterhin fragend ansah, fuhr sie fort. »Zauberer sind Leute mit dem Talent, Mana anzuzapfen und zu benutzen, um Magie zu wirken, aber es gibt verschiedene Traditionen, dies zu tun, Zauberer, die Magie auf unterschiedliche Art wirken. Magier sind Zauberer, die der hermetischen Tradition folgen, wie Lothan und ich, aber wir sind nicht die einzige Art. Weit gefehlt.«

»Klar«, sagte Kellan. »In den Native American Nations gibt es Schamanen wie die, die damals den Geistertanz angeführt haben.«

Liada kicherte ein wenig. »*Solche* Schamanen gibt es nicht viele«, sagte sie. »Aber, ja, in den NAN gibt es viele Schamanen, obwohl Schamanen keine exklusive Angelegenheit der NAN sind. Man findet sie überall.«

»Was ist denn der Unterschied zwischen Schamanen und Magiern?«, fragte Kellan.

»Schamanen bekommen Anleitung von Geistern, die sie Totems nennen. Das sind mächtige Geister, die den Schamanen in Visionen und Träumen erscheinen und ihnen sagen, wie sie Magie wirken können. Normalerweise zeigen sie sich in Gestalt verschiedener Tiere, obwohl manche Schamanen sie auch anders sehen. Durch ihre Totems können Schamanen die Kraft der natürlichen Welt anzapfen. Sie können mit den Geistern der Natur in Verbindung treten und sie dazu bewegen, Dinge für sie zu tun. Hast du Träume gehabt, in denen ein Tier mit dir geredet hat? Vielleicht hat es versucht, dir irgendwas zu sagen oder dir ein Lied beizubringen oder einen besonderen Namen?«

Kellan dachte kurz nach und schüttelte dann den Kopf. »Ich glaube nicht. Wenigstens kann ich mich an so etwas nicht erinnern. Normalerweise erinnere ich mich nicht an meine Träume.«

»Vielleicht passiert das jetzt, wo du Erwacht bist«, sagte Liada, um sich dann zurückzulehnen und noch einen Schluck Kaf zu trinken. »Für mich hört es sich zwar nicht so an, als wärst du von einem Totem gerufen worden, aber man kann nie wissen. Du solltest auf deine Träume achten und sehen, ob sie dir irgendwas zu sagen haben. Versuch ein Traumtagebuch zu führen, und schreib sofort nach dem Aufwachen auf, woran du dich erinnerst. In unseren Träumen verbergen sich viele Symbole und Botschaften.«

»Wie weiß ich denn, ob ich Schamanin bin?«, fragte sie.

»Oh, du wirst es wissen, glaub mir«, sagte Liada. »Die Totems haben ihre ganz eigene Art, Dinge zu enthüllen, aber wenn sie einem etwas mitteilen wollen, gehen sie nicht unbedingt subtil vor.«

»Wenn du keine Schamanin bist«, wunderte sich Kellan, »wie kommt es dann, dass du so viel über sie weißt?«

»Einige meiner besten Freunde sind Schamanen«, sagte Liada, »und anders als seine Majestät« – sie deutete mit einem Kopfnicken in Richtung Arbeitszimmer – »glaube ich, dass man aus dem Studium anderer Traditionen der Magie und der Methodik anderer Leute etwas lernen kann.«

Kellan ließ sich Liadas Argument durch den Kopf gehen. Sie schien diesen Dingen gegenüber offener zu sein als Lothan, obwohl sie erst eine Lektion von dem älteren Magier erhalten hatte.

In diesem Augenblick schwebte die leuchtende Lichtkugel in die Küche, hielt über dem Tisch inne und neigte sich zuerst zu Liadas Richtung und dann in Richtung Tür.

»Aha«, sagte sie. »Sieht aus, als wäre er fertig. Besser, ich gehe und sehe mal, was er will.« Sie stand auf und ließ die Tasse stehen. »Wir sehen uns später noch, Kellan.«

»Ja und danke«, sagte Kellan.

»Keine Ursache. Wir unterhalten uns irgendwann weiter, okay?«

»Das wäre schön.«

Nachdem Linda die Küche verlassen hatte, widmete sie sich wieder ihrer Lektüre – mit etwas verändertem Blickwinkel. Sie würde Lothan einige Fragen zum Schamanismus und über diese verschiedenen Traditionen der Magie stellen müssen, die Liada erwähnt hatte. Sie wollte wissen, welche Möglichkeiten sie hatte, bevor sie sich für den Rest ihres Lebens fest an etwas band.

An diesem Abend versammelten sich die Runner wieder. Im Arbeitszimmer des Trolls gingen sie die von ihnen gesammelten Informationen und die Pläne für den Run durch. Jackie Ozone war wieder via Telekom anwesend, und der Bildschirm auf Lothans Schreibtisch zeigte das Bild der Anime-Prinzessin. Die anderen Runner waren persönlich aufgetaucht, Orion eingeschlossen, der, wie Kellan auffiel, ein wenig abseits der übrigen Teammitglieder stand.

Als G-Dogg eintraf, begrüßte er Kellan strahlend und fragte sie, wie ihr Unterricht lief. »Hast du schon gelernt, wie man Leute in Frösche verwandelt, Mädchen?«

Kellan fragte sich kurz, ob Magier das wirklich konnten. Sie musste es nachschlagen oder Lothan irgendwann danach fragen. »Noch nicht.«

»Ich glaube, ich muss ihr zuerst ein paar Grundlagen beibringen«, warf Lothan ein. »Wie zum Beispiel, Kerzen mit weniger als einer Lötlampe anzuzünden.« Der Troll gluckste, und Kellan errötete ein wenig.

»Hey, es gibt Zeiten, in denen eine Lötlampe ganz praktisch ist«, erwiderte G-Dogg mit einem Zwinkern zu Kellan.

Lothan und G-Dogg organisierten die Besprechung, und jeder Runner präsentierte die Informationen, die er oder sie hinsichtlich des Runs und über dessen Ziel gesammelt hatten.

Jackie Ozone fing an. Die Deckerin blendete Informationen auf den Telekomschirm ein, damit alle sehen konnten, was sie in Erfahrung gebracht hatte, während sie die Info durchging.

»Ich habe die Daten bestätigt, die wir von unserem Mr Johnson bekommen haben«, sagte Jackie. »Der Transportweg sieht stimmig aus und führt unser Ziel über die East Road in den Metroplex, die auf der Grenze zu den Redmond Barrens verläuft.« Ein Stadtplan erschien auf dem Bildschirm, und eine rote Linie zeichnete die vorgesehene Route nach.

»Die Sicherheitsabordnung dürfte bei einer Lieferung wie dieser kein großes Problem sein: normale Ares-Sicherheit, was bedeutet, dass sie etwas besser ausgebildet und bewaffnet sind als üblich, aber keine schwere Cyberware und auch keine magische Unterstützung. Wir können mit wenigstens vier Wachen plus Fahrer rechnen, da der Laster keine Drohne ist. Wahrscheinlich AK-97s oder Maschinenpistolen und Handfeuerwaffen, vielleicht Taser oder Betäubungsschlagstöcke, um das Gesindel abzuwehren, denn immerhin fahren sie ja an den Barrens vorbei.«

»Wir haben eine gute Stelle gefunden, wo die Sache über die Bühne gehen kann«, sagte Silver Max, und der Stadtplan auf dem Telekomschirm wich einem Satellitenbild des Highways. Das Bild fuhr näher an einen Straßenabschnitt heran und vergrößerte ihn, um mehr Einzelheiten zu zeigen.

»Direkt vor der ausgewählten Stelle ist eine Unterführung«, fuhr der zwergische Rigger fort, »die uns Deckung gibt und auch höheres Gelände, sollten wir es brauchen. Am Straßenrand liegt genug Schrott, um zusätzlich Deckung zu bieten, auch wenn es keine richtigen Versteckmöglichkeiten für Fahrzeuge gibt, wenn wir sie nicht direkt am Straßenrand abstellen wollen, was unser Ziel warnen könnte.«

»Liada und ich haben den Äther in dieser Gegend und der näheren Umgebung erkundet«, verkündete Lothan, »und er ist zwar nicht vollständig abfallfrei, dürfte bei unseren Fähigkeiten aber keine Schwierigkeiten machen.«

»Was bedeutet, dass wir in Sachen Magie freie Bahn haben«, ergänzte Liada hilfreich.

»Was ist mit den Einheimischen?«, fragte Lothan.

G-Dogg meldete sich zu Wort. »Ich habe mich umgehört. Es scheint so, als hätten die Red Hot Nukes und die Rusted Stilettos in letzter Zeit ein paar Zusammenstöße gehabt, aber nicht so weit südöstlich. Praktisch jeder redet davon, dass die Spikes entlang der I-5 immer aggressiver werden, aber ihr Territorium liegt so weit westlich, dass sie keinen Ärger machen dürften. Solange nichts über die Lieferung zu den Nukes durchsickert, glaube ich nicht, dass wir Grund zur Sorge haben, und ich habe nicht den Eindruck, als hätten sie den leisesten Schimmer.«

»Und so sollte es auch bleiben«, sagte Lothan. Er hielt einen Moment inne und strich sich mit einer Hand den Bart. »Wir könnten dafür sorgen, dass die Nukes auf jeden Fall aus dem Weg sind ...«, sann er laut.

»Wie?«, fragte G-Dogg.

»Vielleicht ließen sich die Ancients überreden, für ... eine Ablenkung zu sorgen?«, fragte der Troll.

Alle Augen richteten sich auf Orion. Der Elf sah sie an und zuckte die Achseln. »Vielleicht. Was springt dabei für uns heraus?«

»Das ist eine interessante Frage«, erwiderte Lothan mit einem dünnen Lächeln. »Aber eine, die ich nicht stellen werde, wenn sie es nicht tun. Die eigentliche Frage ist doch: Wie unbedingt wollen die Ancients, dass dieser Run gut läuft?«

Obwohl er es zu verbergen versuchte, war doch ziemlich offensichtlich, dass Orion ein wenig perplex darüber war, wie rasch Lothan den Spieß umgedreht hatte.

»Ich kann fragen«, war alles, was der Elf dazu sagte.

»Ausgezeichnet. So oder so scheint der ortsansässige Pöbel kein großes Problem darzustellen.«

»Immer her damit«, sagte Street Deacon, indem er eine seiner Skelett-Chromhände mit leisem Surren ballte. »Wie die Dinge liegen, hört sich das alles nicht nach einer sonderlichen Herausforderung an.«

»Ich ziehe es vor, meine Herausforderungen anderswo zu suchen«, sagte Lothan leichthin. »Je glatter und schneller unser Geschäft vonstatten geht, desto eher ist die Sache erledigt, und wir werden bezahlt.«

»Ares einen Teil seiner erschlichenen Gewinne vorzuenthalten, reicht mir«, sagte Deacon, obwohl er ganz offensichtlich auch die Nuyen nicht zurückwies, die der Run einbringen würde.

»Wo wir gerade davon reden«, warf Jackie ein. »In der Matrix weist nichts darauf hin, dass an dieser speziellen Lieferung irgendwas ungewöhnlich ist.«

»Ich habe auch nichts gehört«, pflichtete Street Deacon ihr bei. »Obwohl meine Augen und Ohren bei Ares nicht mehr sind, was sie mal waren.«

»Jackie, was ist mit der Ladung?«, fragte G-Dogg. »Was reißen wir uns da unter den Nagel?«

»Das ist der Teil, wo ich unsicher bin«, sagte die Deckerin. »In dem Lieferschein, den ich mir angesehen habe, steht, dass es sich um eine Ladung Elektronikprodukte handelt: Trideogeräte, Kabel, solcher Drek eben.«

»Warum sollte jemand dafür bezahlen, dass wir so eine Ladung klauen?«, meldetet sich Kellan zum ersten Mal zu Wort. »Ich meine, auf der Straße kann die Ware unmöglich viel mehr wert sein als das, was der Johnson bezahlt.« Einige der anderen lächelten wissend.

»Das ist genau der Punkt, Mädchen«, erwiderte G-Dogg. »Es bedeutet wahrscheinlich, dass der Lieferschein getürkt ist und Ares nicht will, dass der Zoll oder die NAN-Behörden erfahren, was sie da über die Grenze bringen. In Wirklichkeit transportieren sie etwas anderes, aber unser Mr Johnson hat es herausgefunden und will die Ware haben. Wenn Ares tatsächlich ein Interesse daran hat, die Sache geheim zu halten, werden sie keinen Wirbel veranstalten, wenn die Ladung plötzlich verschwindet, weil sie offiziell ja gar nicht so wertvoll ist. Schließlich können sie nicht zu Lone Star rennen und sich darüber beschweren, dass jemand ihre Schmuggelware gestohlen hat.«

»Trotzdem bedeutet es, dass wir es mit einer Unbekannten in Form der Ladung zu tun haben«, sagte Lothan. »Wir müssen vorsichtig damit umgehen. Ich mag keine Unbekannten.« Die anderen hatten bis auf ein Kopfnicken hier und da keine Antwort darauf.

»Also gut«, sagte Lothan. »Gehen wir den ganzen Plan durch. Wenn es sonst nichts mehr gibt …?«

Kellan meldete sich zu Wort. »Du hast gesagt, für mich gäbe es auch was zu tun.«

Mit einem selbstzufriedenen Grinsen ließ der Trollmagier seine Hauer aufblitzen. »O ja, so ist es. Darauf wollte ich gerade kommen. Es hängt ganz davon ab, wie hilflos du dich geben kannst.«

Die Ahnung, die Kellan daraufhin beschlich, gefiel ihr nicht im Geringsten.

Kapitel 9

Wie konnte ich mich nur dazu überreden lassen?, fragte sich Kellan, die auf dem Fahrersitz ihres kleinen elektrischen Dreirads saß. Sie musterte zum tausendsten Mal den dunklen Abschnitt des Highways, der entlang der Grenze zwischen Redmond und Renton nach Bellevue verlief.

Die meisten Straßenlaternen im Bereich der I-90 waren im Lauf der Jahre zerstört worden. Sie waren die Scheiben für die regelmäßigen Zielübungen von Motorrad-Gangs, Zauberschleudern und anderen Vandalen. Die verbliebenen intakten Lampen warfen einen matten blauweißen Schein auf den Asphalt. Die Stahlbetonmauern auf beiden Seiten taten ihr Bestes, die East Road von der sie umgebenden Ödnis zu trennen, aber einige brauchten dringend eine Reparatur, und manche fehlten gänzlich. Die Fahrbahnen des Highways erstreckten sich in beiden Richtungen in die Dunkelheit, so weit Kellans Auge reichte.

Sie sichtete ein sich näherndes Scheinwerferpaar und spannte sich, während ihre Hand augenblicklich nach dem unter ihrer Jacke verborgenen Betäubungsschlagstock tastete. Der Lichtschein flammte für einen Moment hell auf und raste dann vorbei, ohne viel langsamer zu werden. Als der rote Schein der Rückleuchten des Wagens in der Ferne verschwand, machte sich Kellan noch einmal klar, dass der Wagen, in dem sie saß, wie ein am Straßenrand abgestelltes Wrack aussah.

»Wie geht's?«, ertönte Jackies Stimme durch den winzigen Lautsprecher mit Kehlkopfmikro in Kellans Ohr. Es hörte sich an, als sitze die Deckerin direkt neben ihr, obwohl Kellan tatsächlich keine Ahnung hatte, wo Jackie war. Sie konnte irgendwo im Plex sein oder auch in den Datenfreihäfen Hongkong oder Denver.

Sie legte die Finger kurz an ihr Ohr. »Einfach Sahne«, antwortete sie Jackie in einem Ton, der besagte, dass sie das Warten langsam satt hatte, während sie wieder auf die Straße starrte.

Silver Max' schneidige Stimme mischte sich ein. »Ziel hat Kontrollpunkt eins passiert«, sagte er. »Sie sind unterwegs. Es geht rund, Leute.«

Kellan nahm sofort den Gang aus dem kleinen Elektrowagen und vergewisserte sich, dass die Handbremse gelöst war, als G-Dogg und Street Deacon aus den Schatten neben der Straße auftauchten und zu ihr eilten. Sie öffnete die Fahrertür und stieg aus. Der Ork und der verchromte Straßensamurai schoben den kleinen Wagen auf die Straße. Er rollte problemlos, obwohl Kellan das leise Surren kybernetischer Muskeln und Motoren von beiden Männern hörte.

Sie bezweifelte, dass ihre Bemühungen etwas dazu beitrugen, aber sie wollte nicht tatenlos herumzustehen, sondern nach Kräften helfen.

»Das hier hätten wir Lothan aufbürden sollen«, murmelte Deacon gerade so laut, dass G-Dogg und Kellan ihn verstehen konnten.

»Lothan macht die schwere Arbeit nicht«, erwiderte G-Dogg freudlos, »deshalb ist er ja Magier geworden.« Dann bedachte er Kellan mit einem breiten Grinsen, und sie lächelte zurück.

Sie stellten das Dreirad praktisch mitten auf die Straße, nur ein wenig schief und nach Westen zur Seattler Innenstadt ausgerichtet, sodass Kellan die hellen Lichter und hohen Wolkenkratzer in der Ferne vor dem Grauschwarz des bewölkten Himmels sehen konnte. Als G-Dogg und Deacon den Wagen anhielten, sprang Kellan durch die geöffnete Tür hinein und schaltete die Getriebeautomatik auf Parken.

Plötzlich zog Street Deacon eine dicke Klinge so lang wie Kellans Unterarm aus einer um seinen linken Oberschenkel geschnallten Scheide. Ohne Vorwarnung stach er sie in den Vorderreifen auf der Beifahrerseite. Ein lautes Zischen entweichender Luft war zu vernehmen, als er den Reifen aufschlitzte, dann wiederholte er den Vorgang mit dem Hinterreifen.

»Es soll gut aussehen«, erklärte er Kellan und G-Dogg, als er die Klinge wieder verstaute.

»Kontrollpunkt zwo«, sagte Silver Max über Kommlink, und Street Deacon verzog sich augenblicklich in die Schatten am Straßenrand.

G-Dogg wandte sich an Kellan, die mit geöffneter Fahrertür im Wagen hockte. »Alles klar?«, fragte er, und sie nickte. Der Ork zeigte ihr den erhobenen Daumen und folgte Street Deacon dann zurück in die Schatten und sprach in sein Kehlkopfmikro. »Wir sind hier fertig. Unsere Jungfrau ist in Nöten.«

»Letzte Kontrolle«, sagte Jackie über den Link. »Wenn ihr nicht startklar seid, sprecht jetzt oder haltet für immer die Klappe.« Einen Augenblick herrschte Stille, dann sagte die Deckerin: »Also schön, gehen wir die Sache an.«

»Kellan«, sagte Silver Max. »Mach dich bereit zum Abspringen, falls es so aussieht, als wollten sie nicht halten.«

»Keine Sorge«, erwiderte Kellan. »Ich habe nicht vor, mich von einem Laster überfahren zu lassen.«

»Ich werde versuchen, dich so gut wie möglich zu warnen«, sagte der zwergische Rigger mit einem Unterton aufrichtiger Besorgnis.

»Danke.« Plötzlich sah sie die Scheinwerfer in der Ferne. »Sichtkontakt«, sagte sie in den Link.

»Okay, Leute, beschränkt das Gequatsche auf ein Minimum«, sagte Jackie. Die Deckerin überwachte die Kommunikation – sowohl die des Teams als auch die des Ares-Personals, dazu die Notfrequenzen und den Funkverkehr Lone Stars – und hielt nach Anzeichen für Ärger Ausschau. Sie würde das Team vorwarnen und dafür sorgen, dass sie so lange wie möglich ungestört blieben.

Die hellen Scheinwerferlichter kamen näher. Kellan konnte zwei Paare ausmachen. Es sah aus, als führe ein kleinerer Laster den größeren Tieflader ein kurzes Stück dahinter an. Kellan ließ die Fahrertür einen Spalt geöffnet, und ihre Hand krampfte sich um den Griff. Wenn der Fahrer des führenden Lasters sie nicht rechtzeitig sah und nicht mehr anhalten konnte ...

Die Scheinwerferlichter kamen näher, und der führende Laster wurde langsamer. Kellan gestattete sich ein leises Aufatmen, als der kleine Elektrowagen von ihren Schweinwerfern erfasst wurde, der anscheinend mitten auf der Straße den Geist aufgegeben hatte, und beide Laster bremsten. Wenn sie beschlossen, ihn einfach zu umfahren, konnte es etwas komplizierter werden.

Als die Laster langsamer wurden, sprang Kellan aus dem Wagen und stellte sich vor ihm auf, sodass sie im grellen Scheinwerferlicht deutlich zu sehen war. Sie sprang auf und ab und winkte, um ihre Aufmerksamkeit zu erregen, wie es eine gestrandete Autofahrerin tun würde.

»Hey!«, schrie sie. »Hilfe!«

Der führende Laster wich ein wenig zur Seite aus, und Kellan dachte schon, er werde einfach an ihr vorbeifahren, aber das Team hatte alles genau geplant. Der kleinere Laster passte zwar vorbei, der Tieflader würde den kleinen Elektrowagen aber buchstäblich aus dem Weg schubsen müssen, um an ihm vorbei zu kommen. Also fuhr der führende Laster nur ein wenig zur Seite und hielt dann nur ein paar Meter von Kellan entfernt an. Die Bremsen des Tiefladers quietschten, als er ebenfalls nicht weit entfernt zum Stehen kam.

Die Fensterscheiben des führenden Lasters waren getönt, sodass Kellan nicht sehen konnte, was drinnen vorging. Sie erinnerte sich an Lothans Lektion, dass Magier freie Sicht auf etwas brauchten, um es mit einem Zauber beeinflussen zu können. Seit dem Erwachen waren getönte und verspiegelte

Scheiben weit verbreitet, um sich vor der Bedrohung durch kriminelle Magier zu schützen. Selbst wenn Kellan Zaubersprüche gekannt hätte, um das Personal im Laster auszuschalten, konnte sie sie nicht wirken, solange sie im Wagen blieben.

Sie wartete gespannt und gab sich alle Mühe, verloren und hilflos auszusehen und nicht an den Betäubungsschlagstock in der Innentasche ihrer Jacke zu denken oder an die kleine stummelläufige Pistole, die G-Dogg ihr vor Beginn des Runs mit den Worten gegeben hatte: »Die wirst du hoffentlich nicht brauchen.« Kellan hoffte, wenn sie so tat, als seien die Waffen gar nicht da, würden die Konzernleute sie auch nicht bemerken. Falls aber doch, freute sich Kellan nicht darauf, sie benutzen zu müssen.

Die Beifahrertür des Begleitfahrzeugs öffnete sich, und eine dunkel gekleidete Gestalt stieg aus. Sie ging vorne um den Laster und auf Kellan zu. Es war ein Mensch in einem dunklen Overall, dem man die Panzerung an Brust und Schultern ansah. Er trug eine Kappe mit Ares-Logo, und seine Augen leuchteten ein wenig im Scheinwerferlicht, wahrscheinlich Implantate, die sich automatisch der Lichtstärke anpassten, da der Mann überhaupt nicht blinzelte. Er trug eine Pistole im Gürtelhalfter, und Kellan bemerkte, dass die Schnalle geöffnet war, obwohl er die Waffe noch nicht gezogen hatte.

»Alles in Ordnung mit Ihnen?«, fragte er mit schleppendem mittelwestlichem Akzent, der sie an Kansas City erinnerte.

»Ich ... ich brauche Hilfe«, erwiderte sie. »Mein Wagen hat den Geist aufgegeben, und mein Handy ist tot. Haben Sie vielleicht ein Kom, das ich benutzen kann, oder irgendwas?«

»Warten Sie dort, Miss«, sagte der Mann, der vor dem Laster stehen blieb und nicht näher kam. »Ich kann Ihnen einen Abschleppwagen rufen.«

Kellan trat ein paar Schritte vor. »Das wäre prima! Brauchen Sie meinen Kredstab oder irgendwas ...?« Sie griff unschuldig an ihre Jackentasche.

»Bitte bleiben Sie da, Miss«, sagte der Mann in etwas autoritärerem Ton. »Bitte bleiben Sie bei Ihrem Wagen.« Kellan sah die Hand des Wachmanns zu seiner Kanone gleiten und beschloss, die Hände seitlich und gut sichtbar herabhängen zu lassen.

»Okay«, sagte sie. »Kein Problem.«

Der Wachmann griff sich mit der linken Hand an den Schultergurt seiner Uniform und löste ein kleines Mikrofon.

Kellan richtete den Blick auf den Kommlink des Wachmanns, wie Lothan ihr eingeschärft hatte, und plötzlich wurde alles unnatürlich still. Sie spürte die Hitze auf der Haut und verengte die Augen zu Schlitzen, während sie die Energie konzentrierte, nach außen richtete und schließlich mit ihrer gesamten Konzentration projizierte. In ihren Ohren war ein Rauschen wie von knisterndem Feuer, und sie spürte, wie die Hitze sie mit einem Schlag verließ.

Dann ging der Kommlink des Wachmanns in Flammen auf. Der Mann schrie überrascht und schockiert auf und ließ den Klumpen aus brennendem Plastik und Elektronik fallen, ohne zu berücksichtigen, dass er noch an seiner Uniform befestigt war. Er schlug sich gegen die Brust und versuchte die Flammen mit einer Hand auszuklopfen. Die Türen der beiden Laster öffneten sich.

»Kellan, auf den Boden!«, sagte eine Stimme in ihrem Ohr, und sie ließ sich auf den Asphalt fallen. Kugeln pfiffen über sie hinweg.

G-Dogg und Street Deacon sprangen aus ihrer Deckung am Straßenrand und schossen auf das überraschte Wachpersonal. Der Mann, den Kellan verbrannt hatte, konnte nicht einmal zu seiner Waffe greifen, bevor er von einer Kugel getroffen und herumgerissen wurde. Er ging neben dem Laster zu Boden.

Ein anderer Wachmann sprang auf der Fahrerseite aus dem Laster und ging hinter der geöffneten Tür in Deckung, während Kugeln funkensprühend von dem Fahrzeug abprallten und als Querschläger davonpfiffen. Aus der Kabine des Tiefladers sprangen ebenfalls Männer.

Kellan nutzte die Gelegenheit und lief zur Vorderseite des

Begleitlasters. Sie blieb tief geduckt, da in ihrer Nähe Kugeln jaulend vom Asphalt abprallten. Als sie die Vorderseite umrundete, sah sie, dass der Typ, mit dem sie geredet hatte, noch bei Bewusstsein war und nach seiner Kanone tastete. Seine Panzerung musste die Wirkung des Treffers abgeschwächt haben. Kellan war schneller und rammte dem Mann ihren Schlagstock in die Seite. Es knisterte elektrisch, und er schrie auf und blieb zuckend liegen.

Kellan schaute in dem Augenblick auf, als sich die hintere Beifahrertür der Kabine öffnete und noch ein Mann absprang. Sie ließ den Schlagstock fallen und griff sofort nach ihrer Pistole, obwohl sie viel zu langsam war, denn der Ares-Mann hob seine eigene Waffe, und plötzlich starrte Kellan in den schwarzen Lauf, dessen Mündung sich für einen Moment so groß wie ein Eisenbahntunnel vor ihr auftat. Dann war das Geräusch reißender Kleidung zu hören, dem ein schmerzerfülltes Grunzen des Wachmanns folgte. Die Waffe entglitt seinen Händen, und er brach zusammen. Orion stand über den Mann gebeugt, das blutige Schwert in der rechten Hand und eine einfache mattschwarze Pistole in der linken.

Bevor sie ein Wort des Dankes äußern konnte, ließen ein heller Lichtblitz und ein lauter Donnerschlag Kellan zum bewölkten Himmel schauen. Ein unerwartetes Gewitter konnten sie jetzt überhaupt nicht gebrauchen.

»Verdammter Drek«, fluchte Liada über Kommlink. »Sie haben einen verfluchten Sturmgeist!« Es blitzte wieder, noch heller als zuvor. Kellan sah einen Blitz aus der Richtung des anderen Lasters kommen. Er schlug mit lautem Donner am Straßenrand ein und schleuderte eine Wolke aus Funken, Erdbrocken und Trümmerstücken in die Luft.

»Wir sind hier festgenagelt!«, sagte G-Dogg. Der Blitz war nahe der Stelle eingeschlagen, wo er sich mit Street Deacon befand.

»Wir arbeiten daran!«, erwiderte Liada.

Orion gab Kellan mit der Schwertspitze ein Zeichen, das eindeutig besagte, sie solle bleiben, wo sie war, dann schlich sich der Elf zum hinteren Ende des Lasters. Er sah sich gründlich um und verschwand dann um die Ecke.

Ich will verdammt sein, wenn ich einfach zurückbleibe!, dachte Kellan. Sie folgte Orion, sodass sie sehen konnte, was hinter ihnen vorging.

Die Ares-Männer aus dem Tieflader kauerten in unmittelbarer Nähe der riesigen Kabine und schossen in G-Doggs und Street Deacons Richtung. Über dem Tieflader schwebte eine wogende Masse aus schwarzen Wolken, die fast so groß wie die Fahrerkabine war. Blauweiße Elektrizität schimmerte, und die Wolken sahen aus wie ein großer Vogel mit schwarzen Federn und brennend elektrisch blauen Augen. Ein harscher, kalter Wind blies aus dieser Richtung. *Ein Sturmgeist,* dachte Kellan, da sie sich an Liadas Worte erinnerte. Sie hatte noch nie einen gesehen.

Sie konnte weder Liada noch Lothan sehen, obwohl sie wusste, dass die beiden Magier in der Nähe – und nach allem, was Lothan ihr gesagt hatte –, in Sichtweite ihrer Ziele sein mussten. Liada hatte gesagt, sie würden sich um den Sturmgeist kümmern, obwohl Kellan keine Ahnung hatte, wie sie das eigentlich anstellen wollten. Sie hörte wieder ein Zischen von Orions Schwert und den Schmerzensschrei einer Wache auf der anderen Seite des Lasters, dann gab einer der Ares-Männer neben dem Tieflader ein paar Schüsse in diese Richtung ab und zwang Kellan, sich wieder hinter das Heck des Begleitlasters zu ducken. Sie umklammerte ihre eigene Pistole mit beiden Händen und lauschte dem Schusslärm und dem Krachen des Donners auf der anderen Seite.

»Max«, sagte Lothan über Kommlink, »wir brauchen eine Ablenkung vor dem Hauptlaster.«

»Roger«, erwiderte der zwergische Rigger. Ein schrilles Jaulen von Rotoren war zu vernehmen, und Kellan sah eine Drohne aus der Dunkelheit auf den Tieflader zurasen. Sie sah aus wie eine fliegende Mülltonne und hatte auch ungefähr dieselbe Größe, wenn man von dem Kranz aus Rotorblättern am oberen Ende und dem darunter angebrachten Maschinengewehr absah. Ihre zylindrische Oberfläche war mit schweren Panzerplatten bedeckt.

Die Drohne eröffnete das Feuer mit ihrem MG und deckte den Asphalt vor der Kabine des Tiefladers mit einem Kugelhagel ein, sodass Funken und Querschläger von den Stellen aufspritzten, wo die großkalibrigen Geschosse trafen. Die Wachmänner warfen sich in Deckung. Dann richtete die Drohne ihre Waffe auf den in der Luft schwebenden Sturmgeist und feuerte die nächste Salve direkt in ihn hinein. Flammenzungen schossen aus dem Lauf der Kanone, aber wenn dem Geist das Gewehrfeuer auch nur das Geringste ausmachte, wusste er es gut zu verbergen. Nach allem, was Kellan wusste – was nicht viel war –, waren Schusswaffen, auch schwere Maschinengewehre und Autokanonen, wirkungslos gegen Wesen aus reiner Magie und elementarer Kraft.

Trotzdem war es die Ablenkung, um die Lothan gebeten hatte, und Kellan würde sie ausnutzen. Tief geduckt huschte sie am Straßenrand entlang zum Tieflader und auf dessen Rückseite. Silver Max' Drohne jagte davon, als die Ares-Männer das Feuer auf sie eröffneten. Sie hörte ein paar Kugeln von der Panzerung der Drohne abprallen, aber sie zog sich einfach ein kurzes Stück zurück und verhielt am Straßenrand an einer Stelle, die für die Wachen schwer zu erreichen war, den Tieflader aber in Reichweite ihres MGs ließ. Eine weitere Salve krachte und zwang die Wachen, den Kopf unten zu halten, obwohl Kellan mitbekam, dass Max nicht direkt auf sie schoss. Dadurch konnte der Laster beschädigt werden, was ihnen den ganzen Run verderben würde.

Kellan erreichte die Rückseite des Tiefladers, kauerte sich zusammen und lauschte. Sie hörte einen leisen Singsang aus dem Laderaum, in einer Sprache, die sie nicht kannte. Gänsehaut kroch an ihr empor, und sie spürte, wie sich ihre Nackenhaare sträubten.

Magie, dachte sie. Sie war sich dessen sicher.

Sie warf einen Blick auf die seitlichen Befestigungen der nach oben hin offenen Ladefläche des Tiefladers, dann packte sie einen der Haltegurte und zog sich vorsichtig und so leise wie möglich hoch. Dann nahm sie den Gurt in die eine und ihre Pistole in die andere Hand, schwang um die Seitenwand herum in den hinten offenen Laderaum und richtete ihre Waffe auf das Innere.

Zwischen den massiven Kunststoffkisten im hinteren Teil des Lasters stand eine dünne Frau in einem langen, dunklen Mantel. Ihre Haare waren lang und zu Zöpfen geflochten, und sie sah aus, als habe sie amerindianisches Blut in den Adern. Bei Kellans Landung drehte sie sich um und hob eine Hand, um die ein schwaches Schimmern Gestalt annahm. Kellan drückte zwei Mal ab. Der erste Schuss ging vorbei und schlug ein Loch in eine Kiste mit einer Menge Verpackungsmaterial. Der zweite traf die Schamanin in die Schulter, wirbelte sie herum und seitlich gegen eine Kiste, sodass sie in ihrer Konzentration gestört wurde. Der Zauber, was für einer es auch gewesen sein mochte, wurde nicht gewirkt.

Kellan trat näher, die Kanone ausgestreckt in beiden Händen und auf die Schamanin gerichtet, die sich langsam aufrappelte. Es sah aus, als sei ihr Mantel so stark gepanzert, dass er die Kugel aufgehalten hatte, obwohl Kellan aus Erfahrung wusste, dass es sich trotzdem noch so anfühlte, als sei man von einem Troll mit einem Baseballschläger getroffen worden. Die Schamanin hatte sicher eine Prellung erlitten, vielleicht Schlimmeres. Sie hielt sich die Schulter, während sie sich erhob.

»Versuch das noch mal«, sagte Kellan kalt, »und die nächste Kugel trifft dich zwischen die Augen.«

Die Schamanin funkelte sie an, sagte nichts und ließ langsam die Hände sinken, hielt sie aber so, dass Kellan sie sehen konnte.

»Du kontrollierst den Geist da draußen«, sagte Kellan, und die Schamanin nickte.

»Schick ihn weg.« Sie hob die Knarre, um ihren Worten Nachdruck zu verleihen. »Und versuch nichts Oberschlaues, *so ka?*«

Die Schamanin hielt kurz inne und sah ihr in die Augen. Kellan fragte sich, ob sie Magie anwendete, um zu entscheiden, ob sie bluffte oder nicht. Sie spürte nichts, aber es war schwer zu sagen. Dann hob die Schamanin langsam die Hände und begann einen Singsang wie zuvor. Kellan spürte die Magie in der Luft und konnte beinahe sehen, wie sie sich rings um die andere Frau verdichtete.

Der Zauber schlug wie eine Welle über Kellan zusammen. Reflexhaft hielt sie dagegen, biss die Zähne zusammen und behauptete sich. Es war, als rissen eisige Klauen an ihrer Seele, aber sie dachte an das Kristallei, das sich vorzustellen Lothan sie gelehrt hatte, und die Klauen schienen daran zu kratzen, ohne ihr wirklich weh zu tun. Gleichzeitig krümmte sich ihr Finger um den Abzug der Pistole.

Die Schamanin sah Kellan nur an, geschockt darüber, dass ihr Zauber versagt hatte, dann krümmte sie sich, als die Kugel sie in den Bauch traf, und brach auf der Ladefläche des Lasters zusammen. Die Wirkung des Zaubers ließ sofort nach, und Kellan keuchte, als die Zeit wieder normal zu fließen schien. Sie fühlte sich ein wenig erschöpft, aber das Adrenalin schoss durch ihre Adern, und ihr Herz schlug kräftig. Sie betrachtete die gefallene Schamanin, aber die regte sich nicht mehr. Kellan öffnete ihren Kommlink.

»Hier ist K«, sagte sie. »Ich bin hinten auf dem Laster. Ihre Schamanin ist erledigt.«

»Gute Arbeit«, erwiderte Lothan. »Das hat dem Sturmgeist jedenfalls die Kampfkraft genommen und auch ihre magische Abwehr erledigt. Bringen wir die Sache zu Ende, ja?«

Kellan spürte eine Welle aus Magie wie ein Kräuseln in der Luft, und die Schüsse vor dem Laster verstummten plötzlich. Sie hörte ein metallisches Klirren und einen Schmerzensschrei von der rechten Seite der Fahrerkabine, und dann kamen plötzlich Liada und Orion von rechts und links um den Laster und auf die Rückseite. Street Deacon und Lothan folgten dichtauf.

Die anderen sahen sich rasch auf der Ladefläche um und

vergewisserten sich, dass alles in Ordnung war, dann sprach Lothan in seinen Kommlink: »Max, wir sind hier fertig.«

»Roger. Bin schon unterwegs.«

»Jackie, Status«, sagte der Troll.

»Wir haben ein Fenster«, sagte die Deckerin, deren Tonfall jetzt nichts Verspieltes mehr hatte, sondern vollkommen geschäftsmäßig klang. »Als die Sache ins Rollen kam, ist ein Anruf an Lone Star rausgegangen, aber ich störe die Nachrichten, die von der Zentrale rausgehen, und das dürfte sie eine Weile aufhalten. Ihr habt fünf Minuten, maximal zehn.«

»Also schön, Beeilung«, sagte Lothan.

Liada beugte sich über die Schamanin und begutachtete sie. Auf der Ladefläche war Blut zu sehen.

»Ist sie ...?«, fragte Kellan, und Liada schüttelte den Kopf.

»Noch nicht«, sagte sie.

»Runter mit ihr«, sagte Lothan zu Street Deacon.

Der Straßensamurai halfterte seine Waffe und hob die bewusstlose Schamanin auf. Er warf sie hinten aus dem Laster auf die Straße. Kellan machte Anstalten, etwas zu sagen, aber ein Blick von Liada ließ sie innehalten, als die Elfe unmerklich den Kopf schüttelte.

Orion sprang vom Laster und schob sein Schwert in die Scheide. Er verschwand um die Ecke, als Silver Max und G-Dogg ins Führerhaus des Tiefladers stiegen. Der Motor erwachte wieder zum Leben, und Lothan hielt sich an einem der Gurte fest, mit denen die Kisten gesichert waren.

»Es geht los!«, rief G-Dogg von vorne.

Silver Max legte den ersten Gang ein, und der Tieflader ruckte vorwärts. Max pflügte an dem Begleitlaster und dem elektrischen Dreirad vorbei, und Kellan sah überall Sicherheitsleute auf der Straße liegen, manche in dunklen Blutlachen, während andere keinen Kratzer abbekommen hatten. Niemand war zu sehen, als der Laster, seine Fracht und das Team über den Highway und in die Nacht rasten.

Kapitel 10

Da Jackie Ozone in der Matrix nach Kräften für Störungen sorgte, waren die Runner verschwunden, bevor Lone Star am Tatort des Raubs eintraf. Die Deckerin hielt das Team über die Reaktion auf ihren Run auf dem Laufenden, aber es war klar, dass sie sich erfolgreich abgesetzt hatten. Lone Star startete eine Suche, aber das Team wollte den Run abschließen, lange bevor die Behörden ernsthaft Gelegenheit bekommen würden, sie zu finden.

Silver Max nahm die erste Ausfahrt und fuhr nach Redmond. Der Rigger lenkte den großen Tieflader geschickt durch das dunkle Labyrinth der Straßen, die von ausgebrannten Autowracks und anderem Abfall gesäumt wurden – lebendem und nicht lebendem. Falls jemandem auffiel, dass so spät nachts noch ein Ares-Tieflader unterwegs war, machte man sich nicht die Mühe, deswegen etwas zu unternehmen. Die Leute in den Barrens kümmerten sich in der Regel vor allem um ihre eigenen Angelegenheiten. Alles andere war nicht gesund.

Lothan sprach leise in seinen Kommlink, vermutlich mit Jackie, obwohl Kellan nicht sicher war. Er benutzte eine private Frequenz.

Die Anzahl der Kurven und Nebenstraßen, die Silver Max entlangfuhr, überzeugte Kellan davon, dass er sich ein globales Navigationssystem implantiert haben lassen musste. Er fuhr durch die Straßen der Barrens, als seien sie in seinen Handrücken tätowiert. *Oder vielleicht in seinen Schädel, das trifft es schon eher,* dachte Kellan.

Nach relativ kurzer Zeit fuhr der Tieflader vor einer uralten Einkaufsgalerie vor, die um einen zentralen großen Laden mit riesiger Lieferzone gebaut worden war, die ideal für ihre Zwecke war. G-Dogg sprang aus dem Führerhaus, um das verrostete und kreischende Garagentor zu öffnen, damit der Laster hineinfahren konnte. Orion folgte ihnen mit seiner Yamaha Rapier dichtauf, und G-Dogg schloss die Tür hinter ihm. Street Deacon sprang hinten vom Laster, um den beiden zu helfen, die Wellblechtür ins Schloss zu zwängen, während Silver Max den Motor abstellte und die Scheinwerfer ausschaltete.

Die verlassene Lieferzone lag in tiefer Dunkelheit. Das einzige Licht fiel durch die massiven Plastikplatten, mit denen die wenigen Fenster vernagelt waren. Kellan blieb kurz stehen, damit sich ihre Augen an die Dunkelheit gewöhnen konnten. Alle anderen im Team waren entweder Metamenschen oder hatten – wie in Deacons Fall – kybernetische Augen, mit denen sie auch in fast völliger Dunkelheit sehen konnten. Kellan fragte sich, ob sie sich mit diesem Thema würde beschäftigen müssen. Sie blinzelte ein paarmal und konnte schließlich die schattenhaften Gestalten der anderen Runner ausmachen.

»Sieht so aus, als hätten wir uns abgesetzt«, meldete Jackie Ozone über Kommlink. »Ich halte Wache und sage euch Bescheid, wenn es irgendwelchen Ärger gibt.«

»Verstanden, gute Arbeit, Jackie«, erwiderte Lothan. »Nun denn«, wandte er sich an den Rest des Teams. »Jetzt warten wir auf Mr Johnson und unsere Bezahlung. G-Dogg, warum hältst du nicht mit Deacon und Orion Ausschau nach unserem Auftraggeber?« Wenngleich höflich formuliert, war es keine Bitte.

G-Dogg nickte und ging, um die beiden anderen Männer zu holen und zu gehorchen.

»Gute Arbeit, das mit der Schamanin«, sagte Liada zu Kellan, während sie ihre Ausrüstung in der unförmigen Schultertasche verstaute, die sie bei sich trug.

»Aber nicht unbedingt nach Plan«, warf Lothan mit einem missfälligen Blick in Kellans Richtung ein. »Du solltest eigentlich bei dem Dreirad bleiben.«

»Und was tun – mich erschießen lassen?«, fragte Kellan.

»Nicht, wenn du in Deckung geblieben wärst.«

»Hör auf damit, Lothan«, sagte Liada. »Diese Schamanin auszuschalten war gute Arbeit. Hat uns eine Menge Ärger erspart.«

Lothan fuhr ein wenig auf. »Ich hätte mich schon früh genug um sie und ihren Geist gekümmert.«

»Natürlich«, höhnte Liada. »Aber nicht so schnell wie Kellan. Gemeinsam hätten wir die magische Abwehr dieser Schamanin überwinden können, aber dank Kellan brauchten wir uns diese Mühe nicht zu machen. Ein Betäubungsschlag hat dann den Rest der Wachen erledigt wie nichts.« Sie schnippte mit den Fingern.

»Erfolg ist keine Entschuldigung für Exzess«, sagte der Troll stur. Er wandte sich wieder an Kellan. »Wenn du dich in Zukunft nicht an einen Plan halten kannst, informier wenigstens die anderen über dein Vorhaben. Geh nicht auf eigene Faust los, sonst landest du über kurz oder lang in der Schusslinie.« Dann machte er auf dem Absatz kehrt, ging zum Ende des Lasters und kletterte mit Hilfe seines schweren, knorrigen Stocks hinunter.

»Makanagee«, murmelte Liada leise, während sie seinen Abgang beobachtete. Dann wandte sie sich an Kellan. »Hör nicht auf ihn. Du hast deine Sache gut gemacht. Lothan hasst es nur, wenn jemand anders eine gute Idee hat, die er sich nicht auf die Fahne schreiben kann.« Liada lächelte und berührte Kellans Arm. »Hey, ist alles in Ordnung?«, fragte sie, als sie Kellans niedergeschlagenen Blick beim Halftern ihrer Waffe bemerkte. Ihre Hände fingen an zu zittern, und sie verschränkte die Arme vor der Brust und zog sie ganz fest an, damit das Zittern aufhörte.

»Ja, sicher«, sagte sie. »Mir geht's gut.«

»Das ist nur das Zittern nach dem Run«, sagte Liada mitfühlend. »Das Runterkommen vom Adrenalin. Das geht gleich wieder.«

»Es ist nur, dass ich noch nie ...«, begann Kellan, indem sie Liada ansah, den Blick aber gleich wieder senkte, da es ihr peinlich war, einer so erfahrenen Runnerin noch mehr zu sagen.

»Was? Jemanden erschossen habe?«

»Nicht so«, sagte Kellan leise. »Ich meine, ich habe *auf* Leute geschossen, als ich in KC in den Schatten unterwegs war. Wahrscheinlich habe ich sogar welche getroffen«, schnaubte sie freudlos. »Aber ich habe noch nie auf jemanden geschossen, der so nah vor mir stand. In Kansas City war es nie so.«

»Gewöhn dich dran.«

Kellan sah sie an. Die Miene der Elfe war mitfühlend, aber sie drückte auch Kälte und Entschlossenheit aus. »Sie hat für die Konzerne gearbeitet und kannte die Risiken, und sie wird nicht die Letzte sein, Kellan, nicht in diesem Geschäft. Wenn du Glück hast, wirst du jedem, den du erschießen musst, von Angesicht zu Angesicht gegenüberstehen. Erst wenn du ihnen in den Rücken schießt, hast du Grund, dir Sorgen zu machen.«

Liada legte ihr eine Hand auf die Schulter und ließ Kellan dann mit ihren Gedanken allein. Sie lehnte sich kurz an eine der Kisten und dachte über den Augenblick nach, als die Schamanin versucht hatte, den Zauber gegen sie zu wirken, an das Gefühl der Kanone in ihren Händen, an den Ausdruck auf ihrem Gesicht, als der Zauber nicht funktionierte und Kellans Kugel sie in den Bauch traf.

Kellan fragte sich, ob sie es überleben oder auf dem Highway sterben würde, bevor Hilfe eintraf. Sie fragte sich, ob sie selbst eines Tages so abtreten würde.

Sie kannte die Risiken. Liadas Worte fielen ihr wieder ein. So war es in den Schatten: töten oder getötet werden, Überleben der Stärksten. Die andere Möglichkeit war, so zu sein wie die verlorenen Seelen, die sie auf dem Weg hierher in den Barrens passiert hatten: in verlassenen Ruinen zu hocken und wie Ratten zu leben, als Opfer der Konzernmaschinerie. Als Kellan in die Schatten eingetaucht war, hatte sie beschlossen, sich nicht herumschubsen zu lassen.

Sie würde es schaffen.

Sie dachte an ihre Tante, die den größten Teil ihrer Zeit damit verbrachte, sich ins Koma zu saufen. Kellan verachtete ihre Schwäche. Sie wusste, wenn man etwas wollte, lag es an einem selbst, sich aufzumachen und es sich zu holen. Wenn man den Vorteil von Reichtum und Privilegien nicht hatte, ja nicht einmal die legale Existenz, die einem eine SIN garantierte, tat man, was man tun musste, um voranzukommen.

Sie betrachtete die Kiste und fragte sich, was darin war, das all diese Mühe wert war. Sie hockte sich hin und studierte den Versandaufkleber. In erster Linie bestand er aus elektronischen Strichcodes für die Scanner, aber die wenigen Wörter ließen sie verwirrt die Stirn runzeln. Sie sah sich die Aufkleber auf einigen der anderen Kisten an, die grundsätzlich genauso waren. Dann ging sie nach vorn, suchte kurz und fand ein Stemmeisen, womit sie eine der Kisten öffnete und einen Blick hineinwarf. Es bestätigte, was auf dem Aufkleber stand, und das bedeutete, dass der Inhalt der anderen Kisten wahrscheinlich derselbe war. Keine Tarnung für Schmuggelware oder geheime Fracht. Aber warum sollte irgendjemand ...?

»Was machst du da?«

Kellan erschrak und fuhr herum. Orion zog sich gerade elegant auf die Ladefläche des Tiefladers und funkelte sie an.

»Ich sehe nur nach ...«, fing sie an, doch der Elf trat vor und nahm ihr das Stemmeisen aus der Hand.

»Niemand hat dir gesagt, dass du irgendwas nachsehen sollst«, sagte er leise und harsch.

»Ja, aber vielleicht sollte es jemand tun«, konterte sie. »Warum zahlt unser Johnson für eine Ladung elektronischen Drek, den er in jeder Galerie im Plex kaufen könnte?«

»Was?«

»Überzeug dich selbst«, erwiderte Kellan, indem sie auf die geöffnete Kiste zeigte. »Sim-Decks, Abspielgeräte, Interface-

Kabel, leere Chips, alles aus Hongkong, also nicht mal Spitzenware von Novatech oder Mitsuhama.«

Orion beugte sich über die geöffnete Kiste und lugte mit einem Ausdruck der Ungläubigkeit hinein, der selbst in dieser Dunkelheit zu erkennen war. Er fluchte leise, dann ging er entschlossenen Schritts nach hinten und sprang vom Laster. Kellan folgte ihm rasch für den Fall, dass er zu Lothan gehen und sie anschwärzen wollte oder irgendwas.

Sie kam gerade rechtzeitig, um mitzubekommen, wie G-Dogg Mr Johnson in die Anlieferung führte. Ihr Auftraggeber war allein und ähnlich gekleidet wie bei ihrer ersten Begegnung. Er trug dunkle, unauffällige Klamotten, die von einer gewissen Klasse und einem gewissen Einfluss kündeten.

Er ging zu Lothan, und die beiden fingen an, sich leise zu unterhalten. Orion blieb stehen, als er sah, dass der Trollmagier mit dem Johnson redete, und seine Miene wurde noch finsterer. Er verschränkte die Arme und wartete, bis Lothan und der andere Mann fertig waren.

Kellan ging zu Liada und G-Dogg. Silver Max saß noch im Führerhaus des Tiefladers. Kellan konnte nicht verstehen, was Lothan und Mr Johnson miteinander besprachen, aber der andere Mann wirkte zufrieden. Lothan deutete mit leicht pompöser Geste auf den Tieflader, aber der Johnson winkte ab und ließ keinen Zweifel daran, dass er keinen Grund sah, die Ware zu begutachten.

»Wahrscheinlich erzählt Lothan ihm, wie er den Job praktisch ganz allein durchgezogen hat«, flüsterte Liada.

»Solange das Geld stimmt«, erwiderte G-Dogg.

Street Deacon kam in die Garage und ging zum Laster. Der Straßensamurai erreichte das Führerhaus und blieb wie angewurzelt stehen, als er Lothan und den Johnson erblickte. Kellan hätte schwören können, dass der hagere Mann so blass wurde wie sein weißes Schädeltattoo. Seine skelettartigen mechanischen Hände ballten sich, als greife er nach etwas Unsichtbarem.

»Was ist mit Deacon los?«, fragte sie leise, und G-Dogg

schaute in die Richtung. Street Deacon fasste sich rasch wieder und ging langsam zur Rückseite des Lasters, wobei er Mr Johnson nicht aus den Augen ließ.

»Keine Ahnung«, sagte der Ork. »Wer kennt sich schon mit ihm aus?« Er zuckte die Achseln und sah weiter zu, wie Lothan und ihr Auftraggeber das Geschäft zum Abschluss brachten. Mr Johnson zückte eine Handvoll Kredstäbe und reichte sie dem Troll, der sie begutachtete und anscheinend zufrieden einsteckte. Dann schüttelten sie sich die Hände, und der Johnson ging, während Lothan auf Kellan, G-Dogg und Liada zuging.

»Und?«, fragte der Ork.

Kellan hatte den Eindruck, dass Lothan ganz besonders zufrieden mit sich war.

»Bezahlung wie vereinbart«, verkündete er, indem er die Kredstäbe zückte. »Plus Prämie. Mr Johnson hat gesagt, dass er keine Verwendung für die Fracht hat, solange Ares sie nicht bekommt, also können wir damit machen, was wir wollen. Das dürfte uns ein hübsches Sümmchen zusätzlich einbringen.«

»Was ist es?«, fragte Liada.

»Elektronikkram, Unterhaltungsmedien und so Zeug«, sagte Kellan, bevor Lothan antworten konnte. Das brachte ihr einen vernichtenden Blick des Trolls ein, der stumm fragte, woher sie das wisse. Kellan gab sich alle Mühe, sich davon nicht einschüchtern zu lassen.

»Nicht schlecht«, sagte G-Dogg, der den Blickwechsel ignorierte. »Ich kenne ein paar Leute, die Interesse hätten. Wahrscheinlich können wir einen anständigen Preis bekommen.«

Die Erwähnung weiterer Gewinne schien Lothan ein wenig zu besänftigen. »Arrangiere alles Notwendige«, sagte er zu G-Dogg. »Es dürfte kein Problem sein, die Ware eine Weile hier zu lassen, aber Max soll sich vergewissern, dass wir keinen Sender an Bord haben, der uns Knight Errant auf den Hals hetzt.« Dann ging er zum Führerhaus, um die anderen zu informieren.

»Ich muss ein paar Anrufe machen«, sagte G-Dogg zu Kellan und Liada. »Und dann wäre wohl eine kleine Feier angesagt. Die Nacht ist noch nicht vorbei, es gibt uns noch, und für den Moment sind wir flüssig. Was haltet ihr von *Dante's Inferno* oder dem *Penumbra*?«

»Hört sich gut an«, erwiderte Liada mit einem Blick auf Kellan.

»Sahne«, sagte sie, obwohl sie sich bei der ganzen Sache längst nicht so wohl fühlte.

»Fragen wir Max«, sagte G-Dogg, und er und Liada folgten Lothan zum Tieflader. Kellans Blick wanderte zur Garagentür, wo Orion Mr Johnson angehalten hatte und sich leise mit ihm unterhielt. Sie ging zu ihnen.

»... haben uns diese Waffen versprochen, Brickman«, sagte Orion gerade, als Kellan sich ihnen näherte. Ein Blick von Mr Johnson informierte Orion über Kellans Anwesenheit, und er drehte sich zu ihr um, als sie näher kam.

»Hey«, sagte sie, während ihr Blick von einem Mann zum anderen glitt. »Wir wollen noch ausgehen und einen trinken. Ich wollte nur wissen, ob du mitkommen willst.«

»Ich bin hier noch nicht fertig«, sagte der Elf kalt und funkelte den anderen Mann dabei an.

»Ach so, okay«, sagte Kellan und zog sich so schnell wie möglich zurück. Als sie am Tieflader ankam, hatten sich G-Dogg, Max und Liada um das Führerhaus versammelt und warteten auf sie.

»Was ist da los?«, fragte G-Dogg und nickte zu Orion und dem Mann, den der Elf ›Brickman‹ nannte. Die beiden Männer unterhielten sich noch einen Augenblick, dann deutete Brickman höflich auf die Tür, und Orion ging vor ihm hinaus, gefolgt von ihrem ehemaligen Auftraggeber.

»Keine Ahnung«, sagte Kellan gedehnt, während sie ihnen nachsah.

»Okay, Deacon wird die Ware zunächst bewachen«, sagte Liada, »und Lothan ist schon weg. Für einen Burschen seines Alters ist es schon spät.« Sie grinste boshaft. »Aber er hat uns unseren Anteil ausgehändigt. Hier ist deiner«, sagte sie und reichte Kellan einen Kredstab.

Kellan nahm ihn, und Stolz wallte in ihr auf. Sie hatte abgesehen von Lothans Magiestunden nicht viel erwartet. Tatsächlich einen Anteil der Einnahmen zu bekommen, war ein gutes Gefühl, ein verflucht gutes sogar. Der Trollmagier musste ungewöhnlich großzügiger Stimmung gewesen sein. Vielleicht hatten Liada und die anderen ihn auch dazu gedrängt.

»Danke«, sagte Kellan.

»Du hast es dir verdient«, erwiderte Liada mit einem Lächeln.

»Worauf warten wir noch?«, fragte G-Dogg grinsend. »Lasst uns einen draufmachen!«

Kapitel 11

Dante's Inferno war nicht nur einer der besten Nachtclubs im ganzen Seattler Metroplex, sondern auch der größte und beeindruckendste, den Kellan je gesehen hatte. Daneben verblasste sogar die industrielle Pracht des *Underworld 93.* G-Dogg führte die kleine Gruppe – bestehend aus ihm selbst, Kellan, Liada und Silver Max – zur Vorderseite des Clubs, wo Neolux-Schilder seinen Namen in hohen, flammenden Buchstaben verkündeten und innen ›Neun Aktionskreise!‹ verhießen.

Die Schlange hoffnungsvoller Clubbesucher erstreckte sich einen ganzen Block weit, aber G-Dogg beachtete sie gar nicht, sondern schlenderte an den Blicken und gelegentlichen Buhrufen vorbei. Er ging direkt zum Eingang, wo ein riesiger Troll in einem maßgeschneiderten schwarzen Smoking seltsam adrett aussah.

»Hey, Newt, Mann«, sagte G-Dogg zu dem Troll, der hinter der Samtschnur vor dem Eingang des Clubs stand. »Was läuft?«

Der Troll lächelte breit und zeigte dabei stumpfe untere Hauer und einen Goldzahn. »Hey, G-Dogg«, grollte er in einem unglaublich tiefen Bass. »Immer dasselbe, immer dasselbe. Und bei dir?«

G-Dogg zückte mit angeberischer Geste und verruchtem Lächeln seinen Kredstab. »Volltreffer!«, sagte er. »Die Geschäfte gehen gut, und ich will mein Geld unters Volk bringen.« Die beiden Metamenschen tauschten einen für Kellan beiläufigen Handschlag, aber dabei schob G-Dogg seinen

Kredstab in das Lesegerät, das Newt unter seiner Smokingjacke am Handgelenk trug. Ein kaum wahrnehmbares Summen ertönte, das größtenteils von der aus dem Club dringenden Musik übertönt wurde, und der Troll rieb sich mit der Hand über das Kinn, schaute dabei kurz auf sein Handgelenk und grinste breit.

»Ist immer ein Vergnügen, Geschäfte mit dir zu machen, Dogg«, sagte er, indem er die Schnur wegnahm. Dann deutete er mit einem Kopfnicken auf Kellan. »Wer ist das neue Mädchen?«

»Newt, das ist Kellan. Kellan, das ist Newt, der *zweitbeste* Rausschmeißer in ganz Seattle, gleich nach mir.« G-Dogg zwinkerte Kellan zu.

»Nett, dich kennenzulernen«, sagte Newt, indem er eine riesige Pranke ausstreckte, die Kellans Hand vollkommen umschloss, als sie sich begrüßten.

»Gleichfalls«, sagte sie.

»Solltest du es je satt haben, mit diesem hässlichen Trog herumzuhängen, und sehen wollen, wo im Plex *wirklich* die Post abgeht, komm und frag mich, okay?«

»Danke«, sagte Kellan mit einem Lächeln. »Das mache ich.«

»Viel Spaß«, sagte Newt und zog die Samtschnur weg, sodass die Runner eintreten konnten, wobei er die Buhrufe und Beschwerden der Wartenden in der Schlange ignorierte.

»Regt euch ab!«, hörte Kellan den Troll über den Lärm der Masse hinwegbrüllen, als sie an ihm vorbeigingen. »Reizt mich nicht, ich will nicht handgreiflich werden!« Dann gingen sie durch die Tür und betraten das *Inferno.*

Abgesehen von den Worten ›Gebt alle Hoffnung auf, ihr, die ihr hier eintretet‹ (die in flammenden Neonbuchstaben über dem Haupteingang des Foyers hingen), folgte *Dante's Inferno* eindeutig dem Motto: ›Nichts ist so erfolgreich wie der Exzess‹. Alles im Club war eindeutig so übertrieben und beeindruckend wie möglich angelegt, und man hatte keine Kosten und Mühen gescheut, um eines Menschen Vision des perfekten Sündenpfuhls Wirklichkeit werden zu lassen.

Kellan gab sich alle Mühe, nicht zu gaffen und sich den Hals zu verrenken, wenn sie Dinge erblickte, die offenbar genau diese Reaktionen provozieren sollten. Keiner der anderen tat es. Sie waren eindeutig alle schon mal hier gewesen, vermutlich sogar oft, wenn man von G-Dogg auf die anderen schließen konnte. Kellan war beeindruckt, versuchte es aber nicht zu zeigen, und hatte eine Miene aufgesetzt, die sowohl kühl als auch abgestumpft wirken sollte.

Jenseits des Foyers war der Club ein riesiger, in neun Ebenen unterteilter Zylinder. Kellan schaute nach oben und sah mindestens sieben Ebenen über sich. Die Böden bestanden alle aus Transparex, sodass man durch sie ganz nach oben (oder unten) schauen konnte. Eine Treppe verlief außen um das Gebäude, und eine gewaltige Wendeltreppe zog sich um den offenen Schacht in der Mitte jeder Ebene. In diesem Schacht tosten holografische Flammen aus den Tiefen des Nachtclubs empor, in denen sich geisterhafte Bilder fast nackter Gestalten wanden, eher leidenschaftlich als gequält.

Fantastische Gemälde bedeckten die Wände der Ebene, auf der sie sich befanden. Sie zeigten grüne Gärten in welliger Hügellandschaft und Bäume mit goldenen Früchten. Bei vielen Bäumen wanden sich Schlangen in den Zweigen oder lugten zwischen den Blättern hervor.

»Neid«, sagte Liada in Kellans Ohr und legte ihr eine Hand auf die Schulter.

»Was?«, fragte sie erschrocken und auch ein wenig verlegen, weil sie beim Gaffen erwischt worden war.

Liada lächelte. »Neid«, wiederholte sie mit einem Nicken auf die Bilder. »Jede der obersten sieben Ebenen von *Dante's Inferno* ist nach einer der sieben Todsünden benannt. Neid, Trägheit, Habgier, Stolz, Völlerei, Zorn und natürlich Wollust. Es soll den neun Kreisen der Hölle nachempfunden sein, aber ich nehme an, da hat Dante nicht so viel gefunden, womit er arbeiten konnte, also hat er seine Metaphern ein wenig vermischt. Ich glaube, dass er aus ›Neid‹ die erste Ebene gemacht hat, ist eine Art Witz auf Kosten der Leute, die hier reinwollen. Du kannst wetten, dass all die Möchtegerns da draußen uns jetzt beneiden.«

Kellan genoss einen Augenblick selbstgefälliger Zufriedenheit. Liada hatte recht, sie waren schließlich drin und warteten nicht draußen in der Schlange.

»Unter dieser Ebene gibt es noch zwei«, warf G-Dogg ein, »sodass es insgesamt neun sind, obwohl es eigentlich sogar zehn gibt.«

»Was sind das für Ebenen?«, fragte Kellan.

»Fegefeuer, Verdammnis und Hölle«, zählte G-Dogg sie an den Fingern ab. »Da werden die richtigen Geschäfte abgewickelt, aber wir sind heute nicht geschäftlich hier. Also los, machen wir einen drauf!«

Die anderen hatten ihren Spaß daran, Kellan mit den unzähligen Vergnügungsmöglichkeiten in *Dante's Inferno* bekannt zu machen. In den meisten der oberen Ebenen des Clubs konnte man zu verschiedenen Musikrichtungen tanzen, die vom heftigen Speed-Thrash in ›Zorn‹ bis zu langsamerem und sinnlichem Sound in ›Wollust‹ reichte. In ›Völlerei‹ gab es reichlich zu essen, darunter auch die leckersten Nachspeisen. Außerdem gab es etwas, das Liada ›Hokuspokus-Snacks‹ nannte; magisch erschaffenes, illusionäres Essen. Es hatte einen phantastischen Geschmack und eine wunderbare Beschaffenheit, aber keine wirkliche Substanz. Man konnte es bis in alle Ewigkeit essen und wurde doch nie satt oder nahm auch nur eine einzige Kalorie zu sich. Kellan genehmigte sich ein gewaltiges Stück Käsekuchen mit ›Erdbeeren aus dem Garten Eden‹, und es war das Beste, was sie je gegessen hatte, auch wenn es nicht real war.

Es gab auch eine beinahe unendliche Vielfalt an Getränken. Die Barkeeper im *Inferno* kannten sich in ihrem Geschäft aus und konnten nicht nur alles mixen, was die Kunden wollten, sondern taten dies auch mit Flair, und schlugen exotische Cocktails vor, von denen Kellan noch nie gehört hatte. G-Dogg gab in ›Neid‹ die erste Runde für alle aus, und sie prosteten sich auf den erfolgreichen Run und auf weitere in Zukunft zu.

Obwohl sie die Gesellschaft ihrer neuen Freunde und die Vergnügungen im *Inferno* genoss, nagte ständig etwas in Kellans Hinterkopf. Bei einem Drink und während sie am Rand von einer der durchsichtigen Tanzflächen saßen, wandte sie sich vom Spektakel der Menge ab, um mit den anderen zu reden.

»Ich verstehe immer noch nicht«, schrie sie über das Pulsieren der Musik hinweg, »warum der Johnson uns gutes Geld dafür bezahlt hat, einen Haufen billigen Elektronikkram zu klauen, den er uns dann einfach überlassen hat. Und warum sollten wir unbedingt mit Orion zusammenarbeiten?«

»Ich will verdammt sein, wenn ich es weiß«, sagte G-Dogg und trank einen Schluck von seinem Cocktail; irgendeiner halb gefrorenen Mischung mit einem kleinen Schirm darin, die in einer Kokosnussschale serviert wurde. »Manchmal ziehen Johnsons komischen Drek ab. Alles nur Rauch und Spiegel, konzerninterne Rangeleien, Politik und so'n Drek.«

»Spielt eigentlich auch keine Rolle, warum«, warf Silver Max ein. Er war bei seinem zweiten importierten Ale, das er mit sichtlichem Genuss trank. Er wischte sich mit dem Handrücken den Mund ab und stellte den leeren Krug ab. »Solange das Geld des Johnsons gut ist, wen interessiert es da schon, warum er den Job erledigt haben will?«

»Kommt mir nur komisch vor«, sagte Kellan.

»Gewöhn dich dran«, erwiderte Liada. »Weil du in diesem Geschäft noch viel komischere Sachen sehen wirst als einen Auftraggeber, der ohne guten Grund Sachen von dir verlangt.«

»Aber wollt ihr denn nicht *wissen*, warum ein Johnson etwas erledigt haben will?«

Liada schüttelte den Kopf. »Nein, nicht, wenn ich meinen Hals dabei nicht riskiere. Die meiste Zeit ist man viel besser dran, wenn man *nichts* weiß. Der Auftraggeber zahlt für Diskretion, also bekommt er sie auch.«

»Der Trick ist, zu wissen, wann man Bescheid wissen muss, wenn du verstehst, was ich meine«, sagte G-Dogg lachend. »Und zu wissen, wann und was man nicht wissen muss – und es dann auch nicht zu wissen.«

»Ich brauche ganz eindeutig noch etwas zu trinken«, sagte Max. »G-Dogg hört sich langsam vernünftig an.« Der Zwerg erhob sich vom Tisch. »Das wird meine Runde, also was wollt ihr?« Alle gaben ihre Bestellung auf, und Max winkte eine Kellnerin zu sich, indem er mit einem Kredstab wedelte.

»Ich verstehe immer noch nicht, warum Orion bei dem Run dabei sein sollte«, wiederholte Kellan.

G-Dogg zuckte die Achseln und trank einen Schluck, während Liada das Gesicht verzog.

»Ich auch nicht«, sagte sie, »aber er stand auf der Gehaltsliste des Johnsons, also ist es mir egal. Ich bin nur froh, dass er weg ist. Verfluchte Ancients«, murmelte sie und trank ihren Cocktail aus.

»Was ist mit ihnen?«, fragte Kellan.

»Sie sind peinlich«, sagte Liada. »Sie tönen überall rum, wie viel besser als Norms sie sind, eigentlich sogar besser als alle anderen, als wären sie der ins Exil getriebene Adel Tir Tairngires oder so.« Der Name des elfischen Staats rollte beinahe musikalisch und mit einem Akzent von ihrer Zunge, den Kellan nicht unterbringen konnte. »Aber in Wirklichkeit sind sie nur Punks und keinen Deut besser als alle anderen.«

»Er hatte ganz eindeutig ein Problem mit Mr Johnson«, sagte Kellan, die sich Orions Wortwechsel mit ihrem Auftraggeber ins Gedächtnis rief.

»Das ist seine Sache«, erwiderte G-Dogg.

»Ich glaube, Street Deacon kennt ihn auch. Den Johnson, meine ich.«

Der Ork zuckte die Achseln. »Könnte sein. Deacon hat wahrscheinlich schon mal für ihn gearbeitet oder irgendwas.«

»Es hat nach mehr ausgesehen«, begann Kellan.

G-Dogg unterbrach sie, indem er seine Kokosnussschale auf den Tisch knallte, sich mit dem Handrücken über den

Mund wischte und laut rülpste. »Du denkst zu viel darüber nach, Mädchen«, sagte er. »Die Sache ist aus und vorbei. Der Johnson hat, was er wollte, und wir haben mehr Geld mit dem Job verdient, als wir ursprünglich dachten. Es war ein Spitzenrun. Orion hat einen Stock quer im Hintern sitzen wie die meisten Ancients, und Deacon ist ein verdammter Spinner und schon immer einer gewesen. Punkt und Ende der Geschichte.« Er stieß sich vom Tisch ab, stand auf und bot Kellan seine Hand an. »Raff dich auf, ich hab Lust zu tanzen. Ich zeig dir ein paar Moves«, erbot er sich mit breitem Grinsen.

Liada stand ebenfalls auf. »Also, das *muss* ich sehen«, sagte sie.

Kellan warf einen Blick auf Max, aber der zwergische Rigger schüttelte nur den Kopf.

»Ich nicht«, sagte er. »Diese Beine sind nicht zum Tanzen geschaffen. Ich bin hier wunschlos glücklich.« Er unterstrich seine Worte, indem er seinen frischen Krug Ale von dem Tablett nahm, das die dralle Kellnerin brachte. »Ich bleibe hier und bewache die Getränke.«

»Ha!«, schnaubte G-Dogg. »Wir erwarten, dass sie noch da sind, wenn wir wiederkommen, halbe Portion.«

»Dann lässt du dir besser nicht zu lange Zeit, Goblinjunge«, sagte Max mit einem Grinsen, so breit, dass es sein bärtiges Gesicht zweiteilte.

Kellan lachte und beschloss, G-Doggs Beispiel zu folgen. Sie schob ihre Sorgen beiseite, nahm die Hand des Orks und ging mit ihm auf die Tanzfläche. Er hatte recht. Warum sich Sorgen machen? Jetzt war erst mal etwas Spaß angesagt.

Die Feier ging bis tief in die Nacht. Kellan wusste nicht einmal mehr, wie sie in ihr Sarghotel gekommen war, obwohl sie sich noch vage erinnerte, abgelehnt zu haben, sich von G-Dogg oder Max fahren zu lassen, sondern allein hierher gefahren war. Im Nachhinein war es ein Wunder, dass sie zwischen der Straßenecke und dem versiegelten und verschlossenen Sargmodul nicht überfallen und ausgeraubt worden war. Zum Glück war es schon so spät gewesen, dass sich die urbanen Nachtjäger im Angesicht des nahenden Morgengrauens bereits verkrochen hatten. Kellan machte sich nicht einmal mehr die Mühe, sich auszuziehen, bevor sie auf dem Schaumpolster zusammenbrach und in tiefen Schlaf fiel.

Im Traum erlebte sie Teile des Runs noch einmal, und aus dem Zusammenhang gerissene Bilder zogen an ihrem geistigen Auge vorbei: Orions katzenhafte Bewegungen und das Aufblitzen seiner Klinge in der Dunkelheit, Jackie Ozones Worte in ihrem Ohr, wie die allwissende Stimme eines körperlosen Schutzgeists, das Donnern und die knisternden Blitze des Sturmgeists. Insbesondere sah sie den schockierten Ausdruck im Gesicht der Ares-Schamanin, als sie sie erschossen hatte, immer und immer wieder, in Zeitlupe, wie sie mit dem Gesicht nach unten in dem Tieflader lag und sich unter ihr eine Blutlache ausbreitete, was in Wirklichkeit gar nicht der Fall gewesen war, bis Kellan selbst in einer roten Pfütze stand.

Sie erlebte ihre Flucht und die Ankunft in der leeren Garage noch einmal und schaute in die Kisten, um dann herauszufinden, dass sie nur billige Elektronik enthielten.

»Was machst du da?«, fragte Orion hinter ihr.

Kellan drehte sich zu dem wütenden Elf um, und jemand schoss Orion in den Rücken: Peng! Peng! Peng! Drei schnelle Schüsse. Orion wurde vorwärts geschleudert, und auf seinem T-Shirt sprossen plötzlich blutrote Austrittswunden. Sein Gesicht drückte vollkommenen Schrecken aus und verlieh seiner arroganten Miene einen beinahe kindlichen Ausdruck der Überraschung, da er zu begreifen versuchte, was ihm zugestoßen war. Er kippte vorwärts, und Kellan lief zu ihm.

Mr Johnson stand in seiner unauffälligen Kleidung da, eine dunkle Sonnenbrille auf der Nase und eine rauchende Pistole in der Hand. Er drehte sich gelassen zu Lothan um und pumpte drei weitere Kugeln in den Trollmagier, der nach vorn kippte wie ein gefällter Baum. Eine dunkle Blutlache breitete sich rings um ihn auf dem Betonboden aus.

Mr Johnson drehte sich nach links und erschoss ebenso gelassen Street Deacon, bevor der seine Kanone ziehen konnte. Deacons Sonnenbrille und Hut flogen davon, als er fiel, und ohne sie sah er für Kellan überraschend alt und gewöhnlich aus, da seine künstlichen Augen im Tod blicklos in die Höhe starrten.

Es war, als bewege sich alles in Zeitlupe. Der dunkel gekleidete Mann knöpfte sich die Runner einen nach dem anderen vor und ließ sie tot auf dem kalten Betonboden der verlassenen Garage liegen: G-Dogg, Liada und Silver Max, bis nur noch Kellan übrig war. Sie hätte nach ihrer Kanone oder ihrem Betäubungsschlagstock greifen oder versuchen müssen, wegzulaufen und sich zu verstecken, aber sie konnte sich nicht bewegen, konnte nicht einmal schreien. Sie sah nur zu, gelähmt vor Angst, wie sie sie noch nie erlebt hatte, während Mr Johnson gelassen auf sie zuging. Sie hörte das elektronische Flüstern Jackie Ozones im Ohr.

»Ich hätte dir vorher sagen können, dass das passiert«, sagte sie traurig. Dann richtete Mr Johnson seine Kanone auf Kellan.

»Nett und ordentlich«, sagte er und drückte ab.

Das Knallen und der Mündungsblitz waren das Letzte, was Kellan sah, bevor sie jäh erwachte.

»NEIN!«, schrie sie, dem ein lautes »AU!«, folgte, als ihr Kopf gegen die niedrige Decke des Sargmoduls stieß. Sie ließ sich zurücksinken, rieb sich den Kopf und versuchte, ihren keuchenden Atem zu beruhigen. Nebenbei registrierte sie, wie jemand im nächsten Modul »Halt die Klappe!«, brüllte und gegen die Wand hämmerte.

Ein Traum, dachte sie und atmete trotz des schalen, ranzigen Geruchs in dem engen Sarg tief durch. *Nur ein Traum.*

Oder nicht?, fragte sie sich, indem sie sich an die Sargwand lehnte und aufsetzte, soweit ihr das in dem beengten Raum möglich war. Schließlich, überlegte Kellan, war sie ja eine Magierin. Lothan zufolge hatte sie irgendein magisches ›Talent‹. Konnten Zauberer in ihren Träumen in die Zukunft sehen? Sie musste an Liada denken, die den Leuten Tarot-Karten legte. Sie und G-Dogg schienen das als Schwindel zu betrachten, aber konnten Zauberer wirklich Dinge vorhersehen?

Ihre Hand rieb über das kühle Metall des Torques um ihren Hals. Was war damit? Selbst Lothan behauptete, nicht genau zu wissen, was der Torques war, wenn man einmal davon absah, dass er irgendwie magisch sein sollte. Vielleicht hatte er etwas damit zu tun.

Oder vielleicht war es auch nur ein verdammter Traum, dachte Kellan mit einem Seufzer. Ein Traum, der auf zu viele Sorgen und zu viele Cocktails zurückzuführen war. Es konnte so einfach sein, nicht mehr als ein paar Überstunden ihres Unterbewusstseins nach ihrem ersten ernsthaften Run mit neuen Leuten in einer vollkommen fremden Stadt. Vielleicht war es tatsächlich nicht mehr.

»Aber ich kann es nicht darauf ankommen lassen«, murmelte Kellan leise. Wenn auch nur die geringste Möglichkeit bestand, dass dieser Traum mehr war als nur ein Traum, *musste* sie den Dingen auf den Grund gehen.

Trotz G-Doggs Rat, die Sache einfach zu vergessen, konnte sie ihre Fragen nicht so leicht beiseite schieben. Hinter ihrem Run steckte mehr, als Kellan wusste, und sie musste herausfinden, was das war.

Sie legte sich mit einem Seufzer wieder auf das Schaumpolster. *Ich muss aus diesem Schaben-Motel raus,* dachte sie. Aber zuerst würde sie sehen, was sie über den Mann ausgraben konnte, den Orion ›Brickman‹ nannte. Sie wollte herausfinden, warum er für den Diebstahl von etwas bezahlte, das er gar nicht haben wollte, und warum er verlangt hatte, dass ein Mitglied der Ancients an dem Run teilnahm.

Nachdem sie das beschlossen hatte, gelang es Kellan, wieder einzuschlafen. Ihre Träume, falls sie noch welche hatte, behelligten sie in dieser Nacht nicht mehr.

Kapitel 12

Kellan hatte über den Zustand der Matrix – ›Internet‹ wurde sie in jener Zeit genannt – in den Jahren vor dem Crash von '29 gehört. Das Internet war ein zusammengestückeltes Netzwerk aus langsamen, primitiven Computern, die von antiquierten stimmlichen Kommunikationssystemen zusammengehalten wurden. Für die Datenübertragung über Kupferkabel, die nie für so eine Benutzung vorgesehen waren, hatte man spezielle Adapter benötigt. Es war primitiv, langsam und anscheinend auch nicht sehr nützlich gewesen.

Der Crash hatte all das geändert. Im Jahre 2029 war ein Computervirus von beispielloser Bösartigkeit im Internet aufgetaucht und hatte Informationen gelöscht, Sicherungssysteme zum Absturz gebracht und sogar Hardware ausgebrannt. Durch die Verbindung der Kommunikationsanlagen unterstützt, hatte es sich wie ein Lauffeuer über die ganze Welt ausgebreitet und dabei das Netz verwüstet. Der Virus war mutiert und hatte sich angepasst, um neue Systeme angreifen zu können, wenn er auf welche stieß. Er unterlief jeden Versuch, ihn aus dem Internet zu tilgen, und infizierte jeden Computer, der mit ihm in Berührung kam. Das Telekommunikationssystem der ganzen Welt war praktisch zusammengebrochen.

Dann hatte die Regierung der Vereinigten Staaten ein streng geheimes Team von Cyberspezialisten namens ›Echo Mirage‹ aktiviert. Unter Benutzung hypermoderner neuraler Interface-Technologie war es dem Team gelungen, den Virus direkt anzugreifen und zu zerstören. Zwar hatten die meisten

Teammitglieder dabei ihr Leben verloren, aber die Bedrohung hatte man beseitigt.

Aus der Asche des Internets war ein neues Telekommunikationsgitter erwachsen, das die digitale Technologie und die neue Glasfaser-Computertechnik voll ausnutzte. Es hatte Jahre gedauert, sie aufzubauen, aber bei Kellans Geburt war die Matrix schon seit fast einer Generation Teil des Alltagslebens. Sie konnte sich kaum noch eine Welt ohne unmittelbaren Zugang zu riesigen Datenmengen vorstellen. Man brauchte nur einen Computer oder ein Terminal und einen Ort, wo man sich einstöpseln konnte. Zum Glück hatte Kellan beides.

Nachdem sie sich einen dampfenden Soykaf mit Milch und einen in Zellophan gewickelten Doughnut aus dem Stuffer Shack an der Ecke geholt hatte, machte Kellan es sich in ihrem Schlafsarg gemütlich und setzte sich mit untergeschlagenen Beinen auf das Schaumpolster, sodass ihr Kopf beinahe an die Decke stieß. Sie holte das etwas ramponierte DataBook von Fuchi aus ihrer Tasche. Der Computer hatte die Firma, die ihn hergestellt hatte, um mehrere Jahre überlebt. Das Gerät war nicht annähernd Spitzenklasse, aber es musste reichen, bis Kellan die Möglichkeit hatte, sich etwas Besseres zuzulegen. Auf dem DataBook hatte sie ihre ersten Gehversuche unternommen, und die Form seiner Tastatur war ihren Fingern vertraut. Sie stöpselte den kleinen Computer in Steckdose und Datenport des Sargs ein und schob ihren Kredstab nach, damit der Fluss aus Energie und Information beginnen konnte. Eine Anzeige auf dem Bildschirm zeigte, wie das Geld langsam durchlief.

Sie schaltete den Computer ein, entrollte den Faltbildschirm und machte sich auf die Suche nach Informationen. Das Problem bei einem praktisch unbegrenzten Informationszugang war, dass es eine Menge davon gab und der größte Teil davon vollkommen nutzlos war. Die Matrix war wie ein Ozean voller Daten, breiter und tiefer als jedes physikalische Meer. Man brauchte ein gewisses Maß an Geschick, Zeit und

Geduld, um die riesigen Mengen an Information zu durchforsten und zu finden, was man suchte. Manche Decker verdienten ihren Lebensunterhalt mit dem Surfen auf den Datenwellen der Matrix, wie Perlentaucher, die ganz tief unter die Wasseroberfläche gingen, um jene wenigen kostbaren Juwelen zu finden, die sie dem richtigen Käufer anbieten konnten. Kellan würde nicht annähernd so tief tauchen. Sie brauchte nur ein paar grundlegenden Informationen nachzugehen. Sie wollte mehr über ihren mysteriösen Mr Johnson und darüber wissen, was er mit einer Ladung billiger Elektronik wollte, die er nicht einmal behielt.

Ihre Suche nach dem Namen ›Brickman‹ war nicht sonderlich ergiebig. Es gab eine ganze Reihe Brickmans im Telekomverzeichnis des Seattler Metroplex, und keiner der Einträge lieferte einen Anhaltspunkt, welcher von ihnen, wenn überhaupt einer, der Gesuchte sein konnte. Immer vorausgesetzt, seine Nummer stand überhaupt im öffentlichen Verzeichnis. Sie hatte kein Foto für eine Bildersuche, und eine Beschreibung nützte auch nicht viel.

Kellan dachte nach, und ihre einzige andere signifikante Information über Brickman war sein Interesse an Ares Macrotechnology sowie eine mögliche Verbindung zu den Ancients. Schließlich hatte er sie für den Diebstahl einer Warenlieferung von Ares angeworben, und er musste einen Handel mit Orion abgeschlossen haben – wie immer der auch aussah –, bevor er sich mit Lothan getroffen hatte, um die Bedingungen für den Run auszuhandeln. Außerdem musste er irgendwie an die Informationen von Ares bezüglich der Transportrouten gekommen sein.

Sie fütterte die Suchmaschine mit diesen Informationen und setzte sie darauf an, während sie ihren Kaf trank, aß und über die Sache nachgrübelte. Natürlich wusste sie eigentlich gar nicht, was sie mit den Informationen anfangen sollte, falls sich irgendwas ergab. Das hing davon ab, was Brickman vorhatte. Es passte ihr einfach nicht, unwissend zu sein. Vielleicht war sie besser dran, wenn sie den Rat der anderen befolgte und die Sache einfach vergaß. Schließlich hatte sie jetzt etwas Geld und ein paar Kontakte, die ihr mehr Arbeit im Plex verschaffen würden. Was spielte es für eine Rolle, warum Brickman irgendwas tat? Aber sie konnte die Sache nicht einfach auf sich beruhen lassen. Irgendetwas sagte ihr, dass mehr dahinter steckte, und wenn sie überhaupt etwas über das Leben in den Schatten gelernt hatte, dann, dass einen Vertrauen in seine Instinkte – und so der Gegenseite einen Schritt voraus zu sein – am Leben erhielt.

Bingo, dachte sie, als die Suchmaschine anzeigte, dass sie etwas gefunden hatte. Kellan hob sich das DataBook wieder auf den Schoß und ging die Informationen auf dem Bildschirm durch, wobei sie überrascht die Augenbrauen hochzog.

Er arbeitet für Ares, staunte sie, während sie noch einmal den Teil des Konzern-Hosts durchging, der besagte, dass Simon Brickman im mittleren Management von Knight Errant Security Services arbeitete, einer hundertprozentigen Tochtergesellschaft von Ares Macrotechnology. Es gab sogar ein winziges Foto, das beinahe perfekt dem Mann entsprach, den Kellan bei beiden Zusammenkünften gesehen hatte. Es gab keinen Zweifel, Brickman arbeitete für eine Tochtergesellschaft der Firma, die zu bestehlen er sie angeworben hatte! Aber warum?

Kellan betrieb noch ein paar zusätzliche Nachforschungen, fand aber ansonsten über Brickman nur noch heraus, dass er Knight Errants Ausbildungszentrum in Seattle besucht hatte, ziemlich rasch vom Außendienst ins Management gewechselt war und in der Firma anscheinend zu den Aufsteigern gehörte. Warum warb so ein Kerl Runner an, um seinen eigenen Mutterkonzern zu bestehlen; Zeug, das er sich mit Leichtigkeit selbst kaufen konnte ... um dann die Ware nicht mal haben zu wollen? Kellans Suche warf mehr Fragen auf als zuvor, und sie trank ihren Kaf aus und schaltete den kleinen Computer aus.

Sie warf einen Blick auf die Zeitanzeige im Sarg und sah, dass ein Großteil des Nachmittags vorbei war. Vielleicht hatte

Lothan ein paar Ideen in Bezug darauf, wer Brickman war und was er vorhatte. Sie stopfte ihre Sachen in die Tasche und nahm sich ein Taxi zu Lothans Haus.

Als sie in Capitol Hill ankam, klopfte sie und bekam keine Antwort. Vielleicht war Lothan ausgegangen? Oder vielleicht schlief er auch, obwohl der Troll nach allem, was Kellan gesehen hatte, nicht gerade ein Langschläfer war. Sie versuchte vorsichtig die Tür zu öffnen, fand sie unverschlossen und trat ein, wobei sie die Tür hinter sich zuzog.

Sie ging zu Lothans Arbeitszimmer und hörte leise Stimmen, als sie sich ihm näherte; Lothans tiefen Bass und eine andere Stimme, die sie nicht kannte. Die Tür war geschlossen, und Kellan holte tief Luft und klopfte. Das Gespräch verstummte augenblicklich und ein langer Augenblick der Stille verstrich, bei dem sich Kellan innerlich krümmte, während sie sich im Flur nach Anzeichen für Ärger und einen raschen Fluchtweg umsah, falls sie einen benötigte. Dann öffnete sich die Tür. Lothan stand im Türrahmen und sah Kellan mit einem etwas gereizten Ausdruck in seinem runzligen Gesicht an.

»Ich glaube nicht, dass wir heute Unterricht haben, Kellan«, sagte er frostig

»Äh, haben wir auch nicht«, erwiderte sie. »Aber ich wollte dich etwas fragen.«

»Ist schon gut, Lothan«, sagte die Stimme aus dem Arbeitszimmer. Der Troll hob eine weiße Augenbraue und trat dann zurück, sodass Kellan eintreten konnte, wobei er eine Hand zur Begrüßung ausstreckte.

Auf einem der Stühle vor Lothans Schreibtisch saß eine Frau, die Kellan noch nie zuvor gesehen hatte. Sie sah nicht viel älter aus als Kellan, obwohl sie ziemliches Selbstbewusstsein ausstrahlte. Kellan fielen sofort ihre kurz geschorenen Haare und das silbrige Funkeln einer Datenbuchse in ihrer Schläfe auf. Sie trug ein enges, ärmelloses T-Shirt und schwarze Jeans mit Turnschuhen. Über der Stuhllehne hing eine Lederjacke.

»Hi, Kellan«, sagte sie mit vertrauter Stimme, »schön, dich zu sehen.«

Kellan hielt kurz inne und versuchte die Stimme unterzubringen. Sie war sicher, dass sie die Frau noch nie zuvor gesehen hatte, aber ihre Stimme klang wie ...

»Jackie?«, fragte sie, und die Frau lächelte und ließ dabei perfekte weiße Zähne in der Düsternis des Zimmers aufblitzen.

»Höchstpersönlich«, sagte sie.

»Du darfst dich geehrt fühlen«, sagte Lothan hinter Kellan, als er die Tür des Arbeitszimmers schloss. »Nur ganz wenige Auserwählte lernen die berüchtigte Jackie Ozone in Fleisch und Blut kennen.« In seinem Ton lag verspielte, spöttische Vertrautheit.

»Berüchtigt?«, sagte Jackie lächelnd. »Lothan, du silberzüngiger Teufel ...«

»Was wolltest du also fragen?«, sagte Lothan zu Kellan, indem er sich räusperte und rasch das Thema wechselte. Kellan holte das DataBook aus der Tasche, öffnete es und drückte ein paar Tasten, bevor sie es Lothan hinhielt, sodass er den Bildschirm sehen konnte.

»Brickman«, sagte sie nur. »Unser Mr Johnson. Offenbar arbeitet er für Ares oder zumindest für Knight Errant. Weißt du, warum er uns dazu angeworben hat, seine eigene Firma zu bestehlen?«

»Woher hast du das?«, fragte Lothan mit einem Kopfnicken in Richtung Schirm und unter völliger Nichtbeachtung ihrer Frage.

»Ich habe eine Matrix-Suche durchgeführt«, sagte Kellan.

»Nicht schlecht«, sann Jackie, die mittlerweile aufgestanden war und so stand, dass sie den Bildschirm ebenfalls sehen konnte. »Vor allem, wenn man berücksichtigt, womit du arbeiten musstest.« Sie warf einen missbilligenden Blick auf das DataBook.

»Anscheinend soll es heute wohl doch Unterricht geben«, sagte Lothan mit einem Seufzer. »Kellan, ich hatte gehofft, du wärst nicht so dumm, hinter einem Auftraggeber herzuschnüffeln und die ausgegrabenen Informationen wahllos jedem mitzuteilen.«

»Wohl kaum wahllos«, warf Jackie ein. »Schließlich kennt sie uns.«

Lothan warf der Deckerin einen Blick zu, der besagte: ›Halt dich da raus.‹ »Das mag sein«, fuhr er fort. »Es ändert nichts an der Tatsache, dass unsere Auftraggeber für ein gewisses Maß Diskretion ebenso bezahlen wie für professionelles Verhalten. Wenn du in diesem Geschäft Erfolg haben willst, Kellan, würde ich vorschlagen, dass du das in Zukunft berücksichtigst.«

»Ach, hör auf damit, Lothan!«, sagte Jackie streng. »Schließlich hast du Brickman selbst überprüft, noch bevor du den Job überhaupt übernommen hast.«

Der Troll funkelte die Deckerin an, als wolle er sie verschwinden lassen.

»Dann ... wusstest du Bescheid?«, fragte Kellan. »Ich meine, du wusstest, dass Brickman für Knight Errant arbeitet, und du hast nichts gesagt?«

»Natürlich wusste ich es«, sagte Lothan, als erkläre er einem kleinen Kind etwas vollkommen Offensichtliches. »Nur ein Dummkopf überprüft die Referenzen eines potenziellen Auftraggebers nicht, um auf der sicheren Seite zu sein. Aber das Wichtige ist, dass man nicht dabei gesehen wird, wie man in den Angelegenheiten eines Auftraggebers herumschnüffelt. Der Schein muss gewahrt bleiben. Ich habe nichts gesagt, weil es dich nichts anging.«

»Findest du es nicht merkwürdig, dass Brickman uns anwirbt, um seine eigene Firma zu bestehlen?«

»Überhaupt nicht. Das passiert ständig. Angestellte aus dem mittleren Management mischen sich in die Konzernpolitik oder in Machtkämpfe innerhalb ihrer Firma ein und finden es nützlich, außerhalb ihres Konzerns nach Hilfe Ausschau zu halten, um ihre persönlichen Pläne voranzutreiben. Ich habe schon weitaus merkwürdigere Dinge erlebt.«

»Aber ich glaube, dass Brickman etwas vorhat ...«

»*Natürlich* hat er etwas vor«, sagte Lothan in demselben angestrengten Ton. »Aber Mr Brickmans Pläne, wie immer die auch aussehen mögen, gehen uns nichts an. Er hat uns für einen Job angeworben, wir haben den Job zu seiner Zufriedenheit ausgeführt, und er hat uns die vereinbarte Summe bezahlt – und dazu noch eine nette Prämie, wie ich hinzufügen möchte. Jetzt ist unser Geschäft abgeschlossen, und welche Pläne Brickman auch haben mag, wir haben nichts mit ihnen zu schaffen. Und jetzt schlage ich vor, dass du die ganze Sache vergisst und stattdessen das Geld, das du nach einer durchfeierten Nacht in G-Doggs Gesellschaft noch übrig hast, in neue Kleidung und was du sonst noch brauchst investierst, und zu deiner nächsten Unterrichtsstunde pünktlich wieder hier auftauchst.«

»Aber ...«

»Lass es, Kellan!«, grollte er und richtete sich zu voller Größe auf, in der er Kellan um Brust- und Kopfeslänge überragte. »Habe ich mich klar ausgedrückt?«

»Ja«, sagte sie. »Kristallklar.«

»Gut. Und wenn du uns jetzt entschuldigen würdest ...« Lothan zeigte auf die Tür.

Kellan verstaute das DataBook in ihrer Tasche und ging ohne ein weiteres Wort hinaus. Sie warf lediglich noch einen Blick zurück, bevor sie die Tür hinter sich schloss.

Verfluchter hochnäsiger Trog!, schäumte Kellan vor sich hin, während sie durch den Flur ging. *Ich zeige ihm, was er mit seinem blödsinnigen Rat machen kann.*

Sie hatte damit gerechnet, dass Lothan schwierig sein würde, vielleicht sogar zweifelnd, aber sie hatte nicht vermutet, dass er sie einfach wegschicken würde wie ein Kind, das noch grün hinter den Ohren war. Sie war jetzt seit fast zwei Jahren Runnerin! Sie kannte mit Sicherheit den Unterschied zwischen professioneller Diskretion und einem Mr Johnson, der etwas zu verbergen hatte, und Brickman hatte irgendwas vor. Sie war sich dessen sicherer denn je.

Sie verließ das Haus und ging die Straße entlang. Sie wollte spazieren gehen, bis sich ihre innere Erregung ein wenig gelegt hatte, bevor sie entschied, was sie als Nächstes tun würde. Auf keinen Fall wollte sie die Sache einfach auf sich beruhen lassen.

»Hey, Kellan, warte mal!«, rief eine Stimme hinter ihr. Sie drehte sich um und sah Jackie hinter sich. Die Deckerin trug ihre Lederjacke und hatte eine Tragetasche über die Schulter geworfen, die sie beim Gehen mit einer Hand festhielt.

Kellan blieb stehen und ließ sich von der Deckerin einholen.

»Geht's dir gut?«, fragte sie, und Kellan nickte.

»Ja, Sahne.«

»Lass dich von Lothan nicht reizen«, sagte sie. »Manchmal ist er so. Die Wahrheit ist, dass ihm der Klang seiner Stimme etwas zu sehr gefällt.« Darüber lächelte Kellan ein wenig. »Aber er meint es gut. Die Tatsache, dass er sich überhaupt die Mühe macht, Ratschläge zu geben, bedeutet, dass es ihm nicht egal ist, auch wenn du dich schwarzärgerst, wenn er es tut.«

»Ja, so in der Art«, schnaubte Kellan.

»Er hat nicht ganz Unrecht«, begann Jackie, um die Hand zu heben und Kellans Erwiderung zuvorzukommen, »aber ich glaube, das gilt auch für dich. Manchmal geht Lothan mit dieser ganzen ›professionellen Höflichkeit und Diskretion‹ etwas zu weit. Ich habe gelernt, meinen Instinkten in diesem Geschäft zu trauen, und mein Bauch sagt mir, dass du vielleicht auf etwas gestoßen bist. Wenn Brickman einen Plan hat, der zu uns zurückkommen und uns beißen oder uns etwas wert sein könnte, sollten wir dem nachgehen, richtig?«

Kellan lächelte. »Genau.«

»Tatsächlich«, sann Jackie, während sich langsam ein Lächeln auf ihrem Gesicht breit machte, »wäre es falsch, dem *nicht* nachzugehen.«

»Aber dafür ist viel mehr Matrix-Kapazität nötig, als ich habe«, sagte Kellan, indem sie zur Bekräftigung die Tasche mit ihrem DataBook hob.

»Tja, dann hast du Glück«, sagte Jackie, indem sie ihre Tasche tätschelte. »Weil ich jemanden kenne, der genau das richtige Werkzeug für den Job hat. Sehen wir mal nach, was Mr Brickman zu verbergen hat, ja?«

Kapitel 13

Kellan war überrascht, als Jackie mit ihr in ein Sarghotel in den Außenbezirken von Bellevue eincheckte. Es war besser als das, in dem Kellan abgestiegen war. Kein Tummelplatz für Chippies und ähnliche Typen, sondern die Sorte Absteige, wo kostenbewusste Geschäftsreisende eine Mütze voll Schlaf zwischen zwei Flügen oder nach einem mit Überstunden verbrachten Abend nahmen.

Trotzdem hatte Kellan eigentlich erwartet, dass die Deckerin eine eigene Wohnung besaß. Jackie erklärte ihr geduldig, dass sie die auch habe, aber von zu Hause aus kaum decke. Schließlich gebe es verschiedene Aufspürprogramme, mit denen man die Spuren eines Deckers bis zu seinem Einstöpselpunkt zurückverfolgen und so seinen Aufenthaltsort ausfindig machen könne. Sie sei zwar vorsichtig und habe Software, um Aufspürprogrammen auszuweichen, aber warum solle sie das Risiko eingehen, daheim erwischt zu werden?

Auf dem Weg ins Hotel weihte Kellan Jackie in ihre Überlegungen und Befürchtungen sowie das Wenige ein, was sie in der Matrix herausgefunden hatte. Sie beschrieb ihr Orions anscheinend sehr angespannte Unterhaltung mit Brickman am Treffpunkt und auch Orions Erwähnung von ›Waffen‹. Die Deckerin hörte aufmerksam zu und enthielt sich fürs Erste jeglicher Bewertung.

Der Angestellte im Sarghotel schien es zunächst gar nicht glauben zu können, dass zwei junge Frauen gemeinsam eine Einheit mieteten, und musterte sie mit lüsterner Miene, aber er stellte keine Fragen, als Jackie unbekümmert ihren

Kredstab zückte, um zu bezahlen, und dann Kellans Hand nahm und sie zum Aufzug führte, was sie ein wenig erröten ließ.

»Tarnung«, sagte Jackie, als sich die Fahrstuhltüren geschlossen hatten. »Dieser Typ wird sich nur an zwei Schnallen erinnern, die zusammen eine Einheit gemietet haben. Über andere Dinge wird er sich keine Gedanken machen.«

In dem schaumgepolsterten Verschlag angekommen, holte Jackie eine Sammlung Kabel und Drähte aus einem Fach in ihrer Tasche. »Ist das dein erster Besuch in der Matrix?«, fragte sie.

»In der Schule ...«, begann Kellan, und Jackie schüttelte den Kopf.

»Nein, nicht in der Schule oder als du virtuelle Spiele mit deinen Freundinnen gespielt hast oder ähnlicher Drek. Ich meine so richtig.«

»Dann ist er das, ja«, erwiderte Kellan widerstrebend.

»Ah, eine Matrix-Jungfrau«, sagte sie mit einem Lächeln. »Na, dann steht dir jetzt ein ziemlicher Spaß bevor. Hier.«

Jackie reichte Kellan ein elastisches Stirnband, an dem Drähte hingen. »Weißt du, wie man das benutzt?«

Kellan nickte. Sie streifte sich das Elektrodennetz über den Kopf und justierte das Band so, dass die Elektroden Kontakt mit Stirn und Schläfen hatten. Sie würden die elektronischen Impulse in neurale Informationen übertragen und direkt an ihr Hirn weiterleiten. Die Auflösung war nicht so gut wie bei einem direkten Hirn-Maschine-Interface via Datenbuchse, aber Kellan hatte keine Buchse, also musste das Elektrodennetz genügen.

Als das Netz saß, griff Jackie in ihre Tragetasche und holte einen kleinen, flachen, rechteckigen Gegenstand aus einem polierten Metallkoffer. Sie stellte den Gegenstand ehrerbietig zwischen ihnen auf das Schaumpolster. Kellan stieß einen leisen Pfiff aus.

»Tolles Deck«, sagte sie, und Jackie strahlte vor Stolz.

»Danke«, erwiderte sie.

»Was ist das für eins?«, fragte Kellan, die auf dem schicken Gehäuse vergeblich nach einem Logo oder Markennamen Ausschau hielt.

Jackie reagierte mit einem leisen Kichern. »Das ist selbst gebaut«, sagte sie. »Teile aus dem Laden sind für Neulinge für den Anfang ganz prima, aber wenn man sich wirklich in der Matrix tummeln will, muss man sein Deck in- und auswendig kennen. Die beste Methode, das zu erreichen, ist, es selbst zu bauen. Das Gehäuse von dem hier stammt von einem alten Deck von Cross Technologies, mit dem ich angefangen habe, aber der größte Teil seines Innenlebens ist längst erneuert worden.« Sie öffnete das Schutzgehäuse des Decks, und darunter kamen eine flache alphanumerische Tastatur und mehrere Funktionstasten zum Vorschein. An der Seite war ein Schlitz, aus dem sich ein Bildschirm entrollen konnte, den Jackie jedoch ließ, wo er war. Alles in allem sah das Deck wie eine schlanke Tastatur mit Eingabeschlitzen für Datenchips und Ports für Zusatzgeräte, aber ohne externe Anzeige aus.

Jackie öffnete eine Seitenklappe am Deck und entrollte ein dünnes Glasfaserkabel mit Standardanschluss, den sie in die verchromte Buchse in ihrer Schläfe einstöpselte. Er rastete dort mit einem leisen Klicken ein und lag dann fast flach am Kopf an. Das Kabel fiel seitlich an ihrem Gesicht herab wie ein Zopf. Dann nahm sie den Stecker von Kellans Elektrodennetz und stöpselte ihn in einen Port am Deck. Mit einem Tastendruck schaltete sie das Deck ein. Kellan spürte ein leichtes Kribbeln, als sich das Cyberdeck initialisierte und seine Sim-Sinn-Schaltkreise die Verbindungen mit ihrem Nervensystem herstellten.

»Das Trampnetz«, sagte Jackie, indem sie auf das Elektrodennetz zeigte, »führt dir dasselbe Signal zu wie mir. Es ist ein wenig heruntergefiltert, aber du wirst in der Matrix dasselbe sehen, hören und fühlen wie ich. Allerdings wirst du keine Kontrolle haben, die gehört ganz allein mir. Ist das okay für dich?«

Kellan nickte.

»Gut. Wir können uns über das Interface unterhalten, aber keine guten Ratschläge, okay? Ich muss mich konzentrieren, also rede nur, wenn ich dich anspreche.« Wiederum nickte Kellan, während sie spürte, wie sich in ihrem Magen ein Knoten aus Nervosität und Aufregung bildete.

»Also gut«, sagte Jackie. »Wir wissen also, dass Brickman, unser Mr Johnson, für Knight Errant arbeitet und irgendeinen Grund hatte, uns auf diese Lieferung für Ares anzusetzen. Außerdem hat er irgendeine Vereinbarung mit Orion und den Ancients, die nach allem, was du mir über seine kleine Unterhaltung mit Orion erzählt hast, mittlerweile hinfällig sein könnte.«

»Dann wäre da auch noch Street Deacon«, sagte Kellan. Als sie Jackies fragenden Blick sah, fuhr sie fort: »Als er Brickman sah, hat sich seine Miene irgendwie verändert, als würde er ihn kennen oder so, und auch nicht mögen. Ich habe das Gefühl, dass das auf Gegenseitigkeit beruht, aber bei Brickman ist es schwerer zu sagen.«

»Magische Intuition?«, fragte Jackie mit hochgezogener Augenbraue.

Sie zuckte die Achseln. »Ich weiß nicht. Lothan hat mir im Grunde nicht viel darüber erzählt. Nenn es eine Ahnung.«

»Na schön«, sagte die Deckerin. »Also haben wir Brickman, Orion, Deacon und irgendwas, das sie alle verbindet. Für mich hört es sich an, als stünde Brickman in der Mitte, also sollten wir ihn zuerst überprüfen. Da du online bereits etwas herausgefunden hast, stehen die Chancen gut, dass er auch der Zugänglichste ist. Bist du bereit?«

Kellan nickte.

»Okay, mach's dir so bequem wie möglich. Es könnte eine Weile dauern.«

Kellan lehnte sich an die Polsterung auf ihrer Seite des Sargs, während Jackie dasselbe auf der anderen Seite tat. Die Beine waren zur Mitte ausgestreckt, und das Cyberdeck ruhte auf Jackies Schoß. Dann drückte Jackie auf eine Taste, und die Welt verschwand in einer Woge aus silbriger, statischer Elektrizität.

Kellan rang ein Aufwallen von Panik nieder, als sie für einen Moment jegliche Empfindung für ihren Körper verlor. Sie fiel durch eine endlose Leere aus lautloser Statik. Dann löste sich das Chaos in einzelne Strukturen auf, und die Welt rings um sie bildete sich in anderer Konfiguration neu.

Kellan stand auf einer riesigen dunklen Ebene unter einem nachtschwarzen Himmel. Am Himmel schwebten Konstellationen aus einander umkreisenden Neongebilden: Würfel, Kugeln, leuchtende Sterne, Säulen und ganze Gebäude schwebten dort. In alle Richtungen erstreckten sich leuchtende Linien, durch die in regelmäßigen Intervallen Energieimpulse zuckten. Der Horizont war eine riesige Stadtlandschaft aus Neon, die vor der Dunkelheit leuchtete.

Einige der Gebilde kamen Kellan bekannt vor – sie sah die Space Needle und die Aztechnology-Pyramide –, während andere vollkommen fremdartig und gemessen an der Geografie und Physik der normalen Welt sogar unmöglich aussahen. Sie befanden sich in den Tiefen der Seattler Matrix.

»Bist du noch bei mir, Kellan?«

Sie erschrak bei dem Klang von Jackies Stimme, die scheinbar aus dem Nichts zu kommen schien. »Ja«, sagte sie. »Ja. Wo bist du?«

»Gleich hier«, sagte die Deckerin lachend, und Kellan sah, wie ihr eine ihrer eigenen Hände zuwinkte. Dann ging ihr auf, dass es gar nicht ihre Hand war. Es war Jackies Hand oder vielmehr die Hand von Jackies Matrix-Persona. Die Software im Cyberdeck schuf die Illusion einer virtuellen Welt. Sie übertrug die Informationen aus der Matrix in neurale Impulse, die sie ins Gehirn des Users schickte. Das schloss das Äußere eines ›körperlichen‹ Ichs ein. Es war, als bewohnten Kellan und Jackie denselben virtuellen Körper, nur dass Jackie die alleinige Kontrolle hatte. Kellan war nur Beifahrer.

»Okay, halt dich fest«, sagte Jackie. Sie drehte sich um und trat auf eine der leuchtenden Linien, die in die Ferne zum Neon-Horizont führten.

Es war wie auf einer Achterbahn. Kellan hatte das Gefühl, als habe sie ihren Magen zurückgelassen, während sie plötzlich durch einen leuchtenden silbernen Tunnel raste. Hunderte anderer Daten-Pakete und -Päckchen rasten in beiden Richtungen dahin, wie in einer Art digitalem Stoßverkehr. Sie änderten die Richtung und sausten mal hierhin, mal dorthin.

Bevor Kellan auch nur die Möglichkeit hatte, sich zu orientieren, war es schon vorbei. Die Welt hielt an, und ihre Umrisse wurden wieder scharf. Sie standen vor einem hohen Gebäude (zumindest sah es wie ein Gebäude aus). Die Mauern waren aus rötlichem Stein, in die Fenster aus verspiegeltem, kupferfarben getöntem Glas eingelassen waren.

»Willkommen im Seattler Host-System von Ares Macrotechnology«, sagte Jackie im Tonfall eines Reiseführers. »Vor dir siehst du, was man bei einer zweitrangigen Ares-Anlage wie dieser als Sicherheit bezeichnet.«

Jackies Blick folgend, konnte Kellan den Haupteingang des Gebäudes sehen. Auf dem weiträumigen steinernen Absatz davor lag ein riesiger schwarzer Hund, so groß wie ein Troll. Er hatte drei Köpfe, die alle auf seinen gefalteten Vorderpfoten ruhten, hatte die Augen geschlossen und atmete tief. Er schien zu schlafen. Die Stachelhalsbänder um die drei Hälse waren mit einer dicken Kette verbunden, die an der Steinmauer dahinter befestigt war.

»Das normale Cerberus-Ice von Ares«, sagte Jackie. »Nicht sonderlich phantasievoll, aber was kann man erwarten?«

»Aha«, erwiderte Kellan leise.

Sie hatte von Ice gehört, dem Decker-Slangwort für IC oder Intrusion Countermeasures. Ice-Programme schützten Matrix-Hosts vor unbefugtem Eindringen und bewachten die wertvollen Daten und Systeme in diesen Hosts. Decker machten es sich zur Aufgabe, verschiedene Wege zu finden, die Ice-Programme zu umgehen und sich Zugang zu verschaffen.

Die in einigen Konzern- und Regierungssystemen gespeicherten Daten waren dem richtigen Käufer ein Vermögen wert, also wurden die heikelsten Daten von hoch entwickeltem Ice geschützt.

Die meisten Ice-Programme warfen einen Decker einfach aus der Matrix oder verwehrten ihm den Zugang zu einem Host, aber Kellan hatte von Ice-Programmen gehört, die den Aufenthaltsort eines Deckers aufspüren und diese Information den Behörden oder der Konzern-Sicherheit übermitteln konnten. Ice-Programme konnten das Cyberdeck eines Deckers beschädigen, Software verstümmeln und sogar die Hardware durchschmoren lassen. Dann gab es das legendäre schwarze Ice, das einen Eindringling wahnsinnig machen oder sogar töten konnte, indem es Anfälle hervorrief oder einen tödlichen Stromstoß ins Hirn des Deckers sandte. Plötzlich wünschte Kellan, sie hätte Jackie gefragt, wie viel Schutz ihr das Elektrodennetz bot.

»Du brauchst nicht zu flüstern«, sagte die Deckerin in ihrem Bewusstsein. »Niemand anders kann uns hören.«

»Ach so, okay«, sagte Kellan, die sich ein wenig albern vorkam, in normaler Lautstärke.

»Jetzt wollen wir uns mal um Fido kümmern.« Die schlanke, silbrigweiße Hand von Jackies Persona streckte die Hand aus und pflückte mit einer verschnörkelten Bewegung einen großen Suppenknochen aus der Luft, als produziere ein Zauberer einen Blumenstrauß. Sie fuhr mit der anderen Hand über den Knochen, der sich teilte, und plötzlich hielt Jackie drei Knochen aufgefächert zwischen ihren Händen.

»Gefährlich wird das Cerberus-Ice durch die Dreifach-Wiederholung«, sagte Jackie. »Aber wenn man das einmal weiß, wird man ziemlich leicht damit fertig.« Sie ging ein paar Schritte auf den schlafenden Hund zu, und der mittlere Kopf öffnete ein Auge und sah sie an. Er schnaubte, und alle sechs Augen öffneten sich, während sich die drei Köpfe hoben und sie direkt anschauten.

Jackie warf dem Hund die Knochen zu. Sie flogen durch

die Luft, und der Cerberus fing mit jedem seiner Mäuler einen auf.

»Da hast du, mein Junge«, sagte sie. Der Cerberus nagte sofort auf dem virtuellen Knochen herum und kauerte dabei mit gesenkten Köpfen auf dem Absatz. Kellan hörte das Knirschen der Hundezähne auf dem Knochen und schauderte ein wenig, aber Jackie schien zufrieden zu sein.

»Das wird ihn für eine Weile beschäftigen«, sagte sie und schritt dann gelassen an dem Wachhund vorbei.

»Was hast du gemacht?«

»Ein Schleifenprogramm modifiziert, das ihn ablenkt«, sagte Jackie. »Ich musste nur die Dreifachwiederholung von dem Ice berücksichtigen. Jetzt ist es eine Weile damit beschäftigt, an dem Programm zu nagen, bevor es erkennt, dass eigentlich gar nichts da ist. Ich finde, der Suppenknochen ist eine nette Idee, nicht?«

An der Tür des Gebäudes zückte Jackie von irgendwo aus den Falten des fließenden weißen Gewandes ihrer Persona einen silbrigen Schlüssel. Er öffnete die Tür mit einer einfachen Drehung.

Im Gebäude erwartete sie ein Foyer aus rötlichem Marmor und Bronze mit einem Labyrinth aus Gängen, die in alle Richtungen führten. Jackie schien zu wissen, wo sie hinging, und huschte durch die Flure, bis sie vor einer ganz bestimmten Tür standen. Der silberne Schlüssel gewährte ihnen auch hier Zutritt, und zwar in einen mit unzähligen Reihen schwebender Silberkugeln gefüllten Raum. Es waren mindestens Hunderte, wenn nicht Tausende; alle in perfekter Ordnung aufgereiht.

»Personalakten«, sagte Jackie, während sie die Reihen abschritt. »Mal sehen, was sie über unseren Mr Brickman haben. Aha! Da ist er ja.« Sie blieb vor einer Kugel stehen und drückte mit der Hand darauf. Mit einem Kräuseln wie von Quecksilber versank die Hand in der Kugel.

Plötzlich taten sich Bilder vor Kellans Augen auf, Fenster, über die Worte und Bilder huschten. Jackie schien rasch eine

Zusammenfassung von Brickmans Ausbildung und Arbeitshintergrund durchzugehen und übersprang dabei weiter zurückliegende Daten zu Gunsten jüngerer Einträge.

»Beförderung zum stellvertretenden Leiter der Abteilung Externe Ressourcen und Beziehungen«, las sie laut vor.

»Was heißt das?«

»Das heißt, dass unser Mr Brickman ein professioneller Mr Johnson ist. Er erledigt Schatten-Geschäfte für Knight Errant, und es sieht so aus, als wäre er auf dem Weg nach oben. Also ist es nicht ungewöhnlich, dass er Runner anwirbt. Er ist kein Konzernpinkel, der ein kleines Spiel nebenbei riskiert. Er arbeitet viel und oft mit Runnern. Das bedeutet natürlich nicht, dass er nicht trotzdem ein kleines Spiel nebenbei riskieren könnte, aber das macht es schwerer erkennbar. Das könnte auch der Grund sein, warum Street Deacon ihn kennt«, fuhr Jackie fort. Sie gestikulierte, und die Akte verwandelte sich wieder in eine Silberkugel. Mit einem Winken fegte sie die Kugel in eine geöffnete Tasche, die sie in der anderen Hand hielt.

»Wir laden das zwecks späterer Begutachtung herunter«, sagte sie. Die Geste befahl dem Host-System, die Daten in den Speicher ihres Cyberdecks zu kopieren.

»Und jetzt?«, fragte Kellan. »Das hat uns nicht viel gebracht.«

»Das habe ich auch nicht angenommen, aber es ist immer gut, sich die grundsätzlichen Sachen anzusehen. Zu den ersten Dingen, die man über das Decken lernt, gehört die Erkenntnis, dass die meisten Zielpersonen die wichtigen Informationen nicht einfach irgendwo herumliegen lassen, wo sie leicht zu finden sind. Meistens ist es wie das Tauchen nach versunkenen Schätzen: Der Ozean ist groß, also hilft es, wenn man weiß, wo man anfangen kann, und man muss auf der Hut vor Haien sein.«

Sie verließen den Raum mit den Personalakten und streiften durch die Korridore. Kellan hatte keine Ahnung, woher Jackie den Weg kannte. Jedenfalls schien sie sich mit dem Grundriss des Gebäudes und seiner Sicherheit auszukennen.

»Warst du schon mal hier?«, fragte sie.

»Sagen wir einfach, dass ich mich im Ares-System ganz gut auskenne«, erwiderte Jackie, und Kellan beließ es dabei.

Sie blieben im Eingang eines riesigen Raums stehen. Die Decke war hoch über ihnen in Dunkelheit gehüllt und verborgen, während sich auf dem Boden eine Vielzahl Laster, Eisenbahnwaggons, Flugzeuge und sogar Schiffe in komplexen Mustern durch ein Netz aus Linien bewegten. Hier und da waren Gestalten in einfachen Overalls mit dem Ares-Logo – ein behelmter griechischer Krieger – unterwegs und trugen Kisten und Kästen, von denen manche viel zu groß waren, als dass ein normaler Mensch sie hätte tragen können.

»Mal sehen, was uns die Transportabteilung verrät«, sagte Jackie.

Sie näherten sich einer der uniformierten Gestalten, und Kellan konnte erkennen, dass der Mann ein Abzeichen trug, das ihn als Vorarbeiter auswies. Er hakte Posten auf einem Klemmbrett ab, während andere Arbeiter an ihm vorbeigingen.

»Ich brauche Informationen über eine Transportroute«, sagte Jackie, und der Vorarbeiter schaute nicht einmal von seiner Arbeit auf.

»Autorisierung?«, fragte er.

Jackies Persona griff in die Falten ihres Gewands, dann öffnete sie die Hand und blies eine Wolke funkelnden Engelsstaubs über den Mann. Er glitzerte einen Moment in der Luft, und der Kerl schaute mit geweiteten Augen und einem albernen Lächeln auf den Lippen von seinem Klemmbrett auf.

»Das funktioniert jedes Mal«, sagte Jackie zu Kellan.

»Was hast du gemacht?«

»Das ist ein Schwindel-Programm, mit dem ich das System davon überzeugt habe, dass wir zunächst einmal bevorrechtigten Zugang haben.« Dann zückte sie eine kleine silbrigweiße Karte von der Größe einer Visitenkarte und gab sie dem Vorarbeiter, während ihr Cyberdeck die Suchkriterien zum Host-System herauflud. Der Vorarbeiter sah sich einige

Seiten auf seinem Klemmbrett an, holte dann eine ähnliche Karte heraus und gab sie Jackie zurück, die sie entgegennahm und damit Informationen auf ihr Deck lud.

Die Karte in ihrer Hand dehnte sich zu einem vor ihnen in der Luft schwebenden Fenster aus. Ein Stadtplan von Seattle nahm darauf Gestalt an. In ihn waren in verschiedenen Farben Routen eingezeichnet. Jackie betrachtete sie ebenso wie Kellan, die durch die virtuellen Augen der Deckerin sah.

»Diese Transportroute, die Brickman uns gegeben hat, war nicht die ursprünglich vorgesehene Route für den Transport, den wir uns unter den Nagel gerissen haben«, sagte Kellan, während sie die Daten durchging. »Sie ist geändert worden.«

»Von Brickman, nehme ich an«, erwiderte Jackie, die Informationen über die verschiedenen Transporte durchsah.

»Sieh dir das an«, sagte die Deckerin. »In Kürze kommt eine weitere Lieferung über dieselbe Route.« Sie zeichnete die rote Linie auf dem Stadtplan mit einem virtuellen Finger nach.

»In ein paar Tagen«, sagte Kellan. »Was für eine Lieferung?«

»Finden wir es heraus!« Jackie richtete eine weitere Anfrage an den Vorarbeiter, und der folgte gehorsam und blätterte seine Papiere durch, bevor er Jackie wieder eine Datenkarte gab.

»Waffen«, sagten Jackie und Kellan fast gleichzeitig, als sie sich das Frachtverzeichnis ansahen.

»Eine *Menge* Waffen«, betonte Kellan.

»Das sieht nach einer Lieferung für Knight Errant aus«, sagte Jackie. »Hinzu kommt normaleres Zeug für die Weapon-World-Filialen hier im Plex. *Das* wäre eine Ladung, bei der es sich lohnen würde, sie sich unter den Nagel zu reißen.«

»Hey«, sagte Kellan, »hat G-Dogg nicht irgendwas davon gesagt, dass die Spikes irgendwoher neue Waffen hätten? Glaubst du, da könnte ein Zusammenhang bestehen?«

»Wie zum Beispiel?«

»Wie zum Beispiel, dass Brickman Gangs im Plex mit gestohlenen Ares-Waffen aufrüstet.«

»Könnte sein«, erwiderte Jackie. »Ich stelle noch eine Anfrage, und dann sollten wir verschwinden. Ich will hier nicht länger herumhängen als unbedingt nötig.« Sie reichte dem Vorarbeiter wieder eine Datenkarte, und Kellan spürte eine beinahe elektrische Anspannung, die ein Spiegel von Jackies innerer Unruhe war. Die Deckerin blieb zwar kühl und gelassen, aber ihr Bestreben, sich nicht länger als nötig im Ares-System aufzuhalten, führte Kellan die potenzielle Gefahr vor Augen, in der sie sich befanden.

Der Vorarbeiter schüttelte den Kopf. »Dafür ist eine höhere Autorisierung erforderlich«, sagte er kategorisch.

»Verdammt«, sagte Jackie. »Die Information ist geheim.«

»Kannst du an sie herankommen?«, fragte Kellan.

»Natürlich«, erwiderte sie ein wenig verdrossen. »Es dauert nur etwas länger.« Plötzlich erschien zwischen den ausgestreckten Händen von Jackies Persona eine leuchtende Wolke aus Symbolen. Ihre Hände fingen an, sich mit den Symbolen zu beschäftigen, als setzten sie ein virtuelles Puzzle zusammen.

Kellan biss sich auf die Zunge und blieb stumm, während die Deckerin arbeitete. Sie konnte sich vorstellen, wie Jackies Finger auf den Tasten des Cyberdecks spielten wie auf einer Klaviatur. Die Symbolansammlung verdichtete sich zu einer komplizierten multidimensionalen Sigille. Dann verwandelten sie sich in eine winzige Datenkarte, die Jackie dem Vorarbeiter reichte. Der warf einen Blick darauf, nickte und sah dann die Papiere auf seinem Klemmbrett durch.

Dann erregte ein Geräusch aus den Schatten hoch über ihnen Kellans Aufmerksamkeit. Jackie musste es auch gehört haben, denn sie schaute nach oben, und Kellan konnte eine dunkle, geflügelte Gestalt ausmachen, die aus den Schatten direkt auf sie zuflog.

»Jackie!«, sagte sie.

»Ich sehe es, ich sehe es.« Jackie gestikulierte, und plötzlich war ihre Persona in eine gegliederte Metallrüstung aus Chrom und Elfenbein gehüllt, von feinen Panzerhandschuhen angefangen bis hin zu einem Helm, den Kellan beinahe auf dem Kopf spüren konnte und dessen breiter Sehschlitz fast normale Sicht ermöglichte. Ein schlankes silbernes Schwert tauchte ebenso plötzlich in der Hand der Persona auf.

Das von oben herabschießende Ding war eine abscheuliche Mischung aus Mensch und Fledermaus mit schwarzen, ledrigen Flügeln zwischen verlängerten, silbrigen Fingerknochen, einem schwarz bepelzten Leib, einem peitschenartigen Schwanz und einem Gesicht, das wie eine von Wut und Hass verzerrte menschliche Visage aussah. Kellan hatte schon Bilder von solchen Kreaturen gesehen. Es handelte sich um eine Harpyie oder wenigstens eine virtuelle Darstellung davon.

Jackie sprang zur Seite und konnte gerade noch den Klauen der Harpyie ausweichen, während ein grässliches Kreischen ertönte. Sie schlug mit dem Schwert zu, verfehlte die Kreatur aber, die einen neuen Anflug vorbereitete. Jackie warf einen Blick auf den Vorarbeiter, der gelassen dastand und seine Papiere ordnete, als gehe nichts Ungewöhnliches vor, und konzentrierte sich dann wieder auf die Harpyie, die erneut angriff.

»Ha!«, rief sie, indem sie nach dem schwarzen Ungeheuer hieb, aber ihr Kampfruf ging in einen Schmerzensschrei über, als die Klauen der Harpyie ihren linken Arm zerkratzten.

»Au!«, sagte Kellan, während Jackie fluchte. Sie hatte das *gespürt!* Es war, als habe ihr eine echte Harpyie den Arm aufgeschlitzt. Brennende Schmerzen pochten in Kellans Oberarm und Schulter. Sie versuchte den Kopf zu drehen, um festzustellen, wie schlimm es war, doch es war nicht ihr Kopf, und sie konnte ihn nicht bewegen. Jackie hatte die Kontrolle über die Persona und konzentrierte sich vollkommen auf die Harpyie, während sie leise vor sich hin fluchte.

»Also gut, wenn du es so haben willst«, murmelte sie. Sie packte den Saum ihres weißen Umhangs, den sie nun über der Rüstung trug, und schwenkte ihn mit verschnörkelter Bewegung vor sich. Die Harpyie befand sich bereits im Anflug für den nächsten Angriff, und Jackies Manöver schien sie zu verwirren, denn sie zögerte einen Moment. Dann ließ Jackie den Umhang fallen, sprang vorwärts und stach mit ihrer Klinge nach dem Ding. Die Harpyie wich kreischend zurück.

Jackie fuhr herum und Kellan sah, dass der Vorarbeiter ihr gelassen eine kleine Datenkarte hinhielt. Die Deckerin sprang vor, riss ihm die Karte aus der Hand und begann mit dem Herunterladen auf ihr Cyberdeck.

»Halt dich fest, Kellan!«, sagte sie. »Wir setzen uns ab!«

Sie schossen aus dem Raum, und plötzlich standen sie draußen vor dem Gebäude. Das Cerberus-Programm kam auf die Beine. Die Knochen, die Jackie ihm gegeben hatte, waren nirgendwo zu sehen. Er bleckte die Zähne und knurrte mit allen drei Köpfen, aber Jackie winkte ihm nur zu.

»Tut mir leid, Fido, vielleicht ein andermal«, sagte sie. Dann wurde alles schwarz.

Das Licht im Schlafsarg war, verglichen mit dem grellen Silber und Neon der Matrix, dunkel. Kellan blinzelte ein paarmal und bewegte langsam Arme und Beine, um sich an das Gefühl zu gewöhnen, sie wieder nach Lust und Laune gebrauchen zu können. Sie griff sich behutsam an den Kopf und setzte das Elektrodennetz ab.

Auf der anderen Seite des Sargs stieß Jackie einen leisen Seufzer aus und öffnete die Augen. Sie zog den Stecker aus der Buchse, und der automatische Aufrollmechanismus holte das Kabel in das Gehäuse des Cyberdecks zurück.

»Was war das?«, fragte Kellan, indem sie das Elektrodennetz auf das Polster fallen ließ. Sie massierte ihren linken Arm, wo sie immer noch einen Anflug von Schmerz verspürte. Sie schaute hin, sah aber keine Wunde von den virtuellen Klauen der Harpyie. Doch der Arm fühlte sich immer noch ein wenig wund an.

»Ich bin zu weit gegangen«, erwiderte die Deckerin. »Habe einen internen Alarm und ein Ice-Programm gestartet. Nichts Größeres, aber ich wollte nicht länger da rumhängen und darauf warten, dass es Verstärkung bekommt.«

Kellan schauderte ein wenig. Wenn Jackie die Harpyie als ›nichts Größeres‹ betrachtete, wollte sie keine ernsthafte Gefahr in der Matrix sehen.

»Wird Ares erfahren …?«, begann sie, und Jackie schüttelte den Kopf.

»Mach dir deshalb keine Sorgen. Es war nur ein interner Alarm. Das Host-System hat nur ein paar Kontrollprogramme und Sicherheitsprozeduren gestartet, mehr nicht. Das kommt oft vor, besonders in den Konzernsystemen, also brauchen wir uns deswegen keine grauen Haare wachsen zu lassen. Das System hat niemanden von außerhalb alarmiert, und ich habe alle Spuren unseres Besuchs beseitigt, als wir uns ausgeloggt haben. Also wird Ares nicht einmal erfahren, dass wir da waren, es sei denn, jemand kämmt das ganze System mit einem ganz feinen Kamm durch.«

»Was haben wir erfahren?«, fragte Kellan, als ihr die Datenkarte wieder einfiel, die sich Jackie kurz vor ihrem Abgang geschnappt hatte.

Die Deckerin entrollte den Bildschirm des Cyberdecks und drückte ein paar Tasten. Sie drehte sich ein wenig, sodass Kellan den Bildschirm ebenfalls sehen konnte.

»Informationen über eine andere Waffenlieferung von Ares, die vor ein paar Wochen gestohlen wurde«, sagte sie. »Der Vorfall wurde intern als geheim eingestuft, aber allem Anschein nach Lone Star gemeldet.«

»Das ist seltsam«, sagte Kellan. »Warum die Sache erst den Cops melden und sie dann intern als geheim einstufen? Außerdem dachte ich, Ares mag Lone Star nicht.«

Jackie lächelte. »Niemand *mag* Lone Star«, sagte sie, »aber du hast natürlich recht. Normalerweise regelt Ares solche Dinge intern. Die Megakonzerne haben exterritorialen Status, was bedeutet, dass sie den Gesetzen anderer Staaten nicht unterliegen. Sie sind selbst wie Staaten und nehmen diesen Status sehr ernst. Trotzdem tun sie normalerweise zumindest so, als würden sie mit den örtlichen Behörden zusammenarbeiten. Das ist eine gute Reklame. Diese Sache könnte so ein Fall sein. Nur ...«

»Nur was?«

»Die Person, die den ersten Diebstahl als geheim eingestuft hat, ist niemand anders als unser Simon Brickman.«

»Also wollte Brickman den Diebstahl der Waffen unter Verschluss halten?«

»Sieht ganz so aus«, erwiderte Jackie, »obwohl er dafür gesorgt hat, dass die Behörden davon erfuhren.«

»Warum es ihnen mitteilen und den Fall dann als geheim einstufen?«

Jackie zuckte die Achseln. »Vielleicht will er die Dinge intern unter den Teppich kehren und Nachforschungen von Vorgesetzten bei Ares vermeiden.«

»Was bedeuten würde, dass er in das Verschwinden dieser Waffen verwickelt ist.«

»Gut geraten«, sagte die Deckerin.

»Und diese Waffenlieferung ist verschwunden, nicht lange bevor G-Dogg zufolge die Spikes mit neuen Waffen aufgelaufen sind«, sagte Kellan, für die alles langsam einen Sinn ergab. »Brickman hat sie mit der gestohlenen Lieferung versorgt.«

»Könnte sein«, erwiderte Jackie mit einem Blick auf den Bildschirm. »Interessant ist, dass sich Orions Gang, die Ancients, mit den Spikes im Krieg befindet.«

»Was bedeutet, Brickman spielt beide Seiten der Straße gegeneinander aus«, sagte Kellan. »Warum?«

»Abgesehen davon, dass er durch den Verkauf der ›verschwundenen‹ Waffen wahrscheinlich einen anständigen Gewinn erzielt und erreicht, dass große Gangs in seiner Schuld stehen?«, fragte Jackie. »Braucht er noch einen Grund?«

»Aber warum sollte er beide versorgen?«

Die Deckerin zuckte die Achseln. »Für doppelten Gewinn und doppelten Spaß«, sagte sie. »Aus welchem Grund auch immer – es sieht nicht so aus, als wäre das wichtig für uns.«

»Aber was ist mit Orion?«, fragte Kellan.

»Was soll mit ihm sein?«

»Sollte er davon nicht erfahren?«

»Meinst du wirklich, er würde dir glauben?«, fragte Jackie. »Außerdem, was bist du ihm schuldig?«

»Mir gefällt nur die Vorstellung nicht, dass jemand so verarscht wird«, sagte sie, und Jackie konnte sich ein dünnes Lächeln nicht verkneifen.

»Dann bist du im falschen Geschäft, Mädchen«, sagte sie.

Kellan verbiss sich eine Erwiderung. Vielleicht hatte Jackie recht, aber sie konnte sich des Gefühls nicht erwehren, dass hinter alledem noch mehr steckte, als sie wussten. Trotz ihrer nur kurzen Zusammenarbeit mit Orion hatte er ihr das Leben gerettet. Er hatte ihr auf dem Run den Rücken freigehalten, und sie hatte das Gefühl, ihm dasselbe zu schulden.

»Ich möchte, dass du noch eine Sache für mich erledigst«, sagte sie, und Jackie hob neugierig eine Augenbraue.

»Finde heraus, wo Orion ist.«

Kapitel 14

Die Elfen nannten die Gegend *Tarislar*, was in ihrer Sprache ›Gedenken‹ heißt. Jackie zufolge hatte Tarislar seinen Namen nach der Nacht des Zorns bekommen, als es im gesamten Metroplex zu gewalttätigen Ausschreitungen gegenüber Metamenschen gekommen war, und die Überlebenden Zuflucht und Schutz in den gesetzlosen Teilen der Barrens gefunden hatten. Viele Elfen hatten sich zwischen den verlassenen Einkaufsgalerien und verfallenden Straßenzügen mit Eigentumswohnungen der Barrens im südlichen Puyallup niedergelassen und geschworen, nie mehr etwas mit so engstirnigen und hasserfüllten Kreaturen wie Menschen zu tun haben zu wollen. Auch noch über zwanzig Jahre später taten sie ihr Bestes, dieses Versprechen zu halten. Tarislar bedeutete, dass die Elfen dessen gedachten und Menschen in ihrem Revier nicht willkommen waren.

Jackie riet Kellan davon ab, überhaupt zu gehen, aber als Kellan Orion anrief und ihm sagte, sie wolle sich mit ihm treffen, bestand der Elf auf einen Treffpunkt in den Ausläufern des Reviers der Ancients in den Barrens. Also machte sich Kellan zu dem von Orion beschriebenen Ort auf; einem alten, leer stehenden Parkhaus am Nordrand von Tarislar. Während sie zu dem langsam zerfallenden Betongebäude wanderte, ging ihr ungefähr zum hundertsten Mal auf, dass sie möglicherweise in eine Falle lief. Sie hätte wahrscheinlich warten und ein Treffen bei Tageslicht arrangieren sollen. In diesem Teil der Barrens funktionierten nur noch ganz wenige Straßenlaternen, und der sich verdunkelnde Himmel war bleiern und reflektierte den hellen Neonschein im Norden. Es reichte kaum, um etwas sehen zu können, aber Kellan genügte es.

Aus dem Parkhaus hatte man schon vor langer Zeit alles herausgeholt, was irgendwie von Nutzen sein konnte, sodass es darin nur noch ein paar fleckige und ramponierte Formica-Platten und eben die leeren, dunklen Parkdecks mit Betonboden gab. Stellenweise waren Brandschäden zu erkennen, und Kellan fragte sich kurz, ob sie die Folge von Unruhen waren oder vielleicht sogar den Ausbruch des Mt. Rainier verursacht hatte. Die Lavaströme waren weit nach Südosten vorgedrungen, aber sie hatte gehört, dass es in den südlichen Teilen Seattles wochenlang gebrannt hatte.

In dem kleinen Häuschen an der Einfahrt zum Parkhaus war niemand zu sehen, also ging Kellan vorsichtig weiter in das dunkle Gebäude.

»Orion?«, rief sie leise. Dann spürte sie den Druck von etwas Kaltem und Hartem im Nacken und erstarrte.

»Also schön«, ertönte die Stimme des Elfs so nah hinter ihr, dass sie die Wärme seines Atems im Nacken spürte. »Du wolltest mich sprechen. Hier bin ich. Was willst du?«

»Ich will reden«, sagte Kellan. Sie zwang sich, ruhig und gelassen zu sprechen und die Hände so zu halten, dass sie gut sichtbar waren, um Orion zu zeigen, dass sie keine Waffe hielten.

»Ich gebe mich nicht mit deinesgleichen ab«, erwiderte er kalt.

»Hör mal«, sagte Kellan, indem sie zur Bekräftigung die Hände hob. »Ich bin nicht gekommen, um zu kämpfen. Wenn du dieses Schwert benutzen willst, dann tu es. Wenn nicht, steck es weg, damit wir uns unterhalten können.« Ihr war klar, dass sie ein hohes Risiko einging. Eine längere Pause trat ein. Dann verschwand der Druck der Klinge in ihrem Nacken, und sie hörte das Zischen, als die Waffe in die Scheide geschoben wurde.

»Dann rede«, sagte Orion, und Kellan drehte sich langsam um.

»Danke«, erwiderte sie, während sie sich gegen den Drang wehrte, mit der Hand über den Nacken zu fahren und nach Malen zu tasten. Stattdessen ließ sie die Hände locker an den Seiten herabhängen und wahrte die kurze Distanz zwischen sich und dem Elf. »Ich habe ein wenig herumgestöbert«, begann sie vorsichtig. »Ich weiß über Brickman und Knight Errant Bescheid.«

Die Augen des Elfs verengten sich drohend, und Kellan fuhr eilig fort.

»Ich will euch nicht in euren Handel pfuschen«, sagte sie, »aber ich glaube, er ist längst verpfuscht. Brickman hat irgendwas vor.«

»Ich weiß nicht, wovon du redest«, sagte Orion und ging an Kellan vorbei, um zu verschwinden.

»Ich glaube, Brickman legt euch rein!«, rief Kellan ihm nach, aber er blieb nicht stehen. »Er verkauft auch Waffen an die Spikes!«

Das ließ Orion wie angewurzelt stehen bleiben. Er drehte sich um und sah Kellan direkt an. »Was hast du gesagt?«

»Ich sagte, dass Brickman die Spikes mit Waffen versorgt«, wiederholte sie. »Er tanzt auf zwei Hochzeiten, und ich glaube, dass er uns alle reinlegt.«

Orion kam ein paar Schritte näher. »Und woher weißt du das?« Er verschränkte die Arme vor der Brust und wartete.

»Wie ich schon sagte, ich habe etwas herumgestöbert. Brickman arbeitet für Knight Errant. Er hatte die Informationen über diese Ares-Lieferungen, weil Knight Errant eine Tochter von Ares ist.«

»Natürlich arbeitet Brickman für Knight Errant«, unterbrach Orion. »Deswegen wussten wir ja, dass sein Angebot ernst gemeint ist.«

»Sein Angebot, euch mit Waffen zu versorgen?«, fragte Kellan in Erwartung einer Bestätigung, und Orion hielt inne.

»Hör mal, ich weiß, dass ihr irgendeinen Handel mit Brickman habt«, sagte sie.

»Er sollte uns mit Waffen versorgen«, sagte er und schaute zu

Boden, bevor er wieder Kellans Blick begegnete. »Ich dachte, es wäre der Run, für den er euch angeworben hat, aber dann hat sich herausgestellt, dass es eine andere Lieferung war.«

»Deswegen warst du so überrascht«, sagte Kellan, »und so sauer auf Brickman.«

»Er meinte, es wäre nur ein Test-Run, und er hätte Informationen über die richtige Lieferung und würde alles so einrichten, dass wir sie uns selbst schnappen und die gesamte Beute behalten könnten.«

»Ist dir das nicht irgendwie komisch vorgekommen?«

Er zuckte grazil die Achseln. »Sicher, aber wer weiß schon, warum Konzern-Johnsons wie Brickman tun, was sie tun? Ich dachte, solange es uns bringt, was wir wollen ...« Er hielt inne. »Wie ist es nun damit, dass Brickman Waffen an die Spikes verkauft? Hast du Beweise?«

Kellan nickte und griff langsam in ihre Jackentasche. »Auf diesem Chip ist die Info über eine frühere Waffenlieferung von Ares, die gestohlen wurde, bevor Brickman uns angeworben hat, und ich wette, auch bevor er euch kontaktiert hat. Ares weiß angeblich nicht, was damit passiert ist, und Lone Star auch nicht, aber nach allem, was ich gehört habe, ist die Lieferung ungefähr zu der Zeit abhanden gekommen, als die Spikes plötzlich mit neuem Spielzeug aufgetaucht sind und sich mit den Ancients angelegt haben. Der Bericht ist als geheim eingestuft worden, und zwar von Brickman.«

Sie hielt Orion den Chip hin, der ihn nahm und zwischen den Fingern drehte, als wolle er sich so die Daten und ihre Implikationen einverleiben. »Selbst wenn das alles stimmt«, sagte er zögernd, »woher willst du wissen, dass die Waffen bei den Spikes gelandet sind?«

»Ich weiß es nicht«, erwiderte Kellan, »aber es wäre logisch. Die Zeiten stimmen, und die Kanonen sind nirgendwo anders aufgetaucht. So viel Feuerkraft kann man nicht lange von der Straße fern halten.«

Orion schloss die Hand um den Datenchip zur Faust und hob sie an die Lippen, während er überlegte.

»Es würde passen«, fuhr Kellan fort. »Ares ›verliert‹ Waffen bei einem Überfall. Sie melden alles dem Star, damit offiziell in den Akten steht, dass die Waffen ›gestohlen‹ wurden. Dann spielt Brickman die Waffen einer der größten Gangs im Plex in die Hände – in dem Wissen, dass sie sie benutzen werden, so schnell sie können. Als euch die Spikes Ärger machen, kommt Brickman mit demselben Angebot zu euch: Er will dafür sorgen, dass eine Waffenladung verschwindet, und sie den Ancients in die Hände spielen, damit ihr euch gegen die Spikes wehren könnt. In der Zwischenzeit wirbt er Runner für einen Testrun an, und um eine Diebstahlserie zu inszenieren, vielleicht sogar, um jemand anderem die Schuld in die Schuhe zu schieben, wenn alles über die Bühne gegangen ist.«

Orion neigte den Kopf und sah Kellan fragend an, während die Worte nur so aus ihr heraussprudelten.

»Also zieht ihr und die Spikes in den Krieg und macht euch mit den neuen Waffen gegenseitig fertig. Die Bandengewalt im Plex nimmt ungeahnte Ausmaße an, und dann ... kann Ares einschreiten und allen zeigen, dass Lone Star keine ordentliche Polizeiarbeit im Plex leistet! Schließlich hat Lone Star die Diebstähle zugelassen, und als Folge davon toben reichlich Bandenkriege. Knight Errant kann gute Argumente für sich und gegen Lone Star ins Feld führen, wenn der Vertrag mit der Stadt zur Erneuerung ansteht. Natürlich wird die Arbeit für sie sehr viel leichter sein, wenn sich die Ancients und die Spikes und noch ein paar andere in einem großen Bandenkrieg gegenseitig ausgelöscht haben.«

»Du bist verrückt«, sagte Orion kopfschüttelnd.

»Du weißt, dass ich es nicht bin«, erwiderte sie. »Überleg doch mal! Warum sonst sollte Brickman das alles abziehen? Was hat er vor? Was verdient er, wenn ihr die Waffen bekommt?«, fragte sie, und Orion schüttelte den Kopf.

»Nichts«, sagte er.

»Genau. Was springt also für ihn dabei raus?«

»Was springt für *dich* dabei raus?«, konterte Orion. »Warum erzählst du mir das überhaupt? Ich meine, du bist bezahlt worden. Du hast deinen Job erledigt. Du hast damit nichts mehr zu tun.«

»Ich habe etwas damit zu tun, wenn Brickman uns benutzt, um so ein Ding abzuziehen«, konterte Kellan. »Er hat uns benutzt, um dieses abgekartete Spiel überzeugend aussehen zu lassen, und er hat möglicherweise vor, diesen ganzen Drek uns in die Schuhe zu schieben. Ich spiele nicht gern den Sündenbock, und ich lasse mich auch nicht gern benutzen.«

Orion schnaubte. »Gewöhn dich dran«, sagte er und erinnerte Kellan damit an Jackies Worte. »Du bist Runnerin. Leute benutzen dich.«

»Was ist mit dir?«, fragte sie. »Lässt du dich auch einfach von Leuten benutzen? Weil genau das hier passiert, Orion, und das weißt du auch! Brickman legt euch rein, schlicht und einfach! Er benutzt euch! Wenn es dir nichts ausmacht, die Marionette eines anderen zu sein, bitte. Ich habe getan, was ich tun musste.« Sie wandte sich ab und ging zur Tür. Ihre Schritte hallten laut durch das dunkle Parkhaus.

»Warte«, sagte Orion, und Kellan drehte sich um. Ein wenig von der Arroganz war aus dem Gesicht des Elfs verschwunden, und seine Miene wurde ein wenig weicher. Er öffnete die Hand und betrachtete den Datenchip. »Bist du dir deiner Sache sicher?«

»Todsicher.«

»In Ordnung«, sagte der Elf. »Das solltest du auch besser sein, weil wir nicht mich überzeugen müssen.«

»Wir?«

»Ja, wenn du ernst meinst, was du gerade gesagt hast: dass du Brickman damit nicht durchkommen lassen willst.«

»Ja, das meine ich ernst.«

»Okay, dann gibt es da jemanden, mit dem du reden musst.«

Der Anführer der Ancients wurde ›Green Lucifer‹ genannt, und Kellan fand, dass der Name gut zu ihm passte. Er war groß, auch für einen Elf, und schlank gebaut, hager und mit sehnigen Muskeln unter dem Leder und den zerrissenen

Jeans und T-Shirt. Seine Größe und Hagerkeit wurden durch die hohe Irokesensichel unterstrichen, die leuchtend grün gefärbt war wie das ›A‹-Logo auf dem Rücken seiner Jacke. Er trug chrombeschlagene, fingerlose schwarze Lederhandschuhe und streckte die Finger, wie eine Katze die Krallen ausfährt.

Er vermittelte Kellan den Eindruck eines eingesperrten Raubtiers, eines ruhenden Löwen, der sich das Fell leckte, aber bereit war, jeden Augenblick aufzuspringen. Der Blick aus seinen dunklen Augen, mit dem er Kellan betrachtete, jagte ihr einen Schauder über den Rücken, obwohl sie ihr Bestes tat, es sich nicht anmerken zu lassen.

Orion gelang es, den Anführer der Gang zu überreden, sich zumindest anzuhören, was Kellan zu sagen hatte. Sie tischte ihm alles auf, was sie und Jackie in der Matrix herausgefunden hatten, und zeigte ihm auch die Informationen auf dem Chip, den sie Orion mitgebracht hatte. Sie erklärte, warum sie glaubte, dass Brickman beide Seiten gegeneinander ausspielte und zwei Gangs in einen Konflikt trieb, der auf lange Sicht nur Knight Errant und Ares nützen würde. Green Lucifer hörte sich aufmerksam alles an, was Kellan zu sagen hatte, und weder unterbrach er sie, noch ließ er etwas anderes erkennen als vollkommene Konzentration.

Als sie fertig war, lehnte sich der elfische Bandenführer auf dem Drehstuhl in dem kleinen Büro über dem alten Lagerhaus zurück, das die Ancients als Teil ihres Reviers für sich beanspruchten. Er erinnerte Kellan an einen Thron, und Green Lucifer war auf seine Art der König dieses speziellen Teils des Plex'.

»Also«, sagte er, und für den Anführer einer Motorrad-Gang klang seine Stimme erstaunlich kultiviert. »Was hältst du von alledem, Orion?« Er hob neugierig eine elegante Augenbraue, die mit einem silbernen Ring gepierct war.

Orion sah Kellan an, dann wandte er sich seinem Anführer zu und schaute ihm direkt ins Gesicht. »Ich glaube, sie hat recht. Brickman verarscht uns. Ich weiß nicht, warum, aber ich glaube, wir sollten ihm nicht trauen. Dieser ganze Deal stinkt.«

»Ich verstehe«, sagte Green Lucifer. »Und wie sollen wir deiner Ansicht nach verfahren?«

Orion schien überrascht zu sein, dass der Anführer der Ancients ihn in diesen Dingen zu Rate zog. Er dachte kurz nach. »Wir sollten eine Erklärung von Brickman verlangen«, sagte er. »Herausfinden, was hier tatsächlich läuft.«

Green Lucifer nickte zögernd. »Herausfinden, was hier tatsächlich läuft ...«, wiederholte er bedächtig, wobei er die Hände auf die Armlehnen seines Stuhls legte und sich hochstemmte, sodass er die beiden vor ihm Sitzenden um einiges überragte. »Du glaubst die Worte dieses ... Menschen jedenfalls sehr schnell«, sagte er mit einem Blick auf Kellan. Die Betonung verlieh dem Wort einen schmutzigen Klang, und Kellan straffte sich auf ihrem Stuhl.

»Was sie sagt, klingt vernünftig«, erwiderte Orion gelassen und vom Spott seines Anführers unbeeindruckt. »Und ich traue Brickman nicht.«

»Aber ihr traust du? Wie kommt das, frage ich mich?« Green Lucifer kehrte den beiden den Rücken zu und schlenderte hinter seinen Stuhl, bevor er sich wieder umdrehte und dabei die Hände auf die Rückenlehne stützte.

Er bewegt sich und spricht wie ein Schauspieler auf der Bühne, dachte Kellan.

»Wie kommt es«, wiederholte er, »dass du plötzlich der Ansicht bist, dieser Deal wäre eine Gefahr für uns, und nicht die Gelegenheit, für die du ihn noch vor einer Weile gehalten hast?«

Bevor Orion etwas sagen konnte, erhob sich Kellan von ihrem Stuhl. »Ich hab's doch gerade *erklärt*«, sagte sie. »Brickman verarscht euch! Er legt euch rein!«

Ein ungläubiger Ausdruck huschte über das Gesicht des elfischen Bandenführers, als könne er nicht glauben, dass ein normales Menschenmädchen so mit ihm redete. Seine Brauen hoben sich überrascht, dann verzogen sich die Lippen zu einem dünnen, verschlagenen Lächeln. Schließlich lachte er. Es war ein harsches, bitteres Geräusch, in dem kein echter Humor lag.

»Du armes Mädchen«, sagte er spöttisch. »*Natürlich* spielt Brickman sein eigenes Spiel. Das tun wir auch. Das tut jeder auf dieser Welt.« Er breitete die Hände aus. »Das ist der Lauf der Dinge. Glaubst du wirklich, ich würde irgendeinem Menschen blind vertrauen? Glaubst du wirklich, die Einsichten eines Menschenkinds, dem es gelungen ist, seinem Babysitter lange genug aus dem Weg zu gehen, um Runner zu spielen, hätten für mich auch nur den geringsten Nutzen?« Er winkte verächtlich ab. »Geh und spiel wieder mit deinen Puppen, kleines Mädchen. Ich habe schon Geschäfte gemacht, als du noch gar nicht geboren warst. Ich weiß, was ich tue, und ich brauche keinen Rat von deinesgleichen.«

Kellan stand wie versteinert da. Alles Blut war ihr aus dem Gesicht gewichen, da Green Lucifers höhnischer Tonfall und seine spöttischen Worte sie bis ins Mark trafen. Sie ballte die Fäuste und starrte ihn mit Blicken wie Dolche an.

Er begegnete ihrem Funkeln mit gelassener, spöttischer Distanz, die Kellans Zorn nur noch mehr anfachte. Sie spürte, wie sich das Feuer in ihr bildete, spürte das Kribbeln des Torques um ihren Hals, als die magischen Kräfte in Wallung gerieten und nur auf ihren Ruf warteten.

»Du hochnäsiger Sohn einer ...«, murmelte sie und machte einen Schritt vorwärts. Dann lag Orions Hand auf ihrem Arm, und sie fuhr zu ihm herum.

»Nicht hier«, sagte er ruhig. »Nicht jetzt.«

Kellan verbiss sich eine verbitterte Erwiderung. Er hatte recht. Sie sah Green Lucifer an, der sich nicht bewegt hatte und nur dastand und sie beobachtete, dann riss sie sich los und blieb trotzig stehen.

»Was dich betrifft, Orion«, sagte Lucifer, als habe es keine Unterbrechung seines Monologs gegeben, »würde ich mir an deiner Stelle sehr gut überlegen, irgendjemandem davon zu erzählen, und ich würde mir in Zukunft auch meine Freunde sorgfältiger aussuchen.«

»Das ist alles?«, fragte Orion. »Mehr willst du nicht unternehmen?«

Green Lucifers Augen verengten sich drohend. »Stellst du meine Entscheidung in Frage, Orion?«, fragte er in einem Ton, der aus der Frage einen Peitschenhieb machte. Orion schrak nicht davor zurück.

»Du hast verdammt recht, das tue ich!«, sagte er. »Wenn du davon redest, uns an einen Konzern zu verkaufen!«

Der Ausdruck in Lucifers hagerem Gesicht war unergründlich, als er Orion anstarrte. Doch der gab nicht nach und schaute auch nicht weg. Dann lächelte Lucifer dünn, was Kellan einen kalten Schauder über den Rücken jagte.

»Nun gut«, sagte er. Er ging gelassen an Orion vorbei zur Tür des kleinen Büros, öffnete sie und ging hinaus. Seine schweren Stiefel hallten auf den Metallstufen der an die Wand geschraubten Treppe. Orion sah für einen Moment vollkommen entsetzt aus. Seine Miene verhärtete sich, und er folgte seinem Anführer wortlos hinaus. Kellan wollte ihn fragen, was eigentlich los sei, aber der Ausdruck in seinen Augen ließ sie schweigen. Stattdessen folgte sie ihm.

Green Lucifer stand am Absatz der Treppe, die ins Erdgeschoss des Lagerhauses führte, wo sich ein paar Dutzend Elfen in Biker-Kleidung und mit rasierten und grell gefärbten Haaren tummelten. Ein paar spielten Poolbillard, andere saßen irgendwo oder fummelten an den Motorrädern herum, die in der Nähe der Tür zur Verladebucht aufgereiht waren.

»Wie es scheint«, sagte Green Lucifer in schneidendem Ton, der durch das Lagerhaus hallte, »hat Orion ein Problem mit der Art, wie ich den Laden hier schmeiße. Stimmt das, Orion?«

Alle Augen im Lagerhaus richteten sich auf Orion und Kellan, die oben auf der Treppe standen, und Kellan wurde plötzlich bewusst, wie still es geworden war. Mit klopfendem Herzen hielt sie den Atem an, während die Ancients auf Orions

Antwort warteten. Ihr ging auf, dass Green Lucifer Orion eine letzte Gelegenheit gab, es sich anders zu überlegen, seinen Fehler zuzugeben und die Sache auf sich beruhen zu lassen.

Er sah Green Lucifer an, ließ seinen Anführer keinen Moment aus den Augen. »Das stimmt«, sagte er laut und deutlich. »Ich sage, du verkaufst uns.«

Plötzlich bewegten sich die Elfen unten im Lagerhaus wie ein Mann und teilten sich wie Blätter im Wind. Green Lucifer ging die Treppe ganz hinunter und trat in den Kreis, der von den Ancients gebildet wurde.

»Bleib auf der Treppe«, sagte Orion zu Kellan.

»Orion ...«, begann sie.

»Bleib auf der Treppe«, wiederholte er, dann ging er langsam hinunter.

Kellan folgte ihm und blieb auf der vorletzten Stufe stehen, während Orion seinem Anführer folgte und ebenfalls in den Kreis trat.

Einer der Ancients hielt Green Lucifer eine Scheide samt Schwert hin. Er ergriff es am Heft, ohne den Blick von Orion zu nehmen, und zog die Klinge mit dem Zischeln von Stahl auf Stahl heraus. Die scharfe Schneide funkelte im matten Licht des Lagerhauses. Orion griff über seine Schulter und zog langsam sein eigenes Schwert. Beide Männer hoben die Klinge zu einem zeremoniellen Gruß.

»Li-ha?«, fragte Green Lucifer mit gekräuselter Oberlippe und hochgezogener Braue.

»Sielle«, erwiderte er und hob zur Antwort sein Schwert.

Ein Augenblick der Stille hing über dem Raum, und Kellan hielt den Atem an. Eine elfische Frau stand am Rand des Kreises und hob eine Hand.

»Akan!«, sagte sie und ließ die Hand sinken.

Es zischte, als Orions Klinge vorwärts zuckte. Stahl klirrte auf Stahl, als Green Lucifer parierte: hoch, tief, seitlich. Dann griff der Bandenführer Orion an, und seine Klinge zuckte und parierte die Hiebe, eins, zwei. Sie fuhren auseinander wie Tänzer und musterten sich.

Sie umkreisten einander wachsam und sondierten mit den ersten Hieben nur, testeten die Abwehr des anderen. Orion sprang wieder vor, und Green Lucifer parierte. Seine Klinge wischte Orions beiseite, und er schlug selbst zu. Orion duckte sich, und Green Lucifers Klinge pfiff nur durch die Luft. Er fuhr herum, als er wieder hochkam, und stieß zu, doch Green Lucifers Klinge war schon wieder da und wehrte den Stoß elegant ab.

Sie umkreisten sich. Diesmal wartete Orion ab und ließ Green Lucifer angreifen. Er duckte sich, um einem hoch angesetzten Hieb auszuweichen, dann sprang er hoch und über seinen Gegner hinweg, während dessen Klinge unter ihm durch die Luft zischte. Orion sprang mit einem Salto über Green Lucifers Kopf und landete direkt hinter ihm auf den Füßen. Doch der Bandenführer fuhr gerade noch rechtzeitig herum, um Orions Hieb zu parieren. Für einen Moment waren die beiden Klingen starr ineinander verkeilt. Dann warf sich Lucifer nach hinten und pflanzte einen Fuß in Orions Magen. Mit überraschender Kraft schleuderte er den anderen Elf über sich hinweg, aber Orion rollte den Sturz ab und landete ein Stück weit entfernt auf den Füßen, da Green Lucifer aufsprang, um Orions nächstem Angriff begegnen zu können.

Sie umkreisten und umschlichen sich, immer wieder unterbrochen von jähen Angriffen und Paraden, dem Klirren der Schwerter, dem Trampeln bestiefelter Füße und dem beherrschten, schweren Atem der Kämpfer, den einzigen Geräuschen in dem ausgedehnten Lagerhaus. Kellans Knöchel waren weiß auf dem Metallgeländer der Treppe. Es war klar, dass die beiden Männer meisterhafte Kämpfer waren, doch während Orions Positur und Art todernst waren, verlor Green Lucifers Gesicht keinen Moment lang seinen spöttischen, boshaften Ausdruck.

Als würde er nur mit ihm spielen, dachte Kellan, die den Kampf beobachtete, und Green Lucifer nutzte jede Gelegenheit, um seinen Gegner mit jeder Bewegung, jedem Schnörkel seiner Klinge, jeder Miene und sogar mit seiner Haltung zu verspotten. Das forderte seinen Tribut von Orion. Jedes Mal griff der junge Elf heftiger und wütender an als zuvor, und jedes Mal wurde sein Angriff abgewehrt.

»Shata, goronagit!«, höhnte Green Lucifer, und Orion stürzte sich mit einem lauten Kampfruf auf ihn. Die Klingen waren verschwommene Silberstriche, als Orion zuschlug und Green Lucifer parierte, immer wieder im Rhythmus eines tödlichen Tanzes.

Dann fintierte der Anführer der Ancients. Orion gab sich eine winzige Blöße. Ein Hieb kam zu hoch, und Lucifers Klinge umfing seine. Eine Drehung, ein Aufblitzen von Metall, und Orions Schwert fiel nicht weit entfernt klirrend zu Boden. Kellan stockte der Atem.

Green Lucifers Klinge blitzte, und Orion schrie auf und sank auf ein Knie, eine Hand auf das Gesicht gepresst. Kellan sah Blut durch Orions Finger tropfen und nass auf Lucifers Schwertspitze glänzen.

Kellan dachte nicht nach, als sie in den Kreis und zum knienden Orion eilte. Anstatt einen tödlichen Hieb auszuführen, hob Lucifer sein Schwert zu einem kurzen Gruß vor das Gesicht und schwang es dann so, dass es nach unten und außen zeigte.

»Carronasto«, sagte er ruhig.

Kellan kniete sich neben Orion, doch er legte ihr eine Hand auf die Schulter und schob sie weg, dann erhob er sich langsam, die Hand immer noch auf das Gesicht gepresst. So stand er Green Lucifer in der Mitte des Kreises gegenüber.

»Goronagee irenis«, sagte der Anführer der Ancients kategorisch. Wie ein Mann wendeten sich die anderen Mitglieder der Gang im Kreis von Orion ab. Der geschlagene Elf ging langsam zu seinem Schwert, hob es mit blutiger Hand auf und schob es zurück in die Scheide.

Kellan sah jetzt, dass Lucifers Schwert eine Schramme auf Orions Wange hinterlassen hatte; das Blut färbte bereits das T-Shirt auf einer Seite rot.

Ohne ein weiteres Wort wandte sich Orion von Green Lucifer ab und verließ den Kreis der Ancients. Kellan warf einen Blick auf ihren Anführer, der Orion nachsah, ohne irgendeine Gefühlsregung zu zeigen. Die anderen Elfen waren genauso, wie kalte, schöne Statuen.

Kellan folgte Orion, der zu seiner Yamaha Rapier ging, aufstieg und den Motor anließ. Nach einem kurzen Augenblick des Zögerns stieg sie hinter ihm auf. Orion machte keine Anstalten, sie daran zu hindern.

Er ließ den Motor aufheulen, und zwei Ancients öffneten das Tor des alten Lagerhauses. Orion legte den ersten Gang ein und donnerte in die Nacht hinaus. Kellan drehte sich zur hoch gewachsenen Gestalt Green Lucifers um, der im Rahmen des sich hinter ihnen schließenden Tors stand, das blutige Schwert noch immer in der Hand. Im letzten Moment sah sie, wie sich das Gesicht des Bandenführers zu einem bitteren, spöttischen Lächeln verzog.

Kapitel 15

Orion zuckte kaum mit der Wimper, als der Straßendoc die Schramme in seinem Gesicht klammerte. Natürlich hatte die Frau ihm auch ein Pflaster auf den Hals geklebt, das Orion mit so viel Beta-Endophin versorgte, dass der Elf vermutlich wegen nichts mehr mit der Wimper gezuckt hätte. Zuerst hatte er das Angebot eines Betäubungsmittels abgelehnt, aber Dr. Falt war nicht in Stimmung für eine Diskussion gewesen und hatte darauf bestanden. »Sonst kann ich nicht dafür garantieren, dass ich dir nicht zufällig den Mund zuklammere«, sagte sie. Orion hatte nicht weiter mit ihr diskutiert.

Die ältliche Frau kannte Orion offenbar recht gut. Er und Kellan gingen in ihre improvisierte ›Praxis‹ im Keller eines Hauses in Puyallup. Der Straßendoc rief Orion sofort herein. Glücklicherweise war nicht viel Betrieb.

Dr. Falt musste zwar schon weit über sechzig sein, aber ihre knorrigen Hände waren immer noch geschickt und vor allem ruhig. Sie schloss sorgfältig den Schnitt in Orions Gesicht und betrachtete dabei blinzelnd ihr Werk.

»Du hast verdammtes Glück gehabt«, sagte sie. »Es ist ein sauberer Schnitt, und du bist gleich zu mir gekommen. Wenn du es schaffst, dich für eine kleine Weile aus allem Ärger rauszuhalten, dürfte nicht einmal eine größere Narbe zurückbleiben.«

»Oh, es wird eine Narbe bleiben«, murmelte Orion. Seit sie den Treffpunkt der Ancients verlassen hatten, war er grimmiger Laune. In der ganzen Zeit hatte er kaum zwei Worte mit Kellan gewechselt. Unter dem Einfluss des Betäubungsmittels wurde er ein wenig gesprächiger, wenn auch offenbar nicht weniger deprimiert.

»Halt still«, sagte Dr. Falt, während sie Orions Kinn nahm und seinen Kopf etwas mehr neigte.

Kellan sah ihr schweigend bei der Arbeit zu. Orion hatte nichts von dem erklärt, was bei den Ancients vorgefallen war. Sie hatte nicht gefragt, aber es war offensichtlich, dass es nichts Gutes bedeuten konnte.

Er hatte Green Lucifer herausgefordert und verloren – alles nur wegen dem, was Kellan ihm erzählt hatte. Sie fühlte sich schrecklich und wollte ihm helfen, aber sie konnte nur zusehen und abwarten.

Kurz darauf hatte Dr. Falt ihr Werk beendet und betrachtete es mit einem zufriedenen »Hmm«. Sie stellte das Klammergerät auf ein Instrumententablett und schaute sich um. »Ich hole einen Sprühverband dafür«, sagte sie. »Bleib ruhig sitzen, Tam, ich bin gleich wieder da.« Dann eilte sie aus dem Zimmer, und Orion ließ den Kopf gegen die Kopfstütze des Stuhls sinken und schloss mit einem tiefen Seufzer die Augen.

»Tam?«, fragte Kellan leise, während sie beobachtete, ob der Elf wohl eindösen würde.

»Eine Kurzform von Tamlin«, sagte er, ohne die Augen zu öffnen. »Das ist eine Figur aus einem Gedicht, das meine Mutter sehr mochte. Er war ein Barde, der ins Märchenland geholt wurde. Sie hielt ihn wohl für passend für einen Elf.«

»Also war deine Mutter eine Elfe?«

»Nein«, murmelte er. »Sie war ein Mensch. Aber mein Vater war ein Elf.«

»Wo sind deine Eltern jetzt?«

»Tot. Mein Vater starb in der Nacht des Zorns vor meiner Geburt.«

Auch Kellan war nach der Nacht des Zorns geboren, aber sie hatte davon gehört. Rassisch motivierte Gewalt gegen Metamenschen hatte in Seattle solche Ausmaße angenommen, dass die Metroplex-Regierung beschlossen hatte, die

Metas zusammenzutreiben und in ›Umsiedlungszentren‹ zu internieren. Angeblich geschah es ›zu ihrem eigenen Schutz‹, aber die anti-metamenschliche Einstellung des damaligen Bürgermeisters von Seattle war nur allzu bekannt. In einem der Lagerhäuser in der Hafengegend war ein Feuer ausgebrochen, als man die Metamenschen dort einpferchte. Hunderte starben in den Flammen und in den anschließenden Unruhen. Die Überlebenden der Nacht des Zorns waren in die Barrens von Seattle geflohen und hatten Gemeinden wie die Tarislar gegründet, die den Kontakt mit Norms – normalen Menschen – mieden.

»Meine Mutter hat mich ganz allein in Tarislar aufgezogen«, fuhr Orion fort. »Sie war Ärztin wie Christina.« Er nickte schwach zu der Tür, durch die Dr. Falt verschwunden war. »Sie haben gemeinsam im Krankenhaus gearbeitet. Irgendein ausgeflippter Punk auf Chip hat sie in der Notaufnahme erschossen, als ich dreizehn war. Seitdem bin ich auf mich allein gestellt.«

»Ich habe meine Eltern nie kennengelernt«, sagte Kellan. »Es gab nur meine Tante. Ich lebe bei ihr, solange ich zurückdenken kann. Sie hat gesagt, meine Mutter hätte mich zurückgelassen, nachdem mein Vater sie verlassen hatte, aber ich glaube nicht, dass das stimmt. Ich glaube, dahinter hat mehr gesteckt, als meine Tante mir erzählt hat. Sie wollte mich eigentlich nie bei sich haben, aber mehr Familie habe ich nie gehabt.«

»Die Ancients waren meine Familie«, sagte Orion. »Mit fünfzehn habe ich mich zum ersten Mal einer Gang angeschlossen, den Silent Ps. In den Barrens ist das die beste Methode, am Leben zu bleiben. Ein paar Jahre später haben die Spikes unsere Gang ausgelöscht, nachdem Lord Torgo bei ihnen die Führung übernommen hatte. Die Ancients haben die Überlebenden praktisch adoptiert. Ich war stolz darauf, zu den Ancients zu gehören.«

»Tam ... darf ich dich so nennen?«

Der Elf zuckte die Achseln, und Kellan fasste das als Ja auf.

»Was ist gerade passiert?«

»Das erste Gesetz. Ich habe Green Lucifers Entscheidung in Frage gestellt und damit seine Urteilskraft und Autorität angezweifelt. So etwas muss durch einen Zweikampf entschieden werden. Ich habe verloren.«

»Und ... was jetzt?«

»Jetzt gar nichts. Ich habe verloren. Ich gehöre nicht mehr zu den Ancients. Ich bin *goronagee*, ein Außenseiter, nicht einmal mehr ein richtiger Elf.« Er presste die Augen fest zu.

»Oh. Das tut mir leid«, sagte Kellan.

Orion schüttelte den Kopf, und Stirn und Augen entspannten sich ein wenig, als er seufzte. »Ist nicht deine Schuld«, sagte er. »Ich habe ihn herausgefordert und verloren. So ist es nun mal.«

»Tja, es stinkt ziemlich.«

Orion lachte leise, dann stützte er sich auf die Ellbogen und öffnete die Augen. *»Sielle«,* sagte er und sah Kellan mit seinen eindringlichen grünen Augen an.

»Was heißt das?«

»Ja, es stinkt«, erwiderte er glucksend. »Tatsächlich heißt es ›so ist es‹, oder ›das ist der Lauf der Welt‹. Es lässt sich nur schwer übersetzen.«

»Das ist elfisch, oder?«

Orion nickte. »Ja, Sperethiel.«

»Sprichst du es?«

»Nicht viel.« Er ließ sich wieder in den gepolsterten Behandlungsstuhl sinken. »Nur ein paar Worte und Wendungen, die ich aufgeschnappt habe. Viele Ancients wie Lucifer sprechen es fließend, aber sie sind auch damit aufgewachsen. Meine Mutter war ein Norm, und ich kann nicht behaupten, im Land der Verheißung zur Schule gegangen zu sein.«

Das Land der Verheißung, dachte Kellan.

Orion meinte Tir Tairngire, den Elfenstaat im Süden Seattles. Er befand sich auf dem Gebiet des alten US-Staats Washington und war von einer Koalition aus Elfen und anderen erwachten Rassen und Kreaturen für sich beansprucht worden.

Kellan war Tir Tairngire immer wie ein mystisches Märchenland beschrieben worden. Es wurde von einem Prinzenrat regiert und war von Magie und Mysterien erfüllt. Kellan hatte sich schon oft gefragt, wie es wohl war, an so einem Ort zu leben, und warum ihn wohl jemand verlassen würde. Dennoch gab es jedes Jahr junge Elfen, die von Tir Tairngire nach Seattle kamen, darunter anscheinend auch einige der Ancients.

»Wo hast du so zu kämpfen gelernt?«, fragte Kellan.

»Das meiste habe ich mir selbst beigebracht. Ich habe auch einen Funken Talent abbekommen. Ich bin ein Adept.«

»Wie ein Zauberer?«

Er schüttelte bedächtig den Kopf. »Nein, ich wirke keine Zauber und beschwöre auch keine Geister. Meine Magie ist hier drin.« Er tippte sich mit den Fingern der rechten Hand an die Brust. »Sie macht mich stärker und schneller, aber ganz offensichtlich nicht schnell genug.« Seine Hand tastete nach seinem Gesicht, sank aber auf die Stuhllehne zurück, bevor er es berührte.

»Tut mir leid«, sagte Dr. Falt, die in diesem Augenblick zurückkehrte. »Offenbar bist du nicht der Einzige, der heute Nacht in eine Dummheit verwickelt war.«

Sie nahm die Blechdose mit Sprühverband und sprühte ihn sorgfältig über den geklammerten Schnitt in Orions Gesicht. Der transparente Film verschmolz mit seiner Haut und war kaum zu sehen. »Die Klammern lösen sich von selbst auf«, sagte sie, während sie ihr Werk noch einmal begutachtete. »Halte die Stelle nur sauber und versuch dich in der Zwischenzeit von scharfen oder spitzen Gegenständen fern zu halten.«

»Danke, Tina«, sagte Orion, indem er sich langsam von dem Stuhl erhob, und die geschäftsmäßige Haltung der Ärztin lockerte sich ein wenig.

»Gern geschehen, Tam, das weißt du. Brauchst du sonst noch irgendwas oder ...?«

Orion unterbrach sie mit einem Kopfschütteln. »Nein, danke, im Moment nicht.«

»Okay, du weißt, wo du mich findest.«

Als sie Dr. Falts Kellerklinik verließen, wandte sich Kellan an Orion, die Hände tief in den Taschen ihrer Jacke vergraben. »Also, was jetzt?«

»Jetzt gar nichts. Das war's. Wir haben versucht, vernünftig zu sein. Es hat nicht geklappt. Das war's.«

»Aber du kannst doch nicht einfach so aufgeben!«

»Pass mal auf, Kellan.« Er blieb stehen und wandte sich ihr zu. »Ich weiß, dass du das Richtige tun wolltest, aber das spielt jetzt keine Rolle mehr. Die Ancients werden nicht auf uns hören. Was Brickman auch geplant hat, es wird passieren, und du kannst nichts dagegen machen. Außerdem müssen wir uns um uns selbst kümmern, weil es ganz bestimmt niemand anders tut.« Er lachte kurz. »Vielleicht kann ich wieder Jobs als Runner finden.«

»Ja«, sann Kellan. »Vielleicht kannst du das, wenn du dazu bereit bist.«

»Was soll das heißen?«

»Ich habe eine Idee«, erwiderte sie, indem sie ihr Handy aus der Tasche nahm und aufklappte, »falls G-Dogg bereit ist, mir einen Gefallen zu tun.«

Silver Max und Liada trafen beinahe gleichzeitig im *Underworld 93* ein. Der Club hatte geöffnet, aber es war noch früh, sodass nicht viele Leute dort waren. Sie gingen an Leif vorbei ins Hinterzimmer, wo Kellan, Orion und G-Dogg warteten. Als Liada Orion sah, verengten sich ihre Augen ein wenig.

»Was macht er hier?«, fragte sie mit einem Kopfnicken in seine Richtung.

»Er ist bei dieser Sache dabei«, sagte Kellan schlicht. Orion blieb ruhig, während sich die Elfenmagierin und der Zwerg setzten, Silver Max auf einen Sessel, der ihn fast verschluckte, Liada auf einen kleinen gepolsterten Stuhl rechts von dem Sofa, wo Kellan und G-Dogg saßen. Orion blieb stehen, an das eine Ende des Sofas gelehnt und die Arme vor der Brust verschränkt.

»Auf wen warten wir noch?«, fragte Liada.

»Auf niemanden«, sagte G-Dogg. »Wir sind alle da.«

»Was ist mit dem Johnson?«, sagte Silver Max.

»Du sitzt vor ihr«, erwiderte der Ork mit einem Grinsen, indem er den Kopf zu Kellan neigte.

Liada lachte, ein helles, beinahe musikalisches Geräusch, obwohl Kellan es in diesem Augenblick als schrill empfand. Dann hielt sie inne und schaute mit ungläubiger Miene von G-Dogg zu Kellan und wieder zurück.

»Du meinst es ernst«, sagte sie.

G-Dogg nickte nur, und Kellan beugte sich vor, die Ellbogen auf die Knie gestützt.

Hier geht nichts, dachte sie.

»Ich habe einen Run anzubieten, falls ihr Interesse habt.«

»Gerade den ersten Run in der Stadt beendet, und jetzt gibst du schon welche in Auftrag«, sagte Silver Max glucksend. »Jedenfalls verschwendest du keine Zeit, Mädchen.«

»Du verschwendest *unsere* Zeit«, warf Liada ein, indem sie sich erhob und ihre Schultertasche nahm. »Ich verschwinde.«

»Warte noch«, sagte Kellan. »Ich bitte euch nur, euch anzuhören, was ich zu sagen habe. Wenn ihr kein Interesse habt, kein Problem. Ich bin sicher, dass es reichlich echte Runner gibt, die Lust haben, Geld zu verdienen.«

Liada blieb stehen und betrachtete Kellan, als sehe sie sie zum ersten Mal. Sie hob neugierig eine Augenbraue. Dann warf sie einen Blick auf Silver Max, der kaum merklich nickte.

»Okay«, sagte sie, indem sie sich wieder auf ihren Stuhl setzte. »Du hast fünf Minuten. Dann gehe ich. Worum geht es bei diesem angeblichen Run?«

»Um eine Rückzahlung«, sagte Kellan mit einem Lächeln. Dann erzählte sie den anderen, was sie über Brickman und ihren Run auf die Ares-Lieferung herausgefunden hatte, sowie alles über ihre Begegnung mit Green Lucifer und Orions jähem Ausscheiden bei den Ancients, obwohl sie die Einzelheiten des Kampfs ausließ. Der Sprühverband auf Orions

Wange war ein stummer Hinweis darauf, was sich abgespielt hatte.

Sie erklärte, wessen sie Brickman verdächtigte, dass er Waffen – oder die Routen von Waffenlieferungen – sowohl an die Spikes als auch an die Ancients liefere. Außerdem zeigte sie ihnen die Daten, die Jackie sich aus dem Ares-System verschafft hatte.

»Und was hat das alles mit uns zu tun?«, fragte Silver Max, und alle Augen richteten sich wieder auf Kellan.

»Ganz einfach«, erwiderte sie. »Ich habe die Information über den Transportweg, die Mr Johnson – Brickman – geliefert hat, und Jackie hat Daten von Ares über eine Waffenlieferung, die diesen Weg nehmen wird. Die Ancients halten sich bereit, diese Lieferung zu übernehmen, aber wir könnten sie uns vor ihnen schnappen.«

»Und was ist dabei für uns drin?«, fragte der zwergische Rigger, obwohl sein Tonfall verriet, dass er interessiert war.

»Die Ladung«, sagte Kellan. »Den richtigen Leuten wird sie ein Vermögen wert sein, natürlich erst, nachdem wir uns selbst daraus bedient haben.«

Silver Max nickte, und sein dichter Bart teilte sich in einem breiten Grinsen.

Liada schüttelte den Kopf. »Warum sollten wir Brickman oder die Ancients die Tour vermasseln?«, fragte sie. »Ich weiß nicht, ob eine Waffenlieferung das wert ist.«

G-Dogg meldete sich zu Wort, bevor Kellan antworten konnte. »Du meinst, abgesehen davon, dass Brickman uns verarscht?« Er zählte die Gründe an den Fingern ab, wobei er sich vorbeugte und den Ellbogen auf ein Knie stützte. »Wir können an dieser Lieferung reichlich verdienen. Niemand wird damit rechnen, dass noch jemand hinter ihr her ist, weil sie glauben, dass sonst niemand davon weiß. Die Ancients werden ziemlich sauer sein, und wenn wir es richtig machen, wird Brickman nicht erfahren, dass wir es waren. Die Ancients könnten dahinter kommen, aber ich weiß, wie du zu ihnen stehst, Liada.«

Die Elfenmagierin sah kurz zu Orion, bevor sie ihre Aufmerksamkeit wieder auf Kellan richtete. »Wer ist sonst noch mit von der Partie?«

»Nur wir und Jackie. Sie hat geholfen, die Daten auszugraben, und sie kann wie beim letzten Mal die Rückendeckung in der Matrix übernehmen. So schwierig dürfte es nicht werden, denn schließlich haben wir es schon mal gemacht, richtig?«

»Was ist mit Lothan?«, fragte Liada. Ihre Miene blieb neutral, aber Kellan glaubte, einen Funken Interesse darin zu erkennen.

»Er hat bereits deutlich gemacht, dass er damit nichts zu tun haben will«, sagte Kellan, »aber wenn du kein Interesse hast, Liada, werden wir vermutlich doch einen anderen Magier brauchen ...«

Die Elfe lächelte dünn. »Glaubst du wirklich, damit könntest du mich ködern?«, fragte sie.

»Keine Ahnung«, sagte Kellan, die gegen ihren Willen lächeln musste. »Das hängt davon ab, wie risikofreudig du bist ... und wie viel besser als Lothan du deiner Ansicht nach den Job erledigen kannst.«

Eine lange Pause trat ein, als die beiden Frauen einander betrachteten, dann breitete sich ein Lächeln auf Liadas Gesicht aus. »Nun, wenn du es so ausdrückst«, sagte sie. »Na schön, warum nicht? Ich bin dabei.«

»Ich auch«, sagte Silver Max, und auch G-Dogg nickte. Kellan sah die versammelte Bande an, während in ihr ein Triumphgefühl mit eisiger Beklommenheit um die Vorherrschaft rang. »Okay«, sagte sie, »wir müssen Folgendes tun: Zuerst sollten wir noch mit einer anderen Person reden ...«

Sie fanden Street Deacon an seinem angestammten Platz im *Crusher 495* in Redmond. Diesmal ging Kellan mit G-Dogg und Orion, da der Elf darauf bestand, bei der Besprechung zugegen zu sein. Deacon schien die Ankunft der Runner nicht zur Kenntnis zu nehmen. Er blieb einfach an der Bar sitzen und nuckelte an seinem Getränk.

G-Dogg erbot sich, das Reden zu übernehmen, doch Kellan bestand darauf, es selbst zu tun. Wenn sie schon diesen Run organisierte, wollte sie keine halben Sachen machen.

»Deacon«, sagte sie.

Er verriet durch nichts, dass er sie gehört hatte.

»Ich habe einen Job«, fuhr Kellan fort.

»Such dir jemand anders zum Spielen, Mädchen«, erwiderte er und trank einen Schluck. Er sah sie dabei nicht einmal an. »Ich habe kein Interesse.«

»Ich glaube, das kommt noch, wenn du hörst, worum es geht.«

»Das bezweifle ich«, sagte Deacon gelassen.

Kellan zwang sich, näher zu treten. Sie legte eine Hand vor Deacon auf die Bar, beugte sich vor und redete so leise, dass nur er sie verstehen konnte. »Ich weiß, was Brickman vorhat«, sagte sie. »Er verarscht uns alle.«

Zum ersten Mal sah Street Deacon sie an, und Kellan zwang sich, nicht vor dem flachen, toten Blick seiner künstlichen Augen zurückzuscheuen.

»Tatsächlich? Du weißt nicht mal die Hälfte von dem, was Brickman vorhat, kleines Mädchen«, sagte er. »Oder ich.«

»Ich weiß genug«, erwiderte Kellan, indem sie sich aufrichtete und den Straßensamurai ansah. »Ich weiß, dass er etwas zwischen den Spikes und den Ancients anzettelt, und ich weiß, dass er uns für einen Test-Run benutzt hat, um Waffen zu stehlen. Vielleicht sollen wir hinterher sogar als Sündenböcke herhalten.«

»Und? Das tun Typen wie Brickman nun mal.«

»Ich gebe dir jetzt Gelegenheit, etwas dagegen zu unternehmen.« Deacon wollte sich von ihr abwenden, und Kellan sagte: »Ich habe dich nicht für jemanden gehalten, der für andere den Sündenbock spielt.«

»Das tue ich auch nicht«, höhnte er. »Nicht für Brickman, und auch nicht für dich.«

»Jedenfalls jetzt nicht mehr«, sagte Kellan, und Street Deacon reagierte darauf mit einem Blick, bei dem ihr das Blut gefror. Für einen Moment fragte sie sich, ob sie zu weit gegangen war.

»Nein«, sagte er knapp. »Jetzt nicht mehr.«

»Jetzt hast du Gelegenheit, Brickman das zu zeigen.« Sie hielt inne und schaute auf die Bar, dann sah sie wieder hoch und begegnete Deacons Blick. »Das Böse triumphiert schon, wenn die Guten nur die Hände in den Schoß legen.«

Er fixierte Kellan einen Moment mit seinem starren Blick. Dann stellte er seinen Cocktail ab. »Was ist das denn für ein Run?«

Als sie das *Crusher* verließen, fragte G-Dogg: »Was hast du ihm gesagt? War das aus der Bibel oder was?«

Kellan zuckte die Achseln. »Keine Ahnung. Ich hab das mal online in irgendeiner Signatur gelesen. Sieht aus, als hätte es funktioniert.«

G-Dogg grinste und nickte. »Du verstehst Deacon besser, als ich dachte«, sagte er, »obwohl du ein ziemliches Risiko eingegangen bist.«

»Ich verstehe immer noch nicht, warum wir ihn brauchen«, sagte Orion.

»Weil wir vielleicht ein paar zusätzliche Muskeln nötig haben«, erwiderte Kellan, »und bis jetzt habe ich gelernt, dass es besser ist, das Übel zu wählen, das man kennt.«

G-Dogg grinste breit. »Schön zu wissen, dass du aufgepasst hast, Mädchen«, sagte er.

Sie gingen durch die Gasse neben dem *Crusher*, um zu G-Doggs Wagen zu gelangen. Das Brüllen von Motoren dröhnte durch die Nacht und übertönte den Lärm aus dem Club. Das Licht von einem Paar Motorradscheinwerfer fiel in die Gasse, und Kellan blinzelte ob der jähen Helligkeit, welche die Motorräder und ihre Fahrer zu schwarzen Silhouetten vor der Dunkelheit werden ließ.

»Hey, *makanagee*«, rief eine Stimme über das Motorengedröhne hinweg. »Green Lucifer lässt dich herzlich grüßen.« Die Motoren heulten auf.

Orion wandte sich an Kellan. »Geht«, sagte er mit einem Kopfnicken zum anderen Ende der Gasse. »Sofort.«

»Wir werden nicht einfach ...«, begann Kellan, dann zogen die Motorradfahrer Waffen und fuhren los wie Ritter auf ungebärdigen Rossen.

»Geht!«, rief Orion, und G-Dogg nahm Kellans Arm und zerrte sie zum anderen Ende der Gasse, wo gerade zwei weitere Motorräder um die Ecke bogen und ihnen den Weg versperrten.

»Ach, Drek«, murmelte G-Dogg, während er in die Jacke griff und Kellan zur Gassenmauer zog, da die anderen beiden Motorräder angerast kamen.

Orion blieb, wo er war, während sich die beiden Motorräder näherten. Einer der Elfen wirbelte eine schwere Kette über dem Kopf, während der andere einen metallenen Baseballschläger schwang. Beide lachten und stießen Kriegsrufe aus.

So schnell, dass seine Bewegungen verschwammen, rannte Orion einem der Motorräder entgegen. Er sprang hoch, über das Vorderrad und den Lenker des kompakten Motorrads hinweg, und pflanzte dem Elf mit dem Baseballschläger einen Fuß auf die Brust. Der Elf flog von seiner Maschine, die auf den Asphalt schlug und in einem Funkenschauer seitlich über die Gasse rutschte. Der Fahrer folgte ihr und schlug mit dumpfem Krach auf. Orion landete auf den Füßen, griff über die Schulter und zückte sein Schwert in einer fließenden Bewegung. Die Klinge funkelte im Scheinwerferlicht der sich nähernden Motorräder.

Mittlerweile hatte G-Dogg seine großkalibrige Pistole aus der Jacke gezogen. Er trat einen Schritt in die Mitte der Gasse, wandte sich einem der Motorräder zu und gab in rascher Folge zwei Schüsse ab: PENG! PENG! Die erste Kugel prallte vom Rahmen der Yamaha Rapier ab, aber die zweite lag näher im Ziel und traf den Fahrer in die Schulter. Die Aufprallwucht hätte ihn fast aus dem Sattel geworfen und ließ das Motorrad zur Mauer schlingern, was den Fahrer zum Bremsen zwang.

Kellan griff selbst nach ihrer Kanone, als der zweite Fahrer an G-Dogg vorbeirauschte und auf Orion zuraste. Der Elf wich dem kettenschwingenden Ancient aus, der sich nun aus der anderen Richtung G-Dogg näherte. Die beiden Runner wandten sich ihren neuen Gegnern zu.

Die wirbelnde Kette schlug zu, als sich G-Dogg umdrehte, und erwischte den Ork oben am Kopf. Kellan sah dunkles Blut aus der Wunde spritzen, während das Motorrad an G-Dogg vorbeifuhr. Dann fiel ihr Blick auf den anderen Ancient, auf den der Ork geschossen hatte. Er hatte die Herrschaft über seine Maschine wiedererlangt und zog eine flache Pistole unter der Lederjacke hervor.

Kellan fuhr zu ihm herum und gab einen Schuss ab, der nicht weit von ihm von der Wand abprallte und als Querschläger davonjaulte. Damit lenkte sie zwar die Aufmerksamkeit des Elfs von G-Dogg ab, doch jetzt richtete er sie auf Kellan. Sie ging hinter den Mülltonnen des Clubs in Deckung, als der Ancient ein paar Schüsse in ihre Richtung abgab.

Orion drehte sich um, als ein weiterer Ancient auf ihn losging. Eine dicke Keule wurde zugleich mit Orions Schwert geschwungen. Funken sprühten, und die Keule flog durch die Luft und fiel ein Stück weiter rumpelnd auf die Straße. Der Ancient starrte begriffsstutzig auf seine leere Hand, als er vorbeifuhr. Der Elf, den Orion zuvor von seiner Maschine geholt hatte, rappelte sich wieder auf und sprang Orion von hinten an. Davon überrumpelt, konnte Orion sein Schwert nicht einsetzen, und der Ancient prallte mit Orion gegen die Hausmauer.

Der Elf mit der Kette riss seine Maschine mit quietschenden Reifen herum und wendete, um noch einmal auf G-Dogg loszugehen. Er hatte jedoch den Schaden überschätzt, den er dem Ork zugefügt hatte, denn G-Dogg hob seine Pistole und gab zwei weitere Schüsse ab. Beide trafen den Elf in die Brust und warfen ihn von seinem Motorrad, das umkippte.

Kellan erhob sich hinter den Mülltonnen und gab einen weiteren Schuss auf den Ancient mit der Pistole ab, verfehlte ihn aber wieder. Sie duckte sich, als ein paar Kugeln ganz in ihrer Nähe über den Asphalt peitschten. G-Dogg wandte sich dem Elf mit der Kanone zu und gab einen Schuss ab, der ihn zwang, von seinem Motorrad abzusteigen und selbst in Deckung zu gehen.

Mittlerweile waren alle Ancients von ihren Maschinen herunter, entweder abgeworfen worden oder freiwillig zu Fuß, um in der engen Gasse besser manövrieren zu können. Orion rang mit einem, während sich ihm ein zweiter näherte. Eine lange, dünne Klinge glitt aus seinem Handrücken. Im grellen Licht der Scheinwerfer sah der Dorn mattschwarz aus. Orion gelang es, sich aus dem Griff des ersten Ancients zu befreien, und riss gerade noch rechtzeitig sein Schwert hoch. Der andere griff Orion an, und er konnte den Hieb des Cybersporns mit Mühe parieren. G-Dogg gab noch ein paar Schüsse auf den Ancient mit der Kanone ab, während er auf der Suche nach Deckung durch die Gasse spurtete.

Vorübergehend hinter den Mülltonnen in Sicherheit, richtete Kellan ihre Aufmerksamkeit auf den Elf, der gegen Orion kämpfte. Sie konzentrierte sich, wie Lothan es ihr beigebracht hatte, und spürte den Fluss der Magie rings um sich. Die mittlerweile vertraute Hitze wusch über ihre Haut und kribbelte an ihrem Hals, wo der Torques saß. Sie hob die freie Hand, zeigte auf den Elf und lenkte alle Hitze und Energie auf ihn, während er schlug und stach und Orion auswich und parierte.

»Brenne«, flüsterte Kellan und entfesselte die Energie, die sie gesammelt hatte. Sie spürte, wie eine Flut aus Energie freigesetzt wurde, und dann schoss ein Feuerstrahl durch die Gasse. Der Ancient drehte sich im letzten Moment um, da ihn das jäh aufflammende Licht hinter ihm warnte, doch zu spät, um noch etwas unternehmen zu können. Der Feuerstrahl traf ihn in die Brust, und es gab einen Donnerschlag, der die Gasse erschütterte, während Flammen in die Höhe schossen, die nicht nur den Ancient mit dem Cybersporn einhüllten, sondern seinen Mitkämpfer und Orion ebenfalls.

»Orion!«, rief Kellan. Die Flammen fielen in sich zusammen, während dichter schwarzer Rauch in den Himmel stieg. Teile der Hausmauer und des Asphalts waren geschwärzt, und drei Gestalten lagen am Boden. Kellan spürte, wie ihr Herz einen Schlag aussetzte.

Ungeachtet der Gefahr lief sie aus ihrer Deckung zu Orion. Sie bekam am Rande mit, wie sich die beiden anderen Elfen so schnell wie möglich zurückzogen, dann hörte sie das Dröhnen von Motorrädern, als sie davonrasten, da sie sich nicht mit G-Dogg und einer Magierin gleichzeitig beschäftigen wollten.

Kellan erreichte Orion. Seine Jacke und Jeans waren angekokelt und stellenweise verbrannt, und er hatte Brandwunden im Gesicht, an den Händen und auch auf der Brust, aber er atmete noch und stöhnte leise. Als Kellan sich neben ihn kniete, wälzte er sich matt herum.

»Beweg dich nicht«, sagte sie und legte ihm eine Hand auf die Schulter, so sanft sie konnte. Sie warf einen Blick auf die beiden anderen Elfen, die nicht weit entfernt lagen. Der Ancient, den sie getroffen hatte, war eindeutig tot, förmlich gebraten. Der andere war in einem ähnlichen Zustand wie Orion, obwohl es wirkte, als habe er noch mehr abbekommen.

Dann war G-Dogg da, hockte sich neben sie und verschaffte sich einen raschen Überblick. Er nahm Orions Kopf in eine seiner riesigen Pranken, betrachtete die Brandwunden und hob ein Augenlid an.

»Ich glaube, er wird wieder«, sagte er, »aber er braucht einen Straßendoc oder einen Heiler.« Er sah Kellan an. »Kannst du irgendwas für ihn tun? Kellan?«

Die Frage riss Kellan aus ihrer Benommenheit. Ihr Blick wanderte zwischen Orion und G-Dogg hin und her, und sie schüttelte den Kopf. »Ich weiß nicht, wie«, sagte sie hilflos.

»Dann sollten wir ihn zu Liada bringen«, erwiderte G-Dogg. »In diesem Teil der Barrens taucht der Star immer noch früher oder später auf, vor allem, wenn die Leute anfangen, mit

Feuerbällen um sich zu schmeißen. Hilf mir, ihn aufzurichten.«

Kellan half G-Dogg, Orion zu bewegen, obwohl der stämmige Ork den Großteil der Arbeit verrichtete. Kurze Zeit später lag Orion auf dem Rücksitz von G-Doggs Wagen. Als sie losfuhren, hörten sie in der Ferne Sirenen jaulen, die von der Ankunft Lone Stars kündeten.

G-Dogg telefonierte beim Fahren. Erst da fiel Kellan das Blut auf, das aus einer hässlichen Schramme an der Seite seines Kopfes quoll und die dunklen Dreadlocks des Orks verklebte. G-Dogg schien dem keine Beachtung zu schenken.

»Liada«, sagte er ins Handy. »Wir hatten Ärger. Wir müssen zusammengeflickt werden. Sieht aus, als könnten die Ancients ein Problem werden.«

Kellan dachte darüber nach, dass Orions ›Ersatzfamilie‹ ihn umbringen wollte, weil er zu tun versuchte, was er für richtig hielt. Sie hatte geglaubt, es sei vorbei, als Orion den Zweikampf gegen Green Lucifer verloren hatte, aber es war klar, dass die Ancients ein größeres Problem waren, als Kellan gedacht hatte. War ihnen die Abrechnung mit Orion noch wichtiger als ihr Krieg gegen die Spikes?

»Vielleicht auch nicht«, sagte Kellan und legte G-Dogg eine Hand auf den Arm. »Ich habe eine Idee.«

Kapitel 16

Liada schloss die Augen, da sie sich konzentrierte, und rieb sich langsam die Hände, als wolle sie sie wärmen. Sie flüsterte Worte in einem leisen Singsang, der wie Elfisch klang. Kellan sah, wie sich ein heller Schimmer um Liadas Hände bildete.

Orion lag auf dem Sofa in G-Doggs Wohnung. Seine Lederjacke und die verkokelten Überreste seines T-Shirts lagen nicht weit entfernt auf dem Boden. Liada legte ihm sanft die Hände auf, eine auf die Stirn, die andere auf die Brust. Sie sprach noch ein kraftvolles Wort. Kellan spürte den Schwall magischer Energie, die anders war als die, welche sie bisher erlebt hatte. Sie war sanfter, beruhigend, beinahe ein Flüstern oder Seufzen.

Die Magie überflutete Orions Körper, und seine Verletzungen heilten vor Kellans Augen. Die roten Brandwunden verblassten zu einem zarteren Rosa und dann zu normaler blasser Haut. Verbrannte Haare wuchsen auf Orions Kopf nach, und seine Brust hob sich plötzlich in einem tiefen Atemzug, dem ein langer Seufzer der Zufriedenheit und Entspannung folgte.

Liada sank einen Moment über dem Elf zusammen, wobei sie sich mit einer Hand auf der Sofalehne abstützte. Als Orion sich rührte, erhob sie sich langsam, strich sich die langen dunklen Haare aus dem Gesicht und klemmte sie hinter die spitzen Ohren.

Orions Augenlider öffneten sich flatternd. Er griff sich mit einer Hand ins Gesicht und zog den Sprühverband ab. Die

Klammern und der Schnitt waren verschwunden und hatten nur eine dünne weiße Narbe zurückgelassen. Er strich mit den Fingern darüber und dann über seine Brust, wo die Brandwunden gewesen waren. Ein Ausdruck des Erstaunens lag auf seinem Gesicht, während er die über ihn gebeugte Liada ansah.

»Danke«, sagte er, und die Elfenmagierin nickte.

»Kein Problem«, erwiderte sie müde, aber zufrieden. Sie wandte sich an Kellan und G-Dogg. »Er kommt wieder in Ordnung, aber er sollte sich ausruhen und etwas essen, um seinem Körper zu helfen, sich vollständig zu erholen. Jetzt lass mich einen Blick auf deine Schramme werfen, G-Dogg«, sagte sie, indem sie sich erhob und zu dem Stuhl ging, auf dem der Ork mehr hing als saß.

»Ist keine große Sache ...«, winkte er ab.

»Lass mich das beurteilen«, sagte Liada scharf. Sie teilte die blutigen Dreadlocks und begutachtete die immer noch blutende Schramme. Dann bewegte sie die Finger über der Wunde und flüsterte dabei leise Worte. Sie drückte die Hand sanft auf die Seite von G-Doggs Kopf. Als sie sie wegnahm, war die Schramme verschwunden, als habe sie nie existiert.

Liada stieß einen müden Seufzer aus, während G-Dogg seinen Schädel betastete.

»Du kannst hier eine Weile schlafen, wenn du willst«, bot er ihr an, und Liada nickte.

»Danke, ich glaube, das mache ich.«

»Danke, Liada«, sagte Kellan mit einem Blick auf Orion. Sie konnte immer noch kaum glauben, dass Liada die Wunden der beiden so schnell geheilt hatte.

»Ist alles im Service inbegriffen«, erwiderte die Elfenmagierin abwinkend. »Du wirkst einen heftigen Feuerball.«

»Das kann man wohl sagen«, murmelte Orion, der die Augen aufschlug und sich aufrichtete.

Kellan spürte, wie sich auf ihrem Gesicht und Nacken heiße Röte ausbreitete. »Ich ... es tut mir wirklich leid«, stammelte sie. »Es war ein Unfall.«

»Ist schon in Ordnung«, sagte Orion. »Du hast es nicht böse gemeint, und den Kampf hast du damit beendet. Beim nächsten Mal muss ich einfach rechtzeitig aus dem Weg gehen.« Er lächelte ein wenig.

»Wenn du vorsichtiger damit umgehst, gibt es kein nächstes Mal«, sagte Liada streng. »Du hast ganz eindeutig Macht, Kellan, aber du musst lernen, sie zu beherrschen. Bis dahin wäre ich sehr vorsichtig damit, einfach so damit herumzuschmeißen. Magie ist kein Spiel und auch kein Spielzeug.«

»Ja, das weiß ich jetzt«, sagte Kellan.

»Lass dir deswegen keine grauen Haare wachsen«, sagte Liada etwas weicher. »Wir machen alle Fehler. Als ich zum ersten Mal einen Geist beschworen habe ... na ja, sagen wir einfach, dass ich mir mehr zugemutet hatte, als ich bewältigen konnte. Der Trick ist, aus solchen Fehlern zu lernen. Versuch nicht zu viel, bevor du nicht dazu bereit bist, okay?«

Kellan nickte. »Okay.«

»Ich weiß nicht, wie es bei euch aussieht«, warf G-Dogg ein, »aber ich brauche eine Dusche und eine Runde Schlaf. Ich kriege schnell schlechte Laune, wenn ich auf meinen Schönheitsschlaf verzichten muss.«

Die anderen schlossen sich seinem Vorhaben an und zogen sich für die Nacht zurück.

Kellan erbot sich freiwillig, auf dem Boden zu schlafen, und überließ den anderen G-Doggs Möbel. Sie hatte mit Sicherheit schon an schlimmeren Orten geschlafen und fühlte sich für das Geschehene immer noch verantwortlich. Hätte sich Orion nicht noch im letzten Moment bewegt, als ... Sie schob den Gedanken beiseite. In Zukunft würde sie einfach vorsichtiger sein müssen. Sie begriff langsam, wovon Lothan und Liada redeten. Magie war mehr als nur eine Fähigkeit, sie bedeutete auch Verantwortung. Es würde keine ›Unfälle‹ mehr geben. Dafür würde sie sorgen.

Sie verbrachten den Rest der Nacht und einen Teil des nächsten Morgens in G-Doggs Wohnung, und er führte sie in ein Restaurant in der Nähe, das auch noch am späten Vormittag ein herzhaftes Frühstück servierte. Sie saßen in einer Ecknische ganz weit hinten. G-Dogg bestellte genug zu essen für acht Leute, fand Kellan, obwohl sie feststellte, dass sie hungriger war, als sie gedacht hatte. Außerdem aß der Ork für zwei, und Orion verputzte eine überraschende Menge für jemanden, der so schlank war.

Sie machten sich über Stapel von Sojapfannkuchen mit Saft, Sojawürstchen, Toast und reichlich Soykaf her. Liada beschränkte sich auf etwas Obst und eine Scheibe Toast sowie etwas Saft. Als sie sich dem Ende des Frühstücks näherten, fühlte sich Kellan gestärkt und belebt, und sie kamen auf ihre Pläne zu sprechen.

»Wir können uns heute Abend bei Max treffen«, sagte G-Dogg zwischen zwei Bissen. »Er hat den fahrbaren Untersatz, und wir müssen noch einmal alles durchgehen, bevor die Sache steigt.«

Kellan nickte zustimmend. »Kannst du Deacon informieren?«

»Kein Problem.«

»Es wäre vielleicht keine schlechte Idee, wenn du eine Weile abtauchst«, sagte Kellan zu Orion, dessen Miene keinen Zweifel daran ließ, dass er von dieser Idee nicht viel hielt.

»Nur, bis der Run vorbei ist«, drängte sie etwas leiser, damit niemand mithören konnte. »Wenn die Ancients nach dir suchen ...«

»Ich werde mich nicht verstecken«, sagte Orion stur.

»Letzte Nacht war nicht das Ende, noch lange nicht«, warf G-Dogg ein und trank einen Schluck Soykaf. »Jeder Grünschnabel bei den Ancients, der sich ein paar Punkte und etwas Kopfgeld verdienen will, wird hinter dir her sein, Chummer.«

»Es hat keinen Sinn, dich zur Zielscheibe zu machen«, sagte Liada. »Du weißt, dass es für die Ancients nicht vorbei ist, vor allem, wenn sie glauben, dass du irgendwas weißt, das ihnen schaden könnte. Du musst dich sowieso ziemlich bedeckt halten, bevor der Run über die Bühne geht.«

Orion seufzte. »Ja, das stimmt wohl.«

»Du kannst eine Weile bei mir bleiben«, bot G-Dogg an. »Zumindest so lange, bis sich die Wogen etwas geglättet haben und du dir irgendwas einrichten kannst. Wahrscheinlich ist es eine gute Idee, bis dahin einen großen Bogen um deine Bude zu machen. Du kannst darauf wetten, dass die Ancients sie überwachen.«

»Danke«, sagte Orion verdrossen, als ihm aufging, dass die anderen recht hatten.

Kellan dachte darüber nach, wie schwer es für den Elf sein musste. Er hatte gesagt, die Ancients seien seine einzige Familie, und jetzt wollten sie ihn umbringen.

Sie beendeten das Frühstück und einigten sich darauf, sich am Abend bei Silver Max zu treffen, um dort die letzten Vorbereitungen für den Run zu treffen. Als Liada und Orion auf dem Weg zur Tür und außer Hörweite waren, wandte sich G-Dogg an Kellan. »Bist du sicher, dass du ihn dabei haben willst?«, fragte er.

»Er *ist* dabei ...«, beharrte Kellan, und G-Dogg hob die Hände, um die folgende Tirade abzuwehren.

»Ich weiß, ich weiß, aber es könnte Ärger geben. Solange die Ancients hinter ihm her sind, ist er eine wandelnde Zielscheibe. Ich will nur nicht mit einer fetten Zielscheibe im Gepäck in einen Run gehen.«

»Wenn alles funktioniert, sind die Ancients kein Problem«, sagte Kellan, aber G-Dogg schaute zweifelnd drein.

»Bist du immer noch ganz sicher, dass du das tun willst?«, fragte er. »Ich kenne ein paar Leute und kann ein Treffen arrangieren, aber es wäre leichter, den Elf einfach draußen zu lassen und unser Glück ohne ihn zu versuchen.« Kellan betrachtete Orions Rücken. Er verließ gerade das Restaurant und schwang sich draußen auf sein Motorrad.

»Ja«, sagte Kellan. »Ich bin sicher. Also lass es uns tun, bevor ich meine Meinung ändere.«

»Hat sonst noch jemand ein Deja-vu?«, fragte Silver Max in Kellans Ohr. Die Stimme des Zwergenriggers kam über Kommlink, und er klang, als stünde er direkt neben Kellan, obwohl sie wusste, dass er ein Stück weit entfernt war.

»Diesmal ist es etwas anders, Max«, erwiderte Jackie Ozone. »Zum einen muss Kellan nicht den Köder spielen.«

»Was mir nur recht ist«, erwiderte Kellan. »Was macht unser Ziel?«

»Ist unterwegs«, sagte Max, der die sich nähernde Lieferung durch die Sensoren seiner Drohne beobachtete, die direkt mit seinen Sinnen verbunden war. »Geschätzte Ankunft in drei Minuten.«

»Alles klar, Leute?«, fragte Kellan, und G-Dogg und Street Deacon antworteten.

»An Ort und Stelle«, sagte der Ork.

»Bereit«, erwiderte der Straßensamurai in seiner lakonischen, schleppenden Art.

Die verbleibenden drei Minuten schienen sich für Kellan zu einer Ewigkeit zu dehnen, und sie gab sich alle Mühe, nicht darüber nachzudenken, ob sie das Richtige tat. Sie waren den Plan mehrfach durchgegangen und hatten den Vorteil, den Run schon einmal durchgezogen zu haben. Wie viele Runner bekamen einen Testrun für ihre Jobs? Sie hatten alles eingeplant, und eigentlich konnte es keine Probleme geben, aber Kellan konnte dennoch das hohle Gefühl in der Magengrube nicht abschütteln und wünschte, sie hätten mehr Zeit gehabt. Keine Planung der Welt konnte die Ungewissheit eliminieren, die nun einmal mit einem Run einherging. Früher oder später war es an der Zeit, sich einfach in den Job zu stürzen.

»Sie kommen«, sagte Silver Max kurz angebunden, und Kellan spannte sich. Vom Straßenrand konnte sie die Scheinwerfer des Lasters in der Ferne sehen. Ein Begleitfahrzeug fuhr voran, und der größere Tieflader folgte, genau wie beim ersten Run, aber mit dem gravierenden Unterschied, dass die Ladung diesmal aus Waffen und Munition bestand und nicht aus billiger Elektronik. Zumindest *hoffte* Kellan, dass dies der einzige Unterschied war.

Die beiden Fahrzeuge kamen näher. Ihre Scheinwerfer waren im Vergleich zu dem nur matt beleuchteten Autobahnabschnitt sehr hell. Am Straßenrand knallte es zwei Mal dumpf. Die Vorderreifen des Begleitfahrzeugs platzten kurz hintereinander, und der Laster geriet ins Schleudern. Der Fahrer trat auf die Bremse und hielt den Laster an, und die Bremsen des Tiefladers quietschten, da der Fahrer eine Vollbremsung hinlegte, um nicht auf das Begleitfahrzeug zu prallen. Der Tieflader rollte aus, bis er stand.

»Liada, jetzt!«, sagte Kellan über Kommlink.

Auf der anderen Straßenseite, nicht weit von der Stelle entfernt, wo Street Deacon mit dem Präzisionsgewehr kauerte, mit dem er die Reifen des Begleitfahrzeugs zerschossen hatte, erhob sich Liada so weit, dass sie die beiden Laster und die Straße deutlich sehen konnte. Sie hob die Hände über den Kopf und sprach eine Formel. Geisterhaftes Licht schimmerte und bildete eine matt leuchtende Kugel zwischen ihren ausgestreckten Händen. Liada warf die Lichtkugel auf die beiden Laster, während Männer aus den Türen des Begleitfahrzeugs sprangen.

Die Kugel fuhr zwischen sie und platzte in einer lautlosen Explosion, deren Wellen sich ausbreiteten und beide Laster erfassten. Kellan rechnete damit, das Wachpersonal unter den Auswirkungen von Liadas Betäubungszauber zusammenbrechen zu sehen. Stattdessen schien der schwache Lichtschimmer auf eine Begrenzung zu stoßen und zu seinem Ursprung zurückzuprallen, wo er erlosch wie ein vom Wind ausgeblasener Funke.

»Sie sind geschützt!«, sagte Liada über Kommlink. »Jemand hat meinen Zauber abgewehrt! Sie haben ganz eindeutig einen Magier dabei.«

»Drek!«, sagte Kellan. Sie hatten die Möglichkeit in Betracht gezogen, aber gehofft, Liada werde die Sache mit einem einzigen Zauber beenden, und sie könnten einfach hingehen und sich die Beute schnappen. Jetzt mussten sie es auf die harte Tour durchziehen.

»Dann mal los!«, sagte Kellan, und das Team wurde aktiv. G-Dogg und Street Deacon eröffneten das Feuer auf das Sicherheitspersonal im Laster von ihren Stellungen beiderseits des Highways. Die Wachmänner gingen rasch in Deckung, aber einer fiel auf den Asphalt, als er von einer Kugel in den Kopf getroffen wurde. Dann bemühte sich das überraschte Wachpersonal, die Stellen auszumachen, von wo sie unter Beschuss genommen wurden, und erwiderte das Feuer.

Eine von Silver Max' Drohnen – die mit dem Konvoi Schritt gehalten hatte – stieß hinter den beiden Lastern herab. Mit heulendem Triebwerk kam sie tief herein, rauschte über den oben offenen Tieflader hinweg und eröffnete von hinten das Feuer auf das Begleitfahrzeug. Aufgeregte Schreie waren zu hören, als die Maschinengewehrsalven die beiden Wachmänner am Heck des Lasters erwischten und die übrigen Wachen versuchten, ihre Aufmerksamkeit auf die neue Bedrohung hinter ihnen zu richten.

Vielleicht wird es doch nicht so schwierig, dachte Kellan.

Max' Drohne, G-Dogg und Street Deacon konnten die Wachen ins Kreuzfeuer nehmen und kurzen Prozess mit ihnen machen. Wie durch Kellans Überlegung heraufbeschworen, lag plötzlich über dem Tieflader ein Flimmern in der Luft. Ein mattes rotes Leuchten entstand aus dem Nichts und wurde immer heller, bis sich eine Feuerkugel entzündete, knisternde Flammen, in deren Mitte eine schattenhafte Gestalt zu erkennen war. Die Kugel sprang Silver Max' Drohne an wie eine zustoßende Schlange.

»Ein Feuerelementar!«, rief Liada. Der Elementar tauchte den unteren Teil der Rotor-Drohne in Flammen.

Ein Zischen ertönte und Max' Stimme meldete sich über Kommlink: »Schafft mir dieses verfluchte Ding vom Hals!«

Liada erhob sich und zeigte mit einer Hand auf den Feuerelementar. In kraftvollem, gebieterischem Ton skandierte sie einen Singsang. Der Feuerelementar schien zu erstarren, und Kellan konnte ihn besser erkennen: eine schlangenförmige

Reptiliengestalt mit dunkelroten Schuppen, die in eine leuchtende Aura aus gelblichweißem Feuer gehüllt war.

Das Triebwerk von Max' Drohne heulte auf, und sie löste sich von dem Elementar, der auf der Stelle schwebte und seine Aufmerksamkeit ganz auf Liada richtete. Sie setzte ihren Singsang fort. Kellan hörte selbst auf diese Entfernung die Anstrengung in ihrer Stimme.

Die Drohne neigte sich ein wenig zur Seite, bevor sie sich wieder aufrichtete. Eine Rauchfahne quoll durch die Panzerplatten am unteren Rumpfteil.

»Das MG ist beschädigt«, sagte Max. »Ich habe Ladehemmung. Ich muss die Drohne abziehen.«

»Wir müssen die Sache beschleunigen, Leute«, meldete sich Jackie über Kommlink. »Die Kommunikation ist zwar gestört, aber die Uhr tickt trotzdem.«

»Holt euch den Tieflader«, sagte Street Deacon zu den anderen. »G-Dogg und ich geben euch Deckung.«

»In Ordnung«, sagte Kellan mit einem Blick auf Orion, der zur Erwiderung nickte. »Wir machen es.«

Als sie sich in Bewegung setzten, war plötzlich Windgeheul zu vernehmen, und in der Luft unweit von Max' Drohne bildete sich Nebel, der sich sofort verdichtete. Kellan glaubte die Andeutung einer humanoiden Gestalt mit schwach leuchtenden Lichtpunkten als Augen darin zu erkennen.

»Drek!«, sagte Silver Max. »Noch ein Elementar! Sie tauchen auf wie Kakerlaken in der Küche!«

Wie als Antwort erbebte die Straße ein wenig. Etwas hob sich in einem Regen aus geborstenem Beton und Asphalt aus der Seitenböschung. Es war eine ungeschlachte Gestalt von der Größe eines Trolls, die ausschließlich aus lockerer Erde, Kies, Betonbrocken und Glassplittern bestand. Sie stapfte mit gewichtigen Schritten vorwärts, die den Boden erzittern ließen.

»Weiter!«, sagte Orion, indem er Kellan Richtung Tieflader schob. »Ich beschäftige ihn!« Dann ging er mit gezogenem Schwert auf den Erdelementar los.

Kellan tat, was Orion gesagt hatte. Sie hielt sich geduckt und eilte der Rückseite des Tiefladers entgegen. Die drei Elementare hatten jetzt den Kampf gegen die Runner aufgenommen. Liada und der Feuerelementar waren in eine magische Auseinandersetzung verwickelt. Beide rührten sich nicht und konzentrierten sich ausschließlich auf den anderen. Silver Max' Drohne flog im Zickzack und wurde gleichzeitig hin und her geschleudert, da der Luftelementar sie gnadenlos mit heftigen Sturmböen eindeckte, um sie auf dem Boden zerschellen zu lassen.

Orion griff den Erdelementar an, der mit einer riesigen Faust nach ihm schlug. Der Elf duckte sich darunter weg und antwortete mit einem Schwerthieb. Die Klinge drang tief in den Leib des Elementars aus Erde und Gestein ein und hinterließ eine lange, gezackte Schramme auf seinem Rumpf. Der Geist reagierte darauf mit einem tiefen, hohlen Schmerzgeheul und hob die andere Faust, um die kleine tanzende Gestalt zu zerschmettern, die ihm solche Schmerzen bereitete.

Vor dem Tieflader kauerte das Wachpersonal hinter dem Begleitfahrzeug, während G-Dogg und Street Deacon versuchten, sie dort durch Beschuss vom Straßenrand festzunageln. Die Wachmänner erwiderten das Feuer, aber nicht die beiden Straßensamurai waren es, die Grund zur Sorge hatten. Kellan befürchtete, die Wachen würden ihre Aufmerksamkeit auf die Ziele richten, die sie ausmachen konnten: Liada und Orion waren potenziell verwundbar.

Der Run geht den Bach runter, dachte Kellan. *Wenn wir nicht bald von hier verschwinden, sind wir erledigt.* Sie wusste, dass Jackie alles Notwendige in der Matrix regelte, den Funkverkehr störte, Notrufe umleitete und so weiter, aber nicht einmal sie war in der Lage, ihre Aktivitäten für immer zu decken. Je länger sie blieben und je länger es dauerte, desto wahrscheinlicher war es, dass die Ares-Wachmannschaft Verstärkung bekam oder Lone Star alarmiert wurde und etwas unternahm.

Das einzig Gute an dem allgemeinen Getümmel war, dass

es hervorragend von Kellan ablenkte. Sie näherte sich der Rückseite des Tiefladers so schnell und leise wie möglich und hielt sich dabei tief geduckt. Gegen die Rückseite des Lasters gepresst, lauschte sie auf Hinweise darauf, was drinnen vorging. Draußen herrschte viel zu viel Lärm, um es auch nur einigermaßen einschätzen zu können.

Einen Fuß auf die hintere Stoßstange gestützt, packte sie mit der freien Hand einen herabhängenden Haltegurt und zog sich hoch, dann schwang sie sich um die Rückseite des Tiefladers, landete geduckt und begutachtete mit einem Blick das Innere des Lasters.

Ein überraschter menschlicher Wachmann in Ares-Uniform fuhr zu ihr herum. Wahrscheinlich hatte er Orions Kampf gegen den Erdelementar durch die Schlitze in den Jalousien des Sattenschleppers beobachtet und nach einer Möglichkeit Ausschau gehalten, den Elf unter Beschuss zu nehmen. Er versuchte seine Kanone auf Kellan zu richten, aber sie hatte ihn längst im Visier. Sie gab einen Schuss aus nächster Nähe ab und schaltete den Wachmann damit aus, dessen Waffe auf den Boden des Tiefladers fiel.

Der Lärm erregte sofort die Aufmerksamkeit einer ungeschlachten Gestalt im Schatten ganz vorne im Tieflader. Kellan spürte ein Prickeln von Magie in der Luft und wusste sofort, dass dies der Magier sein musste, der die Elementare draußen dirigierte. Er drehte sich zu den Geräuschen hinter sich um. Er trug einen langen, dicken Mantel, der mit mystischen Symbolen bedeckt war. Er hob eine Hand. Die andere hielt einen kunstvoll geschnitzten und verzierten Stab. Er hielt ebenso plötzlich inne wie Kellan, als der flackernde Feuerschein des über ihnen schwebenden Feuerelementars auf sie beide fiel.

»Lothan?«, fragte Kellan.

»Ach, Kellan, meine Liebe, wie phantastisch, dich hier zu treffen«, erwiderte er.

Kapitel 17

Kellan zögerte einen Augenblick, als sie ihren Lehrer hinten im Tieflader stehen sah – Lothan jedoch nicht. Mit für seine Größe überraschender Schnelligkeit war der Trollmagier Augenblicke später bei ihr und schlug Kellan fast beiläufig die Waffe aus der Hand. Sie prallte gegen eine der Kisten und fiel zu Boden. Lothan packte Kellan im Nacken und knallte sie mit so viel Kraft gegen eine Kiste, dass alle Kraft aus ihr wich. Der Griff des Trolls war unglaublich fest.

»Tut mir leid, Mädchen«, sagte er mit einem Unterton echten Bedauerns, »aber in den Schatten kann jedes Zögern tödlich sein.« Er hob den Stab von Candor-Brie, auf dessen Knauf der Kristall in arkanem Glanz schimmerte.

Kellan schloss die Augen und stellte sich die leuchtende eiförmige Schutzaura rings um sich vor. Sie spürte ein Knistern magischer Energie auf ihrer Haut. Als sie die Augen wieder öffnete, sah sie einen Ausdruck entsetzter Überraschung in Lothans Gesicht, der sich rasch in Frustration und Verärgerung verwandelte.

»Dieser verwünschte Torques ...«, murmelte er.

Dann trat Kellan Lothan zwischen die Beine, so fest sie konnte.

Der Trollmagier gab ein Geräusch von sich, das einige Oktaven höher ausfiel, als Kellan für möglich gehalten hätte, krümmte sich und lockerte den Griff um ihren Hals. Kellan entglitt ihm und beeilte sich, ihre Pistole aufzuheben, bevor sie sich wieder dem Troll zuwandte, der keuchend auf dem Boden lag. Sie richtete die Waffe auf Lothans Hinterkopf und ließ ihn zuerst das Knacken hören, als sie die Pistole spannte, bevor sie sprach. »Wenn du auch nur daran *denkst*, irgendwas zu versuchen ...«, begann sie.

»Das würde mir ... nicht im Traum einfallen«, keuchte Lothan, der sich langsam wieder erholte. Die Tatsache, dass er bereits etwas versucht hatte, ließ seine Feststellung bestenfalls zweifelhaft erscheinen, aber nun, da eine Waffe auf ihn gerichtet war, hatte Kellan mehr Vertrauen in seine Worte.

»Was machst du hier?«

»Geschäfte, meine Liebe«, erwiderte er. »Nur Geschäfte.«

»Du hast es gewusst«, sagte Kellan. »Du hast die ganze Zeit Bescheid gewusst.«

»*Natürlich* wusste ich Bescheid! Ich hatte alles schon vorher arrangiert. Ich fühle mich nur nicht veranlasst, dir von jedem Aspekt meiner Geschäfte zu erzählen«, sagte er leicht indigniert. »Und du offenbar auch nicht.«

»Dreh dich nicht um«, sagte Kellan hart, als Lothan Anstalten dazu machte. Der Troll erstarrte in der Bewegung. »Ich bin vielleicht kein ›Meister der arkanen Künste‹, aber ich weiß genug, um mich aus deinem Blickfeld herauszuhalten.«

»Tja, du hast eben einen ausgezeichneten Lehrer«, sagte Lothan trocken.

»Die Elementare«, erwiderte sie schroff. »Lass sie verschwinden.«

»Sonst ...?«, sagte Lothan.

»Sonst schieße ich dir in deinen verdammten Hinterkopf! Das ist hier kein Spiel!«

Lothan schien kurz zu überlegen, und Kellan fragte sich, ob er ihren Bluff durchschauen und es darauf ankommen lassen würde. Sie fragte sich, ob sie überhaupt bluffte. Wenn Lothan es nicht tat, wenn er etwas versuchte – würde sie ihn erschießen? Er hatte ganz gewiss bewiesen, dass man ihm nicht völlig vertrauen konnte. Ihr war klar, dass er jede Gelegenheit ergreifen und zu seinem Vorteil nutzen würde. Wenn Kellan überleben wollte, es in den Schatten schaffen wollte, musste sie ebenso handeln. Der Griff um ihre Waffe wurde entschlossener.

»Nein, wohl nicht«, sagte Lothan mit einem Seufzer. »Also gut.«

Langsam hob er eine Hand, und Kellan behielt ihn die ganze Zeit ihm Auge und achtete darauf, immer außer Sicht zu sein, wobei sie sich fragte, ob er wohl noch einen Trumpf im Ärmel hatte. Schließlich wusste er viel mehr über Magie, als sie in den vergangenen Tagen von ihm gelernt hatte.

Lothan sprach Worte in einer Sprache, die sie nicht kannte, dann hielt er die Handfläche über den Boden und senkte sie langsam, als drücke er etwas Unsichtbares in die Erde. »Sie sind weg«, sagte er. »Kann ich mich jetzt umdrehen?«

Bevor Kellan antworten konnte, meldete sich Liada über Kommlink.

»Die Elementare sind verschwunden!«, sagte sie. »Wir rücken jetzt an.«

Kellan schaltete sich ein. »Liada, kannst du diesen Zauber einsetzen, um den Rest der Wachmannschaft auszuschalten?«, fragte sie. »Ich bin sicher, dass wir diesmal keine Probleme mehr damit haben werden.« Sie redete so laut, dass Lothan mithören konnte.

»Wird gemacht«, sagte die Elfenmagierin.

»Liada, was?«, sagte Lothan leise. »Der Zauber kam mir tatsächlich bekannt vor. Ein Jammer, dass sie meine Abwehr nicht überwinden konnte.« Kellan hörte die blasierte Selbstzufriedenheit in seinem Tonfall.

»Wir müssen uns beeilen, Chummers«, sagte Silver Max in Kellans Ohr. »Wir kriegen bald Gesellschaft. Die Ancients sind unterwegs.«

»Drek!«, sagte Kellan. »Wie haben die uns so schnell gefunden?«

»Sie müssen es leid gewesen sein, darauf zu warten, dass ihre Tontaube auftaucht«, sagte der Zwerg, »und dem Transport einfach entgegengefahren sein, um zu sehen, was passiert ist.«

»Wie lange noch?«

»Nur ein paar Minuten.«

»Hört sich an, als könntet ihr Hilfe brauchen«, sagte Lothan, der immer noch von Kellan abgewandt dasaß. Sie ignorierte ihn einstweilen.

»Okay, Max, nichts wie weg von hier, und übernimm das Steuer. G-Dogg, ist alles klar bei euch?«

»Alles klar«, sagte der Ork. »Liadas Zauber hat alles geregelt. Die Ares-Typen schlafen wie Säuglinge.«

»Schafft sie an den Straßenrand und dann lasst uns abschwirren«, sagte Kellan.

»Roger.«

»Jackie?«, fragte sie.

»Bis jetzt alles unter Kontrolle«, sagte die Deckerin. »Wenn ihr jetzt in die Gänge kommt, dürfte es keine Schwierigkeiten durch Lone Star geben. Ich glaube auch nicht, dass die Ares-Sicherheit oder Knight Errant jetzt schon reagieren, aber es ist möglich, dass die Ancients sie verständigt haben, als sich das Ganze nicht wie geplant entwickelt hat.«

»Halt weiter die Augen offen«, sagte Kellan.

Orion tauchte hinter dem Tieflader auf, das Schwert in der einen und die Pistole in der anderen Hand. Er sprang mit einem eleganten Satz auf die Ladefläche und registrierte, dass Kellan dastand und Lothan sich gerade erhob. Bei Orions Eintreffen senkte Kellan die Pistole ein wenig.

»Was macht er hier?«, fragte Orion mit einem Kopfnicken in Richtung des Trolls, die Stirn argwöhnisch gerunzelt. Bevor Kellan antworten konnte, tauchten Liada und Street Deacon nur ein paar Schritte hinter Orion auf, und in Liadas Miene stand dieselbe Frage geschrieben, obwohl Street Deacons Gesicht so versteinert und unergründlich war wie eh und je.

»Ich dachte, ihr könntet Hilfe brauchen«, sagte Lothan, bevor Kellan antworten konnte. Mit einer Hand klopfte er seinen Mantel ab. »Und das mit Recht, weil ich geholfen habe, diese verwünschten Elementare loszuwerden.«

Orion reichte Liada die Hand und half ihr auf die Ladefäche. »Du ganz allein alle auf einmal?«, fragte sie ungläubig. »Wie hast du das nur geschafft?«

»Können, meine Liebe, reines Können«, erwiderte Lothan völlig ungerührt. »Vielleicht erkläre ich es dir irgendwann.«

»Max ist vorne«, sagte Deacon, der den Wortwechsel ignorierte und sich auf die Ladefläche zog. »G-Dogg fährt bei ihm mit.«

»Okay«, sagte Kellan. Nur Orion hatte gesehen, dass sie eine Kanone auf Lothan gerichtet hatte, und der Elf schien bereit zu sein, sich ihrer Vorgehensweise anzupassen. Wenn Lothan die Täuschung aufrechterhalten wollte, er sei dabei, um zu helfen, war Kellan geneigt, ihn zu lassen. Er wusste vielleicht noch etwas, das ihnen von Nutzen sein konnte, und noch waren sie nicht aus dem Gröbsten heraus.

»Abfahren!«, sagte sie über Kommlink, und Silver Max startete den Tieflader.

»Haltet euch fest da hinten«, sagte Max, dann trat er aufs Gas, und der Laster machte einen Satz nach vorn und beschleunigte.

»Äh, Max?«, fragte Kellan. »Fahren wir nicht in die Richtung, aus der die Ancients kommen?«

»Deshalb habe ich gesagt, ihr sollt euch festhalten, Mädchen«, sagte der zwergische Rigger mit einem Lachen. »Die Fahrt wird ziemlich holprig.« So lebhaft hatte Kellan Max noch nie erlebt, nicht einmal in *Dante's Inferno*, nachdem er ein paar Bier getrunken hatte. Der Zwerg wurde erst richtig lebendig, wenn er fuhr, wenn ihn seine Cyberware mit der Maschine verschmolz.

Sie rauschten an dem Begleitfahrzeug vorbei und stießen es an den Straßenrand, wo sie die Ares-Wachmannschaft zurückgelassen hatten. Kellan und die anderen hielten sich an den Gurten und den massiven Metallringen fest, mit denen die Ladung gesichert war, während der Laster immer mehr Geschwindigkeit aufnahm.

»Wie lange noch bis zu unserer Ausfahrt, Max?«, fragte Kellan.

»Es werden wohl noch ein paar Minuten sein.«

»Kommen wir da an, bevor ...«

»Keine Chance«, erwiderte der Zwerg.

»Da sind sie schon«, sagte G-Dogg, und Kellan konnte das lauter werdende Dröhnen von Motorrädern vor ihnen hören.

»Also gut«, sagte Silver Max. »Wer hat Angst vorm bösen Wolf?« Er trat das Gaspedal durch, und der Laster beschleunigte weiter und ratterte über den Highway.

Kellan sah die Motorräder auf der anderen Fahrbahn vorbeidonnern, aber sie bremsten bereits. Sie hatten ihre Beute ganz eindeutig gesehen, mit Verspätung, aber unterwegs in die richtige Richtung. Die Elfen hielten an und wendeten mitten auf dem Highway. Kellan zählte sie rasch. Es waren über ein Dutzend Maschinen, und auf manchen saßen zwei Elfen, aber die meisten hatten nur einen Fahrer. Die Motoren heulten wieder auf, als sie sich auf die Verfolgung des Lasters machten.

»Liada, meine Liebe«, sagte Lothan, »da wir es mit den Ancients zu tun haben, meine ich, dass wir Vorsichtsmaßnahmen ergreifen sollten, findest du nicht auch?«

Die Elfenmagierin nickte. Sie hielt sich mit einer Hand an einem Gurt fest, schloss kurz die Augen und beschrieb eine Geste in der Luft. Lothan, der näher am Ende des Lasters stand, tat dasselbe, und der Stein am Ende seines Stabs leuchtete dabei schwach auf. Kellan spürte ein vertrautes Kribbeln von Magie in der Luft.

Der Zeitpunkt war gut gewählt, denn kaum waren sie fertig, als ein knisternder Energieblitz von einem der doppelt besetzten Motorräder auf den Laster zuschoss. Kellan zuckte zusammen und wappnete sich gegen den Einschlag, der aber nicht kam. Vielmehr schien der Blitz eine unsichtbare Wand einen knappen Meter vor dem Laster zu treffen und löste sich in einem blau-weißen Funkenregen und mit einem lauten Donnerschlag auf, ohne dem Laster oder seinen Insassen Schaden zuzufügen.

»Ahem«, räusperte sich Lothan. »Ein blutiger Amateur«, rief er den anderen missbilligend zu. »Damit müsstest du eigentlich problemlos allein fertig werden«, sagte er zu Liada.

»Versoniel«, erwiderte sie auf Elfisch.

Kellan hatte das Wort noch nicht gehört, aber Liadas Miene konnte sie entnehmen, dass es ganz sicher kein Kompliment war.

Lothan achtete nicht darauf, sondern richtete seine Aufmerksamkeit wieder auf die Ancients. Eine Hand um einen Haltegriff geschlossen, hob er seinen Stab mit der anderen. Er skandierte mit tiefer, sonorer Stimme und malte dabei mit der Spitze seines Stabs schwach leuchtende Symbole in die Luft. Dann sprach er ein scharfes Wort und zeigte mit dem Stab auf den Asphalt. Es knisterte laut, und eine silbrigweiße Eisschicht, so poliert wie ein Spiegel, breitete sich hinter ihnen auf dem Highway aus.

Kellan rechnete damit, die Elfen in alle Richtungen schlittern zu sehen, wenn sie über das Eis fuhren, aber stattdessen winkte die Elfe, die den Blitzstrahl gewirkt hatte, und das Eis verwandelte sich augenblicklich in Wasser. Die Motorräder fuhren hindurch und wirbelten reichlich Spritzwasser auf, setzten aber die Verfolgung fort.

»Ein blutiger Amateur, was?«, rief Liada von hinten. Falls Lothan sie hörte, antwortete er nicht darauf. Er runzelte lediglich in äußerster Konzentration die Stirn.

»Genug von diesem Teufelswerk«, sagte Street Deacon, indem er seine Ingram-Maschinenpistole aus dem Halfter zog. Er gab einen Feuerstoß ab, und die Kugeln prallten vom Asphalt und einem der Motorräder ab. Dann erwiderten die Ancients das Feuer und zwangen die Runner, in Deckung zu gehen.

Orion gab mehrere Schüsse aus seiner Pistole ab, aber der Tieflader schwankte zu sehr, und die Elfen hinter ihnen fuhren im Zickzack. Die Schüsse trafen nicht.

Kellan hörte, wie der Laster von mehreren Kugeln getroffen wurde.

»Wenn sie die Reifen zerschießen, sind wir erledigt!«, rief Orion.

Wumm! Ein weiterer Blitzstrahl raste auf den Laster zu und wurde erneut aufgehalten, aber diesmal war er näher, und Kellan spürte, wie sich ihre Nackenhaare aufrichteten. Liadas Stirn war in tiefer Konzentration gerunzelt. Sie schwitzte ein wenig, sah aber auch entschlossen aus, sich ihre Anstrengung nicht anmerken zu lassen, vor allem, nachdem sich Lothan so verächtlich über die Fähigkeiten des Magiers der Ancients geäußert hatte.

Kellan stolperte ein paar Schritte vorwärts, dorthin, wo der Troll stand, sodass sie die Ancients ins Visier nehmen konnte. Lothan hatte sich flach an die Seite gepresst, um ein kleineres Ziel zu bieten, wenn auch nur ein etwas kleineres.

»Gib mir Deckung«, sagte er zu Kellan, und sie schwang sich ein wenig nach draußen und gab ein paar Schüsse auf die Ancients ab, wobei sie insbesondere auf die Magierin zielte, in der Hoffnung, sie ablenken zu können. Street Deacon gab einen weiteren Feuerstoß aus seiner Ingram ab und traf einen der vorderen elfischen Motorradfahrer, der zusammenzuckte und von seiner Maschine fiel. Die Yamaha Rapier schlingerte, fiel und rutschte dann über den Asphalt, und der Fahrer tat im Wesentlichen dasselbe.

Dann beugte sich Lothan mit einem Aufschrei hinaus und zeigte mit seinem Stab auf die Ancients. Die Energieflut, ein kaum sichtbares Flimmern in der Luft wie eine Hitzewelle, hätte Kellan beinahe umgeworfen, dann explodierte grünes Feuer am Straßenrand und hüllte mehrere Fahrer am Rand der Gruppe ein. Einige schrien vor Schmerzen oder Überraschung, aber die meisten hatten keine Gelegenheit mehr, einen Laut von sich zu geben. Die übrig gebliebenen Maschinen tauchten aus der unheimlichen Flammenwolke auf, aber eine war ohne Fahrer und schlingerte ein kurzes Stück, bevor sie umkippte, und drei andere Motorräder waren gänzlich in den Flammen verschwunden. Kellan sah sie verstreut auf der Straße liegen, als das Feuer erlosch und Lothan sich gegen die Seite des Lasters sinken ließ.

»Na, du kleine Pfuscherin«, keuchte er, während er die unverletzte elfische Zauberin anfunkelte, »mal sehen, wie du *das* konterst.«

Trotz Lothans Demonstration magischer Macht machten die Ancients keinen Rückzieher. Sie eröffneten wieder das Feuer, und Orion und Street Deacon erwiderten es, um die Motorräder weiter zum Zickzackfahren zu veranlassen und ihnen so das Zielen zu erschweren. Folgerichtig gingen die Schüsse daneben. Kellan blieb trotzdem unten und gab selbst ein paar Schüsse ab.

»Sag mir doch noch mal, wie dein Plan war«, murmelte Lothan.

»Ich wollte sie davon abhalten, in einen Hinterhalt zu laufen und abgeschlachtet zu werden!«, sagte sie, indem sie hochkam und ein paar Schüsse abgab, um sich dann wieder zu ducken, als es nur noch klickte, weil das Magazin leer war. Sie warf es aus und zog ein neues aus den Taschen ihrer Weste, rammte es hinein und lud durch.

»Ah, ja, dann scheint er ja ganz wunderbar zu funktionieren«, sagte der Troll trocken. Er schwang sich hoch, zeigte mit seinem Stab auf die Motorräder und sprach ein Wort. Ein Lichtblitz zuckte den Elfen entgegen, traf einen Ancient in die Brust und fegte ihn von seiner Maschine. Der Blitz zuckte über die schnittige Rennmaschine, die mit lautem Krachen explodierte, als der Blitz an den Benzintank geriet. Ein anderer Motorradfahrer wurde durch die Druckwelle der Explosion in den Straßengraben geschleudert, der Rest wich der schwarzen Rauchwolke aus.

»Macht es dir was aus, mir zu sagen, wie *dein* Plan war?«, konterte Kellan.

»Ich bin nur hier, um zu helfen, meine Liebe«, wich er unschuldig aus.

»Max, wie lange denn noch?«, sagte Kellan in ihr Kehlkopfmikro.

»Gleich sind wir da!«, erwiderte der Zwerg. »Haltet euch gut fest!«

Kellan gab Silver Max' Warnung an Lothan weiter, beachtete sie aber selbst nicht genug. Der zwergische Rigger wurde kaum langsamer, als er mit dem Tieflader in die Ausfahrt schoss, sodass der Laster holperte und schwankte. Kellan verlor den Halt und kullerte über den Boden, wobei sie versuchte, ihre Pistole festzuhalten. Am Rande der Plattform gelang es ihr, wieder auf die Beine zu kommen, als der Laster gerade das Ende der Ausfahrt erreichte, und einen Moment stand sie auf der Kippe und ruderte mit den Armen, um nicht von der Ladefläche zu fallen.

Orion sprang vor und packte Kellan mit einer Hand an der Weste, während er sich mit der anderen an einem Haltegurt festhielt. Einen Augenblick schwebten sie beide über dem Asphalt, dann zog er sie wieder in den Laster und taumelte mit ihr weiter nach vorn. Kellan war sich vage eines rötlichen Lichts hinter ihnen bewusst, während sie nach einem Handgriff an der Wand tastete.

»Geht in Deckung!«, rief Liada, und als Kellan nach hinten schaute, sah sie einen gewaltigen Feuerball auf das Heck des Tiefladers zurasen. Instinktiv schloss sie die Augen und hob die freie Hand, um sich zu schützen, während sie hörte, wie Liada und Lothan etwas riefen. Ein Tosen war zu vernehmen, und eine Hitzewelle schlug ihr entgegen, aber nicht stärker, als habe sie eine Backofentür geöffnet.

Kellan öffnete die Augen und sah die rötlichen Flammen harmlos rings um den Laster in sich zusammenfallen und erlöschen.

Die verbliebenen Ancients folgten ihnen in die Ausfahrt, während die Runner ihre Magazine wechselten und sich für den nächsten Angriff wappneten. Als die Ancients das Ende der Ausfahrt erreichten, krachten Schüsse. Sie trafen den Asphalt, jaulten als Querschläger davon und mähten einen der Elfen nieder. Kellan warf einen Blick auf Street Deacon, sah jedoch, dass der weißgesichtige Samurai nicht geschossen hatte. Keiner von ihnen hatte.

Als sie sich umschaute, sah sie eine Kolonne bulliger Harley Scorpions aus einer Seitenstraße rollen, auf denen fast ein Dutzend muskulöse Trolle saßen. Jeder war mit einer großkalibrigen Pistole oder einer Maschinenpistole bewaffnet und deckte die Ancients mit Blei ein.

Lothan lehnte sich an die Seitenwand des Lasters, als die Ancients ihre Aufmerksamkeit auf die Motorräder der Troll-Gang richteten. Er beschrieb eine Geste, dann streckte er die Hand aus, als wolle er mit seinen dicken Fingern etwas aus der Luft pflücken. Ein blauer Schimmer umgab die Zauberin der Ancients, und sie flog von dem Motorrad, auf dem sie mitfuhr, wie von einer riesigen unsichtbaren Hand aufgehoben. Sie stieg vielleicht vier Meter hoch in die Luft und blieb dort hängen, während die Rapiers der anderen Ancients weiterfuhren. Als dem Fahrer ihres Motorrads aufging, dass etwas nicht stimmte, war er bereits ein paar Dutzend Meter vor ihr.

Als die Zauberin etwas rief, das Kellan nicht verstehen konnte, und die Hände hob, führte Lothan seine erhobene Hand flach zum Boden, und die Elfe fiel auf die Straße. Sie hatte kaum Zeit, sich zu bewegen, bevor die schweren Maschinen der Trolle über sie hinwegdonnerten. Kellan schloss die Augen und versuchte, ihre Schreie auszublenden.

»Amateur«, sagte Lothan mit einem verächtlichen Schnauben.

Ohne ihre Zauberin und zwischen zwei gefährlichen Gegnern brachen die Ancients die Verfolgung ab und bogen in eine der Seitenstraßen ab. Die Trolle folgten ihnen und zeigten den Runnern dabei die Rückseite ihrer Lederjacken: ein cartoonhaftes Bild von einem Elfenkopf mit durchkreuzten Augen und einem Nagel darin.

»Die Spikes!«, rief Orion. »Was zum Teufel machen die hier?«

»Ich habe ihnen gesteckt, was hier abgehen würde«, sagte

Kellan. »Nicht alles, aber ich habe ihnen gesagt, dass sich die Ancients um diese Zeit vielleicht hier blicken lassen würden. Ich dachte, sie könnten für eine Ablenkung sorgen, falls wir eine brauchen sollten.«

»Ich würde sagen, sie machen ihre Sache ausgezeichnet«, sagte Lothan, der sich gegen die Seitenwand des Lasters sinken ließ und dann daran hinabglitt, um sich mit einem lauten Seufzer schwer auf den Boden zu setzen, den Kopf anzulehnen und die Augen für einen Moment zu schließen.

»Wie hast du sie überzeugt?«, fragte Orion.

»G-Dogg hat alles arrangiert«, sagte Kellan. »Wir haben ihnen ein Bild von Brickman gezeigt und ihnen gesagt, es sähe so aus, als hätte er einen Handel mit den Ancients gemacht. Offensichtlich hat Mr Brickman tatsächlich auf beiden Seiten der Straße gearbeitet, den Spikes Waffen verkauft und dann den Ancients dasselbe versprochen, als die Spikes angefangen haben, ihre Feinde auszulöschen. Ich dachte mir, den Spikes wäre es bestimmt nicht lieber als uns, benutzt zu werden. Ich habe nur nicht gedacht, dass es so eine Schweinerei geben würde«, sagte sie bedauernd.

»Tja, was hast du denn geglaubt, was passieren würde?«, fragte Orion, und Kellan zuckte die Achseln.

»Ich wusste nicht, dass die Ancients abziehen würden, sobald die Sache den Bach runtergeht. Dass ihnen beiden aufgehen würde, dass sie reingelegt worden sind, und sie alles abblasen würden.«

»Vielleicht, wenn es nicht gerade die Spikes wären«, erwiderte Orion wehmütig, »aber die Spikes sind schon viel zu lange unser ... der Feind der Ancients. Es spielt keine Rolle mehr, wer benutzt oder wer reingelegt wird. Es heißt nur noch Auge um Auge.«

»Sind alle okay da hinten?«, fragte G-Dogg über Kommlink.

»Ja, Dogg«, erwiderte Kellan, indem sie alle anderen Gedanken abschüttelte. Der geschäftliche Teil war noch nicht erledigt.

»Sieht so aus, als hätten die Spikes uns verschafft, was wir brauchten. Tolle Idee, Kel. Max fährt zum Treffpunkt, damit wir von der Straße kommen.«

»So ka«, sagte sie. »Jackie, wie sieht's aus?«

»Ich glaube, ihr habt's geschafft«, erwiderte die Deckerin. »Ich muss online noch ein paar Unebenheiten glätten, um Lone Star zu überzeugen, dass das wieder einmal ein Ausbruch von Bandengewalt zwischen den Ancients und den Spikes war. Sieht so aus, als würde sich der Star auf die beiden Gangs konzentrieren, also können wir das als Tarnung nehmen. Die Chancen stehen gut, dass Ares dem Star so schnell nichts melden wird, falls sie überhaupt etwas melden. Max will den Laster nach Sendern absuchen, wie besprochen, aber ansonsten sieht es gut aus. Ach, und ich glaube, ich habe einen Käufer, der sehr interessiert an hochwertiger Ares-Ware ist.«

Kellan lächelte und fuhr sich mit einer schmutzigen Hand über das Kinn. »Gute Arbeit«, sagte sie. »Arrangiere ein Treffen.«

»Schon erledigt«, erwiderte Jackie. »Wir sehen uns am Treffpunkt.«

Der Laster ratterte durch die dunklen Straßen des Metroplex', und Kellan lauschte dem Dröhnen der Motorräder und dem Kampflärm, der hinter ihnen in der Ferne leiser wurde. Sie warf einen Blick auf Orion. Er schaute ins Dunkel und dachte wahrscheinlich an die Leute, die einmal seine Ersatzfamilie gewesen waren. Würden welche von ihnen die Nacht überleben? Kellan hatte ein Gefühl, als sollte sie feiern. Sie hatten die Sache über die Bühne gebracht. Ihr Plan hatte funktioniert – aber zu welchem Preis?

Kapitel 18

Silver Max lenkte den ramponierten Tieflader durch Seitenstraßen am Rande von Redmond und wich damit einem Großteil des zu dieser frühen Stunde ohnehin geringen Verkehrs aus. Sie hatten einen anderen Treffpunkt als zuvor gewählt, aber in den Redmond Barrens gab es mehr als nur ein paar Möglichkeiten, einen Laster zu verstecken, selbst einen von der Größe eines Ares-Tiefladers.

Wahrscheinlich war ihr Treffpunkt früher einmal die Anlieferung einer Einkaufsgalerie oder eines Großhandels oder vielleicht sogar ein kommerzielles Parkhaus gewesen. Es war schwierig, das mit Sicherheit zu sagen. Jedenfalls gab es Vorrichtungen für große Lastwagen, sowohl zum Be- und Entladen als auch zur Reparatur.

G-Dogg sprang aus dem Führerhaus, um die Tür zu öffnen und Silver Max hineinfahren zu lassen, wobei er nach Anzeichen für Ärger Ausschau hielt. Die Runner hinten im Laster hatten nach Verfolgern Ausschau gehalten, sahen aber nichts und niemanden. Die Begegnung mit den Spikes hatte die Ancients anscheinend ausreichend beschäftigt, und auch von Lone Star oder Knight Errant war nichts zu sehen.

Max ließ die Scheinwerfer des Lasters an, da es keine andere Beleuchtung gab. Sie warfen grelles Licht auf die Mauer und sorgten für längliche dunkle Schatten in den Ecken. Das Licht zeigte auch die Silhouette einer schlanken Gestalt, die sich dem Laster aus der Dunkelheit näherte.

»Genau pünktlich«, sagte Jackie. »Sind alle in Ordnung?«

»Sieht so aus«, sagte G-Dogg mit einem Lächeln.

»Gut.« Jackie schloss kurz die Augen. Als Kellan vom Laster sprang, konnte sie erkennen, dass sich die Lippen der Deckerin bewegten. Sie sprach höchstwahrscheinlich in ein implantiertes Kom oder einen Kommlink, der direkt mit dem Gehirn verdrahtet und mit Ohren und Stimmbändern verbunden war.

Jackie öffnete die Augen mit einem dünnen, zufriedenen Lächeln. »Unser Käufer wird in Kürze hier sein«, sagte sie.

»Ich nehme nicht an, dass ihr euch zuerst vergewissert habt, ob ihr die Ware auch tatsächlich habt, oder?«, sagte Lothan, als er vom Laster stieg. Alle Augen richteten sich auf ihn.

Kellan spürte, wie ihr kurz das Herz in die Hose rutschte, bevor Lothan gluckste und loslachte.

»Keine Sorge!«, sagte er. »Nur ein kleiner Scherz.«

»Tja, du musst ja wissen, was tatsächlich in diesen Kisten ist, oder?«, fragte Kellan.

Lothans Miene verfinsterte sich. »Ich weiß, dass sie mich eine Menge kosten«, sagte er. »Also bringen wir die Sache hinter uns, ja?«

»Da wäre noch die Sache des Anteils an der Ware zu klären«, sagte G-Dogg. Die Runner machten sich über die Kisten her und suchten sich jeder etwas aus. Street Deacon wählte ein Paar Ares Predators, das Modell Mark III, was ein dünnes Lächeln auf das blasse Gesicht des Samurais zauberte. G-Dogg, Silver Max und Orion plünderten die Kisten ebenfalls und deckten sich mit neuen Waffen ein.

Orion hielt Kellan eine Ares Crusader Maschinenpistole hin. »Probier sie aus«, sagte er.

Kellan nahm die Waffe in die Hand. Sie war ziemlich leicht, hatte einen verlängerten Ladestreifen und war für vollautomatisches Feuer ausgelegt. Sie zielte am Lauf entlang. Es war eine erstklassige Waffe.

»Wenn ihr endlich mit dem Spielen aufhören könntet«, sagte Lothan eisig. »Zeit ist Geld.«

»Ganz meine Meinung«, sagte eine andere Stimme, und als sich Kellan umdrehte, sah sie eine Frau eintreten. Sie war ein

Mensch in einem schicken Hosenanzug über einem hellblauen T-Shirt. Ihre glatten blonden Haare waren zu einem Pferdeschwanz zurückgebunden, und sie trug trotz der Tatsache, dass es tiefe Nacht war, eine Sonnenbrille. Kellan vermutete, dass die Brille Elektronik und ein Heads-up-Display enthielt oder die Cyberaugen ihres Gasts verhüllte.

Sie trug eine zierliche Tasche über der Schulter und einen kleinen Handheld.

»Mrs Johnson«, sagte Jackie anstelle einer Begrüßung, und die Frau nickte.

»Also, was haben wir hier?«, fragte sie und ging an den Runnern vorbei zur Rückseite des Lasters. Sie sah sich um, und G-Dogg schwang sich wieder hinauf, um mehr Kisten zu öffnen. Mrs Johnson kletterte auf den Laster, um sich drinnen umzusehen. Sie machte eine rasche Bestandsaufnahme des Inhalts der Kisten abzüglich der von den Shadowrunnern einbehaltenen Gegenstände. Sie scannte die Strichcodes auf der Außenseite jeder Kiste, beugte sich über ihren Handheld und tippte etwas ein. Dann stieg sie wieder von dem Laster.

»Ein netter kleiner Fischzug«, verkündete sie. Sie ging zu Jackie und zeigte ihr den Bildschirm ihres Handhelds. Die Deckerin warf einen Blick darauf, schaute dann zu Kellan und hob die Augenbrauen in einer stummen Frage.

Kellan ging zu ihnen, und Jackie zeigte ihr den Handheld. Als sie die Zahlen darauf las, tat sie ihr Bestes, keine Miene zu verziehen. Tatsächlich hatte sie im Grunde keine Ahnung, was die Waffen wirklich wert waren, obwohl Jackie eine anständige Schätzung abgegeben hatte, die dem hier angebotenen Betrag sehr nah kam. Sie sah die Deckerin an und nickte. Jackie erwiderte ihr Nicken, nahm den Handheld und gab ihn Mrs Johnson zurück.

»Einverstanden«, sagte sie, und die Frau schaute zufrieden drein.

»Sehr gut. Dann übernehme ich von hier aus den Abtransport?« Jackie schaute zu Kellan, die mit einem Achselzucken reagierte.

»Von mir aus«, sagte sie. »Wir verschwinden.«

Die Konzernfrau schob einen Kredstab in den Handheld und bearbeitete die Tasten. Ein elektronisches Surren ertönte, dann zog sie den Kredstab heraus und gab ihn Kellan.

»Beglaubigt«, sagte die Frau, »wie vereinbart. Ich glaube, damit ist unser Geschäft abgeschlossen. Es war nett, mit Ihnen zu arbeiten. Jackie, sollten Sie irgendwann mal ähnliche Ware wie diese auf Lager haben, lassen Sie es mich wissen.«

»Natürlich«, sagte sie mit einem Lächeln.

Die Runner traten beiseite, während Mrs Johnson Besitz von dem Laster ergriff. Sie versammelten sich auf der anderen Seite des Gebäudes, wo sie von Jackies und G-Doggs Wagen und Orions Motorrad erwartet wurden.

»Kellan, einen Augenblick, wenn ich bitten darf?«, fragte Lothan, indem er sie zu sich winkte. Sie warf einen Blick auf die anderen, insbesondere Orion, von dem sie hoffte, dass er selbstsicher und ermutigend war.

»Ich bin gleich da«, sagte sie. Dann entfernten sie und der Troll sich ein wenig von der Gruppe, bevor Lothan das Wort ergriff.

»Du brauchst dir keine Sorgen zu machen«, sagte er. »Ich bin nicht nachtragend. Zum einen ist das nämlich nicht sehr produktiv. Wenn man schon so lange im Geschäft ist wie ich, hat man gelernt, dass es besser ist, sich auf die produktiven Aspekte der Angelegenheit zu konzentrieren. Außerdem weiß ich deine ... Diskretion zu schätzen«, fuhr Lothan fort. Kellan sah, dass dies ein schwieriges Eingeständnis für den alten Troll war. »Dass du den anderen nichts gesagt hast.«

»Und das werde ich auch nicht tun«, sagte Kellan, »obwohl ich sicher bin, dass sie es sich selbst zusammengereimt haben.«

»Natürlich, sie sind keine Dummköpfe, nun ja, die meisten jedenfalls nicht«, sagte Lothan leise. Dabei spielte ein Lächeln um seine Mundwinkel.

»Aber ich wüsste es gern«, sagte Kellan. »Was hast du denn nun dort gemacht, Lothan?«

Der Troll zuckte die Achseln. »Wie ich schon sagte, ich war geschäftlich da. Unser Mr Johnson wollte eine kleine Zusatzversicherung, um zu gewährleisten, dass alles gut gehen würde. Er hat mich seinen Leuten als zusätzliche Sicherheit verkauft, aber natürlich sollte ich helfen, dafür zu sorgen, dass die Ladung auch bestimmt den Ancients in die Hände fallen würde.«

»Also wusstest du Bescheid. Ich meine, als ich zu euch kam, da wusstest du ...«

»Über Brickmans Pläne? Zum größten Teil.«

»Aber du hast gesagt ...«

»Ich habe dir gesagt, du sollst dich raushalten«, sagte Lothan streng. »Aus gutem Grund. Ich sah keine Notwendigkeit, dich über meine Geschäfte zu informieren, da Mr Johnson für Diskretion bezahlte. Ich dachte, das würde reichen, um dich davon abzubringen, aber jetzt ist mir klar, dass ich ... mitteilsamer hätte sein müssen.«

»Es hätte uns allen eine Menge Ärger erspart, wenn du mir einfach die Wahrheit gesagt hättest.«

Lothan lächelte dünn. »Wenn du die Wahrheit suchst, gewöhnst du dich besser an Enttäuschungen, meine Liebe. Meiner Erfahrung nach erzählen nur wenige Leute jemals die Wahrheit, es sei denn, es ist gerade zweckdienlich – und selbst dann ist es nur selten die ganze Wahrheit.«

»Was ist mit Vertrauen?«, fragte Kellan, und Lothans Gesicht wurde sehr ernst.

»Das ist sehr einfach, Kellan«, sagte er, und sein Ton entsprach seiner Miene. »Auch wenn du alle meine Lektionen in den Wind schlägst, diesen Rat solltest du beherzigen: Vertrau dir selbst und deinen Instinkten, aber wenn du in den Schatten überleben und gedeihen willst, dann trau keinem anderen. Niemals.« Dann lächelte er und zeigte dabei seine Hauer und gelblichen Zähne. »Außer mir natürlich. Vertrau deinem ehrenwerten Lehrer und Mentor in allen Dingen.« Kellan erwiderte das Lächeln, zog aber in der Kühle der Nacht und dem dunklen leeren Raum keine Wärme daraus.

»Also«, sagte sie, »Freitag nächste Unterrichtsstunde?«

Lothan nickte. »Ich freue mich darauf. Ich glaube, du hast noch mehr Potenzial, als ich gedacht habe. Ich habe den Verdacht, dass dein Unterricht eine sehr interessante Erfahrung wird.«

Als Lothan Orion kommen sah, nickte er Kellan zum Abschied zu, winkte noch einmal und ging dann zu den anderen, sodass der Elf mit Kellan allein war. Orion bedachte Lothan mit einem kühlen Blick, bevor er seine Aufmerksamkeit auf Kellan richtete.

»G-Dogg und die anderen wollen ausgehen und feiern«, sagte er. »Ich muss los, aber ich wollte mich noch verabschieden.«

»Musst du?«, fragte Kellan. »Du könntest mit uns kommen.«

»Ich weiß nicht ...«, sagte Orion. »Bis jetzt habe ich eigentlich noch nicht richtig darüber nachgedacht. Ich nehme an, sonst kann ich wohl nirgendwo hingehen.«

»Es tut mir leid.«

»Was?«

»Alles, was passiert ist«, sagte Kellan ein wenig lahm. Sie schlang die Arme um die Brust, nicht bereit, Orion anzusehen. »Ich wollte nicht, dass sich das alles so entwickelt.«

»Ich habe meine Wahl getroffen«, erwiderte der Elf. »Ich hätte dich auch einfach nicht beachten und tun können, was Green Lucifer wollte.«

»Warum hast du es nicht getan?«

»Weil es dir wichtig genug war, um zu tun, was du für richtig hieltest. Du bist ein hohes Risiko eingegangen, als du mit dem, was du herausgefunden hattest, zu mir kamst. Die meisten Runner hätten sich diese Mühe nicht gemacht. Sie hätten nicht einmal die Nase hineingesteckt, geschweige denn, sich etwas aus dem gemacht, was mit Leuten passieren würde, die sie nicht mal kannten. Du schon, und das gibt es in dieser Welt verdammt selten. So selten, dass ich beinahe vergessen hatte, wie es ist.«

»Aber was hat es genützt? Am Ende sind meinetwegen nur eine Menge Leute gestorben.«

»Aber vielleicht nicht so viele, wie hätten sterben können. Wahrscheinlich werden wir es nie erfahren. Das ist die Schwierigkeit, wenn man das Richtige zu tun versucht. Es gibt keine Garantie, dass sich alles so entwickelt, wie man es erwartet. Man muss einfach sein Bestes versuchen.«

»Wahrscheinlich hast du recht. Nach dem, was alle anderen sagen, sollte ich mir gar keine Gedanken machen. Bei G-Dogg, Lothan und den anderen klingt es immer so, als wäre alles richtig, was einen überleben und vorankommen lässt.«

»Glaubst du das auch?«, fragte Orion.

Sie schüttelte den Kopf. »Ich weiß nicht. In Kansas City ist mir alles so einfach vorgekommen. Seattle ist ... anders. Hier ist gar nichts einfach.«

Orion zuckte die Achseln. »Vielleicht nicht, aber das muss nicht die Art ändern, wie du die Dinge siehst.«

Kellan sah auf und lächelte. »Tja, eins weiß ich«, sagte sie. »Im Moment sind wir am Leben, wir haben reichlich Nuyen, die Nacht ist noch nicht vorbei, und es gibt einen ganzen Metroplex, von dem ich noch nicht viel gesehen habe. Ich würde das gern ändern. Warum gehst du nicht mit uns aus?«

Ein zögerndes Lächeln ließ Orions normalerweise eisige Miene dahinschmelzen. »Das würde ich gern«, sagte er.

Gemeinsam gingen sie zu den anderen. Lothan und Street Deacon waren bereits weg, aber G-Dogg, Liada und Silver Max erwarteten sie. Orion und Kellan schlossen sich ihnen an, und G-Dogg erbot sich, sie in die besten Nachtclubs im Metroplex zu führen. Sie stiegen in G-Doggs Wagen, und Orion startete sein Motorrad und bot Kellan an, mit ihm zu fahren. Sie stieg auf den Sozius und legte dem Elf die Arme um die Brust. Mit aufheulenden Motoren fuhren sie los und verschmolzen mit den Schatten.

Epilog

Als die anderen weg waren, ging Jackie in das verlassene Gebäude zurück, wo mittlerweile mehrere Männer in unauffälliger Straßenkleidung Mrs Johnson Gesellschaft leisteten. Sie waren dabei, die Kisten von dem Laster auf einen anderen Tieflader zu laden, wobei sie die Strichcodes und Kennzeichnungen mit anderen Schildern überklebten und sogar den Ares-Laster auseinandernahmen. In wenigen Stunden würde der Laster in seine Einzelteile zerlegt sein. Es war ein effizientes Unternehmen, aber Jackie hatte nichts anderes erwartet.

»Sie haben nicht zu viel versprochen«, sagte Mrs Johnson zu Jackie. »Diese Ares-Waffen werden nützlich sein, sobald sie in den richtigen Händen sind.«

»Ich wusste, dass Sie so denken würden«, erwiderte sie, und ihr Konzern-Kontakt nickte.

»Noch wichtiger ist«, sagte Mrs Johnson, »dass Ares sehr viel zu erklären haben wird, wenn Informationen darüber an die Medien ›durchsickern‹. Ich bezweifle, dass man bei Ares danach noch bereit sein wird, in näherer Zukunft noch mehr Waffen zu ›verlieren‹.«

»So viel dazu, Knight Errant gut aussehen zu lassen«, sagte Jackie.

»Genau.«

»Lone Stars Vertrag für den Polizeidienst dürfte nicht gefährdet sein.«

Mrs Johnson zuckte die Achseln. »Lone Star könnte mir nicht gleichgültiger sein«, sagte sie. »Die Hauptsache ist, dass

Knight Errant den Vertrag für Seattle nicht bekommt. Eine Ares-Tochter hier als Gesetzeshüter könnte uns das Leben schwer machen. Wie es aussieht, gibt es in Boston schon genug Ärger, und das ist ein ganzes Stück näher an der Heimat.«

»Dann darf ich also annehmen«, fragte Jackie, »dass alles zufriedenstellend ist?«

»In der Tat«, erwiderte Mrs Johnson. Sie griff in ihre Schultertasche und entnahm ihr einen Kredstab. »Das ist unser vereinbarter Finderlohn für das Arrangieren des Geschäfts.« Jackie schob den Stab in ein Lesegerät, das sie aus ihrer Tasche holte, und vergewisserte sich, dass die Summe stimmte.

»Hervorragend«, sagte sie mit einem Lächeln. »Es war ein Vergnügen, mit Ihnen Geschäfte zu machen, Eve. Wie immer.«

»Gleichfalls, Jackie«, erwiderte die andere Frau. »Ich gehe davon aus, dass unsere kleine Vereinbarung unter uns bleibt.«

»Selbstverständlich. Die anderen wissen nur, dass ich in Rekordzeit einen Käufer für die Ware gefunden habe. Sie wissen nichts über die Beteiligung der Cross Corporation und auch nichts darüber, dass ich Sie schon im Voraus über die Möglichkeit informiert habe, sich die Ware zu schnappen.«

»Gut«, sagte Eve. »Ich würde unsere Vereinbarung gern aufrechterhalten, wenn Sie noch interessiert sind. Sie auf der Gehaltsliste zu haben, hat sich für uns als sehr nützlich erwiesen.«

»Für mich auch«, sagte Jackie.

»Gut. Dann halten Sie mich über alles auf dem Laufenden, worauf sie stoßen, und ich versichere Ihnen, dass wir Sie mehr als ausreichend dafür entschädigen werden.«

»Absolut«, sagte die Deckerin mit einem leichten Klaps auf die Tasche, wo sie den Kredstab verstaut hatte.

Als sie das Gebäude verließ, sah Jackie draußen eine zerlumpt aussehende Gang auf schweren Motorrädern vorfahren. Die Maschinen waren mit roten und orangefarbenen Flammenmustern verziert, und jedes Gang-Mitglied trug eine

Jacke mit dem Emblem eines knurrenden, in Flammen gehüllten Hundekopfs darauf.

Entlang der Route 405 wird sich einiges ändern, dachte Jackie, als sie zu ihrem Wagen ging. Die Wachen würden aus den Hellhounds eine Truppe machen, mit der man in diesem Gebiet rechnen musste. Die Tatsache, dass die Hellhounds Metamenschen hassten – einschließlich Gangs wie die Ancients und die Spikes –, würde die Situation interessant machen und für ein Gleichgewicht der Macht sorgen. Dass sich ihr Revier nicht weit von Knight Errants Ausbildungszentrum befand, war in ihren Augen kein Zufall. Sie wünschte nur, sie könnte den Ausdruck auf Brickmans Gesicht sehen, wenn er erfuhr, wo die verschwundenen Waffen gelandet waren.

Simon Brickman war eindeutig *kein* glücklicher Mann. Er saß in seinem Büro und funkelte die beiden Gestalten an, die auf der anderen Seite seines breiten Schreibtischs saßen. Seine Miene wurde immer finsterer, während er sich anhörte, was in der vergangenen Nacht passiert war, und wie das von ihm geplante Unternehmen in sich zusammenfiel.

»Verdammt, Lothan«, sagte er schließlich und hieb mit der Faust auf den Schreibtisch. »Wofür zum Teufel bezahle ich Sie eigentlich?«

»Sie haben mich bezahlt, um dafür zu sorgen, dass die Ancients bekamen, was sie wollten«, sagte der Trollmagier gelassen. »Was ich getan habe. Sie haben mich *nicht* dafür bezahlt, dass ich mich mit unerwartetem Ärger befasse oder mich jeder Gefahr in den Weg stelle.«

»Jedenfalls hatten sie keine Mühe, der Gefahr aus dem Weg zu gehen«, konterte Brickman.

»Natürlich nicht, das habe ich selten. Wirklich, Simon, was haben Sie erwartet? Informationen sind durchgesickert, und wir wurden überrumpelt. Das ist wohl kaum meine Schuld.«

»Ach nein? Dann ist es wohl nur ein seltsamer Zufall, dass die in den Raub der Waffen verwickelten Runner dieselben waren, mit denen Sie bei dem ersten Job zusammengearbeitet haben, Lothan.«

Der Trollmagier wandte sich mit einem Ausdruck des Abscheus an den anderen Mann, der vor Brickmans Schreibtisch saß.

»Wollen Sie damit irgendetwas andeuten, Lucifer?«, fragte er.

»Ich glaube, die Andeutung ist nicht zu überhören«, höhnte der Anführer der Ancients.

»Welche? Dass ich dafür gesorgt haben soll, dass Ihrer kleinen Bande die Waffen unter der Nase weggeschnappt werden, und dass ich sie dann für einen anständigen Gewinn nebenbei verkauft habe?«, fragte Lothan.

Brickman schwieg, aber es war klar, dass ihm derselbe Gedanke durch den Kopf gegangen war.

»Halten Sie mich für einen Dummkopf?«, fragte Lothan nun beide. »Sie kennen meinen Ruf in diesem Geschäft. Warum sollte ich ihn für den bescheidenen Gewinn aus einer Waffenlieferung opfern?«

»Gier stellt seltsame Dinge mit Leuten an«, dachte Green Lucifer laut.

»Das gilt auch für Ehrgeiz«, erwiderte Lothan.

»Selbst wenn Sie nichts von ihren Plänen gewusst haben, sollten Sie Ihre Leute besser unter Kontrolle haben«, sagte der Elf.

»Dasselbe könnte ich Ihnen sagen. Schließlich hat Orion mit den anderen zusammengearbeitet.«

»Er gehört nicht mehr zu den Ancients«, sagte Lucifer kategorisch.

»Komisch, ich dachte, er sollte mit den anderen Unruhestiftern geopfert werden, die Sie in den Tod geschickt haben«, erwiderte Lothan.

»Das reicht jetzt!«, sagte Brickman, der die Fingerspitzen gegen seine Schläfen presste. »Wenn Sie sich streiten wollen, wer Schuld hat, können Sie das woanders tun. Ich habe keine Zeit für diesen Drek.«

»Von mir aus«, erwiderte Lothan hochmütig. »Ich bin nur gekommen, um unser Geschäft abzuschließen.«

Brickman hob langsam den Kopf und musterte den Troll eisig. »Lothan, wenn Sie glauben, ich hätte die Absicht, Ihnen auch nur einen einzigen Nuyen zu bezahlen, nachdem dieses Unternehmen so verpfuscht worden ist, geben Sie sich noch größeren Illusionen über Ihren Wert hin, als ich dachte.«

Der Troll erwiderte Brickmans Blick ungerührt. »Ich glaube, ich kenne meinen Wert recht gut«, sagte er gemessen. »Ich weiß, dass unsere Vereinbarung unvorhergesehene Umstände nicht eingeschlossen hat.«

Green Lucifer gab ein verächtliches Schnauben von sich, doch Lothan fuhr ungerührt fort.

»Es ist nicht meine Schuld, dass die Sache schiefgegangen ist«, sagte er, »und ich erwarte, dass Sie Ihren Teil der Vereinbarung einhalten.«

Die beiden Männer funkelten einander einen langen Moment an, bevor Brickman einen Kredstab aus seiner Schreibtischschublade holte und ihn über die polierte Glasplatte des Schreibtischs schob. Lothan nahm ihn mit geübter Gewandtheit an sich.

»Mehr bekommen Sie nicht«, sagte der Konzernmann. »Nehmen Sie es, und seien Sie dankbar, dass Sie überhaupt etwas erhalten.«

Lothan erhob sich und steckte den Kredstab ein. »Immer ein Vergnügen«, versetzte er sarkastisch. »Ich hoffe, Ihre Verluste waren nicht allzu beträchtlich«, sagte er zu Green Lucifer. Dann machte er herrisch auf dem Absatz kehrt, verließ den Raum und schloss die Tür hinter sich.

»Arroganter Troglodyt«, sagte Green Lucifer zur geschlossenen Tür, dann wandte er sich wieder an Brickman. »Ich kann nicht glauben, dass Sie ihm für diese Stümperei auch noch etwas bezahlt haben.«

»Lothan hat einen Ruf«, sagte Brickman, »und ob es mir gefällt oder nicht, er ist bekannt in Seattle. Einstweilen macht es sich bezahlt, sich gut mit ihm zu stellen. Wie schlimm waren denn nun die Verluste?«

Der Bandenführer tat die Frage mit einem Winken ab. »Unbedeutend«, sagte er. »Sie waren entbehrlich, sonst hätte ich sie gar nicht erst geschickt. Ich hatte beabsichtigt, sie von Orion anführen zu lassen. Ich hatte seinen Verrat nicht so rasch erwartet, und insbesondere nicht wegen eines Menschenmädchens.« Er lehnte sich in seinem Stuhl zurück, als sei es sein Büro und er derjenige, der Brickman eine Audienz gewährte. »Und was ist mit unserer Vereinbarung?«

»Es wird einige Zeit dauern, zusätzliche Waffen zu beschaffen«, sann Brickman, und der Bandenführer winkte erneut ab.

»Die Waffen sind unwichtig«, sagte er. »Ich habe andere Möglichkeiten, das zu beschaffen, was wir brauchen, um mit den Spikes fertig zu werden, sollten sie tatsächlich zu einer Bedrohung werden. Ich rede von unseren langfristigen Zielen.«

»Ich werde dafür sorgen, dass Sie Gelegenheit bekommen, Ihre Machtbasis hier in Seattle auszubauen«, sagte Brickman. »Sie werden Ihre Chance für Tir Tairngire bekommen, wenn die Zeit reif ist.«

»Gut«, sagte Green Lucifer, indem er die Fingerspitzen zusammenlegte. »Dann ist das hier nur ein kleiner Rückschlag. Schließlich gehört Orion nicht mehr zu den Ancients, und ich bin ein paar andere potenzielle Unruhestifter los, wie geplant, aber es gibt immer noch viel zu tun. Ach ja« – er ließ die Hände auf die Knie sinken – »Geduld ist auch eine Tugend.« Dann lächelte er dünn. »Schließlich wird es andere Gelegenheiten geben.«

Brickman nickte. »Ich bin froh, dass wir einander verstehen. Ich melde mich.«

Der elfische Bandenführer erhob sich und nickte Brickman kurz zu, bevor er sich umdrehte und den Raum verließ. Als sich die Tür geschlossen hatte, lehnte sich Brickman zurück und seufzte.

»Na, *das* ist ja Sahne gelaufen«, ertönte eine Stimme aus den Schatten des Raums.

Brickman reagierte nicht und drehte sich zuerst nicht einmal um. Seine Finger zeichneten verspielte Muster auf die Rauchglasplatte seines Schreibtischs. »Ersparen Sie mir den Sarkasmus, Midnight«, sagte er ins Leere. »Für heute reicht es mir.«

Eine schmächtige Gestalt in hautengem Leder trat aus dem Schatten unweit der Fenster von Brickmans Büro und schloss das Fenster hinter sich. Sie war groß wie die meisten Elfen, und ihre Kleidung umschmeichelte die Kurven und harten Muskeln ihres geschmeidigen Körpers. Das dunkle Haar war zurückgebunden, geflochten und am Halsansatz zusammengerollt, was die spitzen Ohren, ihre elegant geschwungenen Brauen und die großen Augen betonte. Sie hatte die Wangenknochen und Lippen einer klassischen Statue, und ihre Miene war ebenso hart und kalt.

»Wie lange hören Sie überhaupt schon zu?«, fragte Brickman.

»Lange genug«, sagte sie. »Was für eine Verschwendung. Diese Waffen von den Ancients ›stehlen‹ und den Diebstahl dann von Knight Errant verhindern zu lassen, wäre ein nettes Doppelspiel gewesen. Sie hätten das Ausmaß der Bandenkriminalität im Plex eskalieren und Lone Star dabei unfähig aussehen lassen. Dann hätte Knight Errant einschreiten und die anderen ›Verluste‹ untersuchen können, die Ares erlitten hat, und dabei hätten sie den Gangs hart auf die Finger geklopft und wie Helden ausgesehen.«

»Es ist kein Totalverlust«, erwiderte Brickman. »Der Diebstahl wird auf jeden Fall negative Schlagzeilen für Lone Star machen. Die ganze Sache muss sehr sorgfältig gehandhabt werden, sonst könnten die Runner anfangen zu glauben, dass Ares ein leichtes Ziel ist, und wir wollen nicht, dass es dazu kommt. Ich nehme an, dass wir ein paar Lektionen erteilen müssen, um unmissverständlich klar zu machen, dass wir nicht mit uns spaßen lassen. Es muss einiges an Aufräumarbeiten erledigt werden.«

»Ich putze keine Fenster, Brickman«, sagte sie kopfschüttelnd, »und ich verknüpfe auch keine losen Enden.«

»Deswegen habe ich Sie nicht herbestellt«, sagte er. »Mir schwebt etwas anderes vor. Lothan arbeitet mit jemand Neuem zusammen, einem Mädchen, das er bei unserer Besprechung dabei hatte. Green Lucifer hat gesagt, sie hätte Orion dazu gebracht, ihn herauszufordern, und ich bin sicher, dass sie auch ihre Finger in dem Waffendiebstahl hatte.« Er nahm einen Ausdruck und warf ihn zwischen sich und der Elfe auf den Tisch.

»Ich will alles wissen, was es über sie zu wissen gibt. Wenn ich spiele, kenne ich gern alle Spielfiguren auf dem Brett.«

Midnight betrachtete das Bild, das anscheinend heimlich bei der Besprechung zwischen Brickman und den Runnern aufgenommen worden war. Sie betrachtete die Züge des Menschenmädchens, das sie anzusehen schien. Das jugendliche Gesicht war von blonden Haaren eingerahmt. Die Kombination aus Verwegenheit und Unerfahrenheit war vertraut, aber ihr Blick wurde sofort von dem Torques angezogen, den Kellan um den Hals trug. Midnight nahm das Foto und betrachtete es eingehend, da sie zunächst nicht wagte, ihren Augen zu trauen, aber da war er, direkt vor ihr.

Midnight verbarg ihr Triumphgefühl, als sie das Foto senkte, und schenkte Brickman ein verschlagenes Lächeln.

»Ich beschaffe Ihnen alles, was es über sie zu erfahren gibt«, sagte sie. »Es wird mir ein Vergnügen sein.«

GIFTMISCHER

Kapitel I

Juan Espinosa war kein sonderlich tapferer Mann, was sich nun zu einem Problem auswuchs. Auf dem Weg durch das Obergeschoss der Einkaufsgalerie in der Aztechnology-Pyramide lockerte Espinosa seine Krawatte ein wenig und wischte sich die Schweißperlen ab, die sich trotz der perfekten Klimatisierung der Galerie auf seiner Stirn bildeten. Draußen, jenseits der großen Fenster, war es an diesem Abend nach den Regenfällen der letzten vier Tage im Seattler Metroplex zur Abwechslung einmal freundlich und klar. Das schöne Wetter schien jeden zu einem Einkaufsbummel aus dem Haus getrieben zu haben. Die Galerie war ausgesprochen belebt. Er sah Männer und Frauen, die wie er selbst Geschäftskleidung trugen, aber auch Jugendliche in hochmodernen Kunstbaumwollklamotten, Leder, Neo-Spandex und Stammestrachten. Hier und da sah man einen Meta in der Menge, aber die meisten Flanierer waren Norms. Viele Metamenschen konnten es sich nicht leisten, in der Aztechnology-Galerie einzukaufen, was den Besitzern nur recht war.

Espinosa unterdrückte ungefähr zum fünften Mal den Drang, sich umzuschauen, und betrachtete stattdessen im Vorbeigehen sein Spiegelbild in einem Schaufenster von *Lordstrung's*. Dabei hielt er nach Anzeichen dafür Ausschau, dass er verfolgt wurde. Er sah keine, aber das hieß nicht, dass es keine Verfolger gab. Sein Blick fiel auf die Telekomzellen gegenüber den Imbissständen, und er beschleunigte unbewusst seine Schritte. Eine der Zellen war frei, also ging er hinein, zog die Transparex-Trennscheibe zu und wühlte in der Jackentasche nach seinem Kredstab. Er schob den kurzen Plastikstab in den Leseschlitz neben dem Flachbildschirm und tippte dann die Nummer ein, die man ihm genannt hatte. Er hoffte inständig, sie sich korrekt eingeprägt zu haben, da er nicht gewagt hatte, sie dem Datenspeicher seiner Headware anzuvertrauen.

Das Herstellen der Verbindung dauerte einen Moment, und Espinosa riskierte einen Blick durch die Trennscheibe. Immer noch waren keine Anzeichen dafür zu erkennen, dass er beschattet wurde, aber in der Galerie waren reichlich Leute unterwegs, und jeder konnte derjenige sein.

»Sind Sie nervös, Mr Espinosa?«, fragte eine Stimme. Der Aztechnology-Exec erschrak und fuhr wieder zum Bildschirm herum. Darauf zeigte sich ein Bild wie aus einem Manga-Trideo für Kinder, das herzförmige Gesicht eines hübschen Mädchens mit unnatürlich großen Augen und einem kleinen Mund, der sich zu einem Lächeln verzogen hatte. Das Gesicht wurde von fließenden goldenen Haaren eingerahmt, die von einem schwarzen Stirnband mit silbernen Schaltkreismustern gehalten wurden.

»Sie brauchen sich keine Sorgen zu machen«, fuhr die liebliche Stimme fort, die aus den Lautsprechern in seiner Zelle drang. »Alles ist unter Kontrolle und läuft nach Plan.«

»Na... natürlich«, sagte Espinosa, schluckte und wischte die verschwitzten Handflächen an den Hosenbeinen ab.

»Wir sind bereit. Verlassen Sie einfach die Zelle und gehen Sie zum Soya-King-Stand. Wir kümmern uns um den Rest.«

»Aber was ...«, begann er, doch der Bildschirm war bereits schwarz.

Die Verbindung war unterbrochen, und Espinosa wusste, dass die Nummer beim zweiten Mal nicht mehr funktionieren würde. Ihm blieb nichts anderes übrig, als zu tun, was das Mädchen ihm aufgetragen hatte. Also zog er seinen Kredstab aus dem Schlitz, verließ die Zelle und steuerte auf den Soya-King-Stand zu. Dabei wich er den vereinzelten Galeriebesuchern aus, die ein spätes Abendessen kauften oder gerade verzehrten.

Als er sich dem Stand näherte, stieß ihn ein hochgewachsener Elf in einer Lederjacke an. Espinosa fuhr herum, eine hastige Entschuldigung auf den Lippen.

»Hey, pass auf, wo du hinrennst!«, fauchte der Elf.

»Es tut mir leid ... Ich ...«

»Ach ja? Es *wird* dir noch leid tun!«, sagte er, trat einen Schritt vor und kam ganz dicht an Espinosa heran. Er packte den Kragen seiner Jacke und zog den Unglücklichen zu sich, sodass sich ihre Gesichter fast berührten, obwohl der Elf gute zehn Zentimeter größer war. Espinoza hörte ein Knistern und Ploppen und schaute nach unten. Einen Sekundenbruchteil später traf ihn der Schockstab.

Der Elf rammte ihm die kleine Waffe in den Bauch, und Espinosa fuhr zusammen, als ihn die elektrische Ladung traf. Seine Glieder zuckten krampfhaft, und er hörte mehrere Leute rufen und schreien, als sie bemerkten, was vorging. Dann brach er zusammen, als der Elf ihn fallen ließ, und bekam nicht mehr viel mit. Er stellte sich nur immer wieder die eine Frage: Was war schiefgegangen?

Kellan Colt stand neben dem Soy-Karren und lauschte dem Wortwechsel zwischen Espinosa und dessen elfischem Angreifer. Der Elf ließ den betäubten Konzernpinkel zu Boden gleiten und wich einen Schritt zurück. Als mehrere Leute angelaufen kamen, um nachzusehen, was los war, verschwand er in der Menge. Einen Moment später war Kellan bei Espinosa und kauerte sich neben ihn. Er stöhnte ein wenig, war aber ganz eindeutig weggetreten.

»O mein Gott!«, sagte sie laut genug, damit es die Leute in der Nähe hören konnten. »Jemand soll Hilfe holen! Jemand soll Lone Star verständigen!« Mehrere Personen stahlen sich davon oder griffen nach ihren Handys, um die Behörden zu informieren. Mit einer geschmeidigen Bewegung griff Kellan in Espinosas Jacke, um den kleinen Pieper ›herauszuholen‹, den sie in ihrer Hand verborgen gehalten hatte.

»DocWagon ist schon unterwegs«, sagte sie, indem sie den

Pieper so in die Höhe hielt, dass die anderen Leute ihn sehen konnten. »Treten Sie bitte etwas zurück und lassen Sie dem Mann hier etwas Raum zum Atmen, bis der Krankenwagen kommt.« Die Menge war zwar dankbar für die Anweisungen, aber immer noch neugierig, was hier eigentlich los war. Schließlich zogen sich die Leute unter reichlich gedämpftem Gemurmel ein wenig von Kellan und Espinosa zurück. Dann richtete sich ihre Aufmerksamkeit auf ein Geräusch, das aus dem Hauptgang der Galerie drang.

Als Kellan aufblickte, sah sie die Abordnung der Aztechnology-Sicherheit gerade im Laufschritt um die Ecke kommen und auf den Platz mit den Essständen einbiegen. Die Männer wiesen die Leute lautstark an, ihnen Platz zu machen. Sofort teilte sich die Menge. Einige Leute ließen sich zu Boden fallen, während andere vor Furcht aufschrien, als die schwarz gekleideten Sicherheitsmänner ihre Waffen in Anschlag brachten. Mehrere Laserzielfernrohre zeichneten rote Punkte auf Wände und Boden. Die Sicherheitsmänner trugen mattschwarze ballistische Schutzkleidung, und ihre Helme bestanden aus neutralen Rauchglas-Transparex-Visieren, zweifellos mit integrierter Digitalanzeige, die dem Träger taktische Informationen lieferte.

»Alles zurück!«, bellte der vorderste Wachmann und unterstrich sein Kommando mit einem Winken der Waffe.

Die Menge gehorchte sofort und entfernte sich noch weiter von Kellan, die immer noch neben Espinosas regloser Gestalt kauerte. Sie erhob sich und wich ebenfalls ein paar Schritte zurück, wobei sie die Hände so hielt, dass die Wachmänner sie sehen konnten. Es war möglich, dass ihre hochmodernen Sturmgewehre mit Gummi- oder Plastikmunition geladen waren, doch Kellan bezweifelte es. Hier war Ärger im Verzug.

Die Wachmänner umringten Espinosa sofort, und der vorderste richtete seine Waffe auf Kellan. Ohne den Blick senken zu müssen, wusste sie, dass auf ihrem weißen Tank-Top ein roter Zielpunkt prangte. Der Mann machte vorsichtig einen Schritt nach vorn.

»Also schön«, begann er, »leg die Hände hinter den ...«

Plötzlich knallte es laut auf der anderen Seite des Platzes, und die Sicherheitsleute fuhren alle mit den Waffen im Anschlag herum. Einer der Männer gab einen Feuerstoß ab. Leute schrien und warfen sich auf den Boden, als Kugeln über sie hinwegflogen und unregelmäßige Löcher in der gegenüberliegenden Mauer hinterließen. Ein Neolux-Schild zerstob in einem Regen aus fluoreszierendem Gel und Funken. Die Waffen waren ganz eindeutig nicht mit Gummigeschossen geladen.

Kellan schaute jedoch nicht dorthin. Als sich der Aztech-Mann umdrehte, hob sie eine Hand und sagte etwas in einer seltsamen Sprache, die wie Wasser zu fließen schien. Der genaue Wortlaut ging in dem Lärm unter, wäre aber auch dann nicht zu verstehen gewesen, wenn es vollkommen still gewesen wäre. Als sich der Sicherheitsmann wieder umdrehte, sah er gerade noch, wie sie eine faustgroße Lichtkugel in die Mitte der Gruppe warf. Er hatte nicht einmal mehr die Zeit, eine Warnung zu rufen.

Die Lichtkugel zerplatzte in einer lautlosen Explosion und hüllte die Wachmänner und Espinosa in ihren strahlenden Glanz. Kellan konzentrierte sich darauf, die Wirkung auf die wenigen Quadratmeter zu beschränken, wo die Bewaffneten standen, und sorgte dafür, dass sie wenige Zentimeter vor ihr endete. Ein paar Besucher der Galerie wurden ebenfalls erfasst, aber das ließ sich nicht ändern. Wer von dem goldenen Licht berührt wurde, brach zusammen wie eine Marionette, der man die Strippen durchgeschnitten hatte. Die Aztech-Wachen fielen zusammen mit ein paar anderen Leuten einfach auf den Boden, und die einzigen Geräusche stammten von ihrem Fall und den Waffen, die vergessen neben ihnen auf den Boden schepperten.

Kellan holte einen kompakten Ohrhörer mit einem Kehlkopfmikro aus der Jackentasche. Sie schob sich den Hörer über das rechte Ohr, während zwei Gestalten – ein Elf und ein Ork – zu ihr gerannt kamen. Die schockierte Menge blieb, wo sie war, geduckt oder flach auf den Boden gepresst oder hinter der Deckung kleiner Tische und Stühle.

»Jackie, wir sind erledigt«, sagte Kellan ins Mikro. »Die Sicherheit hat uns entdeckt. Wir sind unterwegs zum Landeplatz. Sag Max, er soll sich beeilen.«

»Verstanden«, ertönte eine Frauenstimme in ihrem Ohrhörer. »Ich gebe euch so viel Deckung wie möglich.«

»Was ist passiert?«, fragte der Elf, der Espinosa außer Gefecht gesetzt hatte. Der andere Mann, ein stämmiger Ork, kauerte sich neben den bewusstlosen Exec.

»Keine Ahnung«, sagte Kellan. »Jemand muss ihnen einen Tipp gegeben haben. Sie waren vorbereitet und bis an die Zähne bewaffnet. Überhaupt nicht wie reguläre Aztech-Sicherheit.«

»Er ist immer noch bewusstlos«, verkündete der Ork, nachdem er Espinosas Puls gefühlt hatte, um sich zu vergewissern, dass er noch lebte.

»Das wird er auch noch eine ganze Weile bleiben«, erwiderte Kellan. »Schnapp ihn dir, wir müssen so schnell wie möglich von hier verschwinden.«

Ohne eine weitere Bemerkung hob der Ork den bewusstlosen Pinkel auf und warf ihn sich mühelos auf die breite Schulter, fast als würde er ein Kind hochheben.

Kellan fasste an ihr Kehlkopfmikro. »Jackie, wir haben unseren Mann, aber wir müssen auf dem schnellsten Weg von hier verschwinden.«

»Links ist ein Notausgang«, erwiderte die Stimme der Deckerin nach einem Augenblick. »Ungefähr vier Meter weiter den Gang entlang. Dann sind es noch achtzehn Etagen bis aufs Dach.«

Kellan nickte. »Also los«, sagte sie zu den anderen.

Sie machten sich mit Kellan an der Spitze auf den Weg.

»Halt!«, rief eine Stimme, als sie den Notausgang neben dem Hauptgang erreicht hatten.

Als sich Kellan umdrehte, sah sie eine weitere Gruppe bewaffneter Sicherheitsleute, die sie als Ziel auserkoren hatten. Die Männer an der Spitze hoben ihre Waffen.

»Weiter!«, sagte sie, und der Elf warf sich gegen die Tür.

Das Jaulen einer Alarmsirene hallte durch die Galerie, als die Tür mit einem Knall aufflog. Der Ork folgte mit dem bewusstlosen Espinosa auf der Schulter, und Kellan war dicht hinter ihm. Sie hechtete durch die Tür, während bereits die Kugeln mit lautem Knattern vom Metallrahmen der Tür und von den Stahlbetonwänden abprallten. Mit einem Tritt schloss sie die Tür hinter sich, dann jagten die drei die Treppe hinauf.

»Jackie, wir ...«

»Ich sperre die Magnetschlösser an allen Notausgängen«, sagte die Deckerin, bevor Kellan fortfahren konnte, »und lege die Fahrstühle lahm, aber das wird sie nicht lange aufhalten.« Hinter und unter ihnen wurde laut gegen die Tür gehämmert.

»Roger«, erwiderte Kellan.

»Verdammter Pinkel«, japste der Ork, als sie die vierte Treppe angingen. »Er könnte eindeutig seinen Nacho-Verzehr einschränken.«

»Dasselbe könnte ich über dich sagen, G-Dogg«, sagte der Elf mit niederträchtigem Grinsen. Er selbst nahm mit seinen langen Beinen immer mehrere Stufen auf einmal.

»Dann solltest du vielleicht seinen verdammten Hintern schleppen«, konterte G-Dogg.

Eine Etage unter ihnen flog die Tür auf, und ein schwarz gekleideter Wachmann schwenkte eine Pistole in die Höhe und gab ein paar Schüsse ab, die vom Metallgeländer abprallten und die massiven Treppenstufen trafen.

»Bleiben Sie auf der Stelle stehen!«, brüllte er.

»Ihr geht weiter!«, sagte Kellan zu den beiden anderen.

Der Elf zögerte einen Moment und sah sich nach Kellan um, während G-Dogg ihn überholte, aber dann folgte er dem Ork dichtauf. Kellan gestikulierte und sprach eine kurze Formel, während ein zweiter und dritter Wachmann durch die Tür stürzten. Eine weitere leuchtende Kugel aus mystischer Energie entstand zwischen ihren Fingern, um dann in einer lautlosen Explosion zu bersten. Die Wachen blieben bewusstlos auf dem Stahlbeton liegen.

Kellan eilte weiter die Treppe empor, geriet aber ins Stolpern und musste sich schwer atmend am Geländer festhalten. Die beiden relativ schnell hintereinander gewirkten Zauber hatten ihren Tribut gefordert. Sie war nicht sicher, ob sie noch die Kraft für einen weiteren Zauber dieser Art aufbringen konnte. Sie konzentrierte sich darauf, in Bewegung zu bleiben und mit den anderen auf der Treppe Schritt zu halten.

Der Notausgang auf dem Dach hielt G-Doggs Schulter nicht stand, und die drei eilten auf das kleine Landefeld. Es war das am tiefsten gelegene der Aztechnology-Pyramide. Das Gebäude war im Stil der Stufenpyramiden der alten Azteken gebaut, nur in einem viel größeren Maßstab. Auf den breiten, flachen ›Stufen‹ zwischen den Etagen gab es mehrere Hubschrauberlandeplätze, die für kleine Zubringer-Kipprotor- und Vektorschubmaschinen geeignet waren. Als sie auf dem Dach ankamen, setzte gerade eine Federated-Boeing-Kipprotormaschine zur Landung an. Sie sah aus wie ein plumpes Flugzeug. Oder wie ein langer Laster mit kurzen Tragflächen, die sich drehten und damit die starken Propellerturbinen anwinkelten, sodass die Maschine senkrecht starten und landen konnte. Das Logo des DocWagon-Konzerns prangte auf den Seiten, ein rotes Kreuz mit einem Äskulapstab.

»Die Sicherheit nähert sich eurer Position«, sagte Jackies Stimme in Kellans Ohr.

»Verstanden«, sagte sie und wandte sich an die anderen. »Nichts wie weg hier.«

»Ach, wo es doch gerade interessant wird«, erwiderte G-Dogg, der Espinosa jetzt in einem leicht veränderten Rettungsgriff trug.

Die Seitentür der Kipprotormaschine öffnete sich, kaum dass sie aufgesetzt hatte, doch in der Tür stand kein weiß gekleideter DocWagon-Angestellter, sondern ein riesiger Troll, der kaum in den Türrahmen passte. Sein zotteliger Kopf und die wie bei einem Widder gekrümmten Hörner stießen gegen das Dach, während er dort kauerte, und die Luftverwirbelungen der Triebwerke peitschten seine langes Haupthaar und den Bart. Er trug einen massiv gepanzerten Mantel, der mit mystischen Symbolen und Zeichen bemalt war. Eine Hand hielt einen verschnörkelten Stab mit einem Kristall obenauf. Mit der anderen Hand winkte er sie heran. Sie rannten auf die Maschine zu, mit G-Dogg an der Spitze. Während Kellan ebenfalls herankam, sprang der Troll bereits auf die Landeplattform und trat zur Seite, damit der Ork und der Elf die bewusstlose Last an Bord bringen konnten.

»Lothan, uns sitzt der Ärger direkt im Nacken«, schrie Kellan. Der Troll bedachte sie mit einem breiten Lächeln, die Lippen zusammengekniffen, sodass nur die unteren Hauer herausragten.

»Ich glaube, damit werden wir fertig«, sagte er in einem Bassgrollen, das das Heulen der Triebwerke übertönte. Er zeigte mit seinem Stab auf die Mauern des Bauwerks und rief eine mystische Formel. Der Kristall am Ende seines Stabs leuchtete voller Energie, dann schoss ein funkelnder Blitz aus blau-weißem Licht heraus. Lothan ließ den Strahl über die Mauer wandern, und alles, was der Strahl berührte, überzog sich mit einer mindestens zehn Zentimeter dicken Eisschicht. Sie bedeckte sowohl den Notausgang als auch die Haupttüren zum Landeplatz und bildete eine durchsichtige Wand. Der Trollmagier nahm den Stab wieder hoch und grunzte zufrieden, während er sein Werk bewunderte.

»Nett«, sagte Kellan. »Den musst du mir beibringen.«

Lotahn lächelte. »Alles zu seiner Zeit. Jetzt lasst uns los. Ich glaube, wir sind hier schon lange nicht mehr willkommen.«

Kellan und Lothan gingen an Bord der Maschine, und G-Dogg knallte die Tür hinter ihnen zu. Das Triebwerksgeheul verstärkte sich und sie hoben sauber ab, lösten sich von der Aztechnology-Pyramide und neigten sich zur Innenstadt des Seattler Metroplex.

»Festhalten«, kam eine andere Stimme tief und barsch über den Kommlink in Kellans Ohr. »Wir setzen uns ab.«

Sobald sich die Tragflächen gedreht hatten und der Schub einsetzte, schoss die Kipprotormaschine vorwärts. Kellan ließ sich in einen Sitz fallen und tastete nach dem Sicherheitsgurt. Als sie aus dem Fenster schaute, sah sie, dass es rund um das Flugzeug plötzlich dunkel wurde.

»Oh-oh«, sagte sie. »Lothan, Gesellschaft!«

Dann heulte ein mächtiger Sturm, der die Maschine seitwärts weggleiten und an Höhe verlieren ließ. Die Triebwerksgeräusche wurden lauter, denn die Maschine bemühte sich, die Auswirkungen des Sturms zu kompensieren. Kellan hatte das Gefühl, ihr Magen befinde sich im freien Fall, und tastete nach etwas Stabilem in der Kabine.

»Verdammte Wach-Elementare«, knurrte Lothan, als er grob gegen die Kabinenwand geschleudert wurde. »Max, halt uns gerade!«, rief er.

»Was glaubst du wohl, was ich hier mache?«, kam die ärgerliche Antwort aus der Pilotenkanzel. »Lothan, schaff uns das Ding vom Hals, bevor es uns abstürzen lässt!«

»Pass gut auf«, sagte Lothan über die Schulter zu Kellan. Dann spreizte der Trollmagier die Beine und stellte sich so stabil wie möglich auf das geneigte Deck des Flugzeugs. Er hielt den Stab vertikal in beiden Händen vor sich, schloss die Augen, konzentrierte sich und murmelte leise arkane Formeln. Der Kristall auf seinem Stab leuchtete wieder. Lothan nahm seine ganze Willenskraft zusammen, um den Luftelementar, der der Maschine so zusetzte, zu bannen, während der Wind draußen heulte wie ein lebendiges Wesen.

Kellan glitt ans Fenster, schaute hinaus und richtete ihre Wahrnehmung auf den Astralraum. Sie ignorierte den Lichterglanz der Stadt unter ihnen und die auf die kristallinen Seiten der Pyramide gerichteten Scheinwerfer. Sie blendete das Rucken und Schwanken der Kabine aus, als sie in den wirbelnden Sturm draußen schaute, und sah mit anderen als ihren weltlichen Augen, was dort war.

Der Geist war eine dünne Gestalt, in dunkle Lumpen gehüllt, die zusammen mit seinen langen, wüsten Haaren im

Wind wirbelten und flatterten. Mit dem spitzen Kinn und der ebenso spitzen Nase sowie den schwarzen Augenhöhlen, in deren Tiefen ein elektrisches blaues Licht leuchtete, sah er wie eine alte Hexe aus. Der Elementar öffnete den Mund und schrie im Einklang mit dem Wind, wobei er Hände wie knochige Klauen ausstreckte, während er gegen die Triebwerke des Flugzeugs und gegen die Kraft von Lothans Bannzauber ankämpfte.

Kellan drückte mit einer Hand gegen das Fenster und nahm ebenfalls ihre ganze Willenskraft zusammen. Mit der freien Hand zeichnete sie ein Muster in die Luft, dem eine schwach leuchtende Spur folgte, sodass dort mystische Symbole flimmerten. Sie sprach eine Zauberformel und zeigte dann mit dem Finger auf den Luftgeist. Ein Lichtstrahl zuckte vor, gerade wie ein Schuss, und traf den Geist wie ein Speer. Der Elementar kreischte und verlor sich dann wie Rauch im Wind, der sich legte, während die letzten Schreie verhallten.

Das Flugzeug richtete sich auf und gewann wieder an Höhe. Lothan öffnete die Augen und setzte sich auf den freien Platz neben Kellan. »Ich *hatte* alles im Griff«, sagte er, und Kellan zuckte die Achseln.

»Tja, ich dachte mir, wir sollten so schnell wie möglich verschwinden, bevor noch mehr Wachgeister auftauchen. Du hast das Ding ja ziemlich beschäftigt.«

Lothan nickte. »Durchaus vernünftig, aber hüte dich in Zukunft, einen Bannvorgang so zu stören. Der Schuss könnte auch mal nach hinten losgehen.«

Jesus, gern geschehen, dachte Kellan, verkniff sich aber jegliche Antwort außer einem gemurmelten »Ich werd's mir merken«.

Augenscheinlich zufrieden, schaltete Lothan seinen Kommlink ein. »Jackie, wie sieht's aus?«

»Ich störe die Luftverkehrskontrolle«, erwiderte sie. »Über dem Metroplex herrscht so dichter Verkehr, dass die Azzies euch nicht aufspüren können. Bis sie eine Verfolgung organisiert haben, müsstet ihr längst außer Reichweite sein.«

»Ausgezeichnet. Nach Hause, Max«, rief Lothan nach vorn, »dann können wir diese Sache zu den Akten legen.«

»Genau«, erwiderte der Pilot. »Sieht so aus, als wäre der Luftraum um uns frei. Wir sind gleich da.«

»Dann können wir vielleicht auch herausfinden, was genau eigentlich schiefgegangen ist«, sagte der Troll.

Lothan hatte dieselbe Schlussfolgerung gezogen wie Kellan und wahrscheinlich alle anderen. Irgendwas war schiefgegangen, was nur bedeuten konnte, dass Informationen durchgesickert waren, und das wiederum bedeutete, dass jemand sie verkauft hatte. Wenn das stimmte, würde dieser Jemand dafür bezahlen.

Kapitel 2

Silver Max flog die Federated-Boeing souverän weg von der Innenstadt und nach Osten zu den Redmond Barrens. Vor vielen Jahren, vor dem Erwachen, waren die Barrens eine wohlhabende Gegend gewesen, aber das Chaos der letzten fünfzig Jahre hatte einigen Gegenden mehr zugesetzt als anderen. Ökonomische und politische Umwälzungen hatten aus einer blühenden Gemeinde einen Höllenbezirk des Seattler Metroplex gemacht, der unter der Verwaltung Groß-Seattles stand.

Das bedeutete ein Leben ohne Fürsorge für die Bewohner der Barrens, die größtenteils nicht existent waren, wenn es nach der Stadtverwaltung ging. Leute ohne SIN, Systemidentifikationsnummer, existierten in den Datenbanken der öffentlichen Behörden nicht. Das hieß, dass die Regierung nicht verpflichtet war, ihnen städtische Dienstleistungen anzubieten, und sie ignorieren konnte, solange sie ›richtigen‹ Bürgern keine Schwierigkeiten machten. Also war Redmond voller unbewohnbarer und leer stehender Häuser und wurde zwar von den Sicherheitstruppen der Stadtverwaltung und Konzerne von außen beobachtet, ansonsten aber weitgehend sich selbst überlassen.

Das kam Shadowrunnern natürlich entgegen. Sie nutzten den Umstand, dass sie außerhalb des Systems existierten, indem sie ihre Dienste an den Höchstbietenden verkauften. Sie erledigten die Drecksarbeit, die Aufträge, die weder Konzerne noch Regierungen öffentlich vergeben konnten und die im Dschungel des modernen Geschäftslebens doch so notwendig waren. Gegenden wie die Redmond Barrens waren für die meisten Leute die Hölle, aber der Himmel für Runner, Orte, wo sie ihren Geschäften relativ ungestört nachgehen konnten, solange sie diskret blieben.

Max landete die Maschine auf einem verlassenen Platz weit innerhalb von Redmond. Der zwergische Rigger schaltete die Positionslichter aus und brachte die Maschine nur mit Hilfe der Instrumente herunter. Für einen gewöhnlichen Piloten wäre das schwierig gewesen, aber nicht für Max, da er über seine Riggerkontrolle direkt in die Systeme des Flugzeugs eingestöpselt war. Die Sensoren der Maschine waren wie seine eigenen Augen und Ohren, ihre Tragflächen wie seine Gliedmaßen und ihre Triebwerke wie seine Muskeln; also brachte Max sie trotz der Dunkelheit so elegant herunter wie ein Mann, der bei fahlem Mondlicht durch einen vertrauten Raum spazierte.

Sie hatten kaum aufgesetzt, als das Team auch schon in Bewegung war. Espinosa war immer noch bewusstlos, also schwang G-Dogg ihn sich wie einen nassen Sack über die Schulter, während Orion die Luke öffnete und auf den Boden sprang. In seiner Hand war eine flache Pistole, und seine Elfenaugen hielten in der Finsternis nach Anzeichen für Ärger Ausschau. Kellan, G-Dogg und Lothan folgten dichtauf.

»Jackie«, sagte der Trollmagier in sein Kehlkopfmikro, »wir sind gelandet. Wie sieht's aus?«

»Keine Anzeichen für eine Verfolgung«, erwiderte die körperlose Stimme der Deckerin. »Jedenfalls keine, die Grund zur Besorgnis geben. Ich habe dafür gesorgt, dass die Luftverkehrskontrolle keine Daten über euren Verbleib hat. Wir können aber davon ausgehen, dass die Azzies ihre Fühler ausstrecken werden, also trödelt nicht herum.«

»Wir haben keine diesbezüglichen Absichten«, sagte Lothan. »Max, schwirr ab und komm zu unserem Treffpunkt, wenn du unser Transportmittel entsorgt hast.«

»Roger«, sagte der Zwerg.

Kellan konnte Max durch die getönte Kanzelverglasung

undeutlich auf dem Pilotensitz ausmachen. Der Rigger schien zu schlafen und in der Buchse hinter seinem Ohr steckte ein Kabel.

Orion schloss die Luke, und das Triebwerksgeheul wurde wieder lauter, während sie zurückwichen. Dann hob die Kipprotormaschine ab und wirbelte dabei Staub, Papierfetzen und Plastiktüten von dem Platz auf. Augenblicke später war sie über den Dächern der Nachbarhäuser, dann kippten die Tragflächen nach vorn und die Maschine flog in die Finsternis. Nachdem sie sich ein Stück entfernt hatte, schaltete Max die Positionslichter ein.

Ein Lieferwagen erwartete sie in einer Gasse unweit des Platzes. Sie hatten die hiesige Gang dafür bezahlt, dass er unversehrt blieb. Augenblicke später waren die Runner auf den Straßen Redmonds unterwegs. G-Dogg saß hinter dem Steuer, Orion auf dem Beifahrersitz, und Kellan und Lothan hatten sich mit ihrem ›Gast‹ in den Laderaum gequetscht.

»Das muss ein beachtlicher Betäubungszauber gewesen sein, den du gewirkt hast«, bemerkte der Troll mit Blick auf Espinosas Zustand.

»Na ja, ich wollte sichergehen, dass er sie ausschaltet«, erwiderte Kellan. »Ich wusste, er würde Espinosa keinen dauerhaften Schaden zufügen. Er wird schon wieder zu sich kommen.«

»Das war keine Kritik, meine Liebe. Alles in allem fand ich ihn ziemlich gut.«

»Danke«, sagte Kellan ein wenig verblüfft. Kurz nach ihrer Ankunft in Seattle vor ein paar Monaten hatte sie damit begonnen, von dem alten Troll Magie zu lernen. Ein Kampf vor einem Club, in dem G-Dogg manchmal arbeitete, hatte dazu geführt, dass Kellan ihr magisches Potenzial entdeckte. G-Dogg hatte sie mit Lothan bekannt gemacht, der sich bereit erklärt hatte, sie als Lehrling der mystischen Künste anzunehmen. Magier waren wertvoll im 21. Jahrhundert, sowohl in den Schatten als auch außerhalb, wodurch Kellan einen Vorteil hatte. Das war eine gute Sache, denn bevor sie nach

Seattle kam, hatte sie sich nur mit Kleinkram abgegeben und ein paar Runs in Kansas City durchgezogen. Jetzt hatte sie das Gefühl, zu mehr bereit zu sein.

»Gab es irgendwelche Anzeichen dafür, dass Espinosa beobachtet wurde?«, fragte Lothan.

Kellan schüttelte den Kopf. »Ich glaube nicht. Ich meine, er wusste nicht, dass wir einen Angriff vortäuschen würden, um ihn mit einer DocWagon-Maschine zu ›evakuieren‹, und er kam mir irgendwie nervös vor, aber das ist nicht weiter verwunderlich für einen Exec, der zu einem Konkurrenz-Konzern wechseln will.«

Lothan nickte. »Stimmt. Hattest du Gelegenheit, dir ein Bild über seinen Gemütszustand zu machen?«

»Nein, es ging alles viel zu schnell, und ich habe mich an den Plan gehalten, der vorsah, die Anwendung von Magie innerhalb der Pyramide auf das Allernötigste zu beschränken.«

»Nun, ich finde, wir sollten die Zeit nutzen und das nachholen, meinst du nicht? Für alle Fälle.« Er deutete mit einladender Geste auf den bewusstlosen Pinkel, um Kellan zum Fortfahren aufzufordern.

»In Ordnung«, sagte sie. Um sich zu entspannen, holte sie tief Luft und ließ sie langsam entweichen. Das Erlernen der astralen Wahrnehmung, die von Lothan und vielen anderen Magiern ›das Gesicht‹ genannt wurde, war Kellan schwer gefallen. Dazu war Konzentration erforderlich, Übung und vor allem innere Sammlung, um sich den Bildern und Eindrücken der magischen Welt zu öffnen. Zuerst war Kellan das nur spontan gelungen, zufällig und eher unfreiwillig. Mittlerweile glaubte sie, den Bogen heraus zu haben.

Als sie ihre Willenskraft einsetzte, um den Wechsel in der Wahrnehmung zu erzwingen, wurde ihre Sicht ein wenig unscharf, aber sie wurde sich der sanft leuchtenden Energieaura bewusst, die jeden Anwesenden im Lieferwagen umgab und nun für ihre magischen Sinne zu erkennen war. Orions Aura leuchtete ganz besonders hell am Rande ihres Blickfelds, was ihn als jemanden kennzeichnete, der selbst magische Fähigkeiten besaß. Lothans Aura hätte noch heller strahlen müssen, aber Kellan wusste, dass der alte Magier absichtlich einen Großteil seiner magischen Kräfte hinter einer Fassade verbarg, die zu durchschauen sie noch nicht gelernt hatte. Lothans Stab und sein Amulett leuchteten jedoch mit magischer Kraft.

Kellan richtete ihre Aufmerksamkeit auf Espinosa und untersuchte die Aura des Bewusstlosen. Sie war durchaus stark und gesund, was belegte, dass er bei ihrer Flucht aus der Aztechnology-Pyramide keinen ernsthaften Schaden erlitten hatte. Hier und da gab es ein paar dunkle Flecken, vor allem rings um Espinosas Kopf. Kellan wusste sie mittlerweile als Anzeichen für Implantate zu interpretieren; Veränderungen des Körpers, die zu Störungen in der Aura führten. Espinosa hatte eine Buchse hinter dem rechten Ohr und, wie es aussah, vermutlich auch noch andere Headware, was für einen Mann in seiner Position und mit seinem Einkommen ziemlich normal war.

Die emotionale Oberfläche der Aura war ruhig und nichtssagend, was nicht weiter überraschen konnte, weil er bewusstlos war. Wäre Espinosa wach gewesen, hätte Kellan aus dem Studium seiner Aura Eindrücke hinsichtlich seiner Empfindungen gewinnen können. Es war eine ungenaue Wissenschaft und sie lernte noch, aber sie konnte bereits die meisten starken Gefühle an der Oberfläche erkennen. Lothan konnte einer Aura viele Einzelheiten entnehmen, obwohl bei ihm noch eine allgemeine Fähigkeit hinzukam, Leute gut einschätzen zu können.

Anstatt auf die Empfindungen des Execs konzentrierte sich Kellan auf die Suche nach verräterischen Anzeichen dafür, dass Espinosa unter dem Einfluss eines Zaubers stand oder seine sehr bald als ehemalig zu bezeichnenden Arbeitgeber magische Mittel einsetzten, um ihn ausfindig machen oder verfolgen zu können. Sie sah keine Spur von aktiven Zaubern in seiner Aura, keine Manafäden, die ihn mit entfernten Ritualen verbanden, und auch keine Geister, die in seiner Nähe schwebten.

»Er sieht sauber aus«, sagte sie.

»Ich gebe dir recht«, erwiderte Lothan. »Wie lange noch bis zu unserem Treffen mit dem Johnson?«, fragte er die Runner vorne im Wagen.

»Noch ungefähr zwei Stunden«, sagte G-Dogg, ohne den Blick von der Straße zu nehmen.

»Gut, das sollte uns die nötige Zeit geben, dafür zu sorgen, dass unser Gast wach und in guter Verfassung ist, wenn wir den Austausch machen, und ihm vielleicht noch ein paar Fragen zu stellen, bevor unser Auftraggeber eintrifft und ihn übernimmt.«

»Du glaubst, er hat uns verkauft?«, fragte Orion mit einem Kopfnicken zu Espinosa.

»Das weiß ich noch nicht«, grollte Lothan. »Aber ich habe die Absicht, es herauszufinden, bevor dieses Geschäft zum Abschluss kommt.«

Espinosa erwachte kurz nachdem sie ihren Bestimmungsort erreicht hatten: eine von Redmonds vielen verlassenen Einkaufsgalerien, deren Ladenfronten mit Platten aus Bauplastik und aufgesprühter Bandengraffiti bedeckt waren. Er schien enorm überrascht zu sein, dass er noch am Leben und außerdem in der Mitte eines ansonsten leeren Raums auf einen Stuhl gefesselt war.

»Was soll das?«, fragte er, während er an den Fesseln an Händen und Füße zerrte.

»Das«, erwiderte Lothan, indem er sich zu seiner vollen Größe von fast drei Metern aufrichtete, wobei seine Hörner beinahe gegen die Decke stießen, »ist der Lohn für den Ärger, den Sie uns gemacht haben, Mr Espinosa.«

»Welchen Ärger? Wovon reden Sie?« Trotz der Tatsache, dass es in dem trüb erleuchteten Raum recht kühl war, begann Espinosa sichtlich zu schwitzen.

»Ich rede von der Tatsache, dass die Aztechnology-Sicherheit von Ihrer bevorstehenden Abreise gewusst hat, dass sie darauf vorbereitet war und uns erwartet hat und dass jemand einverstanden gewesen sein muss, mit ihr zusammenzuarbeiten und als Köder zu fungieren.«

»Ich ... ich habe keine Ahnung, was Sie meinen«, erwiderte der Exec, wobei er sich nervös im Raum umsah. »Mein neuer Arbeitgeber hat Sie angeworben, um mich von Aztechnology wegzuholen, nicht, um mich anzugreifen ...« Er zerrte wieder ein wenig an seinen Fesseln.

»Das gehörte zum Plan«, sagte Lothan, »um es so aussehen zu lassen, als brauchten Sie medizinische Hilfe, und Sie dann an Bord eines geliehenen DocWagon-Senkrechtstarters auszufliegen. Zum Glück haben wir Ihnen von diesem Teil des Plans nichts erzählt, weil wir es echt aussehen lassen und mögliche Sicherheitslecks vermeiden wollten ...« Der Troll ließ seine letzten Worte drohend in der Luft hängen, während sich seine Augen zu Schlitzen verengten. »Ihnen scheint sehr warm zu sein, Mr Espinosa«, schnurrte er. »Und Ihre Aura ist ziemlich turbulent. Faszinierende Sache, so eine Aura. Man kann ihr so viel entnehmen.« Er machte einen Schritt auf den gefesselten Exec zu. »Zum Beispiel kann man erkennen, ob jemand die Wahrheit sagt oder lügt. Man kann sogar in die Aura greifen und sie *verdrehen* ...« Er streckte eine seiner riesigen Pranken zur schweißbedeckten Stirn des Mannes aus.

»Ich hatte keine Wahl!«, sprudelte es aus Espinosa heraus, während er die Augen schloss und vor Lothan zurückzuckte. »Sie haben gesagt, wenn ich nicht kooperiere, würden sie ... *Madre de Dios* ...«, stammelte er ängstlich in einem Kauderwelsch aus Spanisch und Nauhautl, als Lothan näher kam.

»Nun?«, fragte der Troll.

»Er sagt die Wahrheit«, antwortete Kellan, »und macht sich vor Angst in die Hose.«

»Sehr gut, obwohl ich sagen würde, das ist ziemlich offensichtlich.« Er betrachtete den winselnden Exec vor sich mit einer Miene, die Abscheu verriet. »Beherrschen Sie sich, Mr Espinosa. Wir werden Ihnen nichts tun.«

Daraufhin wagte Espinosa, den Kopf zu heben und Lothan anzusehen. Seine Jammerlaute verstummten. »Das werden Sie nicht?«

»Natürlich nicht, schließlich sind Sie immer noch ein wertvolles Gut. Sie werden Ihren Willen bekommen und zu einem neuen Arbeitgeber wechseln, sobald dessen Leute kommen, um Sie abzuholen, was sehr bald der Fall sein dürfte. Aber ...« Lothan hielt inne, um seine anschließenden Worte zu betonen, während er sich ein wenig von Espinosa abwendete.

»Aber Sie sollten nicht vergessen, dass wir alle in einer sehr kleinen Welt leben, Mr Espinosa, die von Tag zu Tag noch kleiner wird, und die Schatten haben ein sehr langes Gedächtnis. Sollten Sie in Zukunft unsere beruflichen Dienste benötigen, werden Sie feststellen, dass der Preis beträchtlich gestiegen ist.«

Die Übergabe ging glatt über die Bühne, und Juan Espinosa war bald in den Händen seines neuen Arbeitgebers, der sehr zufrieden mit der Leistung der Runner war und das für die Aushändigung der Ware vereinbarte Honorar bezahlte.

Später, in einer schattigen Nische in einer Bar in Redmond, übernahm Lothan die Aufteilung des Geldes. Kellan war etwas enttäuscht über ihren Anteil, da Lothan seine Prozente gleich abzog. Sie schuldete ihm diesen Anteil dafür, dass er sie als Lehrling angenommen hatte. Trotzdem empfand Kellan es als ungerecht, dass sie die gefährlichste Arbeit leistete, während sich Lothan zurücklehnen und den Ertrag genießen konnte.

»Vielleicht sollte ich mir eine Nebenbeschäftigung suchen«, sagte Kellan ein wenig verdrossen, als sie die Anzeige auf ihrem Kredstab las.

»*Dante's Inferno* sucht Türsteher«, stellte G-Dogg hilfsbereit fest. Der Ork verdingte sich gelegentlich selbst als Türsteher für verschiedene Nachtclubs. Für ihn war das mehr eine Gelegenheit, zu sehen und gesehen zu werden und ein paar Geschäfte nebenbei zu machen. G-Dogg sagte, es helfe ihm außerdem, in Form zu bleiben, und gebe ihm Gelegenheit zu einer Prügelei, wenn er dazu in Stimmung sei.

»Danke«, sagte Kellan trocken, »aber ich glaube nicht, dass ich dafür geschaffen bin. Ich meinte Schatten-Arbeit.«

»Werd nicht gierig, Mädchen«, sagte Silver Max und trank einen Schluck aus seinem großen Bierglas. »Du bist noch nicht so lange in der Stadt, und dafür bist du ziemlich gut im Geschäft.«

Lothan zuckte vielsagend die Achseln. »Ich habe gewiss nichts dagegen, wenn Kellan auch allein arbeiten will«, sagte er. »Ihre Geschäfte gehen nur sie etwas an, obwohl ich auch der Ansicht bin, dass sie schlecht beraten wäre, diesbezüglich etwas zu versuchen.«

»Warum?«, fragte Kellan. »Glaubst du nicht, dass ich das auf die Reihe kriegen würde?«

Lothan hob eine buschige Augenbraue. »Offen gestanden, nein«, sagte er freimütig. »Du hast durchaus Talent, meine Liebe, und sogar echtes Potenzial, aber du solltest dir ein paar Anfangserfolge nicht zu Kopf steigen lassen.«

Ja, klar, Lothan hatte es gerade nötig, Leuten zu raten, sich Sachen nicht zu Kopf steigen zu lassen. Wäre Lothans Ego auch nur ein bisschen größer, dachte Kellan, *würde er jemanden brauchen, der ihm hilft, es herumzutragen.*

Andererseits gehörte das zu den Dingen, für die er *sie* hatte.

»Ich bin ziemlich gut zurechtgekommen«, sagte Kellan zu ihrer Verteidigung, und Lothan nickte.

»Ja, für einen Neuling, aber ...«

»Nichts ›aber‹!«, unterbrach sie ihn. Vielleicht war es nur das Rest-Adrenalin nach dem Run oder ihre Frustration über Lothans ständige Arroganz, aber sie war nicht in der Stimmung, sich wieder einmal von ihm sagen zu lassen, wie viel sie noch lernen musste. »Ich habe alles ganz prima auf die Reihe gekriegt bei diesem Run und auch bei jedem anderen, an dem ich beteiligt war. Hätte ich diese Aztechnology-Wachen nicht ausgeschaltet, wären G-Dogg und Orion erledigt gewesen. Espinosa würde immer noch für Aztech arbeiten, und wahrscheinlich hätten sie Max und das verdammte Flugzeug vom Himmel geholt!«

Kellan hatte sich bei ihrer Tirade erhoben und sich mit den Händen auf dem Tisch weit zu Lothan vorgebeugt. Er zuckte mit keiner Wimper, als Kellan ihre aufgestaute Frustration an ihm ausließ.

»Ich war auch diejenige, die sich um die Schweinerei mit den Ancients und den Spikes gekümmert hat«, fuhr sie fort.

Das zauberte ein gewisses Funkeln in Lothans Augen. Nur er und Kellan wussten, dass Lothan auf diesem Run auf eigene Rechnung gearbeitet hatte, wovon er den anderen nichts erzählte und worüber Kellan Stillschweigen bewahrte. Sie hatte nicht vor, es jetzt auszuposaunen, aber es machte ihr nichts aus, Lothan deswegen ein wenig schwitzen zu lassen. Wenn er sich deswegen Sorgen machte, ließ er es sich jedenfalls nicht anmerken.

»Bist du fertig?«, fragte Lothan leise, und Kellan ging plötzlich auf, dass sie Aufsehen erregte. Sie setzte sich langsam wieder auf ihren Stuhl und versuchte, sich für die anderen Gäste der Bar so unsichtbar wie möglich zu machen.

»Ja, du hattest Glück«, fuhr der Troll gleichmütig fort. »*Sehr viel* Glück, wenn du mich fragst, aber du solltest Glück nicht mit Erfahrung und Geschick verwechseln, meine Liebe, weil sich die beiden am Ende immer durchsetzen.«

»Ich bin nicht deine ›Liebe‹, Lothan, also hör auf, mich wie ein Kind zu behandeln.«

»Mit Freuden, wenn du endlich aufhörst, dich wie eins zu benehmen. Aber wenn du wie eine Erwachsene behandelt werden willst, dann bitte. Ich hätte da ein paar erwachsene Realitäten für dich, Kellan. Du hast vollkommen recht. Du bist kein Kind, und ich bin ganz gewiss nicht dein Vater. Du bist mein Lehrling, und ich bin dein Lehrer, und ich wäre nachlässig, wenn ich nicht versuchen würde, dir gewisse Dinge beizubringen, die dich in dem Leben, das du gewählt hast, vor dem Tode bewahren. Wir haben eine Geschäftsbeziehung. Wenn du damit nicht glücklich bist oder dein Glück anderswo suchen willst, steht es dir frei, das zu tun. Aber vergiss nicht«, und dabei hob er zur Betonung einen Finger, »dass du es auf eigene Gefahr tust.«

Kellan erhob sich von dem Tisch. »Vielleicht mache ich das.« Sie hieb auf das Bezahlen-Icon auf dem Bildschirm an der Tischkante, um ihr Getränk zu bezahlen, zog ihren Kredstab aus dem Schlitz, drehte sich auf dem Absatz um und verließ den Tisch und die anderen Runner.

Lothan wollte, dass sie aufhörte, sich wie ein Kind zu benehmen? Fein. Sie würde ihm zeigen, wozu sie fähig war, dann würde der arrogante Angeber ein wenig Dankbarkeit lernen.

Kapitel 3

Kellan stieß das Schwert zum Herzen ihres Gegners, aber dessen Schwert kam in elegantem Bogen hoch und wischte die Spitze ihrer Klinge beiseite. Sie riss sie rasch nach oben, um den anschließenden auf ihre Schulter gezielten Streich abzuwehren, und hieb dann ihrerseits auf den Hals ihres Gegners. Er parierte wiederum mühelos und drehte sein Schwert, sodass Kellans Klinge abgelenkt wurde. Dann folgte ein blitzartiger Stoß, mit dem er ihr die stumpfe Spitze der Übungswaffe dicht unter den Rippen in den Bauch rammte.

»Au!«, rief Kellan, indem sie einen Schritt zurückwich und sich die schmerzende Stelle rieb.

Orion blieb stehen und grüßte mit dem Übungsschwert, bevor er wieder in die Grundstellung ging.

»Noch mal«, sagte er barsch.

Kellan riss sich zusammen, erwiderte den Gruß des Elfs und ging ebenfalls in die Grundstellung: den Schwertarm ausgestreckt und die freie Hand zum Ausbalancieren ein wenig hinter dem Rücken.

»Greif mich an!«, befahl Orion, und Kellan preschte vor. Orion drehte den Oberkörper, um ein kleineres Ziel zu bieten, und brachte sein Schwert im Bogen herum, um ihres um die Winzigkeit abzulenken, die nötig war, damit ihre Klinge ihn verfehlte. Kellan riss ihrerseits das Schwert in weitem Bogen herum, erwischte Orions langsam nachsetzende Klinge und stieß sie beiseite.

»Gut!«, sagte er und parierte Kellans auf seinen Oberkörper gezielten Hieb. Dann stieß er nach ihrem Bein.

Kellan senkte ihr Schwert, um den Stoß zu parieren, aber Orion hatte nur fintiert. Seine Waffe kam blitzschnell hoch und traf Kellans Schulter mit lautem Klatschen.

»Au! Verdammt!«, schrie sie ob des durchdringenden Schmerzes, den die Übungsklinge aus Rattan verursachte.

»Konzentrier dich«, sagte Orion.

Sie biss die Zähne zusammen und massierte sich die Schulter, während der Elf einen Schritt zurückwich und wieder die Grundstellung einnahm, ohne auch nur ansatzweise außer Atem zu sein. »Noch mal«, sagte er mit einem Nicken.

Kellan holte tief Luft. Sie strich sich ein paar schweißnasse Haarsträhnen aus dem Gesicht und erwiderte Orions Gruß.

»Greif an!«, forderte er, und Kellan drängte vorwärts. Diesmal wich Orion ihrem Angriff seitlich aus und konterte mit einem Aufwärtsstoß.

Kellan versuchte zurückzutrippeln, um der Klinge auszuweichen, verlor aber das Gleichgewicht. Der Elf schlug ihr das Schwert aus der Hand, während Kellan hintenüber fiel und mit dumpfem Schlag auf dem harten Boden landete.

»Wofür war das jetzt?«, fauchte sie und funkelte Orion an, während sie sich die noch vom Treffer zuvor schmerzende Schulter rieb.

»Fürs Träumen«, sagte er. »Wenn ich dir beibringen soll, wie man ein Schwert führt, ist das Mindeste, was ich verlangen kann, dass du dir Mühe gibst.«

»Ich gebe mir Mühe!«

Er schüttelte den Kopf. »Das kannst du viel besser.« Er bot Kellan eine Hand, um ihr aufzuhelfen, doch sie beachtete sie nicht und rappelte sich ohne seine Hilfe auf.

»Musst du so hart zuschlagen?«, protestierte Kellan.

»Es tut nicht annähernd so weh wie ein echtes Schwert«, sagte Orion ohne eine Spur von Mitgefühl. »Wäre das hier ein echter Schwertkampf, wärst du jetzt tot.«

»Aber es ist kein echter Kampf. Es soll doch eine Übung sein.«

»Es soll aber auch nicht leicht sein.«

»Ach, verdammt«, sagte Kellan. »Vielleicht sollte ich mich gar nicht damit abgeben.« Sie machte Anstalten zu gehen.

»Warte mal!«, sagte Orion. »Was ist los, Kel? Bist du immer noch sauer über diesen Drek mit Lothan?«

Kellan schwieg einen Moment, dann hob sie ihr Schwert auf. Orion wertete ihr Schweigen als Bestätigung. »Lass dich von ihm nicht unterkriegen«, sagte er. »Du weißt besser als sonst irgendwer, was für ein Angeber Lothan ist. Er ist älter als Gottes Eltern, und er glaubt nicht, dass irgendjemand irgendwas genauso gut kann wie er.«

Orion und Lothan hatten in der Vergangenheit auch schon die eine oder andere Meinungsverschiedenheit gehabt. Der elfische Adept war sehr impulsiv verglichen mit Lothans kühlem, berechnendem Intellekt, der jede nur mögliche Variable berücksichtigte, bevor er eine Entscheidung traf.

»Mir ist nicht aufgefallen, dass du gesagt hast, er wäre im Irrtum«, murmelte Kellan, die dabei auf das Schwert in ihrer Hand starrte.

»Worüber – dass du nicht in der Lage bist, selbst einen Run aufzuziehen?«

Kellan hob den Kopf, und der Blick ihrer blauen Augen begegnete seinen blattgrünen. »Und? Bist du seiner Ansicht?« Eine lange Pause trat ein, in der die Frage in der Luft hing. »Das bist du, oder nicht?«

»Das habe ich nicht gesagt!«, konterte Orion.

»Aber gedacht!«

»Ach so, der Meister der Arkanen Künste hat dir jetzt also auch beigebracht, wie man Gedanken liest, was?«

Kellan setzte zu einer Antwort an, doch Orion ließ sie nicht zu Wort kommen.

»Ich habe nichts gesagt, weil dafür weder der rechte Ort noch die rechte Zeit war.«

Kellan spürte, wie ihr heiße Röte in die Wangen schoss. Damit hatte er recht. Sie hätte nicht in aller Öffentlichkeit so auf Lothan losgehen sollen, vor allem nicht in Bezug aufs Geschäft.

»Aber«, fuhr Orion fort und hob dabei die Hand zur Betonung, »ich stimme nicht unbedingt mit Lothans Haltung überein. Ich glaube, er unterschätzt dich, aber so begegnet Lothan *jedem*, Kellan. Wahrscheinlich kann er sich gar nicht mehr an den letzten Run erinnern, bei dem er nicht das Kommando hatte.«

Kellan seufzte. »Ja, wahrscheinlich hast du recht. Es ist nur so frustrierend.«

»Darauf möchte ich wetten. Ich weiß nicht, wie du es schaffst, mit ihm als Lehrer zurechtzukommen.«

»Ich habe eine hohe Toleranz für schwierige Lehrer«, sagte Kellan mit einem Lächeln, und Orion schaute mit einfältiger Miene auf das Schwert in seiner Hand, während sie lachte.

»So schlimm ist es eigentlich gar nicht«, erklärte sie. »Lothan kennt sich aus und hat mir eine Menge beigebracht. Ich glaube einfach nur, dass er nicht sieht, dass ich zu mehr fähig bin, zu viel mehr. Ich meine, du arbeitest auch noch nicht so lange in den Schatten. Du weißt, was ich meine.«

Orion nickte. »Ja, es ist schwierig am Anfang, wenn jeder davon ausgeht, dass du alles versaust, aber ich glaube, wir haben beide bewiesen, dass wir zurechtkommen.«

»Ich will aber mehr als das. Ich werde nicht ewig Lothans Lehrling sein.«

»Du willst bestimmen, wie der Hase läuft«, sagte Orion.

»Was ist falsch daran?«

»Nichts, aber wahrscheinlich fragst du den Falschen. Mir reicht's, der angeworbene Muskelmann zu sein«, sagte er. »Damit kenne ich mich aus. Solange ich bezahlt werde, bin ich besser daran, wenn ich mir über alles andere keine Gedanken machen muss.«

»Ich nicht«, sagte Kellan. »Ich meine, ich kann Befehle befolgen und tun, was zu tun ist, aber ich glaube nicht, dass ich ewig so weitermachen will.«

»Was wirst du also dagegen unternehmen?«

Kellan seufzte wieder. »Das weiß ich nicht. Lothan wird seine Meinung ganz sicher nicht ändern ...«

»Zum Teufel mit Lothan!«, sagte Orion. »Er ist nicht der einzige Runner in Seattle. Er ist nicht einmal der einzige Magier, auch wenn er sich so aufführt. Du brauchst nicht seine Erlaubnis, um ein paar Geschäfte nebenbei abzuwickeln, richtig?«

Kellan überlegte kurz. »Nein, du hast recht.«

»Wenn du also eine Gelegenheit siehst, pack sie beim Schopf, würde ich sagen.«

»Hilfst du mir, wenn ich das tue?«, fragte sie.

»Wenn du dir mich leisten kannst.« Dann verzog sich sein ernstes Gesicht zu einem breiten Grinsen. »Ja, natürlich helfe ich dir.«

»Danke.«

»Kein Problem«, erwiderte der elfische Adept. »Bist du dann jetzt bereit für noch ein paar Runden?«

Kellan hob mit einem Nicken ihr Schwert und nahm die Grundstellung ein. »Also los«, sagte sie, »und diesmal zieh ich dir deine elfischen Spitzohren lang.«

Wie sich herausstellte, war es größtenteils Orion, der das Ohrenlangziehen übernahm, obwohl Kellan noch ein paar gute Angriffe gelangen. Sie setzte sogar einen Treffer gegen Orion, was den Elf beeindruckte. Er sagte, Kellan mache eindeutig Fortschritte. Am Ende des Übungskampfes war sie zerschlagen, wund und verschwitzt, fühlte sich aber hinsichtlich ihrer Auseinandersetzung mit Lothan besser. Es war gut zu wissen, dass wenigstens eine Person glaubte, sie habe alles, was nötig sei, um es selbst in die Hand zu nehmen.

Kellan war angenehm überrascht von ihrer wachsenden Freundschaft mit Orion, wenn auch nicht so überrascht wie er, vermutete sie. Anfangs hatte sie Orion fast ebenso arrogant wie Lothan gefunden, wenn nicht noch mehr. Er hatte zu den Ancients gehört, einer elfischen Motorrad-Gang, einer der größten im Plex. Wahrscheinlich hatte er sie für einen Schattenneuling gehalten, einen Niemand, der vom Geschäft nichts verstand. Die Zusammenarbeit bei ihrem ersten gemeinsamen Run hatte sie beide gelehrt, dass der Schein trog, und die Tür für die Entstehung einer Freundschaft geöffnet.

Schließlich hatte Kellan Orion gebeten, sie im Schwertkampf zu unterrichten. Es war eine Herausforderung für beide. Orion war Adept und als solcher mit magischen Fähigkeiten ausgestattet, die ihn schneller, stärker und fähiger machten als einen Normalsterblichen. Ein Großteil seines Geschicks mit dem Schwert beruhte auf Magie. Er war nicht sicher, ob er seine Kunst lehren konnte. Kellan hatte noch nie eine Waffe benutzt, die mehr Technik erforderte als ein Betäubungsschlagstock oder eine Pistole. Sie wusste nicht, ob sie überhaupt die Zeit hatte, fechten zu lernen, angesichts der Fülle magischer Studien, die Lothan ihr auferlegte. Andererseits gab es Gefahren in der Erwachten Welt, mit denen ehrlicher, aufrechter Stahl besser zurechtkam als eine Pistole oder Betäubungswaffe, und Kellan wollte vorbereitet sein.

Es gab Augenblicke, gewöhnlich nachdem Orion ihr wieder einen schmerzhaften blauen Fleck verpasst hatte, in denen sie ihre Entscheidung bereute, aber im Moment hatte sie ein gutes Gefühl dabei. Orion hatte recht: Sie machte Fortschritte. Außerdem lernte sie auch mehr über Magie und über die Schatten Seattles. Sie war zuversichtlich, ihre Angelegenheiten selbst in die Hand nehmen zu können, was immer Lothan und die anderen auch davon halten mochten.

Es war immer noch ziemlich früh am Abend, als Kellan zu ihrer Wohnung zurückkehrte. Sie schleppte sich müde die Treppe empor und hörte dabei einen lauten Streit hinter verschlossenen Türen im ersten Stock, als sie den Treppenabsatz passierte. Das dort lebende Ork-Paar stritt sich *immer*, normalerweise aus vollem Halse. Kellan konnte nur die Hälfte der Mischung aus Englisch, Spanisch und Japanisch verstehen, die hier in Seattle Stadtsprache genannt wurde.

Sie war tatsächlich glücklich darüber, dass Lothan ihr nie vorgeschlagen hatte, bei ihm einzuziehen. Zum Glück schätzte der Trollmagier seine Privatsphäre zu sehr, also hatte sie sich eine Bleibe suchen müssen. G-Dogg *hatte* es ihr angeboten, aber sie hatte abgelehnt. Sie wollte keine ihrer Arbeitsbeziehungen komplizierter machen und auch deshalb eine eigene Wohnung. Also hatte sie sich die nötigen Kreds vom Erlös ihrer Runs zusammengespart und G-Doggs Hilfe bei der Suche nach einer geeigneten Bleibe akzeptiert.

Bei Licht betrachtet war es nicht viel: ein winziges Einraum-Apartment im zweiten Stock eines heruntergekommenen Hauses am Rande der Puyallup Barrens mit fließendem Wasser, das vielleicht die Hälfte der Zeit lief, und Nachbarn mit brüllenden Kindern, die gewöhnlich ihr Trideo oder Stereo zu laut stellten. Aber es gehörte ihr.

Kellan öffnete die Magnetschlösser an ihrer Tür, wobei sie im Flur wie immer die Augen nach Fremden offen hielt. Drinnen stellte sie ihre Tasche ab und schaltete das Licht ein, bevor sie die Tür schloss und wieder absperrte.

Sie wollte duschen und sich etwas zu essen zu machen, um sich danach bei Shadowland einzuloggen und nach Arbeitsangeboten Ausschau zu halten. Shadowland war *der* Matrix-Host für Runner, um Informationen auszutauschen und geschäftliche Aushänge zu machen. Jackie Ozone hatte Kellan einen Zugang eingerichtet, und Shadowland bot die besten Möglichkeiten, um zur Abwechslung mal etwas auf eigene Rechnung zu machen.

Doch zuerst blickte sie auf ihr Handy. Es gab nur eine neue Nachricht. *Wahrscheinlich von Lothan: Noch mehr ›Hausaufgaben‹ für mich,* dachte sie, als sie die Taste zum Abruf der Nachricht drückte.

»Äh, hi, Kellan«, sagte eine Stimme, die ihr vage bekannt vorkam. »Hier ist Squeak. Wahrscheinlich kannst du dich nicht mehr erinnern, aber ich ... äh, ich hab da was, worüber ich gerne mit dir reden würde, was *Großes*. Ruf mich zurück, okay?« An die Nachricht war eine Telekom-Nummer aus dem lokalen Gitter angehängt. Kellan betrachtete sie nachdenklich, während sie auf dem winzigen Bildschirm blinkte.

Tatsächlich erinnerte sie sich an Squeak. Er war ein Decker, ein ›Warez-dood‹, wie er sich selbst nannte. Seine Spezialität war die Jagd nach weggeworfenem Müll anderer Leute, sowohl Daten als auch Hardware, wobei er nach kleinen Diamanten Ausschau hielt, die er zu Kreds machen konnte. Manchmal war es eine Kontonummer, ein altes Passwort, eine gelöschte Datei oder ein Gerät, das repariert und wieder benutzt werden konnte. Jackie kaufte ihm von Zeit zu Zeit Sachen ab, und Kellan hatte ihn kennengelernt, als Jackie nicht lange nach Kellans Ankunft in Seattle irgendwelche Daten für einen Run benötigte. Der schüchterne, unbeholfene Decker hatte vom ersten Moment Gefallen an Kellan gefunden.

Noch wichtiger war, dass Kellan Squeak das Dauerangebot gemacht hatte, ihn für jede Information zu bezahlen, die er über ihre Mutter ausgrub. Jemand hatte ihr ein Päckchen aus Seattle geschickt, das ein paar Hilfsmittel für das Schattengeschäft und den silbernen keltischen Torques enthielt, den sie seither trug. In der beigefügten Nachricht hatte es nur geheißen, die Sachen hätten ihrer Mutter gehört. Kellan war unter anderem auch nach Seattle gekommen, um den Ursprung des Päckchens zurückzuverfolgen und mehr über ihre Mutter herauszufinden. Vor allem, ob sie noch lebte. Hatte Squeak eine Spur?

Sie drückte auf die Taste, die die ausgewählte LTG-Nummer wählte. Es klingelte nur zweimal, bis jemand abnahm.

»Hi, Kellan, hast du meine Nachricht erhalten?«, fragte Squeak.

Kellan fragte nicht, woher er wusste, dass sie es war. Sie war der Ansicht, die Anrufer-Kennung ihres Handys sei gesperrt, aber anscheinend nicht für jeden. Entweder das – oder er hatte die Nummer extra für sie und nur für sie aktiviert, damit er wusste, dass sie der Anrufer war.

»Ja, habe ich«, erwiderte sie. »Also, was liegt an?«

»Nicht am Telekom«, erwiderte Squeak barsch. »Können wir uns treffen?«

Kellan überlegte nicht lange. Was hielt Squeak für so wichtig? »Sicher. Wann und wo?«

»Wie wär's im *Syberspace* in ... einer Stunde?« Squeak versuchte, nicht zu eifrig zu klingen. Es gelang ihm nicht.

»In einer Stunde?« Kellan hielt inne, als denke sie darüber nach. Sie wusste sehr wohl, wie man es vermied, allzu eifrig zu klingen, obwohl sie ziemlich neugierig war, was Squeak zu haben glaubte.

»Ja«, lautete die kurze Antwort.

»Na schön«, sagte sie.

»Sahne! Vertrau mir, Kellan, du wirst es nicht bereuen.«

»Okay, Squeak, wir treffen uns in einer Stunde.«

»Und, Kellan, komm allein«, fügte Squeak hinzu, bevor er auflegte.

Sie betrachtete einen Augenblick ihr Handy. *Allein kommen?* Squeak hatte zu viele SimSinn-Chips eingeschoben. Dennoch war es eine vernünftige Vorsichtsmaßnahme, falls er wirklich etwas Wertvolles hatte. Sie fragte sich, was Squeak herausgefunden hatte.

Tja, da gibt es wohl nur einen Weg, das zu erfahren, dachte sie.

Wenn sie in einer Stunde im *Syberspace* sein wollte, blieb ihr gerade noch genug Zeit, rasch unter die Dusche zu gehen und Arbeitskleidung anzuziehen.

Kapitel 4

Das *Syberspace* war, wie der Name vermuten ließ, ein Club für Decker, Warez-doods und andere Techfreaks wie Squeak, die sich in der virtuellen Welt der Matrix wohler fühlten als im wirklichen Leben (oder einfach ›WL‹, wie die Decker es nannten). Innen war der Club wie ein Host-System in der Matrix unter Benutzung des weitgehend akzeptierten universellen Matrixsymbolismus gestaltet. Wände und Boden bestanden aus poliertem schwarzen Makroplast, das Lichter und Bilder in ihren tintigen Tiefen widerspiegelte. Das Mobiliar bestand aus Chrom und weißem Plastik in einfachen geometrischen Formen: Tische und Stühle waren würfelförmig oder zylindrisch. Einige weiße und chromfarbene Kugeln und Pyramiden standen als Dekoration herum. Die Pyramiden waren außerdem Terminals für die Bestellung von Getränken und ihre Bezahlung mittels Kredstab. Bunte Neonröhren verliefen unter der Decke, setzten Akzente an den Wänden und säumten die Geländer rund um die Haupttanzfläche, wo sie im Takt zur Musik stroboskopartig blinkten.

Die Tanzfläche selbst war der Mittelpunkt des Clubs. Der Boden bestand aus durchsichtigen Plastikblöcken, durch die von unten bunte Lichter blinkten. Angeblich waren die Lichter in verschiedenen Sequenzen programmiert, die mit der Musik gekoppelt waren. Gerüchte besagten, die blinkenden Lichter würden manchmal unterschwellige Botschaften übermitteln oder auch Anfälle und Halluzinationen hervorrufen, obwohl Kellan so etwas noch nie erlebt hatte.

Im Club war nicht allzu viel los, als sie eintraf. Richtig voll würde es erst in ein oder zwei Stunden sein, wenn die eigentlichen Clubgänger auftauchten, und dann bis weit in die Nacht hinein bleiben. Das war ihr sehr recht, da sie aus geschäftlichen Gründen gekommen war, und je weniger Leute sie sehen konnten, desto besser. Das *Syberspace* war keiner ihrer Stammclubs, aber sie war schon mal dort gewesen und kannte sich halbwegs aus. Ihr Kredstab setzte den Türsteher davon in Kenntnis, dass sie zweiundzwanzig war und keineswegs neunzehn, und er zog es vor, nicht nachzufragen. G-Dogg hatte mit dafür gesorgt, dass Kellans Ausweis jeder oberflächlichen Inspektion standhalten würde, und er kannte sich mit solchen Dingen aus.

Ein Blick auf die Tische im hinteren Teil des Clubs reichte, um Squeak zu finden, der ganz allein in einer Nische saß und ein wenig nervös aussah. Er sah sie ebenfalls, ließ sich aber nichts anmerken.

Wenigstens steht er nicht auf und winkt, dachte Kellan, als sie zu seinem Tisch ging. Sie glitt beiläufig in die Nische und setzte sich ihm gegenüber.

Wahrscheinlich hatte Squeak seinen Straßennamen aufgrund seiner unvorteilhaften Ähnlichkeit mit einem nervösen Nagetier bekommen. Er war klein und schmächtig und hatte eine teigige, blasse Haut, die offenbar nur äußerst selten die Sonne sah. Seine Haare waren schmutzig blond und er hatte bereits eine hohe Stirn, obwohl er nicht viel älter war als Kellan. Seine blauen Augen waren keine Originalausstattung mehr, sondern kybernetische Implantate, und in der Iris waren blasse silbrige Schaltkreismuster zu sehen. Seine Cyberaugen hatten Squeaks nervösen Hang, ständig von einer Seite zur anderen zu schauen, nicht im Geringsten beeinträchtigt. Tatsächlich klickten die Myomermotoren der Implantate ganz leise, wenn er es tat. Das Geräusch ging Kellan auf die Nerven.

»Hi, Squeak«, sagte sie.

»Hi, Kellan«, erwiderte der Warez-dood mit einem schüchternen Lächeln. Es klickte. »Danke, dass du gekommen bist.«

»Kein Problem, aber ich hoffe, die Sache ist meine Zeit wert.«

»Oh, das ist sie«, erwiderte Squeak. »Ganz bestimmt.« Die Augen klickten rasch hin und her, als er sich vorbeugte.

»Ich habe einen Vorschlag für einen Run«, sagte er.

Also war es keine Information über ihre Mutter, dachte Kellan mit einer Spur von Enttäuschung. Andererseits ...

»Was für einen Run?«, fragte sie und klang betont gelassen.

»Einen sehr einträglichen«, sagte Squeak. Er schaute kurz in den Raum. Klick-klick. »Ich bin ein paar Abfalldateien durchgegangen, die ich an Land gezogen habe, du weißt schon, hauptsächlich Schrott und wertloser Drek, weil ich sehen wollte, ob sich irgendwas davon verkaufen lässt. Auf einem alten Speichermedium waren ein paar verschlüsselte Dateien, und wenn ich ›alt‹ sage, meine ich damit älter als du und ich. Ich habe die Verschlüsselung geknackt und konnte Teile einiger E-Mails retten. Im Betreff steht, dass es sich um militärische Botschaften der Vereinigten Staaten aus der Zeit des Geistertanzkriegs handelt.«

Das erregte Kellans Interesse. »Bist du sicher?«, fragte sie, und Squeak nickte sehr nachdrücklich.

»Absolut. Ich habe alles doppelt und dreifach überprüft und bin überzeugt, dass die Dateien echt sind.«

»Was stand denn drin?«

Squeak grinste. »Das ist das Gute daran. In den E-Mails geht es um ein Militär-Arsenal der Vereinigten Staaten an einem Ort, der sich mittlerweile auf dem Gebiet der Salish-Shidhe befindet. Sie übermitteln streng geheime Befehle, das Arsenal vor der Räumung des Gebiets zu zerstören. Den Daten nach ist der Befehl gleich nach der Unterzeichnung des Vertrags von Denver ergangen, als die Vereinigten Staaten mit dem Rückzug aus den Native American Nations begannen.«

»Und?«, fragte Kellan. »Wo ist da der Run? Wenn diese Befehle ergangen sind vor ... wie lange ist das her, vierzig Jahre? Länger? Die US-Soldaten müssen das Arsenal zerstört und sich dann abgesetzt haben.«

»Ja, aber was ist, wenn *nicht*?«, fragte Squeak. »Was, wenn sie den Befehl nie bekommen haben oder nicht in der Lage waren, ihn auszuführen? In den Dateien findet sich keine Bestätigung, kein Hinweis darauf, dass die Befehle tatsächlich ausgeführt wurden. Im Geistertanzkrieg ist ziemlich viel Drek abgegangen, und der Teil des Landes stand mittlerweile unter NAN-Kontrolle. Vielleicht hatten die US-Truppen keine Gelegenheit mehr, alle Waffen zu zerstören. Was ist, wenn sie noch da sind?«

»Das ist ein verdammt großes ›Wenn‹, Squeak.«

»Ja, ja, ich weiß«, sagte er, »aber denk darüber nach, Kellan!«

»Das tue ich«, sagte sie. »Aber selbst wenn noch Waffen da sind – wer sagt, dass sie nach so langer Zeit noch was taugen? Wahrscheinlich sind sie längst verrostet, und außerdem sind sie ganz bestimmt längst veraltet.«

»Das glaube ich nicht«, sagte der Warez-dood, und seine Cyberaugen klickten vor Aufregung. »Dieser Drek war *streng geheim*, Kellan. Das waren nicht nur Regale mit Sturmgewehren oder Granaten und solcher Drek. Wir reden hier über ein paar ernsthafte Waffen.«

»Wie ernsthaft?«

»Das weiß ich nicht. Aus den Dateien ging das nicht hervor, aber ich würde sagen, etwas ... Strategischeres.«

»Stra...« Kellan hielt inne. »Du meinst ...? Nein ...«

Squeak zuckte die Achseln und schüttelte den Kopf. »Wie ich schon sagte, ich weiß es nicht, aber denk einfach mal an die *Möglichkeiten*.«

Kellans Gedanken überschlugen sich gerade angesichts der Möglichkeiten. Squeak deutete an, dass das Waffenarsenal unter Umständen Massenvernichtungswaffen enthielt, höchstwahrscheinlich chemische, biologische oder sogar taktische atomare Waffen. Die alte US-Regierung hatte solche Waffen in der Zeit des Geistertanzkrieges ganz sicher besessen, sie aber niemals eingesetzt, da ihnen nicht gelungen war, die Guerillatruppen der Native Americans aufs Korn zu nehmen, die auf ihrem eigenen Territorium gekämpft hatten. Außerdem waren sie nicht bereit gewesen, Verluste unter der Zivilbevölkerung in der Höhe hinzunehmen, wie sie derartige Waffen verursacht hätten.

Obwohl unzählige Verträge zwischen Regierungen und auch Konzernen die Anhäufung solcher Waffen verboten, war es ein offenes Geheimnis in den Schatten, dass sowohl Regierungen als auch Megakonzerne über welche verfügten, falls man sie jemals brauchen würde. Wenn Squeaks Informationen über das Waffenarsenal stimmten und es dort tatsächlich Waffen des alten US-Militärs gab, waren diese Informationen – und natürlich die Waffen – den richtigen Parteien ein Vermögen wert. Dann steckte darin mehr Geld, als Kellan bisher mit all ihren Runs zusammen verdient hatte, einschließlich der für Lothan.

»Okay«, sagte sie und sammelte ihre Gedanken wieder. »Selbst wenn da nach all den Jahren noch irgendwas ist, warum ich? Ich meine, wenn du diese Informationen hast, warum holst du dir diese Waffen nicht selbst?«

Squeak schnaubte spöttisch. »Ach, komm schon, Kellan! Ich bin ein Warez-dood, kein Runner! Ich setze Daten zusammen, schreibe Programme und baue Headware, aber ich gehe nicht auf Runs. Ich wüsste nicht mal, wie ich in die NAN komme, um es mir mal anzusehen.«

»Warum verkaufst du die Info dann nicht einfach an die Regierung der NAN oder der UCAS oder bietest sie über Shadowland an?«

Er schüttelte den Kopf. »Weil ich noch nicht weiß, ob sie etwas wert ist. Außerdem – wenn ich einer Regierung gegenüber auch nur andeute, was ich habe, wissen sie, dass da irgendwas ist. Kann ich sicher sein, dass sie mich nicht einfach übers Ohr hauen oder versuchen, mich zu verhaften? Auf keinen Fall. Aber wenn ich einen *Beweis* habe oder besser noch die Waffen ...«

... wären die Regierungen der UCAS und der NAN und auch noch ein Haufen andere bereit, eine Menge dafür zu bezahlen, beendete Kellan den Satz gedanklich.

»Aber zuerst brauche ich jemanden, der sich die Sache mal ansieht«, fuhr Squeak fort. »Und da kommst du ins Spiel.«

»Und was springt dabei für mich heraus?«.

»Ein Anteil«, sagte er. »Ich stelle die Daten zur Verfügung, und wir machen halbe-halbe.«

»Das volle Risiko für den halben Gewinn?«, sagte Kellan ungläubig.

»Nicht das *volle* Risiko«, protestierte Squeak.

»Na, dann eben fast. Was ist, wenn sich herausstellt, dass da nichts ist?«

»Da ist etwas. Ich kann es spüren, Kellan, aber ich brauche deine Hilfe, um es mit Sicherheit herauszufinden.«

»Dann brauche ich aber eher achtzig Prozent«, sagte sie. Als es so aussah, als wolle Squeak protestieren, fuhr sie fort: »Wenn ich ein Team zusammenstellen und *bezahlen* soll, brauche ich mehr.«

Squeak dachte kurz darüber nach, aber sie wusste, dass er am Haken hing. Er kannte nicht genug andere Runner, um sich weiter umzuhören, und hinzu kam noch: Je mehr er sich umhörte, desto eher würde sich jemand zusammenreimen, was er vorhatte.

»Fünfundsiebzig«, lautete sein Gegenangebot.

Kellan überlegte kurz. »Abgemacht.«

»Sahne«, sagte er, während er eine Hand ausstreckte und grinste, als Kellan sie schüttelte. »Wann fangen wir an?«

»Lass mich erst mal herumhören«, sagte sie, »dann melde ich mich wieder bei dir. Sobald ich ein Team zusammen habe, können wir uns daran machen, der Sache auf den Grund zu gehen.«

Das Grinsen des Warez-doods wurde noch breiter. »Darauf geb ich dir einen aus. Das ist das große Los, Kellan, das spüre ich. Wir werden *reich!*«

»Du hast den Verstand verloren, Mädchen«, sagte G-Dogg. Kellan warf einen Blick auf Liada, fand dort aber keine Unterstützung. Die elfische Zauberin zeigte lediglich mit einem

Nicken ihre Zustimmung für G-Doggs Beurteilung ihres Vorschlags.

Kellan hatte die beiden gebeten, sich mit ihr in einem durchgehend geöffneten Imbiss in den Außenbezirken der Seattler Innenstadt zu treffen. Sie hatte die grundsätzliche Idee skizziert, die hinter dem Run steckte, und die Einzelheiten darüber, wer über die Information verfügte und wo genau sich das mutmaßliche Waffenarsenal befinden sollte, ausgelassen. Kellan sah, wie der Ausdruck der Missbilligung auf beiden Gesichter stärker wurde, während sich G-Dogg und Liada alles anhörten.

»Das ist viel zu riskant«, fuhr G-Dogg fort. »Du weißt ja nicht mal mit Sicherheit, ob dieses Waffenarsenal überhaupt existiert. Ein Run außerhalb der Stadt ist sowieso schon heikel, aber in ein fremdes Land zu gehen, nur weil etwas da sein *könnte*? Das ist es nicht wert.« Er tat die Idee mit einer Handbewegung ab, als wolle er alle potenziellen Verbindungen durchschneiden, die er dazu haben mochte.

»Er hat recht«, sagte Liada, bevor Kellan Einspruch erheben konnte. »Das ist reine Zeitverschwendung. Im Laufe von vierzig Jahren kann alles Mögliche passiert sein. Dann müssten Grenzen überquert werden, und man müsste überhaupt erst mal *finden*, was du da suchst. Wenn du mich fragst, ist es außerdem besser, wenn einiges von dem Drek aus dem Geistertanzkrieg begraben bleibt. Und selbst wenn du etwas findest – wie willst du es verkaufen und an wen?«

Tatsächlich hatte Kellan noch gar nicht so weit vorausgedacht. Liada hatte recht – es würde nicht leicht werden, einen Käufer für hochwertige militärische Waffen zu finden. Außerdem war da noch das Problem, ihren Fund aus den NAN in den Metroplex zu schmuggeln, obwohl sie annahm, dass sie einen Handel würde anschließen können, bei dem der Käufer für den Transport der Ware sorgte und sie und Squeak sich einen beträchtlichen Finderlohn teilten.

»Vergiss es, Mädchen«, sagte G-Dogg, als er den nachdenklichen Blick sah. »Der Run ist etwas zu groß für dich.«

»Ach, tatsächlich?«, knurrte sie. »Glaubst du das? Dass ich die großen Runs nicht auf die Reihe kriege?«

»Lass dir noch etwas Zeit, Kellan«, sagte Liada. »So lange bist du in Seattle noch nicht im Geschäft! Du musst noch viel lernen ...«

»Ja, das muss ich wohl«, erwiderte Kellan. »Ich dachte, unser Beruf brächte es mit sich, Risiken einzugehen.«

»*Gerechtfertigte* Risiken«, sagte G-Dogg. »Du gehst jedes Mal ein Risiko ein, wenn du das Haus verlässt. Der Trick besteht darin, einschätzen zu können, welche Risiken es wert sind, eingegangen zu werden, und welche nicht. Und glaub mir, dieses ist es nicht wert.«

»Prima.« Sie schob ihren Kredstab in das Lesegerät in der Tischplatte und drückte auf die Taste, um ihren Teil der Rechnung zu begleichen. Dann schob sie den Stab in die Tasche und machte Anstalten zu gehen.

»Kellan«, sagte Liada und legte ihr eine Hand auf den Arm. »Stürz dich nicht in irgendwelche riskanten Unternehmungen, nur weil Lothan gesagt hat, was er gesagt hat. Du musst nichts beweisen – weder ihm noch sonst jemandem. Du baust dir gerade einen gewissen Ruf auf ...«

»Ja, als Lothans *Lehrling*«, murmelte sie.

»Zum Teufel mit Lothan!«, sagte Liada leise und eindringlich. »Wenn du es leid bist, in seinem Schatten zu leben, such dir einen anderen Lehrer, aber geh nicht einfach hoch wie eine Rakete. Versprich mir, dass du wenigstens überlegst, bevor du eine Dummheit machst?«

Kellan sah aufrichtige Besorgnis in den Augen der Elfe. In mancherlei Hinsicht war Liada wie die große Schwester, die sie niemals gehabt hatte. Ihr schien tatsächlich etwas an Kellans Gefühlen zu liegen – eine Seltenheit im Geschäft. Warum konnte sie nicht verstehen, wie wichtig dieser Run für sie war?

»Ich denke darüber nach«, sagte sie. »Ich verspreche es. Ich muss los.« Sie warf sich ihre Tasche über die Schulter und glitt aus der Nische. »Wir sehen uns.« Dann verließ sie den Imbiss.

Auf dem Weg zu ihrem Wagen dachte sie über das nach, was die beiden gesagt hatten. Tat sie das alles nur, weil Lothan sie wütend gemacht hatte? Nein!

Lothan hatte lediglich auf den Punkt gebracht, was Kellan jetzt schon seit einer Weile empfand. Sie war zu mehr berufen als dazu, der Lehrling eines alten Magiers zu sein. Sie hatte nicht vor, den Rest ihres Lebens mit Schattenarbeit zu verbringen. Lothan war schon vor Kellans Geburt Runner gewesen. Wenn er so großartig war, warum hatte er dann keinen großen Coup gelandet? Kellan wusste, warum – weil er nicht bereit war, die großen Dinger zu drehen. Und dasselbe galt für die Runner, mit denen er zusammenarbeitete. Sie versuchten, auf Nummer Sicher zu gehen, indem sie kleine Jobs übernahmen und dem Gesetz und ihren laufenden Kosten immer nur eine Nasenlänge voraus waren. Wenn das Geld knapp wurde, musste der nächste kleine Job her.

Kellan hatte nicht vor, ewig so weiterzuleben. Wenn sie einen großen Treffer landete, würde sie damit genug Kreds für den Rest ihres Lebens machen, sich eine neue Identität kaufen, vielleicht ein neues Gesicht, und sich irgendwo ein behagliches Leben einrichten. Dann würde sie auch die Kreds haben, um herauszufinden, wie es ihrer Mutter ergangen war, und ein richtiges Leben führen, anstatt immer von einem Job zum nächsten zu hetzen. Das war schon ein gewisses Risiko wert, oder nicht? Zumindest lohnte es den Versuch, herauszufinden, ob an Squeaks Daten etwas dran war. Vielleicht konnte sie Squeak dazu bringen, die Infos zu verkaufen und ihr einen Anteil abzugeben, anstatt einen eigenen Run daraus zu machen. Wenn es darum ging, Daten zu überprüfen, wusste Kellan, an wen sie sich zu wenden hatte.

Sie holte ihr Handy aus der Tasche. Es klingelte ein paarmal, bevor eine Frauenstimme »Und los« sagte.

»Jackie«, sagte Kellan. »Wir müssen reden. Ich habe Arbeit für dich, wenn du Interesse hast.«

Kellan hatte Jackie zwar schon einige Male persönlich getroffen, aber die Deckerin bevorzugte Zusammenkünfte in der Matrix. Also holte Kellan ihr neues Novatech-Deck hervor und machte es sich mit einigen Kissen im Rücken im Bett gemütlich. Sie streifte sich das Elektrodennetz über den Kopf und richtete das elastische Band so aus, dass die Elektroden auf den Induktionspunkten der Nerven an Schläfen und Stirn saßen. Dann fuhr sie das Deck hoch und empfand ein leichtes Kribbeln, als sich die Diagnosesysteme vergewisserten, dass alle Verbindungen standen und aktiv waren. Sie nahm eine bequeme Stellung ein und überzeugte sich noch einmal, dass alle Einstellungen stimmten. Dann aktivierte sie das Deck.

Es gab einen Augenblick der Desorientierung, ein Gefühl des Fallens wie kurz vor dem Einschlafen. Plötzlich war das Schlafzimmer in Kellans Wohnung verschwunden und einem anderen Raum in einer anderen Welt gewichen. Es handelte sich um einen kleinen Raum fast ohne besondere Merkmale, die virtuelle Darstellung von Kellans Deck. In der Luft schwebende Icons stellten verfügbare Dateien dar, doch Kellan schenkte ihnen keine Beachtung. Vielmehr ging sie zur ›Tür‹. Das Elektrodennetz entdeckte die Impulse, die Kellans Gehirn aussandte und die ihren Beinen befahlen, sich zu bewegen, interpretierten sie als Bewegungskommandos und führten ihre virtuelle Persona entsprechend.

Jenseits des kleinen Raums lag die elektronische Landschaft der Seattler Matrix. Eine flache schwarze Ebene erstreckte sich in alle Richtungen, so weit das Auge reichte. Kellans privater Raum sah aus wie eine kleine, weiße, etwa einen Meter große Pyramide neben ihr (vielmehr neben ihrem virtuellen Ich). Leuchtende Neonlinien aus Daten verliefen überall. Die Icons anderer Systeme und Hosts waren in der Ferne zu sehen. Kellan registrierte den vertrauten Anblick der Mitsuhama-Pagode, der Aztechnology-Pyramide (die große Ähnlichkeit mit ihrer Entsprechung in der wirklichen Welt hatte) und des Novatech-Sterns, Giganten am virtuellen Horizont. Kleinere Systeme gruppierten sich drumherum und machten aus der Matrix eine fantastische Stadt, in der die einzigen baulichen Grenzen die Phantasie und der Universelle Matrixsymbolismus waren, der vorschrieb, wie gewisse Dinge im Cyberspace aussahen und sich anfühlten.

Kellan schritt von der weißen Pyramide weg und auf eine Datenbahn. Ihre Bewegung beschleunigte sich jäh, und sie raste die Bahn entlang. Leuchtende Datenpakete sausten an ihr vorbei, und die virtuelle Landschaft verschwamm ringsum. Kellan spürte mehrere schroffe Richtungsänderungen, aber die SimSinn-Sicherheitsschaltungen verhinderten, dass ihr schlecht wurde oder sie die Orientierung verlor.

Einen Augenblick später fand sie sich neben einer anderen unauffälligen weißen Pyramide wieder, die ein anderes Host-System darstellte. Tatsächlich konnte sie ihre Standortverlagerung nur daran festmachen, dass sich ihre Perspektive verändert hatte. Die Skyline war hier anders.

Das System war nicht modelliert, um Aufmerksamkeit auf sich zu ziehen, und unterschied sich in nichts von Tausenden anderer kleiner Systeme und Zugangsknoten in der Matrix. Kellan wusste, wenn sie es wünschte, konnte sie eine LTG-Nummer auf die Pyramide legen – ihre ›Adresse‹ im Cyberspace –, aber dazu bestand keine Veranlassung. Sie wusste bereits, ›wo‹ sie sich befand und was sie war. Sie ging einen Schritt vor und trat ein.

Ihr Cyberdeck und das Host-System vollführten einen komplexen Tanz miteinander, bei dem sie so rasch Passwörter und Informationen austauschten, dass sich Kellan des Vorgangs nicht einmal bewusst war. Das Host-System verifizierte ihre Identität, und plötzlich befand sie sich im Eingang einer Bar. Hätte der Host-Computer ihre Identität nicht bestätigen können, wäre sie woanders gelandet, an einem erheblich unangenehmeren Ort. Sie hatte Geschichten über die SchattenZellen gehört, und die reichten aus, um in ihr das Bestreben zu wecken, sie unter allen Umständen zu meiden. Decker redeten davon, in einer vollständigen Leere zu existieren, in einer Ewigkeit des Nichts: blind, taub und in endloser Dunkelheit schwebend, nicht in der Lage, sich auszustöpseln. Das Exil in einer SchattenZelle dauerte gewöhnlich nur ein paar Minuten, aber die kamen einem wie eine Ewigkeit vor, und es gab Geschichten über Leute, deren Verstand nie wirklich zurückgekehrt war. Die Systemverwalter von Shadowland nahmen ihre Sicherheitsfunktionen sehr ernst. Das mussten sie auch, wenn man bedachte, dass ihre Klientel in erster Linie aus Runnern bestand, denen ihre Privatsphäre sehr viel bedeutete.

Die virtuelle Bar war eine von mehreren in Shadowlands Host-System. Ihr Design prahlte mit den Programmierungskünsten ihres Schöpfers: perfekt in nahezu jedem Detail. Die Böden bestanden ebenso wie die Oberfläche der geschwungenen Bar aus poliertem schwarzen Marmor, der mit weißen und silbernen Adern durchzogen war. Das Mobiliar war eine Mischung aus dunklem Holz, schwarzem Leder und Akzenten aus silbernem Chrom. Die Tischplatten waren aus kühlem Rauchglas. Kellan konnte das Klicken ihrer Schritte auf den Fliesen hören, die kühle Luft auf ihrer nicht existenten Haut spüren und sogar ihr verzerrtes Spiegelbild auf den Chrom- und Marmor-Oberflächen sehen. Sie hörte das Klirren von Eis in Gläsern und roch exotische Schnäpse und Parfums.

Die Gäste der Bar standen in krassem Gegensatz zum gestochen scharfen Realismus der Einrichtung. Es war, als spaziere man in ein Zusammentreffen von Zeichentrickfilmen, Märchen, Phantasien, Träumen und Albträumen. Unter der Kundschaft an der Bar befand sich auch ein asiatischer Drache, der sich zusammengerollt hatte und Tee aus einer zierlichen Porzellantasse trank. Er unterhielt sich mit einem weißen Kaninchen in einer roten Samtjacke und einer psychedelisch gemusterten Weste mit einer goldenen Uhrkette und einer Uhrtasche. Sie sah eine dunkle Gestalt in einer mittelalterlichen schwarzen Rüstung, deren Gesicht unter einem Kapuzenumhang verborgen war, aus dem lediglich zwei glühend rote Augen hervorstachen. Feen mit hauchzarten

Flügeln unterhielten sich mit sexy aussehenden Chrom-Robotern, bizarren Aliens und Gestalten aus der Geschichte und aus Romanen, von Abraham Lincoln bis hin zu irgendeiner Schnalle, die Kellan vage aus irgendwelchen uralten Rock-Videos kannte. Es herrschte ein beständiges Hintergrundgemurmel, aber die Abgeschiedenheitsprotokolle verhinderten, dass ein Außenstehender Dinge mithörte, die ihn nichts angingen (es sei denn, er hatte die Mittel, sie zu umgehen).

Sie sah Jackie, die an einem Tisch im hinteren Teil der Bar auf sie wartete. Die Persona der Deckerin sah mit ihren großen Augen, dem winzigen Mund und einem fließenden weißen Kleid wie ein junges Mädchen aus einem japanischen Manga aus. Ein weißes Stirnband hielt ihr schwarzes Haar zusammen, und sie winkte fröhlich, als sich Kellan näherte.

»Wir müssen mal zusehen, dass wir eine bessere Persona für dich bekommen«, sagte sie, und Kellan war plötzlich sehr verlegen. Sie selbst war durch eine Nullachtfünfzehn-Persona vertreten, die nur ein wenig angepasst worden war, sodass sie eine vage Ähnlichkeit mit ihrem wirklichen Ich hatte, aber verglichen mit den anderen Charakteren in der Bar war die Auflösung sehr niedrig und grobkörnig. Sie wusste, dass sie das an einem Ort wie Shadowland als Nicht-Decker kennzeichnete oder als jemanden, der nicht die richtigen Beziehungen hatte, um die beste Software zu bekommen. Das war gewiss nicht der Eindruck, den sie erwecken wollte, aber sie besuchte die virtuellen Räumlichkeiten nicht sehr oft. Meistens beschäftigte sie sich nur mit den schwarzen Brettern des Systems, wo sie Anzeigen las und aufgab und die Persona keine Rolle spielte.

»Keine Sorge«, sagte Jackie, die Kellans Unbehagen offenbar spürte (was beeindruckend war, wenn man bedachte, dass ihre Persona ihre Gefühle nicht notwendigerweise zum Ausdruck brachte). »Ich kann dir was anfertigen.«

»Danke.«

»Aber du bist wahrscheinlich nicht hergekommen, um über die Modernisierung deiner Software zu reden«, fuhr Jackie fort.

»Nein, es ist was Geschäftliches.«

Jackies Persona schenkte ihr ein strahlendes Lächeln. »Eins meiner Lieblingswörter. Ich bin ganz Ohr.« Sie stützte das Gesicht auf beide Hände und beugte sich vor, beide Ellbogen auf dem Tisch, und ihre großen Augen sahen Kellan erwartungsvoll an.

Kellan stellte erfreut fest, dass Jackie offen für ihren Vorschlag zu sein schien, obwohl schwer zu sagen war, ob die Deckerin sie tatsächlich ernst nahm. Andererseits ließ sich manchmal auch schwer sagen, ob Jackie überhaupt etwas ernst nahm. Sie erklärte, welche Informationen sie von Squeak bekommen hatte, und Jackie hörte aufmerksam zu. Offenbar begriff sie ihren potenziellen Wert.

»Ich kann ein paar Nachforschungen für dich anstellen«, sagte sie, als Kellan fertig war, »aber für mich klingt das so, als würdest du bei dem Unternehmen keinen Decker brauchen.«

»Vielleicht doch«, erwiderte Kellan. »Es könnte elektronische Sicherheit geben ...«, aber Jackie unterbrach sie mit einem Kopfschütteln.

»Elektronische Sicherheit, die nicht mit der Matrix verbunden ist«, stellte sie fest. »Womit du es auch zu tun bekommst, es ist irgendwo da draußen.« Ihre vage Geste deutete überall und nirgends hin und bezog sich auf die wirkliche Welt jenseits der virtuellen Realität, in der sie sich gerade befanden. »Das ist nicht mein Gebiet. Ich übernehme die Nachforschungen, aber sobald du den Metroplex verlässt, bist du auf dich allein gestellt.«

Kellan stimmte mit einem Kopfnicken zu. »In Ordnung«, erwiderte sie. »Ich verstehe. Wie viel willst du für ...?«

Jackie winkte großzügig ab und schüttelte den Kopf. »Deine Kreds nützen dir hier nichts, Mädchen. Ich mache es aus Gefälligkeit. Wenn es kompliziert wird, können wir uns über eine Gegenleistung unterhalten, aber lass mich erst mal sehen, was ich ausgrabe, okay?«

»Nein«, sagte Kellan, »ich will bezahlen ...«

Die Deckerin lachte unbeschwert. »Wirklich, mach dir deswegen keine Gedanken. Du könntest dir mich sonst nicht leisten.« Als Kellan dennoch widersprechen wollte, fuhr Jackie fort: »Kein Problem, es sind doch nur ein paar Nachforschungen. Es macht mir wirklich nichts aus.«

Kellan lächelte. »Danke, Jackie, ich weiß das zu schätzen.«

»Schon okay. Gib mir einfach, was du hast, dann mache ich mich gleich daran.«

Kellan griff in die Tasche der Jacke, die ihre Persona trug, und zückte eine kleine schwarze Karte von der Größe einer Visitenkarte, die sie Jackie reichte. Die Deckerin nahm sie und leitete damit den Datentransfer von Kellans System auf ihres ein. Als Jackie die Karte einsteckte, war die Übertragung längst beendet.

»Ich melde mich, sobald ich etwas habe«, sagte sie.

»Okay, und nochmals vielen Dank, Jackie.«

»Geht schon klar. Ich habe ein gutes Gefühl bei der Sache.«

Kellan legte Wert darauf, die virtuelle Bar zu verlassen, bevor sie sich aus der Matrix verabschiedete. Man hatte ihr beigebracht, dass es schlechter Stil war, von so einem Ort einfach zu ›verschwinden‹. Sie öffnete die Augen in der vertrauten Umgebung ihres Schlafzimmers, setzte das Elektrodennetz ab und legte das Cyberdeck beiseite.

Sie ließ sich gegen die Kissen sinken und seufzte. Jetzt konnte sie nur noch warten, bis sich Jackie bei ihr meldete und ihr sagte, wie gut Squeaks Daten waren und ob sie für einen Run reichten oder nicht. Immerhin hatte Jackie gesagt, sie habe ein gutes Gefühl deswegen, also hoffte Kellan, dass sie recht hatte.

Sie las den Text über Beschwörungen, den Lothan ihr bis zur nächsten Stunde aufgegeben hatte, war aber nicht mit dem Herzen dabei. Sie dachte an ihr nächstes Treffen mit Squeak, um den Run zu planen, und malte sich aus, was seine Daten ihnen wohl bringen würden. Schließlich schlief sie mit dem Lesegerät auf dem Bauch ein und träumte davon, was Lothan wohl sagen würde, wenn sie die Ergebnisse eines erfolgreich durchgezogenen Runs vorzeigte, bei dem er ihr nicht hatte helfen müssen.

Kapitel 5

Kellan freute sich normalerweise auf ihre regulären Magiestunden bei Lothan. Der Trollmagier war zwar manchmal ein langweiliger alter Angeber, aber er kannte sich ganz entschieden mit seinem Kram aus. Er war außerdem ein überraschend guter Lehrer. Zumindest lernte Kellan unter seiner Anleitung schnell. Lothan war zwar sehr sparsam mit Lob, ließ aber auch keinen Zweifel daran, dass Kellans magische Ausbildung gute Fortschritte machte, was er natürlich mehr auf seine eigenen Talente zurückführte als auf ihre. Aber es gab Kellan trotzdem ein gutes Gefühl.

Heute wünschte sie jedoch, sie wäre irgendwo anders und nicht zum Magieunterricht in Lothans düsterem, voll gestopftem Arbeitszimmer. Ihre Gedanken kreisten beinahe ausschließlich um Jackies Nachforschungen und den potenziellen Run, den sie in der Mache hatte, und nicht um das heutige arkane Thema, das Lothan zu erläutern gedachte. Sie wollte nur schnell fertig werden, damit sie sich mit Squeak treffen konnte. Erschwerend kam hinzu, dass sich Lothan ausgerechnet den heutigen Tag ausgesucht hatte, um Kellan etwas mehr über das Beschwören von Geistern beizubringen; eine Sache, die Kellan noch nie richtig begriffen hatte. Ihre Fähigkeiten auf dem Gebiet der Spruchzauberei hatten sich zwar sehr stark verbessert und sie machte auch gute Fortschritte bei der astralen Arbeit, aber sie hatte Schwierigkeiten mit Beschwörungen. Wie viele Texte sie auch über das Thema las, es machte einfach nicht ›Klick‹.

Dass Lothans neuerliches Interesse daran, ihr Beschwörungen beizubringen, mit ihrem letzten Run zusammenzuhängen schien, machte es auch nicht besser. Er sagte es zwar nicht, aber es war klar, dass der alte Troll Kellans Umgang mit dem Luftelementar vor der Aztechnology-Pyramide nicht unbedingt elegant fand. Er wollte ihr die ›richtigen‹ Methoden beibringen, mit widerspenstigen und unangenehmen Geistern umzugehen.

Es kommt mir vor, als hätte meine Methode ganz gut funktioniert, dachte Kellan trübsinnig. Dennoch versuchte sie, Lothans Erklärungen zu folgen.

»Also«, schloss er seine langen Ausführungen über die Riten des Beschwörens, »sobald das Ritual beendet ist, erscheint der Geist auf der ätherischen Ebene auf Geheiß des Beschwörers, wo er durch das Ritual und die Kraft der Diagramme gebunden und zum Gehorsam seinem neuen Herrn gegenüber gezwungen wird. Danach steht er bereit, um in deine Dienste zu treten.«

Kellan beugte sich auf dem roten Samtsofa vor und gestikulierte mit der Datentafel in ihrer Hand. »Aber woher kommt der Geist?«, fragte sie. »Von den Metaebenen?«

»Das ist die gängigste Theorie«, erwiderte Lothan, indem er sich von dem Flachbildschirm abwendete, auf dem verschiedene für Beschwörungen benutzte hermetische Diagramme zu sehen waren.

»Ist es dann nicht ein wenig wie Sklaverei, einen Geist aus seiner Heimat zu reißen und ihn unter den eigenen Willen zu zwingen?«

»Unsinn«, schnaubte der Troll. »Es ist nichts dergleichen. Elementare werden aus den Energien der Metaebenen gebildet, die durch die Beschwörungsrituale kanalisiert werden und durch den Willen des Beschwörers ihre Gestalt erhalten.«

»Das ist eine *Theorie*«, konterte Kellan, indem sie zur Betonung mit der Datentafel wedelte. »Aber die O'Neill-Hypothese besagt, dass Elementare eine unabhängige Existenz haben, bevor sie auf diese Ebene gerufen werden, und Dr. White-

Eagle hat über elementare ›Über-Seelen‹ und ein größeres Bewusstsein der elementaren Metaebenen spekuliert.«

Lothan hob eine buschige graue Augenbraue, um seine Mundwinkel spielte ein Lächeln. »Also hast du das Buch tatsächlich gelesen? Also gut, hast du vielleicht moralische Einwände gegen die Riten der Beschwörung?«

»Keine *moralischen* Einwände«, sagte Kellan, die nach den richtigen Worten suchte. »Es ist nur so, dass ... na ja, meinst du nicht, wenn die Elementare tatsächlich einen freien Willen haben, müssen sie ziemlich sauer darüber sein, dass sie ständig gerufen und herumkommandiert werden?«

»Wenn ja, haben sie mir gegenüber noch nichts davon erwähnt«, erwiderte Lothan ein wenig blasiert.

»Vielleicht können sie nicht oder haben Angst davor ...«, begann Kellan und sah Lothan dann angewidert an. »Du nimmst das nicht einmal ernst, oder?«

»Natürlich tue ich das, meine Liebe«, erwiderte der Magier. »Ich bin sehr zufrieden, dass du über einige alternative Sichtweisen nachgedacht hast, wie irrig sie auch sein mögen.«

»Also glaubst du nicht, dass Geister real sind?«

»Das hängt vollständig von deiner Definition der Worte ›Geister‹ und ›real‹ ab«, erwiderte Lothan. »Existieren Geister? Fraglos. Wir können ihre Auswirkungen sehen und mit ihnen interagieren. Sind Geister intelligent? Wiederum: ohne Zweifel. Viele Geister sind in der Lage, komplexe Anweisungen auszuführen und bis zu einem gewissen Grad Schlussfolgerungen zu ziehen und zu argumentieren. Freie Geister haben schon beträchtliche Intelligenz und Schläue an den Tag gelegt. Ist das Beschwören und Binden von Elementaren Sklaverei? Kaum.«

Als Kellan den Mund öffnete, um zu protestieren, hob Lothan eine Hand, um anzuzeigen, dass er noch nicht fertig war. »Denk an Computer«, sagte der Troll. »Es gibt so komplizierte Programme, dass du schwören würdest, sie sind intelligent, dass sie sich an die Umstände anpassen und mit echten Menschen interagieren können. Aber du würdest nicht behaupten, eines dieser Programme hätte wirklich ein Bewusstsein oder wäre ›lebendig‹.«

»Es gibt Gerüchte ...«, begann Kellan.

»Ja, ja«, konterte er mit einer verächtlichen Handbewegung. »Es gibt Gerüchte über künstliche Intelligenzen, die insgeheim und vor der Außenwelt verborgen die Tiefen der Matrix durchstreifen. Ich kenne alle Gerüchte und habe trotzdem noch nie einen Beweis für die Existenz dieser sogenannten KIs gesehen.«

»Dass du noch keinen Beweis für ihre Existenz gesehen hast, bedeutet noch lange nicht, dass es keine gibt«, sagte Kellan stur.

»Eine idealerweise unbeweisbare Annahme. Glaubst du, die Schwierigkeiten, die du bis jetzt bei Beschwörungen hattest, stammen von deinen Befürchtungen, du könntest die Gefühle der Geister verletzen?«

Bei dem Anflug von Spott in Lothans Tonfall verkrampften sich Kellans Kiefermuskeln. »Nein«, sagte sie. »Vielleicht ... ich weiß es nicht.« Sie gestikulierte vage, sank wieder auf das Sofa zurück und ließ die Datentafel auf ihren Schoß fallen.

Lothan strich sich einen Moment den Bart mit einer seiner großen Pranken. »Vielleicht ist es an der Zeit für eine praktischere Demonstration«, sagte er, indem er sich erhob. »Komm.«

Kellan folgte Lothan aus dem Arbeitszimmer und zu einer Tür im Haus, durch die sie bisher noch nicht getreten war. Dahinter befand sich eine Holztreppe, die in den Keller führte. Lothan quetschte sich gebückt hindurch, und Kellan folgte ihm hinunter in die Dunkelheit.

»Schließ die Tür«, sagte er.

Sie gehorchte und sperrte damit auch das Licht aus, das von oben hereinfiel.

Der Magier gestikulierte, und Kerzen entzündeten sich in dem Keller unter ihnen und tauchten alles in einen satten, goldenen Schein.

Kellan erreichte das Ende der Treppe und betrachtete den Raum vor sich. »Sahne«, hauchte sie.

Der Kellerraum war größer, als sie erwartet hatte. Er musste der Grundfläche des ganzen Hauses entsprechen. Auf einer Seite war ein Stück durch eine Wand abgetrennt, hinter der sich vermutlich Kamin, Heiztherme und andere Hauseinrichtungen verbargen. Der Rest war ein großer Raum. Die Wände waren mit dunklem Holz vertäfelt, aber der Boden bestand aus schlichtem Beton.

Das ganze Zimmer war wie eine Art magische Werkstatt eingerichtet. Hohe Werkbänke erstreckten sich entlang zweier Wände. Sie waren mit Bechergläsern und Flaschen mit dunklen und farbigen Flüssigkeiten übersät. Es gab Pergamentrollen und Stapel locker zusammengebundener Papierblätter. Notizbücher und Aktenordner standen am Ende einer der Bänke zwischen schweren Buchstützen aus Messing. An den Wänden über den Werkbänken hingen Regale, die bis zur Decke reichten und in denen noch mehr mystische Antiquitäten untergebracht waren. Krüge mit getrockneten Kräutern – und anderen Dingen, die Kellan nicht identifizieren konnte – drängten sich auf einem Regal. Ein anderes enthielt Weihrauch, Holzkohle, Kohlepfännchen, Kristalle und regenbogenfarbene Kreide.

Das Beeindruckendste war jedoch der Boden. Auf den farbigen Beton war mit bunter Kreide ein komplexes Diagramm gezeichnet, das fast den gesamten Raum ausfüllte. Es war ein vier Meter durchmessender Kreis, innerhalb des Außenkreises befanden sich noch weitere kleinere konzentrische Kreise. Magische Symbole füllten den Raum zwischen den Ringen aus und zogen sich den gesamten Kreis entlang. Darin befand sich ein sechszackiger Stern, der aus zwei einander überlappenden Dreiecken gebildet war. In dem Stern gab es noch einen Kreis, ebenfalls mit einer Umrandung aus magischen Symbolen. Auch in jedem zu einer Spitze gehörenden Dreieck sowie an den Spitzen selbst waren Symbole. An fünf Sternzacken standen Kerzen auf dem Boden, an der sechsten ein etwas über einen Meter hohes Dreibein aus Messing mit einer Kohlepfanne.

»Ein Beschwörungskreis?«, fragte Kellan, und Lothan nickte.

»Genau. Jetzt werde ich ganz genau demonstrieren, *wie* man ihn benutzt.« Er zeigte auf einen Hocker in der Nähe einer der Werkbänke. »Setz dich in eine Ecke außerhalb des Kreises und pass genau auf. Ich will, dass du vor allem auf den Energiefluss achtest. Unterbrich unter keinen Umständen das Ritual, wenn es einmal begonnen hat, und komm nicht mit dem Kreis in Berührung. Hast du verstanden?«

Kellan nickte stumm und holte sich den Hocker.

»Gut«, sagte Lothan. »Stell ihn dort drüben ab und hilf mir bei der Zusammenstellung der nötigen Materialien.«

Kellan tat wie geheißen und half Lothan, Dinge aus Krügen und Behältnissen in den Regalen zu holen: Schwefel, Weihrauch, Kopalharz und andere stechende Kräuter. All das vermischte Lothan in einem großen Eisenmörser und zerstampfte es zu einem feinen Pulver. Dann nahm er einen kleineren Krug und fügte ein paar Quäntchen Goldstaub hinzu, bevor er nach einem anderen Krug griff und den Deckel aufschraubte.

»Rubinstaub«, sagte er, als er ein rötliches, funkelndes Pulver in den Mörser rieseln ließ. Das Pulver wurde mit den anderen Zutaten vermischt.

»Die Kohlepfanne, wenn du so nett bist«, sagte Lothan, und Kellan wanderte außen um den Kreis herum zu dem Messingdreibein. Das Pfännchen war bereits mit Holzkohle gefüllt. Kellan schloss die Augen, holte tief Luft und strich mit der Hand über die Pfanne. Sie konzentrierte sich einen Moment. Als sie die Augen wieder öffnete, wurde die Holzkohle an den Rändern rot glühend. Als sie die Hand ein paar Augenblicke später sinken ließ, war in der Mitte des Haufens ein helles kirschrotes Glühen, dessen Wärme rasch den Raum durchdrang.

»Gut gemacht, diesmal keine Explosionen«, murmelte Lothan. Kellan wollte eine Bemerkung machen, als ihr Lehrer in den Beschwörungskreis trat und den Mörser neben die Kohlenpfanne stellte.

»Sehr gut, du kannst jetzt auf deinen Platz gehen«, sagte er. »Vergewissere dich, dass dein Handy ausgeschaltet ist und es auch sonst keine Störungen geben wird.« Kellan holte ihr Handy heraus und stellte es auf Nachrichtenempfang. Dann setzte sie sich auf den Hocker und sah Lothan bei der Arbeit zu.

Der Magier stellte das Licht dunkler, bis die Beleuchtung gerade noch ausreichend war, um Gestalten erkennen und sich bewegen zu können. Dann trat er wieder in die Mitte des Beschwörungskreises und stellte sich mit dem Gesicht zur Kohlenpfanne. Er ließ ein Quäntchen der Mischung aus dem Mörser auf die glühenden Kohlen fallen. Ein dünner Faden eines stechenden, süßlichen Rauchs stieg auf.

Lothan drehte sich im Uhrzeigersinn so, dass er jede der fünf Kerzen an den Spitzen des Sterns einmal ansah. Er rezitierte arkane Worte und zeichnete über ihnen Symbole in die Luft. In Kellans Astralsicht leuchteten die Symbole schwach. Sie erkannte darin Repräsentationen der Elemente: Erde, Luft, Feuer, Wasser und Geist. Wenn Lothan mit dem Symbol über einer Kerze fertig war, flammte sie auf und hüllte den Kreis in einen goldenen Schein.

Dreimal drehte sich Lothan in dem Kreis. Als er den letzten Durchgang beendet hatte, sah Kellan plötzlich eine flimmernde, durchsichtige Kuppel. Ihr Außenrand folgte genau dem Kreisumfang. Sie erstreckte sich hoch über Lothans Kopf und streifte die Decke an ihrem höchsten Punkt. Für Kellan war es, als schaue sie durch dickes Glas. Alles in der Kuppel war leicht verzerrt. Sie war ein Schutz, den Lothans Rituale aktiviert hatten. Kellan nahm zur Kenntnis, dass sie sich außerhalb dieses Schutzes befand. Er hatte außerdem den Zweck, die Energien des Rituals einzudämmen und Außenstehende vor ihnen zu bewahren.

Mehr Pulver wurde auf die Kohlen gestäubt. Die Schutzvorrichtung schien einen Teil des Rauchs einzusperren, aber nicht alles. Der Dunst innerhalb der Kuppel verlieh allem etwas Traumartiges. Lothan straffte die Schultern und hob die Hände, während er mit dem Rezitieren einer Formel begann. Kellan verspürte ein Kribbeln, die ersten Anzeichen für Lothans Beschwörungsritual. Sie sah, wie der Troll seine Magie wirkte und sich innerhalb der flimmernden Schutzvorrichtung langsam Energie aufbaute.

Der Singsang der Formel hob und senkte sich. Der Rest der Mischung wanderte auf die Kohlen, Quäntchen für Quäntchen, hinzu kamen Holzsplitter vier verschiedener Bäume: Eberesche, Apfel, Eiche und Stechpalme. Im Keller roch es jetzt durchdringend nach Rauch. Die Kohlen des Feuers glühten dunkelrot, knisterten und knackten. Kellan schwitzte, während sie so still wie möglich dasaß und alles genau beobachtete. Das Ritual schien eine Ewigkeit zu dauern. Dann hob Lothan die Arme und streckte sie zu den Rändern des Kreises aus. »Bei der Macht der Erde gebiete ich dir! Bei der Macht der Luft gebiete ich dir! Bei der Macht des Wassers gebiete ich dir! Bei der Macht des ewigen Feuers gebiete ich dir! Ich beschwöre dich, o Geist des Feuers, erhebe dich! Erhebe dich auf meinen Befehl und beuge dich wahrhaftig meinem Willen!«

Kellan spürte, wie das Gemurmel der Kräfte zu einem gewaltigen Crescendo anschwoll.

»Erhebe dich!«, befahl Lothan noch einmal, und aus der Kohlepfanne zuckte ein feuriger Blitz, der Kellan auffahren ließ. Eine Flamme loderte aus den glühenden Kohlen in die verräucherte Luft. Statt zu erlöschen oder sich zu verteilen, schwebte sie einen halben Meter über der Kohlepfanne. Das Feuer schien sich zu einer kleinen, leuchtenden Gestalt von der Größe eines Wasserballs zusammenzuballen, die von einer Korona aus Hitze und Licht umgeben war. Die Wärme, die sie abgab, ließ Kellan nur noch mehr schwitzen, aber Lothan sah so kühl und ungerührt aus wie immer.

Er drehte die Hände, sodass die Innenseiten auf den Boden zeigten, und senkte sie langsam. Die flimmernde Kuppel der

Schutzvorrichtung senkte sich mit ihnen. Als Lothans Arme an der Seite herabhingen, war sie verschwunden. Nur der Feuerelementar war noch da. Kellan sah jetzt, dass er wie eine große Eidechse aussah und vielleicht einen halben Meter groß war. Seine Schuppen waren dunkelrot und am Bauch orange, und die Augen leuchteten wie glühende Kohlen.

»Da«, sagte Lothan und zeigte mit einer theatralischen Handbewegung auf den Geist. »Hier haben wir einen ziemlich schlichten Feuerelementar, einen Salamander, wie er in den Klassikern beschrieben wird.«

Der Geist bewegte sich ein wenig und peitschte mit dem Schwanz, doch ansonsten blieb er ganz in Lothans Nähe.

»Ich hoffe, du hast gut aufgepasst«, sagte er.

»Das habe ich«, erwiderte sie, indem sie den Blick von dem Elementar abwendete. »Aber ich bin immer noch nicht sicher, ob ich verstanden habe, wie du es gemacht hast. Ich meine, die ganzen Worte und so ...«

Lothan stieß einen gelangweilten Seufzer aus. Mit dem beiläufigen Winken einer Hand entließ er den Elementar. Der verblasste und erlosch wie eine Kerze, der man den Sauerstoff entzogen hatte, um sich in der verräucherten Luft aufzulösen, die sofort düsterer wurde und sich auch kühler anfühlte.

»Wie bei der Hexerei spielt der genaue Wortlaut keine Rolle«, sagte der Troll, während er ein Fenster öffnete und frische Luft einließ. »Es kommt nur auf Absicht und Konzentration an. Der Singsang, die Gesten und so weiter sind lediglich ein Mittel, diesen Zustand der Konzentration zu erreichen und zu halten.«

Kellan nickte, und Lothan fuhr fort.

»Entscheidend ist, die Kräfte zu sammeln und sie dann mit der Absicht zu projizieren, den Geist ins Leben zu rufen und deinem Willen zu unterwerfen.« Als er Kellans Gesichtsausdruck sah, grinste er schief und hob eine buschige Augenbraue. »Aha, da sind wieder die Bedenken hinsichtlich der Knechtschaft der Elementare«, sagte er.

Kellan zuckte die Achseln. »Na ja, ich meine, was ist, wenn man sich *nicht* auf die Unterwerfung konzentriert?«, fragte sie.

»Ganz einfach. Dann entgleitet dir der Geist und kann in dieser Welt tun und lassen, was er will. Weißt du, was ein unkontrollierter Geist normalerweise als Erstes tut?«

Sie schüttelte den Kopf.

»Er tötet seinen Beschwörer«, fuhr Lothan fort. Er schnippte zur Betonung mit den Fingern, und das Geräusch ließ Kellan zusammenfahren. »Der Beschwörer eines Geists hat einen gewissen Grad von Macht über ihn, ob er ihn beherrscht oder nicht. Also wird ein entkommener Geist Maßnahmen ergreifen, um nie wieder beherrscht werden zu können.«

»Kann ich ihm nicht verdenken«, murmelte Kellan, und Lothan seufzte wieder.

»Ich sehe, dass wir hier unsere Zeit verschwenden«, sagte er, indem er einen Messingdeckel nahm und damit die schwelende Kohlepfanne abdeckte. »Wenn du die Kunst des Beschwörens nicht lernen willst ...«

»Nein«, sagte Kellan. »Ich will schon, es ist nur ...«

Lothan bedeutete ihr zu schweigen. »Wir setzen das ein andermal fort. Ich glaube, für heute haben wir beide genug. Lies noch mehr zu dem Thema, und überleg dir, ob du selbst eine Beschwörung versuchen willst. Konzentrier dich auf das Material über Watcher. Bei ihnen haben Fehler keine so gravierenden Konsequenzen. Wenn du das weiterverfolgen willst, werde ich mich bemühen, es dir beizubringen. Wenn nicht, machen wir mit etwas anderem weiter. In Ordnung?«

Kellan war einverstanden. Sie räumte das bei der Beschwörung benutzte Material weg und säuberte den Raum, bevor sie gingen. Sie war schon aus der Tür, als ihr einfiel, dass sie vergessen hatte, ihr Handy wieder einzuschalten. Sie schaute nach und sah, dass sie eine Nachricht von Jackie bekommen hatte.

»Hi, Kellan«, sagte die Deckerin. »Ich habe die Daten überprüft, die du mir gegeben hast, und muss sagen, dass es nicht gut aussieht. Einige meiner Kontakte sagen, das US-Militär hätte mit diesen alten Depots sehr wirkungsvoll aufgeräumt und die NAN hätten die Gegend im Laufe der Jahre mehrfach durchgekämmt. Es steht zu vermuten, dass deine Info ziemlich überholt ist. Wenn du mich fragst – und das hast du getan –, ich würde mir die Mühe eines Runs nicht machen. Tut mir leid.«

Kellan löschte die Nachricht. *Tja, so viel zum großen Los,* dachte sie trübsinnig. Sie erwog, Jackie zurückzurufen, aber was hätte das für einen Sinn? Sie würde nur dasselbe sagen wie schon in der Nachricht, und Kellan war nicht in der Stimmung, sich noch mehr davon anzuhören.

Ich sollte Squeak anrufen, das Treffen mit ihm absagen und ihm mitteilen, dass es ein Blindgänger ist, dachte sie.

Sie rief den Nummernspeicher ihres Handys auf, und ihr Finger schwebte über der WÄHLEN-Taste. Dann schloss sie das Handy wieder und schob es in ihre Tasche.

Nein, das sollte ich persönlich erledigen, dachte sie.

Sie würde das Treffen mit Squeak stattfinden lassen, auch wenn es sich nicht so entwickeln würde, wie sie es beide gehofft hatten.

Kapitel 6

Jackie bevorzugte virtuelle Treffen. Tatsächlich bevorzugte sie die virtuelle Welt generell. Die Matrix war besser als die wirkliche Welt: sauberer und schneller, und die dort geltenden Regeln waren sinnvoll. In vielerlei Hinsicht war sie für Jackie echter als die sogenannte ›wirkliche Welt‹. Dennoch gehörte Jackie nicht zu den Deckern, die nicht mehr als einen Einstöpselpunkt und ein Bett brauchten, um sich tagelang ununterbrochen in der Matrix zu tummeln. Sie schätzte die wirkliche Welt und lebte darin. Sie zog es nur vor, ihre Geschäfte online zu tätigen, weil sie sich dann sicher fühlte. Dieses Treffen würde jedoch nicht in der Matrix stattfinden. Ihr Klient wollte es so, und Jackie war der Geschäftsabschluss wichtiger als ihre persönlichen Präferenzen.

Tatsächlich war der Geschäftsabschluss für Jackie sogar wichtiger als alles andere. Sie war in den Schatten, um Geld zu verdienen, und sie war bereit, alles Nötige dafür zu tun. Also wartete sie geduldig in einem kleinen Café in der Seattler Innenstadt, wie es sie überall im Metroplex zu Dutzenden gab. Sie hatte einen kleinen Soy-Latte bestellt, der kaum angerührt neben ihr auf dem Tisch stand, während sie die Tür im Auge behielt. Mit dem Handheld in der Hand, ihren modischen Klamotten und der chromglänzenden Datenbuchse in der rechten Schläfe sah Jackie aus wie ein junger, aufstrebender Konzernexec oder eine selbstständige Unternehmerin. Es war ein sorgfältig aufgebautes Image.

Sie brauchte nicht übermäßig lange zu warten. Die Tür des Cafés öffnete sich, und eine elegant gekleidete Frau trat ein, dem Aussehen nach ebenfalls ein Konzern-Typ. Sie ging direkt zu Jackies Tisch und ganz eindeutig zu einer Geschäftsbesprechung. Niemand sonst im Laden hatte allerdings eine Vorstellung davon, um welche Sorte Geschäft es sich handelte.

»Jackie«, begrüßte sie die Frau. Ihr schwarzes Haar war glatt und modisch frisiert und etwa kinnlang geschnitten, sodass es ein fein gemeißeltes Gesicht einrahmte. Sie trug eine Sonnenbrille, die ihre blasse Haut betonte. Ein dunkler Hosenanzug schmeichelte den harmonischen Kurven ihres Körpers. Sie war in jeder Hinsicht die Perfektion dessen, was man für Geld kaufen konnte.

»Eve«, erwiderte Jackie, indem sie auf den leeren Stuhl ihr gegenüber zeigte. »Auf die Sekunde pünktlich.«

»Nun ja, bei Ihrem Anruf sagten Sie, es sei eine große Sache.« Eve glitt auf den Stuhl und stellte ihre Schultertasche neben sich auf den Boden. Sie nahm die Sonnenbrille nicht ab. Falls es sie überhaupt beunruhigte, mit dem Rücken zur Tür zu sitzen, ließ sie sich es nicht im Geringsten anmerken.

»Oh, ich glaube, es wird Ihnen gefallen«, sagte Jackie, indem sie sich ein wenig vorbeugte und so leise sprach, dass kein anderer mithören konnte. Sie reichte der anderen Frau ihren Handheld, die ihn nahm und die Anzeige betrachtete, wobei sie ein paarmal herunterscrollte, um alles zu lesen. Jackie konnte ihre Augen nicht sehen, bemerkte aber ein leichtes Zucken einer gehobenen Augenbraue.

»Ist das echt?«, fragte Eve, als sie den Handheld senkte. Ihr Tonfall veränderte sich nicht, aber ihre Frage verriet Interesse.

»Soweit ich das sagen kann. Ich habe etwas herumgeschnüffelt, virtuell«, fügte sie hinzu. »Es spricht einiges dafür, dass da tatsächlich etwas ist.«

»Es ist lange her«, konterte Eve.

»Stimmt, aber auch nicht *so* lange, vor allem, da Teile der Anlage versiegelt waren.« Jackie konnte die Unentschlossenheit der anderen Frau spüren, also setzte sie noch einen drauf. »Der Hammer ist«, fügte sie hinzu, »dass Ares für die Verschrottung vieler solcher Einrichtungen sorgen sollte, aber ich kann keine Aufzeichnungen darüber finden, dass dies je geschehen ist.«

»Interessant. Und was, wenn Ares den Auftrag erledigt hat, die Vorgänge aber vertuscht wurden? Oder vielleicht die Aufzeichnungen verloren gingen oder gestohlen wurden?«

Jackie schüttelte den Kopf. »Das glaube ich nicht. Wahrscheinlicher ist, dass Ares das Geld von der US-Regierung kassiert hat und die Anlage nach Unterzeichnung des Vertrags von Denver einfach vergessen oder übersehen wurde oder aufgrund anderer Probleme durchs Raster gefallen ist. Es war leichter, das Problem einfach zu ignorieren, vor allem, weil es sich danach auf ausländischem Territorium befand.«

»Woher haben Sie das?«, fragte Eve mit einem Blick auf den Handheld. Sie schien seinen Wert abzuwägen. »Wer weiß sonst noch davon?«

Mit dieser Frage hatte Jackie gerechnet. Ohne die Spur eines Zögerns antwortete sie: »Von einem Warez-Burschen.« Kellan erwähnte sie mit keiner Silbe. Es war besser für alle – vor allem für Kellan –, wenn sie sich heraushielten.

»Weiß er, was er hat?«

»Er muss eine Ahnung haben, aber er ist ein ganz kleiner Fisch.«

»Haben Sie den Rest davon?«, fragte Eve und hielt ihr den Handheld hin.

Jackie nahm ihn an sich. »Natürlich. Wenn nicht, hätte ich nicht angerufen.«

Eve schenkte ihr ein dünnes Lächeln. »Also schön«, sagte sie. »Wenn Sie sagen, die Daten seien echt, kann ich mir einige Nutzungsmöglichkeiten vorstellen, aber mir schwebt eine ganz bestimmte vor. Damit beschäftigen wir uns schon eine ganze Weile.«

»Ein Run?«

Ihr Kontakt schüttelte den Kopf. »Nein, eine ... interessierte Partei. Wenn Sie bereit sind, die Ware zu liefern, sorge ich für einen doppelt so hohen Finderlohn, wie Sie ihn sonst bekommen.«

»Wohin soll ich liefern?«, fragte Jackie. Eves Lächeln gefiel ihr nicht besonders.

Kellan zu sagen, ihre Daten seien wertlos, war bei weitem nicht das Schlimmste, was Jackie je getan hatte. Bis zu ihrem Treffen mit Eve hatte die Deckerin sich längst eingeredet, es sei zu Kellans Besten. Das Mädchen war sowieso noch viel zu grün hinter den Ohren, um einen solchen Run durchzuziehen. Besser, sie fing gar nicht erst damit an, sondern überließ es den Profis, anstatt einfach loszurennen und dabei umzukommen.

Nachdem sie ihre Übereinkunft mit Eve getroffen hatte, kamen Jackie jedoch Bedenken. Nicht wegen des Verkaufs der Daten, sondern wegen ihres Einverständnisses, sie der ›interessierten Partei‹ ihres Kontakts zu liefern. Sie stellte sich einen Runner vor, der sich auf Bergungsunternehmen spezialisiert hatte, vielleicht ein Waffenhändler oder Schieber mit den richtigen Beziehungen. Jackie kannte reichlich Leute dieses Schlags und hatte keine Probleme, mit ihnen Geschäfte zu machen. Sie hätte die Daten normalerweise irgendwo online deponiert und dann die Zugangsdaten verschickt, sobald das Geld auf einem dafür eingerichteten Treuhandkonto gewesen wäre. Doch ihr Kontakt wollte, dass es persönlich abgeliefert wurde, nicht über die Matrix. Sobald Jackie herausgefunden hatte, wo, war der Grund dafür offensichtlich.

Es wurde ›Rattennest‹ genannt, und das aus gutem Grund. Die Gegend gehörte zu den Redmond Barrens. Offiziell war es die ›Mülldeponie Seattle-Nord‹, eine riesige Müllhalde nördlich des Snoqualmie an der Grenze zum Salish-Shidhe-Territorium. Inoffiziell war das Rattennest eine Heimstatt für den menschlichen und metamenschlichen Abfall der Gesellschaft. In den labyrinthartigen Müllbergen wohnten Hunderte Obdachlose. Sie bestritten ihren Lebensunterhalt, indem sie den Müll durchwühlten und alles bargen und ausschlachteten, was sich noch irgendwie benutzen oder verkaufen ließ. Sie bastelten sich Zelte und baufällige Hütten aus Verpackungsmaterial, Plastikplanen und so weiter. Die Hütten und ihre Bewohner passten sich in die Mülllandschaft ein. Wegen des Gestanks war Jackie froh, dass sie eine Atemmaske mitgebracht hatte, die das Schlimmste herausfilterte.

Man hatte ihr freies Geleit zugesichert, aber ihre Hand war in ihrer Schultertasche am Kolben der leichten Automatik. Das Rattennest trug seinen Namen zurecht, und seine Bewohner waren nicht einfach nur Menschen oder Metamenschen. Sie hatte Geschichten über Teufelsratten gehört, widerliche paranormale Wesen, so groß wie ein kleiner Hund. Und auch über andere Sachen, die zwischen den Müllbergen und Abfallhaufen lauern sollten.

Es bedurfte einer Verhandlung, um ein Treffen bei Sonnenuntergang zu arrangieren. Eve sagte, der Klient ziehe die Nacht vor, aber Jackie würde das Rattennest auf keinen Fall nachts aufsuchen. Sonnenuntergang reichte vollkommen. Zum Glück war ihr Kontakt einverstanden.

Also marschierte Jackie jetzt die mit Müll übersäten Wege gleich hinter dem Eingang zur Deponie entlang. Die unterbezahlten Wachen in Diensten der Stadtverwaltung beachteten sie gar nicht. Ihre Aufgabe bestand dieser Tage eher darin, dafür zu sorgen, dass nichts aus dem Rattennest *herauskam.* Dennoch war sich Jackie vieler auf sie gerichteter Blicke aus den zerlumpten Zelten und den Schatten der Müllhaufen bewusst.

Sie fand den Treffpunkt genau an der beschriebenen Stelle. Ein seltsamer Totempfahl ragte aus einem Müllhaufen wie das Götzenbild eines Stammes, der das von der modernen Gesellschaft Weggeworfene verehrte. Er enthielt mehrere kaputte Trideo-Geräte, meterweise Glasfaserkabel, Tastaturen und Computerzubehör sowie eine fleckige Schaufensterpuppe ohne Beine. Jackie stellte plötzlich fest, dass sie den Totempfahl mit sonderbarer Faszination anstarrte. Das Gefühl, beobachtet zu werden, wurde stärker, und sie zwang sich, ruhig und langsam zu atmen und keine Anzeichen der Unsicherheit an den Tag zu legen.

Wo zum Henker ist er?, fragte sie sich.

Wie von ihrem Gedanken heraufbeschworen, löste sich ein Schatten aus dem Haufen hinter dem Totem und glitt ihr entgegen. Jackie drehte sich um, als die Gestalt in das verblassende Licht trat, das durch eine Lücke zwischen den stinkenden Haufen fiel.

Es war ein Mensch – höchstwahrscheinlich. Es war schwer zu sagen, weil er so extrem vernarbt, gepierct und geschmückt war. Tacker-Klammern zogen sich über seinen kahlen Schädel und eine Wange und strafften die ledrige Haut. Stirn und Wange waren mit schweren Chromringen gepierct. Es sah aus, als wäre sein Gesicht eine Maske aus zerfledderter Haut über Muskeln und Knochen. Stellenweise sah man dunkle Haarstoppeln, aber ansonsten waren seine Augenbrauen die einzige Gesichtsbehaarung. Die Augen waren schattige Höhlen, obwohl Jackie glaubte, ein rotes Funkeln darin zu sehen.

Seine Kleidung bestand aus einer nicht zueinander passenden Zusammenstellung aus Leder, das leise quietschte, wenn er sich bewegte. Wattierte Motorradkleidung wurde durch schwere Schienbeinschützer, Armschoner und Schulterpolster ergänzt. Jackie erkannte Teile einer weggeworfenen Sport-Uniform, Combatbiker oder Urbanbrawl. Über dem Rücken trug er einen Plastikregenmantel mit Beschichtung gegen sauren Regen wie einen Umhang. Die fingerlosen Lederhandschuhe ächzten, als er die leeren Hände spreizte.

»Zhade?«, fragte Jackie vorsichtig, ohne die Hand von der Waffe in ihrer Tasche zu nehmen.

Die Gestalt nickte. »Haben Sie die Ware?«, fragte er krächzend. Es klang wie die Stimme eines langjährigen Rauchers oder eines Menschen, der zu lange verschmutzte Luft hatte atmen müssen.

»Ja«, sagte sie.

»Lassen Sie sie hier und gehen Sie.«

Bei seinen Worten registrierte Jackie eine huschende Bewegung neben dem Totempfahl. Eine knollenförmige, grau bepelzte Gestalt schlich aus dem Schatten. Ihre roten Knopfaugen funkelten im ebenso roten Licht der untergehenden Sonne, und die Schnurrhaare zuckten, während sie die Witterung aufnahm. Sie war nicht ganz einen Meter lang. Zhade zeigte keine Besorgnis bei ihrem Auftauchen.

Jackie griff mit der freien Hand langsam in die Innentasche ihrer Jacke und holte den Handheld heraus, auf dem sich sämtliche von ihr gesammelten Daten befanden. Dabei huschte die Teufelsratte zu Zhade. Sie schmiegte sich an einen seiner Füße wie ein gut erzogener Hund, kauerte sich nieder und beobachtete jede ihrer Bewegungen.

Sie hielt das Gerät hoch, damit Zhade es sehen konnte, und warf ihn dann zwischen ihnen auf den Boden.

»Es ist alles da«, sagte sie. Dann wich sie einen Schritt vor der schweigenden Gestalt zurück, wobei sie die Teufelsratte nicht aus den Augen ließ. Sie hörte ein Kratzen und Schaben aus den Müllhaufen. Zhade machte keine Anstalten, den Handheld aufzuheben, sondern beobachtete sie.

Sie drehte sich erst um, als sie Zhade und sein Schoßtier nicht mehr sehen konnte, weil ein Müllhaufen zwischen ihnen war, und ging zügig zum Eingang zurück. Sie zwang sich, nicht in Richtung der Geräusche zu schauen, die von links und rechts zu ihr drangen, und nicht zu rennen, während ihre Hand immer noch die Pistole umklammerte. Die Wachen der Deponie beachteten sie immer noch nicht. Erst als Jackie wieder in ihrem Wagen saß und ein paar Kilometer zwischen ihr und dem Rattennest lagen, fuhr sie an den Straßenrand und holte ein paarmal tief Luft. Sie lehnte einen Moment den Kopf an das Lenkrad, bevor sie ihn resolut wieder hochnahm.

»Gift«, sagte sie leise, als sie an Shade, das Abfalltotem und die Teufelsratten dachte. Ein Giftschamane. Sie hatte noch nie zuvor einen gesehen, aber man arbeitete nicht in den Schatten, ohne Gerüchte und Geschichten zu hören. Jackie hatte genug gehört, um zu wissen, dass es Giftschamanen wirklich gab. Schamanen bezogen ihre magischen Kräfte aus der natürlichen Welt, aus einer Beziehung zu ihren Totemgeistern. Den Geschichten zufolge zogen Giftschamanen Kraft aus allem *Un*natürlichen, aus Müll und Verschmutzung, aus Abfall und Unrat. Natürlich ließen dieselben Geschichten keinen Zweifel daran, dass Giftschamanen samt und sonders geistesgestört waren, durch den Kontakt mit magischen Kräften aus dem Gleis geraten, mit denen sich niemand unter Bewahrung seiner geistigen Gesundheit einlassen konnte. Zhade entsprach gewiss diesem Profil. Der Ausdruck in seinen Augen ...

Jackies Hände auf dem Lenkrad beruhigten sich. Es war erledigt und vorbei. Zu Hause würde sie einen Blick auf ihr Konto werfen und nachsehen, ob das Geld überwiesen war. Ansonsten hatte sie ihren Teil der Abmachung erfüllt. Sie freute sich auf ein langes Bad und darauf, alles über das Rattennest und seine Bewohner zu vergessen. Doch als sie wieder losfuhr, geriet sie unwillkürlich wieder ins Grübeln. Welcher Art waren die Verbindungen zwischen ihren Kontakten und einem Monstrum wie Zhade, und an welcher ›Bergung‹ war er interessiert?

Kapitel 7

Squeak wohnte in Redmond, also brauchte Kellan von Lothans Haus in Capitol Hill eine Weile bis zu ihm. Die Redmond Barrens waren ein beliebter Wohnort für Warez-doods und Deckheads wie Squeak. Die Computersysteme in Redmond, von denen es dort früher einmal mehr gegeben hatte als Menschen, waren längst nicht mehr da – beim Crash von ’29 zerstört oder mitgenommen, als sich die Konzerne aus der Gegend absetzten. *Zugang* zur Matrix gab es hingegen reichlich. Redmond war voller Häuser mit Anschlüssen, und überall gab es Glasfaserleitungen und Einstöpselpunkte. Piraten-Decker und Techies fanden hier reichlich Möglichkeiten, sich Zugang zur virtuellen Welt zu verschaffen und ihren Geschäften nachzugehen.

Hochklassige Decker wie Jackie lebten natürlich nicht in Redmond, aber die Kombination von Matrix-Zugang und billigen Immobilien machten die Gegend attraktiv für kleine Fische wie Squeak. Sie brauchten sich nur mit den Gangs, den Plünderern, den Pennern und der Abwesenheit aller städtischen Dienstleistungen herumzuplagen, darunter auch die Polizei. So sah das Leben vieler aus, die in den Schatten lebten.

Als Kellan den Lake Washington überquerte, hatte sie vage Phantasien darüber, zunächst Squeak die Situation zu erklären und anschließend ihre Sorgen in dem einen oder anderen Glas in einer der Kneipen Redmonds zu ertränken. Squeak wohnte in der Nähe von Touristville, dem an Bellevue grenzenden Teil von Redmond. Dorthin gingen aufrechte Bürger, wenn sie etwas erleben und einen Abend lang ›durch die Barrens ziehen‹ wollten. Die meisten angesagten Clubs und Bars befanden sich ebenso dort wie die Einheimischen, die sich den ›besseren‹ Teil der Barrens leisten konnten. Kellan war in einigen dieser Läden bekannt, aber nicht so gut, dass es ihr nicht gelingen würde, unerwünschter Gesellschaft aus dem Weg zu gehen.

Die Gegend rings um Touristville war das Revier der Brain Eaters. Auch wenn Kellan dies nicht längst gewusst hätte, verkündeten die Graffitis es deutlich genug. ›Brain Eaters Rule!‹ und ähnliche Sprüche waren zusammen mit dem roten Fez und dem grünen Gehirn des Gang-Logos auf mehrere Hausmauern und Zäune geschmiert. Die Brain Eaters waren Techies, Plünderer und Warez-doods wie Squeak. Tatsächlich argwöhnte Kellan, dass Squeak selbst zu einer Gang gehörte oder zumindest irgendwann einmal gehört hatte. Wahrscheinlich verließ er sich darauf, dass diese Sache sein großer Durchbruch sein würde, seine Gelegenheit, sich von der Gang und aus den Barrens abzusetzen. Kellan gefiel es überhaupt nicht, diejenige zu sein, die ihn enttäuschen würde.

Sie parkte ihr Motorrad in der Gasse neben dem heruntergekommenen Wohnhaus und schaltete die Alarmanlage ein. Sie würde ein Heidenspektakel veranstalten, wenn jemand anders die Maschine anfasste. Natürlich ignorierten die Leute in den Barrens derartige Alarmsignale, aber wenigstens würde Kellan wissen, dass sich jemand daran zu schaffen machte. Sie warf einen Blick auf die Mauer des mit Graffiti verunstalteten Hauses und das verrostete Eisengestänge der Feuerleiter über ihr. Früher war es hier vermutlich ziemlich nett gewesen, voller Wohnungen für Konzernangestellte, die hier in der Gegend gearbeitet hatten. Seit dem Crash war es eindeutig heruntergekommen. Die meisten derartigen Häuser gehörten Immobilienhaien, die sich auf die Slum-Gegenden spezialisiert hatten. Sie quetschten so viel Gewinn wie möglich aus ihnen heraus, gewöhnlich dadurch, dass sie nicht viel Aufhebens machten und die Tatsache ausnutzten, dass die meisten

Mieter rechtlich gesehen gar nicht existierten. Und die Inspektoren des Gesundheitsamts kamen auch nicht in die Barrens. Für sie war die ganze Gegend längst zum Untergang verurteilt.

Kellan erklomm die Vordertreppe, nahm dabei immer zwei Stufen auf einmal, und betrat die kleine und schlecht beleuchtete Eingangshalle des Hauses. Der Geruch nach Schimmel und feuchtem Teppich drang ihr in die Nase, während sie in der Reihe der Klingeln Squeaks Wohnungsnummer suchte. Sie drückte auf den Knopf und wartete. Nichts rührte sich.

Das ist aber komisch, dachte Kellan.

Sie warf einen Blick auf die Zeitanzeige ihres Handys. Sie war pünktlich. Squeak musste sie eigentlich erwarten. Sie drückte noch einmal auf die Klingel und wartete. Immer noch nichts.

Vielleicht ist er eingestöpselt. Wenn Squeak in der Matrix war – sei es geschäftlich oder zum Vergnügen –, würde er sich der wirklichen Welt, wenn überhaupt, nur sehr vage bewusst sein. Vielleicht hörte er die Klingel gar nicht. *Vielleicht hätte ich einfach nur anrufen sollen.*

Kellan wollte die Sache gern von Angesicht zu Angesicht regeln. Trotzdem konnte sie anrufen, um festzustellen, wo Squeak war, ihm einfach eine Nachricht hinterlassen und die ganze Sache vergessen, wenn er nicht antwortete.

Daran ist nichts verkehrt.

Kellan griff schon nach ihrem Handy, als eine Orkfrau die Treppe hinunterkam. Sie quoll förmlich aus einem giftgrünen Trägerhemd und einer glänzenden schwarzen Neo-Spandex-Hose und hatte die Haare auftoupiert, gegelt und gefärbt. Sie stieß die Tür auf und rauschte gedankenlos an Kellan vorbei, ohne ihr mehr als einen flüchtigen Seitenblick zu schenken. Kellan trat in die Tür, bevor sie sich schließen konnte, und warf einen Blick auf das Treppenhaus und den Fahrstuhl dahinter.

Sie trat ganz ein und ging zur Treppe. Wenn Squeak in seiner Wohnung war, konnte sie ihn vielleicht auf sich aufmerksam machen. Wenn nicht, würde sie anrufen und ihm die Tatsache, dass ihr großer Run geplatzt war, als Nachricht hinterlassen. Sie ging in den zweiten Stock und schaute in den Flur. Der Teppich war abgetreten und die Beleuchtung schlecht, was auch daran lag, dass einige Leuchtkörper beschädigt waren. Die Türen waren zwar alle geschlossen, aber Kellan konnte trotzdem aus einigen Wohnungen Lärm hören, hauptsächlich stampfende Musik, aber auch laute Stimmen, die sich in der Stadtsprache unterhielten.

Sie blieb vor Squeaks Tür stehen und klopfte entschlossen. Die Tür schwang bei der Berührung ein wenig nach innen, und Kellan hielt verblüfft inne. Es fiel kein Licht nach draußen, aber die Tür war nicht nur unverschlossen, sondern sogar nur angelehnt. Kellan hatte plötzlich ein sehr ungutes Gefühl bei der ganzen Sache. Ein rascher Blick nach links und rechts verriet ihr, dass der Flur immer noch leer war.

Sie griff in ihre Jacke und zückte eine Maschinenpistole, eine zierliche Ares Crusader. Sie hielt die Waffe in beiden Händen, holte tief Luft, trat dann die Tür ganz auf und nahm eine tief geduckte Schusshaltung ein.

Durch die geöffneten Blenden fiel trübes Licht von der Straße und der Hintergasse in die Wohnung und zeichnete schmale Streifen auf Wände und Fußboden. Squeaks Wohnung war schon bei Kellans erstem Gespräch mit dem Warezdood chaotisch gewesen, aber jetzt sah sie aus, als sei in ihr eine Bombe explodiert. Alles war umgestürzt. Chips, Hüllen, Ersatzteile und elektronische Bauteile lagen überall auf dem Boden verstreut. Das einzige Regal in der Wohnung lag ebenfalls auf dem Boden, sein Inhalt daneben.

Kellan trat vorsichtig ein und schwang die Waffe nach rechts und links, um beide Seiten zu sichern. Niemand presste sich dort an die Wand.

»Squeak?«, rief sie leise.

Keine Antwort. Sie trat ganz in die Wohnung und sah sich gründlich im ersten Zimmer um, wobei ihre Nerven zum Zerreißen gespannt waren, da sie auf ein Geräusch oder eine Bewegung lauerte. Sie glitt durch die Tür in die kleine Küche. Sie war dunkel und still, in dem kleinen Waschbecken stapelte sich schmutziges Geschirr und auf der Anrichte standen leere Essensverpackungen. Dann sah sie einen matten Lichtschein aus einer halb geschlossenen Tür in den Korridor fallen.

Kellan fand Squeak in dem kleinen Badezimmer. Er lag in der Wanne, trocken und vollständig angekleidet. Sie kauerte sich neben ihm nieder und drückte ihm zwei Finger auf den Hals, wusste aber auch ohne diesen Test, dass er tot war. Seine Haut hatte einen bläulichen Schimmer und war noch blasser und wächserner als sonst. Sie hob vorsichtig eine seiner Hände an. Sie fiel locker wieder zurück in die Wanne.

Er ist noch nicht lange tot, dachte Kellan. *Die Leichenstarre hat noch nicht eingesetzt.*

Sie wünschte, sie hätte gewusst, wie lange genau, aber zur Bestimmung des genauen Todeszeitpunkts fehlten ihr das Wissen und die Instrumente. *Höchstens ein paar Stunden,* schätzte sie. Wie lange dauerte es, bis eine Leiche steif wurde? Gewiss einige Zeit. Was sie über Forensik wusste, hatte sie dem Trid und den Unterhaltungen anderer Runner entnommen. Sie sah sich den Leichnam genauer an. Es gab kein Blut und kein Anzeichen für eine Verletzung. Sie bückte sich, um den Hals auf Druckstellen und andere Hinweise dafür zu untersuchen, dass er erwürgt worden war. Es gab keine.

»Ach, Squeak ...«, murmelte sie. Was war passiert?

Ihr erster Gedanke war Raubmord. Irgendein Punk auf Chip, vielleicht sogar eine Gruppe, war in die Wohnung eingedrungen, um alles zu stehlen, was sich irgendwie zu Geld machen ließ. Wohl sah die Wohnung dementsprechend aus, aber diese Theorie erklärte nicht den Zustand der Leiche. Eine Gang hätte Squeak erschlagen oder einfach erschossen, aber es gab keine Wunden und auch kein Blut.

Selbstmord? Unwahrscheinlich. Squeak hätte *möglicherweise* in ein ganz tiefes Loch fallen können, falls er selbst herausgefunden hatte, dass seine Waffen-Informationen wertlos waren, aber warum hätte er zuerst seine Wohnung zerlegen sollen? Außerdem hatte er auf Kellan nicht den Eindruck eines typischen Selbstmord-Kandidaten gemacht.

Sie kauerte sich neben die Wanne und betrachtete das reglose, schlaffe Gesicht.

Magie? Das war eindeutig eine Möglichkeit, und unglücklicherweise ließ sich das nur auf eine Art herausfinden. Kellan konzentrierte sich auf den Leichnam und zwang einen Wechsel in ihrer Wahrnehmung herbei, indem sie sich für die Eindrücke aus der Astralebene öffnete. Sie wappnete sich gegen alles, was sie dort empfinden mochte, wie vor einem Sprung in eiskaltes Wasser.

Es war kalt, der Eindruck kürzlichen Todes. Sie hatte recht. Squeak war noch nicht lange tot. Seine Lebensaura war zwar verschwunden, aber Spuren dessen, was er gewesen war, hafteten noch an seinem Leichnam wie der Duft an einer welken Blume. Aber mehr nicht.

Kellan vergewisserte sich und sah keine Spur von einem Zauber oder einem Geist, überhaupt nichts. Was Squeaks Tod auch verursacht haben mochte, Magie war es nicht.

Gift, dachte Kellan, als ihr Blick auf das bläulich angelaufene Gesicht und die Lippen fiel.

Sie wusste nicht genau, warum ihr dieses Wort jetzt in den Sinn kam. Spürte sie es auf eine mystische Art an dem Leichnam oder war es nur Intuition? Manchmal war es schwierig, den Unterschied festzustellen, aber sie hatte das sichere Gefühl, dass Squeaks Ableben auf Gift zurückzuführen war. Es passte jedenfalls zum Zustand des Leichnams und zum Fehlen jeglicher Gewaltanzeichen. Ein Gift konnte auf alle möglichen Arten verabreicht worden sein, die keine Spur hinterlassen hatten, und nachdem es seine Wirkung getan hatte, war der Leichnam dann in die Wanne gelegt worden.

Oder vielleicht Drogen ..., grübelte Kellan.

Aber nein, das ergab keinen Sinn. Squeak war viel zu sehr Deckhead, um sich mit Chemie abzugeben. Es gab dort draußen so viel mehr digitale Möglichkeiten: SimSinn-Chips, die die Wirkung jeder nur vorstellbaren Droge duplizierten, und noch viel mehr, und das alles ohne die biochemischen Begleiterscheinungen. Natürlich hätte er auch auf einem Chip sein können, aber Kellan sah kein Abspielgerät, und Squeaks Datenbuchse war ebenfalls leer.

Ein Geräusch ließ sie aufhorchen, und sie wechselte wieder auf normale Wahrnehmung und erhob sich. Sie nahm die Crusader in beide Hände und ging zur Tür. Bevor sie dort ankam, hörte sie jemanden, vielleicht mehr als eine Person, draußen im Wohnraum.

Kellans Herzschlag beschleunigte sich, und sie umklammerte die Maschinenpistole noch fester. Vielleicht waren es Chummer von Squeak, vielleicht nur Plünderer, die eine offene Wohnungstür und eine Gelegenheit gesehen hatten. Außerdem wusste sie nicht, ob sie bewaffnet und wie viele es überhaupt waren. Also schmiegte sie sich neben der Badezimmertür an die Wand und lauschte angestrengt auf das Geräusch der Schritte im Nebenraum.

Eine Hand öffnete die halb geschlossene Tür, und Kellan wirbelte in die Türöffnung und richtete die Maschinenpistole auf den vor ihr stehenden Typen.

»Heiliger Drek!«, sagte er.

»Eine Bewegung und du bist tot«, sagte Kellan so gelassen, wie es ihr möglich war, und der Typ begriff sofort, dass seine Lage keinen Widerspruch zuließ.

Er war ein Mensch und gehörte zu den Brain Eatern. Das sah Kellan sofort, weil er einen roten Fez mit goldener Troddel trug, der ein wenig schief auf dem Kopf saß und Teil des Wahrzeichens der Gang war. Er konnte nicht älter als sechzehn oder siebzehn sein und trug eine locker sitzende Baggyhose und eine Weste mit unzähligen ausgebeulten Taschen über einem langärmeligen Trikot. In der Hand hielt er einen handtellergroßen Taser. Kellan deutete mit einem Kopfnicken darauf, und er ließ ihn fallen und wich unmerklich vor ihr zurück.

Der Blick des Brain Eaters irrte an Kellan vorbei zu Squeaks Leichnam in der Badewanne.

»Er ist tot«, sagte sie tonlos.

»Dann bist du auch tot«, erwiderte der Ganger, während er all seinen Mut sammelte, um sich ihr zu stellen. »Du kommst hier nicht mehr lebend raus.«

»Ich hab ihn nicht umgebracht.«

»Nein, natürlich nicht«, schnaubte er.

»Das ist die Wahrheit«, sagte Kellan. »Ich habe ihn so vorgefunden. Wir hatten ein Treffen vereinbart …«

»Keefer, was zum Henker machst du …«, ertönte eine andere Stimme aus der Küche. »Heiliger Drek!«

Kellan packte den Brain Eater am Arm und zerrte ihn zum Badezimmer, als eine andere, ähnlich gekleidete Gestalt gleichen Alters im Korridor erschien. Sie legte dem schmächtigen Brain Eater den Arm um den Hals, zog ihn an sich und drückte ihm die Mündung der Crusader in die Seite. Die Augen seines Chummers weiteten sich, und er griff reflexartig nach seiner Waffe.

»Lass es sein«, sagte Kellan.

»Tu's nicht, Zoog!«, sagte Keefer in einem Anfall von Panik. Seine soeben an den Tag gelegte Entschlossenheit war in dem Augenblick verpufft, als er den Druck von Kellans Crusader in seiner Seite gespürt hatte.

»Wer bist du?«, fragte Zoog.

»Sie hat Squeak umgelegt!«, blökte Keefer.

»Ich hab keine Zeit für diesen Schwachsinn«, sagte Kellan seufzend. »Ich hab deinem Chummer hier schon gesagt, dass Squeak und ich eine geschäftliche Verabredung hatten. Ich bin reingekommen und habe ihn tot aufgefunden.«

»Und du erwartest, dass wir dir das glauben?«, fragte Zoog ungläubig.

»Mir ist vollkommen egal, was ihr glaubt«, schnauzte Kellan. »Ich will keinen Ärger mit euch. Also werde ich jetzt hier rausmarschieren, und dein Chummer wird mich als Versicherung begleiten. Ihn erwischt's als Ersten, wenn der Drek anfängt zu dampfen. Also lasst uns alle ruhig und freundlich bleiben, dann passiert keinem was, *so ka*?«

Keefers Chummer schien nicht zu wissen, was er machen sollte. Kellan wollte nur auf dem schnellsten Weg das Revier der Brain Eaters verlassen, bevor die Situation außer Kontrolle geriet. Ihre Aussichten, die Brain Eaters davon zu überzeugen, dass sie nichts mit Squeaks Tod zu tun hatte, schienen ziemlich gering zu sein, vor allem, da sie einen von ihnen als Geisel genommen hatte. Aber sie wollte Keefer auch nicht freigeben und ihre Verhandlungsposition dadurch schwächen. Sie konnte jetzt nur noch darauf hoffen, heil und gesund aus Squeaks Wohnung zu kommen. Später war dann immer noch Zeit genug, die Wogen bei den Brain Eaters wieder zu glätten, wenn es sein musste.

»Wie viele von euch sind noch im Haus?«, fragte Kellan.

Zoog schwieg, aber Keefer stammelte eine Antwort.

»N-noch zwei unten!«

Zoog funkelte seinen Chummer an, sagte aber nichts. Nicht, solange Kellans MP immer noch in Keefers Rippen gepresst war.

»Gut«, sagte sie mit einem Blick auf Zoog. »Du gehst vor, und nicht zu weit, damit ich dich sehen kann. Wir gehen nach unten, und ich verschwinde. Wenn du mir Schwierigkeiten machst, ist Keefer hier tot.« Sie presste ihm die Waffe fester in die Seite. »Und du bist der Nächste.«

»Ach, komm schon«, bettelte Keefer. »Lass mich einfach laufen. Kannst du ruhig machen! Ich schwöre, wir lassen dich in Ruhe! Wir haben ja nichts gesehen!«

Kellan schüttelte den Kopf. »Tut mir leid, Chummer. Ich kann's mir nicht leisten, euch zwei im Rücken zu haben, und ich muss von hier verschwinden.« Sie zeigte mit der Crusader auf Zoog. »Und jetzt beweg dich.«

Den ganzen Weg die Treppe hinunter wünschte Kellan, sie

hätte G-Doggs Größe und Kraft. Der Ork hätte Keefer und Zoog herumjonglieren können und wäre dabei kaum ins Schwitzen geraten. Keefer war zwar kein Riese, hatte aber doch Kellans Größe. Sie hatte ihn im Griff und vor allem hatte sie die Kanone, aber eigentlich wollte sie die gar nicht benutzen. Es war schon schlimm genug, dass die Brain Eaters glaubten, sie hätte Squeak umgelegt. Wenn sie einen von ihnen wegpustete, würde das alles nur noch verschlimmern.

Zum Glück verspürten Keefer und Zoog keine Neigung, Kellan irgendwelche Schwierigkeiten zu machen. Zoog ging voran, und Kellan folgte mit Keefer nicht weit dahinter. Sie war auf Ärger aus jeder Richtung gefasst, aber niemand sonst war im Treppenhaus oder machte sich die Mühe, hinter verschlossenen Türen nach draußen zu spähen.

In der Eingangshalle warteten noch zwei Brain Eater, wie Keefer gesagt hatte. Einer war ein Ork, nicht so groß und kräftig wie G-Dogg, aber immer noch gut einen halben Meter größer als Kellan. Er trug ein ärmelloses Hemd und eine Weste, sodass man seine muskelbepackten Arme sehen konnte. Der andere war älter als die anderen, vielleicht Mitte zwanzig. Seine Haare waren unter dem Fez bis auf dunkle Stoppeln abrasiert, und er hatte Chromringe in Augenbraue, Lippe und Ohren. Beide lehnten an der Wand und richteten sich blitzschnell auf, als Kellan auftauchte, die ihre beiden Chummer mit der Waffe vor sich hertrieb.

»Bleibt locker!«, sagte Zoog, wobei er abwehrend die Hände ausstreckte. »Alles im grünen Bereich.« Die anderen beiden griffen nicht nach Waffen und reagierten auch sonst nicht aggressiv.

»Was soll das?«, fragte der kahlköpfige Mensch mit einem Kopfnicken auf Kellan und Keefer.

Bevor ein anderer antworten konnte, sagte Kellan: »Das ist ein ganz simpler Handel. Ich verschwinde von hier, und Keefer braucht heute Nacht keine neuen Implantate.«

»Sie meint es ernst, Crash!«, plapperte Keefer. »Die ist vollkommen irre!«

»Halt die Klappe«, bellte der Kahle ihn an. Seine Augen verengten sich zu Schlitzen, und er betrachtete Kellan von oben bis unten.

»Wie heißt du?«, fragte er.

»Was spielt das für eine Rolle?«

Er zuckte die Achseln. »Gar keine. Du bist so oder so tot.«

»Schön, wenn du nicht die Absicht hast, deine Drohung sofort wahr zu machen, schlage ich vor, dass du mir jetzt aus dem Weg gehst.«

»Glaubst du wirklich, du schaffst uns alle vier?«, knurrte Crash.

»Ich brauche euch gar nicht alle vier zu schaffen«, sagte Kellan, die sich alle Mühe gab, eiskalt und ungerührt zu klingen. »Ihr müsst euch entscheiden, wer von euch als Erster durchlöchert wird, nachdem es Keefer hier erwischt hat.« Um ihren Worten Nachdruck zu verleihen, rammte sie Keefer die Crusader in die Seite. Er zuckte zusammen.

Eine längere Pause trat ein, in der Crash Kellan durch die Halle hinweg unentwegt musterte. Keefer gab ein Winseln von sich, das ganz tief aus der Kehle kam.

Kellan fragte sich, ob der orkische Brain Eater so verrückt war, es darauf ankommen zu lassen. Oder sogar bereit wäre, Keefer zu opfern, um sie zu erwischen. In diesem Fall wäre er sicher der erste Angehörige einer Gang, den das Leben seiner Chummer einen Drek interessierte. Sie verließ sich auf die Tatsache, dass den meisten Gangs etwas an ihren Mitgliedern lag.

Crash winkte die anderen Brain Eater aus dem Weg und trat selbst einen Schritt zurück, sodass der Weg zur Tür frei war.

»Das ist noch nicht vorbei«, sagte er.

»Erst mal schon«, erwiderte Kellan.

»Wir finden dich«, knurrte der Ork. »Du bist tot.«

»Ja, von mir aus.« Kellan näherte sich vorsichtig der Tür, wobei sie darauf achtete, dass ihre Geisel zwischen ihr und den anderen Brain Eaters blieb. Sie schob die Tür mit dem

Rücken auf und trat nach draußen. Plötzlich ließ sie Keefer los, legte ihm eine Hand auf den Rücken und schob ihn durch die Tür, dann trat sie zurück und ließ die Sicherheitstür zuschwingen.

Crash und die anderen Brain Eater griffen nach ihren Waffen, aber Keefer war im Weg, und Kellan hatte sie im Visier. Sie hob ihre Crusader, sodass die Mündung nach oben zeigte. Mit der anderen Hand erzeugte sie eine schwach leuchtende Lichtkugel. Mit einem Zauberwort schleuderte sie sie auf die Brain Eater. Die Kugel flog durch das Glas der Tür, als sei es nicht da. Sie zerplatzte in einem lautlosen Blitz, und die Brain Eaters schrien auf, griffen sich an die Köpfe und ließen ihre Waffen fallen. Sie brachen zusammen, wobei Crash auf Keefer fiel. Die Tür fiel klickend ins Schloss.

Kellan betrachtete die hilflosen Brain Eaters einen Moment. Sie konnte sie leicht erledigen. Ein paar Feuerstöße aus ihrer Crusader oder ein tödlicher Zauber ... dann würde niemand erfahren, was passiert war. Es würde niemanden geben, der dem Rest der Gang davon erzählen konnte. Aber nein, sie war keine kaltblütige Mörderin. Vielleicht gab es andere Runner, die es als zweckdienlich und sinnvoll erachtet hätten, alle Zeugen zu beseitigen, aber Kellan gehörte nicht zu ihnen. Sie hatte schon Leute auf Runs getötet, aber nicht, wenn sie hilflos waren, sondern nur, wenn es um Leben oder Tod gegangen war. Wenn ihr eigenes Leben auf dem Spiel gestanden hatte.

Sie ließ die Brain Eaters, wo sie lagen. Sollten sie sich ruhig wundern, warum die Person, die ihrer Ansicht nach Squeak umgelegt hatte, sie am Leben ließ. Kellan halfterte ihre Pistole und ging zu der Gasse, in der sie ihr Motorrad abgestellt hatte.

Ein leises Summen ließ Kellan zusammenfahren, zur Tür herumwirbeln und nach ihrer Waffe greifen. Dann ging ihr auf, dass Geräusch und Vibration von ihrem Handy kamen, dessen Klingelton seit ihrer Unterrichtsstunde bei Lothan noch immer abgestellt war. Sie zog es mit der freien Hand aus der Tasche und schaute auf die Anzeige. Es war kein Anruf, sondern eine E-Mail. Die Adresse des Absenders war ihr unbekannt, aber der Inhalt der Nachricht erregte sofort ihre Aufmerksamkeit:

Kellan,
wenn du das liest, ist mir irgendwas zugestoßen. (Drek, das wollte ich schon immer mal sagen!)
Ernsthaft, ich habe so ein Gefühl bei der Sache. Also habe ich eine Sicherheitsschaltung eingerichtet, um dir alle meine Dateien zu schicken, falls mir doch etwas passiert. Das Frame schickt die Dateien an deine E-Mail-Adresse. Du wirst schon wissen, was du damit machst.
Wenn mir tatsächlich etwas zugestoßen ist, hoffe ich, dass du das Geschäft durchziehst. Ich habe dich immer sehr gemocht, Kellan, und ich weiß, dass du es schaffen kannst. Als Runnerin bist du allererste Sahne.
Squeak

Kellan überlief es kalt. Sie schaute zu der Wohnung hinauf, in deren Badezimmer der tote Squeak lag. Sein Gefühl hatte ihn nicht getäuscht. Sie schaute wieder auf die Anzeige des Handys.

Was, wenn Squeaks Tod keiner von vielen wahllosen, zufälligen Gewaltverbrechen in den Barrens war? Was, wenn jemand anders Squeaks Daten nicht für so wertlos hielt wie Jackie? Vielleicht war Squeak getötet worden, um an die Daten heranzukommen oder um zu verhindern, dass er sie weitergab.

Hatten sie die Daten gefunden? Die Wohnung war jedenfalls ein einziges Chaos, aber ein Tech-Freak wie Squeak würde sie nicht einfach herumliegen lassen. Offensichtlich hatte er sie an einem sicheren Ort verstaut, in irgendeinem Online-Versteck, und ein Programm eingerichtet, das ihr die Daten schicken würde, falls ihm etwas zustieß.

Sie starrte einen Moment auf das blinkende Icon auf der

Handyanzeige, bevor sie mit einem Tastendruck die angehängten Dateien herunterlud. Das Handy summte, um anzuzeigen, dass die Daten gespeichert waren. Dann klappte Kellan es zu und verstaute es wieder in der Jackentasche. Jemand war der Ansicht, dass Squeaks Daten wertvoll genug waren, um ihn zu töten, und er glaubte, dass Kellan in der Lage war, die Sache in die Hand zu nehmen.

Das ist noch nicht vorbei, dachte sie. *Ich ziehe das bis zum Ende durch.*

Sie ließ den Motor der Rapier an. Es gab Arbeit.

Kapitel 8

Kellan hatte noch nie selbst Runner angeworben. In Kansas City war die Schattengemeinde so klein, dass man fast jeden kannte, der im Geschäft war, und die Nachricht über einen potenziellen Job verbreitete sich ziemlich rasch. Inoffizielle Teams taten sich nach Notwendigkeit zusammen, und viele davon wuchsen mit der Zeit ziemlich eng zusammen. Während ihrer Eingewöhnungszeit in Seattle hatte Kellan ziemlich wenig mit der Zusammenstellung eines Teams zu tun. Sie wollte nur sicherstellen, dass sie selbst zum Team gehörte. Seit ihrer Ankunft in Seattle verließ sie sich auf Organisatoren wie G-Dogg und Lothan, wenn es darum ging, ein Team zusammenzustellen. Sie schienen jeden zu kennen, vor allem G-Dogg, dessen Verstand wie ein unerschöpflicher Terminkalender voller Namen und Orte war. Darauf verließ sich Kellan jetzt.

G-Dogg hob beim zweiten Klingeln ab. »Rede mit mir«, sagte er.

»Hi, G-Dogg.«

»Hi, Kellan. Was liegt an?«

»Ich brauche ein wenig Hilfe.«

»Kein Problem, was brauchst du?«

»Informationen«, begann Kellan. Am anderen Ende der Leitung trat eine kurze Pause ein.

»Du versuchst doch nicht immer noch, einen Run auf die Beine zu stellen, oder?«, fragte er.

Sie hatte mit dieser Reaktion gerechnet. »Hör mal, G-Dogg, wenn du mir nicht helfen willst ...«

»Hey, bleib locker!«, sagte der Ork. »Das habe ich nicht gesagt. Ich habe nur gefragt, ob du immer noch entschlossen bist, diesen Run durchzuziehen, mehr nicht.«

»Ich mache ihn«, sagte Kellan entschlossen, »und ich brauche ein Team.«

G-Dogg seufzte. »Kann ich dir die Sache nicht ausreden?«

»Nein. Hör mal, G-Dogg, ich muss das machen, okay? Ich brauche deine Hilfe. Ich bitte dich nicht, bei dem Run mitzumachen. Ich brauche nur ein paar Namen.«

Er seufzte wieder. »Die meisten Runner, die ich kenne, werden an einem solchen Run kein Interesse haben ...«, begann er.

»Aber ich wette, du kennst ein paar, bei denen das anders ist«, ergänzte sie.

»Ja, ein paar.«

»Mit denen muss ich mich in Verbindung setzen. Danach bist du draußen, G-Dogg, das schwöre ich.« Als er zögerte, hakte sie nach: »Wenn du mir nicht helfen willst, ist das auch gut, dann suche ich mir ein Team bei Shadowland zusammen. Ich kann immer noch herumfragen ...«

»Okay, okay. Ich kenne einige Runner, die auch sehr riskante Jobs übernehmen, vor allem, wenn du ihnen ein hohes Gewinnpotenzial versprichst.«

»Diese Sache hat ein hohes Gewinnpotenzial.«

»Und ein hohes Risikopotenzial, aber das müssen sie selbst entscheiden. Ich schicke dir die Kontaktinfo.«

Einen Moment später zeigte Kellans Handy mit einem Summen den Empfang von G-Doggs Datei an. Mit einem Tastendruck speicherte sie die virtuellen Visitenkarten.

»Vergiss nicht, Kellan«, fuhr er fort. »Diese Leute sind nicht so wie die Runner, mit denen du bis jetzt gearbeitet hast. Sie sind bereit, Risiken einzugehen, weil sie verzweifelt sind oder weil sie es *gern* tun, aus welchen Gründen auch immer. Die Runner, mit denen sich eine Zusammenarbeit lohnt, gehen keine unnötigen Risiken ein.« Er ließ den Rest seiner Kritik unausgesprochen, aber die Botschaft war klar: Welcher Kategorie wollte Kellan angehören?

»Danke«, antwortete sie trocken. »Ich werde mich vorsehen. Das vergesse ich dir nicht, G-Dogg, ich bin dir was schuldig.«

»Ja«, sagte er. »Sei einfach nur vorsichtig. Und wenn alles vorbei ist, gibst du mir einen aus und erzählst mir alles. Dann sind wir quitt, okay?« Am anderen Ende der Leitung gab es eine kleine Pause. »Viel Glück, Mädchen«, sagte er noch und legte dann auf.

Kellan sah sich die heruntergeladene Info an. Die Liste war deprimierend kurz, aber andererseits bedeutete das, dass sie die Anrufe schnell erledigen konnte. Außerdem hatte sie selbst ein paar Ideen. Sie rief den ersten Namen auf der Liste an.

Kellan brauchte nicht lange, um sich durch G-Doggs kurze Liste zu arbeiten. Sie hatte ein paar mögliche Zusagen, aber sehr viel mehr Ablehnungen und Sackgassen, wo sie eine Nachricht hinterlassen hatte und auf einen Rückruf hoffte.

Als sie fertig war, kreiste durch den Besuch in den Barrens immer noch zu viel Adrenalin in ihren Adern, um einfach nur herumzusitzen und zu warten. Also schnappte sie sich ihre Jacke und ging aus. Wie die meisten Runner führte sie ein ziemlich nachtaktives Leben, schlief bis spät in den Tag hinein und stand noch später auf. Geschäfte ließen sich am besten im Dunkeln erledigen, und in der Nacht erwachten Seattles Schatten erst richtig zum Leben.

Im *Underworld 93* wurde es gerade voll, als sie dort ankam. Der Club befand sich in einem renovierten industriellen Lagerhaus, einem massiven zweistöckigen Klotz aus Stahlbeton mit Fenstern, die mit einem schweren Metallgeflecht abgedeckt waren. Der Name stand in einen Meter hohen Neolux-Buchstaben über der Markise, und vor dem Eingang hatte sich eine Warteschlange gebildet. Kellan stellte ihr Motorrad in der Hintergasse neben verschiedenen anderen ab.

Das *Underworld* war der erste Nachtclub, den Kellan nach ihrer Ankunft in Seattle besucht hatte. Ihr ging auf, wie sehr sich alles verändert hatte. Damals war sie ein absoluter Neuling gewesen, hatte ein Taxi nehmen müssen und sich am

Türsteher vorbeigeblufft, da sie auf der Suche nach G-Dogg war, den man ihr als potenziellen Kontakt empfohlen hatte. Sie hatte nicht gewusst, dass der Rausschmeißer an der Tür G-Dogg *war* und er sie überhaupt nicht kannte. Wäre sie nicht in eine Auseinandersetzung mit ein paar Trollen aus der Gang der Spikes geraten, hätte Kellan vielleicht niemals G-Doggs Aufmerksamkeit erregt oder ihre magischen Fähigkeiten entdeckt. In jener Nacht hatte sie ihren ersten Zauber gewirkt und einen der Trolle in eine Fackel verwandelt. Das hatte ihr einen Termin bei Lothan und eine Eintrittskarte in die Seattler Schatten verschafft.

Das *Underworld 93* war so etwas wie eine Stammkneipe für Kellan geworden, weil es nicht weit von ihrer Wohnung in Puyallup entfernt und außerdem einer der besten Nachtclubs im ganzen Metroplex war. G-Dogg verbrachte dort eine Menge Zeit, aber Kellan wusste, dass er heute Abend woanders war, was ihr sehr gut in den Kram passte. Sie war eigentlich nicht in der Stimmung, sich mit irgendwelchen ihrer momentanen Arbeitskollegen abzugeben.

Mit einem Lächeln und einer raschen Bestechungszahlung glitt Kellan an der Schlange und am Türsteher vorbei ins *Underworld*. Wie immer trat eine Band im Club auf, die sich gerade auf der Bühne aufwärmte, und um die Tanzfläche drängten sich massenhaft Leute. Kellan bahnte sich einen Weg durch die Menge und erreichte die Bar an der Rückwand.

»Hi, Lief«, sagte sie zu dem elfischen Barmann. Er war groß und blond und schenkte Kellan ein strahlendes Lächeln.

»Hi, Kellan, was läuft denn so?«

»Immer dieselbe alte Leier«, erwiderte sie, und der Elf nickte.

»Das Übliche?«, fragte er, und Kellan nickte.

Er öffnete eine Bierflasche und schob sie ihr über den Tresen zu. Kellan steckte ihren Kredstab in den Schlitz der Bar, und der Preis wurde automatisch abgebucht. Sie fügte noch ein anständiges Trinkgeld hinzu. Dann setzte sie sich auf einen der Barhocker, trank einen Schluck Bier, beobachtete die

Menge und lauschte der Band, die sich auf ihren Auftritt vorbereitete.

Sie spielten ein gutes Konzert. Ihre Mischung aus Metal und keltischem Liedgut war eigentlich nicht Kellans Geschmack, aber die elfische Sängerin hatte eine tolle Stimme und eine charismatische Bühnenausstrahlung. Der Synthi-Spieler war ebenfalls ausgezeichnet. Er war direkt in das Instrument eingestöpselt und spielte es über ein neurales Interface. Damit war eine viel bessere Kontrolle über das Instrument möglich, und das zeigte sich auch in seiner Performance.

Nach ihrem Konzert verschwand die Band, und Kellan saß weiterhin an der Bar und nuckelte an ihrem zweiten Bier, als eine Frau aus der Menge auftauchte und sich neben sie an die Theke setzte. Sie war ebenfalls eine Elfe und hatte die auffallenden Merkmale ihrer Rasse: hohe Wangenknochen, Mandelaugen und zierliche Spitzohren. Ihre Haut war hell und blass im Gegensatz zu den rabenschwarzen Haaren, die am Nackenansatz zu einem Pferdeschwanz gebunden waren, sodass ihre Ohren und die elegant geschwungenen Brauen zu sehen waren. Sie trug eine schwarze Lederhose, die wie ein Handschuh saß, ein silbernes, geknöpftes Hemd unter einer kurzen Lederjacke und zierliche, spitze schwarze Stiefel.

Sie beugte sich über die Bar und sprach kurz mit Leif, der ihr etwas zu trinken gab. Nachdem sie dafür bezahlt hatte, warf sie einen Blick auf Kellan und ging an der Bar entlang zu ihr.

»Hallo ... Kellan, nicht wahr?«, fragte sie.

Kellan war überrascht, dass die Frau ihren Namen kannte, sah aber keinen Grund, sich zu verleugnen. Sie nickte.

»Ich werde Midnight genannt«, fuhr die Elfe fort. »Tatsächlich habe ich gehofft, dich kennenzulernen. Ich habe viel Gutes über dich gehört, aber noch viel wichtiger ist, dass ich deine Mutter gekannt haben könnte.«

»Was?«, fragte Kellan, die ihre kühle professionelle Haltung plötzlich völlig vergessen hatte. »Warum? Wann?«

»Unterhalten wir uns, ja?«, sagte Midnight. Sie zeigte auf die Tische an der Seite der Tanzfläche und ließ Kellan den Vortritt. Die Elfe bewegte sich mit katzenhafter Eleganz und zog unterwegs mehr als nur ein paar Blicke auf sich, obwohl sie sich nicht dafür zu interessieren schien.

Nachdem sie einander gegenübersaßen, schlug Midnight ein wohlgeformtes Bein über das andere und betrachtete Kellan eingehend.

»Du kanntest also meine Mutter?«, fragte Kellan, die ihre Neugier kaum zügeln konnte.

»Na ja, ich bin natürlich nicht ganz sicher«, sagte Midnight. »Es ist nur so, dass ich eine Frau kannte, die dir ziemlich ähnlich sah. Sie war mein Mentor, als ich in den Schatten begonnen habe, und sie hatte einen Torques, so wie du einen trägst.«

Kellans Hand fuhr an den keltischen Ring, den sie um den Hals trug. Er bestand aus Silber und war mit komplizierten Knoten graviert. Sie hatte ihn in einem mysteriösen Päckchen aus Seattle bekommen. Es hatte den Torques, ein paar andere Ausrüstungsgegenstände für Runner und eine Nachricht mit folgendem Wortlaut enthalten: ›Diese Sachen haben deiner Mutter gehört. Dachte, du hättest sie gerne.‹

Kellan war unter anderem auch nach Seattle gekommen, um den Absender des Päckchens aufzuspüren und dabei vielleicht herauszufinden, was aus ihrer Mutter geworden war.

»Bist du sicher?«, fragte sie, und Midnight nickte.

»Absolut«, sagte sie. »Dieser Torques ist ziemlich einzigartig. Die Frau, die ich kannte, hatte genauso einen, und ich bezweifle, dass es zwei davon gibt.«

Kellan konnte ihr Glück kaum fassen. Nach Monaten vergeblicher Suche war jemand aufgetaucht, der ihre Mutter kannte und Arbeit suchte! »Er hat tatsächlich meiner Mutter gehört«, sagte sie. »Wenigstens habe ich das gehört. Ich habe meine Mutter eigentlich kaum gekannt.«

»Ah, ich verstehe. Tja, um die Wahrheit zu sagen, ich wusste nicht, dass sie Kinder hat, immer vorausgesetzt, es handelt sich um dieselbe Frau.«

»Erzähl mir von ihr«, sagte Kellan. Dann ging ihr auf, dass sie sich vorgebeugt hatte und Midnight eindringlich ansah. »Äh, das heißt, wenn es dir nichts ausmacht.«

»Natürlich nicht«, sagte die Elfe mit einem strahlenden Lächeln. Sie trank einen Schluck, stellte ihr Glas auf den Tisch und begann mit ihrer Geschichte. »Ich habe so vor zwölf, dreizehn Jahren in den Schatten angefangen. Tatsächlich war ich etwa in deinem Alter. Ich bin aus Tir Tairngire nach Seattle gekommen.« Sie sprach den Namen des Elfenstaats südlich von Seattle mit einer exotischen, fremdartigen Betonung aus. »Ich wusste gar nichts über das Leben im Metroplex und in den Schatten, aber ich lernte zufällig eine Frau namens Mustang kennen. Sie hatte einen guten Ruf und war bereit, mit einem Neuling zu arbeiten und mich anzulernen.

Sie hat mir eine Menge beigebracht. Wir haben ein paar Jahre zusammengearbeitet, und dann ist sie eines Tages verschwunden.«

»Dann weißt du nicht, was ihr zugestoßen ist?«

Midnight schüttelte den Kopf. »Das habe ich nie herausgefunden. Ich hatte gehofft, du wüsstest es vielleicht. Ich wusste nicht einmal, dass Mustang eine Tochter hat, obwohl du geboren sein musst, bevor wir uns kennengelernt haben.«

»Wie hast du mich gefunden?«, fragte Kellan.

Midnight lächelte. »Ich arbeite immer noch viel in den Schatten«, sagte sie. »Vor allem finde ich Sachen, die Leute haben wollen oder über die sie etwas wissen wollen. Simon Brickman wollte etwas über dich wissen.«

»Brickman ...«, sagte Kellan. Sie erinnerte sich an den Exec, der für Knight Errant Security arbeitete und Lothans Team für Kellans ersten Run in Seattle angeworben hatte. Wie sich herausstellte, hatte Brickman den Run nur als Deckmantel benutzen wollen, unter dem Seattler Gangs Waffen zugänglich gemacht wurden, die von Knight Errants Muttergesellschaft Ares Macrotechnology hergestellt wurden. Kellan hatte diesen Plan durchkreuzt. Sie sah Midnight wachsam an.

»Keine Sorge!«, sagte diese. »Ich habe ihm gesagt, es gäbe nichts über dich herauszufinden, eigentlich seist du nur ein Mädchen, das Glück gehabt hat. Ich habe deinen Torques wiedererkannt und wollte erst mal persönlich mit dir reden.«

»Warum hast du nicht schon früher Kontakt zu mir aufgenommen?«

»Geschäfte«, sagte Midnight nur. »Nachdem ich mit Brickman fertig war, ist mir ein anderer Auftrag dazwischengekommen, und ich konnte die Sache mit dir nicht weiterverfolgen. Außerdem wollte ich noch mehr darüber herausfinden, was Mustang zugestoßen ist, bevor ich mich mit dir in Verbindung setze, aber ich muss leider gestehen, dass meine Bemühungen zu nichts geführt haben.«

Kellan öffnete den Mund, um etwas zu sagen, und schloss ihn dann wieder. Sie wusste nicht recht, wie sie sich fühlen sollte. Sie hatte es beinahe aufgegeben, etwas über ihre Mutter oder die Herkunft des mysteriösen Päckchens herausfinden zu wollen. Jetzt war sie endlich jemandem begegnet, der ihre Mutter gekannt haben mochte, aber diese Person wusste auch nicht mehr über ihr Schicksal als Kellan.

»Das muss frustrierend sein«, sprach Midnight Kellans Gedanken laut aus. »Es tut mir leid, ich wünschte, ich könnte dir mehr sagen.«

»Ist schon in Ordnung, glaube ich«, erwiderte Kellan kopfschüttelnd. »Das ist mehr, als ich in meiner ganzen Zeit hier in Seattle herausgefunden habe. Ich sehe also wie sie aus, sagst du?«

»O ja, die Ähnlichkeit ist unverkennbar«, erwiderte Midnight mit einem Lächeln. »Du hast ihre Haare, ihre Augen und ihr Kinn.«

»Wie war sie so?«

Die Elfe dachte einen Moment nach, suchte die richtigen Worte. »Kraftvoll«, sagte sie schließlich. »Dynamisch, gescheit, begabt und clever. Sie war gut, eine der Besten.«

»Begabt ...«, sagte Kellan. »War sie Magierin?«

Midnight runzelte ein wenig die Stirn und schüttelte den Kopf. »Nein, nicht dass ich wüsste. Warum?«

»Oh«, sagte Kellan. Vielleicht hatte sie schon zu viel gesagt. Weil der Torques magisch war und Kellan magisches Talent hatte, war sie immer davon ausgegangen, dass auch ihre Mutter Magierin gewesen sein musste. Midnights Reaktion machte das unwahrscheinlich. Vielleicht war das Talent ihrer Mutter nur latent gewesen und nie erwacht wie Kellans. Oder vielleicht hatte Kellan ihr Talent auch von ihrem Vater geerbt ...

Midnights Blick veranlasste Kellan, sich in dem Augenblick umzudrehen, als ein riesiger Schatten auf den Tisch fiel.

»Lothan«, sagte Kellan, als sie den Trollmagier erblickte. Er stand nur eine Armlänge vom Tisch entfernt. Kellan versetzte sich im Geiste einen Tritt vor das Schienbein, weil sie sich mit dem Rücken zur Menge gesetzt hatte. Midnight hatte sich den Platz an der Wand des Clubs gesichert, ohne dass Kellan es bemerkt hatte. Andernfalls hätte sie Lothan kommen sehen. Jetzt konnte sie ihm nicht mehr ausweichen.

»Kellan, du bewegst dich dieser Tage in interessanter Gesellschaft.«

»Lothan, ist auch mir immer ein Vergnügen, dich zu sehen«, sagte Midnight, obwohl ihr Lächeln besagte, dass das Vergnügen der Tatsache entsprang, dass ihre Anwesenheit Lothan ärgerte.

Kennt Lothan denn jeden?, fragte sich Kellan.

Natürlich war der alte Troll schon länger im Schattengeschäft als sonst jemand, den Kellan kannte, tatsächlich sogar länger, als die meisten anderen Runner, die sie kannte, lebten. Trotzdem war es ein interessanter Zufall, dass Lothan hier und jetzt auftauchte, falls es überhaupt einer war.

»Ich würde euch ja einander vorstellen«, sagte Kellan zu Lothan, »aber anscheinend habt ihr bereits ...«

»Uns kennengelernt?«, warf Midnight ein. »O ja. Natürlich kennt jeder Lothan. Sein Ruf eilt ihm voraus.«

»Dasselbe könnte man über dich sagen«, beschied er Midnight.

»Ich ziehe es vor, ein wenig mehr Zurückhaltung zu üben«, sagte die Elfe. »Nicht, dass es vergleichsweise schwierig wäre.«

»Zweifellos. Kellan, könnten wir zwei uns mal kurz unterhalten?«, fragte Lothan.

In diesem Augenblick spürte Kellan ihr Handy vibrieren.

»Augenblick«, sagte sie, während sie es aus der Tasche holte. »Hallo?«

»Kellan, was habe ich da gehört? Du willst diesen Run unbedingt durchziehen?«, sagte Jackie am anderen Ende. *Jesus, die Neuigkeit macht schnell die Runde,* dachte Kellan. Hatte G-Dogg ihr davon erzählt? »Im Moment kann ich nicht reden«, sagte Kellan mit einem Blick auf Midnight und Lothan.

Die Elfe stand auf und legte Lothan eine zierliche Hand auf den massigen Arm. »Lassen wir Kellan in Ruhe telefonieren, ja? Wir können über alte Zeiten plaudern«, sagte sie mit einem gewinnenden Lächeln und gerade so laut, dass Kellan es hören konnte. Dann führte sie Lothan vom Tisch weg.

»Was für ein Spiel treibst du eigentlich, Midnight?«, fragte Lothan, als sie außer Hörweite von Kellans Tisch waren (was angesichts des Lärmpegels im *Underworld* nicht weit weg war, auch wenn die Band nicht mehr spielte).

»Dasselbe könnte ich dich fragen«, erwiderte sie, indem sie ihre dunklen Augenbrauen hob und ihm einen fragenden Blick zuwarf. »Stell dir meine Überraschung vor, nachdem ich Vereinbarungen mit dir getroffen habe, Informationen über gewisse Schmuckstücke zu kaufen, die zufällig deinen Weg kreuzen könnten, als ich den Torques um den Hals des Mädchens gesehen habe.«

»Wofür willst du ihn?«

»Wie ich dir schon beim Abschluss unseres Handels gesagt habe, ist das meine Sache.«

»Tja, jetzt mache ich es aber auch zu meiner, Midnight.«

»Lothan, Lothan«, gurrte sie, während sie ihm mit der Hand über den Arm strich. »Du bist kein Dummkopf, also benimm dich nicht wie einer. Willst du mir bei dieser Sache wirklich in die Quere kommen?«

»Ich warne dich, Midnight, halt dich von Kellan fern.«

»Sonst?«, fragte die Elfe. »Sagst du ihr die Wahrheit? Es überrascht mich, dass du überhaupt noch weißt, was das Wort bedeutet. Ich habe meine Hausaufgaben gemacht, Lothan. Kellan hat schon zu lange mit dir gearbeitet, um in dir noch ein Ausbund an Tugend zu sehen. Außerdem, was willst du ihr sagen? Dass ich dich beauftragt habe, nach einem bestimmten Gegenstand Ausschau zu halten, und du ›vergessen‹ hast, mich zu informieren, als du dann über ihn gestolpert bist? Vielleicht deshalb, weil du die Informationen – und den Torques – für dich behalten wolltest?«

Midnight hielt inne, und Lothans Miene verfinsterte sich. »Ja«, zischte sie, »das habe ich mir gedacht. Die einzige Wahrheit, die du am Ende enthüllen wirst, mein Lieber, ist die, dass du deinen kleinen Lehrling schon wieder belogen hast. Dann kannst du auch das wenige Vertrauen vergessen, das sie noch zu dir hat. Andererseits kannst du mir mit deiner kleinen Geschichte nicht schaden. Schließlich weiß Kellan bereits, dass ich an ihrem Torques interessiert war. Ich habe es ihr gerade erzählt. Ich habe deine Beteiligung an dieser Sache noch nicht erwähnt und werde es auch nicht tun ... es sei denn, du zwingst mich dazu.

Also liegt der nächste Zug ganz allein bei dir, nicht wahr?«

»Okay«, sagte Kellan, als Lothan und Midnight außer Hörweite waren.

»Du willst Squeaks Daten also auf den Grund gehen«, sagte Jackie in einem Ton, der keinen Zweifel daran ließ, dass dies nicht ihren Beifall fand. »Das ist Verschwendung von Zeit und Geld, Kellan. Vertrau mir, diese Daten sind den Chip nicht wert, auf den sie gebrannt sind.«

»Ich habe so ein Gefühl, Jackie«, sagte Kellan. »Ich glaube nicht, dass sie so wertlos sind, wie du glaubst.«

»Hör mal, Kellan, ich bin sicher, dein Chummer Squeak glaubt, dass er auf Gold gestoßen ist, aber ...«

»Squeak ist tot.«

Am anderen Ende herrschte einen Moment Schweigen.

»Wie war das?«, sagte Jackie.

»Squeak ist tot«, wiederholte Kellan.

»Bist du sicher?«

»O ja, ich bin sicher. Ich habe ihn heute Abend in seiner Wohnung in der Badewanne gefunden. Ich glaube, dass er vergiftet wurde. Es war keine Verletzung zu sehen, und ich habe auch keine Spur von Magie an ihm festgestellt.«

»Und du glaubst, jemand hat ihn wegen dieser Daten umgebracht?«

»Das würde passen.«

»Aber dann wäre es noch dümmer, den Run zu machen, Kellan!«, sagte Jackie. »Wenn jemand bereit ist, dafür zu töten ...«

»Müssen die Daten etwas wert sein«, schloss Kellan. »Sie müssen eine *Menge* wert sein.«

»Das weißt du nicht«, konterte die Deckerin. »Er kann auch aus einem ganz anderen Grund umgebracht worden sein, aber selbst wenn du recht hast, würdest du ganz tief im Drek sitzen, Kellan. Es ist besser, die Finger davon zu lassen.«

»Das kann ich nicht, jetzt erst recht nicht. Als ich damit angefangen habe, ging es mir nur darum, dass ich selbst einen Run zusammenstellen wollte. Jetzt hängt viel mehr daran. Es könnte eine große Sache sein, und ich bin es Squeak schuldig. Wenigstens er hat an mich geglaubt.«

»Und sieh mal, was es ihm gebracht hat«, sagte Jackie, und Kellan zuckte zusammen. »Es tut mir leid, Kellan, so habe ich es nicht gemeint, aber Squeak ist tot. Ob du diesen Run machst oder nicht, nützt ihm nichts mehr.«

»Aber es nützt *mir*«, sagte Kellan. »Ich gehe davon aus,

dass ich mich auf deine professionelle Diskretion in dieser Sache verlassen kann.«

»Natürlich, aber ich bin raus aus der Sache. Wenn du es machen willst, bist du allein.«

»Ich verstehe«, sagte Kellan kühl. »Du hast bereits genug getan, und das weiß ich zu schätzen, Jackie.«

»Hör mir zu«, sagte Jackie beinahe flehentlich. »Lass es sein. Dieser Run bedeutet Ärger. Vertrau mir.«

»Das tue ich, aber ich muss das durchziehen, Jackie. Ich lasse dich wissen, wie es sich entwickelt.« Sie legte auf, verstaute das Handy wieder in ihrer Tasche und schaute zu Lothan und Midnight, die sich noch unterhielten. Der Trollmagier schaute noch kurz in ihre Richtung, als wolle er noch zu ihr kommen und ihr etwas sagen, dann drehte er sich um und verschwand in der Menge. Midnight kam zum Tisch zurück und setzte sich wieder Kellan gegenüber.

»Worum ging es eigentlich?«, fragte Kellan.

»Lothan musste gehen«, sagte Midnight.

»Nein, ich meine zwischen dir und Lothan?«

»Lothan und ich haben ... eine gemeinsame Vergangenheit«, sagte Midnight leichthin. »Manchmal sehen wir Dinge durchaus unterschiedlich.«

Kellan schnaubte. »Was du nicht sagst. Lothan scheint häufiger diese Wirkung auf Leute zu haben.«

»Ach, das ist dir aufgefallen?«, sagte Midnight mit einem Lächeln.

»Sagen wir einfach, mir ist aufgefallen, dass Lothan ein toller Magier ist ...«

»... aber nicht immer der diplomatischste?«, setzte die Elfe den Satz fort.

»Genau.«

»Na ja, er scheint nicht der Ansicht zu sein, dass du mit meinesgleichen verkehren solltest.«

»Lothan ist nicht mein Boss«, sagte Kellan stur. »Ich nehme nur Magieunterricht bei ihm. Ich kann ›verkehren‹, mit wem ich will.«

Midnight hob eine Augenbraue. »Dann bist du also doch Lothans Schülerin«, sagte sie.

Kellan tat das mit einer beiläufigen Handbewegung ab. »Ja, er bringt mir Magie bei.«

»Hast du mich deshalb gefragt, ob deine Mutter magisches Talent hatte?«

Kellan errötete ein wenig. »Ich dachte mir, es hätte sein können, weil ich welches habe.«

»Tja, bleibt immer noch dein Vater ...«, mutmaßte Midnight und sprach wiederum Kellans Gedanken aus. »Weißt du irgendwas über ihn?«

»Noch weniger als über meine Mutter«, sagte sie mit einem Seufzer. »Ich bin bei meiner Tante aufgewachsen, der älteren Schwester meiner Mutter. Sie hat gesagt, sie hätte meinen Vater nicht einmal kennengelernt, und meine Mutter hätte nie über ihn gesprochen. Ich hatte gehofft, du wüsstest etwas über ihn.«

»Wenn ich dir helfen kann, mehr herauszufinden, werde ich das tun«, sagte Midnight und legte Kellan dabei eine Hand auf den Arm.

»Danke.«

»Ich bin Mustang einiges schuldig. Wäre sie nicht gewesen, wäre ich heute nicht da, wo ich bin.«

Eine Pause trat ein. Kellan wusste nicht mehr, was sie sagen sollte. Midnight war die einzige Verbindung zu ihrer Mutter, die sie in ihrer ganzen Zeit in Seattle gefunden hatte. Die Elfe gehörte außerdem zu den ganz wenigen Personen in den Schatten, die ihr Hilfe angeboten hatten und gegenüber den Leuten in ihrem Leben dasselbe Gefühl der Verpflichtung empfand wie Kellan.

»Also ...«, durchbrach Midnight die Stille. »Das klang so, als hättest du ein Geschäft in der Mache. Es sei denn, der Anruf bedeutet, dass sich etwas zerschlagen hat ...?«

»Nein, eigentlich nicht«, sagte Kellan. »Ich stelle einen Run zusammen, eigentlich mehr eine Gelegenheit ...«

»Ich würde gern mehr darüber hören, wenn es dir recht ist. Vielleicht kann ich helfen.«

»Tja, ich weiß nicht …«, begann Kellan.

»Es liegt ganz bei dir«, unterbrach Midnight, »aber ich weiß ein paar Dinge und würde gern helfen, wenn ich kann. Damit würde ich in gewisser Weise meine Schulden bei deiner Mutter für die Hilfe zurückzahlen, die sie mir hat angedeihen lassen.«

Mehr war nicht nötig. Kellan erzählte Midnight über Squeaks Daten alles, was sie wusste. Sie erklärte der Elfe, dass es irgendwo im Salish-Shidhe-Territorium möglicherweise ein altes Waffenarsenal oder eine Militäreinrichtung der ehemaligen Vereinigten Staaten gebe. Sie machte keine genauen Angaben darüber, wie sie an die Daten gekommen war, sondern erwähnte nur, sie habe eine gute Vorstellung, wo sich diese Einrichtung befinde. »Das Problem ist«, schloss Kellan, »selbst wenn ich hinkomme, ist vielleicht nichts da. Wenn doch etwas da ist …«

»Brauchst du einen Käufer«, vollendete Midnight den Satz. »Du könntest außerdem einen Gönner brauchen, der bereit ist, diese Expedition wenigstens teilweise zu finanzieren. Meiner Erfahrung nach sind Runner immer sehr viel eher bereit, sich auf Unbekannte einzulassen, wenn es Geld im Voraus gibt.«

Kellan zuckte die Achseln. »Aber ich kenne niemanden, der dafür infrage käme.«

Midnight lächelte verschwörerisch. »Doch, du kennst jemanden. Es kommt nur darauf an, auf die richtige Art zu fragen.«

Kellan hörte zu, und dabei hellte sich auch ihre Miene langsam auf.

Kapitel 9

»Erklär mir doch bitte noch mal, warum ich das für eine gute Idee gehalten habe«, sagte Kellan, während die beiden Frauen allein in der Dunkelheit auf die Ankunft ihres Kontakts warteten.

»Weil es eine gute Idee ist«, konterte Midnight, »wenn ich selbst auch der Ansicht bin.«

»Und wenn er nicht auftaucht?«

»Ach, der kommt schon«, sagte die Elfe. »Pünktlich ist er, wenn auch sonst nicht viel.«

»Gut, denn das hier ist nicht gerade der beste Platz zum Warten«, erwiderte Kellan.

Es wurde ›Penner-Galerie‹ genannt, die größte ihrer Art in den Redmond Barrens. Als die Wirtschaft nach dem Crash Richtung Süden gezogen war, hatten auch viele Läden geschlossen. Einkaufsgalerien folgten nicht lange darauf, da viele Einzelhändler nachzogen. Dadurch wurde Redmond noch tiefer in eine ökonomische Todesspirale gestürzt, aus der es kein Zurück mehr gab. Jetzt war die Gegend voller leerer Einkaufsgalerien, Büroparks und anderer Immobilien, die keiner, der noch ganz bei Trost war, auch nur mit der Kneifzange anfassen wollte. Natürlich waren die meisten Bewohner Redmonds nicht ganz bei Trost.

Obdachlose hatten die leer stehenden Geschäfte in der Galerie übernommen und sich dort häuslich niedergelassen. Einige hatten sogar Läden eröffnet und verkauften Dinge, die sie auf Decken ausbreiteten oder in staubigen Regalen ausstellten. Über Tag erinnerte alles an einen ausgedehnten

Flohmarkt für halb-legale und illegale Waren. Nachts hatten die meisten Geschäfte geschlossen, und die Obdachlosen zogen sich hinter primitive Barrikaden zurück, die ihre Niederlassungen schützten. Die Gänge der Galerie waren dagegen offenes Gelände, das jeder betreten konnte – zumindest theoretisch.

»Warum hat er diesen Ort als Treffpunkt vorgeschlagen?«, fragte Kellan, während sie so beiläufig wie möglich nach Anzeichen für Ärger Ausschau hielt. Die wenigen Leute, die so spät noch in der Galerie waren, hatten kaum mehr als einen flüchtigen Seitenblick für sie übrig und näherten sich ihnen nicht.

Midnight zuckte die Achseln. »Wer weiß? Vielleicht gefällt ihm das Ambiente. Jedenfalls wollte er die Sache eindeutig außerhalb des Büros regeln, zumal wir uns nicht gerade an die regulären Öffnungszeiten halten.«

»Ich wünschte nur, er würde endlich kommen«, murmelte Kellan.

»Dann ist dein Wunsch erhört worden. Sieh dort drüben.«

Sie folgte Midnights Blickrichtung und sah ihn einen Moment später. Ihre Augen passten sich nicht so gut an die Düsternis der Galerie an wie die einer Elfe, aber sie erkannte die Gestalt in Schwarz trotzdem.

»Vergiss nicht«, sagte Midnight leise, »dass er wahrscheinlich nicht allein ist, auch wenn du seine Begleitung nicht sehen kannst.«

Kellan nickte.

Er war genauso, wie sie ihn in Erinnerung hatte: hoch gewachsen, gut gebaut und in ein schickes Freizeit-Outfit gehüllt, das wahrscheinlich so viel gekostet hatte, dass sich von dem Geld die Hälfte der Penner in der Galerie hätte satt essen können. Seine Kleidung war komplett schwarz, von dem durchgeknöpften Hemd und der Hose über die Lederjacke, deren Reißverschluss bis unters Kinn hochgezogen war, bis hin zu den polierten Schuhen. Das dunkle Haar war ordentlich geschnitten, und die Augen waren trotz der Dunkelheit hinter einer Rundum-Sonnenbrille verborgen. Er trug schwarze Lederhandschuhe, hielt die Hände aber so, dass sie deutlich zu sehen waren, und hatte sie nicht in den Taschen. »Midnight«, sagte er mit einem knappen Kopfnicken, »und Kellan Colt, von der ich schon so viel gehört habe.« Sein Lächeln enthielt keine Wärme, als er die Hand ausstreckte.

Kellan nahm sie. Sein Händedruck war fest und solide.

»Mr Brickman«, erwiderte sie.

»Ach, wie förmlich«, sagte er. »Sie können mich Simon nennen, wenn Sie wollen. Ich habe das Gefühl, wir haben einander nach unserem ersten Zusammentreffen ein wenig besser kennengelernt.«

»*Sie* haben *mich* besser kennengelernt, meinen Sie.«

Brickman lächelte. »Nun, über mich gibt es eigentlich nicht so viel zu erfahren. Ich bin praktisch ein offenes Buch.«

»*Die Kunst des Krieges*, wenn ich mich recht entsinne«, warf Midnight ein. »Oder war es *Wie man die Konzernleiter erklimmt*, Simon?«

»Zwei meiner Favoriten«, erwiderte er milde. »Aber ich glaube nicht, dass Sie mich herbestellt haben, um einen Buchclub zu gründen.«

»Nein, es geht um ein Geschäft«, sagte Kellan.

»Das hat Midnight bereits anklingen lassen. Tja, jetzt wo ich schon mal hier bin, interessiere ich mich auch sehr dafür, Ihren Vorschlag zu hören. Keine Sorge«, sagte er mit einer beiläufigen Geste. »Unsere Unterhaltung wird privat bleiben. Dafür werden meine Leute sorgen.«

Kellan nahm die Bestätigung von Midnights Warnung sehr wohl zur Kenntnis. Er machte gleichzeitig unmissverständlich klar, dass er nichts zu befürchten hatte, wenn dieses Treffen irgendeine Falle war. Sie warf einen Blick auf Midnight, die kaum merklich nickte und Kellan damit anzeigte, sie solle so weitermachen, wie sie es auf dem Weg zu diesem Treffen besprochen hatten.

Also skizzierte Kellan die Sache für Brickman. Sie erzählte ihm von dem möglichen Run und umriss den Plan. Sie schmückte ihren Bericht mit gerade so vielen Einzelheiten aus, wie nötig waren, um Interesse zu wecken, ohne sich über ihre Informationsquelle oder den genauen Standort des Ziels auszulassen.

»Interessant«, sagte Brickman, als sie fertig war, »aber ist es die Mühe wirklich wert?«

»Glauben Sie das nicht?«, fragte Kellan.

Der Exec zuckte vielsagend die Achseln. »Wir reden hier über Material, dass Jahre, sogar Jahrzehnte überholt ist. Und es ist nicht so, als hätten wir in dem Bereich einen Mangel an Ware.«

»Aber nicht in Bezug auf Material, das sich nicht zu Ihnen zurückverfolgen lässt«, erwiderte Kellan. »Ware, von der sonst niemand weiß und die es nicht erforderlich macht, Ressourcen aus Ihrem eigenen Konzern ›verschwinden‹ zu lassen, um sie benutzen zu können.«

»Das hat tatsächlich ein paar Komplikationen verursacht«, sagte Brickman, und Kellan fragte sich, ob sie zu weit gegangen war. Schließlich war sie der Grund für diese ›Komplikationen‹. Wenn Brickmans Groll deswegen größer war, als Midnight glaubte ...

»Exklusivrechte an allem, was wir finden«, bot Midnight an.

»*Falls* Sie etwas finden«, konterte Brickman.

»Das werden wir«, sagte Kellan.

Brickman sah sie mit ausdrucksloser Miene an. »Also schön. Ich habe immer Interesse daran, neue Talente auszuprobieren, und Midnight bürgt für Sie. Als Gegenleistung für die Exklusivrechte an allem, was Sie finden, zahle ich Ihnen einen Spesenvorschuss. Die genauen Bedingungen des Verkaufs müssen dabei noch ausgehandelt werden, sobald die Ware auf dem Tisch liegt. Aber« – er hob einen Finger und wedelte damit langsam vor Kellan hin und her – »es gibt Bedingungen.«

»Und die wären?«

»Erstens will ich Midnight bei diesem Run dabei haben. Um ganz offen zu sein, ich kenne Midnight und ihren Ruf und wäre froh, wenn ich wüsste, das zumindest ein erfahrener Runner dabei ist.«

»Kein Problem«, sagte Kellan. »Sie ist dabei, wenn sie will.«

Brickman lächelte. »Gut. Zweitens.« Er hob zwei Finger. »Ich erwarte, dass diese Investition Früchte trägt. Ich will binnen einer Woche Fortschritte sehen. Wenn Sie bis dahin nichts in der Hand haben, können Sie den Handel als geplatzt betrachten.«

Kellan nickte.

»Drittens«, fuhr Brickman fort. »Sollte sich herausstellen, dass es dort nichts zu holen gibt, erhalten Sie keine weiteren Zahlungen. Ich stehe für den Vorschuss gerade, aber Ihre Vereinbarungen mit Ihrem Team sind ebenso Ihre Sache wie alle weiteren Ausgaben, die für Sie anfallen mögen. Ich finanziere hier keine lange Expedition. Wenn es keine wesentlichen Fortschritte gibt, werfe ich schlechtem Geld nicht noch gutes hinterher.«

»Ist das alles?«, fragte Kellan.

Brickman nickte. »Das ist alles.« Er zog einen Kredstab aus der Innentasche seiner Jacke und hielt ihn ihr hin. »Das ist für Ihre anfänglichen Auslagen. Beglaubigte Kreds. Gehen Sie klug damit um, weil ich Ihnen nur dann mehr gebe, wenn ich Ergebnisse sehe.«

»Schön«, sagte sie und streckte die Hand aus.

Brickman ließ den Kredstab hineinfallen.

»Dann wünsche ich gute Jagd«, sagte er. Er nickte Midnight zu, drehte sich um und ging. Damit überließ er den beiden Frauen, sich zu überlegen, wie sie sich das Geld verdienen wollten, das er ihnen soeben überreicht hatte.

Nach ihrem nächtlichen Treffen trennten sich Kellan und Midnight. Die beiden tauschten Kontaktinformationen aus und verabredeten sich für den nächsten Tag. Kellan fuhr zurück in ihre Wohnung und freute sich auf ein paar Stunden Schlaf, bevor sie mit der Zusammenstellung des Teams für ihren Run beginnen würde.

Für *ihren* Run. Das klang wunderbar, und es klang, als könne sie sich an ihn gewöhnen. Sie hatte ein gutes Gefühl, was die Entwicklung betraf. Sie wusste zwar nicht mit Sicherheit, wohin Squeaks Daten führen würden, aber sie war zuversichtlich, dass es bedeutsam sein würde. Warum sonst hätte jemand Squeak auf diese Art umbringen sollen, wenn nicht wegen der Informationen, die er ausgegraben hatte?

Kellan war außerdem aufgeregt ob der Aussicht, mit Midnight zusammenzuarbeiten. Sie kannte die Elfe erst seit ein paar Stunden und fühlte sich mit ihr bereits enger verbunden als mit Lothan und den meisten anderen Runnern, mit denen sie bisher in Seattle zusammengearbeitet hatte. Obwohl sie viel mehr Erfahrung hatte, behandelte sie Kellan wie eine Ebenbürtige und nicht wie ein kleines Mädchen, das erst noch angelernt werden musste. Sie gab Ratschläge, ließ aber auch keinen Zweifel daran, dass dies Kellans Run war und sie bestimmte, wo es langging.

Und da war die Tatsache, dass Midnight Kellans Mutter Mustang kannte. Endlich hatte sie eine Spur! Midnight kannte zwar den gegenwärtigen Aufenthaltsort ihrer Mutter nicht, war aber dennoch ein wichtiges Bindeglied zu der Vergangenheit, über die Kellan so wenig wusste. Sie freute sich auf die Zusammenarbeit mit Midnight und darauf, mehr über die Erfahrungen der Elfe mit ihrer Mutter zu hören. Vielleicht gab es noch etwas anderes, irgendeinen Hinweis, der ihr helfen würde, sie zu finden.

Auf dem Heimweg fragte sich Kellan, wie sie jemals schlafen sollte. Sie sprühte vor Energie und konnte es kaum erwarten, endlich loszulegen. Als sie schließlich von ihrem Motorrad stieg und die Treppe zu ihrer Wohnung erklomm, spürte sie nach den Ereignissen des Tages dennoch die Erschöpfung in den Knochen. Nach einigen Stunden Schlaf würde sie die ganze Angelegenheit richtig in Angriff nehmen.

Sie vergewisserte sich, dass die Tür abgeschlossen war, bevor sie Tasche und Jacke auf den Boden fallen ließ. Sie öffnete den Kühlschrank und verzog das Gesicht ob der Helligkeit und der Kargheit seines Inhalts. Sie begnügte sich mit ein paar Schlucken aus einer Wasserflasche, bevor sie sie verschloss und wieder in den fast leeren Kühlschrank neben die Überreste eines Thai-Menüs stellte, die wahrscheinlich mit der Entwicklung einer eigenen Kultur und einer Zivilisation beschäftigt waren.

»Wir sollten wirklich in Erwägung ziehen, diese Wohnung mit Schutzvorrichtungen zu versehen«, sagte eine Stimme hinter ihr. Sie schlug die Kühlschranktür zu und fuhr herum, wobei sie in einer fließenden Bewegung die Crusader aus dem Schulterhalfter zog. Der kurze Lauf der Waffe bohrte sich genau in die Brust der Gestalt hinter ihr. Es war gar keine richtige Gestalt, sondern vielmehr ein geisterhaftes Abbild, das Kellans Waffe keinerlei Widerstand bot.

Lothan der Weise stand – oder schwebte vielmehr – mitten in Kellans winziger Küche. Der Trollmagier trug seine üblichen Gewänder, und die mystischen Runen auf ihren Säumen schimmerten golden. In einer Hand hielt er seinen knorrigen Holzstab, dessen Kristall am Knauf ein weiches Licht abstrahlte.

»Verdammt, Lothan!«, sagte Kellan, während sie ihre Waffe senkte. »Mach so etwas nicht!«

»Entschuldigung«, erwiderte er mit einem Achselzucken. »Anklopfen ist in diesem Daseinszustand etwas problematisch.«

»Woher hast du überhaupt gewusst, dass ich hier bin?«, fragte sie und schob die Crusader wieder ins Halfter.

»Ich habe einen Watcher zurückgelassen«, sagte er. »Er hat mich über deine Rückkehr informiert.«

»Jetzt beobachtest du mich also schon hinter meinem Rücken?«

»Wohl kaum«, erwiderte Lothan trocken. »Ich wollte nur keine Zeit mit Warten verschwenden, aber ich möchte mit dir reden.«

Die Stimme des alten Trolls hatte einen Unterton, den Kellan nicht kannte. Konnte es sein, dass sich Lothan tatsächlich über irgendetwas Sorgen machte?

»Okay, du bist hier«, sagte sie brüsk. »Also rede.«

»Nun denn«, sagte Lothan. Er zog die Beine an, sodass er mit untergeschlagenen Beinen und seinem Stab quer über den massigen Oberschenkeln einen halben Meter über dem Boden schwebte. Dadurch war sein gehörnter Kopf fast auf gleicher Höhe mit Kellans. Lothan schloss einen Moment die Augen und sammelte seine Gedanken.

»Berücksichtige bitte, dass ich sehr lange nachgedacht habe, bevor ich deswegen zu dir gekommen bin. Es ist nicht meine Art, mich in die Angelegenheiten anderer einzumischen.«

Kellan schnaubte verächtlich, womit sie sich ein Funkeln von dem alten Magier einhandelte, das sie verstummen ließ. Lothan maskierte seine Aura nur teilweise. In ihr flackerte eine Spur Verärgerung auf, die gleich wieder zum matten Leuchten der Besorgnis verblasste. Bei solchen Anlässen ging Kellan immer auf, was für ein fähiger Magier Lothan war.

»Es geht um Midnight, habe ich recht?«, fragte sie. »Was geht da zwischen euch beiden vor?«

»Wie ich schon sagte: Midnight und ich haben eine gemeinsame Vergangenheit. Hüte dich vor ihr, Kellan. Sie ist nicht notwendigerweise, was sie zu sein scheint.«

»Ach? Was ist sie dann, Lothan? Was ist das für eine ›Vergangenheit‹, von der du da redest?«

Seine Miene verfinsterte sich kurz, dann stieß er einen langen, tiefen Seufzer aus. »Ich kann dir nicht mehr sagen, als ich bereits getan habe. Ich kann dich nur bitten, mir in dieser Sache zu vertrauen. Ich weiß«, fuhr er fort, als Kellan den Mund zu einer Entgegnung öffnete, »ganz genau, wie sich das anhört. Ich weiß, du hältst mich nicht für vollkommen vertrauenswürdig, und wahrscheinlich hast du sogar recht. Aber denk doch mal nach: Warum solltest du dann Midnight vertrauen?«

»Wer sagt, dass ich das tue?«, fragte Kellan.

»Tust du es nicht? Ich glaube, ich muss nicht fragen, wo du heute Nacht warst.«

»Du bist nicht mein Vater.«

Lothans Gesicht und seine Aura verfinsterten sich. »Nein. Nein, das bin ich nicht. Aber ich bin dein Lehrer, Kellan, und manche Lektionen sind schwieriger als andere. Du kannst von mir denken, was du willst, ich mag zwar ein harter Lehrer sein, aber ich bin auch ein gerechter. Wenn ich dir irgendwas beigebracht habe, dann, dass du in diesem Geschäft *niemandem* trauen kannst.«

»Ja, die Lektion hast du mir beigebracht«, konterte sie. In ihrer Stimme lag ein anklagender Unterton. »Und zwar wirklich gut. Aber weißt du was? Du redest immer davon, dass man den Leuten nicht trauen kann, aber G-Dogg hat mir geholfen. Jackie, Silver Max und Liada haben mich nicht reingelegt. Drek, sogar Orion hat so viel Vertrauen zu mir gehabt, dass er mir geglaubt hat, als ich ihm erzählt habe, dass die Ancients reingelegt würden. Midnight hat mir überhaupt keinen Grund gegeben, ihr zu misstrauen. Die einzige Person, die ich in Seattle kennengelernt habe und die bewiesen hat, dass man ihr nicht trauen kann, bist du, Lothan.«

Lothans Reaktion bestand lediglich aus einer erhobenen Augenbraue. Sein runzliges Gesicht blieb vollkommen ausdruckslos. Als Kellan schwieg, nickte er lediglich. »Nun, du hast dich klar ausgedrückt. Wir sehen uns zur nächsten Unterrichtsstunde, hoffe ich. Gute Nacht, Kellan.«

Dann verblasste die Astralgestalt des Trollmagiers und verschwand. Kellan stand einen Moment in der kleinen Küche und schlang die Arme um ihre Brust. Eine gewisse Kälte schien zurückgeblieben zu sein. Lothan hätte zweifellos eine sehr langatmige Erklärung dafür gehabt.

Kellan schnaubte. Lothan kannte alle Antworten, richtig? Er war auch mehr als bereit, ihr das zu sagen, außer wenn es um Antworten ging, die sie wirklich interessierten. Warum hatte er so ein großes Interesse daran, sie davon abzuhalten, sich mit Midnight zusammenzutun? Was war wirklich zwischen den beiden vorgefallen?

Kapitel 10

Simon Brickman trat in sein Büro und blieb stehen, als das Licht nicht automatisch anging, obwohl es darauf programmiert war. »Licht«, sagte er, doch nichts geschah.

»Ich halte es für besser, wenn wir ein wenig Atmosphäre schaffen, Sie nicht auch, Simon?«, ertönte eine Stimme aus der Finsternis. Dann wurde das Licht im Raum ein wenig heller, nur etwas heller als Kerzenschein, und enthüllte die schlanke, dunkel gekleidete Gestalt Midnights, die auf seinem Stuhl saß und die Füße auf den Schreibtisch gelegt hatte.

Brickman schloss die Bürotür hinter sich, bevor er eintrat.

»Es ist nicht so, als würde einer von uns so viel Licht brauchen«, fuhr Midnight fort. Sie schwang ihre langen Beine vom Schreibtisch, stand auf, trat hinter dem Schreibtisch hervor und lehnte sich mit dem Rücken dagegen. »Wir sind Kreaturen des Schattens, jeder auf seine Weise.«

»Ich würde ja fragen, wie Sie hereingekommen sind«, sagte Brickman, indem er an Midnight vorbei und um den Schreibtisch zu seinem Stuhl ging, »aber ich bin sicher, ich finde die Antwort in Ihrem regulären Sicherheitsbericht. Sie finden immer wieder neue Wege an unserem System vorbei, nicht wahr?«

»Solange es einen Weg gibt, finde ich ihn«, sagte sie. Sie schob sich ein wenig in die Höhe, setzte sich auf den Tisch und stützte sich dann mit einer Hand ab, sodass sie sich umdrehen und Brickman ansehen konnte. Er ließ sich auf seinen Stuhl sinken, der noch warm von Midnights Körper war. Er verschränkte die Hände hinter dem Kopf, lehnte sich zurück und schaute sie an.

»Und was für ein Spiel treiben Sie jetzt?«

»Spiel? Wie meinen Sie das?«, flötete sie, während sie mit den Augenlidern flatterte.

Brickman lächelte. »Das Mädchen, Kellan Colt, und dieser Run. Sie haben mich bereits mit allen Informationen über sie versorgt, die es zu finden gab, und ich habe Sie dafür bezahlt. Warum also dieses Interesse an ihr und diesem Run? Wie es aussieht, habe ich mich wahrscheinlich von Ihnen breitschlagen lassen, gutes Geld dafür zu verschleudern.«

»Oder auch nicht«, sagte Midnight. »Ich kann mich erinnern, dass Ares Macrotechnology nach dem Geistertanzkrieg eine Menge Verträge von Waffenherstellern für die Vereinigten Staaten geerbt hat. Einige davon sahen auch die Verschrottung und Entsorgung einiger alter Waffendepots vor, nicht wahr?«

»Und wenn es so wäre?«

»Mir will scheinen, dass es von Vorteil sein könnte, eine alte militärische Anlage zu finden, vielleicht sogar eine, die Ares – sagen wir mal ›übersehen‹ – haben könnte. Vor allem, wenn sie Material oder Informationen enthält, die die UCAS, die CAS, die NAN oder eine beliebige Anzahl anderer Parteien interessant finden könnten.«

»Es könnte auch zu einem internationalen Zwischenfall führen, wenn die Sache nicht richtig gehandhabt wird«, stellte Brickman fest. »Sie haben meine Frage noch nicht beantwortet. Warum das Interesse an diesem Mädchen? Sie wollen mir doch wohl nicht einreden, Sie hätten sich die Information nicht auch auf anderem Weg von ihr holen können, falls Sie sie wirklich für so wichtig halten. Warum lassen Sie sie in dem Glauben, dass sie bei diesem Run das Sagen hat?«

Midnight lächelte schelmisch. »Ich habe meine Gründe. Sagen wir einstweilen einfach, ich sehe beträchtliches Potenzial in Kellan, Qualitäten, die nach einem geeigneten Mentor schreien, der ihr hilft, sie bestmöglich zu entwickeln.«

»Und dieser Mentor wären Sie?«

»Warum nicht?«, erwiderte Midnight mit einem gewinnenden Lächeln. »Sagen wir, es ist meine Art, den Schatten etwas zurückzuzahlen, nachdem sie mir so viel gegeben haben.«

Brickmans Schnauben ließ keinen Zweifel daran, was er davon hielt. Dennoch ließ er es für den Moment damit bewenden. Es war klar, dass Midnight ihm keine bessere Erklärung liefern würde.

»In diesem Fall«, sagte er, »sorgen Sie nur dafür, dass mein Geld nicht sinnlos vergeudet wird. Ich erwarte einen vollständigen Bericht, Midnight, und ich erwarte auch, dass Sie auf diesem Run nicht vergessen, für wen Sie wirklich arbeiten.«

»Oh, in dieser Beziehung besteht keine Gefahr, Simon«, schnurrte Midnight. »Ich denke prinzipiell immer zuerst an mich.«

Lothan der Weise seufzte tief und öffnete die Augen. Mit seinen normalen Meditationstechniken gelang es ihm nicht, seinen unruhigen Geist zu beruhigen, und er hatte Schlafprobleme, obwohl er ohnehin schon nicht viel schlief. Er stemmte sich schwerfällig aus dem wuchtigen Polstersessel hoch und versuchte das Knacken und die Schmerzen in seinen Gelenken zu ignorieren. Er ging aus seinem Arbeitszimmer in die kleine Küche seines Hauses in Capitol Hill, wo er einen Kessel mit Wasser aufsetzte und in den Schränken nach Tee suchte.

In Gedanken verwünschte er Midnight. Die Elfe war heimtückisch, Lothan wusste *das* besser als die meisten, und sie führte ganz sicher irgendwas im Schilde. Am meisten wurmte ihn, dass er nicht genau wusste, was. Gewiss, sie wollte den Torques, daran hatte er keinen Zweifel.

Lothan war ziemlich überrascht gewesen, als er ihn vor Monaten um Kellans Hals gesehen hatte. Midnight hatte sich wegen des Torques an ihn gewandt ... das musste jetzt fast zehn Jahre her sein. Sie hatte Lothan eine genaue Beschreibung gegeben, ihm aber nie gesagt, warum sie daran interessiert war. Sie hatte nur erwähnt, dass sie für Informationen über seinen Verbleib anständig zahlen würde. Lothan hatte die Sache praktisch vergessen, bis Kellan durch die Tür seines Arbeitszimmers marschiert war.

Nachdem er den Torques gesehen hatte, wusste Lothan noch weniger, warum Midnight ihn haben wollte. Er war ganz eindeutig verzaubert, aber auf eine Art, die Lothan noch nicht untergekommen war. Er schien als Kraftfokus für Kellan zu fungieren, aber dahinter steckte noch mehr. Er schien auf eine Weise mit ihr verbunden zu sein, die Lothan nicht vollständig erklären konnte. Es war mehr als nur das Band zwischen einer Magierin und ihren magischen Hilfsmitteln, es war ... nun ja, er hatte keinen Namen dafür, und auch das störte ihn. In seinen Studienjahren hatte Lothan eine Menge gelernt. Solch ein Rätsel direkt vor sich zu haben, war gleichermaßen verlockend wie frustrierend.

Der Kessel fing an zu pfeifen, und Lothan winkte geistesabwesend. Der dampfende Kessel schwebte vom Ofen zur Teekanne, wo er sich neigte und kochendes Wasser auf den Tee goss. Dann winkte Lothan ihn auf eine kalte Heizplatte des Ofens zurück und schaltete ihn mit einem Fingerschnippen aus. Er ließ den Tee eine Weile ziehen. Der Kräuteraufguss half vielleicht dabei, nach der Begegnung mit Kellan seine Nerven zu beruhigen. Er hätte wissen müssen, dass sie auf die Sache mit Midnight eigensinnig reagieren würde. Die Elfe hatte eine charmante Art, wie er wusste, aber dahinter verbarg sich ein vollkommen anderes Wesen.

Als er den Torques zu Gesicht bekam, hatte er erwogen, Midnight zu verständigen und ihr davon zu berichten, aber er hatte sich als zu große Versuchung erwiesen. Hätte Midnight den Torques einfach gestohlen, hätte er keine Gelegenheit mehr gehabt, ihn eingehend zu untersuchen.

Was ja wirklich eine Menge genützt hat, dachte er verdrossen. Trotz zahlloser Gelegenheiten war er der Lösung des Rätsels nicht näher als am Anfang. Jetzt wusste Midnight davon, und er hätte wissen müssen, dass es schließlich so weit kommen würde. Lothan war gewiss nicht der Einzige, den sie gebeten hatte, die Augen nach diesem Gegenstand offen zu halten.

Doch warum hatte sie nichts unternommen? Das war der Teil, den Lothan nicht verstand. Der Torques befand sich durchaus in Midnights Reichweite, aber nicht nur besaß Kellan ihn immer noch, sondern Midnight arbeitete bei diesem Run angeblich auch noch mit ihr zusammen. Warum? Lothan bezweifelte nicht, dass sich Midnight den Torques hätte aneignen können, wenn sie gewollt hätte. Dass sie das nicht getan hatte, ließ vermuten, dass es einen Grund gab, ihn in Kellans Besitz zu lassen ... wahrscheinlich denselben, aus dem sich Midnight bei Kellan einschmeichelte. War es die Verbindung zwischen Kellan und dem Torques? War es etwas, das Midnight nicht vorhergesehen hatte?

Lothan goss sich eine Tasse heißen Tee ein und rührte geistesabwesend etwas Honig hinein, genoss den Duft und blies ein wenig darauf, bevor er vorsichtig schlürfte. Er wartete, bis die Wärme und der Geschmack sich in ihm ausgebreitet hatten, bevor er wieder in sein Arbeitszimmer ging. Vielleicht gab es noch einige Querverweise, die er nicht überprüft hatte und die Hinweise auf die Natur von Kellans kleinem Schatz enthielten. Lothan hatte bereits getan, was er konnte, um Kellan vor den Risiken zu warnen, die sie einging. Der Rest lag bei ihr.

Lothan war nicht der Einzige, der eine schlaflose Nacht hatte. Jackie arbeitete ebenfalls noch sehr spät und setzte die Teile eines Puzzles zusammen, die ein bestürzendes Bild ergaben. Kellans Bewegungen im Metroplex zu verfolgen, war nicht leicht, aber Jackie hatte Zugang zu extrem vielen Informationen. Außerdem hatte sie ihr bei der Einrichtung vieler Dinge geholfen, seit sie nach Seattle gekommen war, was Jackie einen Vorteil gab, den andere Decker nicht hatten. Für die meisten war Kellan Colt nur ein Geist in der Maschine, der sich in den Schatten verbarg. Für ihre Freundin und Geschäftspartnerin Jackie war sie zumindest sichtbar.

Sie hatte gehofft, Kellan würde die ganze Idee des Runs begraben, nachdem sie erfahren hatte, dass Squeaks Daten wertlos waren. Es hätte ganz einfach sein müssen. Jackie hatte nicht damit gerechnet, dass Kellan so stur war und Squeak das Zeitliche gesegnet hatte. Das war das Schlimmste. Nicht, dass Squeak tot war, sondern dass jemand glaubte, er sei es wert, getötet zu werden. Außerdem besagte die gewählte Methode, dass Squeak nicht Opfer eines Unfalls oder einer zufälligen, in den Barrens üblichen Gewalttat geworden war.

Gift, hatte Kellan gesagt. Sie glaubte, dass es Gift war. Das sah nach einem Profi-Auftrag aus, aber wer hatte ihn angeordnet? Jackie hatte eine ziemlich gute Vorstellung, und das bereitete ihr Kopfzerbrechen. Es wäre gewiss keine Überraschung, wenn ihr Kontakt dafür gesorgt hätte, dass sich jemand der losen Enden annahm, und wenn der Auftrag nicht aus dieser Richtung gekommen war, hatte Zhade wahrscheinlich selbst die Notwendigkeit gesehen, sich darum zu kümmern. Jackie hatte nicht den geringsten Zweifel, dass der Mann, den sie getroffen hatte, fähig war, ein Leben ohne jede Skrupel auszulöschen. Letzten Endes war dies das Problem.

Was würde passieren, falls sich Zhades und Kellans Wege kreuzten und er zu dem Schluss kam, dass *sie* ein Hindernis war? Nein, nicht falls – *wenn* sich ihre Wege kreuzten, falls Kellan immer noch fest entschlossen war, diesen Run durchzuziehen. Jackie war ziemlich sicher, dass Squeaks Mörder Kellan dieselbe Gnade erweisen würde.

Sie seufzte, schob ihr Cyberdeck weg und lehnte sich zurück, um sich die Schläfen zu massieren. Ein Versuch, den beharrlichen Schmerz zu lindern, der sich dort eingenistet hatte. Kellans Beteiligung an der Sache zu verschweigen, hatte sie vor Schaden bewahren sollen!

Doch Jackies Nachforschungen zeigten, dass Kellan bereits begonnen hatte, ein Team zusammenzustellen. G-Dogg war wie Jackie der Ansicht, dass der Run eine schlechte Idee war, aber er konnte Kellans Hilfeersuchen auch nicht ablehnen.

Sie hatte die Möglichkeit, ein paar geeignete Runner zu finden, und es sah so aus, als würde sie Orion natürlich unterstützen. Er hatte noch weniger Schatten-Erfahrung als Kellan und würde ihr zur Hölle und wieder zurück folgen.

Was würde sie also deswegen unternehmen? Wenn sie nichts tat, würden sich Kellan und ihr Team früher oder später mit Zhade auseinandersetzen müssen und noch dazu mit jedem, den ihr Arbeitgeber zusätzlich für den Run angeworben hatte. Wenn Jackie andererseits ihrem Arbeitgeber von Kellans Einmischung erzählte, würde es Fragen geben, woher und wie sie an die Daten gekommen war. Und dann war es wahrscheinlich, dass sie mit ihr ebenso verfahren würden wie mit Squeak, um dafür zu sorgen, dass sie nicht zu einem losen Ende wurde.

So oder so hoffnungslos, dachte Jackie.

Wenn Kellan entschlossen war, den Run durchzuziehen, konnte Jackie nichts dagegen tun. Wenn sie Kellan aber nicht an dem Run hindern konnte, konnte sie andererseits wenigstens versuchen, ihr Hilfe zu beschaffen. Schließlich musste sie die Sache für Zhade nicht einfach machen, und wenn sie ihre Karten richtig ausspielte, würde niemand je erfahren, dass sie etwas damit zu tun hatte.

Kellan würde versuchen, ein Team zusammenzustellen. An wen würde sie sich wenden? Sie hatte Jackie nicht um Info gebeten und würde es im Licht der jüngsten Ereignisse wahrscheinlich auch nicht tun. Damit blieb nur eine Möglichkeit. Jackie rief mit einem entsprechenden Gedanken ihr Adressbuch auf, blätterte durch das Menü und wählte eine Nummer. Einen Augenblick später war sie verbunden.

»Hi, G-Dogg«, sagte sie, als der Ork abnahm. »Ich will mit dir über diesen Run reden, den Kellan organisiert ...«

»Was ist passiert?«

Crash schaute weg, aber nur für einen Moment.

»Sie war eine Magierin«, sagte er. »Sie hat uns einen Zauber verpasst ...«

»Aber erst, als sie schon aus dem Haus war!«, kam die wütende Antwort.

»Sie hat mir eine Kanone an die ...«, protestierte Keefer.

»Halt's Maul! Ich will das nicht hören.«

Die Brain Eaters schwiegen einen Moment. Ihr Anführer, ein massiger Troll namens Boot, schäumte weiter vor sich hin. So wütend ihn die Nachricht von Squeaks plötzlichem Ableben auch machte – so richtig sauer war er darüber, dass vier Mitglieder seiner Gang von der *Chica* abgekocht worden waren, die es getan hatte und dann davonspaziert war, als sei nichts gewesen.

»Wer zum Henker war diese Schnalle?«, fragte er in die Runde, während er vor den Trideos und Flachbildschirmen an einer Wand des Hauptquartiers der Brain Eaters in Redmond auf und ab marschierte.

»Das wissen wir nicht«, sagte Crash, der für seine Mitstreiter sprach, die zu eingeschüchtert waren, um selbst ein Wort zu sagen. Mehrere andere Mitglieder der Gang standen herum, die abwechselnd belustigt über die Kopfwäsche und froh darüber waren, dass nicht sie Gegenstand von Boots Zorn waren.

»Ich will, dass ihr es herausfindet!«, fauchte der Troll, indem er wieder zu Crash und den anderen herumfuhr. »Ich will einen Namen, und ich will sie tot sehen! Niemand legt sich mit den Brain Eaters an und kommt damit durch. Niemand ...«

In diesem Augenblick ertönte ein gedämpfter Protest, dem das dumpfe Klatschen eines Körpers folgte, der auf den unnachgiebigen Betonboden fiel. Die Brain Eaters drehten sich beinahe gleichzeitig zum vorderen Teil ihres HQs um, und einige griffen zu den Waffen, als eine Gestalt in Lederkleidung und einem zerlumpten Plastikregenmantel eintrat.

»Oh«, grinste er, was sein vernarbtes Gesicht zu einer scheußlichen Maske verzerrte. »Komme ich ungelegen?«

»Wer zum Teufel bist du?«, fragte Boot, indem er den Eindringling von oben bis unten betrachtete.

»Ich werde Zhade genannt«, erwiderte er gelassen, »und ich habe einige Dinge gehört, die ihr vielleicht interessant findet.«

Boot bedeutete den anderen Brain Eaters mit einer Handbewegung, sich ruhig zu verhalten, und sie wichen ein wenig vor Zhade zurück. Angespannte Hände entfernten sich wieder von den Waffen, aber alle Blicke blieben auf ihn gerichtet, um beim ersten Anzeichen für Ärger sofort reagieren zu können. Zhade breitete die Hände aus, um zu zeigen, dass er unbewaffnet war.

»Was hast du gehört?«, fragte der Troll.

»Deine Jungs haben sich von irgendeinem Mädchen abservieren lassen«, sagte Zhade, und Boot knirschte mit den Zähnen. Die ganzen Barrens wussten bereits über den Vorfall Bescheid. »Wie ich höre, ist einer sogar abgemurkst worden.«

»Und? Was geht dich das an?«

»Gar nichts«, sagte Zhade mit einem Achselzucken, »aber ich dachte mir, ihr wollt vielleicht mehr über dieses Mädchen wissen. Vor allem, wo ihr sie finden könnt.«

»Was weißt du?«, fragte Boot, und Zhade hob einen Finger.

»Sagen wir einfach, ich habe gewisse ... Hilfsmittel. Und ich bin bereit, sie euch zur Verfügung zu stellen, damit ihr dieses Problem aus der Welt schaffen könnt, bevor es noch schlimmer wird.« Ein höllisches grünes Licht leuchtete in den Tiefen seiner Augen, während Zhade breit darüber grinste, wie einige der Brain Eaters vor ihm zurückzuckten, als sie erkannten, dass er eine Zauberschleuder war.

Boot hingegen erwiderte Zhades Grinsen nur und zeigte dabei mehrere Goldkronen in einem breiten Mund. Er griff sich an den roten Fez auf dem Kopf, rückte ihn zurecht und nahm seine beste Verhandlungspose ein. »In Ordnung«, sagte er. »Reden wir.«

Kapitel 11

Orions Kom klingelte sechs Mal, bevor er abnahm.

»'lo?«, ertönte die schläfrige Stimme des elfischen Straßenkämpfers.

»Raus aus den Federn, Chummer«, sagte Kellan fröhlich, während sie ihre Tasche schulterte und sich zum Gehen bereit machte.

»Kellan?«, fragte Orion verwirrt. »Wie spät ist es?«

»Zeit fürs Geschäft«, erwiderte sie. »Immer vorausgesetzt, du hast es ernst gemeint, als du gesagt hast, du würdest mir bei einem Run helfen.«

Das schien Orion ein wenig aufzuwecken. »Ja ... ja, natürlich habe ich das ernst gemeint«, sagte er. »Hast du irgendwas?«

»Wir treffen uns in einer Stunde im *Flavor*, dann kannst du selbst entscheiden«, sagte Kellan.

»Okay, ich werde da sein.«

Sie klappte ihr Handy zu und schob es in ihre Jackentasche. Die Sache lief langsam an. Bald würde es kein Zurück mehr geben.

Das kleine Café, das *Flavor* genannt wurde, befand sich in den Außenbezirken von Tarislar, dem Elfen-Viertel. Man bekam dort eine große Vielfalt Kräutertees und leichte vegetarische Kost. Es wurde von einer kleinen Genossenschaft ortsansässiger Elfen betrieben und machte einen ansehnlichen Umsatz, da es sowohl von Ortsansässigen als auch von weiter entfernt wohnenden Leuten besucht wurde, die auf der Suche nach ›exotischer Elfen-Cuisine‹ und Lokalen am Rande der

Barrens waren. Der Laden war mit handpoliertem Holz ausgestattet. Dachstreben und Pfeiler waren mit Schnitzereien verziert, sodass sie wie Ranken und Blätter aussahen. Hinzu kam eine Fülle von Topfpflanzen. Hohe Fenster ließen die Sonne ein, die beschlossen hatte, sich anstelle der dicken grauen Decke aus Wolken, Rauch und Asche zu zeigen, die oft über Puyallup hing.

Bei ihrer Ankunft sah Kellan, dass Orion bereits in einer Nische wartete. Sie bestellte eine Tasse Tee, nahm sich eins der warmen Brötchen aus dem Korb auf dem Tisch und genoss seinen Geruch, als sie es auseinanderbrach und einen Bissen kostete. Obwohl sie ihn mit ihrem Anruf wahrscheinlich geweckt hatte, sah Orion jetzt vollkommen wach aus. Er trank aus einer dampfenden Tasse, die er danach auf den polierten Holztisch vor sich abstellte.

»Du hast also etwas«, sagte er. Angesichts ihrer Unterhaltung zuvor war dies keine Frage.

»Ja, sicher«, sagte Kellan mit vollem Mund. Sie hielt kurz inne, als die elfische Kellnerin ihr den Tee brachte, und begann dann mit einer Beschreibung des Runs. Sie erzählte ihm von ihrem ersten Treffen mit Squeak, den von ihm entdeckten Daten und dem anschließenden mysteriösen Tod des Warez-doods. Einstweilen überging sie ihr Treffen mit Midnight und Lothans Befürchtungen hinsichtlich der Elfe.

Orion hörte sich aufmerksam alles an, trank dabei seinen Tee und aß auch eine Kleinigkeit. Als sie fertig war, stellte er seine Tasse ab und rieb sich nachdenklich das Kinn.

»Also glaubst du, dass die Info dieses Burschen stimmt?«

»Sie muss stimmen«, sagte Kellan. »Warum würde ihn sonst jemand deswegen umlegen?«

Orion zuckte die Achseln. »Er könnte auch aus anderen Gründen umgelegt worden sein. Wenn dieser Bursche dicke mit den Brain Eaters war ... na ja, Gangs haben Feinde.« Das wusste Orion besser als sonst jemand. Er war Mitglied der Ancients gewesen, als Kellan ihn kennengelernt hatte. Weil er sich deren Anführer Green Lucifer widersetzt hatte, war er aus der Gang geworfen worden.

»Er ist nicht von Mitgliedern einer anderen Gang erledigt worden«, sagte Kellan mit Überzeugung.

»Wahrscheinlich nicht«, stimmte Orion zu. »Gangs benutzen in der Regel kein Gift als Waffe, und wie du schon sagtest: Wenn jemand bereit ist, für diese Daten zu töten ...«

Sie nickte. »Dann müssen sie etwas wert sein, richtig?«

»Ja. Wie sieht also der Plan aus?«

»Dann bist du dabei?«, fragte Kellan, und Orion lächelte dünn.

»Sagen wir, ich bin interessiert und will noch mehr hören. Wie sieht der Plan aus?«

»Wir dringen in das Gebiet der NAN ein, finden das Arsenal und stellen fest, was da ist. Wenn wir das einmal wissen, habe ich einen Kaufinteressenten, und wir können über den Preis verhandeln.«

»Wir?«, fragte Orion. »Dann hast du schon ein Team zusammengestellt?«

»Noch nicht, aber ich bin dabei. Du kannst mir dabei helfen, wenn du willst.«

»Und was springt bei diesem Job raus?«

Kellan sah, dass er bereits interessiert war, aber es mussten gewisse Formalitäten abgearbeitet werden. »Gleicher Anteil an den Einnahmen«, sagte sie. »Abzüglich der Unkosten.«

»Wie groß ist das Team?«

»Das weiß ich noch nicht, aber nicht mehr als fünf Personen.«

Orion nickte. »Okay«, sagte er nach einer Pause. »Ich bin dabei.«

»Gut. Als Nächstes müssen wir den Rest des Teams zusammenstellen und ein Treffen ansetzen. Machst du dabei mit?«

»Sag mir nur, was ich tun soll. Wer schwebt dir vor?«

»Ich habe ein paar Namen von G-Dogg bekommen und kenne schon eine andere Runnerin mit Interesse. Sie nennt sich Midnight.«

»Midnight?«, fragte Orion, indem er eine Augenbraue hob. »Von der habe ich schon gehört, ziemlich hochklassig. Wie hast du sie ins Boot bekommen?«

»Ich habe da so meine Methoden«, sagte Kellan mit einem zufriedenen Lächeln. »Ich habe mich bereits mit einigen anderen Leuten verabredet, die noch infrage kommen.« Sie klappte ihr Handy auf.

Orion warf einen Blick auf die Adressen und die dort verzeichneten Zeiten. »Sieht gut aus«, sagte er. »Fangen wir an.«

Das sogenannte Elfenviertel in der Nähe des Südufers des Lake Union sah schon viel eher so aus, wie sich die meisten Seattler eine ›elfische Gegend‹ vorstellten. Während es in Tarislar eine Menge baufällige und leer stehende Häuser gab, die von einer feinen Schicht Asche aus dem Mt. Rainier bedeckt waren, standen im Elfenviertel renovierte Ziegel- und Backsteinhäuser aus dem 19. und 20. Jahrhundert. Viele davon waren üppig mit Efeu bewachsen, die Fassaden von metamenschlichen Künstlern bemalt. Die ganze Gegend hatte etwas Bohemehaftes, Künstlerisches an sich, was wohl auch Absicht war, um Touristen und Einheimische anzulocken, die sich für ›elfische Kultur‹ interessierten.

Orion hasste die Gegend. Praktisch von dem Augenblick an, als sie ihre Motorräder abgestellt hatten und zu Fuß weitergingen, machte er Kellan auf alle Makel des Viertels aufmerksam, wobei er mit dem genmodifizierten Efeu begann und nicht vor den Wandgemälden und der ›traditionellen‹ elfischen und zwergischen Architektur sowie den Geschäften mit ›elfischer Handwerkskunst‹ aufhörte.

»Ja, in kleinen Baumhäusern von Feen in Handarbeit gefertigt«, höhnte er. »Wohl eher in Tsimshian oder Hongkong von unterbezahlten Kindern.«

»Das ist doch nur Drek für die Touristen«, sagte Kellan flehentlich.

Orion schnaubte. »Die meisten glauben, Tir Tairngire ist ein

Märchenland oder so und Seattle hat exklusive Handelsabkommen damit.«

Nach einer ununterbrochenen Tirade gegen rassische Klischees war Orion nicht sonderlich erfreut, als Kellan vor einem Geschäft stehen blieb und sagte, dies sei die richtige Adresse.

»Du *musst* mich verarschen«, murmelte Orion mit Blick auf das hölzerne Schild über dem Laden. Es zeigte einen Amboss mit darüber gekreuztem Hammer und Schwert und darüber die Bezeichnung *Mithril-Künste* in Pseudo-Runenschrift.

»Was?«, fragte Kellan.

»Tradfant«, fauchte er, als erkläre das alles. Als Kellan ihn fragend ansah, fuhr er fort: »Dieser Laden ist speziell für Leute, die erwarten, dass Metamenschen so sind wie in Fantasyromanen. Du weißt schon, alle Elfen tragen fließende Gewänder aus hauchzarten Stoffen und dazu einen Bogen. Und Zwerge tragen Pelze und Kettenpanzer und sagen Mist wie ›bei meines Vaters Bart!‹. Das ist alles ein Haufen rassistischer Touristendrek. Das Schlimmste ist, dass manche Metamenschen diesen Drek tatsächlich glauben.« Er winkte frustriert ab. »Die Tradfant-Typen bewirken, dass niemand Metas ernst nehmen kann.«

»Jedenfalls ist das die Adresse, die der Bursche mir genannt hat«, sagte Kellan. »Also benimm dich, okay?«

Er seufzte. »Schön, aber ich weiß nicht, welche Geistesgabe du hier zu finden erwartest.«

Eine Glocke läutete, als Kellan die Ladentür öffnete. Es war wie eine Reise in die Vergangenheit oder in die Kulissen einer SimSinn-Produktion. Oder vielleicht eher in die Requisite eines Sim-Theaters. Von innen war der Laden mit unbehandeltem Holz vertäfelt, aus dem auch die Regale und der Tresen bestanden, der sich an einer Seite des Geschäfts entlangzog. Schaukästen und Gestelle enthielten Schwerter, Dolche, Äxte und andere mittelalterliche Waffen. Manche waren verspielt und wiesen wunderschöne Details auf, während andere eher funktional aussahen. Es gab schwere Hemden aus feinen Kettengliedern in allen Größen, von zwergisch bis zu einem, das eine Schaufensterpuppe in Trollgröße trug, die die hintere Ecke beherrschte. Beinschienen, Panzerhandschuhe, Brustharnische und eine Fülle an Helmen kamen hinzu.

Ein Vorhang im hinteren Teil des Ladens teilte sich, und eine Zwergin trat ein. Sie trug etwas, das wie ein mittelalterliches Bauernkostüm aussah: eine Bluse mit Puffärmeln und ein langes selbst genähtes Kleid mit ziemlich üppigem Dekolleté, das vorne geschnürt war. Ihr hellbraunes Haar war lang, aber zu Zöpfen geflochten, die am Halsansatz zusammengelegt waren. Sie schenkte Kellan und Orion ein breites Lächeln und ein Zwinkern ihrer braunen Augen.

»Hallo zusammen!«, sagte sie. »Willkommen bei Mithril-Künsten. Kann ich Ihnen helfen?«

Kellan gab sich alle Mühe, über Orions gequälte Miene nicht lauthals zu lachen. »Wir suchen Draven«, sagte sie.

»Ja, gewiss. Er ist hinten.« Sie deutete mit einem Kopfnicken auf die Vorhänge. »Geht durch, er erwartet euch schon.« Dann rauschte sie davon, um sich um irgendwelches Inventar hinter dem Tresen zu kümmern.

Kellan ging voran und schob den Vorhang beiseite. Der Raum hinter dem Laden war eine Kombination aus Lager und Werkstatt. Er enthielt eine altmodische Esse mit Hammer, Amboss, Zange und anderen Schmiedewerkzeugen. Die Esse war jedoch kalt, und niemand arbeitete daran. Stattdessen saß ein anderer Zwerg auf einem niedrigen Hocker neben einer der Werkbänke. Mit einer Zange und geschickten Bewegungen der großen Hände verkettete er feine Metallringe zu einem Kettenhemd. Beim Eintreten der beiden Runner sah er von seiner Arbeit auf.

»Pünktlich auf die Minute«, sagte er mit einem Blick auf die analoge Kuckucksuhr an der Wand. »Nur herein, nur herein.« Er legte das Kettenhemd weg und räumte zwei Hocker in der Nähe ab.

»Du bist Draven?«, fragte Kellan, und der Zwerg nickte energisch.

»Das bin ich, Mädchen«, sagte er. »Setzt euch und lasst uns übers Geschäft reden.«

Kellan versuchte Draven einzuschätzen, während sie und Orion sich neben den stämmigen Zwerg setzten. Wie seine gesamte Rasse war der Zwerg von breiter und untersetzter Statur. Kellan schätzte, dass er ungefähr eineinhalb Meter groß war, was für einen Zwerg Durchschnitt war. Er hatte eine tonnenförmig vorgewölbte Brust, breite Schultern und muskulöse Arme. Er trug ein T-Shirt, das sich über seiner Brust spannte, und eine verblichene Jeans unter einer alten Lederschürze. Die Füße steckten in schweren Arbeitsstiefeln. Sein Kopf war kahl, aber er hatte eine dicke Mähne brauner Haare, deren Ansatz sich bereits ein wenig nach hinten verschoben hatte, sowie einen stacheligen Vollbart. Sein Haar war zu einem dicken Pferdeschwanz zusammengebunden, der ihm bis auf den Rücken fiel. Die nicht behaarten Partien seines Gesichts waren zerklüftet und mit tiefen Runzeln übersät. Er war älter, als Kellan gedacht hatte, mindestens doppelt so alt wie sie und Orion, schätzte sie. Seine massigen Muskeln zeigten aber, dass er in ausgezeichneter Verfassung war, und ein paar Narben, die auf seiner sonnengebräunten Haut weiß hervortraten, verrieten, dass Draven über Erfahrung verfügte.

»Kann ich euch irgendwas anbieten?«, fragte er. »Vielleicht irgendwas zu trinken?« Er hatte die Andeutung eines Akzents, den Kellan nicht unterbringen konnte. Er klang vage schottisch oder englisch.

»Nein, danke«, sagte sie, und Draven nickte.

»Es macht euch doch nichts aus, wenn ich einen Schluck nehme?« Als Kellan die Achseln zuckte, holte Draven eine Flasche von der Werkbank, öffnete sie und trank einen großen Schluck, bevor er sie wieder verschloss und sich mit dem Handrücken den Mund abwischte.

»Nun denn, kommen wir zum Geschäft«, sagte er. »Du hast gesagt, du hast vor, einen kleinen Abstecher aus der Stadt zu machen?«

»Das stimmt«, sagte Kellan.

»Bringen oder holen?«, fragte Draven. »Oder beides?«

»Holen«, sagte Kellan zu ihm, »oder zumindest eine Örtlichkeit auskundschaften.«

Er nickte. »Es gibt Potenzial für fette Beute?«

»*Sehr* fette Beute, und jeder bekommt einen Anteil.«

Dravens buschiger Bart teilte sich zu einem Grinsen. »Und über wie viel Potenzial reden wir hier, Mädchen?«

»Das wissen wir erst mit Sicherheit, wenn wir da sind«, sagte Kellan wahrheitsgemäß, »aber ich weiß, dass etwas da ist. Wenn ich recht habe, ist es eine Menge Potenzial.«

»Und eine entsprechende Menge vergeudete Zeit und Mühe, falls du dich irrst.«

»Ich irre mich nicht«, sagte Kellan.

Draven überlegte kurz. »Tja, du bist dir deiner Sache sehr sicher, das muss ich dir lassen. Ich verstehe schon, warum Lothan dich angenommen hat.«

»Du kennst Lothan?«, fragte Kellan, und Draven gluckste.

»Na*tür*lich kenne ich Lothan. Er und ich haben schon in den Schatten gearbeitet, bevor du auch nur ein Funkeln in den Augen deines Vaters warst. Ich nehme an, dass er entweder nichts von dieser besonderen ›Gelegenheit‹ weiß oder nicht viel davon hält. Was trifft zu?«

»Er hat kein Interesse«, sagte sie. Würde das Dravens Interesse ebenfalls ein Ende bereiten?

»Tja, Lothan geht dieser Tage gern auf Nummer sicher«, überlegte der Zwerg. »Früher war er aber ein ziemlicher Draufgänger, das kann ich euch sagen!«

»Das scheinst du auch zu sein«, sagte Kellan, und Draven lächelte.

»Ach, da hättest du mich erst vor zwanzig Jahren erleben müssen«, sagte er. »Aber ich kann es mir nicht leisten, so auf Nummer sicher zu gehen, wie Lothan es jetzt tut. Man muss Risiken eingehen, wenn man so richtig absahnen will, habe ich recht?« Er zwinkerte ihr zu und klatschte sich mit einer Hand auf den lederbedeckten Oberschenkel. »Also schön,

Kellan, wenn du sagst, deine Gelegenheit ist die Mühe wert, bin ich bereit, es zu versuchen.«

»Sahne«, sagte Kellan. »Wir treffen uns heute Abend zur Planung des Runs.« Sie nannte Draven Ort und Zeit, und der alte Zwerg nickte begeistert.

»Ich werde da sein«, sagte er.

Dann verließen sie und Orion *Mithril-Künste* und Draven. Kellan sagte erst wieder etwas, als sie außer Hörweite waren.

»Nun?«, fragte sie Orion. Er schwieg noch etwas länger, die Hände tief in den Taschen der Jacke vergraben, und zuckte dann die Achseln.

»Bist du sicher, dass er's noch drauf hat?«

»G-Dogg scheint es zu glauben.«

»G-Dogg hat dir nicht gerade seine A-Liste gegeben, oder?«, stellte der Elf fest.

»Er hätte mir keine Runner genannt, die den Job nicht erledigen können«, konterte sie.

»Tja, ich nehme an, wir müssen es einfach darauf ankommen lassen. Hoffen wir, dass der nächste Bursche mehr hermacht.«

Kapitel 12

Tukwila lag in der südlichen Innenstadt, nicht weit vom Seattle-Tacoma International Airport entfernt, also brauchten sie nicht lange. Unterwegs machten ihnen die Motorrad-Gangs keinen Ärger. Zum Glück waren auf der I-5 tagsüber genug Streifenwagen unterwegs, besonders nahe der Innenstadt und am Flughafen. Andererseits schenkte Lone Star Tukwila keine so große Beachtung. Tatsächlich galt es als rauste Gegend in diesem Gebiet. Dagegen nahm sich Columbia hochklassig aus, obwohl es noch ein ganzes Stück von der Gesetzlosigkeit der Barrens in Redmond und Puyallup entfernt war.

Die Adresse, die Kellan hatte, war eine Bar, die ebenso heruntergekommen war wie der Rest der Gegend. Es handelte sich um ein einstöckiges Gebäude mit abblätternder weißer Farbe und schweren Gittern aus Stahlgeflecht vor den Fenstern. Unkraut hatte einen Teil des Parkplatzes überwuchert, wo es aus Spalten im Asphalt wuchs. Es war noch früh am Tag, und daher war der Platz praktisch leer. Ein verblichenes Schild an der Tür verkündete sogar, dass der Laden erst in gut einer Stunde öffnen würde.

Kellan wackelte an der Tür und fand sie unverschlossen vor, also öffnete sie sie und trat gefolgt von Orion ein.

»Wir haben noch zu!«, ertönte eine Stimme von der anderen Seite des Raums.

Kellan erblickte einen dunkelhäutigen Typen mit einer fleckigen Schürze und aufgerollten Hemdsärmeln. Er stellte einen Pappkarton auf die Theke, und seine Augen funkelten sie unter dicken schwarzen Brauen an.

»Ist schon okay, Lou«, sagte eine andere Stimme. »Die wollen mich sprechen.«

Er saß an einem Tisch im hinteren Teil des Ladens und stand auf, während er das sagte, wobei er ein halb leeres Glas Bier auf den Tisch stellte. Für einen Menschen war er groß und hatte eine stolze, aufrechte Haltung. Die Kombination aus beidem in Verbindung mit seinen groben, ausgeprägten Zügen verlieh ihm eine starke Ausstrahlung. Er hatte eine große Nase und hohe Wangenknochen, und seine Haut hatte einen satten Kupferton. Das Haar war rabenschwarz und lang, und er trug es zu einem Zopf geflochten, der tief auf den Rücken hinabreichte. Er war mit einem schlichten Flanellhemd bekleidet, dessen Ärmel aufgekrempelt waren und das am Kragen offen stand. Darunter trug er ein weißes Thermo-Unterhemd, das über der Brust spannte, und eine Kette aus geschnitzten Knochen. Das Hemd steckte in einer verblichenen Jeans, deren Beine wiederum in hohen Mokassinstiefeln endeten.

Während Kellan ihn einzuschätzen versuchte, betrachteten sie seine dunklen Augen. Welche Meinung er sich auch bildete, sein Gesicht blieb so ungerührt wie ein Stein.

»Natokah«, stellte er sich vor und bestätigte damit, dass er der Mann war, den sie hier treffen wollten.

»Ich bin Kellan«, sagte sie. »Wir haben uns unterhalten. Das ist Orion.«

Natokah bestätigte die Vorstellung mit einem Nicken und bedeutete ihnen, sich zu setzen. Als sie alle Platz genommen hatten, sagte er sehr sachlich: »Ihr plant einen Ausflug in Native-Gebiet. Ihr braucht einen Führer und einen Vermittler bei den Geistern des Landes, obwohl ich sehe, dass ihr beide durchaus über eigene Möglichkeiten verfügt.«

Interessant. Kellan wusste, dass Natokah Schamane war. Aus diesem Grund hatte sie ihn kontaktiert. Offenbar hatte er ihre und Orions magischen Fähigkeiten ebenfalls registriert.

»Wir kommen zurecht«, sagte sie bescheiden. »Aber wir haben keine Erfahrung mit Geistern aus den Native-Gebieten.«

»Ich schon«, erwiderte Natokah. »*Sehr viel* Erfahrung sogar. Wohin wollt ihr?«

»Ins Salish-Shidhe-Territorium«, erwiderte Kellan. »Das Zielgebiet auskundschaften und mit Informationen darüber zurückkehren.«

»Und was erwartet ihr dort zu finden?«

»Etwas, das die Reise lohnt«, konterte Kellan.

Natokah lächelte dünn. »Also wisst ihr es nicht genau«, sagte er.

»Wenn wir es genau wüssten, brauchten wir nicht zu gehen.«

»Wie steht es mit der Bezahlung?«

»Eine Anzahlung im Voraus und ein Anteil vom Gewinn.« Kellan nannte eine Zahl, und Natokah schwieg einen Moment.

»Das ist nicht viel«, sagte er schließlich.

»Das ist auch nur ein Vorschuss«, sagte Kellan. »Den Rest gibt es bei Erledigung.«

»Wie viel?«

»So viel wir rausholen können.«

»Wie viele Anteile?«

»Fünf, wenn alles gut geht«, sagte Kellan.

»Weniger, wenn nicht«, antwortete Natokah. Der Schamane überlegte einen Moment, dann nickte er. »In Ordnung«, sagte er. »Ich bin interessiert.«

»Gut, wir ...«

»Hey, wir haben noch ...«, ertönte Lous Stimme von der anderen Seite der Bar. Seine Worte endeten mit einem lauten »Urk!« und einem Krachen.

Sofort waren alle drei auf den Beinen. Eine Gruppe Gang-Mitglieder in Schwarz und Weiß strömte aus dem Kücheneingang in die Bar. Sie trugen rote Feze mit einer goldenen Quaddel und unterschiedliche Waffen. Der Erste war Crash. Er sah sich in der Bar um.

»Colt!«, rief er, indem er auf Kellan zeigte. »Du bist tot und begraben!«

Natokah beugte sich ein wenig zu Kellan. »Sieht so aus, als könntest du gerade jetzt einen Abstecher aus dem Plex ganz gut gebrauchen«, sagte er trocken, während die Brain Eaters heranstürmten.

Sie zählten ein halbes Dutzend und waren mit Messern, Spornen und Ketten bewaffnet. Einer schwang einen massiven Holzschläger wie eine Keule. Bis auf Crash waren sie alle Menschen, und Kellan erkannte auch Keefer und Zoog. Zwei von ihnen hatten deutlich erkennbare Cyberaugen, da ihre normalen Augen durch silberne Kugeln ohne Iris oder Pupille ersetzt worden waren.

Kellan trat Crash ihren Stuhl in den Weg, während Orions Schwert mit dem Zischen von Metall auf Metall aus der Scheide gezogen wurde. Als der Brain Eater über den Stuhl stolperte, griff Kellan nach dem Betäubungsschlagstock in ihrer Jacke. Die Enge machte das Wirken eines Zaubers zu riskant. Die meisten von Kellans Zaubern waren zerstörerisch und neigten dazu, Dinge explodieren zu lassen, was in einer Bar nicht das Sinnvollste war. Eine Pistole war in beengten Räumlichkeiten auch nicht allzu nützlich, vor allem dann nicht, wenn man Freunde dabei hatte.

Mit einer Drehung seiner Klinge fegte Orion die heransausende Keule beiseite. Dann fuhr er herum und bohrte dem Brain Eater das Schwert in den Bauch, was diesen vor Schmerzen aufheulen ließ. Der Elf riss sein Schwert heraus, und der Brain Eater stolperte rückwärts und gab sich alle Mühe, seine Eingeweide festzuhalten, während er den Boden vollblutete.

Crash überwand das Stuhlhindernis, aber mittlerweile hatte Kellan ihren Betäubungsschlagstock gezückt. Skalpellartige Klingen funkelten an den Fingerspitzen des Orks, aber Kellan hatte eindeutig den Vorteil größerer Reichweite. Als er sich auf sie stürzte, benutzte sie den Schlagstock wie ein Kurzschwert und stieß damit blitzschnell nach seinem Rumpf. Die Spitze der Waffe traf, und es krachte laut, als der Ork von mehreren Hundert Volt getroffen wurde. Er versteifte sich und ging zu Boden, wo er zuckend liegen blieb.

Natokah duckte sich unter der Kette, mit der ein Brain Eater nach ihm schlug, und fällte seinen Angreifer mit einer Beinsense. Der Brain Eater fiel nach hinten und ließ seine Waffe los, da er ohne Erfolg versuchte, seinen Fall abzubremsen. Der Siegesruf des Schamanen wurde zu einem auf- und abschwellenden Geheul, das durch die Enge der Bar hallte.

Orion begegnete dem Anführer der Brain Eaters im direkten Zweikampf. Eine leicht gekrümmte Klinge zuckte aus dem Handrücken des Brain Eaters. Sie war etwa unterarmlang und nadelspitz. Mit dem Sporn hieb er nach dem Elf, der ihn mit seiner Klinge parierte. Er hielt den Schwertknauf hoch, sodass die Spitze auf den Boden zeigte. Als der Stoß mit dem Dorn an seiner linken Schulter vorbeizuckte, änderte er rasch den Griff und ließ das Schwert in einem Überhandschlag herabsausen. Der Brain Eater tauchte zur Seite ab, um dem Hieb auszuweichen, was ihn ein wenig aus dem Gleichgewicht brachte.

»Pass auf!«, rief Kellan, als ein anderer Ganger seinem Kameraden zu Hilfe kam und ebenfalls auf Orion losging. Eine Finte von Orions Klinge hielt den zweiten Gegner für einen Moment in Schach. Kellan nutzte die Gelegenheit, warf sich förmlich auf den zweiten Angreifer und rammte ihm den Schlagstock in die Seite. Der Brain Eater zuckte bei der Entladung, aber seine dicke Lederjacke musste ihn vor einem Teil der Ladung bewahrt haben, da er nicht zu Boden ging.

Orions Schwert durchschnitt das dicke Leder wie Papier und hinterließ eine blutende Schramme auf Zoogs Arm. Der Brain Eater fluchte und ging wieder auf den Elf los, wurde jedoch durch eine weitere Drehung der Klinge abgewehrt.

Natokahs Geheul steigerte sich zu einem Kreischen, und Kellan spürte Energie in der Luft knistern. Sie sah, wie der Schamane die Hände hob und seine Finger plötzlich das Aussehen gekrümmter Krallen annahmen. Seine Züge hatten jetzt etwas von einem Raubvogel an sich. Die Dielenbretter des Bodens ächzten, als erwache irgendein riesiges Wesen aus tiefem Schlaf.

Die Brain Eaters wichen bei dem Geräusch einen Schritt zurück, während die Runner gefasst dastanden und auf den nächsten Angriff warteten. Natokah ließ langsam die Hände sinken, und seine Züge wurden wieder normal, während eine starke Brise durch die Bar wehte. Sie wirbelte einen Stapel Servietten auf, und Kellan begriff plötzlich, dass es keine geöffneten Fenster oder Türen gab, durch die der Wind hätte hereinwehen können. Rauch schien sich zwischen den Brain Eaters und den Runnern zu verdichten. Er nahm eine humanoide Gestalt an und verfestigte sich zu einem Ork. Der Ork trug schwere Arbeitsstiefel, Jeans und ein geknöpftes Hemd, dessen Ärmel aufgekrempelt waren, sodass die muskulösen Arme zu sehen waren. Er hatte eine dicke Schürze über die Kleidung gebunden und balancierte eine dicke, schwere Keule auf der Schulter.

»Ich finde, ihr solltet von hier verschwinden ... sofort«, sagte er mit Bassstimme, während er die Brain Eaters anfunkelte. »Oder muss ich euch persönlich hinausbegleiten?« Er verlieh seinen Worten Nachdruck, indem er sich mit der Keule in die geöffnete Handfläche schlug.

Crash, der sich langsam von dem Stromschlag und dem Schock des jähen Auftauchens des anderen Orks erholte, rappelte sich vom Boden auf. Anstatt sich zurückzuziehen, griff er den Ork an und stach mit seinem Handsporn nach ihm. Der Ork wich nicht zurück, sondern begegnete dem Stoß mit seiner Keule und parierte ihn beinahe lässig. Dann schob er den Brain Eater zurück, holte aus und schlug zu.

Der Knall, als Holz auf Fleisch und Knochen traf, hallte durch die Bar. Der Schlag wirbelte Crash halb herum, bevor er zusammenbrach. Die anderen Brain Eater schauten entsetzt von dem lächelnden Ork zu ihrem Chummer und wieder zurück.

»Will sonst noch jemand eine Kostprobe?«, brüllte der Ork, indem er einen Schritt vortrat.

Die Brain Eaters schraken vor ihm zurück.

»Verpisst euch, und zwar etwas plötzlich!«, brüllte er, und

die Brain Eaters beeilten sich, ihre gefallenen Kameraden aufzusammeln, um sich dann mit einem flüchtigen Blick zurück aus der Bar zu verabschieden.

Kellan sah ihnen nach. Als sie verschwunden waren, wandte sich der Ork an Natokah.

»Danke, mein Freund«, sagte der mit einer kleinen Verbeugung.

Der Ork winkte ab. »War mir ein Vergnügen. Die verdammten Gangs machen nur Ärger, den können wir hier nicht brauchen. Hey, Lou!«, rief er. »Du machst deine Arbeit wirklich gut, aber vergiss nicht, mir einen einzuschütten, ja?«

Der perplexe Barmann konnte nur nicken.

Der Ork salutierte vor Natokah und löste sich dann in derselben Rauchwolke auf, in der er erschienen war. Einen Augenblick später war er spurlos verschwunden.

»Wer war das?«, fragte Kellan mit einem Blick auf Natokah.

»Der Geist dieses Ortes«, erwiderte der Schamane. »Sein Herd, seine lebende Essenz. Ich habe ihn zu Hilfe gerufen.« Er wandte sich an Lou, der sich der Gruppe näherte. »Lass heute Nacht ein Glas Whiskey, pur, auf dem Tresen stehen und auch immer eines in der Vollmondwoche«, sagte er. »Das wird seinen Durst stillen und ihn glücklich machen.«

Der Barmann grinste. »Mach ich«, sagte er. »Danke! Ihr seid hier jederzeit willkommen.« Dann zog er sich zurück und widmete sich wieder seiner Arbeit, sodass die Runner ungestört waren.

»Ja, danke«, sagte Orion zu Natokah, »aber ich wäre mit ihnen fertig geworden.«

Der Schamane lächelte. »Davon bin ich überzeugt.«

»Also«, wandte sich der Schamane an Kellan. »Du wolltest gerade etwas über ein Treffen heute Abend sagen?«

Kapitel 13

Sie trafen sich in Kellans Wohnung. Sie war nicht groß, aber es reichte. Alle hatten sich auf Kellans gebraucht gekauften Sitzmöbeln verteilt, um die Details des Runs durchzugehen, der ihr vorschwebte. Kellan stellte alle vor, die sich noch nicht kannten, und für sie war ziemlich offensichtlich, dass die Runner zumindest schon voneinander gehört hatten. Vor allem Midnight und Natokah schienen einander zu kennen, obwohl sie mit keiner Silbe verrieten, dass sie sich schon mal begegnet waren.

Draven tauchte mit einem prächtigen Kettenhemd über einer Schicht ballistischer Panzerung und einer Axt mit Doppelschneide im Gürtel auf. Die Krönung war jedoch ein gehörnter Helm auf dem Kopf des Zwergs, der ihn mindestens zwanzig Zentimeter größer machte. Er sah zwar wie ein Statist aus einem Fantasy-Sim aus, aber Kellan registrierte dennoch, dass der Helm anscheinend mit Kommunikationsausrüstung und Zielhilfen ausgestattet war. Sie hätte außerdem darauf gewettet, dass die Axt aus einer modernen Legierung und nicht aus hammergeschmiedetem Eisen bestand. Orion verdrehte zwar die Augen beim Anblick des Zwergs, doch es gelang ihm, seine Zunge im Zaum zu halten, wofür Kellan sehr dankbar war. Es gab keinen Grund, gleich für Missstimmung zu sorgen. Wenn sonst noch jemand Dravens Tradfant-Aufmachung zur Kenntnis nahm, ließ er es sich nicht anmerken.

Als alle versammelt waren, kam Kellan zur Sache. »Der Run ist ziemlich simpel«, sagte sie. »Ein Abstecher aus dem

Plex ins Gebiet des Salish-Shidhe-Council zu einem bestimmten Ort. Der Run dient ausschließlich der Sammlung von Informationen: Wir gehen hin, sehen, was es gibt, sammeln so viele Daten wie möglich und kehren zurück. Und das möglichst, ohne die Grenzpatrouillen des SSC zu alarmieren.«

»Was genau sollen wir eigentlich auskundschaften?«, fragte Natokah.

»Das braucht ihr nicht zu wissen«, sagte Kellan.

»Ich schon.«

Kellan spürte den Blick des Schamanen auf sich ruhen.

»Wenn du unter den Bedingungen dieses Jobs nicht arbeiten kannst – da ist die Tür.«

Es gab eine bedeutungsvolle Pause, während die beiden einander anstarrten. Keiner war gewillt, als Erster wegzuschauen.

»Was ist mit der Bezahlung?«, fragte der Schamane.

»Du erwartest dort irgendeinen Fischzug, nicht?«, warf Draven ein.

»Ja«, sagte Kellan. »Aber es ist besser für euch, wenn ihr nicht wisst, was es ist und wo es ist.«

»Du meinst, es ist besser für *dich*, wenn wir es nicht wissen«, korrigierte Natokah. »Gibt es einen Grund dafür, dass wir nicht erfahren sollen, worauf wir uns einlassen?«

»Abgesehen von der Tatsache, dass wir den Run vergessen können, wenn jemand der falschen Person gegenüber ein falsches Wort sagt?«, konterte Orion. Er stand hinter Kellans Stuhl und ging beim Sprechen einen Schritt auf den Schamanen zu.

»Wir alle hier sind Profis«, sagte Natokah mit einer Handbewegung, die alle Anwesenden einschloss. »Wenn ihr nicht bereit seid, uns etwas Vertrauen entgegenzubringen, warum sollten wir es dann tun?«

Kellan beugte sich vor und antwortete, bevor Orion es konnte. »Weil ihr Profis seid. Das heißt, dass ihr eben nicht immer alle Einzelheiten erfahrt. Wie ich schon sagte: Wenn dir das nicht gefällt – da ist die Tür. Niemand zwingt dich, bei dieser Sache mitzumachen. Ihr bekommt einen Vorschuss und habt Aussicht auf viel mehr, wenn alles erledigt ist, aber das hier ist mein Run, und da spielen wir nach meinen Regeln.«

Alle Augen richteten sich auf Natokah. Der Schamane saß hoch gewachsen und stolz da, und sein Gesicht war unergründlich, während er Kellan betrachtete.

»Also schön«, sagte er. »Wir spielen erst mal nach deinen Regeln.«

Sie sah die anderen an. Draven schien keine Einwände zu haben, und Midnight und Orion waren bereits mehr oder weniger mit der Situation vertraut.

»Okay«, sagte sie. »Zuerst müssen wir von hier nach da kommen, was bedeutet, dass wir den Metroplex verlassen und in das Gebiet der NAN eindringen müssen, ohne dass irgendwo rote Lampen aufleuchten.«

»Ich glaube, dabei kann ich helfen«, sagte Natokah. »Ich kenne einige Schmuggler, die auf den Routen südlich und westlich von hier arbeiten. Sie schmuggeln Waren – und manchmal auch Passagiere – in das Gebiet der NAN und auch heraus, und zwar von Seattle nach Denver und zurück.«

»Meinst du, du könntest für den Hin- und Rücktransport sorgen?«

Der Schamane lächelte. »Tja, das könnte ich, wenn ich wüsste, wohin wir wollen ...«

Kellan hob die Hände. »Schon gut, schon gut! Ich kann dir den ungefähren Bestimmungsort nennen. Reicht das?«

Natokah nickte mit einer Spur Selbstzufriedenheit. »Die nächste Stadt oder Ortschaft müsste reichen«, sagte er. »Ich nehme an, von dort aus wären wir auf uns allein gestellt?«

»Genau«, erwiderte Kellan. »Okay.« Sie machte sich an den Kontrollen einer Datentafel mit Flachbildschirm zu schaffen, bevor sie sie auf den niedrigen Tisch in der Mitte des Zimmers stellte. »Das ist unser Zielgebiet im SSC. Es sieht so aus, als wäre Lewiston-Clarkston die nächste Stadt.«

Natokah warf einen Blick auf die Karte. »Das müsste reichen«, sagte er. »Das ist nicht allzu weit von den Hauptschmuggelrouten entfernt, also müsste es mir gelingen, einen T-Bird-Piloten zu finden, der bereit ist, uns dorthin zu bringen.«

»Wie würden wir den Plex verlassen?«, fragte Orion, während er sich vorbeugte und ebenfalls einen Blick auf die Karte warf. Kellan fragte sich, ob der Elf schon jemals außerhalb von Seattle gewesen war. Soviel sie wusste, war Orion in den Straßen Puyallups aufgewachsen. Obwohl viele Leute Elfen mit der Erwachten Wildnis assoziierten, hatte Orion wahrscheinlich noch nie einen richtigen Wald gesehen, geschweige denn einen durchfahren oder gar durchwandert.

»Das hängt vom Schmuggler ab«, sagte Natokah, »aber vermutlich müssen wir durch die Barrens. In Puyallup gibt es zum Beispiel einige Stellen, wo die Grenzüberschreitung möglich ist.«

Kellan nickte. »Bedenke aber, wir wollen nicht, dass jemand anders Wind von dieser Sache bekommt.«

»Natürlich. Die Leute, die ich kenne, sind diskret«, erwiderte der Schamane.

»Hm«, meldete sich Draven zu Wort. »Wenn wir ins Stammesland gehen, brauchen wir Ausrüstung für die Wildnis, richtig?«

»Einen Teil davon können wir uns in Lewiston oder Umgebung beschaffen, könnte ich mir vorstellen«, sagte Natokah. »Je weniger Gepäck wir aus dem Plex mitnehmen, desto leichter wird es.«

»Außerdem ... wenn wir reichlich Ausrüstung mitnehmen, hat jeder, der zusieht, schnell eine Vorstellung, was wir vorhaben«, warf Midnight ein. Sie saß auf einem von Kellans ramponierten Sesseln. »Es ist besser, wir suchen uns näher am Zielort, was wir brauchen.«

»Ich weiß nicht, wie es bei euch aussieht«, sagte Orion, »aber ich war noch nie in meinem Leben zelten. Für einen Waldspaziergang haben wir reichlich Muskeln.« Er schaute vielsagend auf Draven, der auf dem Sofa saß.

Natokah meldete sich zu Wort, bevor Kellan antworten konnte. »Das ist eine kluge Vorsichtsmaßnahme«, sagte er. »In der Wildnis sind viele Dinge beheimatet. Das Erwachen hat Tiere ebenso beeinflusst wie Menschen, und es lässt sich unmöglich vorhersehen, worauf wir in der Wildnis stoßen. Es gibt auch Geister, von denen einige boshaft und andere gefährlicher sind.«

»Das ist unsere Abteilung«, sagte Kellan zu dem Schamanen, während sie an Lothans Lektionen in Geisterkunde dachte. Sie wünschte, sie hätte die Zeit gehabt, zu dem Trollmagier zu gehen und etwas detaillierteren Unterricht zu nehmen. »Ihr«, sagte sie zu Orion und Draven, »kümmert euch um alles andere, was uns in die Quere kommt, während Midnight für die Sicherheit zuständig ist.«

Natokah warf einen nachdenklichen Blick auf die Infiltrations-Expertin.

Soll er sich ruhig fragen, warum wir einen Sicherheitsspezialisten brauchen, dachte Kellan. Sie war froh, dass der indianische Schamane beschlossen hatte, sich nicht von dem Run zu verabschieden. Sie hatte zwar großes Vertrauen in ihre eigenen magischen Fähigkeiten, aber Natokah kannte sich mit den Geistern aus, denen sie außerhalb des Metroplex begegnen konnten. Außerdem wusste er ganz eindeutig einiges über die Native American Nations.

Kellan wusste über die NAN nur, was sie in der Schule gelernt hatte. Hinzu kamen noch Geschichten aus zweiter Hand und Gerüchte, aber nicht mehr. Sie war zwar auf dem Weg von Kansas City nach Seattle durch das Gebiet der NAN gereist, aber öfter war sie noch nicht dort gewesen. Natokah war ein wichtiger Aktivposten.

Trotzdem hatte sie es ernst gemeint, als sie ihm gesagt hatte, er könne gehen. Der Schamane hatte jedes Recht der Welt, ihr Fragen zu stellen und zu versuchen, mehr Informationen über den Run zu bekommen, aber ebenso hatte sie das Recht, sie ihm zu verweigern. Sie hatte sich auf diesen Run gestürzt, weil er ihr Gelegenheit gab, zu bestimmen, wo es langging, und davon würde sie nicht abrücken. Falls Natokah – oder sonst irgendjemand – ein Problem damit hatte, konnte Kellan ihn nicht gebrauchen. Es gefiel ihr, wie sie die Angelegenheit handhabte, und einstweilen lief alles glatt. Sie hatte ein gutes Gefühl, was diesen Run betraf.

»Ich habe ein schlechtes Gefühl bei dieser Sache«, sagte Orion später, als alle anderen gegangen waren.

Sie hatten Pläne geschmiedet, und dann hatte Kellan das Startsignal gegeben und sie losgeschickt. Jetzt mussten sie in erster Linie darauf warten, dass Natokah den Transport aus dem Plex arrangierte, damit sie die erste Etappe ihres Runs angehen konnten. Der Schamane schien zu glauben, sehr kurzfristig etwas einrichten zu können.

»Warum?«, fragte Kellan Orion, während dieser aus dem Fenster in die Dunkelheit starrte.

Der Elf lachte kurz. »Fühlst du dich nicht auch manchmal etwas überwältigt?«, fragte er und wandte sich wieder vom Fenster ab. »Vielleicht ist es nur die Vorstellung, den Metroplex zu verlassen. Es kommt mir so vor, als würde alles ziemlich schnell gehen.«

»Ja, ich weiß«, erwiderte sie. »Aber es funktioniert alles. Der Run wird sehr bald vorbei sein und uns ein Vermögen einbringen.«

»Das hoffe ich. Übrigens hast du das mit Natokah sehr gut geregelt.«

»Danke. Ich bin froh, dass er sich entschlossen hat zu bleiben. Ich glaube, er wird bei diesem Run sehr nützlich sein.«

Orion nickte. »Ja, er scheint sich auf seinem Gebiet auszukennen, und die Sache mit dem Herdgeist war ziemlich beeindruckend. Trotzdem würde ich ihn im Auge behalten. Oder eigentlich alle.«

»Ich weiß nicht. Ich glaube, Natokah und Draven sind vertrauenswürdig genug. Ihre Ambitionen scheinen nicht weit über den nächsten Run hinauszureichen. Natokah kommt mir durchaus ehrenhaft vor. Ich glaube nicht, dass er ein Problem werden könnte, aber du hast recht, es wäre eine gute Idee, ihn trotzdem im Auge zu behalten.«

»Was ist mit Midnight?«

»Was soll mit ihr sein?«

»Kellan, ich glaube, du solltest auch ihr nicht zu schnell vertrauen.«

»Du bist nicht der Erste, der so denkt. Lothan ist letzte Nacht hier aufgekreuzt, um mir dieselbe Warnung zukommen zu lassen.«

»Was hat er gesagt?«

»Eigentlich nicht viel. Typisch Lothan, er äußert mysteriöse Warnungen, als sollte ich *ihm* unbedingt trauen.«

»Tust du das denn nicht? Ich meine, ich weiß, dass du nicht immer mit ihm einer Meinung bist ...«

Kellan hielt sich vor Augen, dass Orion nicht alles wusste, was zwischen ihr und Lothan vorgefallen war. Das hatte sie allen verheimlicht, die sonst noch an dem Ares-Run teilgenommen hatten. Wenn Orion gewusst hätte, dass Lothan für die Gegenseite gearbeitet hatte ... Sie zuckte die Achseln. »Midnight hat mir keinen Grund gegeben, ihr nicht zu trauen«, sagte sie. »Ich glaube, sie wird sehr nützlich sein und ...« Sie sah Orion an. »Und außerdem sagt sie, sie kenne meine Mutter.«

»Echt?«

Kellan nickte. »Ja. Sie hat das hier wiedererkannt.« Sie berührte den Torques um ihren Hals. »Sie hat gesagt, er habe einer Runnerin namens Mustang gehört, die sie angelernt hätte. Sie habe sich immer gefragt, wie es ihr ergangen sei. Sie sagt, ich sähe ihr sehr ähnlich. Auch vom zeitlichen Rahmen her könnte es sein, dass sie tatsächlich meine Mutter ist.«

»Bist du sicher, dass sie es ehrlich meint?«, fragte Orion. Er kam zu ihr und setzte sich ans andere Ende des Sofas. »Ich meine, sie könnte dir das alles auch nur erzählen, um sich bei dir einzuschmeicheln.«

»Warum sollte sie das tun? Sie hat nicht einmal gewusst,

dass ich Informationen über meine Mutter suche«, sagte Kellan. »Sie hat es von sich aus zur Sprache gebracht. Ich weiß nicht, vielleicht könnte sie es trotzdem erfunden haben, aber was sie bisher gesagt hat, passt.«

»Weiß sie, was aus deiner Mutter geworden ist?«

Kellan schüttelte den Kopf. »Nein, sie sagt, sie habe sie aus den Augen verloren. Sie will beinahe so gern wissen, was passiert ist, wie ich selbst. Aber es ist ein Anfang, und ich weiß jetzt schon viel mehr als vorher. Midnight scheint mir wirklich helfen zu wollen, so, wie meine Mutter ihr geholfen hat. Ich glaube, ich kann ihr so weit vertrauen, wie ich überhaupt jemandem in diesem Geschäft trauen kann.«

Orion lächelte wehmütig. »Tja, was immer das auch wert ist«, sagte er. »Aber ich vertraue dir.«

Kellan sah den elfischen Krieger an. »Wirklich?«

Er nickte. »Ja, wirklich. Du hast eine Menge riskiert, als du mir erzählt hast, was du über diesen Ares-Run herausgefunden hattest. Eigentlich wusstest du gar nichts über mich, aber du hast es darauf ankommen lassen, weil du dachtest, wir würden reingelegt. So etwas vergisst man nicht.«

»Danke«, sagte Kellan leise. »Ich vertraue dir auch.«

Einen Moment lang verlor sich Kellan in dem ernsten Ausdruck Orions dunkelgrüner Augen. Dann schaute er weg, und die Stille war plötzlich peinlich.

»Tja, dann haben wir beide jemanden in dem Geschäft, dem wir vertrauen können. Hör zu, ich muss los«, sagte er. »Ruf mich an, wenn es losgehen kann oder wenn du sonst irgendwas brauchst, okay?« Er stand auf, nahm seine Lederjacke von der Rückenlehne eines Stuhls und zog sie an.

»Sicher«, sagte Kellan. »Kein Problem.«

»Wir sehen uns«, sagte er und öffnete die Tür.

»Okay ... und, Orion?«

»Ja?«

»Danke.«

»Kein Problem«, erwiderte er. »Gute Nacht.« Dann war er draußen, und die Tür schloss sich leise hinter ihm.

Kellan saß auf dem Sofa, die Knie an die Brust gezogen und das Kinn darauf gestützt, und dachte über die Ereignisse des Abends nach. Sie wollte ihren eigenen Run auf die Beine stellen, und das hatte sie jetzt getan. Die Sache kam ins Rollen. Jetzt ging es nur noch darum, den Job zu erledigen und herauszufinden, ob Squeaks Daten tatsächlich zu einer Goldmine führten, wie er geglaubt hatte. Nur ein Abstecher in ausländisches Gebiet, durch feindselige Erwachte Wildnis, auf der Suche nach etwas, wofür jemand anders zu töten bereit war.

»Ist doch nichts dabei«, murmelte Kellan vor sich hin. Sie war froh, dass sie auf Orion einen so zuversichtlichen Eindruck machte. Sie hoffte, dass es für alle anderen im Team genauso aussah. Sie dachte an Orions – und Lothans – Warnung, ihren neuen Teamgefährten nicht zu schnell zu vertrauen. Dann dachte sie an ihre Unterhaltung mit Orion und daran, dass sie ihm vertraute. Dieses Vertrauen beruhte auf gegenseitigem Respekt. Sie hatte für Orion den Kopf in die Schlinge gelegt, und er hatte dasselbe für sie getan. Er war aus den Ancients ausgestoßen worden, weil er sich wegen des Ares-Runs Green Lucifer widersetzt hatte. Er hätte auch einfach den Mund halten können. Er hätte nicht glauben müssen, was Kellan ihm erzählt hatte. Seit damals wusste sie, dass Orion tat, was er für richtig hielt, und sie traute ihm zu, das Richtige zu tun, wenn es darauf ankam.

Konnte sie das noch von jemand anderem sagen? Eigentlich nicht. Die anderen Runner, die sie kannte, handelten aus Eigeninteresse. Manchmal war es weitsichtiges Eigeninteresse, aber meistens ging es nur um den persönlichen Vorteil. Ein paar Runner folgten einem privaten Kodex, aber es hatte den Anschein, als halte jeder mit etwas hinter dem Berg. Jeder verfolgte still und heimlich ganz persönliche Absichten und Ziele. Vielleicht vertraute sie Orion deswegen. Der elfische Krieger hielt gewiss mit nichts hinter dem Berg. Er war in praktisch jeder Beziehung so direkt wie ein Schwertstoß, hatte keine Geheimnisse, und sie konnte sich darauf verlassen, dass er ihr genau sagte, was er dachte.

Kellan nahm ihr Handy, wählte eine Nummer und schlug die Beine übereinander. Als sich der Anrufbeantworter meldete, überlegte sie nur eine Sekunde. »Midnight? Hier ist Kellan. Ruf mich morgen früh an. Ich glaube, wir müssen uns unterhalten ...«

Kapitel 14

Kellan verabredete sich für den kommenden Nachmittag mit Midnight. Treffen bei Tageslicht waren in der Szene unüblich, aber Kellan fand es angemessen. Sie wollte einige Schatten verjagen, und Midnight war bereit, sie in ihrer Wohnung zu besuchen. Kellan wollte dieses Gespräch nicht in der Öffentlichkeit führen, und sie fühlte sich in ihrem eigenen Revier ein wenig stärker.

Midnight kam pünktlich und meldete sich an der Sprechanlage im Treppenhaus. Kellan drückte den Summer und marschierte vor ihrer Wohnungstür auf und ab, bis es energisch klopfte. Sie öffnete, und die Elfe stand vor ihr.

Diesmal trug sie nicht ihre übliche ›Arbeitskleidung‹ aus hautengem Leder, sondern ein einfaches T-Shirt unter einer Lederjacke und Jeans über schwarzen Lederstiefeln. Eine Ledertasche hing über ihrer Schulter, und das lange Haar war nicht zu einem Pferdeschwanz zusammengebunden, sondern fiel ihr locker auf die Schultern. Das ließ die scharfen Ecken und Kanten ihres Gesichts etwas weicher erscheinen. Trotz des lässigen Outfits sah Midnight immer noch wie ein Model aus und bewegte sich wie eine Tänzerin, als sie in Kellans Wohnung glitt.

»Auf die Minute pünktlich«, sagte Kellan.

»Du sollst wissen«, sagte Midnight leichthin, »dass ich nicht für jeden tagsüber aufstehe.«

»Ich fühle mich angemessen geehrt«, konterte sie, »und weiß das zu schätzen.«

»Kein Problem. Eigentlich wollte ich auch mit dir reden.«

»Echt? Worüber?«

»Du zuerst«, sagte Midnight.

Kellan überlegte kurz, dann deutete sie auf das Wohnzimmer und wartete, bis Midnight die Jacke ausgezogen und es sich auf einem Sessel gemütlich gemacht hatte. Sie setzte sich auf die Kante des Sofas und beschloss, sofort zur Sache zu kommen. »Ich will wissen, worüber du dich in der Nacht im Club mit Lothan unterhalten hast.«

Midnight zuckte mit keiner Wimper, sondern lehnte sich nur zurück. »Hast du mit Lothan darüber geredet?«, fragte sie.

»Ja, habe ich«, sagte Kellan. »Er findet nicht, dass ich dir vertrauen sollte.«

Zu ihrer Überraschung nickte Midnight. »Lothan ist kein Dummkopf, Kellan. Es gibt keinen Grund, warum du mir vertrauen solltest, und viele Gründe dafür, es nicht zu tun. Leuten in diesem Geschäft zu vertrauen, ist gefährlich. Das solltest du wissen.«

»Du sagst also, dass man dir nicht vertrauen kann?«

Midnight lächelte. »Natürlich nicht. Ich bin die Ehre und Diskretion in Person. Du solltest mir in jeder Beziehung uneingeschränkt vertrauen.«

Kellan musste unwillkürlich lächeln. »Ich meine es ernst, Midnight, ich muss es wissen.«

Die Elfe wurde ernst und beugte sich ein wenig vor. »Also gut«, sagte sie. »Wenn es so wichtig ist. Ehrlich, ich wollte nichts sagen, weil du Lothans Schülerin bist, und was zwischen euch ist, geht mich nichts an. Die Sache zwischen Lothan und mir ist rein geschäftlich, und ich empfand so etwas wie eine professionelle Verpflichtung, Stillschweigen darüber zu bewahren.«

Kellan war ein wenig verblüfft über Midnights Offenheit. Sie war drauf und dran, der Elfe zu sagen, sie solle es vergessen – weil sie Kritik an ihrer Professionalität befürchtete –, aber am Ende lag ihr doch mehr daran, alles zu erfahren. Also bedeutete sie Midnight nur mit einem Nicken, fortzufahren.

»Lothan und ich hatten ... eine Vereinbarung, die dich involviert hat.«

»Mich?«

»Indirekt. Eigentlich ging es um deinen Torques.« Midnight deutete mit einem Kopfnicken auf den Ring um Kellans Hals.

»Was ist damit?«

»Ich wusste, dass er Mustangs wertvollster Besitz war. Ich dachte mir, auch wenn sie verschwunden ist, könnte der Torques früher oder später wieder auftauchen. Wenn sie zum Beispiel Schulden hätte, würde sie ihn vielleicht verkaufen, um das Geld aufzubringen. Und wenn sie tot wäre ... na ja, würde ihn vielleicht jemand anders verkaufen. Die Aussichten waren zwar bescheiden, aber ich wollte so viel wie möglich herausfinden.

Also habe ich mit einigen Leuten geredet, die ich kannte, Experten für seltene Schmuckstücke. Ich habe sie gebeten, nach dem Torques Ausschau zu halten, und ihnen einen Finderlohn auch schon für Informationen versprochen. Mehr habe ich ihnen nicht gesagt. Ich habe ihnen nur den Torques beschrieben und verlauten lassen, dass ich Interesse hätte. Einer dieser Experten war Lothan.«

»Also wusste Lothan, dass du das hier suchst?«, fragte Kellan, wobei sie den Torques berührte.

Midnight nickte. »Unnötig zu sagen, dass ich ziemlich überrascht war, als ich selbst auf dich stieß und herausfand, dass du Lothans Schülerin bist. Ich wollte wissen, warum er es mir nicht sofort erzählt hat, nachdem er den Torques bei dir gesehen hatte.«

»Was hat er gesagt?«

Midnight zuckte die Achseln. »Er sagte, er wollte nicht, dass du etwas mit mir zu tun hättest, dass ich nichts anzubieten hätte und dass du besser daran wärst, wenn du bei ihm studiertest. Ich glaube, als Lothan den Torques zu Gesicht bekommen hat, wollte er ihn selbst studieren. Er wollte nicht das Risiko eingehen, dass ich ein weitergehendes Interesse daran haben könnte. Vielleicht hat er geglaubt, ich hätte die Absicht, ihn dir wegzunehmen.«

»Oder ihm«, warf Kellan ein.

»Vielleicht«, sagte Midnight. »Im Grunde weiß ich es nicht. Ich weiß aber, dass Lothan ein wenig einnehmend sein kann, wenn es um Dinge geht, die ihn interessieren.«

»Ein wenig?«, fragte Kellan mit höhnischem Schnauben. »Wohl eher sehr stark.«

»Vielleicht wollte er auch nur länger Gelegenheit haben, den Torques zu studieren, bevor er mir davon erzählt hätte, oder möglicherweise hat er auch geglaubt, dich zu beschützen, weil ich ihn dir stehlen wollte. Schließlich wusste er nicht, warum ich wirklich auf der Suche danach war.«

»Und das ist alles?«

»Das ist alles. Es tut mir leid, dass ich es dir nicht schon früher erzählt habe, Kellan, aber ich wollte Lothans Motive nicht in Zweifel ziehen.«

Kellan seufzte. »In dieser Beziehung braucht Lothan keine Hilfe.« Sie sah Midnight an. »Danke, dass du mir die Wahrheit gesagt hast.«

»Keine Ursache. Ich hoffe, es hilft.«

Kellan nickte.

»Geh nicht zu hart mit Lothan ins Gericht«, sagte Midnight. »In einem Punkt hat er recht: Es ist schwierig und gefährlich, in diesem Geschäft jemandem zu vertrauen.«

»Ja, das ist mir auch schon aufgefallen«, erwiderte Kellan.

»Wo wir gerade von Vertrauen reden ...«

»Ja?«

»Ich wollte mit dir über Natokah reden«, sagte Midnight. »Ich habe einige Vorbehalte.«

»Was für Vorbehalte?«

Midnight lehnte sich zurück und wedelte mit einer Hand herum, als sie fortfuhr. »Vorbehalte in Bezug darauf, wie weit wir ihm vertrauen sollten, Dinge für diesen Run zu regeln. Gestern Abend schien er *sehr* interessiert zu sein, Informationen über unseren Bestimmungsort zu bekommen.«

»Er ist davon abgewichen«, stellte Kellan fest.

»Ja, und ich finde, du hast das sehr gut geregelt«, erwiderte

Midnight. »Aber letzte Nacht habe ich noch Infos über ihn eingeholt. Ich kenne Natokah nur seinem Ruf nach. Jetzt, wo wir zusammenarbeiten werden, wollte ich etwas mehr über ihn wissen.«

»Was hast du herausgefunden?«, fragte Kellan neugierig.

»Er stammt aus der Sioux Nation, aus Laramie«, sagte die Elfe. »Er gehört zum Stamm der Navajo, einem der kleineren Stämme dort. Interessant ist, dass im Gebiet der Sioux ein Haftbefehl gegen ihn vorliegt und er gesucht wird.«

»Weswegen?«

»Wegen Mordes«, sagte Midnight.

Natokah begutachtete die Schutzvorrichtungen rings um seine bescheidenen Räumlichkeiten in Columbia. Er hatte sie zwar erst vor kurzem erneuert, aber es war klug, sich vor bedeutsameren Arbeiten zu vergewissern, dass sie stark und stabil waren. Als er sich überzeugt hatte, machte Natokah sich an die Arbeit. Er stellte das Telekom auf Anrufbeantworter, dunkelte das Licht ab und breitete eine bunte Decke auf dem Boden aus. Er rief ein Stück Trommelmusik auf der Musikanlage des Unterhaltungssystems auf und regulierte die Lautstärke, bis sie angenehm war. Natürlich hätte er die Musik lieber selbst erzeugt, aber ein moderner Schamane musste improvisieren können.

Er zündete einen Bund süßen weißen Salbei an und blies vorsichtig auf ein Ende, bis es schwelte. Dann reinigte er den Raum rituell und zeichnete Schutzsigillen für die vier Himmelsrichtungen, mit denen er die Geister dort ehrte. Er legte den Salbei in eine große Muschel auf dem Boden vor der Decke. Als alles bereit war, schaltete er die Musik ein und legte sich auf die Decke. Er streckte sich aus und entspannte sich, ließ alle Spannung aus seinen Muskeln weichen und spürte, wie das Gewicht seines Körpers auf den Boden drückte. Der süßliche Rauch des Salbeis kräuselte sich in dünnen Rauchfahnen empor. Der Trommelschlag durchdrang ihn wie der Schlag seines Herzens.

Natokah hielt sich am Trommelschlag fest, ließ ihn über sich fließen und sich von ihm durchströmen und zog ihn in eine tiefe Trance. Mit geübter Leichtigkeit schloss er die Augen, beruhigte seinen Körper und entspannte sich. Die Gefühle, auch das Bewusstsein der physikalischen Welt, fielen von ihm ab, und er schwebte in einer weichen, warmen und behaglichen Dunkelheit. Dann öffnete er die Augen.

Natokah schaute auf seinen Körper herab, der unter ihm auf der Decke lag. Er schwebte über ihm wie der Salbeirauch, der ihn umgab und durchdrang. Die Trommelmusik verblasste zu nicht mehr als einem dumpfen Hintergrundgeräusch. Sein Geist war außerhalb seines Körpers und schwebte in der Geisterwelt. Von hier konnte Natokah die Schutzvorrichtungen um seine Wohnung als leuchtende geisterhafte Echos der physikalischen Mauern wahrnehmen. Für ihn als ihr Schöpfer stellten sie keine Hindernisse dar, aber für andere Geister waren sie so fest und solide wie Steinmauern. Mit nicht mehr Mühe, als für das Durchqueren eines Raums nötig war, flog Natokahs Geist durch die Wände seiner Wohnung und hinaus in die Luft über Seattle.

Der Schamane hatte die Geisterwelt rings um den Metroplex schon erkundet, aber jetzt war keine Zeit für solche Dinge. Stattdessen raste Natokahs Geist in die Höhe und schoss hoch über dem Metroplex nach Osten. Dann ließ er gedankenschnell Seattle und seinen Körper weit hinter sich. Der Himmel über und das Land unter ihm huschten als Meer aus Licht und Farben vorbei, als Natokah mit einer Geschwindigkeit dahinraste, wie sie kein physikalisches Wesen erreichte, schneller als Falke, Adler und sogar Drache.

Er brauchte nur wenige Augenblicke, um Hunderte von Kilometern zurückzulegen, und Natokah verlangsamte seinen Flug, als er sich einem vertrauten Ort ziemlich weit von dem Metroplex entfernt näherte, den er jetzt Heimat nannte. Äußerlich handelte es sich um ein bescheiden aussehendes Gebäude, ein langes, niedriges Holzhaus. Obwohl moderne Baumaterialien und Techniken bei seiner Errichtung Verwendung gefunden hatten, ehrte seine Konstruktion Stil und Aussehen von Bauwerken der Natives aus einer Zeit, bevor die Europäer Amerika entdeckt hatten. Das beinhaltete Schnitzereien entlang der Gebäudeumrandung in der Nähe des Dachs und entlang der Stützpfeiler. Diese Schnitzereien dienten, wie Natokah wusste, zu mehr als nur dekorativen Zwecken. Er konnte die Geisterwände des Hauses ebenso deutlich sehen wie die Schutzvorrichtungen rund um seine Wohnung. Er sah außerdem die Hüter dieses Ortes, die wie immer wachsam waren und seine Ankunft bereits zur Kenntnis genommen hatten.

Es waren vier, einer an jeder Wand des Hauses, sodass alle vier Windrichtungen abgedeckt waren. Sie hatten die Gestalt von Personen, trugen aber dicke Kleidung und waren so vermummt, dass keine nackte Haut zu sehen war. Schwere Felljacken waren ebenso mit Fransen und Perlen besetzt wie die Leggings. Weiche Mokassins bedeckten die Füße, und Fäustlinge aus feinstem Kalbsleder die Hände. Über dem Gesicht trugen sie kunstfertig geschnitzte Masken, die bestimmte Tiere darstellten: Bär, Adler, Schlange und Rabe. Wie sie wirklich unter der Maske aussahen – vorausgesetzt, die Masken entsprachen nicht ihrem wirklichen Aussehen –, war unbekannt. Es waren Schutzgeister, die beschworen worden waren, um über diesen Ort zu wachen.

Sie kannten Natokah, und der Adlergeist nickte ihm zu und trat beiseite, damit er eintreten konnte. Der Geist des Schamanen passierte die Schutzvorrichtungen des Hauses, als seien sie Rauch.

Der Raum, den Natokah betrat, war nicht übermäßig groß und auch nicht außergewöhnlich. Eine bunte Decke – ähnlich wie diejenige, auf der sein Körper Hunderte Kilometer entfernt lag – hing an einer Wand. In dem Raum stand ein Schreibtisch mit einem Bildschirm und einer Tastatur. An einer Wand war ein Regal mit einigen Büchern und Kuriositäten angebracht, während die Ecke gegenüber von einem kleinen Sofa mit Beistelltischchen in Beschlag genommen wurde. Auf dem Sofa saß ein alter Mann. Er schaute bei Natokahs Eintreten von einer Datentafel auf.

Seine Haare waren lang, weit über die Schultern hinaus, und eisengrau. So waren sie schon, solange Natokah zurückdenken konnte. Zwei Zöpfe rahmten ein starkes, faltiges und wettergegerbtes Gesicht ein; ein Gesicht, das eine Menge erlebt hatte. Seine Augen waren wie dunkle Steine und funkelten voller Einsicht, während sein Mund eine harte, starke Linie war. Natokah brauchte sich nicht in dem Raum zu manifestieren, da der alte Mann ihn auch so problemlos sehen konnte. Seinen dunklen Augen entging sehr wenig.

»Dein Bericht«, sagte er mit einer Geste auf den Platz direkt vor sich.

Natokah hockte sich mit untergeschlagenen Beinen ein paar Meter vor dem anderen Mann in die Luft. »Sir, ich habe Kontakt mit einer Gruppe Shadowrunner aufgenommen, die einen Vorstoß ins Salish-Shidhe Council planen. Ihr Ziel befindet sich irgendwo in der Nähe des Gebiets Lewiston-Clarkston.«

»Kennen Sie ihr Ziel?«, fragte der alte Mann.

Natokah schüttelte den Kopf. »Noch nicht. Die Runnerin, die den Run organisiert, behält diese Information einstweilen für sich. Ich glaube nicht, dass es mir gelingen wird, das Ziel vor Beginn des Runs zu ermitteln.«

»Wie wollen die Runner ihr Ziel erreichen?«

»Ich soll den Transport mit einem Schmuggler arrangieren, der auf den Nordwest-Routen aktiv ist, um uns nach Lewiston zu bringen«, erwiderte Natokah. »Soll ich die Eliminierung der Runner arrangieren, nachdem sie die Grenze überschritten haben?«

Der alte Mann überlegte einen Moment. »Haben Sie das Gefühl, dass dieses Unternehmen eine unmittelbare Bedrohung für uns darstellt?«

»Nein, Sir«, erwiderte Natokah. »Ich glaube es nicht, aber es bleibt eine Unbekannte.«

»Hmm«, sann er. »Wir brauchen eindeutig mehr Informationen. Wenn die Runner eliminiert werden, erfahren wir vielleicht nie, was ihr Ziel war. Setzen Sie dieses Unternehmen fort, Natokah, beobachten Sie und sammeln Sie Informationen. Gehen Sie nach eigenem Ermessen vor. Wenn es eine klare und unmittelbare Gefahr für unser Volk gibt, ergreifen Sie alle nötigen Schritte, um sie zu neutralisieren. Andernfalls beobachten sie einfach weiter, vor allem Dinge, die mit den Salish-Shidhe zu tun haben könnten.«

»Jawohl, Sir«, erwiderte der Schamane mit einer Verbeugung.

»Sie haben sich gut entwickelt«, sagte der alte Mann. »Gefährden Sie nicht grundlos die Stellung, die Sie sich in Seattle erarbeitet haben. Sie sind für uns als aktiver Beobachter viel zu wertvoll.«

»Ich verstehe, Sir«, sagte Natokah. Der alte Mann wollte keine grundlosen Heldentaten, da sie mit Sicherheit Natokahs Tarnung unter den Seattler Runnern auffliegen lassen würden. Wenn es einen guten Grund gab, würde Natokah alles Nötige tun, aber eben nur dann.

»Wir werden alles durch die üblichen Kanäle arrangieren«, sagte der alte Mann. »Gibt es sonst noch etwas zu berichten?«

»Nein, Sir, sonst nichts.«

»Dann können Sie wegtreten. Wandeln Sie in Schönheit, Natokah.«

»Wandeln Sie in Schönheit.«

Er verbeugte sich tief und ehrerbietig vor seinem Vorgesetzten, dann drehte er sich um und schwebte durch die Wände der Behausung zurück in die Außenwelt.

Land und Himmel flogen vorbei, als Natokah wie ein Pfeil zu seinem Körper zurückeilte. Er passierte die Wände und Schutzvorrichtungen seiner Wohnung und schlüpfte wieder in seine Haut.

Er erlebte einen Moment der Desorientierung, das Gefühl jäher Schwere und die leichte Steifheit vom Liegen auf dem Boden. Natokah atmete tief, roch den süßen Salbeirauch und lauschte dem Trommelschlag. Dann öffnete er die Augen und richtete sich langsam auf.

Er schaltete die Musik aus, stellte das Licht ein wenig heller und gestattete seinen Augen, sich langsam an die Helligkeit zu gewöhnen. Dann stellte er alles wieder an seinen gewohnten Platz, während er sich bereits auf die Arrangements konzentrierte, die er zu treffen hatte. Kellan und die anderen erwarteten, dass er sie informieren würde, sobald er für den Transport nach Lewiston gesorgt hatte. Je eher er das tat, desto früher würde der Run losgehen, und Natokah konnte herausfinden, was diese Runner auf dem Gebiet der Native Americans so interessierte.

»Wegen Mordes?«, fragte Kellan, und Midnight nickte.

»Ja. Die Behörden in der Sioux Nation sagen, Natokah hätte seinen Bruder ermordet, bevor er vor ungefähr einem Jahr nach Seattle geflohen ist. Er wird immer noch steckbrieflich gesucht.«

»Wahrscheinlich wollte er deshalb so genau wissen, wohin wir gehen.«

Midnight nickte wiederum. »Das ist wahrscheinlich auch ein Grund. Das Salish-Shidhe Council grenzt an die Sioux Nation, und zwischen allen Native American Nations gibt es Auslieferungsabkommen. Wenn Natokah auf NAN-Gebiet festgenommen wird, ist es sehr wahrscheinlich, dass er an die Sioux ausgeliefert und wegen Mordes angeklagt wird.«

»Warum hat er seinen eigenen Bruder umgebracht?«, fragte Kellan, und Midnight zuckte die Achseln.

»Das stand nicht in dem Bericht. Da müsstest du ihn schon selbst fragen. Obwohl ich davon abraten würde.«

»Glaubst du, er ist eine Gefahr für das Team?«

»Das kann ich nicht sagen. Von professioneller Seite hat Natokah einen guten Ruf in Seattle. Er arbeitet jetzt seit einem Jahr in den Schatten, und ich habe noch von niemandem gehört, dass es Ärger mit ihm gegeben hätte. Ich glaube, man kann ihm zutrauen, dass er seine Arbeit macht, aber ich dachte, du solltest noch etwas mehr über seinen Hintergrund wissen. Ehrlich gesagt«, fuhr Midnight fort, »glaube ich, dass

Natokah gut für das Team ist. Er kennt sich im Native-Gebiet besser aus als die meisten und hat Erfahrung mit der Erwachten Wildnis. Er ist ein fähiger Schamane und ein Profi mit gutem Ruf. Ich glaube aber eben auch, dass wir ihn im Auge behalten sollten. Er verfolgt eigene Interessen, und sobald wir den Metroplex verlassen haben, könnte er zu der Ansicht gelangen, dass die wichtiger sind als seine Loyalität dem Team gegenüber. Falls es nämlich einen ›Unfall‹ geben sollte und er der Einzige ist, der es zurück nach Seattle schafft …«

Kellans Kopf ruckte hoch, und sie sah Midnight durchdringend an.

Die Elfe zuckte unmerklich die Achseln. »Ich sage ja nicht, dass es dazu kommt«, meinte sie, »nur, dass wir vorsichtig sein sollten. Behalte Natokah im Auge, Kellan, und ich halte dir den Rücken frei.«

»Okay«, nickte Kellan.

Na toll. Orion traute Midnight nicht. Midnight traute Natokah nicht. Natokah traute ganz eindeutig Kellan nicht. Und Kellan – kurz vor dem Beginn ihres ersten eigenen Runs – wusste nicht, ob sie überhaupt noch jemandem trauen konnte.

Kapitel 15

Die Lavafelder in Puyallup hießen nicht umsonst ›Hell's Kitchen‹. Im Geistertanzkrieg hatten Schamanen der Native Americans den untätigen Mt. Rainier geweckt, und daraufhin war der Vulkan ausgebrochen. Auf Seattle war ein Ascheregen niedergegangen und über Teile Puyallups waren Lavaströme geflossen. Der Ausbruch lag zwar schon fünfzig Jahre zurück, aber Teile der Puyallup Barrens waren immer noch von verfestigtem vulkanischem Gestein bedeckt. Kleine Flüsse und Seen hatten sich infolge des Ascheregens und unter der Lavadecke in brodelnde Teiche aus Schlamm und Geysiren verwandelt, die von Zeit zu Zeit kochendes Wasser ausspien. Der Rest der Gegend war ein unwirtliches Ödland aus schwarzem Gestein.

Ein paar Konzerne hatten versucht, geothermale Kraftwerke auf den verfestigten Lavaströmen zu errichten, aber der Crash von '29 hatte all diese Pläne vereitelt. Jetzt war Hell's Kitchen eine Ansammlung aus Ruinen verlassener Gebäude, die teilweise unter vulkanischem Gestein und Asche begraben waren. Dort lebten nur Aasfresser, menschliche und andere, die die Skelette der Gebäude abnagten. Sie wagten sich auf die gefährlichen Lavafelder, wo sie nach Schätzen und verwertbaren Überbleibseln suchten, während sie ständig der Gefahr ausgesetzt waren, in Geysire aus Dampf und kochendem Schlamm zu geraten.

Durch die Eigenschaften, die Hell's Kitchen zu einem Niemandsland machten, eignete es sich auch perfekt für einige Bewohner des Metroplex. Hell's Kitchen befand sich nicht weit von der offiziellen Grenze Seattles, und die dortigen Bedingungen machten es schwierig, diese Grenze zu überwachen. Die Metroplex-Garde verließ sich fast ausschließlich auf automatische Überwachungsstationen, die in regelmäßigen Abständen entlang der Grenze angebracht waren, und Horchposten. Der Nutzen dieser Systeme hielt sich in Grenzen, und Schmuggler fanden immer wieder Möglichkeiten, sie zu umgehen, sodass sie die Grenze unbemerkt überschreiten konnten.

Am Tag nach Kellans Treffen mit Midnight versammelte sie also ihr Team aus Runnern in den frühen Morgenstunden in Hell's Kitchen. Auf den Lavafeldern war es noch stockdunkel, und nur die Sterne am Himmel und die weit entfernt im Norden und Westen funkelnden Lichter des Plex' spendeten ein wenig Helligkeit. Natokah sagte Kellan, hier werde ihr Kontakt sie treffen und sie in die NAN bringen.

Sie stellten ihre eigenen Fahrzeuge außerhalb von Hell's Kitchen ab und gingen die wenigen Kilometer zu den Lavafeldern unter Führung von Natokah und Orion zu Fuß. Der Schamane kannte die Gefahren der Gegend, und Orions Elfenaugen fanden sich in der nächtlichen Düsternis bestens zurecht. Es wurde kaum gesprochen, aber Kellan hatte einen Klumpen nervöser Erregung im Magen.

Das war es jetzt. Der Run hatte begonnen.

Sie beobachtete alle Mitglieder des Teams und war beständig auf Ärger gefasst, sowohl von innen als auch von außerhalb.

Nach einem Marsch, der ihr sehr lang vorkam, ließ Natokah sie anhalten. Sie waren am Treffpunkt angekommen. Also hockten sie sich in der Dunkelheit hin und warteten. Auch jetzt wurde wenig geredet.

Draven überprüfte seinen Rucksack und die Ausrüstung. Orion blieb in Kellans Nähe und versuchte, wachsam zu sein. Midnight und Natokah waren wie stumme Schatten am Rande der Gruppe, die beobachteten und warteten, während ein entferntes Tosen langsam näher kam.

Der Schmuggler fuhr einen Thunderbird-Panzer, eine Vektorschubmaschine, die für das zerklüftete Gelände der Lavafelder perfekt geeignet war. Der Schwebepanzer jagte über den unebenen Boden und die Schlammlöcher gleichermaßen mühelos hinweg. Seine Positionslichter tauchten in der Dunkelheit auf und zeigten das Profil einer Maschine, die wie ein fliegender Bus mit Stummelflossen und großen Düsentriebwerken im Heck aussah. Die Oberfläche strotzte vor Sensoren und Geschütztürmen wie bei einem Panzer, was der Thunderbird im Wesentlichen auch war.

Das Tosen der Triebwerke wurde nur unwesentlich leiser, als das Fahrzeug langsamer wurde. Dann setzte es zur Landung auf einer relativ ebenen Stelle der Lavafelder an, und der Lärm sank zu einem erträglichen Jaulen, während eine dichte Wolke aus Staub und Asche aufgewirbelt wurde.

»Auf geht's!«, rief Kellan dem Rest der Gruppe zu, während sie ihren Rucksack schulterte und zum Panzer lief.

Die anderen folgten ihr rasch, während sich in der Seite des Vehikels eine Luke öffnete. Natokah kam zuerst dort an und zog sie auf. Als er eingestiegen war, stellte er den Rucksack ab und hielt die Hand nach draußen, um den anderen nach oben zu helfen. Als sie sich der Luke näherte, sah Kellan den Schriftzug *Leapin' Lizard* in grünen Buchstaben auf dem Bug des Panzers.

Kurz darauf befanden sich alle in der engen Kabine des Schwebepanzers. Natokah schloss die Luke, und der Triebwerkslärm wurde wieder lauter. Im Panzer war es abgesehen von diesem dumpfen, gedämpften Tosen überraschend still.

»Morgen, Leute«, kam eine elektronisch gefilterte Stimme aus den Lautsprechern in der Kabine. »Ich bin Fast Eddy, und ich bringe euch nach Lewiston. Schnallt euch an, wir fliegen ziemlich schnell.«

Kellan legte sich sofort das in den Sitz eingebaute Sicherheitsgeschirr um und ließ den Verschluss in der Mitte der Brust einrasten. Die anderen taten es ihr nach. Sie spürte, wie der Thunderbird abhob und sich dann nach Ostsüdosten wandte.

»Wir düsen los!«, kam Fast Eddys Stimme über die Lautsprecher.

Dann schoss der Schwebepanzer mit einer Wucht vorwärts, die Kellan seitlich in das Geschirr und gegen Orions Schulter neben ihr presste. Sie nahmen Fahrt auf, und die Triebwerke tosten. In der Kabine gab es keine Fenster, durch die Kellan hätte nach draußen schauen können, aber es wirkte, als hätten sie einen ordentlichen Zahn drauf, und der Flug war überraschend ruhig, nachdem sie einmal unterwegs waren. Natürlich war der T-Bird ein Schweber, also flogen sie buchstäblich über den unebenen Boden und die anderen Hindernisse in Hell's Kitchen hinweg, was bei einem Bodenfahrzeug nicht möglich war.

»Da hinten könnte es etwas holprig werden«, sagte der Rigger-Pilot. »Haltet euch einfach fest und bleibt locker. Ich bin diesen Weg schon oft geflogen, also gibt es keinen Grund zur Sorge.«

Kellan sah das matte Licht eines Interkomschalters an der Wand in ihrer Nähe. Sie drückte darauf und sagte: »Wie lange dauert es bis Lewiston?«

»Ein paar Stunden«, kam die Antwort. »Es hängt davon ab, wie die Verhältnisse unterwegs sind, aber ich rechne nicht mit Problemen. Tut mir leid, aber wir zeigen unterwegs keinen Film. Damit ihr euch da hinten nicht langweilt, schalte ich euch die Hauptanzeige ein.«

Ein Flachbildschirm löste sich von der Decke der Kabine und drehte sich herab, bis er an der Wand hing. Es war ein Fünfzig-Zentimeter-Schirm, und er zeigte einen computergenerierten Ausblick auf das Gelände. Die Daten dafür lieferten die Sensoren des T-Birds. Das Bild lieferte Bodenkonturen und andere Formen, die das Radar und die Infrarot-Systeme des Schwebepanzers registrierten.

Nach allem, was Kellan mit Riggern wie Silver Max erlebt hatte, war der Schmuggler höchstwahrscheinlich direkt in die

Systeme des Panzers eingestöpselt und ›sah‹ und ›hörte‹ alles, was seine Sensoren aufschnappten.

Alle schwiegen, während sie den Schirm betrachteten und das Gelände vorbeirauschen sahen. Der Thunderbird war schneller als die meisten Bodenfahrzeuge, obwohl auch klar war, dass Fast Eddy nicht mit Höchstgeschwindigkeit flog. Das Gelände, die Dunkelheit und das Risiko der Entdeckung ließen es nicht ratsam erscheinen, die Möglichkeiten des Panzers völlig auszuschöpfen. Trotzdem kamen sie schneller voran als alles, was sich am Boden bewegte, vielleicht mit Ausnahme eines Hochgeschwindigkeitszugs. Nach kürzester Zeit meldete sich der Rigger wieder über Lautsprecher.

»Wir nähern uns der Grenze. In ein paar Minuten haben wir sie überquert, und dann fängt der Spaß erst richtig an.«

Kellan spannte sich auf ihrem Sitz und starrte krampfhaft auf den Bildschirm, während sie sich wünschte, mehr tun zu können. Der Schmuggler war angeblich ein Profi, und Natokah hatte sich für Fast Eddy verbürgt, also konnte sie nur darauf vertrauen, dass alles gut ging. Keiner der anderen Runner schien nervös zu sein, obwohl sie sich ruhig verhielten und sich ganz auf den Bildschirm konzentrierten, während der Panzer die Kilometer zwischen ihnen und der Grenze Seattles zum Salish-Shidhe Council fraß.

Plötzlich leuchtete ein kleines rotes Licht auf dem Schirm auf.

»Was bedeutet das?«, fragte Kellan laut.

»Ärger«, murmelte Draven, während sich Fast Eddy über Lautsprecher meldete.

»Wir haben Gesellschaft, Leute! Zwei Echos im Anflug. Ich versuche sie abzuschütteln, also haltet euch fest!«

Der Thunderbird wurde schneller, und Kellans Magen schoss ihr in den Hals, als Fast Eddy tiefer ging, sodass sie gefährlich dicht über den Boden flogen. Dadurch würden sie hoffentlich alle Radargeräte und Scanner überfordern, die sie zu orten versuchten. Ein zweites Fenster mit einer Karte des Gebiets öffnete sich auf dem Anzeigeschirm. Zwei rote Blinkzeichen näherten sich einem grünen Punkt, der anscheinend den *Leapin' Lizard* darstellte.

»Sie haben uns geortet!«, sagte Fast Eddy. »Wir müssen versuchen, ihnen wegzufliegen.«

Sie wurden noch schneller, aber die roten Blinkzeichen kamen dennoch näher. Dann jaulte ein Alarm aus den Lautsprechern, und auf dem Schirm blinkten rote Warnlampen. Ein kleineres Echo löste sich von einem der größeren und hielt auf den Panzer zu.

»Rakete!«, sagte Draven, während der T-Bird mit hartem Ruck zu einem Ausweichmanöver ansetzte.

Eine gedämpfte Explosion ließ die Kabine erbeben, schleuderte die Runner in ihre Gurte und ließ den Panzer seitwärts schlingern, bevor er seinen Geradeausflug fortsetzte.

»Das war knapp!«, sagte Orion.

»Haltet euch fest, es kommt noch eine!«, warnte Fast Eddy.

Es gab noch eine Explosion, nicht ganz so nah wie die erste, obwohl die Erschütterung immer noch die Kabine erbeben ließ, während der Schwebepanzer im Zickzack flog, um ein möglichst schwieriges Ziel zu bieten.

»Kannst du Magie gegen sie einsetzen?«, fragte Orion, und Kellan schüttelte den Kopf.

»Ich muss sie sehen«, erwiderte sie. »Es muss eine direkte Sichtverbindung geben. Eine Videoverbindung oder eine taktische Bildschirmanzeige reicht nicht.« Sie warf einen Blick auf Natokah und fragte sich im Stillen, ob der Schamane noch irgendwelche Asse im Ärmel hatte.

»Ich kann uns vielleicht helfen«, sagte er, »aber nicht in diesem Gelände.« Er führte das nicht weiter aus, sondern schloss lediglich die Augen und sank auf seinem Sitz zusammen, als meditiere oder schlafe er.

»Toller Zeitpunkt für ein Nickerchen«, hörte Kellan Orion murmeln.

Der Panzer schlingerte dicht über dem Boden dahin und hielt die Verfolger auf Distanz, aber die Hindernisse beeinträchtigten sie nicht. Ein weiterer Raketenfächer verfehlte sie knapp und ließ die Kabine erbeben. Auf der Karte war zu sehen, dass die Salish-Shidhe-Grenze nicht mehr weit entfernt war.

»Das ist keine UCAS-Grenzpatrouille«, verkündete Natokah plötzlich, während er die Augen öffnete und den Kopf wieder hob. »Es sind Kampfhubschrauber von Lone Star.«

»Von Lone Star?«, sagte Kellan. »Was wollen die denn hier?«

Er schüttelte den Kopf. »Das weiß ich nicht. Die Grenzpatrouille fällt nicht in Lone Stars Zuständigkeit. Der Star soll nur die Polizeigewalt im Metroplex ausüben.«

»Vielleicht sollte ihnen das mal jemand sagen!«, warf Orion ein, als eine weitere Explosion den Panzer erschütterte.

»Die gute Nachricht ist«, meldete sich Midnight zu Wort, »dass sie die Verfolgung wahrscheinlich abbrechen, wenn wir drüben sind. Lone Star hat außerhalb Seattles keine Zuständigkeit. Ich glaube nicht, dass sie einen Zwischenfall mit den Behörden der NAN provozieren wollen.«

»Das wollen wir hoffen«, sagte Kellan, »aber was ist mit den Grenzpatrouillen des SSC? Die müssen doch bemerkt haben, was direkt vor ihrer Haustür vorgeht!«

»Ich glaube, das kann ich regeln«, erwiderte Natokah.

Kellan wollte ihn gerade fragen, wie er das anstellen wolle, als sich Fast Eddy wieder über Lautsprecher meldete.

»Wir überqueren jetzt die Grenze!«

Tatsächlich flog der T-Bird über die Linie auf der Karte, die den Seattler Metroplex vom Salish-Shidhe Council trennte. Die roten blinkenden Punkte hinter ihnen wurden etwas langsamer.

»Ich glaube, sie brechen ab«, sagte Orion, der gebannt auf den Bildschirm starrte.

»Ja, aber seht mal da.« Draven zeigte auf die obere Ecke des Schirms, wo zwei blaue Punkte auftauchten.

»Toll, noch mehr Gesellschaft«, murmelte Kellan. Konnte sonst noch etwas am Beginn ihres Runs schiefgehen?

Plötzlich stimmte Natokah einen Singsang an, zunächst leise und mit tiefer Stimme, dann immer lauter und höher. Kellan hatte wiederum den Eindruck, als werde der Schamane von einer schattenhaften Gestalt überlagert. Sein Gesicht schien schärfere Züge zu bekommen, und als er die Arme zur Decke hob, hatte sie den Eindruck, als breite er riesige Schwingen aus. Beim letzten Aufschrei des Schamanen flackerte es in der Luft, und Kellan spürte das Vibrieren von Magie.

Natokah redete entschlossen in einer Sprache, die Kellan nicht kannte. Sie nahm an, dass es seine Muttersprache war.

»Der Interkom«, sagte er zu Kellan.

Sie blinzelte und drückte dann auf den Sprechknopf.

»Eddy«, sagte der Schamane, »ändere den Kurs.«

»Verstanden«, erwiderte der Pilot.

Auf dem Bildschirm schwenkte der Panzer etwas mehr nach Süden ab. Nach kurzer Zeit waren die roten Echos der Kampfhubschrauber Lone Stars aus dem Bild verschwunden, während die neuen blauen Echos der Stelle entgegenstrebten, wo der T-Bird über die Grenze geflogen war, obwohl der Schmuggler sich mittlerweile ein ziemliches Stück davon entfernt hatte.

»Was hast du gemacht?«, fragte Kellan Natokah.

Der Schamane hauchte so etwas wie einen Seufzer. »Ich habe einen Landgeist zu Hilfe gerufen«, sagte er, »der unsere Anwesenheit verbirgt und uns führt. Einstweilen sind wir vor den Blicken der Grenzpatrouille geschützt. Bis sie untersucht haben, warum Lone Star so nah der Grenze aktiv war, müssten wir über alle Berge sein.«

»Du meinst, wir sind unsichtbar?«, fragte Orion, und Natokah schüttelte den Kopf.

»Nein, das nicht. Eher gut getarnt.«

»Wie lange?«, fragte Kellan.

»Bis Sonnenaufgang. Mehr als lange genug, um uns ans Ziel zu bringen. Ich glaube nicht, dass wir bis Lewiston noch Ärger mit anderen Patrouillen bekommen.«

Kellan nickte. Sie war beeindruckt. Sie wusste jedenfalls nicht, wie man so etwas machte. Sie hatte es nicht einmal Lothan tun sehen.

»Gute Arbeit«, sagte sie, und der Schamane nahm das Kompliment mit einem Nicken zur Kenntnis.

»Obwohl mir zu denken gibt, dass so nah der Grenze Kampfhubschrauber von Lone Star aufgetaucht sind«, sagte er.

»Da kann es nur einen Grund geben«, meldete sich Midnight zu Wort. »Jemand hat ihnen befohlen, dort zu sein.«

»Was willst du damit sagen?«, fragte Orion.

Die Elfe sah die anderen an. »Ich will damit sagen, dass jemand Lone Star einen Tipp hinsichtlich der Grenzüberquerung gegeben hat«, sagte sie. »Jemand hat Lone Star davon überzeugt, dass es in ihrem Interesse ist, sich auch außerhalb ihrer normalen Zuständigkeit einzumischen.«

»Du meinst, jemand von uns«, sagte Kellan kategorisch.

Midnight zuckte die Achseln. »Ich meine jemanden, der wusste, dass wir den Metroplex verlassen. Wer kommt außer uns infrage?«

Mir fallen ein paar ein, überlegte Kellan.

Einige von ihren Bekannten wussten von dem Run: G-Dogg, Jackie und Lothan. Würde einer von denen sie an Lone Star verkaufen? Kellan wollte das nicht glauben.

Dann waren da noch der oder die Mörder von Squeak. Vielleicht waren sie dicke mit Lone Star. Drek, vielleicht hatte Lone Star ihn sogar ermordet.

Die andere Alternative hatte Midnight angedeutet: Einer aus dem Team hatte dem Konzern einen Tipp hinsichtlich ihres Runs gegeben – aber wer und warum?

»Wir sind erst mal aus dem Schneider«, durchbrach Natokah die Stille in der Kabine. »In Lewiston brauchen wir uns wegen Lone Star keine Gedanken zu machen. Im Salish-Shidhe Council haben sie nicht allzu viele Verträge.«

Die Runner verstummten wieder. Sie beobachteten den Bildschirm, während der *Leapin' Lizard* über die Landschaft des Salish-Shidhe Councils hinweg und ihrem Ziel entgegenraste. Kellan wusste, dass sich alle dasselbe fragten. War einer von ihnen, vielleicht sogar mehr als einer, bereit, den Rest zu verkaufen? Wenn dem so war, mussten sie sich über mehr Gedanken machen als darüber, einer Patrouille Lone Stars auszuweichen. Über *sehr viel* mehr.

Kapitel 16

Sie erreichten die Außenbezirke Lewistons ohne weitere Zwischenfälle oder Zusammenstöße mit Salish-Shidhe-Patrouillen. Natokahs Geist tarnte sie und half ihnen auch, den natürlichen Gefahren des Geländes auszuweichen, jedenfalls sagte das der Schamane. Wie auch immer, weniger als zwei Stunden später erreichten sie ihr Ziel, wie Fast Eddy versprochen hatte.

Der Schmuggler suchte sich eine abgelegene Stelle einige Kilometer vor der Stadt und setzte den *Leapin' Lizard* sanft auf. Die Runner schnallten sich ab und stiegen dankbar aus dem Schwebepanzer. Kellan war jedenfalls froh, wieder festen Boden unter den Füßen zu haben.

Auf der bewaldeten Lichtung war es bis auf das leise Jaulen der Panzertriebwerke und das Knacken des sich in der Nachtluft abkühlenden, erhitzten Metalls still. Sie warf einen Blick auf die Uhr. Bis Sonnenaufgang waren es immer noch ein paar Stunden.

Die vordere Luke des T-Bird öffnete sich zischend, und eine schlanke Gestalt in einem dunkelblauen Fluganzug und einem Helm mit dunklem Visier stieg aus. An dem Helm hingen mehrere Kabel, die vermutlich mit den Systemen an Bord des *Lizard* verbunden waren. Entsprechende Stecker im Helm würden direkt ins Gehirn des Piloten eingestöpselt sein. Fast Eddy griff sich an den Kopf und setzte den Helm ab. Lange kastanienfarbene Haare fielen herab, während Fast Eddy den Helm im Cockpit des Panzers verstaute.

Die Schmugglerin sprang auf den Boden, ging zu den Runnern und streckte die Hand aus.

»Kellan?«, fragte sie. »Freut mich, dich kennenzulernen.« Kellan schüttelte die ausgestreckte Hand. Die Finger der Riggerin waren hart und schwielig.

»Natokah sagte, ihr wollt eine Rundreise?«

Kellan nickte. »Ja. Gibst du uns eine Minute, um es zu besprechen?«

»Sicher«, erwiderte die Riggerin. »Ich will ohnehin nachsehen, ob die Explosionen wirklich keinen Schaden angerichtet haben.« Ihr Daumen zeigte über die Schulter hinter sich auf den Panzer. »Sag mir Bescheid.«

Kaum war die Riggerin außer Hörweite, als sich Kellan an die anderen wandte, die gespannt warteten. »Okay«, sagte sie. »Wir wollen zu einem Ort im Hell's Canyon, nicht allzu weit von Lewiston entfernt.«

Natokah nickte. »Ja, aber das ist ziemlich schwieriges Gelände. Wir müssen mit einem Boot oder Schwebepanzer den Snake River entlangfahren, um hinzukommen.«

»Wie lange brauchen wir für Hin- und Rückfahrt plus Erkundung?«, fragte Kellan.

Der Schamane überlegte kurz. »Ich würde sagen, mindestens drei, vielleicht vier Tage.«

»Okay«, sagte sie. »Welche Route würdest du empfehlen?«

»Den Fluss, wenn er willig ist.«

»Wie meinst du das, ›wenn er willig ist‹?«, fragte Orion. »Wie findet man heraus, ob ein Fluss willig ist?«

»Man fragt ihn«, erwiderte Natokah ernst.

Nachdem sie einige Einzelheiten besprochen hatten, bat Kellan Fast Eddy, sich wieder zu ihnen zu gesellen. Die Riggerin wusste zu berichten, dass ihr T-Bird keine ernsthaften Schäden erlitten hatte, und sie schien sich über ihren kurzen Zusammenstoß mit Lone Star zu freuen. »Das lockert diese kurzen Flüge auf«, sagte sie.

Kellan erklärte, sie würden sich gern in fünf Tagen an dieser Stelle wieder mit der Riggerin treffen, die daraufhin nickte.

»Kein Problem. Bis dahin bin ich auf dem Rückweg und kann garantieren, dass hinten genug Platz für euch ist.«

Sie einigten sich auf einen Preis, und Kellan bezahlte den Hinflug und leistete als kleines Zeichen des Vertrauens und guten Willens eine kleine Anzahlung auf den Rückflug.

Bei der Transaktion wanderten ihre Gedanken kurz zu Brickman. Hatte er vielleicht versucht, sie hereinzulegen? Brickmans Arbeitgeber Knight Errant und Lone Star waren wie Hund und Katze, aber das machte Lone Star auch zu einem perfekten Werkzeug, weil niemand argwöhnen würde, dass sich Brickman mit Lone Star eingelassen haben könnte ...

Hör auf damit, dachte sie. *Du wirst paranoid.*

Natürlich hielten manche Paranoia für eine überlebensnotwendige Fähigkeit in den Schatten. Kellan betrachtete sie eher als Ablenkung.

Als alles zwischen ihnen geregelt war, stieg Fast Eddy wieder in den *Leapin' Lizard.* Sie wartete, bis sich die Runner ein Stück entfernt hatten, bevor sie die Triebwerke des Panzers wieder anließ. Der Schweber kletterte auf eine Höhe knapp über Baumwipfelniveau und flog dann Richtung Süden davon. Nach kurzer Zeit war er nicht mehr zu sehen, und dann war sogar der Lärm seiner Turbinen verstummt.

Es war kein Problem für die Runner, im Schutz der Dunkelheit kurz vor Sonnenaufgang die paar Kilometer zur Stadt zurückzulegen. Tatsächlich war Kellan sogar dankbar für die Gelegenheit, die Glieder zu bewegen, nachdem sie ein paar Stunden in der beengten Kabine des T-Bird verbracht hatte, obwohl sie nicht daran gewöhnt war, nachts durch den Wald zu marschieren. Natokah schien sich jedoch in der Wildnis auszukennen und führte sie problemlos.

Lewiston war zwar eine Salish-Shidhe-Stadt, aber die Native American Nations existierten erst seit gut fünfzig Jahren. Wie die meisten Städte und Ortschaften in den NAN war auch Lewiston ursprünglich eine amerikanische Stadt und unterschied sich nicht so sehr von vergleichbaren Orten in den Vereinigten Kanadischen und Amerikanischen Staaten. Verzierungen und neuere Gebäude wiesen ähnlich wie Natokahs Wohngegend Columbia in Seattle amerindianische

Merkmale auf, aber ansonsten sah Lewiston wohl noch mehr oder weniger so aus wie um die Jahrhundertwende.

Kellan entschied, dass Essen und Transportmittel die ersten Punkte auf der Tagesordnung waren. Also übertrug sie Midnight und Draven die Aufgabe, sich in der Innenstadt umzusehen und ein Café sowie Geschäfte zu suchen, in denen sie eventuell nötige zusätzliche Ausrüstung kaufen konnten. Derweil würde sich Kellan gemeinsam mit Orion und Natokah um die Reisemöglichkeiten flussabwärts zum Hell's Canyon kümmern. Mit etwas Glück, hoffte Kellan, würden sie wie eine etwas merkwürdig zusammengestellte Gruppe Camper oder Touristen aussehen und außerdem so früh durch die Stadt kommen, dass sie nicht großartig auffielen.

Zum Glück öffneten die Bootsverleihe sehr früh. Sie fanden einen am Fluss, der bereit war, ihnen ein Motorboot zu vermieten. Kellans gefälschter Ausweis reichte für die Transaktion und bot auch die nötige Tarnung, falls sie das Boot loswerden mussten. Kellan sprach mit dem Besitzer des Verleihs, einem älteren Mann mit amerindianischer und anglo-amerikanischen Vorfahren. Er bestätigte, dass eine Fahrt flussabwärts mindestens zwei Tage dauern würde, wenn nicht länger.

»Hängt davon ab, wie weit ihr fahren wollt. Irgendwann kommt ihr auf dem Fluss nicht weiter, weil dann die Stromschnellen kommen. So ein Boot hier schafft die meisten Schnellen nicht.« Er machte das noch einmal deutlich, als er auf die Kaution und die Sicherheitsfragen zu sprechen kam. »Einige könnt ihr natürlich umgehen, aber das braucht Zeit. Wohin wollt ihr denn?«

Kellan überlegte kurz und beschrieb dem Mann dann ihren Bestimmungsort.

Er schüttelte unmerklich den Kopf. »Oh, das ist ein Stück flussabwärts am Granite Creek und bei den Seven Devils«, sagte er. »In so einem Boot hier kommt ihr nicht so weit flussabwärts. Ihr braucht ein Kajak oder etwas anderes, mit dem ihr über die Stromschnellen kommt. Und selbst dann müsst ihr noch einige umgehen.«

Kellan sah sich Hilfe suchend zu Orion und Natokah um. Der Schamane schüttelte den Kopf und wandte sich an den Mann.

»Tja, dann müssen wir unsere Pläne wohl ändern«, sagte er. »Ich habe ihnen schon gesagt, dass es schwierig ist, so weit flussabwärts zu fahren. Wahrscheinlich werden wir stattdessen etwas wandern.« Sein Blick forderte Kellan auf, mitzuspielen.

»Ja, du hast wohl recht«, sagte sie, wobei sie sich Mühe gab, enttäuscht zu klingen, was nicht allzu schwierig war. Sie wickelten die Vermietung ab, und der Mann zeigte ihnen das Boot. Kellan erklärte ihm, dass sie in ein paar Stunden wiederkommen und losfahren würden, und ging.

Auf dem Rückweg zum Treffpunkt wandte sich Kellan an Natokah. »Was sollte das da drinnen?«, fragte sie. »Wenn wir es nicht so weit flussabwärts schaffen ...«

»Wir schaffen es schon«, erwiderte er. »Aber es ist einfacher, wenn wir nicht jedem erklären müssen, *wie*.« Er lächelte dünn. »Ich bezweifle, dass die Versicherung für etwaige Schäden aufkäme.«

»Magie?«

Natokah nickte. »Die Schnellen dürften kein Problem sein, und wir werden schneller vorankommen, als du glaubst.«

Kellan erkundigte sich nicht nach den Einzelheiten. Warum auch? Wenn Natokah sicher war, dass sie es schaffen konnten, war sie bereit, ihn zumindest momentan beim Wort zu nehmen.

Sie trafen sich mit den beiden anderen, die ein geöffnetes Café gefunden hatten, in dem man frühstücken konnte. Zu dieser frühen Stunde waren nur wenige Unermüdliche unterwegs, ein paar Camper oder Wanderer sowie eine Handvoll Trucker – gesetzestreue Versionen von Fast Eddy –, die auf ihrem Weg sonstwohin durch Lewiston kamen. Kellan fragte sich, ob einige von ihnen in Wirklichkeit Schmuggler waren, die ihre fahrbaren Untersätze irgendwo vor der Stadt versteckt hatten.

Als sie an einem Tisch ganz weit hinten – und weit weg von allen anderen in dem Laden – saßen und Frühstück bestellt hatten, entschied Kellan, dass es an der Zeit war, den anderen ein paar Einzelheiten über den Run zu verraten. Sie erklärte Midnight und Draven, dass sie für die Fahrt flussabwärts zum Hell's Canyon ein Boot gemietet hatten.

»Natokah sagt, er kann uns schneller hinbringen«, sagte sie mit einem Blick auf den Schamanen. »Und dass wir unterwegs mit dem Fluss keine Probleme haben sollten.«

Er nickte.

»Muss es der Fluss sein?«, fragte Draven mit gequälter Miene. »Wasser und ich ...« Er brach ab. Der Zwerg hatte den gehörnten Helm abgesetzt und ihn mit seinem Rucksack neben dem Tisch abgestellt, aber er sah immer noch wie ein Flüchtling vom Drehort eines Fantasy-Sims aus. Kellan hoffte, seine auffällige Erscheinung würde nicht allzu viel Aufmerksamkeit erregen. Im Moment schien es, als interessiere sich niemand in dem Café für die Fremden und ihre Unterhaltung.

»Was ist los?«, fragte Midnight. »Kannst du nicht schwimmen?«

»Ich kann schwimmen«, erwiderte Draven. »Es ist nur so, dass ich im Absaufen noch besser bin.«

»Tja, du kannst ja zu Fuß gehen«, sagte Kellan. »Aber es ist ein verdammt langer Marsch.«

Der Zwerg seufzte resigniert.

»Diese Rüstung musst du in dem Boot auf jeden Fall ablegen«, stellte Natokah fest. »Für alle Fälle.«

Draven seufzte noch einmal und nickte.

»Wenn alles gut geht«, sagte der Schamane, »können wir es in weniger als der Hälfte der normalen Zeit schaffen. Damit hätten wir dann alle Zeit der Welt, uns um unser Ziel zu kümmern.«

Sein auf Kellan gerichteter Blick verriet, dass er immer noch wissen wollte, um welches Ziel es sich genau handelte, aber Kellan würde ihn noch ein wenig länger zappeln lassen, weil sie nicht bereit war, sich an einem öffentlichen Ort darüber zu unterhalten. Wenn er seine Karten halb verdeckt ausspielte, konnte sie das auch.

»Gut«, sagte sie. »Wenn wir früher zurückkehren, wird es so aussehen, als wären wir gar nicht so weit gekommen. Wir können in der Stadt warten, bis unser Rücktransport kommt, oder alternativ dazu eine andere Vereinbarung treffen.« Sie erwähnte Fast Eddy und den *Leapin' Lizard* nicht namentlich.

»Wahrscheinlich müssen wir warten«, sagte Orion. »Ich glaube nicht, dass sich noch andere Möglichkeiten für uns auftun werden.«

Natokah nickte. »Wir könnten auch noch einen zusätzlichen Tag draußen verbringen, falls das nötig sein sollte«, sagte er leise. »Das wäre sicherer, als das Risiko einzugehen, in der Stadt Aufmerksamkeit zu erregen.«

»Drek«, sagte Orion. »Ich werde auf keinen Fall mehr Zeit im Wald verbringen, als ich unbedingt muss. Ich ziehe ein Sarghotel einem wackligen Zelt jederzeit vor.«

»Wir werden sehen«, sagte Kellan.

Orion und die anderen Runner waren wie Kellan selbst städtische Umgebung gewöhnt. Einzig Natokah schien sich in der Wildnis wohl zu fühlen. Sie war nicht sonderlich glücklich damit, sich so auf den mysteriösen Schamanen verlassen zu müssen, aber sie hatte keine andere Wahl. Wenn sie den Run durchziehen wollten, brauchten sie Natokahs Hilfe. Angesichts dieser Tatsache war Kellan ein wenig überrascht, dass Natokah nicht versucht hatte, einen größeren Anteil am Gewinn des Runs für sich herauszuschlagen. Er musste gewusst haben, dass das Team ihn brauchen würde, obwohl ihm vielleicht bis jetzt nicht klar gewesen war, wie unerfahren seine Teamgefährten in der Wildnis waren.

Sie gingen Vorräte und Ausrüstung in ihren Rucksäcken durch, und Natokah bewertete sie als ausreichend für ihre Zwecke. Also bezahlten sie, nachdem sie aufgegessen hatten, schulterten ihre Rucksäcke und gingen zum Bootsverleih.

Natokah übernahm wie selbstverständlich das Kommando im Boot, teilte jedem einen Platz zu und vergewisserte sich, dass die Ausrüstung richtig verstaut war. Dann warf er den Außenbordmotor an. Sie legten ab und folgten dem gewundenen Flusslauf. Mittlerweile war die Sonne vollständig aufgegangen, und es sah nach einem wolkenlosen Tag aus. Er war frisch und angenehm kühl, und es fehlte der beständige Gestank nach Abgasen, wie er im Metroplex vorherrschte.

Kellan betrachtete das dichte Blattwerk voller Erstaunen darüber, dass es auf der Welt immer noch solche naturbelassenen, unverdorbenen Gegenden gab. Bisher hatte sie den Eindruck gehabt, als sei die ganze Welt asphaltiert und als gebe es überall eine Einkaufsgalerie, ein Sarghotel und einen Stuffer Shack. Die Wildnis war für sie faszinierend und fremdartig zugleich. Sie war wie eine andere Welt.

Als sie sich ein gutes Stück von Lewiston entfernt hatten, von den Anlegestellen nicht mehr zu sehen und keine Fremden mehr in Hörweite waren, stellte Natokah den Außenbordmotor ab. Das Boot wurde von der einigermaßen starken Strömung des Flusses vorwärtsgetragen.

»Also schön«, sagte der Schamane. »Ich glaube, es ist an der Zeit, dass wir über den Zweck dieses Runs reden.« Die unausgesprochene Bedeutung seiner Worte war klar: Wenn Kellan sich nicht erklärte, sah Natokah keinen Grund mehr, seine Arbeit fortzusetzen. Da sie den Run vergessen konnten, wenn der Schamane nicht mehr kooperieren wollte, blieb ihr kaum eine Wahl. Zum Glück hatte Kellan ohnehin vorgehabt, den anderen die Einzelheiten mitzuteilen, sobald sie allein und ungestört waren und eine Umkehr wahrscheinlich mehr Mühe machen würde als die Fortsetzung des Runs.

Kellan signalisierte Natokah mit einem Nicken ihr Einverständnis. »Ich habe Daten über ein geheimes Militärarsenal, das den alten Vereinigten Staaten gehört hat«, sagte sie. »Es wurde vor oder während des Geistertanzkrieges eingerichtet und danach aufgegeben. Es gibt keine offiziellen Unterlagen, und alles deutet darauf hin, dass die Native American Nations nichts davon wissen.«

Dravens bärtiges Gesicht verzog sich zu einem Lächeln, und er nickte. Midnight und Orion kannten ihr Ziel natürlich schon und beobachteten die Reaktion der beiden anderen ebenso aufmerksam wie Kellan.

Wie üblich blieb Natokah unergründlich. »Was ist in diesem geheimen Waffenarsenal?«, fragte er.

Sie zuckte die Achseln. »Das weiß ich nicht genau. Ich weiß nur, dass es aufgegeben und höchstwahrscheinlich noch nicht entdeckt worden ist.«

»Also könnte es auch nichts Wertvolles enthalten.«

»Vielleicht nicht«, sagte sie zu ihm, »aber ich habe von Anfang an gesagt, dass dieses Risiko besteht. Auf der anderen Seite könnte es einen Haufen militärische Ausrüstung enthalten, die nur darauf wartet, gefunden zu werden.«

»Zeug, das vierzig, fünfzig Jahre alt und somit überholt ist«, sagte Draven.

»Was auf dem Schwarzmarkt immer noch eine Menge wert wäre«, warf Orion ein, während er Draven einen Blick zuwarf, der besagte, dass das Waffenarsenal nicht das Einzige war, was der Elf für überholt hielt. »Und wir reden hier über Militärkram aus dem Krieg. Dabei könnte immer noch ein beachtlicher Gewinn herausspringen.«

»Allein die Information über den Fundort könnte dem richtigen Käufer eine Menge wert sein«, überlegte Natokah laut.

»Schwebt dir da jemand vor?«, fragte Midnight, und der Schamane zuckte die Achseln.

»Vielleicht. Lasst uns zuerst feststellen, was da ist.« Er wandte sich an Kellan. »Wo genau ist das Arsenal denn nun?«

»In den Seven Devils Mountains«, sagte Kellan. Sie rief eine Karte auf einer tragbaren Datentafel auf. »Den größten Teil des Wegs können wir dem Bernhard Creek folgen, der vom Fluss abzweigt. Den Rest müssen wir wandern. Die Stelle ist ungefähr fünf Kilometer vom Creek entfernt.«

Natokah warf einen Blick auf die Karte und nickte.

»Die Koordinaten sind in der Datentafel gespeichert, die mit einem Navigationssystem verbunden ist. Müsste uns direkt hinführen.«

»Natürlich mit einem Passwort gesichert«, stellte Natokah gelassen fest.

»Natürlich«, sagte Kellan.

Und verschlüsselt, fügte sie in Gedanken hinzu.

Wenn Natokah oder sonst jemand auf die Idee kam, Kellan nicht mehr zu brauchen, nachdem sie ihnen gesagt hatte, worum es in dem Run ging, befand er sich in einem tragischen Irrtum.

Natokah gab ihr die Datentafel kommentarlos zurück.

»Dann sollten wir uns auf den Weg machen«, sagte er.

Der Schamane setzte sich mit untergeschlagenen Beinen ins Boot, schloss die Augen und begann zu singen. Er sang in seiner Muttersprache, und das Lied hatte etwas Fließendes an sich. Es schien dem Wogen des Wassers ringsumher zu entsprechen und sich in hypnotischem Rhythmus zu heben und zu senken. Keiner gab einen Laut von sich, während Natokah sang. Es war nicht klug, einen Magiekundigen bei der Arbeit zu stören.

Der Schamane hob die Hände über den Kopf und öffnete die Augen. Das Sonnenlicht zeigte, dass sich die Iris in seinen Augen vergrößert hatte, sodass vom Weiß praktisch nichts mehr zu sehen war, und eine goldbraune Farbe wie bei einem Raubvogel angenommen hatte. Das Lied endete mit einem durchdringenden Schrei, der über den Fluss hallte.

Einen Moment lang herrschte völlige Stille. Sogar das Rauschen des Flusses schien zu verstummen. Dann setzte es stärker als zuvor wieder ein, und eine Welle brachte das Boot ins Schaukeln. Auf der Steuerbordseite tauchte ein Wirbel aus weißem Wasser aus, der wie ein Miniaturstrudel aussah. Draven griff nach der Sicherheitsleine des Boots, doch Natokah schien sich keine Sorgen zu machen. Das Wasser wallte und brodelte und explodierte dann förmlich nach oben, als sich eine Gestalt aus den Fluten erhob.

Sie sah wie eine Riesenschlange aus. Der Leib war so dick, dass Kellan sicher war, ihn nicht mit den Armen umfassen zu können. Nur ein Teil von ihr hatte sich aufgebäumt, überragte das Boot aber dennoch um gut zwei Meter. Sie hatte einen stumpfen dreieckigen Schädel und schaute mit kalten schwarzen Augen auf die Runner herab. Eine gegabelte Zunge züngelte, um die Luft zu kosten. Der Leib der Schlange bestand vollkommen aus Wasser, als sei sie aus Eis gehauen, war aber äußerst geschmeidig und beweglich. Er war mit schimmernden durchsichtigen Schuppen von bläulich-weißer Farbe bedeckt und schwankte leicht hin und her.

»Großer Schlangenfluss«, sagte Natokah. »Ich bitte dich, uns auf deinem Rücken zu unserem Ziel zu tragen. Sorg für eine schnelle und sichere Reise. Wache über uns und schütze uns vor allen Gefahren. Dies erbitte ich voller Hochachtung vor dir und deiner Domäne, edler Geist.«

Die Wasserschlange betrachtete Natokah einen Moment, in dem ihre fremdartigen Züge unergründlich blieben. Sie reagierte zunächst nicht, und Kellan hatte den Eindruck, als gehe etwas Unausgesprochenes zwischen dem Schamanen und dem Geist vor. Vielleicht begutachtete der Flussgeist Natokah und dessen Begleiter. Dann senkte sich der stumpfe Kopf dem Boot entgegen.

Der Flussgeist umschlang das Boot mit seinem Leib wie ein Wellenbrecher, und das Wasser kräuselte sich rings um sie. Natokah ließ den Außenbordmotor wieder an und rief laut: »Haltet euch fest!«

Einen Moment später rasten sie vorwärts wie von einer Kanone abgeschossen. Das Boot erzeugte eine gewaltige Bugwelle, da es mit viel größerer Geschwindigkeit durch das Wasser pflügte, als es aus eigener Kraft hätte erreichen können. Das Flussufer huschte auf beiden Seiten an ihnen vorbei, und Kellan hielt sich aus Leibeskräften an der Sicherheitsleine fest. Trotz der hohen Geschwindigkeit blieb das Boot stabil, auch wenn sie wie ein Stein über das Wasser hüpften. Nachdem er den anfänglichen Schock überwunden hatte, grinste Orion verwegen und jauchzte wie ein Kind auf einem Kirmeskarussell.

Als sie das schaumige weiße Wasser und dunkle Felsen in der Ferne aufragen sah, rief Kellan Natokah eine Warnung zu.

»Die Schnellen!«, übertönte sie das Dröhnen des Außenborders und das Klatschen des Wassers.

»Haltet euch einfach nur fest!«, lautete die Antwort.

Kellan klammerte sich noch fester an die Sicherheitsleine, und dann erreichten sie die wirbelnden Stromschnellen. Statt gegen die Felsen geschmettert oder zerrissen zu werden, schien das Boot sie leicht wie eine Feder zu überspringen. Es war, als schwelle der Fluss an dieser Stelle an, um die Schnellen in einen Mantel wässriger Ruhe zu hüllen, auf dem sie darüber hinweggleiten konnten. Dann sanken sie wieder auf das normale Niveau des Flusses und setzten die Reise fort.

So fuhren sie eine Weile flussabwärts, bis sie die Mündung des Bernhard Creek erreichten. Das Boot wurde langsamer und bog vom Snake River in den Nebenfluss ein. Ihre Geschwindigkeit sank auf das Maß, das man von dem Außenbordmotor erwarten konnte, und sie tuckerten den Creek entlang.

»Verdammt!«, sagte Orion. »Was für eine Fahrt!«

»Wir sind gut vorangekommen«, stellte Natokah lakonisch fest, als mache er so etwas ständig. »Bis zum Einbruch der Dunkelheit sollten wir unseren Bestimmungsort eigentlich erreicht haben. Damit hätten wir unsere Reise um mindestens einen Tag abgekürzt.«

»Gute Arbeit«, sagte Kellan, und der Schamane nickte.

»Hoffen wir, dass es die Mühe wert war, wenn wir gefunden haben, was wir suchen«, erwiderte er.

Kapitel 17

Nach der Fahrt flussabwärts fand Kellan den Rest der Reise den Creek entlang und die Wanderung durch den Wald eher langweilig. Immerhin hatten sie durch die Hilfe des Flussgeists beträchtlich Zeit gespart. Kellans Schätzung nach würden sie das Ziel tatsächlich noch vor Einbruch der Dunkelheit erreichen. Wenn alles gut ging, würden sie sich bereits am nächsten Morgen auf den Rückweg machen, und zwar mit Informationen, die sie in Seattle verkaufen konnten, und vielleicht sogar mit einigen Warenproben.

Kellan überlegte kurz, was sie mit ihrem Anteil an einem wirklich dicken Fischzug anfangen würde. Das verschaffte ihr Ablenkung, und sie musste nicht ständig daran denken, wie sehr ihre Füße in den Kampfstiefeln schmerzten und dass der Rucksack mit jedem Schritt schwerer zu werden schien. Sie würde auf jeden Fall in eine bessere Gegend ziehen, vielleicht nach Queen Anne oder Capitol Hill. Sie würde auch etwas in magische Ausrüstung investieren können, statt diesbezüglich auf Lothan angewiesen zu sein. Vielleicht würde sie sich eine eigene magische Bibliothek einrichten, dazu noch ein paar rituelle Werkzeuge, vielleicht sogar einen Ort, an dem sie sich auch einen ständigen Beschwörungskreis einrichten konnte wie Lothan. Sie malte sich aus, wie sie Lothan herumführte und was er dann von ihren Fähigkeiten halten würde.

Natürlich würde sie einiges für schicke Klamotten ausgeben und sich von dem Geld auch hin und wieder einen netten Abend in der Stadt machen. Sie hatte gehört, das *Eye Of*

The Needle sei eines der teuersten Restaurants in Seattle. Es war schwierig, einen Tisch zu ergattern, aber mit Geld ließ sich alles regeln. In Gedanken marschierte sie in einen von Seattles exklusivsten Nachtclubs, während sich die Gerüchte über ihre Leistungen in den Schatten förmlich überschlugen. »Das ist Kellan Colt«, würden sie sagen. »Hast du gehört, was sie für einen Job durchgezogen hat?«

»Kellan? Kellan?«

»Hm?« Orions Stimme riss sie jäh aus ihren Tagträumen. Der Elf stand neben ihr und fummelte an den Trägern seines Rucksacks herum. Auf seiner hohen Stirn hatte sich ein dünner Schweißfilm gebildet.

»Natokah sagt, wir müssten gleich da sein.«

Draven fiel ein wenig hinter dem Rest der Gruppe zurück, während Natokah ein Stück voraus war. Midnight war nicht weit hinter ihm. Die beiden kamen gut voran, während der Zwerg sowohl durch seine Unerfahrenheit im Marschieren durch die Wildnis als auch durch das Volumen seiner Ausrüstung ein wenig behindert und aufgehalten wurde.

Kellan zückte die Datentafel und zog das Navigationssystem zu Rate. »Er hat recht«, sagte sie. »Wir haben die Zielkoordinaten fast erreicht. Es kann nicht mehr weit sein.«

Was auch gut so war, weil es langsam spät wurde. Die Sonne sank dem Horizont entgegen, und die Schatten wurden zunehmend länger, vor allem unter dem Blätterdach der Bäume, die rings um sie aufragten.

Draven stapfte japsend und keuchend den Hang empor.

»Hoffentlich sind wir bald da«, grunzte er. »Ich bin zu verdammt alt für diesen Drek.«

Vor ihnen lag eine flache Anhöhe, und Natokah bedeutete dem Rest des Teams von dort, sich zu ihm zu gesellen. Midnight wartete mit ihm, bis alle anderen dort angelangt waren.

Jenseits der Anhöhe lag etwas, das wie eine alte Holzfällerstraße aussah; ein Streifen, auf dem die Bäume gefällt worden waren und der mittlerweile mit Gras und Bodendeckern überwachsen war.

»Es muss dort sein«, sagte Natokah, und Kellan benutzte erneut das Navigationssystem.

»Sieht so aus«, erwiderte sie. »Vielleicht haben sie das als Zufahrtsweg benutzt.«

»Wenn ja, ist schon eine ganze Weile niemand mehr hier gewesen«, stellte der Schamane fest.

»Das ist ein gutes Zeichen, oder nicht? Das bedeutet, dass bisher noch niemand diese Stelle gefunden hat.«

Natokah nickte und grunzte zustimmend.

»Du hörst dich nicht so an, als wärst du allzu glücklich darüber«, sagte Kellan, und der Schamane sah sie an, als sei er bei einer Überlegung ertappt worden.

»Nein, es ist vielversprechend«, sagte er. »Es hat nur etwas ... ich weiß nicht, etwas ... Beunruhigendes an sich.«

Vielleicht war es dasselbe, was Natokah bemerkt hatte, oder einfach nur die Tatsache, dass der stoische Schamane zum ersten Mal, seit Kellan ihn kannte, von etwas aus der Ruhe gebracht zu werden schien – aber sie spürte es auch. Dieser Ort hatte tatsächlich etwas Beunruhigendes an sich, etwas, das sie nervös machte.

Ein leises, kehliges Knurren ertönte zwischen den Bäumen nicht weit links von ihnen. Kellan und die anderen fuhren zu dem Geräusch herum, während ein Wirbelwind aus grauem Fell förmlich aus dem Schatten explodierte. Er prallte auf Natokah und rollte sich überschlagend mit dem Schamanen den Hang zur Holzfällerstraße hinunter. Natokah schrie vor Schmerz und Überraschung laut auf, und in die anderen Runner kam Bewegung.

Orion zückte sein Schwert in einer einzigen fließenden Bewegung und lief den Hang hinunter. Das letzte Stück sprang er und landete leichtfüßig ganz nah bei der Stelle, wo das Tier Natokah auf dem Boden festgenagelt hatte. Es war massig, mindestens genauso groß wie der Schamane und vermutlich erheblich schwerer. Es bestand praktisch ausschließlich aus kräftigen Muskeln und hatte eine stumpfe Schnauze mit spitzen Zähnen und dicke Krallen an allen vier Pfoten.

Orion griff es an und hinterließ eine blutige Schramme in der Flanke, um seine Aufmerksamkeit von Natokah abzulenken. Die Bestie fuhr mit wütendem Fauchen herum. Ihr Maul war mit weißem Schaum und rotem Blut befleckt.

Draven folgte Orion. Er zückte seine Axt und rutschte den Hang mehr hinunter, als dass er lief, sodass ihm ein kleiner Erdrutsch aus lockerem Erdreich und Kies voranging. Im Augenblick konzentrierte sich die Aufmerksamkeit der Bestie ganz auf Orion.

Ohne sich von der Stelle zu rühren, zückte Midnight ihre zierliche Pistole und zielte damit auf die Kreatur. Der Strahl ihres Ziellasers leuchtete rot im Licht der untergehenden Sonne.

»Nicht!«, sagte Kellan. »Du könntest einen der anderen treffen!«

Midnight warf ihr einen Blick zu, der besagte, dass sie keine derartigen Fehler mache, dann konzentrierte sie sich wieder auf ihren Ziellaser, bis der rote Punkt auf der linken Schulter der Bestie ruhte. Sie drückte in dem Augenblick ab, als das Vieh Orion ansprang.

Der schallgedämpfte Schuss ging im Fauchen der Bestie und im Kampflärm unter, aber plötzlich spritzte Blut aus einer Stelle in der Körpermitte der Kreatur. Das Tier zuckte zurück und suchte den Verursacher ihrer neuerlichen Schmerzen.

Orion nutzte die Gelegenheit, um aus dem Weg zu springen und das Vieh von einer anderen Seite anzugreifen als Draven, der jetzt ebenfalls kampfbereit war. Die Wunden schienen es nur noch wilder zu machen. Es heulte vor Wut, bevor es die Runner mit neuerlicher Gewalt angriff.

Draven schlug mit seiner Axt zu, aber die Bestie traf den Zwerg und schleuderte ihn ein paar Meter weit weg. Orion nutzte die Gelegenheit und stach zu, was dem Tier einen weiteren Schmerzensschrei entlockte.

Kellan, die immer noch auf der Anhöhe stand, verdrängte das Kampfgetümmel unter ihr, um sich ganz auf die durchdrehende Kreatur mittendrin konzentrieren zu können. Sie sammelte magische Energie, formte sie mit ihrer Willenskraft, wie sie es gelernt hatte, und prägte sie mit ihrer Absicht.

Draven rappelte sich wieder auf, um die Bestie neuerlich anzugreifen, die nach Orion schlug und schnappte, während der Elf versuchte, sie mit seinem Schwert auf Distanz zu halten.

Die Energie kribbelte auf Kellans Haut, bis sie wie ein Damm war, der sie zurückhielt. Auf dem Höhepunkt der Energieflut zeigte sie auf die Kreatur und gab sie frei, sodass sie wie ein Blitzstrahl aus einer Wolke herabzuckte. Das Aufflackern von Energie, als der Zauber sein Ziel traf, war in der physikalischen Welt kaum zu sehen.

Das Tier zuckte und schlug um sich wie unter einem Elektroschock, als die zerstörerische Kraft in das Grundgefüge seines Wesens fuhr. Es heulte vor Schmerzen und Wut, dann warf es sich bäuchlings auf Orion, der auszuweichen versuchte, doch unter der bepelzten Körpermasse der Bestie begraben wurde. Das Tier fauchte noch einmal und lag dann still.

»Orion!«, rief Kellan. Sie lief so schnell wie möglich den Hang hinunter und wäre beinahe gefallen, da sie eine Lawine aus lockerem Erdreich und Steinen auslöste.

Draven eilte dem gestürzten Elf zu Hilfe. Er packte die schlaffe Bestie und wälzte sie in dem Augenblick zur Seite, als Kellan sie erreichte. Das Heft von Orions Schwert ragte aus der Brust des Tiers, da sich der größte Teil der Klinge in den Leib gebohrt hatte.

Orion hustete und spuckte, dann richtete er sich auf. Er war mit Blut bedeckt, das im Licht der Dämmerung schwärzlich-rot und nass glänzte. Als er aufsah, bemerkte er die Besorgnis in Kellans Gesicht.

»Mir ist nichts passiert«, sagte er. »Es ist alles in Ordnung. Das ist nicht mein Blut. Ich bin unverletzt. Was ist mit Natokah?«

Kellan richtete ihre Aufmerksamkeit auf den am Boden liegenden Schamanen, während Midnight den Hang hinunter und zu ihnen kam. Draven half Orion auf, und der elfische Krieger machte sich daran, sein Schwert aus der Kreatur herauszuziehen.

»Was ist das für ein Vieh?«, fragte Orion.

»Ein Riesenvielfraß«, sagte Draven kurz angebunden. »Gemeine Dreksäcke.«

»Ohne Drek«, sagte Orion und riss das Schwert heraus.

Kellan kniete sich neben Natokah. Sie sah sofort den ausgefransten Riss in seiner Jeans, die drumherum mit Blut getränkt war. Der Stoff verbarg eine hässliche Wunde. Die drei Kratzer, die sich auf der Jacke von der Schulter über die Brust zogen, waren ebenfalls blutig. Natokahs Kopf lag weit im Nacken, und die Augen waren nur ganz leicht geöffnet.

Midnight kniete sich neben Kellan. »Er steht unter Schock«, sagte sie, während sie ihren Rucksack abnahm und öffnete. »Und er verliert immer noch Blut. Kennst du irgendwelche Heilzauber?«

Kellan schüttelte nur wortlos den Kopf.

»Dann müssen wir es auf die gute altmodische Art machen«, sagte Midnight. Sie öffnete den Erste-Hilfe-Kasten und holte ein Traumapflaster heraus. Dann riss sie die Verpackung mit den Zähnen auf und drückte dem Schamanen das selbstklebende Pflaster auf den Hals, sodass die Wirkstoffe in seinen Blutkreislauf eindringen konnten.

»Zieh ihm die Jacke aus«, sagte Midnight zu Kellan, die sich sofort daran machte, der Anweisung zu folgen.

»Vergewissert euch, dass da draußen nicht noch mehr von den Viechern sind«, rief Midnight den anderen beiden zu. Orion wischte sein Schwert am Fell des toten Vielfraßes ab, schob es aber nicht zurück in die Scheide, während er sich mit Draven daran machte, die nähere Umgebung abzusuchen.

Kellan schälte Natokah vorsichtig aus seiner Jacke, darauf bedacht, nicht noch mehr Schaden anzurichten. Die Kratzer in Schulter und Brust waren nicht tief, da die Panzerung das Schlimmste abgehalten hatte. Der Biss im Oberschenkel war schlimmer. Als sie den Schamanen langsam wieder auf den Boden sinken ließ, stöhnte Natokah und rührte sich.

»Ruhig«, sagte Kellan. »Nicht bewegen.«

Sein Atem zischte durch zusammengebissene Zähne. »Wie schlimm ist es?«, fragte er.

»Du wirst es überleben«, sagte Midnight, »aber wahrscheinlich kannst du eine Weile nicht laufen.«

»Dann mache ich es mir hier einfach gemütlich«, sagte Natokah.

»Wir lassen dich nicht zurück«, sagte Kellan.

»Das braucht ihr auch nicht«, erwiderte der Schamane. »Helft mir, damit ich mich aufrecht hinsetzen kann.«

Kellan legte Natokah die Hände in den Rücken und drückte sanft, bis er saß. Sie spürte, wie er zusammenzuckte, aber er gab keinen Laut von sich.

»Mein Beutel«, sagte er, und Kellan holte den fransenbesetzten Lederbeutel, den Natokah bei seinem Sturz den Hang hinunter verloren hatte. Sie öffnete ihn und hielt ihn dem Schamanen hin, der einen kleineren Beutel mit wohlriechenden getrockneten Kräutern herausholte. Schweiß bedeckte seine Stirn und hinterließ Streifen im Schmutz und im Blut, als er eine Handvoll herausnahm und die Faust darum ballte. Dann fing er an zu singen.

Der Gesang war anders als das Lied, mit dem er den Flussgeist geweckt hatte. Er war viel ruhiger und erinnerte Kellan an ein Schlaflied. Beim Singen öffnete Natokah die Hand mit den Kräutern und legte sie flach auf die Wunde. Er atmete scharf durch zusammengebissene Zähne, und seine Muskeln verkrampften sich, dann entspannte er sich wieder.

Kellan spürte ein vertrautes Kribbeln. Sie öffnete sich der Astralebene und sah, wie sich Licht von Natokahs Hand ausbreitete und mit seiner Aura verschmolz. Die Stellen, wo seine Aura flackerte und matter leuchtete, wurden wieder hell, als das Licht mit ihnen in Berührung kam.

Einen Moment später nahm der Schamane die Hand weg und richtete sich ganz auf. Über die Schulter des Schamanen hinweg konnte Kellan sehen, dass die Beinwunde so gut wie verheilt war. Durch den blutigen Riss in seiner Jeans war nur noch eine feuchte rosa Linie und etwas getrocknetes Blut zu sehen. Unter den Löchern in seinem Hemd war noch weniger. Die Kratzer waren völlig verheilt und glatter, makelloser Haut gewichen.

Der Schamane erhob sich mit einiger Mühe, und Midnight und Kellan folgten seinem Beispiel. Natokah schwankte leicht, aber Kellan stützte ihn, bis er in der Lage war, aus eigener Kraft zu stehen.

»Danke«, sagte er.

»Keine Ursache. Gute Arbeit«, sagte sie nach einem letzten Blick auf die verheilten Wunden. »Warum ruhst du dich nicht einen Moment aus?«

»Da will ich nicht widersprechen«, erwiderte Natokah, während er sich an einen Baum lehnte. Es war klar, dass ihn der Heilzauber extrem ausgelaugt hatte.

Draven kam über die Holzfällerstraße zu ihnen. »Keine anderen Viecher«, sagte er mit einem Kopfnicken in Richtung des toten Vielfraßes. »In der näheren Umgebung ist alles ruhig.«

»Wo ist Orion?«, fragte Kellan, die sich nach dem Elf umsah.

Einen Augenblick später tauchte er ein Stück weiter entfernt auf der Straße auf und winkte die anderen zu sich. »Hey! Seht euch das mal an!«

Kellan warf einen Blick auf Natokah, der schwach nickte.

»Ich komme schon zurecht«, sagte er. »Gehen wir.«

Sie begaben sich zu Orion, und der Elf führte sie zu einer ausgedehnten Lichtung auf der anderen Seite der Erhebung. Mit der Schwertspitze zeigte er auf eine Stelle, wo die Bodendecker auf einem Erdrutsch entfernt worden waren, dessen Ausläufer bis auf die Lichtung reichten.

»Seht euch das an«, sagte er, indem er den Hügel aus Erde

und Felsbrocken ein Stück emporkletterte. »Hier finden sich auch Metallsplitter unter den Felsbrocken, und auf der Lichtung sind ebenfalls welche verstreut. Ich glaube, dass der Eingang zu dem Arsenal hier irgendwo in der Nähe sein muss.«

Kellan zog wieder das Navigationssystem zu Rate. »Orion hat recht«, sagte sie. »Der Eingang müsste hier irgendwo sein.«

»Das Militär muss ihn zugeschüttet haben«, sagte Midnight, die sich alles genau ansah. »Wenn sie die ganze Anlage verschüttet haben, ist vielleicht nichts mehr da, was wir finden könnten.«

»Das lässt sich nur auf eine Art herausfinden«, sagte Draven. »Wir müssen da rein.«

»Um da reinzukommen, brauchen wir einen Bagger«, sagte Orion. »Wir haben aber nur ein paar Klappspaten, um das alles abzutragen.« Seine Geste umfasste den gesamten Hang.

»Ich bringe uns rein«, sagte Kellan, die den Hang forschend betrachtete.

»Ja?«, fragte Orion.

»Ja. Ich brauche nur etwas Zeit.«

Die Runner ruhten sich auf der Lichtung aus, wobei Orion und Draven die Augen nach anderen Crittern offen hielten, die vielleicht noch in der Nähe herumschlichen. Orion säuberte sein Schwert gründlich, während sie warteten, und Draven suchte sich einen erhöhten Platz auf einem großen Felsen. Natokah saß mit untergeschlagenen Beinen auf dem Boden und meditierte, während die letzten Strahlen der untergehenden Sonne auf der Lichtung verblassten.

In der Zwischenzeit räumte Kellan einen Platz frei und zeichnete Diagramme auf den Boden, wobei sie hin und wieder ihre Datentafel zu Rate zog, um die richtigen Muster und Symbole zu finden. Sie nahm ein paar Kristalle, die sie bei sich hatte, und legte sie zusammen mit einigen Steinen, die sie in der Umgebung sammelte, auf den Rand eines Kreises. Schließlich bildeten Steine und Kristalle einen mehrere Meter durchmessenden Kreis. Kellan stand auf, klopfte sich die Hände an den Hosenbeinen ab und betrachtete ihr Werk.

Tief in ihre Arbeit versunken, hatte Kellan nicht bemerkt, dass Midnight verschwunden war, bis sie sich auf der Lichtung umsah und keine Spur von ihr entdecken konnte. Dann tauchte die Elfe hinter einer Biegung der Straße auf und bedeutete Kellan, zu ihr zu kommen.

»Was ist los?«, fragte sie.

»Sieh dir das mal an.« Midnight führte Kellan zu der Stelle, wo der tote Vielfraß lag. »Ich dachte, wir sollten den Kadaver loswerden«, sagte sie mit einer Geste auf das tote Tier, »weil er nach Anbruch der Dunkelheit die hiesigen Aasfresser anlocken könnte. Als ich mir den Kadaver angesehen habe, ist mir was aufgefallen. Sieh ihn dir an. Kommt dir nicht irgendetwas ungewöhnlich vor?«

Kellan sah genauer hin. Sie hatte zwar noch nie zuvor einen Riesenvielfraß gesehen (und im Übrigen auch keinen normalen), aber ihr fiel tatsächlich etwas auf. »Es gibt kahle Stellen im Fell«, sagte sie. »Und dieser Schorf ...«

Da waren große haarlose Stellen auf dem Leib des Vielfraßes, die rötlich entzündet und verschorft waren.

»Ich glaube, er war krank«, sagte Midnight. »Vielleicht hat er uns deshalb angegriffen.«

»Oder wir sahen einfach nach Mittagessen aus.«

»Oder vielleicht war er mit etwas infiziert oder vergiftet.«

»Vergiftet?« Kellan hielt inne, überlegte und sah Midnight an. »Chemische Waffen?«

Die elfische Runnerin zuckte die Achseln. »Ich weiß es nicht, aber wir sollten vorsichtig sein. Wenn hier irgendwelche Giftstoffe in den Boden gesickert sind, gibt es vielleicht Probleme, und Natokah hat seine Wunden nicht einmal gereinigt, bevor er sie geheilt hat.«

»Ich verstehe«, sagte Kellan. »Wir sollten es ihm sagen.«

Kellan erzählte Natokah vom Zustand des Vielfraßes und ihrer Besorgnis hinsichtlich der Nachwirkungen seines Bisses.

Der Schamane hörte aufmerksam zu, schien aber nicht beunruhigt zu sein.

»Meine Heilmagie schützt mich vor einer Infektion«, sagte er zuversichtlich, »aber es ist ungewöhnlich, dass der Vielfraß so krank war.«

»Glaubst du, es könnte hier etwas geben, das uns gefährlich werden könnte?«

»Schon möglich«, sagte er. »Zumindest, wenn es hier Biowaffen oder chemische Waffen gegeben hat. Wir sollten Atemmasken tragen, wenn wir das Arsenal freilegen.«

Kellan nickte. »Okay«, sagte sie, »dann lasst uns anfangen.«

Die anderen hielten sich respektvoll im Hintergrund, als Kellan ihren Platz in der Mitte des von ihr gezeichneten magischen Kreises einnahm. Sie überprüfte das Diagramm noch ein letztes Mal und vergewisserte sich, dass alles an Ort und Stelle war.

Also los, dachte sie.

Ihr Gesang war langsam und sonor, anders als Lothans Vortrag bei seiner Demonstration. Er hob und senkte sich, und Kellan glitt in eine leichte Trance. Sie spürte die Kraft der Erde unter ihren Füßen und konzentrierte sich darauf, wie sie es in den Büchern gelesen hatte. Sie beachtete außerdem Ebbe und Flut der astralen Energien ringsumher. Natokah hatte recht; die Gegend hatte etwas Ungewöhnliches, Beunruhigendes an sich. Sie gab sich alle Mühe, das nagende Gefühl außer Acht zu lassen und sich auf das Ritual zu konzentrieren.

Sie verstreute Staub in die vier Kardinalrichtungen, sang mächtige Namen und stampfte mit den Füßen auf den Boden, als wolle sie ihn aus einem tiefen Schlaf wecken. Sie erhöhte das Energieniveau quälend langsam, formte es und unterwarf es ihrem Willen. Schweißperlen bildeten sich auf ihrer Stirn und liefen Nase und Kinn herunter. Sie ignorierte auch das, sang die Worte, konzentrierte sich auf die Erde und formte die Energie. Dann sprach sie die abschließenden Worte des Rituals:

»Bei der Kraft der Luft, bei der Kraft des Feuers, bei den Wassern der Tiefe und den Tiefen der Erde, ich beschwöre dich und gebiete dir, erhebe dich! Erhebe dich und tue wahrhaftig meinen Willen! Denn wie ich will, so soll es sein!«

Damit stampfte Kellan noch ein letztes Mal auf, und ein schwaches Zittern schien den Boden erbeben zu lassen. Die Erde vor ihr und außerhalb des Kreises kräuselte sich und wölbte sich nach oben. Eine trollartige Gestalt aus felsiger Erde riss sich von Wurzeln und Pflanzenresten los, erhob sich und blieb zu voller Größe aufgerichtet vor Kellan stehen. Der Kopf war klobig und kantig wie bei einer grob behauenen Statue, die Augen waren Schatten von unergründlicher Tiefe.

»Was wünscht du?«, fragte er mit einer Stimme wie knirschender Kies.

Kellan holte tief Luft, um sich zu beruhigen. Sie fühlte sich wie nach einem Marathonlauf. Sie zeigte auf den Erdrutsch, unter dem sich der Eingang zum Waffenarsenal verbarg. »Räum die Hindernisse weg, die uns im Weg sind«, sagte sie mit fester Stimme.

Der Erdelementar betrachtete sie einen Moment und neigte dann den Kopf. »Wie du gebietest«, erwiderte er und machte sich dann an die Arbeit, während die Runner schweigend zusahen. Wie ein lebender Bagger räumte er Erde und Geröll beiseite und legte dabei verbogenes und verkohltes Metall frei. Minuten später stand der Elementar vor einer dunklen Öffnung in der Erde, in der die Überreste eines Bunkers aus Stahlbeton zu erkennen waren.

Er wandte sich an Kellan. »Meine Aufgabe ist erfüllt«, verkündete er.

Als Kellan nickte, schien der Elementar erleichtert zu seufzen, und sein irdener Leib brach plötzlich zusammen und wurde wieder zu einem unbelebten Haufen Erde und Gestein. Der Geist, der ihn belebt hatte, war in seine Heimat zurückgekehrt, wo immer sie sich auch befinden mochte.

Kellan wandte sich an ihr Team. »Also gut«, sagte sie, »wir sind drin.«

Kapitel 18

Kellan drehte sich um und ging auf die dunkle Öffnung zu. Sie war in Hochstimmung, weil es ihr gelungen war, den Erdelementar zu beschwören, der ihnen den Weg freigeräumt hatte.

Midnight legte ihr eine Hand auf den Arm und hielt sie auf. »Lass mich vorgehen«, sagte die Elfe.

Kellan nickte. Midnight war die Expertin in allen Fragen, die sich darum drehten, wie man irgendwo hinein- und wieder herauskam, also ließ sie die Elfe vorangehen.

Kellan folgte dichtauf, und die anderen waren auch nicht weit. Orion und Draven hielten ihre Waffen bereit. Orion hatte sein Schwert in der rechten Hand und eine Pistole in der linken. Kellan zog ebenfalls ihre Waffe und zückte mit der anderen eine Taschenlampe.

In dem Loch befand sich ein Betonbunker, der den Jahren widerstanden hatte. Kellan betrachtete die Risse und Brandmale im Eingang, als sie eintraten. »Das sieht aus, als hätte man hier eine Sprengladung hochgehen lassen, um den Eingang zu verschütten«, dachte sie laut.

»Zum Glück sind sie nicht sonderlich gründlich gewesen«, erwiderte Midnight von vorne. »Entweder hatten sie keine Zeit mehr, die ganze Anlage zu zerstören, oder sie wollten nicht riskieren, das zu zerstören, was sich darin befand.«

»Vielleicht wollten sie auch zurückkehren«, sagte Orion. »Ich habe gehört, die Vereinigten Staaten hätten gehofft, die Magie hinter dem Geistertanz am Ende zu durchschauen und zu meistern.«

»Haben sie aber nicht«, sagte Natokah mit einem Unterton, der Stolz verriet.

Hinter dem Eingang begann ein breiter, einfacher, mit Beton ausgekleideter Tunnel, der in die Erde führte. Kellan leuchtete mit ihrer Lampe an die Decke. Der Lichtstrahl zeigte Lichtleisten in den Ecken, die jedoch schon vor langer Zeit erloschen waren, da durch die Explosion, die den Eingang verschüttet hatte, auch die Leuchtkörper zerstört worden waren.

»Wartet mal«, rief Midnight nach hinten, und die anderen blieben wie angewurzelt stehen. Kellan konnte ihren Atem in der Enge der Filtermaske rasseln hören. Niemand sagte ein Wort, während sie reglos dastanden.

»In Ordnung«, sagte die Elfe dann. »Alles klar.«

Sie traten vor, sodass Kellans und Dravens Lichtstrahlen bis zu Midnight reichten. Hinter ihr war eine große Tür, etwa zwei Meter breit und drei hoch. Eine massive Stahljalousie war heruntergelassen und versperrte den Zugang.

Midnight untersuchte die schlichte Bedienleiste in der Wand neben der Tür. »Sinnlos«, verkündete sie. »Es gibt keinen Strom. Auf der Habenseite bedeutet das: keine Alarmanlagen. Aber es bedeutet auch: kein Strom für die Sicherheitssysteme und Türöffner.«

Draven halfterte seine Waffe, verschränkte die Finger und knackte mit den Knöcheln. »Dann müssen wir es auf die altmodische Art machen«, sagte er. Er hockte sich vor die Jalousie, packte das untere Ende und zog mit aller Kraft nach oben. Die Jalousie rührte sich nicht. Draven versuchte es noch einmal. Seine Muskeln traten wie Stricke hervor, und er grunzte vor Anstrengung, aber das Resultat blieb dasselbe.

»Keine Chance«, sagte Midnight. »Die Tür ist fest verschlossen. So bekommst du sie nicht auf.«

»Was ist mit Magie?«, fragte Orion mit einem Blick auf Kellan.

Midnight kam ihr mit der Antwort zuvor. »Keine gute Idee,

wenn man nicht genau den richtigen Zauber kennt. Es gibt eine bessere Methode, die auch nicht so anstrengend ist.«

Die Elfe stellte ihren Rucksack ab und wühlte darin herum. Einen Moment später hatte sie das Gesuchte gefunden: ein Plastikbehälter, der wie eine große Zahnpastatube aussah. Sie schraubte den Deckel ab und drückte eine klebrige weiße Paste heraus, mit der sie eine durchgehende Linie über die Tür zog, die vielleicht eineinhalb Meter breit war und in der Mitte der Tür zwei Meter hoch. »Thermitpaste«, erklärte sie, indem sie von der Tür zurückwich.

Sie holte ein kleines Feuerzeug aus einer ihrer Westentaschen und zündete ein Ende der weißen Paste an. Es fing mit einem leisen Zischen Feuer und begann unter träger, intensiver Hitzeentwicklung zu brennen. Wo die Paste brannte, schnitt die Hitze wie ein Messer durch das Metall der Tür. Es dauerte mehrere Minuten, bis die Thermitpaste vollständig verbrannt war. Kurz vor dem Ende trat Midnight vor und drückte einen kleinen Saugnapf mit daran befestigtem Haken auf den ausgeschnittenen Teil der Jalousie und sicherte ihn mit einer Drehung, sodass er festsaß. Als das Thermit verbrannt war, nickte sie der Gruppe zu. »Draven?«

Der Zwerg trat vor, packte den Haken und hob den ausgeschnittenen Teil von der Tür weg.

»Sei vorsichtig an den Rändern«, warnte ihn Midnight. »Die sind noch heiß.«

Draven stellte den ausgeschnittenen Teil ab, und Kellan leuchtete mit ihrer Taschenlampe an ihm vorbei.

Es war ein großer Raum, mindestens zehn mal zehn Meter, mit Betonwänden und einer ebenen, etwa drei Meter hohen Decke. Er war fast vollkommen kahl, der Boden mit dunklen Flecken, Gerümpel und Resten von Verpackungsmaterial bedeckt. An der Wand gegenüber waren mehrere staubbedeckte Metallzylinder auf Metallgestelle gestapelt.

»Das ist alles?«, fragte Orion nach einem Blick in den Raum. »Was ist das für ein Zeug?«

Tatsächlich war auch Kellan ein wenig enttäuscht. Sie

wusste nicht genau, was sie erwartet hatte, aber es sah aus, als sei die Anlage doch zum größten Teil ausgeräumt worden, bevor man sie aufgegeben hatte.

»Sehen wir mal nach«, sagte Midnight und trat hinein. Kellan ging ebenfalls, gefolgt von Orion, der sich wachsam umsah. Als sich Midnight den Zylindern näherte, neigte Orion ein wenig den Kopf, als versuche er ein leises, entferntes Geräusch aufzuschnappen. Er wandte sich an Draven und Natokah und bedeutete ihnen, zur Seite zu gehen, nachdem sie eingetreten waren. Sie bemerkten seine Geste und reagierten, sodass sie nicht mehr vor dem offenen Eingang standen, während Orions Arm Kellan ebenfalls an die Wand dirigierte.

»Was ist denn los?«, flüsterte sie, doch bevor Orion antworten konnte, hörte sie es auch.

Ein eigenartiger Singsang hallte durch den Gang. Ihre Schutzmasken dämpften das Geräusch ein wenig, aber es war dennoch so laut, dass alle es hören konnten.

Midnight entfernte sich von den Metallzylindern, und das gerade noch rechtzeitig.

Wie als Reaktion auf den klagenden Singsang begannen die dunklen Flecken auf dem Boden zu zittern und sich zu bewegen. Sie krochen aufeinander zu und nahmen dabei Verpackungsreste und kleine Trümmerstücke mit. Dann vereinigten sie sich zu einer wirbelnden Masse, die zu dem Metallzylinder floss, der dem Boden am nächsten war. Das Metall zischte und knackte, wo es von der Flüssigkeit berührt wurde, bis es barst und ein zähflüssiges, gelblich-grünes Zeug herausquoll und sich mit der Masse verband.

»Nein ...«, hörte Kellan Natokah keuchen, der neben dem Eingang stand, als sich die blubbernde Masse erhob und dabei größer wurde. Sie floss über den nächsten Kanister, der ebenfalls barst und mehr von der Flüssigkeit vergoss. Ätzende Rauchfahnen stiegen auf, während die blubbernde Brühe Gestalt annahm.

»Wir müssen hier raus«, sagte Natokah.

»Ich mache den Weg frei«, erbot sich Orion. Er glitt neben den Eingang und presste sich an die Wand, während sich die Flüssigkeit wie eine Säule zur Decke streckte und in der Mitte teilte.

Kellan glaubte so etwas wie Augen in dem wirbelnden Miasma darin zu erkennen.

Orion wirbelte mit seiner Pistole im Anschlag und bereitgehaltenem Schwert in die Türöffnung. Bevor er hindurcheilen konnte, prallte er gegen eine flimmernde Wand, die sich über die Öffnung legte. Ein grünliches Licht flackerte auf, und Orion stolperte rückwärts.

»Was ist denn jetzt los?«, fragte er überrascht. Dann sah er eine schattenhafte Gestalt auf der anderen Seite der magischen Barriere stehen.

»Wir haben schon wieder Gesellschaft«, sagte er.

»Bleibt außer Sicht!«, rief Kellan ihm und den anderen zu. Wenn dort draußen ein feindlich gesinnter Magier war, konnte er einen Zauber gegen alles wirken, was er sah.

»Macht euch keine Umstände«, ertönte eine Stimme von draußen. Wegen der Barriere klang sie, als trenne sie eine dicke Glasscheibe. »Dank euch habe ich, was ich wollte.«

»Wer bist du?«, fragte Kellan.

»Ich werde Zhade genannt«, erwiderte die Stimme. »Ich muss euch noch einmal danken. Ihr habt es mir noch leichter gemacht, diesen Ort zu finden und hineinzukommen, als ich es mir vorgestellt habe.«

»Du bist uns gefolgt?«

»Nicht direkt. Sagen wir, wir haben uns auf parallelen Pfaden bewegt. Ich hatte aber den Vorteil zu wissen, dass ihr vielleicht hier sein würdet.«

Die gelblich-grüne Masse aus zäher Flüssigkeit und Abfällen teilte sich und formte sich zu zwei vage humanoiden Gestalten mit jeweils zwei Armen, die in drei Fingern endeten, und einem Kopf mit erkennbarem Mund und Augen. Sie hatten keine Beine und waren unterhalb der Arme wie wirbelnde Säulen aus Flüssigkeit. Sie blieben an Ort und Stelle und beäugten die Runner, die sich alle Mühe gaben, Distanz zu wahren, während sie ihre Waffen bereithielten.

»Du hast Squeak getötet«, sagte Kellan plötzlich. In diesem Augenblick wollte sie unbedingt Zhades Gesicht sehen. Ungeachtet ihrer eigenen Warnung trat sie in die Mitte des Raums, sodass sie durch den Eingang schauen konnte.

Die schattenhafte Gestalt stand da, schwach beleuchtet vom Licht der magischen Barriere. Zhade war weniger als einen Meter vom Eingang entfernt. Er trug Leder, das nur aus Schnallen und Riemen zu bestehen schien, dazu zerkratzte und verdreckte Bruchstücke einer Plastikpanzerung und darüber einen zerlumpten Regenumhang aus Plastik.

»Wen?«, fragte er, wobei er den Kopf ein wenig schief legte.

»Squeak«, wiederholte Kellan. »Der Bursche, der diesen Ort aufgestöbert hat.«

»Ach ja, der«, sagte Zhade. »Ich brauchte ihn nicht zu töten. Das hatte schon jemand vor mir getan. Ich hatte angenommen, du wärst es gewesen. Die Brain Eaters haben das offenbar auch gedacht.«

»Ja, sicher«, erwiderte Kellan.

Die dunkle Gestalt zuckte die Achseln. »Ich habe keinen Grund, dich zu belügen«, sagte er. »Tatsächlich habe ich nicht einmal einen Grund, diese Unterhaltung fortzusetzen.« Er bedeutete den beiden seltsamen Kreaturen, zu ihm zu kommen.

Die beiden Gestalten bückten sich und nahmen jeweils zwei der Metallzylinder. Ihre Bewegungen verursachten klatschende Geräusche wie von nassen Füßen. Dann glitten sie zu der flimmernden Barriere.

Orion hob seine Pistole und zielte auf die erste Gestalt, doch Natokah rief ihm zu: »Nicht! Es bringt nichts, und du könntest einen der Kanister treffen.«

»Ein guter Rat«, höhnte Zhade.

Die wallenden Ungeheuer erreichten die magische Barriere, passierten sie jedoch, als sei sie gar nicht da. Zhade trat vor, nahm ihnen die Kanister ab und hielt sie dabei so zärtlich in den Armen, als seien sie Kinder. Dann glitten die toxischen Kreaturen wieder zurück in den Raum zu den Runnern.

Kellan konzentrierte sich und sammelte magische Energie, der hier etwas ›Faules‹ anhaftete, als hätte das Gift in der Luft und im Beton alles ringsumher verseucht. Sie richtete ihre Willenskraft auf Zhades magische Barriere und schoss einen Pfeil aus magischer Energie ab. Die Barriere flackerte und schlug Wellen, als Kellans Zauber traf, aber sie hielt, und Zhade lächelte niederträchtig.

»Beeindruckend«, sagte er. »Mit etwas Zeit könnte es dir sogar gelingen, durchzubrechen. Ein Jammer, dass du keine mehr hast. Auf Wiedersehen.«

Der vernarbte Schamane wich einen Schritt von der Barriere zurück und sprach ein scharfes Zauberwort. Wolken giftigen grünen Nebels bildeten sich rings um Zhades bestiefelte Füße, während er langsam rückwärts ging. Wo die Dämpfe die Wände berührten, ätzten sie den Beton und die stählernen Verstrebungen weg.

»Sie gehören euch. Lasst sie nicht zu lange leiden«, rief Zhade.

Dann gab die ächzende Decke jenseits der magischen Barriere nach, und Beton, Gestein und Erde verschütteten mit dumpfem Getöse den Eingang. Einen Moment später flackerte die Barriere und erlosch, sodass nur noch die Taschenlampen Licht spendeten.

»Kellan, die Geister«, sagte Natokah. »Wir müssen sie bannen! Wir müssen ...«

Die toxischen Geister griffen an. Einer schlug nach Natokah, der sich duckte. Der Hieb verfehlte ihn und hinterließ chemische Ätzspuren in der Wand hinter ihm.

Einen Moment später griffen Orion und Draven den anderen Geist an und hieben mit Schwert und Axt auf ihn ein. Draven schlug zweimal zu und wich dann mit einer überraschten Verwünschung zurück, als die säurehaltige Flüssigkeit des Geistes seine Klinge aufzulösen begann. Orions verzauberte Klinge hieb hingegen große Stücke aus der Gestalt des Geistes. Leblose Flüssigkeit klatschte auf den Boden, während der Geist vor Schmerzen heulte und um sich schlug.

Natokah verteidigte sich an der Wand gegen den anderen Geist. Er breitete die Hände in einer schützenden Geste aus und fing an zu singen. Der toxische Geist blieb wie angewurzelt stehen, als habe sich zwischen ihm und seinem Opfer eine unsichtbare Barriere gebildet. Er mühte sich, zu Natokah zu gelangen, und kämpfte gegen die Willenskraft des Schamanen an. Kellan kam das Lied zwar nicht bekannt vor, aber ihr war klar, dass Natokah versuchte, den Geist aus der physikalischen Ebene zu verbannen.

Draven schrie ob der brennenden Berührung des anderen Geists auf, doch es gelang ihm, sich aus seiner Umklammerung zu befreien, als Orion den Arm durchtrennte, der ihn festhielt. Der Geist ließ einen neuen Arm aus der flüssigen Masse seines Leibes wachsen, während Draven an der Wand zusammensackte. Kellan konnte Verbrennungen auf seiner Brust und den Armen erkennen, und seine Rüstung war teilweise geschmolzen.

Der Geist konzentrierte seine Aufmerksamkeit auf Orion. Der elfische Krieger umtänzelte ihn und stach immer wieder blitzartig mit seinem Schwert zu, um den Gegenangriffen des Geistes behände auszuweichen. Draven stürzte sich mit seiner halb geschmolzenen Axt neuerlich auf den Geist. Der traf den Zwerg mit einem Hieb eines tentakelartigen Glieds. Draven prallte gegen eine Wand, verlor seinen Helm und glitt zu Boden.

Kellan sammelte ihre Kräfte und schoss einen weiteren magischen Energiepfeil auf den Geist ab, den Orion bekämpfte. Die Energie war schwach und ausgedünnt, beinahe kränklich, und der Zauber erzielte wenig Wirkung. Der Geist schüttelte ihn ab und konzentrierte sich weiterhin auf Orion. Der Elf duckte sich und wich mit einem Hechtsprung dem nächsten Hieb aus. Er rollte sich ab, kam wieder auf die Beine und stach seinerseits zu. Diesmal blieb die Klinge im Leib der

Kreatur stecken, und er konnte sie nicht rechtzeitig herausziehen, bevor sie ihm aus den Händen gerissen wurde.

Der Geist schlug mit einem anderen Tentakel zu und traf Orion an der Schulter. Es zischte widerlich, und der Elf stolperte zurück. Er verlor den Halt auf dem glatten Boden und fiel. Der Geist baute sich vor ihm auf, als wolle er wie eine Welle aus Säure über ihn hinwegspülen.

»Nein!«, schrie Kellan. Sie rief sich alles ins Gedächtnis, was Lothan sie gelehrt hatte, konzentrierte ihre ganze Willenskraft auf den Geist, streckte eine Hand aus und intonierte das Bann-Ritual.

Der toxische Geist verhielt mitten im Sprung, und Kellan spürte, wie sich die volle Kraft seines boshaften Willens auf sie richtete. Bis zu diesem Augenblick war ihr gar nicht klar gewesen, wie gefährlich und verdreht diese Kreaturen waren. Sie spürte eine Welle aus purem Hass auf alle lebendigen Wesen, ein brennendes Verlangen zu zerstören. Sie wappnete sich dagegen und konzentrierte sich darauf, den Geist aus dieser Daseinsebene zu stoßen und dorthin zu verbannen, wo er herkam.

Wie aus weiter Ferne hörte sie Natokahs Lied, da der Schamane dasselbe versuchte wie sie. Gemeinsam kämpften sie gegen die korrupten Geister, denen Verschmutzung und Gift Kraft verlieh. Worte der Macht mischten sich mit dem Lied des Schamanen, während Kellan den Geist aufforderte, zu verschwinden und die Welt nicht mehr zu belästigen. Er blubberte und zischte und wehrte sich gegen sie, stur auf Zerstörung fixiert. Schweiß lief Kellan unter ihrer Schutzmaske über das Gesicht. Das durchsichtige Plastik vor ihren Augen beschlug von der Wärme und der Feuchtigkeit. Sie atmete keuchend und stoßweise.

Mit einer gewaltigen Willensanstrengung verstärkte Kellan ihre Angriffsbemühungen und spürte, wie der Widerstand des Geistes nachließ. Plötzlich sank die toxische Masse in sich zusammen und bildete eine Pfütze aus giftigem Schleim auf dem Boden. Das letzte Kreischen des Geistes verhallte in

Kellans Gedanken, als dessen Verbindung zur physikalischen Welt durchtrennt wurde und er zurück in die Tiefen der Astralebenen floh.

Orion hatte sich mittlerweile wieder aufgerappelt. Als der Geist zusammenbrach, packte er den Knauf seines Schwerts und zog es aus den Überresten. Dann stürzte er sich auf den anderen Geist, der noch gegen Natokah kämpfte. Der Schamane kämpfte tapfer, aber er war mittlerweile auf ein Knie gesunken und hatte die Arme erhoben, um das Ding aufzuhalten, das vor ihm aufragte und ihn in seine stinkende, giftige Masse hüllen wollte.

Orions Schwert blitzte einmal, zweimal, dreimal im blauweißen Licht der Taschenlampen auf dem Boden auf. Der andere toxische Geist zuckte und bebte, als Orion ihn förmlich zerlegte, während Natokah seine Willenskraft lähmte. Er brach mit einem Platschen zu einem leblosen Haufen Schlamm und Unrat zusammen.

Natokah machte Anstalten, sich zu erheben, dann verdrehte er die Augen und kippte vorwärts auf den Boden.

Midnight erreichte ihn kurz vor Kellan und legte ihm zwei zierliche Finger auf die Halsschlagader. »Er lebt noch«, sagte sie.

Die Geister waren verschwunden. Orion starrte auf das Geröll, das den Eingang versperrte, und wandte sich an Kellan. »Kannst du diesen Elementar noch einmal rufen ...?«

Kellan schüttelte den Kopf. »Ich konnte ihn nur für einen Dienst binden.«

»Dann sitzen wir in der Falle«, sagte er, »und sind so gut wie tot.«

Kapitel 19

»Nie im Leben!«, sagte Kellan.

Sie entfernte sich von dem bewusstlosen Natokah, stellte sich in die Mitte des Raums und betrachtete den verschütteten Eingang, die Fäuste geballt und in die Seiten gestemmt und die Augen vor Wut und Konzentration verengt. Drek, so würde es nicht enden! Sie spürte, wie sich rings um sie magische Energie bildete und ihre Haut erhitzte.

»Kellan, was ...«, begann Orion, aber Midnight bedeutete ihm rasch zu schweigen, da es nicht klug war, einen Magier bei der Arbeit zu stören.

Kellan war sich der Anwesenheit der anderen kaum noch bewusst. Sie konzentrierte sich ganz auf den Gang und erinnerte sich an Lothans erste Lektionen, als er ihr gezeigt hatte, wie man kleine Gegenstände levitierte. Sie hatte mit kleinen Gegenständen begonnen – mit ihrem Handy und einem Buch – und war dann zu größeren übergegangen. Trotzdem hatte sie nie etwas Schwereres levitiert als Lothan, und das Geröll wog vermutlich Tonnen. Doch daran dachte Kellan nicht. Sie wusste nur noch, dass sie die Verantwortung trug. Sie war die Anführerin dieses Teams, und sie würde sich nicht kampflos ergeben!

Ihre Körpertemperatur schnellte in neue Höhen. Der Torques um ihren Hals fühlte sich plötzlich heiß und schwer an. Dann schleuderte Kellan ihre Willenskraft förmlich dem Geröll entgegen, das den Eingang versperrte.

Zunächst passierte gar nichts, und Kellan nahm nur das Geräusch ihres keuchenden Atems durch die Filtermaske wahr.

Dabei lösten sich Staub und lose Steinbrocken aus dem Erdrutsch und fielen zu Boden. Ein Knirschen war zu hören, und sie biss die Zähne zusammen.

Mach schon, mach schon!, dachte sie mit all ihrer Willenskraft. Orions Worte hallten durch ihre Gedanken: *›Wir sind so gut wie tot.‹*

Nicht, wenn sie es verhindern konnte.

»Mach schon«, murmelte sie. Der Schweiß lief in Strömen an ihr herab. Es fühlte sich an, als brenne der Torques auf ihrer Haut, aber sie nutzte die Empfindung, um sich noch stärker zu konzentrieren, bis die Welt nur noch aus einem Haufen Geröll und Stahlbeton bestand.

Kellan warf die Arme in die Luft und stieß einen Schrei aus, und mit dem Schrei fegte eine unsichtbare Kraft das Geröll aus dem Eingang und schob es wie ein Bulldozer beiseite. Eine neue Lawine aus Erde und Staub ging nieder, und obwohl der Gang weit davon entfernt war, geräumt zu sein, hatte sich doch eine Lücke geöffnet, die ausreichte, um durch den Eingang zu kommen und über den Geröllhaufen zu klettern.

Nach Luft schnappend wankte Kellan einen Schritt zurück. Sie presste eine Hand auf die Filtermaske, da sie die rasenden Kopfschmerzen wegmassieren wollte, die sich plötzlich eingestellt hatten.

Orion tauchte hinter ihr auf und bot ihr seine Hilfe an, und sie stützte sich auf seine unverletzte Schulter. Der Elf sah die Lücke in dem Erdrutsch an und dann Kellan.

»Verdammt noch mal.« Mehr sagte er nicht. Orion war eindeutig beeindruckt.

Gemeinsam gelang es Kellan, Orion und Midnight, Draven und Natokah aus dem unterirdischen Raum und draußen auf die Lichtung zu ziehen. Von Zhade war nichts zu sehen. Midnight setzte sofort ihre Atemmaske ab, nachdem sie die beiden Bewusstlosen auf die Lichtung gelegt hatten, und wühlte in ihrem Rucksack herum. Sie gab Orion und Kellan jeweils ein paar Traumapflaster.

»Legt die an und verpasst den beiden auch eins«, sagte sie mit einem Kopfnicken in Richtung der beiden anderen. »Das sind Breitband-Antitoxine.«

Sie rissen sofort die Verpackung auf und drückten sich die Pflaster auf, während Midnight Verletzungen begutachtete und Untersuchungen vornahm.

Nachdem sie Natokah ein Pflaster in den Nacken geklebt hatte, wandte sich Kellan an Orion. »Deine Schulter«, sagte sie, indem sie die Hand ausstreckte, sie dann aber wieder zurückzog, da sie sie nicht zu berühren wagte. Ein Teil seiner Jacke war buchstäblich weggeschmolzen, und auf der entblößten Haut hatte sich eine dicke rote Brandblase gebildet.

»Ist schon gut«, sagte er leise. »Das wird schon wieder.« Aber es war klar, dass er dabei ziemlich auf die Zähne biss. Es musste höllisch wehtun.

»Wir haben Glück«, verkündete Midnight, ohne von ihrem Analysegerät und den Daten, die es ausspie, aufzusehen.

»Glück?«, fragte Kellan ungläubig.

»Ja, Glück, dass niemand tot ist«, erwiderte Midnight. »Und es scheint auch niemand tödlich vergiftet zu sein.«

»Was ist mit Natokah?«

»Hauptsächlich Erschöpfung, glaube ich«, sagte die Elfe, während sie sich eine schwarze Strähne aus dem Gesicht strich und sich mit dem Handrücken den Schweiß von der Stirn wischte. »Er hat reichlich Magie gewirkt. Er hat sich verausgabt. Vielleicht hat er ernstere innere Verletzungen erlitten, aber das kann ich mit dieser Ausrüstung nicht feststellen.«

»Kellan?«, wandte sich Orion an sie. »Was machen wir jetzt?«

Sie gaffte einen Moment entsetzt, während ihre Blicke zwischen Orion und Midnight hin und her irrten. Nach allem, was passiert war, fragte er sie immer noch um Rat, sollte sie immer noch das Kommando übernehmen.

»Ich ... weiß es nicht«, sagte sie und senkte den Blick.

Sie betrachtete die Runner, die ihre Anführerschaft fast

nicht überlebt hätten und immer noch sterben konnten, wenn sie keinen Weg aus dem Hell's Canyon fanden. Es war bereits Nacht, und bis Sonnenaufgang blieben noch viele Stunden. Wer wusste schon, welche Erwachten Raubtiere dort draußen in der Wildnis lauerten? Wer konnte sagen, ob Zhade nicht noch andere Überraschungen für sie zurückgelassen hatte?

Sie betrachtete ihre Leute. Orion schaute hoffnungsvoll und ein bisschen verloren drein, Midnight wirkte so gefasst und ruhig wie immer und wartete geduldig auf Kellans Antwort. Sie schluckte ihre Ängste und Zweifel herunter. Dafür war jetzt keine Zeit.

»Sind sie transportfähig?«, fragte sie Midnight mit einem Kopfnicken zu Draven und Natokah.

»Ich glaube, ich kann Draven wecken«, sagte Midnight energisch und ging zu dem Zwerg. »Gib mir ein Stimulanzpflaster aus meinem Rucksack.«

Dankbar für die Anweisung gehorchte Kellan. Midnight klebte Draven das Pflaster auf die Halsschlagader. Nach relativ kurzer Zeit kam der Zwerg stöhnend zu sich.

»Beweg dich erst mal nicht«, sagte Midnight. »Du hast einige Verbrennungen ...«

»Ohne Drek«, murmelte der Zwerg, der sichtlich die Zähne zusammenbiss. »Tut höllisch weh.«

»Gegen die Schmerzen kann ich dir Beta-Endorphine geben«, sagte Midnight.

Dravens freie Hand tastete neben sich auf dem Boden herum. »Meine Axt?«

»Die ist geschmolzen«, sagte Kellan.

Draven schloss die Augen und seufzte. »Ach, solche werden heutzutage nicht mehr hergestellt«, sagte er.

Midnight spritzte ihm ein schmerzstillendes Mittel, und die Falten der Anspannung im Gesicht des Zwergs glätteten sich.

»Ich halte es für das Beste, wenn wir an den Rand der Lichtung gehen und uns den Rest der Nacht ausruhen«, verkündete Midnight. »Draven ist noch nicht in der Verfassung für einen längeren Marsch, und ich will gar nicht erst versuchen,

Natokah aufzuwecken, weil mir das Risiko zu hoch ist. Wir können Wache halten und die anderen so lange wie möglich schlafen lassen. Morgen früh können wir dann eine Bestandsaufnahme machen.«

»Was ist mit Zhade?«, fragte Kellan.

»Was soll mit ihm sein?«, sagte Midnight. »Wir müssen uns jetzt um uns selbst kümmern. Der Run ist ein Flop, Kellan. Wir können nichts mehr gewinnen. Zhade hat sich alles unter den Nagel gerissen – oder zerstört –, was noch da war. Wir müssen unsere Verluste begrenzen und dafür sorgen, dass wir heil in die Zivilisation und zurück in den Metroplex kommen.«

Kellan öffnete den Mund, um zu widersprechen, und hielt dann inne. Sie wurde mit jeder Sekunde müder und fühlte sich wacklig auf den Beinen. »Du hast recht«, seufzte sie. »Okay, wir bleiben heute Nacht hier und warten ab, wie es morgen früh aussieht.«

Midnights Anweisungen folgend, schlugen sie ein Lager auf, während sich die Elfe um die Verwundeten kümmerte. Sie säuberte und verband Orions und Dravens Wunden, so gut es eben ging, und vergewisserte sich, dass Natokahs Zustand stabil war. Midnight sprach sich gegen das Anzünden eines Lagerfeuers aus, also benutzten die Runner nur ihre Thermalfoliendecken, um sich warm zu halten, und aßen schweigend und im Dunkeln militärische Konzentratnahrung.

Das passte zu Kellans Stimmung. Sie konnte nur daran denken, dass der erste von ihr organisierte Run damit geendet hatte, dass fast die Hälfte ihres Teams kampfunfähig war. Sie hatten verdammt viel Glück gehabt, dass sie nicht alle dabei ins Gras gebissen hatten. Allein, ohne Natokahs Hilfe, wäre sie niemals mit den von Zhade beschworenen Geistern fertig geworden.

Sie dachte an den mysteriösen Magier. Wie hatte er von diesem Ort erfahren? Er wusste, wer Squeak war, behauptete aber, ihn nicht getötet zu haben. War das nur Tarnung gewesen? Wenn ja, warum sich die Mühe machen, jemanden anzulügen, den man ohnehin töten will? Zhade hatte durch ein Geständnis praktisch nichts zu verlieren gehabt, und doch hatte er den Mord abgestritten. Arbeitete er für jemand anders? Und was war in den Kanistern, die er mitgenommen hatte?

Erschöpft von Fragen, auf die es keine Antworten gab, und durch die ausgiebige Anwendung von Magie vollkommen ausgelaugt, fiel Kellan in einen unruhigen und traumlosen Schlaf.

Kellan fuhr zusammen, als eine Hand sanft ihre Schulter schüttelte, und griff nach ihrer Pistole.

»Ich bin's«, zischte Midnight in der Dunkelheit, und sie entspannte sich ein wenig. Sie konnte gerade Midnights Züge erkennen, obwohl ihr Gesicht nur eine Armlänge entfernt war. Kellan hatte zwar keine Ahnung, wie spät es war, aber es war ganz offensichtlich noch nicht Morgen.

»Irgendwas kommt«, sagte die Elfe.

Kellan wollte schon nachfragen, als sie es selbst hörte: das entfernte Geräusch von Motoren, hoch in der Luft, aber näher kommend. Sie schlug ihre Thermaldecke zurück und rappelte sich auf. Sich bewegende Schatten in der Nähe verrieten ihr, dass die anderen bereits wach waren und sich ebenfalls vorbereiteten.

»Wir müssen ...« Bevor sie die Worte ›in Deckung gehen‹ aussprechen konnte, tauchte ein Thunderbird-Schwebepanzer mit heulenden Turbinen über den Baumwipfeln auf. Ein helles Scheinwerferlicht schien auf die Lichtung herab und vertrieb die Schatten, sodass die Runner vollkommen exponiert waren. Kellan hob die Hand, um ihre Augen gegen das grelle Licht abzuschirmen.

Während sie sich noch fragte, ob sie Deckung suchen sollten oder nicht, fing es nur ein paar Meter entfernt an zu flimmern, und das durchsichtige Bild einer Frau in einem dunklen Tarnanzug und voller Kampfausrüstung erschien. Ihre feuerroten Haare waren kurz geschnitten, und eine dunkle

Rundum-Sonnenbrille verbarg ihre Augen, während ihr Abbild etwa einen Meter über dem Boden schwebte.

»Bleiben Sie, wo Sie sind«, verkündete sie mit fester Stimme, die den Lärm des Schwebepanzers übertönte.

Kellan erkannte sofort, dass sie die Stimme im Kopf hörte und nicht mit den Ohren.

»Jeder Versuch, die Lichtung zu verlassen, und jede feindselige Handlung dem Landefahrzeug gegenüber wird mit tödlicher Gewalt beantwortet. Haben Sie verstanden?«

»Wer sind Sie?«, bellte Orion, und das Bild der Frau drehte sich ein wenig und betrachtete ihn kalt.

»Im Moment bin ich die Frau, die eine Million Nuyen in Form von Geschützen auf Sie gerichtet hat. Benehmen Sie sich, dann muss ich sie nicht einsetzen.«

Der elfische Krieger verstummte. Augenscheinlich zufrieden, erlosch das Abbild der Frau.

Der Schwebepanzer legte sich zur Landung auf der Lichtung in eine enge Kurve. Dabei konnte Kellan das rote Logo auf der Seite erkennen. Das stilisierte Profil eines altertümlichen griechischen Kriegers, der einen Helm mit Federbusch trug.

»Das ist ein Ares-Schwebepanzer!«, rief sie Midnight zu, die ernst nickte.

Kellans Gedanken überschlugen sich. Was machte ein Ares-Thunderbird hier draußen, mitten im Nichts? Brickman arbeitete für Knight Errant, einer Tochter von Ares Macrotechnology. Konnte er den Thunderbird samt seiner Mannschaft als eine Art Rückendeckung geschickt haben? Wenn ja, warum dann die feindselige Haltung? Und, noch entscheidender: Woher sollte Brickman überhaupt wissen, wohin er die Verstärkung zu schicken hatte?

Kellan hob die Hände, um sich vor dem Staub und dem Laub zu schützen, den der Thunderbird bei seiner Landung aufwirbelte, bis der Pilot den Motor abstellte und der Schwebepanzer aufgesetzt hatte. Die Seitenluke öffnete sich, und die Frau, deren Bild sie gesehen hatten, erschien. Mit ihr stieg ein halben Dutzend Männer in ähnlichen Tarnanzügen mit dem Ares-Logo auf Schulter und Brust aus. Sie trugen Vollvisierhelme mit digitaler Anzeige auf der Innenseite und hielten Ares-Sturmgewehre im Anschlag.

»Wir sind *total* erledigt«, murmelte Draven irgendwo hinter Kellan, während sich die Soldaten näherten.

»Captain Anna O'Connor, Ares-Feuerwehrteam Epsilon«, verkündete sie, während sie die Runner von oben bis unten musterte. »Wer führt diese kleine Gruppe an?«

Natokah machte Anstalten zu antworten, als Kellan vortrat.

»Das mache ich«, sagte sie.

O'Connors Augenbrauen hoben sich ein wenig über den Rand ihrer Sonnenbrille, als sie Kellan eingehend musterte.

»Tatsächlich?«, sagte sie. »Würden Sie uns in dem Fall vielleicht erklären, wer Sie sind und was Sie hier machen?«

Kellan zuckte die Achseln. »Wir sind Touristen«, begann sie, aber O'Connor unterbrach sie mit einer energischen Handbewegung.

»Sparen Sie sich den Drek, Mädchen«, sagte sie. »Wir wissen, dass Sie eine Menge mehr dabei haben als Jagdausrüstung, und wir wissen auch, dass hier in den letzten vierundzwanzig Stunden massiv Magie gewirkt wurde. Es gibt zwei Möglichkeiten, wie wir das hier abwickeln: Entweder Sie rücken mit der Sprache raus und beantworten alle meine Fragen, oder ich stecke sie in ein Loch so tief und dunkel, dass niemand Sie je wiedersieht. *So ka*?«

»Ich glaube, da haben die Salish-Shidhe-Behörden auch noch ein Wörtchen mitzureden«, sagte Natokah, aber O'Connor ließ sich nicht beirren.

»Nein, haben sie nicht. Ich habe eine Sonderbefugnis, mich um bestimmte ... Vorfälle hier in der Gegend zu kümmern. Was Sie betrifft, bin ich Gott. Begriffen? Also, fangen wir noch mal von vorne an. Wer sind Sie und was *machen* Sie hier?«

Kellan schluckte mühsam und schaute die anderen um Unterstützung heischend an. O'Connor gab ihren Männern ein

Zeichen, die mit der Waffe im Anschlag in Feuerstellung gingen.

»Okay, okay!«, sagte Kellan. »Wir erledigen einen Job.«

»Was für einen Job?«

»Es … gab Daten über ein altes Waffenarsenal der Vereinigten Staaten«, suchte Kellan nach den richtigen Worten, während sie zu der nicht weit entfernten Öffnung im Hang nickte. »Das haben wir gesucht.«

O'Connor betrachtete das Gelände und sah sich dann in dem improvisierten Lager um. »Und wo sind diese Waffen?«

»Ein Typ namens Zhade hat sie mitgenommen.«

»Und der ist einfach gekommen und hat sich die Waffen genommen? Ganz alleine?«, fragte sie.

Kellan wusste nicht, ob O'Connor ihr glaubte oder nicht. Ihr Gesicht war so ausdruckslos wie ein Stein.

»Er ist eine Zauberschleuder«, fügte Kellan als Erklärung hinzu. »Ein Schamane, glaube ich.«

Das schien O'Connors Aufmerksamkeit zu erregen. Ihre Stirn runzelte sich besorgt. »Ein Schamane?«, wiederholte sie. »Was für einer?«

Kellan schüttelte den Kopf, aber Natokah sprang ein.

»Ein toxischer«, sagte er leise.

O'Connor schnaubte. »Toll«, murmelte sie. »Als ob wir nicht schon genug Probleme hätten.« Sie wandte sich an ihre Männer.

»Lieutenant, nehmen Sie eine Abteilung und untersuchen Sie diese Anlage«, sagte sie zu ihm, und er salutierte als Erwiderung und tat wie geheißen. »Sie«, wandte sie sich wieder an die Runner, »bleiben genau hier, bis wir uns ein Bild von der Situation gemacht haben, was mir Gelegenheit gibt, Sie gründlich durchsuchen zu lassen.«

»Wonach?«, fragte Kellan, bekam jedoch keine Antwort.

Während sich einige der Soldaten an die Untersuchung des unterirdischen Bunkers machten, ließ Captain O'Connor ihnen die Ausrüstung abnehmen, um sie dann einen nach dem anderen zu durchsuchen.

Kellan spürte, dass O'Connor sie astral begutachtete. Sie war ganz eindeutig Magierin. Aber sie wusste nicht, was sie suchte. Als ihre Männer zurückkehrten, beendete O'Connor ihre Untersuchung und schien mit dem Ergebnis zufrieden zu sein. Sie ließ einige Männer zur Bewachung der Runner zurück und ging zu ihrem Lieutenant, um sich mit ihm zu besprechen. Während ihrer Unterhaltung brachte ein Offizier aus dem Schwebepanzer Captain O'Connor eine Nachricht, die sich daraufhin abwandte und kurz in ihr Kehlkopfmikro sprach.

»Was werden sie mit uns machen?«, fragte Kellan Midnight, die ihr am nächsten stand.

»Das weiß ich nicht«, erwiderte sie. »Wenn wir Glück haben, kann Brickman vielleicht an ein paar Strippen ziehen, falls er nicht rundheraus bestreitet, uns angeworben zu haben.«

»Und wenn wir kein Glück haben?«

Midnight bekam keine Gelegenheit, diese Frage zu beantworten, da Captain O'Connor wieder zu ihnen trat.

»Bringt sie an Bord«, sagte sie zu ihren Männern, die mit ihren Waffen auf den Schwebepanzer deuteten.

»Wohin bringen Sie uns?«, fragte Kellan.

»Nicht reden, Bewegung!«, bellte einer der Soldaten, dessen Stimme durch Lautsprecher in seinem Helm elektronisch gefiltert wurde. Er unterstrich den Befehl mit einem neuerlichen Wink des Gewehrs, und Kellan blieb nichts anderes übrig, als zu gehorchen.

Als alle an Bord waren, startete der Schwebepanzer und hob ab. Einer der Soldaten schloss die Außenluke mit einem Knall, der in Kellans Ohren wie eine Totenglocke durch die Kabine hallte und das Scheitern ihres ersten eigenen Runs besiegelte. Jetzt konnte sie nur noch warten und darauf hoffen, das Ganze wenigstens zu überleben.

Kapitel 20

Das Licht in dem dunklen Raum stammte von einer faustgroßen Kugel aus grünlichem Feuer, die ungefähr drei Meter über dem Boden schwebte. Sie hüllte die verstreuten Abfälle, den gesammelten Müll und die rostenden und verfaulenden Teile der Zivilisation in einen fahlen Schein. Auf einem freien Platz in der Mitte stand ein Tisch, über den sich der Schamane Zhade gebeugt hatte und die Karten studierte, die darauf ausgebreitet waren.

Aus den Schatten jenseits des Lichtkreises drang ein Quieken und Fiepen, und das grünliche Licht wurde von Knopfaugen reflektiert, die ihn bei der Arbeit beobachteten.

»Bald, bald«, murmelte Zhade den Schatten beschwichtigend zu. »Alles ist fast bereit.«

Ein behandschuhter Finger fuhr über die Karte und folgte dabei einer Linie, die er darauf eingezeichnet hatte, als sich die Gelegenheit ergeben hatte.

»Bald«, wiederholte er. »Einen Teil der Infektion im Körper der Mutter wird es bald nicht mehr geben. Sie werden ihren letzten Sonnenaufgang erleben.«

Seine Hand kam auf den Kanistern zur Ruhe, die er aus dem Stammesland geholt hatte, und strich zärtlich und liebevoll über das kalte Metall und die abblätternde Farbe.

»Jetzt habe ich alles, was ich brauche ... Alles!«

Der Ares-Schwebepanzer flog höher und schneller als der *Leapin' Lizard* auf dem Weg ins Salish-Shidhe-Gebiet. Wenigstens glaubte Kellan das. Es war schwierig zu sagen. In der Kabine gab es keine Fenster, nur Flachbildschirme, die nicht eingeschaltet waren. Sie stellte sich vor, dass die Ares-Soldaten die Information direkt auf ihre Helm-Anzeige oder eventuell sogar in die Headware bekamen. Sie glaubte auch, Licht hinter der dunklen Sonnenbrille flackern zu sehen, die Captain O'Connor trug.

Obwohl die Kabine größer als die im *Lizard* war, empfand Kellan sie als beengt und klaustrophobisch, weil sehr viel mehr Personen hineingezwängt waren und sie die Native American Nations als Runnerin auf der Höhe ihrer Möglichkeiten betreten hatte, sie jetzt aber als Gefangene verließ. Da die Soldaten ihnen jegliche Unterhaltung verboten hatten, saß Kellan nur da, starrte ins Leere und ließ sich die ganze Sache immer und immer wieder durch den Kopf gehen, da sie herausfinden wollte, wo sie falsch gelegen hatte.

Weißt du, dachte sie, *du hast schon falsch gelegen, als du gedacht hast, du wärst gewappnet für das hier.*

Sie gab es äußerst ungern zu, aber es stimmte. Sie war nicht gewappnet. Der Run hatte es bewiesen, und jetzt mussten alle für ihre Unerfahrenheit büßen. Irgendwas *musste* sie aber doch tun können. Kellan überlegte, was sie einsetzen konnte. Womit konnte sie feilschen oder verhandeln?

Da wäre Brickman, dachte sie.

Brickman arbeitete für eine Tochter von Ares, und Ares hatte sie gefangen genommen. Vielleicht konnte sie die Erwähnung dieses Namens aus dieser Zwangslage befreien, falls Captain O'Connor glaubte, dass sie für ihn arbeiteten. Natürlich hatte Brickman gesagt, er werde Kellan und ihr Team verleugnen, wenn man sie erwischen würde, also war es auch möglich, dass ihnen die Erwähnung seines Namens überhaupt nichts brachte. Noch schlimmer würde es sogar, wenn Brickman bereits unter irgendeinem Verdacht stand. In diesem Fall würde die Bestätigung, dass sie für ihn arbeiteten, mehr schaden als nützen.

Brickman war das einzige Druckmittel, das Kellan einfiel, aber sie wollte ihre einzige Chance nicht vergeuden, indem sie ihn vor O'Connor erwähnte. Wenn sie eine Verbindung mit Brickman in Schwierigkeiten bringen würde, musste Kellan das vorher wissen. Wenn Brickman an irgendwelchen Strippen ziehen konnte, um ihnen zu helfen, musste sie ihn irgendwie über die Lage informieren. Wenn er sie aber hereingelegt hatte, wäre es gefährlich, selbst zu ihm zu gehen. Immer vorausgesetzt, Kellan hatte überhaupt die Mittel, Kontakt mit ihm aufzunehmen ...

Das ist doch sinnlos, dachte sie. *Lothan hatte recht.* Sie hätte auf den Trollmagier hören sollen, als er in jener Nacht in ihre Wohnung gekommen war, um sie vor Midnight und vor diesem Run überhaupt zu warnen. Er ...

Das ist es, dachte Kellan.

Sie sah sich verstohlen danach um, ob jemand auf sie achtete. Die Ares-Soldaten hielten Wache, und das dunkle Visier ihrer Helme verriet nichts, aber ansonsten war in der Kabine des Schwebepanzers alles ruhig. Kellan tat ihr Bestes, ihre Gedanken zu verheimlichen und es aussehen zu lassen, als lehne sie sich zurück, um es sich bequem zu machen und auszuruhen. Angesichts der Schmerzen, die ihren Körper erfüllten, war es nicht allzu schwierig, Erschöpfung vorzutäuschen. Und nach allem, was sie durchgemacht hatten, und nach nur wenigen Stunden Schlaf, musste sie furchtbar aussehen.

Sie lehnte den Kopf an, holte tief Luft und atmete sacht wieder aus. Dabei versuchte sie so leise wie möglich zu sein. Zum Glück übertönte der Motorenlärm alle leiseren Geräusche. Sie schloss die Augen, entspannte und konzentrierte sich.

Das Gefühl war immer so, als ließe man los und fiele. Kellan stellte sich vor, dass es so war, wie die natürliche Angst vor einem Sprung zu überwinden: von einem Sprungbrett oder aus einem Flugzeug, auch wenn man wusste, dass man ins Wasser fallen oder ein Fallschirm den Fall bremsen würde. Plötzlich fühlte sie sich schwerelos und hatte den Eindruck von Licht und schneller Bewegung, und dann flog sie.

Kellan schwebte hoch in der Luft und sah die grüne Landschaft unter sich vorbeirasen. Der mit Sternen gesprenkelte Nachthimmel wölbte sich über ihr. Ein Blick zeigte ihr den Ares-Panzer, der sich mit blinkenden Positionslichtern von ihr entfernte. Es dauerte eine Weile, sich zu orientieren. Dann ging ihr auf, dass sie astrale Projektion zum ersten Mal in einem sich bewegenden Vehikel benutzt hatte, noch dazu in einem sehr schnellen.

Als ich meinen Körper verlassen habe, dachte sie, *muss sich mein Astralkörper im Ruhezustand befunden haben. Der Schwebepanzer ist durch mich hindurch- und weitergeflogen.*

Und flog mit ihren Teamkameraden und ihrem Körper weiter seinem Ziel entgegen, wo immer sich das auch befinden mochte.

Natürlich bestand das Risiko, dass O'Connor Kellans Verschwinden bemerkte. Es war klar, dass sie Magierin war. Kellan wusste nicht, ob O'Connor versuchen würde, sie aufzuhalten, aber anscheinend versuchte sie es nicht. Wenn sie allerdings später bemerkte, dass Kellans Geist abwesend war, hatte sie immer noch ihren Körper als Geisel, weil sie wusste, dass Kellan irgendwann zurückkommen musste.

Kellan hoffte, ihren Körper wiederfinden zu können. Sie hatte die Technik von Lothan gelernt, hatte bisher aber noch keinen Grund gehabt, sie anzuwenden. Theoretisch konnte sie zu ihrem Körper zurück, wie weit er auch entfernt sein mochte, aber Kellan wusste auch, dass ihr nur eine gewisse Zeit blieb, um zu erreichen, was sie sich vorgenommen hatte. Sobald der Geist den Körper verließ, starb dieser langsam. Wenn sie nicht rechtzeitig zurückkehren konnte ...

Dann sterbe ich, dachte Kellan, *aber ich werde niemanden mitreißen.*

Immer höher erhob sie sich über die Erde, die unter ihr abfiel, bis sie die Lichter der Städte, Ortschaften und Straßen wie eine Landkarte unter sich ausgebreitet sah. Sie orientierte sich an vertrauten Landschaftsmerkmalen und raste gedankenschnell dem Seattler Metroplex entgegen, wobei sie Hunderte von Kilometern in wenigen Minuten zurücklegte.

Im Metroplex angekommen, war es ein Leichtes, zu einem ganz bestimmten Haus in Capitol Hill zu fliegen. Sie wurde langsamer und näherte sich den flimmernden Schutzvorrichtungen auf den Mauern des Hauses. Dann legte sie eine geisterhafte Hand darauf und sandte einen Ruf aus, wie ein psychisches ›Anklopfen‹ an der Tür. Die Sekunden schienen sich dahinzuschleppen, bevor sich die Schutzvorrichtung kräuselte und teilte und schließlich ein Tor bildete, durch das sie eintreten konnte.

Lothan erwartete sie in seinem Arbeitszimmer, wie sie es sich gedacht hatte. Sie konnte nicht sagen, ob sie ihn aus tiefem Schlaf gerissen hatte oder ob er noch immer seinen nächtlichen Studien nachhing. Er war so ungerührt wie immer und schien nicht überrascht zu sein, sie zu sehen.

»Ja, Kellan, was gibt es?«, fragte er etwas gereizt.

Kellan verhielt einen Moment in der Mitte des Raums. »Lothan, ich ... ich brauche deine Hilfe. Ich habe nicht viel Zeit.«

Das Gehabe ihres Mentors veränderte sich augenblicklich. Er legte das Buch, in dem er gerade gelesen hatte, auf den Schreibtisch, und wandte sich ihr zu. »Dann erzähl mir alles«, sagte er. »Schnell.«

Und das tat sie. Sie erzählte Lothan von Brickmans finanzieller Rückendeckung, von ihrem Ausflug ins Salish-Shidhe Council, vom Fund der chemischen Waffen, von ihrer Begegnung mit dem Schamanen Zhade und von der Ankunft des Ares-Feuerwehrteams. Sie war auf einen Vortrag gefasst, auf einige ätzende Worte der Zurechtweisung, sogar darauf, dass Lothan von ihrer traurigen Geschichte nichts wissen wollte und sie mit den Worten fortschicken würde, wie man sich bette, so liege man eben.

Der Trollmagier tat nichts von alledem. Vielmehr stand er auf, holte seinen Stab aus der Ecke, in der er wie immer lehnte, und nahm dann seinen schweren Mantel vom Haken.

»Kehr in deinen Körper zurück«, sagte er, »und zwar so schnell du kannst. Komm nicht wieder zu mir. Ich muss ein paar Dinge überprüfen. Warte einfach ab und mach keine Dummheiten.« Sie wandte sich ab, um das Haus zu verlassen, und Lothan rief ihr hinterher.

»Und, Kellan ...?«

»Ja?«

»Mach dir keine Sorgen. Wir bringen das alles wieder in Ordnung.«

Sie überlegte einen Moment, in dem sie den nüchternen Ausdruck der Zuversicht auf dem runzligen Gesicht des alten Trolls registrierte, dann nickte sie. »Danke, Lothan.«

Nachdem sie durch die Mauern des Hauses nach draußen geglitten war, konzentrierte sich Kellan auf den vertrauten Schlag ihres Herzens und auf das Gefühl ihrer Gliedmaßen und spürte kurz darauf den schwachen, beinahe unmerklichen Zug ihres Körpers, die unverbrüchliche Verbindung zwischen Körper und Geist, und strebte ihm entgegen.

Es ging langsamer, als Kellan erwartet hatte, und war eine elende Sucherei, ein beständiges Horchen auf das schwache Gefühl, in die richtige Richtung zu fliegen, und dabei durfte sie auch nicht zu schnell sein, um nicht über das Ziel hinauszuschießen. Die Lichter des Metroplex verblassten in der Ferne und wichen der Wildnis der Stammesgebiete. Dann sah sie die Positionslichter des Schwebepanzers in der Ferne.

Je näher sie kam, desto stärker spürte sie die Verbindung mit ihrem Körper, als ziehe er sie magnetisch an. Sie schoss förmlich in den Thunderbird, die Welt drehte sich um sie und sie öffnete die Augen.

»Willkommen zurück«, sagte Captain O'Connor mit beißendem Unterton und funkelte Kellan durch die Länge der Kabine an. »Ich hatte mich schon gefragt, ob Sie sich überhaupt die Mühe machen würden, zurückzukehren, oder sich ein für allemal verabschiedet hätten.«

»Ich sagte doch, dass sie zurückkommt«, erwiderte Orion, aber es war auch klar, dass der elfische Krieger erleichtert über ihre Rückkehr war.

»Und, hatten Sie eine angenehme Reise?«, fragte die Ares-Magierin Kellan, die stumm blieb.

O'Connor hielt ihrem Blick eine ganze Weile stand, bevor sie die Achseln zuckte. »Eigentlich spielt es keine Rolle, ob Sie jemanden gewarnt oder versucht haben, Verstärkung zu rufen. Offen gestanden interessiert es mich einen feuchten Drek, welches Spiel Sie spielen. Sobald ich Sie in Seattle abgeliefert habe, sind Sie nicht mehr mein Problem.«

»Seattle?«, fragte Kellan.

»Natürlich, was haben Sie denn gedacht? Ich sagte Ihnen doch, dass ich im Hell's Canyon einen Job zu erledigen habe, also mache ich Sie zum Problem eines anderen.«

Kapitel 21

Der Ares-Schwebepanzer brauchte nur ein paar Stunden für den Weg nach Seattle. Der Grenzübertritt wurde über Konzernkanäle geregelt, und der T-Bird landete schließlich nicht auf dem SeaTac Airport, sondern auf einem privaten Landeplatz für Pendlerflüge, der Ares gehörte und auch von Ares betrieben wurde.

Die Runner wurden aus dem Panzer gescheucht, in einen nichtssagenden Raum geführt und die Türen hinter ihnen verschlossen und verriegelt.

»Was glaubt ihr, was sie …?«, begann Orion, aber Midnight forderte ihn mit einem Kopfschütteln und einem auf die Lippen gelegten Zeigefinger zum Schweigen auf. Sie deutete mit diesem Finger vage an die Decke und zeigte an, dass sich wahrscheinlich Abhörvorrichtungen in dem Raum befanden. Es war möglich, dass man sie beobachtete und jemand nur darauf wartete, dass sie etwas Interessantes sagten.

Alle verstanden die Botschaft: Es war besser zu schweigen, als zu verraten, womit man später vielleicht handeln konnte.

Also saßen sie stumm da und warteten. Kellan erwog eine neuerliche astrale Projektion, entschied aber, das Risiko lieber nicht einzugehen. O'Connor war zuvor vielleicht nicht daran interessiert gewesen, sie daran zu hindern, aber die magische Sicherheit hier in dieser Ares-Anlage mochte das ganz anders sehen. Also warteten sie. Dann öffnete sich die Tür wieder.

Simon Brickman stand in der Tür, und seine Miene verriet, dass er nicht erfreut war, sie zu sehen. Anstelle seiner üblichen schicken Geschäftskleidung trug er schwarze Jeans und ein enges T-Shirt unter einer Kunstlederjacke mit eingearbeiteter Panzerung, dazu eine dunkle Sonnenbrille und lange schwarze Handschuhe.

»Kommen Sie mit«, sagte er nur und verließ den Raum wieder.

»Was ist mit unseren Sachen?«, fragte Orion, und Brickman fuhr zu ihm herum.

»Ich will nicht bereuen müssen, dass ich Sie hier raushole«, sagte er kalt. Dann wendete er sich ab und ging.

Kellan und die anderen folgten ihm. Brickman führte sie in eines der Verwaltungsgebäude des Flugplatzes und in einen Konferenzraum, in dem Lothan wartete. Der Trollmagier stand hinter einem Tisch und stützte sich auf seinen Stab, weil keiner der Stühle groß genug für ihn war.

Brickman schloss die Tür hinter ihnen und vergewisserte sich, dass auch die Blenden geschlossen waren, damit niemand beobachten konnte, was in dem Raum vorging. Dann holte er ein kleines dreieckiges Gerät aus der Innentasche seiner Jacke, schaute auf die Anzeige und drückte es oberhalb der Klinke auf die Tür, wo es mit einem Klicken haften blieb.

»Setzen Sie sich«, sagte er mit einer Geste auf den Konferenztisch, als rede er mit einem ungehorsamen Hund.

Die müden Runner nahmen größtenteils dankbar Platz.

»Das war vermutlich das größte Fiasko, an dem ich je beteiligt war«, begann Brickman.

»Es war nicht unsere ...«, antwortete Kellan.

»Ich will nichts davon hören!«, bellte Brickman. »Es interessiert mich nicht. Mich interessiert nur, dass mein Name nicht mit noch mehr von diesem Drek in Verbindung gebracht wird.« Er warf einen Blick auf Lothan, der ungerührt dastand und nur zusah und zuhörte. »Gottverdammt«, fuhr Brickman fort. »Hell's Canyon?«, fragte er. »Von allen Gegenden, die Sie sich aussuchen konnten ...«

»Was ist so Besonderes am Hell's Canyon?«, fragte Kellan.

»Das ist geheim«, sagte Brickman. »So geheim, dass nicht einmal *ich* weiß, was da los ist. Ich weiß nur, dass es so ernst ist, dass die Salish-Shidhe-Regierung seit acht Jahren eine Sondervereinbarung mit meinem Konzern hat. Der Zutritt zu dem Gebiet ist streng verboten und es wird von Elite-Feuerwehrteams bewacht.«

»Woher hätten wir das wissen sollen?«

Brickman schnaubte. »Das Traurige ist, niemand hätte je erfahren, dass Sie da waren ... wenn Sie den Job ordentlich erledigt hätten.«

»Es war nicht unsere Schuld!«, sagte Kellan und hieb dabei mit der Faust auf den Tisch. »Zhade ...«

»Ja, Zhade«, sagte Brickman. »Der irgendwie in den Besitz Ihrer angeblich ›geheimen‹ Daten gelangt ist, der Ihnen direkt zu dem verdammten Arsenal gefolgt ist und Ihnen die Beute vor der Nase weggeschnappt hat. Offensichtlich hätte ich ihn anwerben sollen!«

Kellan riss Brickmans Kredstab aus ihrer Jacke und knallte ihn auf den Tisch. »Ach ja? Sie können Ihren verdammten Kredstab nehmen und ihn ...«

»Das reicht«, sagte Lothan. »Beschuldigungen und Gegenbeschuldigungen sind sinnlos. Was passiert ist, ist passiert. Mehr gibt es dazu nicht zu sagen.«

Brickman, der sich bei seinen Worten auf den Tisch gestützt hatte, richtete sich auf und funkelte Lothan an.

»Nicht ganz. Es gibt durchaus noch etwas dazu zu sagen«, sagte er. »Es bleibt immer noch die Kleinigkeit Zhade und was er gestohlen hat.«

»Was ist damit?«, warf Midnight ein.

»Ehrlich gesagt, interessiert es mich einen Drek«, erwiderte Brickman, »aber ich kann es mir nicht leisten, mit diesem Fiasko in Verbindung gebracht zu werden. Vor allem dann, wenn Zhade mit dem gestohlenen Material irgendwas vorhat, und ich glaube, wir wissen alle, dass es so ist. Also ist die Sache ganz einfach. Sie werden Zhade aufhalten und das Material zurückholen.«

»Schön«, erwiderte Midnight, während sie sich entspannt zurücklehnte. »Was ist Ihnen das wert?«

Bei Brickmans geisterhaftem Lächeln lief es Kellan kalt über den Rücken. »O nein«, sagte er. »Sehen Sie, wenn Sie es nicht tun und Zhade das Material einsetzt und es tatsächlich in *irgendeiner* Weise bis zu mir zurückverfolgt wird ... sagen wir einfach, dass ich nicht allein untergehen werde. Sagen wir außerdem, dass ich dafür sorgen würde, das Vergnügen zu haben, Sie alle *vor mir* hochgehen zu sehen. Ich glaube, es ist in Ihrem ureigensten Interesse, dafür zu sorgen, dass Zhade keine Gelegenheit bekommt, das Material einzusetzen, finden Sie nicht auch?«

»Wie sollen wir ihn finden?«, fragte Kellan, und Brickman richtete seine Aufmerksamkeit wieder auf sie.

»An dieser Stelle kommen Sie ins Spiel, Kellan«, sagte er.

»Das wird nicht klappen«, sagte Kellan zum hundertsten Mal.

»Mit dieser Einstellung nicht«, erwiderte Lothan. »Wenn du nicht willst, dass ich das mit dir mache, kann ich auch gehen ...«

»Entschuldige«, murmelte Kellan. »Ich schätze, im Moment bin ich nicht besonders selbstsicher.«

»Kellan«, sagte der Trollmagier. »Du hast einen Fehler gemacht ...«

»Tolle Neuigkeit.«

Lothan ließ sie mit einem harten Blick verstummen. »Du hast einen Fehler gemacht«, wiederholte er. »Aber jetzt hast du Gelegenheit, ihn wiedergutzumachen.«

Sie nickte. »Ja. Ich weiß das auch zu schätzen, Lothan.«

Der Magier nickte. »Bist du bereit, dich an die Arbeit zu machen?«

Brickman hatte einen simplen Vorschlag gemacht: Sie hatten eine Probe der Chemikalie, die Zhade aus dem unterirdischen Bunker entwendet hatte. Es handelte sich wie vermutet um eine alte chemische Waffe der Vereinigten Staaten, die im Zuge des Geistertanzkrieges jedoch nicht zum Einsatz gekommen war. Die Gewalt, die die Truppen der amerindianischen Streitkräfte über den Wind und das Wetter hatten, machten solche Waffen unwirksam und viel zu gefährlich für alle Beteiligten.

Brickman war ziemlich sicher, dass Zhade das Material nicht verkaufen, sondern einsetzen würde, und Kellan war derselben Ansicht. Zum Glück gab es eine Möglichkeit, wie sie den Schamanen aufspüren konnten, bevor es zu spät war. Das magische Prinzip der Übertragung besagte, dass es eine tiefe Verbindung zwischen den Bestandteilen eines Gegenstands und dem Ganzen gab. Magier benutzten Blut, Haare und Fingernägel, um Zauber gegen Ziele zu wirken, die sich auf der anderen Seite der Welt befanden. Ebenso war es möglich, eine kleine Probe der gestohlenen Chemikalien zu benutzen, um damit den Rest zu finden. Jedenfalls hofften sie das.

Nachdem er seine Idee erklärt hatte, war Kellan einverstanden gewesen, aber sie wusste nicht, ob sie es allein schaffen konnte. Sie hatte das erforderliche Ritual noch nie selbst durchgeführt, obwohl sie wusste, wie es funktionierte. Natokah konnte ihr nicht helfen, weil er ein Schamane war, denn seine Art, Magie zu wirken, unterschied sich zu stark von Kellans hermetischer Methode. Sie brauchte die Hilfe eines anderen Magiers. Und da kam Lothan ins Spiel.

»Es wird nicht leicht«, sagte er. »Zhade ist vielleicht verrückt, aber er ist nach allem, was ich gehört habe, auch ein sehr fähiger Zauberer. Wir können davon ausgehen, dass er auf magische Versuche, ihn zu finden, vorbereitet ist und Abwehrvorrichtungen hat.«

»Nun ja, Zhade hält uns für tot«, sagte Kellan. »Das verschafft uns hoffentlich einen Vorteil.«

Mit Lothans Hilfe bereitete Kellan die Ritualfläche vor. Sie arbeiteten rasch, also wurde sie nicht übermäßig groß: ein Kreis mit nur wenigen Metern Durchmesser, der gerade breit genug für die beiden war, um Seite an Seite darin arbeiten zu können. Kellan schlug in Lothans Zauberbüchern die nötigen Symbole nach, die um und zwischen die Kreise gezeichnet werden mussten. Da es kein Beschwörungskreis war, ließen sie den Platz aus, wo am Ende des Rituals ein Geist auftauchen würde. Gemeinsam stellten sie die für das Ritual notwenigen Zutaten wie Kräuter, Räucherwerk, Kerzen und so weiter zusammen. Lothan bestand außerdem darauf, dass sich Kellan vor Beginn des Rituals ausruhte, und sagte, sie werde niemandem etwas nützen, wenn sie erschöpft sei.

Widerstrebend stimmte Kellan zu und tat ihr Bestes, um noch eine Weile zu meditieren, während Lothan die Vorbereitungen abschloss.

Als alles bereit war, fingen sie an. Im Beschwörungsraum in Lothans Haus zündeten sie zunächst die Kerzen an, dann entfachte Kellan etwas Holzkohle für das kleine Kohlepfännchen und gab vorsichtig etwas von dem zerstoßenen Räucherwerk hinein. Eine dünne Rauchfahne erhob sich, die nach Sandelholz, Myrrhe und Weihrauch roch. Lothan nahm das Pfännchen und säuberte damit auf rituelle Weise den Kreis, um etwaige unerwünschte und negative Energien zu bannen. Dann stellte Kellan das Pfännchen auf einem kleinen Ständer in der Mitte des Kreises zusammen mit einem kleinen Eisenkessel ab, der mit klarem Quellwasser gefüllt war.

Die beiden Magier stellten sich Angesicht zu Angesicht in den Kreis und legten die Arme um den Kessel, sodass er vollständig umschlungen war. Gemeinsam hoben sie das Energieniveau des Kreises, weihten ihn zu ihrem Arbeitsplatz und schufen eine Barriere zwischen sich und der physikalischen Welt; außerdem eine Schutzvorrichtung rings um sie auf der Astralebene. Sie luden die Mächte der vier Kardinalrichtungen und die vier Elemente ein, sich zu ihnen in den Kreis zu gesellen, um ihre Arbeit zu unterstützen. Unter Lothans Führung und dank seiner Unterstützung spürte Kellan, wie ein Teil ihres Selbstvertrauens zurückkehrte, als sie die vertrauten Worte sprach.

Während das Räucherwerk zwischen ihnen qualmte, holte Kellan die kleine versiegelte Probe heraus, die Brickman ihr gegeben hatte. Sie legte sie auf ihre geöffnete Handfläche, und Lothan hielt seine Hand darüber, sodass die Chemikalie in der Mitte vollständig umgeben war. Sie konzentrierten sich darauf, und Kellan sprach die Worte, die ihre Absicht zum Ausdruck brachten.

»Durch dieses Gift«, sagte sie, »greifen wir nach dem, was genommen wurde, immer verbunden und Teil des Ganzen.«

Kellan spürte die Energie des Rituals wachsen. Sie hielt sie fest, dirigierte sie zu der Probe, die sie hielten, und stärkte mit ihr die Verbindung zwischen der Probe und dem Zylinder mit Chemikalien, aus dem sie stammte. »Durch unseren Willen wird die Verbindung manifest, durch unsere Energie wird sie offenbar. Zeig uns den Weg, zeig uns den Pfad, den wir suchen. So sei es!«

Die Energie entfaltete sich wie Fäden aus Hexenlicht, unendlich fein und zart, als bestehe sie aus den Rauchfahnen, die von dem Räucherwerk aufstiegen. Kellan benutzte eine Hand, um sie sanft aufzufächern und ausschwärmen zu lassen. Sie konzentrierte sich auf diese Fäden, als seien sie eine Verlängerung ihres Bewusstseins, und begleitete sie. Sie fuhren aus wie Fühler, die blind suchten. Es war eine zähe und heikle Arbeit, und sie durfte in ihrer Konzentration keinen Augenblick nachlassen. Sie hielt die Verbindung nicht nur aufrecht, sondern stärkte sie noch.

Dann spürte sie es, ein ganz schwaches Ziehen wie ein Zittern in einem der Fäden. Kontakt!

»Da ist es«, hörte sie Lothan leise sagen.

Kellan öffnete die Augen, und Lothan hob die Hand. Sie nahm die Phiole mit der Chemikalie und ließ sie in das Wasser in dem Kessel gleiten, das augenblicklich schwarz wurde. Kellan starrte auf die dunkle, gekräuselte Wasseroberfläche. Kerzenlicht funkelte darin, und Rauch trieb wie Nebelschwaden darüber. Das Wasser flimmerte, und Kellan sah, dass sich ein Bild darin formte. Zuerst war es dunkel und unscharf, wurde aber zunehmend klarer.

»Ich kann nicht genau sehen, wo es ist«, sagte sie, und der Troll stellte sich hinter Kellan und legte ihr sanft die Hände auf die Schultern.

»Erweitere dein Blickfeld und weiche etwas zurück«, sagte er leise.

Sie tat es, und es war, als fahre eine Kamera zurück, sodass ihr Blickfeld immer größer wurde. Sie sah ein schmutziges, matt erleuchtetes Haus. Sie wich noch weiter zurück und sah das verfallene Äußere und ringsherum große Hügel, ja Berge aus Müll und Abfällen, die sich in alle Richtungen erstreckten.

»Es ist eine Müllhalde«, sagte sie. »Eine Deponie. Sie ist riesig.«

»Das Rattennest«, sagte Lothan.

»Ich kann das Haus sehen«, sagte Kellan, »aber nicht viel darin, dafür ist es zu dunkel.«

»Erzwinge es nicht. Komm besser einfach zurück. Löse dich von dem Bild.«

Kellan gehorchte. Es war, als erwache sie aus einem Traum. Lothan nahm ein Zeremonienmesser und strich damit über den Kessel, damit die Verbindung durchschnitten war und nicht zu ihnen zurückverfolgt werden konnte. Dann schlossen sie den Kreis und leiteten die verbliebene Energie ab.

Die anderen, Brickman eingeschlossen, warteten draußen. Sie schauten erwartungsvoll auf, als die beiden herauskamen.

»Das Rattennest«, verkündete Kellan. »Ich kann das Haus finden, das wir entdeckt haben.«

»Das klingt logisch«, sagte Orion. »Wo sollte man eine Müllratte wie Zhade sonst finden?«

»Gut«, sagte Brickman. »Jetzt kümmern wir uns um Zhade und holen uns die gestohlene Ware wieder.«

»Wir?«, fragte Kellan.

»Natürlich«, sagte er. »Sie haben doch nicht geglaubt, ich würde Sie das allein machen lassen, oder? Ich will sichergehen, dass es diesmal *richtig* gemacht wird.«

Kellan verkniff sich eine Antwort und nickte nur.

»Schön«, sagte sie. »Dann mal los.«

Kapitel 22

Die Tür des Hauses unweit der Mülldeponie Seattle-Nord splitterte nach ein paar Schlägen Orions und krachte auf den staubigen Boden.

»Ausschwärmen!«, sagte Brickman, und die Runner drangen rasch in das Haus ein. Drinnen war es düster, und das einzige Licht fiel von draußen durch die Türöffnung und die dünnen Schlitze zwischen den Jalousien vor den Fenstern.

Auf Brickmans Anweisung gingen Orion und Draven nach links, Midnight und Natokah nach rechts. Kellan und Brickman hielten sich in der Mitte. Sie huschten von Tür zu Tür, drückten sich flach an Wände und hechteten um Ecken, während der Partner Deckung gab. Sekunden später trafen sie sich alle im mittleren und größten Raum.

»Irgendwas?«, fragte Kellan, und die anderen schüttelten synchron den Kopf.

»Hier ist niemand«, sagte Orion.

»Seht mal da«, sagte Midnight und zeigte auf eine Stelle.

An einer der Wände dieses größten Raums stand eine breite Werkbank. Darunter lag einer der von Zhade gestohlenen Zylinder.

Kellan näherte sich ihm vorsichtig und untersuchte ihn.

»Die Probe, die wir hatten, muss aus diesem Zylinder stammen«, sagte sie. »Aber wo ist der Rest? Und wo ist Zhade?«

»Warte mal«, sagte Orion, wobei er den Kopf ein wenig schräg legte. »Was ist das für ein Geräusch?«

Kellan hörte es, ein Trappeln und schrilles Quieken.

»Da drüben!«, rief sie, da sie Bewegung in den Schatten sah, und dann kamen sie plötzlich.

Eine Horde Ratten kam aus der Dunkelheit geschossen, aber sie waren beinahe einen Meter lang. Ihre blassen Leiber waren so gut wie unbehaart und mit Geschwüren und Schorf bedeckt, und in ihren Knopfaugen schien ein rötliches Licht zu funkeln. Sie zischten und kreischten und bleckten die Zähne, während sie auf die Runner losgingen. Es mussten Dutzende sein.

»Teufelsratten!«, rief Draven. Er schwang seine Axt und hieb eine der angreifenden Ratten entzwei, während ihn ein paar mehr ansprangen. Die Waffe des Zwergs zuckte hin und her, um sie abzuwehren.

Sie bauten sich Rücken an Rücken um den Tisch in der einzigen Lichtinsel im Raum auf. Midnight und Brickman eröffneten beide das Feuer auf die Ratten, wobei die schlanke Pistole der Elfe präzise und tödliche Schüsse abgab, während Brickmans Maschinenpistole kurze Feuerstöße ausspie und die Teufelsratten damit dezimierte und versprengte.

Orion und Draven schwangen Schwert und Axt wie Kammerjäger und hieben auf die Teufelsratten ein, die sie zu überwältigen versuchten. Orion trat eine angreifende Ratte mit zermalmender Wucht und enthauptete eine andere mit einem sauberen Schwerthieb. Draven fluchte und brüllte, während er seine Axt mit Inbrunst kreisen ließ.

Kellan und Natokah standen einander fast gegenüber und nutzten die Deckung, die ihnen ihre Teamgefährten gaben, um Magie zu wirken. Der Schamane skandierte, und sein Singsang steigerte sich zu einem durchdringenden Schrei, der durch den Raum hallte. Kellan flüsterte Zauberworte, die sich zu einem Crescendo steigerten. Von den beiden breiteten sich nahezu unsichtbare Energiewellen aus wie Hitzeflimmern, das im Sommer vom heißen Asphalt aufsteigt. Licht flackerte in einer lautlosen Explosion in den Schatten, und Teufelsratten quiekten. Ihre hinteren Reihen, diejenigen, die am weitesten von den Runnern entfernt waren, brachen zusammen und rührten sich nicht mehr.

Nachdem der Großteil der Teufelsratten Kellans und Natokahs Magie zum Opfer gefallen war, hatten die anderen keine Mühe mehr, den Rest zu erledigen. Orion riss sein Schwert aus der letzten Riesenratte und wischte die Klinge mit einem Lappen ab, den er anschließend angewidert wegwarf, während sich Draven auf seine Axt stützte und das Gemetzel betrachtete.

»Teufelsratten«, grunzte er, »widerliche Viecher. Ich schätze mal, dass Zhade sie sich als Haustiere hält.«

Kellan widmete sich wieder der Werkbank, auf der mehrere Ausdrucke lagen. »Seht euch das an«, sagte sie zu den anderen, die näher kamen, während Kellan die dünnen Folien durchging.

»Landkarten«, sagte Brickman.

»Sie zeigen das Haltestellennetz des Monobahn-Systems«, sagte Kellan, die sie rasch überflog, »und hier ist auch ein Fahrplan für die einzelnen Züge.«

»Ach, Drek«, murmelte Draven.

»Was ist denn?«, fragte Orion.

»Zhade wird dieses Zeug in einem der Züge einsetzen«, meldete sich Midnight zu Wort. »Oder vielleicht will er auch einen Bahnhof unter Gas setzen.«

»Wenn er es in einen Zug einschleust, wird es sich ziemlich verteilen«, sagte Draven. »Über einen Großteil der Innenstadt.«

Kellan betrachtete die Karten und Diagramme. Manche waren gekennzeichnet, einige Stellen eingekreist. Sie suchte nach einem Muster bei den Markierungen, nach einem Hinweis darauf, wo Zhade aktiv werden wollte. »Hier«, sagte sie und zeigte auf eine Stelle auf der Karte. »Diese Haltestelle ist am dicksten eingekreist. Ich glaube, Zhade will dorthin.«

»Das ist ein ziemlicher Schuss ins Blaue, Kellan«, stellte Midnight fest.

»Ich weiß«, sagte sie, »aber wir haben nicht mehr viel Zeit.«

Sie wandte sich an Brickman. »Sie müssen Lone Star warnen«, sagte sie.

»Wovor?«, erwiderte der Exec ungläubig. »Dass ein Wahnsinniger mit einer chemischen Waffe frei herumläuft, die eigentlich Sie gestohlen haben, bevor er sie dann Ihnen abgenommen hat? Zum einen würden sie mir nicht glauben. Zum anderen wissen sie nicht genug über Zhade, um ihn noch rechtzeitig aufhalten zu können. Und schließlich will ich nicht, dass Lone Star mich mit dieser Sache in Verbindung bringt, also werde ich nicht hingehen und ihnen diese Verbindung auf einem Silbertablett servieren!«

»Dann müssen wir versuchen, ihn selbst aufzuhalten«, sagte Kellan, wobei sie mit der Karte wedelte. »Sonst wird Lone Star Gelegenheit bekommen, diese Verbindungen selbst herzustellen.«

»In Ordnung«, sagte Brickman. »Dann nichts wie los.«

Mit den von Brickman zur Verfügung gestellten Fahrzeugen fuhren sie in die Innenstadt. Während Brickman fuhr, betrachtete Kellan durch das Fenster die Lichter des Metroplex und hoffte inständig, noch rechtzeitig zu kommen. Wer wusste schon, wie viel Vorsprung Zhade hatte?

Es gelang ihnen, auf dem Weg zum besagten Monobahnhof allen Patrouillen Lone Stars und anderer Konzerne auszuweichen. Sie arbeiteten sich mit häufigen Spurwechseln und quietschenden Reifen durch den dichten Verkehr, und jede Verzögerung machte Kellan nervöser. Schließlich erreichten sie den ausgewählten Monobahnhof. Es handelte sich um einen erhöhten Bahnsteig gut zwei Etagen über dem Straßenniveau, zu dem eine Treppe und ein Aufzug führten. Während alle aus den Wagen sprangen, schaute Kellan zum Bahnsteig hoch.

»Ich glaube, wir haben Zhade gefunden«, sagte sie, während sie nach oben zeigte. Der Bahnsteig war verlassen bis auf ein paar überall verstreut liegende Leichen und eine ungeschlachte Gestalt, die fast drei Meter groß war und aussah wie eine lebendige Masse aus Abfall und Giftmüll. Kellan zog ihre Pistole und lief zur Treppe. Orion war dicht hinter ihr.

»Kellan!«, rief Midnight, doch sie hörte nicht auf die Warnung. Zhade musste aufgehalten werden.

Immer zwei Stufen auf einmal nehmend, kam sie auf dem Bahnsteig an. Er war Schauplatz eines Gemetzels, da überall die Leichen der angehenden Passagiere lagen. Die meisten hatten furchtbare Verbrennungen, und die wogende Masse aus Abfall stand mitten zwischen Zhades Opfern. Auf dem Bahnsteig hatte ein Zug gehalten, und als Kellan durch die Fenster in die Abteile schaute, sah sie auch dort viele Leichen liegen. Dann fiel ihr Blick auf Zhade, der gerade in den vordersten Wagen einstieg. Der Schamane entdeckte sie im gleichen Augenblick, und der Geist wogte vorwärts.

»Zhade!«, rief Kellan und sprintete zu den geöffneten Türen des Monobahnwagens. Orion sprang zwischen sie und den toxischen Geist, schlug mit seinem verzauberten Schwert nach ihm und hielt ihn so in Schach.

Als Kellan in den Wagen sprang, zeigte Zhade auf sie und sprach ein Zauberwort. Ein dampfender Säurestrahl spritzte aus seiner ausgestreckten Hand.

Kellan wehrte instinktiv einen Teil des Zaubers ab, aber der Rest hinterließ Löcher in ihrer gepanzerten Jacke. Die Säure schmolz außerdem ihre Pistole zusammen, und sie ließ sie einfach fallen. Sie ging auf Zhade los und hob eine Hand. Als er in einer Abwehrgeste die Arme hob, tauchte Kellan tief hinunter und versuchte es mit einer Beinsense, die sie von Orion gelernt hatte. Der Tritt holte den Schamanen von den Beinen, und er stolperte auf eine Sitzbank.

Sie hörte, wie die anderen auf dem Bahnsteig ankamen. Natokah begann einen Banngesang, der den toxischen Geist in Schach hielt, während sich Kellan auf Zhade stürzte und ihn an der Jacke packte.

»Das Gift!«, fuhr sie ihn an, aber Zhade lachte nur.

»Du kommst zu spät«, sagte er. Ein musikalischer Laut kam über das Lautsprechersystem des Zugs.

»Kellan, die Türen!«, rief Orion vom Bahnsteig.

Während sich die Türen des Zugs schlossen, hechtete er hindurch und rollte sich ab. Auch Midnight versuchte es mit einem Hechtsprung. Dann ruckte der Zug vorwärts und setzte sich in Bewegung.

Kellan wandte ihre Aufmerksamkeit nur einen Moment von Zhade ab, aber den nutzte der Giftschamane, um ihr den Handballen ins Gesicht zu rammen. Der Schlag ließ sie zurücktaumeln. Midnight hatte es gerade noch geschafft, und der Zug nahm jetzt rasch Fahrt auf.

Orion hob sein Schwert und ging mit einem Schrei auf Zhade los. Der Schamane beschrieb eine Geste, und zwischen ihnen entstand eine magische Barriere und teilte den Monobahnwagen in zwei Hälften. Orion prallte gegen die Barriere wie vor eine feste Mauer. Er trat einen Schritt zurück und hieb mit seinem Schwert darauf ein. Die Klinge schnitt hindurch wie durch nassen Lehm, langsam, aber sicher.

Zhade richtete seine Aufmerksamkeit in dem Augenblick wieder auf Kellan, als sie ihn mit ihrem Betäubungsschlagstock angriff. Es gab eine knisternde Entladung, und Zhade schrie vor Schmerz und Wut auf. Dann schlug er ihr die Waffe aus der Hand, und sie fiel polternd auf den Boden. Die leuchtende magische Barriere brach plötzlich zusammen.

Kellan warf einen Blick auf Midnight. »Halte den Zug an!«, rief sie ihr zu, und die Elfe nickte und rannte nach vorn zur Steuerkabine.

»Dein Spiel ist aus, Zhade!«, sagte Kellan. »Gib auf, dann kommst du vielleicht noch mal davon.«

»Niemals!«, schrie er. »Erst wenn ich den Schmerz der Erde gelindert habe! Erst wenn ich die Parasiten getötet habe, die sie befallen haben, Parasiten wie dich!« Er hob die Arme über den Kopf, und zwischen ihnen sammelte sich leuchtende Energie.

»Orion, pass auf!«, brüllte Kellan. Sie weitete ihre Spruchabwehr aus und versuchte Zhades Zauber zu blockieren, als der Schamane ihnen eine kleine Energiekugel entgegenschleuderte. Die Explosion erschütterte die Monobahn und sprengte ein Loch in Wand des Wagens. Der Wind heulte durch den Wagen, da der Zug immer noch beschleunigte und die Stromschiene entlangraste.

Kellan gelang es, sich an einer der Haltestangen festzuhalten, doch Orion hatte nicht so viel Glück. Es war ihr zwar gelungen, sie vor dem Zauber abzuschirmen, aber der Elf war zu Boden gegangen und rutschte auf das Loch in der Wand zu. Er stach sein Schwert tief in einen der Sitze und hielt sich am Heft fest, um nicht ganz aus dem Waggon geschleudert zu werden.

»Orion!« Kellan hielt sich mit einer Hand an der Stange fest und reckte sich Orion entgegen, wobei sie die andere Hand ausstreckte, sodass er sie packen und sich wieder in den Wagen ziehen konnte. Ihr war bewusst, dass Zhade einen Zauber vorbereitete, während Orion wieder hochkam.

»Stirb«, rief der Schamane, und plötzlich schoss Orion förmlich wieder in den Wagen und stieß Kellan beiseite, sodass er von dem für sie bestimmten Säurestrahl getroffen wurde. Es knisterte, und Orion sank vor Schmerzen schreiend auf die Knie. Das Schwert entglitt seinen tauben Fingern und rutschte unter die Sitze, während er zusammenbrach.

Zhade lief in die Mitte des Wagens, während Kellan von der Sitzbank sprang, auf die sie gefallen war, und Orion anstarrte, dessen Säurewunde auf dem Rücken Blasen warf und qualmte.

»Drekschwein!«, schrie sie Zhade an. Kellan sammelte alles, was sie hatte, und ließ es in einen Wutzauber einfließen, der sich als tosender Flammenstrahl entlud. Zhade streckte eine Hand aus und lenkte das Feuer ab wie einen Wasserstrahl aus einem Schlauch. Mit der anderen Hand beschwor er eine Energiescherbe, die er Kellan wie einen Dolch entgegenschleuderte. Sie schlug sie weg wie ein lästiges Insekt.

»Du bist stärker, als ich dachte«, sagte Zhade. »Aber gegen mich kommst du nicht an. Ich habe die Verschmutzung dieser Welt zu meiner Waffe gemacht, und du hast mir die Möglichkeit gegeben, meine Macht auf eine Stufe zu steigern, die alles übersteigt, was du dir vorstellen kannst!«

Der Giftschamane griff wieder an, und ein grünlicher Blitz löste sich knisternd aus seinen Händen. Kellan lenkte ihn ab, aber Zhade hatte recht. Er war stärker als sie. Obwohl sie von der Kraft des Torques profitierte, war ihr klar, dass sie seinem Angriff nicht mehr lange standhalten würde.

Vielleicht kann ich diesen Wichser nicht besiegen, dachte sie, *aber gewinnen lasse ich ihn nicht!*

Sie stärkte ihre Abwehr noch einmal und konzentrierte sich darauf, die Kräfte zu sammeln, die sie brauchte, um den gesamten Monobahnwagen und alles in ihm hochgehen zu lassen. Ihr fielen Brickmans Worte wieder ein.

»Ich gehe vielleicht unter«, sagte sie, »aber ich werde das Vergnügen haben, dich vor mir in Flammen aufgehen zu sehen.«

Dann wurde das Heulen des Windes leiser, und Kellan nahm zur Kenntnis, dass die Monobahn langsamer wurde. Zhade bemerkte es ebenfalls und warf einen Blick nach draußen.

»Nein!«, sagte er, und Kellan grinste triumphierend.

»Das bedeutet, dass Midnight den Zug unter Kontrolle hat«, sagte sie.

Zhade fuhr wieder zu Kellan herum, und Wut funkelte in seinen Augen. Plötzlich hallte ein Schuss durch den Wagen.

»Ich habe ihn unter Kontrolle«, sagte Midnight, die in der Tür stand und ihre Pistole auf Zhade gerichtet hatte.

Er stolperte einen Schritt zurück, und ein Blutfleck breitete sich vorne auf seinem Hemd aus.

»Flammen ...«, murmelte er, »in Flammen aufgehen.« Er hob die Hände, grünliches Feuer flackerte um sie herum, und Midnight schoss noch zweimal. Feuer verließ Zhades Hände, doch Kellan lenkte es mühelos ab. Die Furcht erregende Macht des Schamanen war verschwunden. Mindestens einer von Midnights Schüssen war von Zhades gepanzerter Jacke aufgehalten worden, aber die Aufprallwucht ließ ihn rückwärts stolpern. Er verlor das Gleichgewicht und tastete nach einem Halt, doch seine Hände ruderten nur hilflos durch Leere, wo zuvor noch die Wandung des Monobahnwagens gewesen war. Einen Moment hielt er sich im Gleichgewicht, dann legte sich der Zug in eine Kurve, und der Schamane fiel durch das Loch und den Häusern unter ihnen entgegen. Sein Schrei verlor sich im Heulen des Winds und im Rattern des Zugs.

Epilog

»Wir konnten den Zug verlassen, bevor Lone Star auftauchte«, sagte Kellan, »also gab es keine Zeugen, und es ist ziemlich sicher, dass Zhade nichts verraten wird.«

Simon Brickman lehnte sich mit einem Ausdruck selbstgefälliger Zufriedenheit auf dem Stuhl hinter seinem Schreibtisch zurück. Kellan Colt und Midnight saßen vor ihm, während Lothan der Weise hinter den beiden stand.

»Gut«, sagte Brickman. »Also war dieses Debakel am Ende doch kein Totalverlust. Ich habe ein paar Gerüchte an die Presse durchsickern lassen, Knight Errant hätte den Plan einiger Terroristen durchkreuzt, eine tödliche chemische Waffe im Metroplex hochgehen zu lassen, die wir sichergestellt hätten, um sie der UCAS-Regierung zu übergeben. Lone Star sucht jetzt verzweifelt nach Erklärungen, warum man erst von dieser Bedrohung erfahren hat, als es längst zu spät war, etwas dagegen zu unternehmen.«

»Freut mich, dass wir helfen konnten«, sagte Kellan trocken, und Brickman gluckste.

»Ich würde mich nicht beklagen«, sagte er. »Schließlich habe ich Ihnen gestattet, die Kreds zu behalten, die ich für Ihre Spesen zur Verfügung gestellt habe, und Natokah und Lothan haben dafür gesorgt, dass keine größeren Arztrechnungen zu begleichen sind. Und wo wir gerade davon reden – wie geht es Orion?«

»In ein paar Tagen ist er wieder ganz der Alte«, sagte Lothan.

»Er hat noch viel mehr Glück gehabt.«

Kellan nickte zustimmend.

»Dann sind wir quitt?«, fragte sie, und Brickman nickte.

»Ich würde sagen, unser Geschäft ist damit abgeschlossen.«

»Gut.« Kellan stand auf.

»Geh schon vor«, sagte Midnight. »Ich komme gleich nach.«

Kellan sah Brickman kurz an, dann nickte sie und verließ den Raum. Lothan zögerte, funkelte Midnight noch einmal an und schnaubte leise, bevor er Kellan durch die Tür nach draußen folgte. Brickman betrachtete Midnight mit einem dünnen Lächeln.

»Ich will nur Ihre Zusage, dass Sie ihr wegen dieser Sache keine Schwierigkeiten machen«, sagte Midnight, und Brickmans Lächeln verbreiterte sich zu einem schmierigen Grinsen.

»Du meine Güte, Midnight, spüre ich da eine Bindung zu diesem Mädchen?«, fragte er. »Ich hatte Sie eigentlich nicht für den Mentor-Typ gehalten.«

Sie zuckte die Achseln. »Sie haben es selbst gesagt: Kellan hat beträchtliches Potenzial, sie braucht nur Ausbildung und Erfahrung, um es zu entwickeln.«

»Von Ihnen?«

»Wer würde sich besser eignen? Schließlich spiele ich dieses Spiel schon sehr lange, Simon.«

»Ja«, sagte Brickman. »Manchmal glaube ich, länger als Sie zuzugeben bereit sind. Aber das erklärt nicht, warum Sie sich mit einer Schülerin belasten wollen, Midnight. Spielen Sie mit dem Gedanken, sich zur Ruhe zu setzen?«

Die Elfe lächelte. »Sie wissen genau, dass sich Runner nicht zur Ruhe setzen, Brickman. Sagen Sie mir einfach, dass Sie wirklich quitt sind.«

»Selbstverständlich«, erwiderte Brickman. »Ich habe nicht vor, das Mädchen noch mal anzuwerben, aber ich habe keinen Grund, ihren Ruf zu schädigen. Für mich ist es die Mühe nicht wert, und ich muss mich um meine eigenen Angelegenheiten kümmern.«

Midnight nickte zufrieden und machte Anstalten zu gehen.

»Wenn Sie mich fragen, verschwenden Sie Ihre Zeit, Midnight.«

Sie drehte sich um und musterte den Ares-Exec betont kühl. »Ich frage Sie aber nicht. Auch ich muss mich um meine eigenen Angelegenheiten kümmern.«

Als sich die Tür hinter Midnight geschlossen hatte, lehnte sich Simon Brickman zurück. Er musste sich überlegen, wie er den momentanen Vorteil gegenüber Lone Star am besten ausnutzen und in etwas Zählbares ummünzen konnte, aber für einen Augenblick dachte er über Midnights Worte und ihr Interesse an Kellan Colt nach. Wie sie gesagt hatte: Die meisten Runner setzten sich nicht zur Ruhe. Wenn sie nicht irgendwann das große Los zogen, arbeiteten sie in den Schatten, bis die Zeit sie überholte und sie einen tödlichen Fehler begingen. Doch Midnight hatte er für jemanden gehalten, der Ambitionen hatte.

Und wie passt Kellan Colt in deine Vorstellung vom großen Los, Midnight?, fragte er sich.

FALLEN ANGELS

Prolog

Sogar die Elfen von Tir Tairngire fürchteten die Wildnis, und das aus gutem Grund. Es spukte in diesen Wäldern und Bergen. Sie waren durch wilde, ungezügelte Kräfte der Magie – die freigesetzten Mächte des Erwachens im Jahre 2011 – in eine Sagenwelt verwandelt worden, die keinesfalls als gastfreundlich bezeichnet werden konnte.

Die Bewohner des ›Landes der Verheißung‹ wussten besser als die meisten anderen, wie unberechenbar und launisch Magie sein konnte. Daher mieden sie die dunklen Wälder und rauchenden Berge. Diese Isolation war eine gute Voraussetzung für die Arbeit der heutigen Nacht, trug aber nicht dazu bei, die Nervosität der Frau namens Mustang zu mindern. Sie stand an der felsigen Böschung des Berghangs, schaute über den dunklen Forst, der sich in alle Richtungen ausdehnte, beobachtete die zerfledderten Wolken, die den abnehmenden Halbmond verschleierten, und versuchte nicht daran zu denken, was in der Nähe geschah.

Der Wind heulte, peitschte ihr einige lose Haarsträhnen ins Gesicht. Sie zog die Jacke enger und wünschte sich etwas Wärmenderes als Kunstleder mit ballistischem Futter. Während sie den Reißverschluss so hoch wie möglich zog, hielt sie die glänzende automatische Pistole locker in der anderen Hand.

Ein schwaches Geräusch, der flüchtige Eindruck einer Bewegung im Augenwinkel, und die Waffe schwang hoch und herum. Der Ziellaser warf einen matten roten Schimmer in die Dunkelheit und malte einen Zielpunkt auf die schattenhafte Gestalt ganz in der Nähe.

»Nur die Ruhe!«, ertönte die leise Stimme aus dem Schatten, während die Gestalt näher kam.

Mustang senkte langsam die Waffe, legte sie jedoch nicht aus der Hand. »Du solltest dich nicht so anschleichen«, schalt sie ihn, während sie den Blick wieder durch die Dunkelheit schweifen ließ.

»Entschuldige, Macht der Gewohnheit.« Der Mann ging weiter auf sie zu, bis er genau seitlich hinter ihr stand. »Wenn ich niemanden mehr überraschen kann, wird es Zeit, dass ich mich aus dem Geschäft verabschiede«, sagte er.

Mustang schnaubte leise. »Ich frage mich, ob wir den richtigen Zeitpunkt nicht vielleicht schon verpasst haben«, murmelte sie. »Ich habe ein schlechtes Gefühl bei dieser Sache, Silk.«

Eine Hand legte sich sachte auf ihre Schulter. »Es wird schon gutgehen«, sagte er. »Wir sind fast fertig. Sobald Marc seine Aufgabe erledigt hat, können wir hier abhauen und diese verdammte Gegend verlassen. Ich werde sie nicht vermissen.«

»Ich schon, auf eine komische Art«, antwortete Mustang. Sie holte tief Luft und seufzte. »Es ist kein Königreich aus dem Märchen, wie viele Leute glauben, aber es ist ... magisch.«

Silk schnaubte verächtlich. »Klar, wenn man mit spitzen Ohren geboren wurde. Ich habe nicht so viel ›Magie‹ in den Slums von Portland gesehen, du etwa?«

Sie schüttelte langsam den Kopf. »Nein, aber trotzdem ... das hier hat schon was ganz Besonderes.«

»Na ja, ich glaube, du hast eine etwas voreingenommene Ansicht über die Elfenkultur«, warf Silk scherzhaft spöttisch ein.

Mustang lächelte und schüttelte den Kopf. Er hatte recht. Sie würde Tir Tairngire oder Elfen nie wieder so anschauen können wie früher. Ihr Leben würde nie wieder so sein wie früher, bevor sie hierher gekommen waren, immer vorausgesetzt, sie kamen überhaupt mit dem Leben davon.

Silk legte ihr wieder behutsam die Hand auf die Schulter. »Mach dir keine Sorgen«, sagte er, als er ihre Bedenken spürte. »Er wird das hinbekommen. Er weiß, was er tut.«

Das sagt er so, dachte sie und warf ihm einen Seitenblick zu. »Ich mache mir keine Sorgen um *ihn*«, sagte sie, und er nickte grimmig.

»Hey, sie will genauso raus wie er.«

»Will sie das wirklich?«, grübelte Mustang laut. »Ich bin da immer noch nicht sicher.«

»Wir brauchten ihre Hilfe.«

»Nein, es war nur leichter mit ihrer Hilfe«, konterte sie. Silk zuckte die Achseln. »Dann war es eben leichter. Seit wann hast du ein Problem damit, etwas auf die leichte Art zu erledigen?«

»Immer dann, wenn Dinge – und Menschen – eingebunden sind, denen ich nicht vertrauen kann.«

»Das gehört zum Leben in den Schatten«, sagte Silk. »Können wir *überhaupt* jemandem vertrauen?«

Mustang schaute zum Höhleneingang zurück und über die dunklen Felszacken der Berge. »Einer von uns sollte da drinnen sein«, sagte sie.

Silk schüttelte langsam den Kopf. »Ich weiß, aber Marc kann diese zusätzliche Ablenkung nicht brauchen, und außerdem unterbricht man keinen Magier bei der Arbeit.«

»Ich müsste es sein«, beharrte sie auf ihrer Meinung, »oder du, nicht sie.«

»Ich glaube, er möchte dich aus der Gefahrenzone heraushalten«, sagte Silk, »und ich glaube außerdem, er vertraut mir am wenigsten von allen. Ich bin kein Elf, und ich bin kein ...«

Mustangs Augen blitzten gefährlich auf, Silk zuckte nur kurz die Achseln und ließ den Rest unausgesprochen. »Er scheint ein bisschen eifersüchtig auf mich zu sein«, schloss er stattdessen. »Er betrachtet mich als Rivale ... ich weiß, ich weiß«, fuhr er fort, bevor Mustang antworten konnte. »Ich bin kein Rivale, aber das weiß er nicht. Wir arbeiten gut zusammen. Es ist einfach, daraus falsche Schlüsse zu ziehen ...«

Sie starrte sehnsüchtig auf den Höhleneingang, in Gedanken weit weg.

»Du liebst ihn wirklich, oder?«

Sie schaute Silk an, als sehe sie ihn zum ersten Mal. Die gewagte Feststellung hatte wie eine kalte Dusche gewirkt.

»Ja, ich liebe ihn wirklich.« Es war das erste Mal, dass sie einer anderen Person eingestand, dass dies hier mehr für sie war als nur eine weitere Mission. Dass – danach – nichts mehr so sein würde wie vorher.

Sie sah auf und erstarrte.

»Silk ...«, sagte sie, und er drehte sich um, sodass er den Höhleneingang sehen konnte. Rot-goldenes Licht glühte von innen in der dunklen Höhleneinmündung und wurde immer heller, wie ein Miniatur-Tagesanbruch. Das Licht strömte nach draußen auf das Gesims, und gleichzeitig drang nun auch Sprechgesang aus der Höhle, der im Einklang mit der Lichtintensität lauter wurde.

Silk griff nach Mustangs Arm, als sie auf den Eingang zuging. Ihr Kopf ruckte zu ihm herum, und Wut blitzte in ihren Augen.

»Wir dürfen nicht stören!«, stellte er fest. »Er hat uns befohlen, hier zu bleiben, egal, was passiert.«

Sie entriss ihm den Arm, ging aber nicht weiter. Der Sprechgesang verstummte, aber das Licht blieb, ein stetes, helles Leuchten.

»Was ist damit? Wir sollten versuchen, es abzudecken, es wird meilenweit sichtbar sein.«

»Hier ist meilenweit niemand«, entgegnete Silk.

»Es könnten Patrouillen unterwegs sein.«

»Wir sind auf jeden Fall fertig, bevor eine Patrouille hier eintreffen kann. Kannst du es nicht einfach etwas lockerer angehen? Wir sind schon fast von hier weg.«

Mustang seufzte, der jähe Energieschub hatte sich verbraucht. »Du hast recht. Ich wünschte nur, es wäre endlich vorbei.«

»Was wirst du tun, wenn es so weit ist?«

Sie schüttelte zögernd den Kopf. »Ich weiß nicht. Ich schätze, es kommt darauf an, was die Firma macht.«

Silk nickte zustimmend. Es kam immer darauf an, was die Firma wollte. »Du weißt, wenn ich dir irgendwie helfen kann ...«, begann er, aber ihre Aufmerksamkeit wurde auf eine huschende Bewegung in der Höhleneinmündung gelenkt, als eine schattenhafte Gestalt vom Eingang wegraste.

»Aerwin!«, rief Silk, aber die schlanke Gestalt blieb nicht stehen – wurde nicht einmal langsamer –, sondern hielt weiter auf die Baumlinie zu.

»Marc!«, schrie Mustang und rannte zum Höhleneingang.

Silk zögerte nur eine Sekunde, bevor er der fliehenden Gestalt nachsetzte, obwohl er sich vor dem fürchtete, was Mustang in der Höhle vorfinden würde.

Sie hatte einen guten Vorsprung, als Silk die Verfolgung aufnahm, aber der felsige Berghang war tückisch, sodass selbst sie sich nicht schnell bewegen konnte. Er dankte den implantierten Sehhilfen, die das wenige Licht der Sterne und des verhangenen Mondes verstärkten, sodass er alles klar erkennen konnte. Dadurch konnte er einige Hindernisse umgehen, ohne dabei die biegsame Gestalt in Schwarz, die sich durch die Schatten vor ihm bewegte, aus den Augen zu verlieren.

Silk legte einen Zwischenspurt ein, schwenkte nach links und erreichte eine niedrige Anhöhe, um dort von einer Kante abzuspringen und sich auf sein Jagdwild zu werfen. Sie stürzten gemeinsam in einer Lawine aus kleinen Steinen und Geröll einen Teil des Abhangs hinunter.

Aerwin rappelte sich wieder auf, doch Silk holte sie mit einer raschen Beinschere wieder von den Füßen. Sie wälzte sich herum, und beide griffen nach ihren Waffen. Wie sich herausstellte, war Silk dank des optischen Signalprozessors in seiner Schädelbasis ein bisschen schneller. Er zog seine Waffe einen Sekundenbruchteil rascher aus dem Halfter. Das Laserzielrohr zeichnete einen klaren roten Punkt auf das blasse Gesicht vor ihm, dessen glatte Haut im Mondlicht fast wie Perlmutt glänzte.

»Lass es«, sagte er nur, und Aerwin löste langsam die Hand von ihrer Pistole. »Bleib unten«, befahl er ihr, sorgsam darauf bedacht, die Waffe ruhig zu halten, während er sich mit der anderen Hand am Boden abstützte und langsam aufstand. Die dunklen Augen der Frau behielten die seinen im Blick und zuckten noch nicht einmal, als das grelle Licht des Lasers auf sie fiel.

»Was ist hier eigentlich los?«, fragte Silk, obwohl er die Antwort kannte und fürchtete. »Du hast falsches Spiel mit uns getrieben? Uns reingelegt? Warum?«

»Wir können ein Abkommen treffen ...«, begann sie, und Silk kämpfte gegen den Drang, einfach abzudrücken. Nicht, bevor er herausgefunden hatte, was überhaupt los war.

»Halt den Mund«, sagte er. »Keine Geschäfte. Diesen Fehler haben wir ein Mal gemacht, aber das wird nicht wieder vorkommen. Also, ich frage dich nur noch dieses eine Mal: Warum?«

Aerwin blieb stumm, aber Silk entdeckte dank seiner verbesserten Sicht etwas Schimmerndes, das aus einer Tasche ihrer eng sitzenden Hose ragte, ein paar Glieder einer goldenen Kette, die hastig in eine Tasche geschoben worden und bei dem Kampf herausgerutscht war. Aerwin folgte seinem Blick, während er auf sie zutrat und sich bückte, um nach der heraushängenden Kette zu greifen und sie herauszuziehen.

Sie zuckte zurück, aber es war zu spät. Silk hatte die Kette bereits in der Hand, und mit ihr ein goldenes, mit Jade besetztes Amulett in Form eines Drachen. Silk erkannte es sofort.

»Das gehört Marc«, sagte er, und seine Augen fixierten ihre mit kaltem Glanz. »*Darum* hast du uns so total verarscht?«

»Du hast ja keine Ahnung, wie total«, sagte Aerwin sanft und mit einem giftigen Lächeln.

Plötzlich wurde aus der Nacht heller Tag, als ein flammendes Licht aus dem Himmel herabstach. Obwohl Silks Sehhilfe den grellen Schein kompensierte, war er einen Moment lang geblendet und suchte reflexartig nach der Lichtquelle.

Aerwin trat ihm die Pistole aus der Hand, doch Silk gelang es, wenigstens das Amulett festzuhalten. Er wälzte sich auf die Seite, als sie ihre Waffe aus dem Halfter zog. Es gab keinen Schutz auf dem Abhang, nirgends ein Versteck vor der direkt auf ihn gerichteten Waffe, keine Möglichkeit, dass sie ihn auf diese kurze Distanz verfehlen würde. Silk hatte sie weit schwierigere Ziele treffen sehen.

Der Schuss, der fiel, kam jedoch nicht aus Aerwins Waffe, sondern von einer Stelle höher am Berghang, und ließ sie zurücktaumeln. Silk schaute nach oben und sah ungefähr fünfzehn Meter entfernt Mustang stehen. Sie kam mit einem Blick voll angespannter Entschlossenheit auf sie zu. Ein Blick zum Himmel verriet ihm, dass das Licht aus einem Hubschrauber kam, der über ihnen schwebte und den Berghang mit einem Scheinwerfer absuchte.

»Lasst die Waffen fallen!«, dröhnte eine Stimme auf Englisch von oben. »Lasst die Waffen fallen, und legt die Hände auf den Kopf!«

Aerwin sah Silk auf dem Boden liegen, während sich Mustang näherte und der Hubschrauber zu einem neuerlichen Überflug ansetzte. Sie zögerte nur einen Augenblick, bevor sie zum Waldrand lief. Silk fiel auf, dass sie den linken Arm unnatürlich steif hielt, aber es schien sie kaum beim Laufen zu behindern.

Mustang erreichte ihn in dem Augenblick, als er sich gerade aufrappelte. »Wie geht es dir?«

»Mir geht's gut«, sagte er. »Lass uns von hier verschwinden.«

»Bist du verrückt? Wir können sie immer noch erwischen!« Sie machte Anstalten, Aerwin zu folgen, doch Silk hielt sie am Arm fest.

»Nein, das können wir nicht«, sagte er. »Wir sind reingelegt worden. Hier wimmelt es gleich von Tir-Patrouillen! Wir müssen hier weg!«

»Silk, sie ...«

»Ich weiß!«, konterte er. »Wir können überhaupt nichts machen, Mustang! Wir müssen schnell hier weg!«

Mit tränenüberströmtem Gesicht sah Mustang ihm in die Augen und holte tief Luft. Einen Moment lang glaubte Silk, sie werde sich ihm widersetzen und Aerwin verfolgen, koste es, was es wolle. Dann ließ sie die angehaltene Luft in einem langen Seufzer entweichen.

»Du hast recht«, sagte sie. »Lass uns gehen.«

Als der Suchscheinwerfer des Hubschraubers wieder über das Gebiet strich, waren die schattenhaften Gestalten verschwunden. Geblieben waren nur noch der flackernde rötlich-orange Schein in der Einmündung der Höhle hoch oben im Berghang, die Wildnis und die gespenstische Nacht.

Kapitel 1

Kellan Colt kauerte beinahe unsichtbar im Schatten, außerhalb des Lichtrings der Halogenlaternen und -strahler neben dem hohen Maschendrahtzaun, der die Bürogebäude in Bellevue umschloss. Sie kontrollierte den Zaun mit Hilfe eines vorsichtig angelegten Voltmeters. Er stand nicht unter Strom. Es gab auch keine Schilder mit Warnhinweisen, aber manche Konzerne übergingen die Möglichkeit, potenzielle Eindringlinge netterweise über ihre Sicherheitsmaßnahmen zu informieren, daher lohnte sich die Kontrolle immer. Sie blickte zum Stacheldraht auf dem Zaun hoch. Nicht das beste Abschreckungsmittel, aber allein nicht einfach zu überwinden.

Kellan war daran gewöhnt, allein zu sein. Seit der Zeit, als ihre Mutter sie bei ihrer Tante zurückgelassen hatte, die sich mehr um die nächste Flasche und den nächsten Sim-Chip kümmerte als um ihre Familie, kam Kellan allein zurecht. Sie hatte gelernt, zuerst an sich selbst zu denken. Diese Lektion hatte sie in ihrem Leben in den Schatten, den dunklen Nischen der ›anständigen‹ und ›anerkannten‹ Gesellschaft, noch vertieft.

Sie hatte mit ihrer Tante allein gelebt und sich so früh wie möglich in die Schatten von Kansas City aufgemacht, aber auch dort war sie allein gewesen. Sie arbeitete mit anderen Ausreißern und unbedeutenden Runnern zusammen, aber jeder war stets auf seine eigenen Interessen bedacht. Dann hatte sie ein geheimnisvolles Paket bekommen, das eine Shadowrun-Ausrüstung enthielt sowie den Torques, den sie jetzt trug, und einen Zettel mit der Aufschrift: »Diese Sachen haben deiner Mutter gehört. Dachte, du hättest sie gerne.« Keine Unterschrift, keine Erklärung, nur ein Poststempel, der belegte, dass das Paket aus dem Seattler Metroplex im Pazifischen Nordwesten abgeschickt worden war.

Daher hatte sich Kellan mit ihrem letzten Geld nach Seattle aufgemacht und war auch dort allein gewesen, zumindest eine Zeit lang. Sie hatte neue Leute in den Schatten kennengelernt und neue Beziehungen geknüpft. Doch selbst da hatte es sich als notwendig erwiesen, darauf zu achten, dass man sich den Rücken freihielt. Sie hatte ihr Talent für Magie entdeckt und in Lothan einen Lehrer gefunden. Als sie dann aber im Zuge eines Runs Lothan auf der Gegenseite begegnet war, hatte sie feststellen müssen, dass er weder ihr noch irgendeinem der anderen die volle Wahrheit über den Run erzählt hatte. So lief es in den Schatten: Niemand erzählte die ganze Wahrheit, wenn er nicht dazu gezwungen war, und jeder verfolgte seine eigenen Ziele. Jeder war sich selbst der Nächste. Selbst wenn man einem Team angehörte, arbeitete man eigentlich allein. So wie auch Kellan allein war. So war es eben, sagte sie sich, und so musste es wohl auch sein.

Sie hatte sich auf dieses Gefühl der Einsamkeit eingestellt. Das Empfinden, von der Welt losgelöst zu sein, vereinfachte die Magie. Sie konzentrierte sich auf das Gefühl, murmelte die Zaubersprüche, die ihr Lothan beigebracht hatte, und spürte den Manafluss rings um sich, die magische Kraft. Diese Kraft verbog und verzerrte Licht und verformte Schatten. Nachdem die letzten geflüsterten Silben ihre Lippen verlassen hatten, war Kellan unsichtbar.

Sie nahm den kompakten Bolzenschneider aus der um ihren Oberschenkel geschnallten Schutzhülle. Was ihm an Hebelwirkung fehlte, machte er durch Monofaser-Schnittflächen aus hochverdichtetem Kohlenstoff wett. Er durchschnitt den Zaun schnell und leise, als sei er ein Spinnennetz. In wenigen Momenten hatte Kellan eine Öffnung zum Hindurchkriechen herausgeschnitten. Sie schlüpfte unter dem Zaun durch und auf das Gelände.

Wenn ihre Informationen über die Zeiten der Streifengänge auf dem Gelände stimmten, brauchte sie nur einige Augenblicke zu warten. Sie schaute auf die kaum sichtbare Phosphoranzeige ihrer Uhr auf der Rückseite ihres Handschuhs, die mit dem Zeitplan der Wachen synchronisiert war. Falls dieser Plan nicht stimmte, würde man sie erwischen. Ihr Zauberspruch würde sie zwar vor zufälliger Entdeckung schützen, aber die Kameras der Anlage waren sicherlich mit Infrarot-Empfängern ausgestattet. Ihr Auftraggeber würde natürlich jedes Wissen um ihre Existenz verleugnen. Das war einfach für ihn, da Kellan eigentlich nicht wusste, wer ihr Auftraggeber war. Anonymität war in den Schatten extrem wichtig.

Nah am Zaun kauernd, beobachtete sie, wie die Sekunden verstrichen. Nur noch ein paar und ... jetzt!

So schnell sie sich traute und so leise sie konnte, lief Kellan zur Gebäudemauer. Ihre Ausrüstung war fest angeschnallt, sodass sie beim Laufen kaum Geräusche verursachte, nur die leisen Tritte ihrer weich besohlten Stiefel auf dem Beton waren zu hören. Kaum außer Atem, drückte sie sich an die kalte Außenmauer und schaute noch einmal auf die Uhr. Sie hatte es sogar schneller geschafft als geplant. Jetzt kam der schwierige Teil.

Sie bewegte sich an der Wand entlang bis zu dem auf dem Gebäudegrundriss eingezeichneten Seiteneingang. Neben ihm war ein schmaler Kartenschlitz mit einem leuchtenden roten Lichtpunkt darüber. Kellan rückte näher an den Eingang und holte ihr Passepartout aus einer Tasche, das aus einer Plastikkarte mit darauf gedruckten Schaltkreisen bestand, von der Drähte zu einer kleinen Tastatur führten. Sie schob die Karte in den Schlitz, und die Tastatur erwachte flackernd zum Leben.

Sie hätte mit ihrem Passepartout ganz leicht die Elektronik stören und so das Schloss knacken können, aber das würde sehr wahrscheinlich Alarmvorrichtungen aufmerksam machen, deren Aufgabe darin bestand, auf etwaige Fehlfunktionen in den Magschlössern des Gebäudes zu achten. Der Trick bestand darin, alle möglichen Kombinationen einzugeben, bis die richtige gefunden war, um das Schloss öffnen zu können, ohne Argwohn zu erregen. Unglücklicherweise war die potenzielle Anzahl von Kombinationen immens. Wenn sie nicht bald die richtige fand, würde Kellan etwas anderes versuchen müssen, um sich Zugang zu verschaffen, oder den Run vollständig abhaken können. Sie wartete schweigend, während die Leuchtziffern über die Anzeige der Tastatur huschten.

Die Sekunden schienen unerträglich langsam dahinzukriechen. Kellan wagte kaum zu atmen, während sie mit angespannten Sinnen auf irgendein Zeichen dafür wartete, dass man sie entdeckt hatte, und nach etwaigem Ärger Ausschau hielt. Die Zahlen jagten mit Prozessorgeschwindigkeit vorbei, viel zu schnell, um sie lesen zu können.

Plötzlich, ohne Vorwarnung, erstarrten die Zahlen. Das Licht über dem Kartenschlitz wechselte von rot auf grün, und ein leises Klicken ertönte, als sich das Schloss öffnete. Kellan gestattete sich einen tiefen Seufzer der Erleichterung. Vorsichtig öffnete sie die Tür gerade weit genug, um hineinschlüpfen zu können, und zog sie dann sacht hinter sich zu.

Der Gang wurde vom matten Schein fluoreszierender Glühlampen erleuchtet, von denen jede zweite nachts ausgeschaltet war, um Strom zu sparen. Die Wände waren nichtssagend und steril. Es gab keine Wegweiser, aber Kellan wusste bereits, wonach sie suchte. Sie durchquerte die Eingangshalle bis zum nächsten Gang, der nach rechts führte.

In diesem Augenblick betrat ein Zwerg in einer dunkelblauen Uniform die Halle. Kellan lief los, schlagartig von Panik erfasst, bis ihr wieder einfiel, dass der Sicherheitsbeamte sie genauso wenig sehen konnte wie die Kameras draußen. Er trug das dunkle Haar in einem langen Zopf und hatte einen Bart, wie es gerade bei Zwergen modern war. Ein fast unsichtbares Mikro reichte hinter einem spitzen Ohr hervor bis an den Mund, und der Kolben einer Pistole ragte aus einem

Hüfthalfter. Er schloss langsam die Tür, durch die er gekommen war, und schickte sich an, die Eingangshalle zu durchqueren. Er ...

Er sah sie direkt an.

Drek!, dachte Kellan, als der Zwerg nach seiner Waffe griff und gleichzeitig »Eindringling am Osteingang!« rief.

Während er die Pistole zog, riss sie einen kurzen Metallstab aus dem Gürtel. Durch ein kurzes Schnacken des Handgelenks wurde der Stab auf eine Länge von einem Meter ausgefahren, und an seiner Spitze knisterten blaue Funken. Sie schlug damit auf den Arm des Zwergs, als der seine Pistole hob. Es knisterte, und der Zwerg schrie gellend, während seine kraftlosen Finger die Pistole fallen ließen. Er stolperte zurück und umklammerte seinen Arm an der Stelle, wo sie ihn mit dem Betäubungsschlagstock getroffen hatte.

Kellan nutzte ihren Vorteil und schlug dem Zwerg mit der Spitze des Stabs auf die Brust. Begleitet von einem weiteren lauten Knistern und dem Geruch nach Ozon sank der Sicherheitsmann auf den Boden und blieb krampfhaft zuckend liegen. Im gleichen Augenblick heulte der Sicherheitsalarm los.

Kellan ließ den Zwerg liegen und lief zu der Tür, durch die sie hereingekommen war, ohne sich noch einmal umzuschauen. Sie warf sich aus vollem Lauf dagegen, stieß aber nur gegen sie und handelte sich eine Schulterprellung ein.

»Aua!«, rief sie. Das ganze Gebäude war im Alarmzustand, daher war die Tür fest verschlossen. Rasch schob sie ihre Passierkarte in den Schlitz und drückte auf den Störknopf, der die Elektronik des Schlosses lahmlegte. Die Zeit der Heimlichkeit war vorbei. Die Sicherheitstür wurde entriegelt, Kellan trat sie auf und rannte Richtung Parkplatz und Zaun.

Sie war gerade auf halbem Weg, als Kugeln aus automatischen Waffen nah bei ihr aufs Pflaster schlugen und Funken sprühend als Querschläger davonjaulten. Mehrere uniformierte Sicherheitsbeamte liefen auf sie zu.

»Stehen bleiben!«, rief einer, und Kellan konnte erkennen, dass zwei von ihnen Infrarot-Verstärkerbrillen trugen. Der

Dritte hatte entweder implantierte thermische Sichtgeräte oder verließ sich darauf, dass die anderen beiden ihm sagten, wo sich ihr Ziel gerade befand. Falls sie es bis hinter den Zaun schaffte, konnte sie ihnen immer noch entwischen. Sie lief weiter auf den kleinen Schlitz zu, den sie in den Draht geschnitten hatte.

»Stehen bleiben!«, rief er noch einmal. Ein paar Feuerstöße unterstrichen seine Worte. Kurz vor der Öffnung im Zaun zuckte plötzlich ein stechender Schmerz durch ihren verlängerten Rücken, sodass sie aufschrie und sich krümmte. *Verdammt!*

Eine frustrierte Kellan riss das Elektrodennetz vom Kopf und schleuderte es weg. Der plötzliche Schmerz ließ sofort nach, als das SimSinn-Signal ausgeschaltet wurde, und ihre Umgebung verwandelte sich vom nächtlichen Parkplatz eines Bürogebäudes in das Wohnzimmer ihrer kleinen Wohnung. Eine Frau saß links neben ihr auf der Couch.

»Herzlichen Glückwunsch, du bist tot«, stellte sie trocken fest.

»Das sollte ich aber eigentlich nicht sein«, erwiderte Kellan. Sie griff nach einer Plastikflasche, die nah bei ihr auf dem Boden stand, und nahm einen großen Schluck gefiltertes Wasser, mit dem sie sich zuerst den trockenen Mund ausspülte, bevor sie es schluckte. »Mein Unsichtbarkeits-Spruch ...«

»... wirkt nicht gegen einen Metamenschen mit thermografischem Sehvermögen«, unterbrach die andere Frau.

»Oh«, sage Kellan. »Daran habe ich nicht gedacht. Tut mir leid, Midnight. Lass es mich noch einmal versuchen.« Sie griff nach ihrem Elektrodennetz.

»Ich glaube, es reicht für heute«, sagte Midnight. »Und außerdem müssen wir noch mehr durchgehen.« Sie tippte auf die schmale Datentafel auf ihren Knien und zog vornehm eine Augenbraue hoch.

Kellan seufzte. Übungsstunden mit Midnight waren schwierig, und im Vergleich zu ihren Übungen mit Lothan manchmal sogar äußerst kompliziert. Während der alte Trollmagier ein Ego von der Größe einer Arkologie hatte und nichts mehr liebte, als sich selbst reden zu hören, neigte Midnight dazu, alles mit wenigen Worten, dafür aber umfassend abzuhandeln. Sie beschönigte nichts, sondern erzählte Kellan immer *genau*, was sie ihrer Meinung nach falsch machte. Sie hatte aber auch immer recht.

Allerdings glaubte Midnight im Gegensatz zu Lothan nicht, dass die eigenständige Suche nach dem richtigen Weg Kellans Charakter stärken würde. Daher äußerte sie gleichermaßen Tipps, Vorschläge und Kritik, und wenn Kellan etwas richtig gemacht hatte, fehlte es auch nicht an Lob. Ihre Analyse von Kellans Verhalten in der letzten Simulation fiel entsprechend aus: Unverblümt und ehrlich sparte sie, wenn es angebracht war, weder mit Lob noch mit Kritik.

Kellan hörte aufmerksam zu. Midnight wusste mehr über die Tricks und Kniffe des Einbruchs-Gewerbes als alle anderen, die sie kannte. Sie war schon so lange im Geschäft ... nun ja, Kellan wusste nicht genau, wie lange. Midnight erzählte genau wie alle anderen, die in den Schatten arbeiteten, nicht viel über die eigene Vergangenheit. Aber sie hatte einen Ruf, den man sich nicht in kurzer Zeit erarbeiten konnte. Und zumindest Lothan schien Midnight bereits seit einiger Zeit zu kennen. Da Midnight eine Elfe war, konnte man ihr Alter schwer schätzen. Sie konnte ein paar Jahre älter sein als Kellan, aber auch so alt wie Lothan oder sogar noch älter.

»Es ist gut, seine Grenzen zu kennen«, sagte Midnight gerade. »Magie ist ein nützliches Werkzeug, aber sie ist kein Ersatz für Vorbereitung oder altmodische Verstohlenheit und Heimlichkeit. Du kannst dich nicht immer darauf verlassen.«

Kellan nickte. »Vielleicht gibt es einen ähnlichen Unsichtbarkeits-Zauber, der auch gegen thermografische Sicht wirkt. Ich könnte Lothan fragen ...«

»Das wollte ich damit nicht sagen, Kellan«, unterbrach Midnight sie. »Die Lösung besteht nicht in mehr Magie, sondern darin, sich die eigene Situation bewusster zu machen und Maßnahmen für jede Eventualität zu entwickeln. Es gab eindeutig die Möglichkeit, im Gebäude entdeckt zu werden. Doch als es passierte, warst du nicht vorbereitet. Du hast dich zu sehr auf deine Magie verlassen und bist unvorsichtig geworden.« Als sie Kellans verlegenen Blick sah, zuckte sie die Achseln und lächelte. »Ärger dich nicht darüber, du hast dich trotzdem gut geschlagen. Du hast schon viel dazugelernt, seit wir zusammen arbeiten. Ich glaube, dass deine Mutter stolz auf dich wäre.«

Einen Moment lang strahlte Kellan, als ihre Mutter erwähnt wurde, doch dann wurde ihr Ausdruck unsicher, wehmütig.

»Glaubst du?«, fragte sie, und Midnight nickte.

»Das glaube ich. Du ähnelst ihr wirklich sehr. Ich würde meine Arbeit mit dir gerne als eine Art Rückzahlung für all das betrachten, was sie mir beigebracht hat.«

»Ich wünschte, sie wäre hier«, seufzte Kellan. »Oder zumindest wüsste ich gern, wie es ihr ergangen ist.«

»Ich weiß«, sagte Midnight mitfühlend. »Ich weiß.«

Kellan dachte an ihre Mutter, die sie kaum kannte und die sie bei ihrer alkoholsüchtigen Tante zurückgelassen hatte. Ihre Besuche waren selten gewesen, ohne bestimmten Rhythmus oder Grund, ohne Erklärungen, wo sie gewesen war oder warum sie so schnell wieder gehen musste. Inzwischen wusste Kellan, dass sie als Runnerin außerhalb des Gesetzes gearbeitet hatte und darüber einfach nichts hatte erzählen können. Sie durfte sich nicht zu lange an einem bestimmten Platz niederlassen oder sich um ein kleines Kind kümmern. Dennoch hatte sie Kellan Geld und Nachrichten geschickt, wann immer sie die Gelegenheit hatte.

Irgendwann waren aber Geld und Botschaften ausgeblieben, und die Besuche hatten ebenfalls aufgehört. Es gab keine Erklärung, auch nicht von Kellans Tante. Stattdessen lehnte sie die ihr auferlegte Bürde immer mehr ab und nutzte jede Gelegenheit, Kellan dies auch zu zeigen, vor allem dann, wenn sie getrunken hatte oder ihre ›undankbare‹ Nichte für einige Besorgungen und andere lästige Pflichten brauchte.

Midnight war für Kellan die einzige Verbindung zu ihrer Mutter, abgesehen von den wenigen Besitztümern, die sie geerbt hatte. Es hatte sich herausgestellt, dass Midnight Kellans Mutter vor einigen Jahren gekannt und das Handwerk von ihr gelernt hatte. Und nun wollte sie ihr Wissen an die Tochter weitergeben, um sich zu revanchieren. Kellan hoffte, dass Midnight wusste, was aus ihrer Mutter geworden war, aber sie hatte über die Jahre den Kontakt zu ihr verloren.

»Na gut«, sagte Kellan mit einem Seufzer. »Lass uns das noch mal durchgehen ...«

Nachdem Midnight gegangen war, kroch Kellan dankbar ins Bett, um sich ein paar Stunden Schlaf zu gönnen. Im Traum erlebte sie den Test noch einmal: Sie erreichte die Umzäunung, schnitt vorsichtig den Spalt hinein und schlich unsichtbar auf das Gelände. Sie kroch die Wand entlang bis zur Sicherheitstür und ließ das Passepartout die richtige Kombination berechnen.

Die Tür schwang auf, und ein helles, glänzendes Licht drang aus den Gängen und flutete nach draußen in die Dunkelheit. Kellan spürte, dass ihr Torques am Hals warm wurde und auf ihrer Haut kribbelte. Sie hatte den Eindruck, dass eine Stimme von der anderen Seite der Tür nach ihr rief.

»Kellan ... Kellan ...«

Wie in Trance stieß sie die Tür auf und musste dann den Arm hochreißen, um ihre Augen vor dem gleißenden Licht dahinter zu schützen. Es war, als schaue sie direkt in die Sonne. Sie zuckte zusammen und kniff die Augen zu, um dann zu der schattenhaften Gestalt zu blinzeln.

»Kellan«, rief die Stimme noch einmal. Sie klang männlich, aber Kellan konnte es nicht genau ausmachen, sie erkannte sie nicht.

»Komm zu mir ...«, lockte die Stimme zuckersüß.

»Kellan ...«, ertönte eine andere Stimme hinter ihr, und sie fuhr herum und drehte sich aus dem Licht, vor dem sie sich in der Türöffnung abzeichnete.

Jemand stand hinter ihr und hob eine kleine Pistole, bis sie auf Kellans Brust zielte.

»Herzlichen Glückwunsch, du bist tot«, sagte sie trocken.

Die Waffe ging mit einem Knall los, und Kellan wachte abrupt auf.

Kapitel 2

»Lothan?«, fragte Kellan, ohne von den Symbolen aufzublicken, die sie gerade mit Kreide auf den frisch gereinigten Boden des Kellers malte. »Was weißt du über Träume?«

Der Trollmagier hob eine buschige weiße Augenbraue und schaute von dem Buch auf, in dem er gerade las. Der leinengebundene Band, der in seinen großen Händen lag, sah beinahe komisch aus.

»Träume?«, fragte er. »Was ist damit?«

»Na ja, bedeuten sie irgendwas?«

»Das hängt sozusagen davon ab, was du mit ›bedeuten‹ meinst«, grollte Lothan mit seiner tiefen Bassstimme. Er legte das Buch auf einen Arbeitstisch, der mit Kristallen, Plastiktüten mit buntem Pulver, anderen Büchern und viel Krimskrams übersät war, um sich der Frage mit voller Aufmerksamkeit zu widmen. »Es gibt viele verschiedene Ebenen von ›bedeuten‹.«

Kellan merkte, dass Lothan in sein – wie ihre gemeinsame Arbeitskollegin Jackie es nannte – ›Hohepriester-Gebaren‹ verfiel, ein Verhalten, das er oft an den Tag legte, wenn er sein Wissen über das eine oder andere Thema darlegte.

»Träume können sicherlich eine psychologische Bedeutung haben, als Ausdruck der tief verborgenen Muster der Psyche. Diese Symbole und Muster wiederum haben oft magische Bedeutungen ...«

»Wie Visionen?«

Lothan räusperte sich laut bei der Unterbrechung, der breite Mund kräuselte sich als Ausdruck seiner Missbilligung.

»Kaum«, sagte er trocken. »Ich glaube, dass die Symbolik von Träumen oft große Ähnlichkeit mit dem des Astralraums, vor allem der Metaebene hat. Ein Verständnis dieser Metaphorik kann dem Fachmann nützlich sein, um Reisen zu den Metaebenen und solche Dinge praktisch zu verstehen.«

»Also können Träume nicht die Zukunft vorhersagen, noch nicht einmal, du weißt schon, *unsere* Träume?«

»Es gibt keinen Hinweis darauf, dass sich die Träume der Erwachten von denen der Normalsterblichen unterscheiden«, sagte Lothan und schüttelte den gehörnten Kopf. »Trotz zahlreicher Legenden und urbaner Mythen hat nicht eine der vielen Studien auch nur ein einziges zuverlässiges magisches Mittel der Zukunftsvorhersage nachgewiesen, weder in noch außerhalb von Träumen, zumindest nicht für mehr als ein paar Sekunden. Das hat damit zu tun, dass der Wahrscheinlichkeitsbereich umso größer wird, je weiter man sich vorwagt ...« Lothan brach plötzlich ab. »Es tut mir leid, langweile ich dich?«

Kellan hätte nicht gedacht, dass er sehen würde, wie sie die Augen verdrehte. Rasch schüttelte sie den Kopf. »Nein, es ist nur ...«

»Kellan, hattest du in letzter Zeit ungewöhnliche Träume?«

»Was? Nein. Nein, ich wollte das nur wissen. Weißt du, ich habe einiges über Träume gelesen und gehört.«

Lothan runzelte die Stirn und fuchtelte ablehnend mit der Hand. »Wenn wir schon dabei sind – du solltest nicht alles glauben, was du liest oder hörst.«

»Es sei denn, natürlich, es kommt von dir«, unterbrach ihn Kellan listig.

Der Troll grinste und zeigte dabei die kurzen Hauer, die über seine Oberlippe ragten. »Natürlich. Schließlich bin ich die maßgebliche Autorität in ... wahrscheinlich in allem.«

»Aber sicher«, sagte sie und beugte sich wieder über ihre Arbeit am Kreidediagramm.

Lothan erhob sich von dem breiten Schemel, auf dem er sich ausgeruht und ihre Zeichnung prüfend in Augenschein genommen hatte. »Fast fertig?«

»Fast«, antwortete sie, während Lothan langsam ihr Werk umrundete.

Es war ein großer Kreis mit einem Durchmesser von mehreren Metern, bestehend aus zwei Linien im Abstand von einer Handlänge. In diesen Ring zeichnete Kellan magische Symbole, die sich an den vier Himmelsrichtungen orientierten. Im inneren Kreis befand sich ein fünfzackiger Stern, dessen Ecken gerade die innere Linie berührten. In jede Spitze des Sterns war ein Symbol gezeichnet. Im Osten außerhalb des Kreises gab es ein kleineres Dreieck mit einer Seitenlänge von etwa einem halben Meter. Auch dort waren Symbole in jede Spitze gemalt, aber zusätzlich auch entlang der Dreiecksseiten. Kellan hatte fast den ganzen Nachmittag an dem Diagramm gearbeitet, obwohl sie wusste, dass es schnell weggewischt und damit ihre Arbeit verschwunden sein würde.

Sie hatte Lothan einmal gefragt, warum Magier die große Mühe auf sich nahmen, rituelle Kreise mit der Hand zu zeichnen. Warum hatten sie nicht einfach bestickte kleine Teppiche oder digitalisierten die Zeichnungen und druckten sie dann einfach aus, wenn sie sie benötigten. Lothans Antwort war typisch.

»Weil nicht die *Symbole* wichtig sind«, hatte er gesagt, »sondern die Absicht, in der man sie erschafft. Es ist der *Vorgang* des Schaffens, der den Kreis zu einem Kraftkreis macht, und nicht das Kreidezeichen auf Steinen oder Tinte auf Papier. Es ist wie der Unterschied zwischen der Landschaftsmalerei und dem Ausdrucken eines Bildes, das man aus der Matrix heruntergeladen hat: Die digitale Datei, die du ausdruckst, ist nur eine Datei, aber das Kunstwerk enthält einen Teil von *dir*. Es ist mit dir verbunden, einzigartig, es *lebt* im magischen Sinn. Dasselbe gilt für die Kreise. Ein seelenloser Ausdruck nützt in magischer Hinsicht genauso viel, wie wenn du einfach etwas Farbe auf den Boden spritzt und das Ergebnis Muster nennst. Nein, er nützt sogar noch weniger, denn hinter dem Verspritzen von Farbe steht zumindest ein Hauch von Absicht.«

»Es ist nur so viel Arbeit«, war Kellans Antwort.

»Natürlich«, sagte Lothan mit breitem Grinsen, »ist das einer der Gründe dafür, dass Magier Lehrlinge haben.«

Also lernte Kellan, wie man Diagramme von Hand zeichnete. Sie suchte zwar in Büchern nach den richtigen Symbolen, legte aber viel Wert darauf, jedes mit viel Überlegung in der richtigen Reihenfolge an die richtige Stelle zu setzen. Sie füllte den Platz im Westen mit dem letzten Symbol und zeichnete einen dicken Strich, um die Linien des inneren und äußeren Kreises zu verbinden. Dabei tippte sie mit der Kreide so auf den Boden, als wollte sie einen Satz mit einem Punkt beenden.

»So«, sagte sie, stand auf und streckte ihre verkrampften Beine.

Lothan schritt langsam und vorsichtig den Außenkreis ab, um zu vermeiden, dass er die Kreidemuster mit den Füßen verwischte oder verschmutzte. Mit auf dem Rücken verschränkten Armen beugte er sich vor und nahm ihre Arbeit in Augenschein.

»Hmmm«, brummte er tief aus der Kehle, indem er zuerst in die eine und dann in die andere Richtung blickte. »Ummm.«

Kellan wartete geduldig. Lothans Kontrollen hatten sie immer aus der Fassung gebracht, bis sie entdeckte, dass genau das seine Absicht war. Lothan hatte ihr schon bei der Arbeit so aufmerksam zugeschaut, dass er bereits wusste, ob sie einen größeren Fehler gemacht hatte. Er ließ sich nur Zeit und sah sie gerne schwitzen. Also wartete sie gelassen ab, bis er fertig war.

»Das wird gehen«, verkündete er schließlich. »Ja, ich denke, das ist gut genug. Hast du das Ritual vorbereitet?«

»Sonst hätte ich mir nicht die ganze Arbeit gemacht«, antwortete Kellan und bückte sich nach ihrer Datentafel, die neben ihrer Tasche lag.

»Hättest du wohl«, murmelte er so laut, dass Kellan es hören konnte. Er hätte sie auch dann dazu gebracht, den Kreis zu zeichnen, wenn sie nicht vorbereitet gewesen wäre, und das wusste sie.

»Sehr schön, dann fang an«, forderte Lothan sie auf. Der Trollzauberer nahm wie ein im Schatten schwebender Gargyl auf einem breiten Stuhl in einer Ecke des Kellerraums Platz und beobachtete Kellan bei der Arbeit.

Sie drehte das Licht im Raum dunkler und stellte Kerzen in die Viertel des Kreises. Mit reiner Willenskraft entzündete sie die Dochte und tauchte die Kreidezeichen damit in goldenes Licht. Die flackernden Schatten schienen die Symbole zum Leben zu erwecken, sie hoben sich krass vom grauen Boden ab und schimmerten matt vor Energie. Man hätte es als Sinnestäuschung durch das Licht abtun können, aber Kellan nahm es als positives Zeichen dafür, dass alles an seinem Platz war.

Sie stellte sicher, dass das schmale Kellerfenster geöffnet war, um die Abendluft hereinzulassen, und machte eine kurze Bestandsaufnahme ihrer Hilfsmittel: Holzkohlepfännchen, Pergamentpapier und ein Gefäß mit Räucherwerk, das sie selbst gemahlen und gemischt hatte. Sobald sie in den Kreis getreten war, konnte sie ihn nicht wieder verlassen, um etwas zu holen, das sie vergessen hatte, ohne das Ritual zu stören und wieder von vorn anfangen zu müssen.

Kellan trat vorsichtig über die äußeren Linien des Kreises, um sie nicht zu verwischen. Sie kniete sich in die Mitte des Kreises und legte alles an seinen Platz, dann stand sie mit einem tiefen Atemzug wieder auf, um sich zu sammeln. Sie atmete mit einem leisen Seufzer aus und holte noch ein paar Mal tief Luft, bevor sie sich Richtung Osten drehte.

»Heil, o Mächte des Ostens«, intonierte sie. »Ich bitte das Elementar der Luft um seine Anwesenheit hier in meinem Kreis, denn Luft ist die Macht, die ich heute Nacht anrufe. Sei hier anwesend und handle nach meinem Willen.« Die Kerzen flackerten einen Moment, als eine Brise durch das offene Fenster drang und ihre Flammen erreichte, von denen jedoch keine erlosch. Kellan wandte sich gen Süden und hob die Arme mit nach oben gewandten Handflächen.

»Heil, o Mächte des Südens«, sagte sie. »Ich bitte das Elementar des Feuers um seine Anwesenheit hier in meinem Kreis. Luft ist die Macht, die ich heute Nacht anrufe, erfülle meine Bemühungen mit Leidenschaft. Sei hier anwesend und handle nach meinem Willen.« Die Flammen der Kerzen wurden für einen Moment heller und größer, erfüllten den Kreis mit ihrem Schein und schrumpften dann zurück auf ihre ursprüngliche Größe. Kellan wandte sich nun mit gespreizten Armen und nach außen gedrehten Handflächen nach Westen.

»Heil, o Mächte des Westens. Ich bitte das Elementar des Wassers um seine Anwesenheit hier in meinem Kreis. Luft ist die Macht, die ich heute Nacht anrufe, erfülle meine Bemühungen mit Tiefe. Sei hier anwesend und handle nach meinem Willen.« Die Schatten verschwammen und flackerten wie Reflexionen auf einem nächtlich schimmernden Teich, bevor sich der stete Lichtschein wieder einstellte.

Schließlich drehte sich Kellan Richtung Norden und skandierte: »Heil, o Mächte des Nordens. Ich bitte das Elementar der Erde um seine Anwesenheit hier in meinem Kreis. Die Luft ist die Macht, die ich heute Nacht anrufe, erfülle meine Bemühungen mit Kraft. Sei hier anwesend und handle nach meinem Willen.«

Nachdem sich der Kreis geschlossen hatte, spürte Kellan eine unbestimmte Ausstrahlung: die schützende Kraft der Zauber, die sie gewirkt hatte, um die Energien zu fokussieren oder einzudämmen und sie vor jeglichem Einfluss von außen zu schützen.

Kellan zündete die Holzkohle mit einem Handgriff an und brachte sie schnell zum Glühen. Dann gab sie eine kleine Menge Räucherwerk hinzu, sodass sich der süßliche, durchdringende Rauch in gleichmäßigen Spiralen in die Luft schraubte.

Bei ihrer Einführung in die Beschwörungszauberei hatte Kellan Lothan erzählt, dass sie sich bei dem Gedanken, Geister heraufzubeschwören und sie ihrem Willen zu unterwerfen, sehr unwohl fühle. Sie hielt sich zwar für erfahren, aber trotzdem stellte sich ihr die Frage: Wenn sich Geister wie intelligente Wesen benahmen und Befehle verstanden und auch ausführten, wie fühlten sie sich dann wohl, wenn sie nach der Pfeife des Magiers tanzen und seine schmutzige Arbeit erledigen mussten? War es nicht falsch, sie sich dienstbar zu machen?

Nachdem er scherzhaft meinte, dies unterscheide sich nicht sehr von der Arbeitsbeschreibung eines Runners, hatte er geduldig erklärt, dienende Geister wie die Elementare seien zwar intelligent, aber nicht notwendigerweise ich-bewusster als anspruchsvolle Computerprogramme (obwohl Kellan auch über die manchmal staunte). Nach Lothans Expertenmeinung waren Geister einfach dazu *da*, zu dienen. Nur bei Gelegenheiten, bei denen der Anrufende zu sorglos oder übereifrig war, befreiten sich die Geister aus ihren Bindungen und eigneten sich den entscheidenden Funken Bewusstsein und Willenskraft an, vielleicht sogar im Zuge eben jenes Rituals, das sie in den Dienst zwingen sollte.

Letztendlich hatte Lothan gesagt, dass es im egal sei, ob Kellan das Beschwören von ihm lernen wolle oder nicht. Er sei vollends zufrieden damit, ihr ausschließlich Zaubersprüche beizubringen oder seine Lehrstunden darauf zu beschränken, feindliche Geister zu bannen und sich gegen sie zu verteidigen, anstatt sie zu beschwören. Wenn Kellan die Beschwörungsrituale je richtig beherrschen wolle, müsse sie die Entscheidung dazu allein treffen und dürfe nicht gezwungen werden.

Am Ende hatte Kellan Lothans Bereitschaft überzeugt, auf den Unterricht zu *verzichten*. Der alte Troll zeigte sich ein wenig zu glücklich, seine Geheimnisse der Beschwörung für sich behalten zu dürfen, sein sorgfältig gehütetes Wissen und seine Erfahrungen nicht weitergeben zu müssen. Kellan wusste, dass Lothan sich ungern in die Karten schauen ließ. Ihr war auch klar, dass man sich nichts entgehen lassen durfte, was in den Schatten von Vorteil sein mochte: Das tat der Gegner im Ernstfall auch nicht – und schon war man abgeschrieben.

So entschied sie sich, Lothan beim Wort zu nehmen und zumindest zu *versuchen*, die Grundlagen der Geisterbeschwörung zu lernen. Sie konnte es nicht beurteilen, solange sie es nicht selbst ausprobiert hatte, und sie wollte auch nicht, dass Lothan ihr für alle Zeiten Wissen voraus haben würde. Daher übte sie sich darin, einfache Geister zu beschwören, die spionierten, Nachrichten überbrachten und so weiter. Danach hatte sie die Kunst erlernt, die Geister der Elementare zu beschwören, und konnte dieses Wissen inzwischen auch praktisch umsetzen.

Kellan vergaß im warmen Nebel des Weihrauchs schnell die Zeit, während sie skandierte und ihre Stimme dabei anschwoll und abflaute wie Wellen, wie Wind über plätscherndem Wasser. Die Luft war unbewegt und stickig, die Kerzen gaben innerhalb des Kreises überraschend viel Wärme ab. Jedes Mal, wenn der Rauch weniger wurde, fügte Kellan noch eine Prise Räucherwerk hinzu, bis der Raum fast damit ausgefüllt war und sie Lothan in dem Qualm kaum noch ausmachen konnte.

Eine kalte Brise vom offenen Fenster bewegte die warme, schwüle Luft und ließ den Rauch umherwirbeln und tanzen. Kellan konzentrierte sich auf ihren Sprechgesang. Sie spürte eine kribbelnde Energie in sich aufsteigen, die in ihre Beine, durch ihren ganzen Körper und in die Arme bis in die Fingerspitzen strömte, bis ihr schließlich der Kopf schwirrte. Ein unmerklicher Druck, etwa wie ein Gefühl im Hinterkopf oder ein Gedanke, den man nicht richtig zu fassen bekommt, bildete sich am Kopfansatz. Sie hielt sich daran fest, setzte den Sprechgesang fort und ließ den Druck anschwellen, bevor sie die Hände zu dem Holzkohlepfännchen ausstreckte und ihre gesamte Aufmerksamkeit auf das Dreieck richtete, das dahinter außerhalb des Kreises gezeichnet war.

Sie sprach die abschließenden Worte des Herbeirufens und spürte dabei, wie die gesammelte Energie sie verließ, als sei eine gespannte Feder losgeschnellt. Ein Windzug heulte und pfiff durch das Fenster, sodass sich der Rauch kräuselte. Er sammelte und zog sich wie magnetisch im Raum über dem Dreieck zusammen, wirbelte langsam um einen Mittelpunkt etwa einen Meter über dem Boden, wurde schneller und schneller und zog immer mehr Rauch in den Wirbel.

»Nimm jetzt Gestalt an!«, befahl Kellan.

Ein Donnerschlag krachte überraschend laut durch den geschlossenen Kellerraum. Die wirbelnde Rauchwolke, die eine Armlänge vor dem Holzkohlepfännchen in der Luft schwebte, öffnete glühende Augen, die sich hell vor dem dunkelgrauen Nebel abzeichneten. Augen von elektrisierendem Blau, der Farbe des Randes einer Zündflamme. Die Wolke schwebte dort und schaute auf Kellan, die einen Moment lang das Gefühl hatte, als versuche sich die herausgelassene Energie wieder in ihr Gehirn zu pressen. Sie widersetzte sich, ohne den schwebenden Geist aus den Augen zu lassen, bis der Druck plötzlich verschwand. Die glühenden Augen schienen zu flimmern, und die wirbelnde Wolke löste sich in wogende Nebelschwaden auf und wartete. Wartete auf ihre Befehle.

Kellan wurde bewusst, dass sie den Atem angehalten hatte, und atmete mit einem leisen Seufzer aus. Sie wischte sich mit dem Handrücken den Schweiß von der Stirn und schaute mit einem breiten Grinsen zu Lothan. Ihr Lehrer zog nur eine Augenbraue hoch und erhob sich dann mit einem leicht gelangweilten, erschöpften Gesichtsausdruck von seinem Stuhl. Er trat näher an den schwebenden Geist heran und begutachtete ihn. Mit geöffneter linker Hand umkreiste er den äußersten Rand der nebligen Gestalt des Geistes, während er schnüffelte und dabei die markante Nase rümpfte. Falls der Geist die kleinen Provokationen bemerkte, zeigte er es jedenfalls nicht und ließ Kellan auch nicht für einen Moment aus den Augen.

Schließlich gab Lothan auf und schaute zu Kellan zurück. »Herzlichen Glückwunsch«, sagte er. »Du hast erfolgreich einen vollkommenen, obgleich kleineren Luftgeist heraufbeschworen. Der Geist trägt offensichtlich den Stempel deiner Aura, daher würde ich sagen, dass er verpflichtet ist, dir zu dienen.«

Kellan schaute von Lothan zu dem schwebenden Geist. Er blieb teilnahmslos und wartete auf ihre Befehle.

»Und was mache ich jetzt?«, fragte sie.

»Du kannst ihn verschwinden lassen«, erklärte Lothan. »Ich glaube, wir haben für heute Abend genug getan. Du kannst ihn wieder rufen, wann immer du ihn brauchst. Das ist mit wesentlich kleinerem Aufwand als bei der Beschwörung und seiner Bindung möglich. Mach weiter.«

Er kehrte zu seinem Stuhl zurück, während Kellan tief einatmete, sich die eingeübten Techniken ins Gedächtnis rief und sie dann unter Lothans Beaufsichtigung in die Praxis umsetzte.

Es war fast wie Muskelentspannung. Sie musste nicht sprechen, sondern nur ihre Aufmerksamkeit auf den Geist richten und ihn wegwünschen, dorthin schicken, wo er hergekommen war und auf seine nächste Herbeirufung warten sollte. Sie nahm ein kurzes Aufflackern einer Bestätigung durch den Äther wahr, fast wie ein spirituelles Nicken, bevor die glühenden Augen verschwanden und die Nebelwolke in sich zusammenzufallen schien. Ein Wirbel entstand, als werde der Rauch in ein Luftloch gesogen, und plötzlich war er mit einem fast unhörbaren Plopp verschwunden. Kellan schaute nach unten, das Holzkohlepfännchen war erkaltet und verströmte keinen Rauch mehr. Die Luft im Keller war so frisch und sauber wie immer. Ein schwacher Geruch nach Ozon wie nach einem Regenguss war der einzige Duft, der geblieben war.

Lothan nickte zustimmend. »Gut«, stellte er fest und stand auf. »Jetzt kannst du alles sauber machen und aufräumen, bevor du gehst.« Er wollte schon den Raum verlassen, doch Kellan hielt ihn auf.

»Was ist mit dem Kreis?«, fragte sie.

»Was soll damit sein?«

»Er kann doch noch einmal benutzt werden ...«, begann sie, doch Lothan schüttelte den Kopf.

»Ich habe keine Verwendung für einen so kleinen Luftelementarkreis«, stellte er klar, »und ich bevorzuge einen sauberen Arbeitsbereich. Also musst du in deiner nächsten Übungsstunde noch einmal von vorne anfangen.« Er hielt an der Treppe inne und reichte Kellan einen Putzlappen, der von einer Seite des Arbeitstisches herabhing. »Es ist eine gute Übung.«

Er verließ Kellan, die sich daran machte, die Kreidemarkierungen vom Boden zu schrubben und alle Ausrüstungsgegenstände ordentlich an ihren jeweiligen Plätzen in der Werkstatt zu verstauen. Sie freute sich auf den Tag, an dem sie sich einen eigenen Arbeitsbereich leisten konnte, anstatt den bei Lothan nutzen zu müssen. Sie würde *ihren* magischen Kreis so lange an seinem Platz lassen, bis sie einen neuen zeichnen musste. Stunden der Vorbereitung für ein Ritual, nur um am Ende doch alles wieder wegzuwischen.

Dann hielt sie inne und dachte an das Gefühl, als der Luftelementar sie beobachtet hatte, und sie wusste, sie *wusste*, dass er ihr gehörte, dass er ihrem Willen folgen, *ihre* Befehle ausführen würde. Sie empfand jäh aufsteigenden Stolz und musste grinsen, während sie den Boden schrubbte. Sie verstand jetzt, warum Lothan Beschwörungen wichtig fand und sie zu genießen schien. *Trotzdem,* dachte sie wehmütig. *Beim nächsten Mal beschwöre ich einen Geist, der für mich sauber macht.*

Kapitel 3

Als sie ihre Pflichten in der Werkstatt erledigt hatte, wünschte Kellan Lothan in dessen Arbeitszimmer eine gute Nacht, schulterte ihre Tasche mit der Ausrüstung und machte sich auf den Heimweg. Als sie gerade auf das Startpedal ihres Motorrads treten wollte, klingelte ihr Mobilkom.

»Ja?«, fragte sie. Es stand kein Absenderkennung auf der Anzeige, nicht unüblich für die Sorte Anrufe, die Kellan erreichten.

»Ich habe einen Job für uns«, sagte Midnight am anderen Ende. »Hast du Lust?«

Kellan grinste breit. »Wo und wann möchtest du dich mit mir treffen?«

Midnight nannte ihr Ort und Zeit, und Kellan versprach, dort zu sein. Sie ließ das Kom zuschnappen, startete ihr Motorrad und brauste in die Nacht. Ihr Blut geriet sogar noch stärker in Wallung als bei der Beschwörung. Es gab einen Job zu erledigen, und Kellan hatte sich nie besser gerüstet gefühlt.

Sie trafen sich in einem Nachtclub namens *Alabaster Maiden*, an der Ecke 12. Straße und East Mercer in der Innenstadt, nicht weit von Lothans Haus entfernt. Kellan hatte schon von dem Laden gehört, war aber noch nie dort gewesen. Da es noch früher Abend war, als sie den verabredeten Ort erreichte, war noch nicht allzu viel los.

Sie fand einen Parkplatz und schlenderte die breite Steintreppe des Clubs empor. Eine junge Elfe, deren blondes Haar mit schillernden rosa Streifen durchzogen war, kontrollierte die Identität auf Kellans Kredstab und zog das Eintrittsgeld ab. Der Kredstab nannte nicht Kellans richtigen Namen und ihr tatsächliches Alter, sondern zeigte an, dass sie über 21 war und somit berechtigt, die Etablissements des Seattler Nachtlebens zu besuchen. Ohne ihr einen zweiten Blick zu gönnen, ließ die Elfe sie herein.

Das breite Foyer hatte einen schwarzen Marmorfußboden. Große Grünpflanzen in Übertöpfen aus Granit flankierten die Eingänge und Ausgänge. Auf der einen Seite war eine Garderobe, doch Kellan behielt ihre Jacke an und erklomm die zweite Treppe, die in den eigentlichen Club führte.

Im Eingangsbereich stand die lebensgroße Statue einer Frau aus fast durchsichtigem weißen Stein: die Namensgeberin des Nachtclubs. Sie sah aus, als warte sie nur darauf, zum Leben erweckt zu werden und sich zu bewegen. Sie schaute mit einem ironischen, beinahe selbstgefälligen Gesichtsausdruck über die Schulter. Sie trug hautenge Lederkleidung und ein freizügiges Top unter einer kurzen Jacke. Ihr welliges Haar fiel ihr in Stufen bis auf die Schultern.

Kellan schaute verwundert zu der Statue auf dem Podest aus schwarzem Marmor empor. Einer urbanen Legende nach war die Alabasterjungfrau in den Jahren unmittelbar nach dem Erwachen tatsächlich eine der ersten Magierinnen auf Seattles Straßen gewesen. Der Sage nach hatte sie eines Tages ihre Kräfte überschätzt und war versehentlich in einen Stein verwandelt worden. Der Clubbesitzer hatte die Statue bei einer Auktion gekauft und sie als Zeichen der Warnung oder Rache aufgestellt, genau wusste das niemand.

Sie überlegte, wie es sein musste, versteinert und für Jahrzehnte gefangen zu sein, während sie näher an die Statue herantrat. Sie ließ ihre innere Vorstellungskraft arbeiten und schaute nicht mit den Augen, sondern mit ihren mystischen Sinnen hin.

»Kellan.« Die Stimme und die sanfte Berührung am Arm holten sie in die Gegenwart zurück. Sie drehte sich schnell zu Midnight um.

»Ich habe gedacht, du hättest mich nicht gesehen«, gab Midnight als Erklärung an.

Kellan errötete leicht. »Entschuldige«, antwortete sie. »Ich war nur in Gedanken ...«

»Eine tolle Arbeit, nicht wahr?«

Kellan schaute wieder auf die Statue. »Ja, sicher.«

»Meinst du, die Gerüchte sind wahr?«, fragte Midnight und führte Kellan von der Jungfrau weg zu einer Gruppe von Tischen an der Seite der Eingangshalle.

»Ich weiß nicht, was glaubst du?«

»Ich versuche, Gerüchte nicht zu beachten«, antwortete die Elfe.

Ein fast volles Glas Weißwein stand auf dem Tisch. Midnight glitt geschmeidig auf die gepolsterte Sitzbank hinter dem Tisch und überließ damit Kellan den schmiedeeisernen Stuhl ihr gegenüber. Kellan schüttelte den Kopf, als Midnight sie fragte, ob sie etwas bestellen wolle. Ein winziges Kopfschütteln Richtung Bar, und Midnight erhielt ein kurzes Nicken des Barmannes als Antwort. Kellan spürte, dass sie ungestört bleiben würden, sodass sie sich unterhalten konnten.

»So«, fragte sie und stellte ihre Tasche neben den Stuhl. »Was liegt an?«

Midnight trank zuerst einen Schluck Wein und beugte sich dann ein wenig über den Tisch. »Ein Patient einer bestimmten Cyberklinik ist daran interessiert, alle Aufzeichnungen über seinen ausgedehnten Aufenthalt dort zu vernichten.«

»Eine Cyberklinik?«, fragte Kellan zurück, und Midnight nickte.

»Nicht irgendeine Cyberklinik«, fuhr sie fort. »Eine Spitzenklinik, die spezialisiert ist auf ... diskrete Operationen.«

»Wenn sie so diskret ist, warum ...«

»Es scheint, dass sich dieser Patient nicht auf ihre Diskretion verlassen will.«

»Und wir sollen nur die Patienteninformationen vernichten?«

Midnight nickte wieder. »Ja genau.«

»Ich nehme an, es handelt sich um einen Job innerhalb der Klinik?«

»Ja. Die geschützten Datenspeicher sind nicht an die Matrix angeschlossen, also kein Matrix-Zugriff. Wir müssen rein, uns Zugang zu allen Daten verschaffen und ganz bestimmte Dateien löschen.«

Kellan nickte. »Hört sich ziemlich einfach an.«

Die Elfe lächelte dünn. »Ich würde es nicht als einfach bezeichnen, aber ich glaube, wir können es schaffen.«

»Für mich hört es sich so an, als könntest *du* es schaffen«, erwiderte Kellan stirnrunzelnd. »In ein sicheres Gebäude einzudringen und ein paar Dateien zu löschen, ist genau dein Ding. Wofür brauchst du mich?«

»Magie«, sagte Midnight schlicht. »Jeder benutzt heutzutage mehr Magie in der Sicherheit, und diese Klinik kann sich meinen Informationen nach einige anständige magische Sicherheitsleute leisten. Da kommst du ins Spiel. Ich habe zwar meine Talente, aber Magie hat nie dazu gehört.«

Klingt logisch, dachte Kellan.

Midnight hatte recht damit, dass die Begüterten zurzeit mehr auf die Kombination aus Magie und Technologie zurückgriffen. Sie fuhren die doppelte Schiene, in der Hoffnung, mit den technologischen Maßnahmen die Erwachten matt zu setzen und mit magischen Sicherheitskräften technologischen Experten wie Midnight, die die meisten technologischen Maßnahmen überwinden konnten, das Wasser abzugraben.

»Und«, fuhr Midnight fort, »du kennst dich gut mit Computern aus, weißt, wie man mit Daten umgeht, und kannst auf dich aufpassen, falls es Ärger gibt.«

»Brauchen wir keinen richtigen Decker?«, fragte Kellan. Sie wusste genug über Computer, um zurechtzukommen, und hatte sich ein halbwegs vernünftiges Cyberdeck und die Software angeschafft, wusste aber, dass sie mit ihrem Wissen nicht an eine professionelle Deckerin wie Jackie oder andere aus ihrem Bekanntenkreis heranreichte.

»Ich glaube, das hier kannst du allein regeln«, gab Midnight zurück. »Es ist im Grunde hauptsächlich ein Job für drinnen.«

»Und unser Auftraggeber?«, wollte Kellan wissen.

»Will natürlich anonym bleiben.«

»Aber wenn wir seine Patienteninformationen löschen sollen …«

Midnight lächelte und hob eine Augenbraue. »Wer sagt denn, dass wir angeworben werden, um die Dateien über den *Auftraggeber* zu löschen?«

Kellan schnaubte leicht. »Gutes Argument.«

Doppeltes Versteckspiel. Keine wirkliche Überraschung, denn Anonymität und Verleugnen waren in den Schatten an der Tagesordnung. Auftraggeber beauftragten Runner, weil sie schwierig zu verfolgen waren. Sollte der Runner gefangen werden oder sich für mehr Geld an die Konkurrenz verkaufen, distanzierten sie sich einfach von ihm. Midnight kannte ihren Auftraggeber wahrscheinlich auch nicht, wenn der Job von einem Schieber oder einem bekannten Vermittler angeboten wurde. Es gab manchmal mehrere Verbindungsebenen zwischen ihnen und dem Auftraggeber, die alle verleugnet werden konnten. Es war sogar möglich, dass der Auftraggeber gar nicht wusste, wer den Job bekommen hatte.

»Also, was bezahlt er, und wie schnell soll es passieren?«, fragte Kellan.

Midnight nannte eine Zahl, und Kellans Augen weiteten sich. Das waren mehr Nuyen, als sie je bei einem Schatten-Job verdient hatte.

»Das ist dein Anteil«, sagte die Elfe, »vorausgesetzt du bist immer noch interessiert.«

»Wann soll die Sache über die Bühne gehen?«

»Bald. Die Zeit spielt eine große Rolle.«

»Dann sollten wir besser loslegen«, antwortete Kellan. »Ich bin dabei.«

»Ausgezeichnet«, freute sich Midnight lächelnd.

Plötzlich erschien eine Kellnerin mit einem Tablett und stellte ein weiteres Glas Wein auf den Tisch vor Kellan, während Midnight ihr eigenes anhob.

»Ein Toast auf unsere neue Verbindung«, sagte sie.

Die beiden stießen miteinander an und tranken einen Schluck, dann kamen sie wieder zum Geschäft.

Midnight hatte recht: Der Auftraggeber wollte, dass der Job kurzfristig erledigt wurde. Sie hatten nur drei Tage für Planung und Durchführung zur Verfügung, wenn sie bezahlt werden wollten. Daher wechselten sie schnell vom *Alabaster Maiden* in Kellans Apartment, um die Strategie auszuarbeiten.

Nachdem sie einige Stunden mit den Eingangsdaten und den Plänen für die nächsten Schritte verbracht hatten, waren beide Frauen dem Zusammenbruch nahe. Midnight nahm Kellans Vorschlag, bei ihr zu übernachten, statt nach Hause zu gehen, gern an. Sie konnten dann morgens sofort weitermachen. Midnight machte es sich auf dem Sofa bequem, während Kellan in ihrem Bett lag und noch lange über den anstehenden Job grübelte, bevor sie endlich einschlief.

Im Traum lief Kellan, rannte durch schwach beleuchtete Korridore, die ihr gleichzeitig bekannt und fremd vorkamen. Sie sah ein rot-orangenes Licht hinter sich, das immer greller wurde, und rannte schneller, während die Hitze in ihrem Rücken zunahm. Sie schaute wieder zurück, ob das Licht aufholte, prallte dabei gegen eine Wand und wurde zu Boden gerissen.

Aber es war gar keine Wand, es war ein massiger Troll. Lothan starrte zu ihr herab, die buschigen weißen Augenbrauen über den dunklen Augen zusammengezogen.

»Wovor läufst du weg, Kellan?«, fragte er.

»Ich weiß nicht.«

»Dreh dich einfach um und schau es dir an.«

»Ich ... ich kann nicht.«

»Warum nicht?«

»Lothan, ich habe Angst.«

»Durch Angst verschwindet nichts, Kellan«, antwortete er ruhig. »Angst erzeugt lediglich andere Dinge.«

»Ich weiß nicht, was es ist ...«

»Wenn du das herausfinden willst, musst du dich umdrehen und nachschauen.«

Das Licht wurde noch heller, ließ Lothans schroffe Züge scharf hervortreten und überzog seinen mit Runen bestickten Mantel und das schimmernde Amulett, das er trug, mit blutrotem Glanz. Kellan spürte, wie sich ihr eigenes Amulett, der Halsring, erhitzte. Sie drehte sich langsam um.

Schatten entstanden an den Rändern ihrer Vision und hoben sich schwarz vom Licht ab. Kellan verspürte einen stechenden Schmerz im Rücken. Sie fiel nach vorn und griff nach Lothans Mantelaufschlägen, während der Troll nur dastand und traurig den Kopf schüttelte. Ihr Rücken fühlte sich heiß und nass an. Ihre Vision verschwamm und verblasste.

»Zu spät«, murmelte der alte Troll. »Zu spät.«

»Lothan!«

Kellan stürmte davon, wobei sie einige Blätter und Umschläge mit eisernem Griff umklammerte. Sie atmete keuchend, während sie in die Dunkelheit des Raumes blinzelte, der nur ganz schwach vom Mond oder Neonlicht erhellt wurde.

»Kellan, geht es dir gut?«, sprach Midnight sie sanft von der Tür aus an.

Kellan fuhr hoch; sie hatte Midnight nicht hereinkommen hören und konnte sie in der Dunkelheit nicht sehen. »Ja ... ja, mir geht's gut. Nur ein Traum.«

»Ich habe dich Lothans Namen rufen hören.« Midnight glitt ins Zimmer und neben das Bett, während Kellan die Knie anzog und sich aufsetzte.

»Er war in meinem Traum.«

»Ich habe immer schon vermutet, dass es ein Albtraum sein muss, ihn als Lehrer zu haben ...«, witzelte Midnight, und Kellan schnaubte amüsiert.

»Nein, nicht als Lehrer«, stellte sie klar. »Er war einfach da. Es ging nicht um ihn.«

»Ich bin sicher, Lothan wäre enttäuscht, das zu hören.«

Midnight ließ sich auf der Bettkante nieder. Kellan konnte sie jetzt deutlicher sehen: bekleidet mit einem Unterhemd und Höschen so blass wie ihre Haut, Augen und Haare so dunkel, wie ihr Name es versprach.

»Willst du darüber reden?«, fragte Midnight behutsam, aber Kellan schüttelte den Kopf.

»Nein, ist schon okay. Es war nur ein Traum.«

»Okay. Ich bin sicher, es ist nur die Nervosität vor dem Run«, antwortete die Elfe. »Solltest du irgendwann darüber sprechen wollen ...« Sie ließ den Rest ihres Angebots in der Luft hängen.

»Danke.«

»Kein Problem.« Sie legte Kellan beruhigend eine Hand auf den Arm. »Schlaf noch etwas.«

Kellan schlüpfte zurück unter die Bettdecke, schloss seufzend die Augen und nahm unbewusst wahr, dass Midnight von der Bettkante aufstand. Sie fühlte sich besser in dem Wissen, dass jemand in der Nähe war. Midnight hatte recht – wahrscheinlich war es nur der Stress und die Ungewissheit vor dem Run. Kellan entspannte sich und schlief schnell wieder ein – dieses Mal belästigten sie keine Träume.

Als sie Lothan am nächsten Tag fragte, ob sie die Werkstatt nutzen dürfe, um ein weiteres Beschwörungsritual vorzubereiten und durchzuführen, wünschte sich Kellan plötzlich, der Troll hätte ihr nicht befohlen, den Beschwörungskreis wegzuwischen.

»Noch eines?«, fragte er. »Na ja, ich bin froh zu sehen, dass du die Übung ernst nimmst. Brauchst du ...«

»Ich habe alles, was ich brauche. Danke!«, rief sie, schon auf dem Weg in den Keller.

Nach einigen Überlegungen entschied sie sich, mit dem Ritual dieses Mal einen Wasserelementar herbeizurufen, und zwar einen mächtigeren als den Luftelementar, den sie beim letzten Mal beschworen hatte. Sie hätte gern zusätzlich einen Luftelementar beschworen, aber das Ritual für den Wasserelementar würde ihre Vorräte an Ingredienzien fast aufbrauchen, und die Herstellung hätte sie einen Tag gekostet, den sie lieber für die Vorbereitung des Runs nutzen wollte.

Als Kellan Stunden später triumphierend wieder aus der Werkstatt auftauchte, zeigte Lothan nur beiläufiges Interesse für ihre Bemühungen.

»Wie ist es gelaufen?«, fragte er, ohne von seinem Buch aufzuschauen, als Kellan ins Arbeitszimmer kam, um sich zu verabschieden. »Offensichtlich gut genug, da du keine Überschwemmung verursacht hast.« Er drehte eine Seite um. Lothan war der Einzige in Kellans Bekanntschaft, der lieber ein Buch aus echtem Papier las, als eine Datentafel zu benutzen oder sich einfach ein Sim anzuschauen.

»Es hat gut geklappt«, sagte sie. »Keine Probleme.«

»Gut.«

»Ach übrigens, es könnte sein, dass ich ein paar Tage weg bin ...«

»Alles klar«, erwiderte Lothan nur. »Melde dich, wenn du zurück bist, dann verabreden wir unsere nächsten Unterrichtsstunden.«

»Sahne. Bis später.«

Lothan gab keinen Kommentar dazu ab, dass die Durchführung des Rituals so lange gedauert hatte, länger als eine einfache Übung, und fragte auch nicht nach ihren Plänen. Lothan hatte schon in den Schatten gearbeitet, bevor Kellan geboren wurde. Er war der Ansicht, dass Geschäfte ihn nichts angingen, solange sie ihn nicht direkt einbezogen. Zumindest erwartete er diese Einstellung von anderen.

Kellan wusste genau, dass Lothan gern alles unter Kontrolle hielt, was in seinem Einflussbereich lag. Als sie sein Haus verließ, fragte sie sich nur, wie er hatte wissen können, dass sie einen Wasserelementar beschworen hatte.

Kapitel 4

Die Cyberklinik führte den Namen *Nightengale's* und lag auf der John Street in der Innenstadt. Sie war wahrscheinlich nach der ›Schwester Nightengale‹ benannt, der Deckerin, die in den dreißiger Jahren in den Schatten gearbeitet hatte. Nachdem sie mit einem Auftrag sehr viel verdient hatte, setzte sie sich zur Ruhe und verwendete das Geld, um die Klinik zu gründen. Daher war Midnight davon überzeugt, dass die Sicherheitsmaßnahmen auf dem neusten Stand waren, schon allein, weil die Kunden Datenschutz und Privatsphäre einen sehr hohen Stellenwert einräumten.

Die Klinik lag an der Ecke der John Street und der 2. Avenue gewissermaßen im Schatten der Space Needle, genau gegenüber vom Seattle Center. Es war 11.40 Uhr vormittags, als sie ihr Ziel erreichten. Kellan beobachtete auf ihrem Weg über die Broad Street die auf erhöhten Schienen vorbeigleitende Magnetbahn.

Allein der Anblick ließ Kellan zusammenzucken, als sie sich an den verpfuschten Run erinnerte, bei dem sich die Bahn beinahe in ein Werkzeug des Todes verwandelt hatte. Ihr Eifer, eigene Aufträge durchzuführen und viel Geld zu verdienen, hatte Kellan dazu veranlasst, nach einer vergessenen chemischen Waffe aus den Zeiten des Geistertanzkrieges zu suchen. Sie war aber Zhade, einem Giftschamanen, in die Hände gefallen, der sie benutzen wollte, um den gesamten Metroplex zu vergiften. Es hatte Kellan sowohl persönlich als auch beruflich viel abgefordert, Zhades Absicht zu durchkreuzen. Fast hätte es in einer Katastrophe gemündet, und sie war entschlossen, es nie wieder so weit kommen zu lassen. Deshalb lernte sie so viel wie möglich von Midnight und Lothan. Sie wusste, dass sie einige Zeit brauchen würde, bis sie wieder allein arbeiten konnte.

Das Wetter war umgeschlagen; tagsüber war es wolkig und feucht gewesen. Die Straßen waren zwar nass und glitschig, aber der Himmel immer noch wolkenverhangen, sodass sich nur die Lichter der Stadt auf dem Asphalt spiegelten. Der Dauerregen hielt die Leute zu dieser Nachtzeit davon ab, auf die Straße zu gehen. Es gab zwar genug Verkehr, in dem man untertauchen konnte, aber nicht in ihrer Richtung. Die beiden Frauen stiegen von den Motorrädern und parkten sie nicht weit vom Gebäude entfernt. Dann machten sie sich auf den Weg in eine schmale Gasse, in der Kellan mit ihrer Arbeit begann.

Es war ganz leicht, den zuvor bei Lothan von ihr beschworenen Wasserelementar herbeizurufen. Die Regentropfen schienen zu schillern, als der Geist in seiner Astralgestalt vor Kellan erschien. Sie konnte ihm zwar befehlen, eine physikalische Gestalt anzunehmen, doch dies war für ihre derzeitigen Pläne nicht nötig. Kellan setzte sich für ihre nächsten Arbeitsschritte hin und rief sich die Worte des Zauberspruchs ins Gedächtnis. Sie griff auf die magischen Dienste des Elementars zurück und gewann so zusätzliche Kräfte, die sie in den Zauber einfließen ließ, in den sie Midnight und sich selbst hüllte.

»Es ist ein Zauber mit geringer Macht«, warnte sie.

»Ich weiß, du hast es nur ungefähr sechs Mal erwähnt«, antwortete Midnight. »Mach dir keine Sorgen, das wird schon klappen. Die Illusion soll doch nur einer oberflächlichen Inspektion standhalten.«

Kellan nickte und setzte ihren Zauberspruch so ein, wie sie es geübt hatte. Plötzlich verwandelte sich die schlanke Elfe in ihrem glatten Kunstleder in eine etwas kleinere Menschenfrau mit braunen statt rabenschwarzen Haaren. Sie trug OP-Kleidung und einen Laborkittel unter einem langen

Kunstledermantel. Die Fremde musterte Kellan und grinste breit.

»Gute Arbeit«, sagte sie. Sogar ihre Stimme klang anders. Sie war höher und piepsiger. »Du siehst aus wie sie. Und ich?«

»Genauso wie in den Videos, die wir bekommen haben«, erwiderte Kellan.

Sie hatten die Klinik nur einen Tag beobachten müssen, um einige Mitarbeiter auszusuchen, die ihr und Midnight ähnlich genug für den Verwandlungszauber waren. Die Einzelheiten hatten sie leicht herausarbeiten können, nachdem der Computer dreidimensionale Modelle aus dem Filmmaterial erstellt hatte, die von Kellan ausgewertet worden waren.

»Perfekt«, sagte Midnight, »lass uns gehen.«

Kellan gab sich Mühe, auf dem Weg zur Klinik möglichst locker zu bleiben. Es war ein dreistöckiges Gebäude mit Spiegelglas, das an den Ecken verchromt war. Einige Scheiben im Erdgeschoss waren transparent, sodass man in die Empfangshalle blicken konnte, die aus der Richtung der dahinter liegenden Eingänge matt beleuchtet wurde. Sie mieden die Vordertüren und gingen um das Gebäude zum Personaleingang.

Midnight zog einen Kredstab aus der Manteltasche, den sie vorher der Nightengale-Mitarbeiterin entwendet hatten, deren Aussehen sie angenommen hatte. Sie steckte den Stab in das Lesegerät neben der Tür. Es summte, als die Tür entriegelt wurde. Sie stieß sie auf und trat ein, Kellan folgte ihr.

»Halt die Augen offen«, sagte Midnight leise, und Kellan konzentrierte sich einen Moment darauf, ihr Bewusstsein auf die Astralebene auszudehnen. Sie konnte nun die Auren sehen, die sie und Midnight umgaben, und ihre eigentlichen Gestalten, die der Zauber verbarg. Sie rief sich in Erinnerung, dass das auch alle Magier oder Geister konnten, denen sie begegneten, daher mussten sie vorsichtig sein. Kellan schaute zurück und entdeckte dort den schimmernden Glanz des Schutzschirms, der um das Gebäude errichtet worden war, um magische Lauschangriffe zu verhindern und immaterielle Eindringlinge abzuhalten.

»Alles klar«, flüsterte sie.

»Hier entlang«, sagte Midnight und ging durch die Eingangshalle. Sie mieden den Hauptempfangsbereich und gingen stattdessen durch eines der schmalen Büros im Erdgeschoss.

»Guten Abend, die Damen«, ertönte eine Stimme von der anderen Seite der Halle. Kellan holte ein Mal tief Luft, bevor sie sich umdrehte. Ein Mann in der Uniform des Wolverine-Sicherheitsdienstes kam auf sie zu. Midnight zögerte nicht, seinen Gruß zu erwidern.

»Hallo«, sagte sie. »Tut mir leid, ich habe einen Bericht vergessen, den ich morgen früh abgeben muss. Ich wollte schnell ins Büro und ihn abspeichern, damit es niemand merkt.«

»Sie sollten sich anmelden, Carrie«, antwortete der Wachmann.

»Ich weiß.« Midnight lächelte süß mit ihrem falschen Gesicht. »Ich wollte nur nicht, dass jemand erfährt, dass ich ihn vergessen habe, wissen Sie? Bitte, ich brauche nur eine Minute.«

»Okay, aber melden Sie sich bei mir ab, bevor Sie wieder gehen, in Ordnung?«

»Sie können sich darauf verlassen, danke.«

Der Wachmann schlenderte zurück in die Empfangshalle, während die beiden Frauen in das Büro gingen und Kellan einen Seufzer der Erleichterung ausstieß.

»Gute Arbeit ...«, begann sie, doch Midnight brachte sie mit einem Blick zum Schweigen.

Sie konnten es sich nicht leisten, sich anders zu verhalten als ihre angenommenen Personae, und sie mussten ihren Job so schnell wie möglich erledigen. Kellan nahm ihr Cyberdeck aus der Tragetasche und legte es auf den Schreibtisch. Sie schloss es an das Desktop-Terminal an und schaltete es ein.

Midnight stellte sich an die Tür und hielt Wache, während Kellan arbeitete. Das Deck koppelte sich an das Terminal, und Kellan rief eine Schwindel-Utility auf, um den normalen

Passwortschutz des Systems zu umgehen. Sie benutzte nicht das Elektrodennetz, mit dem sie schneller hätte arbeiten können, damit ihre normalen Sinne nicht überlagert wurden und sie weiterhin schnell reagieren konnte – selbst mit Midnight als Wachposten. Kellan war besonders dankbar für die an ihre Bedürfnisse angepasste Software, bei deren Installation Jackie ihr geholfen hatte. Die meisten angehenden Decker mussten ihre Software selbst programmieren oder sich mit derjenigen von Leuten begnügen, denen sie nicht hundertprozentig vertrauen konnten.

Angespannte Sekunden vergingen, während sich die beiden Maschinen abstimmten, dann verwandelte sich das Bild in eine Startmaske.

»Wir sind drin«, sagte Kellan leise.

Midnight nickte.

Kellans Finger flogen über die Tastatur. Sie rief die Suchfunktion auf und gab die Parameter ein.

AKIMURA, TOSHIRO tippte sie in das Suchfenster. Die nächste Passwortabfrage tauchte auf, und Kellan benutzte wieder ihre Schwindel-Utility. Alphanumerische Zeichen leuchteten so schnell hintereinander im Fenster auf, dass die Augen ihnen nicht folgen konnten. Dann wurde das Eingabefenster rot und blinkte.

»Verdammt«, murmelte Kellan und begegnete Midnights Blick. »Das System wird nervös.«

Kellan tippte wieder auf dem Cyberdeck herum, um andere Programme aufzurufen. Sie erstickte die Systemanforderungen mit einem überlagernden Code, lenkte die Abfragen um und fütterte die Autorisierungskontrollen mit einem Hagel von Antworten. Die Software erledigte die Arbeit superschnell. Nach einigen Momenten verschwand das rote Fenster und wurde durch ein virtuelles Verzeichnis ersetzt. Dieses enthielt eine Reihe von Dateien: medizinische Diagramme, Patienteninformationen und Tätigkeitsberichte.

Kellan nickte Midnight zu, die weiterhin an der Tür stehen blieb, während Kellan die Dateien in weniger als einer Minute in den Speicher ihres Cyberdecks kopierte. Sofort danach klickte sie den Punkt ›Entfernen‹ im Systemmenü an.

SIND SIE SICHER, DASS SIE DIESE DATEIEN LÖSCHEN WOLLEN?, forschte das System nach.

Kellan bestätigte mit OK, und der Computer antwortete wieder mit PASSWORT ERFORDERLICH.

»Carrie, bist du …«, ertönte eine Stimme von der Tür her. Kellan drehte sich genau in dem Moment um, in dem der Sicherheitsbeamte die Tür öffnete, der sie begrüßt hatte. Bevor einer der beiden Gelegenheit hatte zu reagieren, trat Midnight in Aktion.

Sie griff nach dem Arm des Wachmanns und zog ihn in den Raum. Er verlor das Gleichgewicht, und sie konnte ihm den Arm auf den Rücken drehen und dort mit hartem Griff festhalten, sodass das Handgelenk auf das Schulterblatt gedrückt wurde. Der Wachmann schrie vor Schmerzen, bevor Midnight ihm ein Betäubungspflaster auf den Hals drücken konnte. Er wehrte sich noch einige Momente, aber seine Bemühungen wurden immer schwächer, bis er im Griff der Runnerin zusammensackte. Midnight ließ die schlaffe Gestalt zu Boden sinken.

Ein harter Blick von Midnight, der überhaupt nicht zu ihrer angenommenen Gestalt passte, brachte Kellan dazu, ihre Augen vom Wachmann zu lösen und wieder auf das Terminal zu schauen. Sie tippte Befehle in das Cyberdeck, um den richtigen Code zum Löschen der Dateien zu emulieren. Anschließend überschrieb sie den freien Speicherplatz, damit eine Wiederherstellung der Dateien unmöglich wurde.

Midnight zog den Wachmann zur Seite und stellte sich schnell wieder an die Tür. Kellan bemerkte, dass sie ihre kleine Automatikpistole gezogen hatte und bereithielt. Die Geräusche der Tasten erschienen ihr unglaublich laut, während sie angestrengt auf andere Laute achtete. Es gab keine Reaktion auf den unterdrückten Schrei des Wachmanns, keinen Alarm und niemanden, der zur Kontrolle herbeieilte.

Schließlich antwortete das Terminal und löschte die ausgewählten Dateien. Kellan überprüfte noch einmal, ob sie aus dem System gelöscht worden waren, bevor sie die Verbindung des Cyberdecks löste und es herunterfuhr.

»Ich bin fertig«, sagte sie leise und verstaute das Deck wieder in der Tragetasche.

Midnight nickte als Antwort, zeigte mit einer Hand an, dass Kellan bleiben sollte, wo sie war, öffnete die Tür und schaute vorsichtig in die Halle.

Kellan sprang auf, als der Komlink des Wachmanns piepste.

»Station eins«, sagte die Stimme aus dem Link. »Wie ist Ihr Status? Kommen.«

»Geh ... jetzt!«, zischte Midnight.

»Station eins, melden Sie sich!«, sagte die Stimme. »Station eins ...«

Kellan hetzte aus dem Raum Richtung Ausgang, Midnight hielt sich dicht hinter ihr. Sie hörte die Geräusche von Stiefeln auf den Bodenfliesen und dann eine Stimme hinter sich rufen, gerade als sie auf die Klinke gedrückt hatte und die Tür aufflog.

»Halt!«, rief die Stimme.

Sie wurden nicht langsamer, sondern preschten durch die Tür und nach draußen in den Dauerregen. Kellan wäre fast mit einer Gruppe Leute zusammengestoßen, die mit gesenktem Kopf und transparenten Einweg-Regenmänteln über ihren Straßenanzügen durch den Regen hasteten. Sie blieben stehen und starrten überrascht auf die beiden Frauen, die an ihnen vorbeirannten, sprangen aber auseinander, als die Metalltür aufflog und die Schreie der Sicherheitsbeamten ertönten, die mit großkalibrigen Pistolen herumfuchtelten.

Als zwei Schüsse fielen, suchten die Fußgänger verzweifelt nach Deckungsmöglichkeiten. Kellan hörte einen Querschläger in allernächster Nähe davonjaulen. Autos hupten und bremsten mit quietschenden Reifen, als Kellan durch den prasselnden Regen über die Straße rannte. Sie und Midnight erreichten gleichzeitig ihre Motorräder, sprangen auf und ließen sie an. Midnight drehte sich um und schoss in Richtung eines Sicherheitsmannes, der auf sie zugelaufen kam. Sie verfehlte ihn zwar, zwang ihn aber, hinter einer Ecke des Gebäudes Deckung zu suchen.

»Los!«, rief Midnight.

Als sie vom Seitenstreifen losbrausten, trafen weitere Schüsse der Sicherheitsleute ganz in der Nähe die Straße. Die Autos neben ihnen wichen ihnen aus. Kellan verlor auf der regennassen Fahrbahn beinahe die Kontrolle über ihre Maschine, fing sie dann aber ab und jagte mit hohem Tempo die John Street entlang.

Nachdem sie an der Western Avenue abgebogen waren, signalisierte Midnight Kellan mit erhobenem Daumen, dass alles Sahne war. Es gab keine Anzeichen für eine Verfolgung, trotzdem behielten sie – immer nach Streifenwagen Lone Stars Ausschau haltend – die hohe Geschwindigkeit auf dem Weg ins Hafengebiet bei. Sobald sich die Seiten der massiven Rekonstruktion der Renraku Arcology hoch über und vor ihnen abzeichneten, bog Midnight nach links bergauf in das Herz der Innenstadt ab und ließ das Hafenviertel hinter sich zurück. Sie mischten sich in den dichteren Verkehr, und Kellan gestattete sich einen leisen Seufzer der Erleichterung. Der Job war erledigt, und sie hatten ihn heil und gesund überstanden.

Kapitel 5

Sie fuhren zu *Dante's Inferno*, das nur ein paar Blocks von der Arcologie entfernt lag. Wie immer war das *Inferno* voll, und draußen hatte sich unter einer provisorisch aufgespannten und abgesperrten Markise eine Schlange gebildet. Midnight zog ihr Motorrad in eine Seitenstraße des Clubs, und Kellan folgte ihr. Sie parkten ihre Maschinen neben vielen anderen. Kellan hatte den Verwandlungszauber sofort aufgehoben, nachdem sie die Klinik verlassen hatten. Midnight schüttelte grinsend das Regenwasser aus ihrem Haar. »Was hältst du davon, wenn ich einen ausgebe?«, fragte sie.

Sie lächelte breit. »Die beste Idee des Abends.«

Die beiden liefen an der Schlange derer vorbei, die hoffnungsvoll auf Einlass warteten, und gingen direkt auf den massigen Troll zu, der den Eingang versperrte. Er war über drei Meter groß, und seine kräftigen Muskeln zeichneten sich deutlich unter dem maßgeschneiderten Smoking ab. Er hielt die Arme vor seiner tonnenförmigen Brust verschränkt und blickte auf die Leute hinunter. Gedrehte Hörner wie bei einem Widder wuchsen aus seiner rasierten Glatze, auf der nur einige Stoppeln zu sehen waren.

»Hallo Newt«, sagte Kellan, und der Troll antwortete mit einem breiten Grinsen, bei dem er die Hauer zeigte.

»Hey, Kellan«, polterte er. »Midnight. Wollt ihr rein?«

»Das Geschäft läuft gut«, antwortete Midnight, wobei sie mit der Hand über Newts kräftigen Unterarm strich. Ihre Finger blieben einen Augenblick lang in der Nähe seines Handgelenks liegen. »Sehr gut sogar, deshalb wollten wir ein bisschen feiern.«

Newt grinste noch einmal, dieses Mal bedächtig. »Na, dann seid ihr hier ja richtig.« Er ging zur Seite und hob die Samtkordel, damit die beiden eintreten konnten. »Dort entlang, die Damen«, sagte er mit einer Verbeugung.

Midnight bedachte ihn mit einem betörenden Lächeln und rauschte mit hoch erhobenem Kopf an ihm vorbei wie eine Königin, die gerade ihre Audienz abgehalten hatte. Kellan blieb für einen Moment stehen, um die neidischen Blicke der verwirrten Wartenden zu genießen, die sich fragten, wer diese beiden Frauen wohl sein mochten.

»Ich könnte ein paar Freunde treffen ...«, vertraute sie Newt mit leiser Stimme an.

»Kein Problem«, erwiderte er. »Sie sollen einfach Bescheid sagen, dass du sie erwartest.«

Kellan nickte und versuchte, den wachsenden Stolz nicht allzu sehr zu zeigen. Sie erinnerte sich noch gut an die Zeiten, als sie von den Türstehern des *Inferno* oder *Underworld 93* nicht beachtet worden war. Inzwischen konnte sie mit ihrem Namen sogar anderen die Türen öffnen. Sie fühlte sich wie ein *Jemand*, als habe sie die Fehler der Vergangenheit hinter sich gelassen.

Sie holte Midnight in der Eingangshalle des Clubs ein, die mit weinrotem und goldenem Samt dekoriert war. Rötliches Licht drang pulsierend aus dem Innenraum, und Leuchtbuchstaben über dem Eingang warnten alle: ›Lasst alle Hoffnung fahren.‹ Kellan erschien das heute besonders ironisch, da sie sich hoffnungsvoller fühlte als je zuvor in ihrem Leben.

Jenseits des Haupteingangs war das *Dante's Inferno* als Sehenswürdigkeit und Spektakel für die In-Szene von Seattle angelegt. Der Hauptbereich glich einem riesigen Zylinder, sieben Stockwerke hoch, mit spiralförmigen Rampen und transparenten Fußböden, sodass man von seinem Platz aus den ganzen Club überblicken konnte. Im hohlen Kern brannte eine holografische Feuersäule, in der sich nackte Gestalten in Verzückung oder Qualen – das war schwer auszumachen – wanden. Rings um die transparenten Tanzflächen gab es Bars und Sitzplätze für die Besucher, die etwas trinken und die anderen Gäste beobachten wollten.

Es gab wie immer viel zu sehen. Das *Dante's* zog eine Menge junger Leute an, die mit dem Geld nur so um sich schmissen. Lohnsklaven der Konzerne, die Anzugjacken und Krawatten loswerden und Dampf ablassen wollten, mischten sich mit Elfen in den aktuellsten Designerklamotten und Clubkids in Kunstleder, Latex und holografischer Kleidung, exotischen Wechselbälgern sowie Menschen mit kosmetischen Veränderungen. Kellan entdeckte verschiedene unübliche Haartönungen und Hautfarben, Schuppen und Hörner und sogar einen Tänzer mit einem schaukelnden pelzigen Schwanz.

Midnight führte sie die Rampen empor in die erste Etage, die mit viel Gold dekoriert war. Dazu gab es römische Statuen in Wandnischen, von denen einige vor Goldmünzen überquellende Kästen oder Gefäße trugen – eine pfiffige holografische Projektion, die vorgaukelte, dass sie permanent Goldmünzen ausschütteten. Diese Etage war der Habgier gewidmet, während das Erdgeschoss dem Neid zugeordnet war (wahrscheinlich mit Blick auf die vor dem Club Wartenden, die die bereits Eingelassenen beneideten). Auch die anderen Etagen waren in einer Orgie maßloser Übertreibung jeweils einer der sieben Todsünden gewidmet.

Sie bestellten ihre Getränke an der Bar. Midnight hob ihr Glas und bedachte Kellan mit einem Lächeln. »Auf die gute Arbeit heute Nacht«, sagte sie.

Sie stießen an, und Kellan genoss ihren Cocktail ›Verbotener Apfel‹ (eine Spezialität im *Dante's*).

Midnight nahm einen Schluck, hob dann aber die Hand, um Kellans Aufmerksamkeit zu erregen. »Hm, da wir gerade davon sprechen: Wir sollten sichergehen, dass alles erledigt ist. Sind die Daten gespeichert?«

Kellan öffnete die Tragetasche des Cyberdecks, zog die

Speicherchipkarte aus dem Laufwerk des Decks und hielt sie Midnight entgegen. »Ja, hier ist alles drauf.«

»Gut.« Sie nahm den Chip und ließ ihn in eine Jackentasche gleiten, aus der sie im Gegenzug einen Kredstab zog. Kellan zückte ihren eigenen und berührte Midnights Stab damit, um den Austausch der Daten vorzunehmen und das Geld auf ihr Konto zu übertragen.

»Jetzt kann ich die nächste Runde bezahlen«, stellte Kellan fest.

»Tut mir leid«, antwortete Midnight und trank einen Schluck. »Aber ich kann nicht bleiben. Wir müssen das Geschäft noch abschließen.«

Kellan sah enttäuscht aus. Sie hatte sich darauf gefreut, das gute Gelingen des Auftrags gebührend zu feiern. »Ich begleite dich«, sagte sie, aber Midnight schüttelte den Kopf.

»Tut mir leid, Mädchen, aber das ist ein Treffen unter vier Augen. Der Johnson will es so. Vielleicht nächstes Mal. Du machst dir einen schönen Abend, ich lass dich wissen, wenn alles erledigt ist. Vielleicht kann ich nach dem Treffen noch mal zurückkommen.«

»Okay.«

Midnight trank aus, stand auf, beugte sich zu Kellan hinunter und legte ihr eine Hand auf den Arm. »Du hast gute Arbeit geleistet«, lobte sie, bevor sie ging.

»Danke«, grinste Kellan. »Du auch.«

Nachdem Midnight gegangen war, dachte Kellan kurz daran, nach Hause und schlafen zu gehen, griff dann aber nach ihrem Mobilkom. *Drek,* dachte sie. *Ich bin hierher gekommen, um zu feiern, dann will ich auch feiern!* Sie rief einige Freunde an, um herauszufinden, was die gerade machten. Schließlich wäre es dumm, seinen Einfluss in einem Laden wie *Dante's Inferno* nicht auszunutzen ...

Wie sich herausstellte, waren Liada und Silver Max nicht in der Nähe, aber Kellan konnte Tamlin erreichen, der sich mit ihr im Club treffen wollte.

»Hey Tam, ich bekomme gerade einen anderen Anruf, wir

sehen uns gleich«, unterbrach sie das Gespräch, als der Anruf in der Warteschleife mit einem Piepsen anklopfte. Sie schaute auf die Anruferkennung, bevor sie antwortete. »G-Dogg, ich wollte dich auch gerade anrufen.«

»Wo bist du?«, fragte er.

»Im *Dante's*, willst du auf einen Drink vorbeikommen? Ich wollte einen ausgeben ...«

»Hey, das hört sich gut an. Ich bringe auch ein paar Neuigkeiten mit.«

»Was für Neuigkeiten?«

»Erzähl ich, wenn ich da bin. Bis später.«

Kellan unterbrach die Verbindung und fragte sich, welche Neuigkeiten G-Dogg ihr wohl berichten würde.

Sie musste nicht allzu lange warten. Orion tauchte als Erster im Club auf und war top gestylt. Kellans Gesicht hellte sich auf, als sie ihn heraufkommen sah.

Tamlin O'Ryan war wie Midnight ein Elf und bewegte sich mit der Anmut einer Katze – aber wenn Midnight mit einem Panther verglichen werden konnte, sobald sie in die Schatten eintauchte, war Tamlin wie ein Löwe, kämpferisch und stolz. Er war ein Mitglied der Ancients gewesen, der größten elfischen Gang in Seattle, bis Kellan herausgefunden hatte, dass jemand ein falsches Spiel mit seiner Gang trieb und sie für seine Zwecke missbrauchen wollte. Sie hatte Orion überzeugen können, der aber bei seinem Anführer auf taube Ohren gestoßen und deshalb wegen Unruhestiftung und Auflehnung aus der Gang verstoßen worden war. Obwohl sich inzwischen herausgestellt hatte, dass Kellan richtig lag, war Orion nicht wieder zu den Ancients zurückgekehrt, betrachtete sich aber immer noch als Straßenkämpfer und war jederzeit für einen Kampf gerüstet.

Er trug die gleiche Lederjacke wie immer, das Ancient-Emblem hatte er vom Rücken entfernt, nutzte aber weiterhin das ballistische Futter. Ein Teil seiner dunklen Haare war zu einem hohen Pferdeschwanz zurückgebunden wie bei einem Samurai, der Rest fiel frei auf seine Schultern und verdeckte teilweise die spitzen Ohren. Schwarze Jeans fielen auf schwere Motorradstiefel. Das waldgrüne T-Shirt mit der keltischen Stickerei rund um den quadratischen Ausschnitt setzte den einzigen Farbakzent.

»Hey Kel«, begrüßte er sie, als er an der Bar ankam. »Was ist los?«

Kellan klopfte auf den Stuhl neben sich. »Setz dich und trink was«, sagte sie. »Ich habe heute Abend ein gutes Geschäft gemacht.«

»Ja?«, fragte er, während er sich setzte. »Wie gut?«

»Gut genug, deshalb gebe ich einen aus.«

Orion grinste. »Mehr muss ich gar nicht wissen.«

Wie üblich fragte Orion Kellan nicht nach den Details des Jobs, den sie gerade durchgezogen hatte. Diskretion war wichtig in den Schatten, daher war es besser, seine Freunde nicht nach Dingen zu fragen, die sie gar nicht beantworten konnten.

»Ich bin froh, dass deine Geschäfte gut laufen«, bemerkte er, nachdem der Barkeeper seine Bestellung aufgenommen hatte.

»Hey, auch für dich werden wieder bessere Zeiten kommen«, tröstete sie ihn, aber Orion zuckte die Achseln.

»Ich hoffe es. Ist nur schade, dass du bei dem Run niemanden mit Muskelkraft brauchtest.«

»Du weißt ...«

»Ja, ich weiß«, bestätigte er. Er wusste, dass Kellan ihn an dem Run beteiligt hätte, wenn dies möglich gewesen wäre. »Vergiss es, ich habe es nicht so gemeint.«

»Kein Problem.«

»Da ist G-Dogg«, sagte Orion mit einem Nicken, und sie folgte seinem Blick in die untere Etage.

»Ja klar, ich habe ihn auch angerufen.«

G-Dogg war in vielen Dingen das genaue Gegenteil von Orion. Er war ein Ork und gehörte damit zu einer metamenschlichen Rasse, die ohne die Grazie und Schönheit der Elfen auskommen musste. Stattdessen war G-Dogg über zwei

Meter groß und muskelbepackt; sein T-Shirt spannte über der breiten Brust und den kräftigen Armen. Das blaugraue Shirt war mit dem Logo des *Big Rhino*, einem orkischen Restaurant in der Innenstadt, bedruckt. Darüber trug G-Dogg eine schwarze Lederweste und ein Wildlederhalsband mit einem Anhänger in Form eines Knochens. Schwarze Jeans, Kampfstiefel und Lederarmbänder vervollständigten das Outfit.

Wäre man nur nach der Kleidung gegangen, hätte man G-Dogg mit einem menschlichen Motorradfahrer verwechseln können, der Muskelimplantate bekommen hatte. Aber ein Blick in sein Gesicht reichte, um zu sehen, dass er ganz und gar nicht menschlich war. Er hatte eine gewölbte flache Stirn über buschigen Augenbrauen und die spitzen Ohren, die bei Orks üblich waren. Das lange schwarze Haar war ein Wust aus Dreadlocks, die mit Metallteilen geschmückt und im Nacken zusammengebunden waren. An seinen Ohren glänzte ebenfalls Metall. Kleine gelbe Hauer ragten aus dem Unterkiefer über die Oberlippe, sodass er einen Unterbiss hatte. Trotzdem hielt G-Dogg den Kopf stolz hoch erhoben und benahm sich, als sei er ein umschwärmter Sim-Star. Er hatte einen Gang, als gehöre ihm der Laden, und wurde meist auch dementsprechend behandelt.

Es gab auch jetzt einige, die ihm zuwinkten, ihm zunickten oder ihn begrüßten, als er vorbeiging. Er beeilte sich, um zu Kellan und Orion an die Bar zu kommen, und grüßte seine anderen Freunde und Bekannten in der ersten Etage nur kurz. Obwohl er freundlich zu jedem war, schien er nicht in so guter Stimmung wie sonst zu sein, und Kellan runzelte besorgt die Stirn.

»Hallo Kel«, grollte der Ork mit seinem tiefen Bass, als er die beiden schließlich erreicht hatte. »Was liegt an?«

»Ich wollte einen gelungenen Run feiern.«

G-Dogg nickte. »Hört sich gut an, aber ich will dir erst was erzählen.« Seine Augen wanderten für einen Moment zu Orion.

»Schon in Ordnung, es bleibt unter uns«, betonte Kellan, und G-Dogg zuckte die Achseln, als wolle er sagen, es sei Kellans Sache, wem sie vertraue.

»Jemand sucht nach dir«, berichtete er.

»Wer?«

»Jemand namens Toshi Akimura. Er hat heimlich herumgefragt. Ich hab nur davon gehört.«

Kellans Herz setzte einen Schlag aus. »Was?«, sagte sie benommen, für den Augenblick unfähig, das Gesagte zu verstehen.

»Akimura«, wiederholte G-Dogg langsam. »Das ist dieser Schieber, der groß im Geschäft ist ...«

»Akimura?«, fragte Kellan noch einmal, mehr sich selbst als die anderen. »Nie im Leben, das kann nicht sein.«

»Du kennst ihn?«, fragte G-Dogg.

»Kennst du ihn?«

Er zuckte die Achseln. »Na ja, ich habe von ihm gehört. Wie ich schon sagte, Akimura ist ein Schieber und gut im Geschäft. Zumindest war er das vor ein paar Jahren. In letzter Zeit habe ich nicht viel von ihm gehört. Er hat jahrelang in und um New Orleans gearbeitet, aber ich denke, dass er einige alte Verbindungen in Seattle hat. Hast du eine Idee, warum er nach dir sucht?«

Kellan schluckte – ihr Mund war plötzlich wie ausgetrocknet – und schüttelte den Kopf. »Keine Ahnung«, sagte sie so beiläufig wie möglich. »Hast du was gehört, warum er nach mir sucht?«

Auch G-Dogg schüttelte den Kopf. »Eigentlich nicht, nur, dass er mit dir reden möchte.«

»Hast du ...«, stotterte Kellan. Ihre Handflächen wurden schweißfeucht.

»Ihm irgendwas erzählt?«, vollendete G-Dogg ihre Frage. »Kellan, du weißt doch genau, dass ich das nicht machen würde.«

»Ja klar, selbstverständlich«, antwortete sie, während sie sich die Handflächen an der Jeans abwischte.

G-Dogg war nicht der Typ, der mit Informationen hausieren ging, vor allem nicht mit solchen über seine Freunde. Bei ihrer ersten Begegnung hatte sie ihn gesucht, weil sie gehört hatte, dass G-Dogg Leute in den Schatten kannte. Da er zu diesem Zeitpunkt nicht wusste, wer Kellan war, hatte er noch nicht einmal zugegeben, *sich selbst* zu kennen. Sie hatte eigentlich keine Veranlassung zu glauben, dass er mit Informationen über sie freizügiger umgehen würde, es sei denn, es war eine ansehnliche Geldsumme im Spiel. Aber in diesem Fall wäre G-Dogg wohl kaum ins *Inferno* gekommen, um ihr das zu erzählen.

»Vielleicht möchte er dich anwerben ...«, mutmaßte Orion hilfsbereit.

G-Dogg zuckte die Achseln und legte zweifelnd den Kopf ein wenig auf die Seite. »Könnte sein«, sagte er. »Aber das lässt sich nur herausfinden, indem du mit ihm redest. Wenn er dich anwerben will, ist es wahrscheinlich eine ziemlich heiße Sache.« Er enthielt sich eines Kommentars, ob er Kellan den Job zutraute.

»Weißt du, was er in Seattle macht?«, fragte der Elf, aber G-Dogg schüttelte wiederum den Kopf.

»Nein, bis heute Abend wusste ich gar nicht, dass er hier ist.«

Sich einer Behandlung in einer Spitzenklinik unterziehen, dachte Kellan. Dass sich Akimura gerade jetzt nach ihr erkundigte, konnte einfach kein Zufall sein. Aber wie hatte er so schnell von dem Run bei *Nightengale's* erfahren, und woher wusste er von ihrer Beteiligung? Hatte sie jemand beobachtet und sie trotz ihres Zaubers erkannt? Wusste er auch von Midnight? Konnte sie es ihm *gesagt* und Kellan verraten haben? Wenn ja, warum?

»Hey, Kellan.«

G-Doggs Stimme ließ sie zu ihm aufschauen und unterbrach ihre wirren Gedankengänge. »Was ist los?«

»Ich hatte gefragt, ob du möchtest, dass ich Akimura eine Nachricht zukommen lasse? Willst du, dass ich ein paar Fühler ausstrecke, um herauszufinden, ob er dich anwerben will oder so?«

»Ja ...«, stimmte sie zu. »Ja sicher, hört sich gut an. Du hast gesagt, es ist wahrscheinlich eine große Sache, oder?«

Er antwortete mit einem Nicken. »Ich kann ein paar Anrufe machen ...«

»Aber das muss nicht gerade jetzt sein. Ich hab euch Jungs eingeladen, damit wir ein bisschen Spaß haben. Ich habe gerade erst einen Run erledigt und muss nicht heute Abend schon nach einem neuen Ausschau halten.«

»Ein Unglück kommt selten allein«, stellte Orion ironisch fest.

G-Dogg betrachtete Kellan für einen Moment mit einem undurchschaubaren Blick, bevor er in lautes Gelächter ausbrach.

»Hey, ich bin immer bereit, deinen Kredstab zu erleichtern, Mädchen«, kicherte er. »Lass uns eine neue Runde bestellen. Ich muss euch erst mal einholen!«

Sie suchten sich einen freien Tisch, und Kellan bestellte Getränke. Nachdem sie gebracht worden waren, entschuldigte sie sich, um zur Toilette zu gehen. Sobald sie im schummrigen Gang zu den Toiletten außer Sichtweite war, holte sie sofort ihr Kom heraus und wählte Midnights Nummer.

»Bitte hinterlassen Sie Ihre Nachricht nach dem Signalton«, sagte eine angenehme, künstlich erzeugte Frauenstimme. Verdammt, Midnight antwortete aus irgendeinem Grund nicht, vermutlich war sie noch im Gespräch mit dem Johnson.

»Hallo, ich bin's«, sagte Kellan kurz. »Ruf mich zurück.« Sie verstaute das Kom wieder in ihrer Tasche. Es ließ sich nicht herausfinden, warum Midnight nicht antwortete. Sie konnte noch in einer schwierigen Besprechung stecken, allein und ungestört irgendwo feiern oder einfach schon schlafen. Aber sie konnte auch in Schwierigkeiten stecken. Kellan konnte jedoch nichts unternehmen, bis Midnight sich bei ihr gemeldet hatte.

Sie ging in den Waschraum, spritzte sich Wasser ins Gesicht und nahm sich etwas Zeit, um sich zu sammeln. In einem Punkt hatte G-Dogg recht: Was Akimura wollte, ließ sich nur herausfinden, wenn sie mit ihm redete. Es gab keinen Grund, in Panik zu geraten. Sie würde warten, bis sie von Midnight gehört hatte, ihr erzählt hatte, was los war, und dann würden sie gemeinsam entscheiden, wie sie damit umgehen sollten. Bis dahin wollte sie sich amüsieren. *Lebe für den Augenblick*, sagte sie zu ihrem Spiegelbild. Und das wollte sie jetzt auch tun.

Obwohl sie die Gesellschaft von Orion und G-Dogg genoss und sie sogar zum Tanzen überreden konnte, setzten G-Doggs Neuigkeiten Kellan doch zu. Je mehr Zeit verging, ohne dass sie etwas von Midnight hörte, desto bedrückter wurde sie. Schließlich verabschiedete sie sich einige Stunden, bevor das *Inferno* schloss, und schützte Erschöpfung sowie den Wunsch nach ein paar Stunden Schlaf vor. Orion und G-Dogg boten ihr an, sie nach Hause zu bringen, begnügten sich aber damit, sie zu ihrem Motorrad zu begleiten, nachdem Kellan ihnen versichert hatte, sie sei nüchtern genug, allein zurechtzukommen. Diesen Umstand hatte sie sich selbst zuzuschreiben.

Der Regen hatte aufgehört, als sie den Club verließen. In den frühen Morgenstunden hatte sich die Reihe der Wartenden gelichtet, war aber noch nicht vollständig verschwunden. Es war fast so, als sei die Party von drinnen auf den Bürgersteig übergeschwappt: Viele Leute standen in Gruppen zusammen und unterhielten sich lachend und tanzend, während sie aus Flachmännern und billigen Plastikflaschen tranken. Musik plärrte aus den offenen Fenstern oder Türen der Autos oder sogar aus in Jacken und Anzügen eingelassenen Minilautsprechern.

Newt winkte ihnen zu, als sie herauskamen, und G-Dogg klopfte ihm freundschaftlich auf den Arm. Kellan führte sie zu dem Parkplatz, auf dem auch Orions Maschine abgestellt war. Auf dem Weg durch die Leute auf dem Bürgersteig bemerkte sie nichts Ungewöhnliches, bis sie bereits in die Gasse eingebogen waren und sie eine Stimme rufen hörte.

»Hey! Hey, ich habe eine Nachricht für dich ...«

Kellan drehte sich nach der dunklen Gestalt um, die sich einen Moment lang als Silhouette vor dem Licht der Straße abzeichnete, bevor rot-orangenes Licht in seiner Hand aufflackerte und ein rotes Gesicht mit aufgemalten schwarzen Dreiecken über den Augen und einer gezackten schwarzen Linie über dem Mund anstrahlte.

»Akimura lässt ausrichten: ›Wir sehen uns in der Hölle!‹«

Dann holte er aus und warf die brennende Flasche, die er gehalten hatte, in feurigem Bogen in ihre Richtung.

»Pass auf!«, rief Orion, während er Kellan mit hartem Griff packte und sich mit ihr genau in dem Augenblick in den Schutz der nächsten Mauer warf, als der Molotowcocktail auf den Boden krachte und geisterhafte blaue, gelb umrandete Alkoholflammen verspritzte.

G-Dogg fluchte und schlug wild um sich, als einige Tropfen der brennenden Flüssigkeit auf seinen Arm und seine Weste spritzten. In diesem Augenblick sah Kellan, dass der Cocktailwerfer Freunde zur Absicherung mitgebracht hatte. Freunde, die ihre Gesichter ebenfalls wie einen Halloween-Kürbis geschminkt hatten und mit Messern und Knüppeln und in einem Fall mit einer brennenden Fackel bewaffnet waren. Dann griffen sie an.

Orion stellte sich ihnen entgegen, duckte sich unter einem Knüppelhieb hinweg und schlug dem Besitzer des Knüppels auf den Solarplexus. Der Mann krümmte sich und verlor seine Waffe. Anschließend knallte der Elf ihm das Knie unter das Kinn, und der Knüppelschwinger ging zu Boden. Orion fuhr herum und riss sich dabei den länglichen Tragekoffer vom Rücken.

G-Dogg trat zwischen die Bande, und Kellan und umschloss das Handgelenk eines Messerkämpfers mit seiner kräftigen Hand. Er drehte es mit einem Ruck, sodass der Mann – eigentlich mehr ein jugendlicher Punk – vor Schmerzen aufschrie, bevor ihm der Ork hart ins Gesicht schlug und er in die Gruppe seiner Freunde zurücktaumelte.

Mittlerweile waren die ersten Schaulustigen in der Gasseneinmündung aufgetaucht, und ein paar johlten und feuerten die eine oder andere Seite an. Eine zähnefletschende, rotschwarz bemalte Frau mit geschorenem Kopf tauchte mit einem Jagdmesser vor Kellan auf. Orion schlug ihr mit einem Ende des Koffers auf den Hinterkopf, und sie taumelte seitlich weg.

Kellan nutzte die Lücke und schaute in die Pfütze, die sich in einer Vertiefung an der Seite der Gasse gebildet hatte. Sie streckte eine Hand aus und flüsterte die Worte des Bindungsrituals, die sie gelernt und vor kurzem ausprobiert hatte. Sie richtete ihre Konzentration auf und *durch* das Wasser hinaus in die Tiefen der Astralebene, wo ihr Ruf gehört und beantwortet wurde.

Die Pfütze wurde trüb wie siedendes Wasser in einem Topf, und eine wirbelnde Wassersäule hob sich empor, die das in der Gasse gesammelte Regenwasser anzog wie ein Magnet. Bänder aus Wasser spalteten sich an den Rändern ab und formten ausgestreckte Arme, eine Unmenge weißer Schaum bedeckte ihre Spitze wie eine Krone. Das Schauspiel des sich manifestierenden Wasserelementars brachte die Prügelei zu einem jähen und sofortigen Ende.

»Ein Magier!«, rief ein Bandenmitglied.

Einige ließen die Waffen fallen, fuhren herum und liefen zum Ende der Gasse. Die Schaulustigen bildeten Gruppen, um sie durchzulassen, und wichen einige Schritte vor der glänzenden Gestalt zurück, die in Kellans Nähe schwebte. Sie sahen nicht jeden Tag einen Magier, der in einer Gasse einen Elementar zur Hilfe rief. G-Dogg griff nach Orions Arm, um ihn davon abzuhalten, den fliehenden Bandenmitgliedern zu folgen. »Lass sie gehen«, grollte er.

Orion schaute ihnen ein letztes Mal nach, bevor er seinen Arm aus dem Griff des Orks befreite und sich nach Kellan umdrehte.

Sie ließ sich gegen die Mauer sinken und wartete, bis die Gang außer Sicht war. Dann hob sie die Hand wieder zu dem Elementar. *Kehre dorthin zurück, woher du gekommen bist, und warte, bis ich dich wieder rufe.* Sie fühlte, dass der Geist ihren Wunsch akzeptierte. Die Wassersäule fiel in sich zusammen und mit lautem Platschen auf den Asphalt. Das Wasser spritzte in alle Richtungen und löschte die letzten flackernden Reste des brennenden Alkohols.

Nun, da die Vorstellung offensichtlich vorbei war, und angesichts der wütenden Blicke der drei erzürnten Runner zerstreute sich die Menge der Gaffer schnell, die zu ihren vorherigen Beschäftigungen zurückkehrten oder einfach weitergingen, um jeglichem Ärger aus dem Weg zu gehen. Newt drängte sich durch wie wenigen, die noch geblieben waren, und zerstreute damit auch sie, als er sich ihnen näherte.

»Alles in Ordnung mit euch?«, fragte er und suchte nach Anzeichen für Verletzungen.

»Ja, allererste Sahne«, antwortete Kellan ein wenig heftig, während sie den Staub von den Ärmeln ihrer Jacke abklopfte. »Jetzt wissen wir wenigstens, was Akimura will«, sagte G-Dogg gerade so laut, dass Kellan es hören konnte.

»Ja«, gab sie mit einem flauen Gefühl in der Magengegend zu. »Ich glaube auch.« Das Cyberdeck und die darauf gespeicherten Daten schienen plötzlich sehr schwer auf Kellans Schultern zu lasten.

Kapitel 6

»Wohin gehen wir?«, fragte Kellan Lothan, der sie in eine schmale, dunkle Gasse führte. Eigenartige Formen schienen sich im Schatten gerade außer Sichtweite abzuzeichnen.

»Du wirst schon sehen«, antwortete er ruhig. »Hier entlang.«

Es fiel Kellan immer schwerer zu sehen, wo sie hintreten musste. Sie hatte nicht Lothans Nachtsicht-Fähigkeiten. Sie streckte eine Hand aus und berührte die Mauer, um sich abzusichern und einen Bezugspunkt zu haben.

»Geh weiter!«, brummte Lothan und schob sie kräftig nach vorn.

Kellan stolperte vorwärts und dann über etwas auf dem Weg, sodass sie kopfüber in eine Pfütze fiel. Sie schimpfte, der Wind mache sie restlos fertig, hustete und wälzte sich auf die Seite. Ihr Fuß hatte sich in dem verfangen, worüber sie gestolpert war. Ein Sack oder ...

Ein Licht flackerte in der Dunkelheit auf, sodass Kellan plötzlich Midnights leblose Augen erkennen konnte, die sie blind anstarrten. Einige lange dunkle Haare der Elfe schwammen in der Pfütze, ihre dunklen Augen waren weit geöffnet und starrten ins Nirgendwo und ein Ausdruck der Überraschung war in ihren kalten, blassen Zügen eingefroren.

»O Gott«, wimmerte Kellan. »Midnight. O Gott ...« Ein Paar Füße in kräftigen Stiefeln standen genau auf der anderen Seite des hingestreckten Körpers.

Kellan sah hoch und erblickte Lothan. Eine Hand umklammerte einen Feuerball, aber die Flammen schienen ihm nichts auszumachen. Er lächelte nur böse und zeigte seine Hauer, während die rot-orangen Flammen seine schroffen Züge von unten beleuchteten.

»Akimura lässt ausrichten: ›Wir sehen uns in der Hölle‹«, grölte er, und plötzlich ertönte ein Zischen, und dann war sein ganzer Körper in Flammen gehüllt, seine dunkle, schattenhafte Körpermasse von Feuer umgeben. Die Augen glänzten, die gekrümmten Finger griffen nach ihr ...

Der schrille Ton ihres Telekoms riss sie aus dem Schlaf. Sie keuchte, schluckte Luft und war dankbar, dass diese weder ihre Augen noch ihre Lunge verbrannte. Dann tastete sie nach dem Telekom, das immer noch schrillte, zerrte es aus ihrer Tasche und klappte es auf.

»... 'lo?«, murmelte sie, während sie sich die Augen rieb und versuchte, einen klaren Kopf zu bekommen.

»Kellan, ich bin's«, sagte Midnight am anderen Ende.

Sie setzte sich kerzengerade auf. »Midnight! Wo warst du? Wo bist du? Verdammt, wie spät ist es?«

»Es ist Morgen, Kellan«, antwortete Midnight. Ihr klarer und gesetzter Tonfall ließ keinen Zweifel daran aufkommen, dass sie nicht verstand, warum Kellan so außer sich war. »Ich wollte dir nur Bescheid sagen, wie es gelaufen ist. Gibt es ein Problem?«

»Das kannst du verdammt noch mal laut sagen. Ich glaube, dieser Abschaum von Akimura hat gestern Nacht versucht, mich umbringen zu lassen.«

»Was? Was ist passiert?«

»Ein Haufen Halloweener hat sich auf uns gestürzt, als wir aus dem *Inferno* kamen.«

»Das ist Halloweener Gebiet ...«

»Ja, aber einer von ihnen sagte, er habe eine Botschaft von Akimura. Er sagte: ›Akimura lässt ausrichten: Wir sehen uns in der Hölle‹, bevor er einen Molotow nach uns warf und sie sich auf uns stürzten. Midnight, wie konnte dieser Mistkerl von unserem Run erfahren?«

»Ich habe keine Ahnung.«

»Also hast du nichts darüber gehört?«

»Nein, ich wollte dir eben erzählen, dass gestern alles glatt gelaufen ist und der Johnson zufrieden mit unserer Arbeit ist.«

»War Akimura der Johnson?«

»Ich weiß nicht«, antwortete Midnight. »Ich habe einen Mittelsmann getroffen, aber der hat nur bestätigt, dass alles in Ordnung und der Kunde zufrieden mit dem Ergebnis ist.«

»Ich habe schon befürchtet, dir wäre etwas passiert, nachdem sie mich angegriffen hatten.«

»Wurde jemand verletzt?«

»Nein, Orion und G-Dogg haben einige Schläge ausgeteilt, und ich habe einen Elementar zu Hilfe gerufen und sie damit verjagt. Wir sind weggefahren, um weiterem Ärger aus dem Weg zu gehen. Ich habe dabei aber den letzten Dienst verbraucht, den der Elementar mir schuldete.«

»Wo bist du jetzt?«

»Bei Lothan. Ich wusste nicht, ob ich gefahrlos zu mir nach Hause kann, und habe ihn deshalb gefragt, ob ich bei ihm pennen könnte.«

»Hast du ihm gesagt, warum?«

»Nur, dass wir Ärger im *Inferno* hatten. Er hat nicht weiter gefragt.«

»In Ordnung«, sagte Midnight entschlossen. »Ich werde sehen, was ich herausfinden kann. Du solltest vorerst an Ort und Stelle bleiben, bis ich weiß, was da vorgeht.«

»Ich kann dir helfen ...«, bot Kellan an.

»Ich lasse dich wissen, wenn du etwas tun kannst«, gab sie zurück. »Mach dir keine Sorgen, Kellan. Wir regeln das schon. Jetzt leg dich erst mal wieder hin. Solche Angelegenheiten lösen sich meist von selbst in Wohlgefallen auf.«

»Okay«, seufzte sie. »Sag mir Bescheid, wenn du etwas herausgefunden hast.«

»Na klar, ich ruf dich später noch mal an. Bleib ruhig, *hörst du?*«

Kellan nickte, obwohl Midnight sie gar nicht sehen konnte. »Ja, ja, du auch.«

»Ah, Kellan«, ertönte ein dumpfer Bass, und Lothan schlurfte ins Zimmer. »Du bist wach. Dann habe ich doch richtig gehört.«

Kellan schob das Mobilkom zurück in ihre Tasche und dehnte sich, die Hände zu Fäusten geballt und die Arme über den Kopf gestreckt. »Ja, wie viel Uhr ist es?«

»Fast Zeit für unsere Übungen«, gab Lothan zurück.

Auf Kellans säuerlichen Blick antwortete er mit einem falschen Lächeln. »Aber zuerst – wie wäre es mit einem Frühstück und einer ausgiebigen Dusche?«

Kellan streckte sich noch einmal und nickte. »O ja, danke.« Sie warf die Bettdecke zur Seite und stieg aus dem Bett. Als sie ihre Tasche nahm und ins Badezimmer ging, versuchte sie sich das Bild von Lothan, wie er sich in irgendeiner Gasse über sie und die leblose Midnight beugte, aus dem Kopf zu schlagen. Sie wusste, dass Lothan und Midnight ein Stück gemeinsame Vergangenheit hatten und sich nicht allzu sehr mochten. Trotzdem sagte sie sich, dass nach dem Handgemenge mit den Halloweenern einfach ihre Phantasie außer Kontrolle geraten war. Das musste es sein.

Das *Jackal's Lantern* war normalerweise tagsüber geschlossen, die letzten Stammkunden und Besucher waren in den frühen Morgenstunden kurz vor der Dämmerung nach Hause getorkelt (oder dorthin, wo sie ihren Rausch ausschliefen). Die Vordertür war abgeschlossen und das ›Geschlossen‹-Schild im Fenster nach vorn gedreht, die Jalousien waren heruntergelassen und ohne Zweifel alle verfügbaren Sicherheitssysteme eingeschaltet, um die Tagräuber von Redmond abzuschrecken.

Midnight registrierte diese Einzelheiten, während sie beiläufig vorbeiging und den Weg zum Hintereingang einschlug. Die schmale Gasse war voller Abfall, der schon so lange auf dem Asphalt lag, dass er fast eingebettet zu sein schien. Die

Backsteinmauer auf der Rückseite der Bar war – wenn das überhaupt möglich war – mit noch mehr Schichten Graffiti bedeckt als die Vorderseite. Sogar die Metalltür sowie die nackten Rohre und Kabel waren besprüht. Sie war etwas überrascht, dass nicht auch der Mann, der sich in einem nach hinten an die Wand gekippten Metallklappstuhl räkelte, mit Sprühfarbe bedeckt war, aber vielleicht war er es ja, an Stellen, die man nicht sah.

Er war ein Jugendlicher, ein Latino-Mischling mit dunklen Haaren, die so kurz abrasiert waren, dass sein Kopf nur mit Stoppeln bedeckt war. Umgekehrte schwarze Dreiecke waren über die Augen gezeichnet und ein gezacktes schwarzes Grinsen über den Mund. Ein schwarzes Trägerhemd schlabberte um seinen mageren Oberkörper und eine weite schwarze Hose mit orangenem Besatz wie ein Sack um die Taille. Die Hose wurde von einem ausgebauten Sicherheitsgurt gehalten, der zu einem Modeaccessoir umfunktioniert worden war.

Er sprang auf, als er Midnight durch die Gasse kommen sah. Sie nickte ihm als Begrüßung zu und spürte seine Blicke an ihr rauf- und runtergleiten. Als sie ihn erreicht hatte, schob er einen Stock in die Tür und drückte sie auf. Midnight belohnte ihn mit einem betörenden Lächeln und kraulte ihn mit dem Finger unter dem Kinn.

»Danke«, sagte sie und tänzelte an ihm vorbei in die hinteren Räume der Bar. Den Wachposten hatte sie bereits vergessen, als die Tür hinter ihr zufiel. Während Midnight angestrengt nach Anzeichen für Gefahr Ausschau hielt, durchquerte sie Lagerraum und Küche und erreichte den eigentlichen Schankraum.

Das *Jackal's Lantern* war eingerichtet – wenn man es überhaupt so bezeichnen konnte – wie ein durchgeknalltes Konzentrationslager: Spiralen aus Stacheldraht waren auf den Raumteilern angebracht, verstümmelte, schwarz gekleidete Puppen baumelten in Schlaufen oder Drahtkäfigen von der Decke, Teile von Schaufensterpuppen bildeten mit Teilen von schwarzem und orangem Crepe Girlanden, düstere Plakate und Halloween-Masken aus Gummi waren an die Wände genagelt und Laternen aus orangem Plastik beleuchteten die Tische. Die Schatten waren lang gezogen, da nur dünne Lichtbänder in die kalte Düsternis des Raums fielen und dünne Streifen auf den Boden malten, die der gestreiften Gefängniskleidung einiger Puppen glichen.

Die Bandenmitglieder saßen an Tischen und auf Barhockern herum. Die allgemeine Stimmung schien gedämpft zu sein. Einige spielten träge Billard, die meisten unterhielten sich nur, tranken und rauchten, sodass sich an der Decke ein feiner Qualm gebildet hatte.

Sie suchte sich auf Anhieb das Bandenmitglied aus, das an der Bar saß und eine Gummimaske trug, eine schlechte Imitation eines Trollgesichts. Die dunklen Augen hinter der Maske, die sich verengten, als sich Midnight näherte, waren von faltigem Narbengewebe umgeben. Eine dickfingrige Hand drückte eine Zigarette in einem billigen dünnen Blechaschenbecher auf dem Tresen aus. Dann beugte er sich vor, einen Ellbogen auf ein Knie gestützt und die andere Hand auf dem Tresen, und sah aus, als wolle er sich auf sie stürzen.

»Hast du's?«, fragte er mit rauer Stimme.

Midnights Gesichtsausdruck veränderte sich nicht.

»Wolltest du mal zum Theater, Slash?«, fragte sie.

Der Mund des Bandenführers verzog sich unter der Maske zu einem schiefen Grinsen. »Wovon redest du, verdammt?«

»Von der Vorstellung gestern Abend. Ich habe gehört, es gab ein paar Improvisationen. Entsprach das deinen Anweisungen?«

»Hey, wir haben den Job erledigt, und niemandem ist was passiert«, brummte er. »Und es muss auch niemandem was passieren, wenn wir kriegen, was uns versprochen wurde.«

Midnight war sich der Anwesenheit der anderen Halloweener in ihrer direkten Nähe bewusst: Keiner war mehr als drei, vier Meter entfernt. Sie behielt vor allem einen der

Orks im Auge, der eine bleiche Narbe auf einer Gesichtshälfte hatte, durch die er ständig schief zu grinsen schien. Er stand relativ nah bei Slash, und seine schwarz behandschuhten Hände waren immer in der Nähe des großen Messers in seinem Gürtel.

»Ich erwarte, das zu bekommen, wofür ich bezahle«, antwortete Midnight kühl, ohne Slash aus den Augen zu lassen.

»Das hast du.«

»Fast, glaube ich.« Sie zog einen Kredstab aus einer Hüfttasche und warf ihn in die Luft.

Slash fing ihn mit Leichtigkeit auf und drehte ihn zwischen den Fingern hin und her.

»Es ist alles drauf, beglaubigt, aber codiert. Ich übermittle dir den Code auf dem Weg zurück in die Innenstadt.«

Wenn Midnights Vorsicht den Anführer der Halloweener überraschte oder enttäuschte, war ihm wegen der Maske nichts davon anzumerken. Er legte den Kredstab auf die Theke und deckte ihn mit einer Hand zu. »Du hast meine Nummer«, sagte er nur.

Midnight nickte. »Ja, und ich werde sie in Erinnerung behalten, für den Fall, dass sich weitere Gelegenheiten ergeben.«

Sie blickte sich nicht zu Slash um und vermied jeden Augenkontakt zu den anderen Halloweenern. Sie glaubte, dass Slashs Verlangen nach dem Geld ihn davon abhalten würde, ihr Ärger zu bereiten. Er mochte verrückt sein, aber er war nicht dumm. Die Halloweener ließen Midnight ohne weiteres gehen und kehrten zu ihren Gesprächen und anderen Aktivitäten zurück. Der Wachposten an der Hintertür beobachtete ihren Abgang mit einem anzüglichen Grinsen.

Sie wartete, bis sie ein paar Kilometer vom *Jackal's Lantern* entfernt und ungefähr bei den Redmond Barrens war, bevor sie am Straßenrand anhielt, ihr Telekom zückte und eine gespeicherte Sequenz eintippte. Dies würde die hinterlegten Gelder auf dem beglaubigten Kredstab freischalten. Wahrscheinlich hätte sie die Bande betrügen und damit durchkommen können, aber sie konnte sich an diesem Punkt des Spiels keinen Ärger leisten. Wenn ein paar Kreds für die Halloweener die Wogen glätteten, war das ein geringer Preis, den sie gern zahlte.

Als sie das Telekom wegsteckte und ihr Motorrad wieder anließ, lächelte sie bei dem Gedanken, gute Arbeit geleistet zu haben. »Na also, Silk, dann wollen wir mal sehen, ob Kellan dir jetzt zuhört«, sagte sie sich, während sie das Visier des Helms herunterklappte. Sie fuhr zurück in die Innenstadt. Alles lief nach Plan.

Mit dem heißen Wasser aus der Dusche wusch Kellan die hartnäckigen Bilder aus ihren Träumen zusammen mit dem Schlaf weg. Schon während sie ihre zerknitterte Jeans und ein frisches T-Shirt aus ihrer Tasche zog und sich die nassen Haare trocknete, konnte Kellan die Küchendüfte riechen. Ihr Magen knurrte, und sie wusste schon gar nicht mehr, wann sie zuletzt gegessen hatte. Das war immer so, wenn ein Run anstand, weil das Planen und die Vorbereitungen so viel Zeit in Anspruch nahmen. Dann vergaß sie oft Mahlzeiten oder sogar das Essen an sich.

In der Küche reichte Lothan ihr einen dampfenden Becher.

»Kaffee?«, fragte er, und Kellan nahm ihn dankbar entgegen.

»Danke.« Sie schlürfte langsam von dem heißen Getränk, genoss Geschmack und Aroma. In diesem Moment war sie äußerst dankbar dafür, dass Lothan ein Feinschmecker war und Soykaf verabscheute. Er gab bereitwillig eine Menge Geld für richtigen Kaffee aus – im kaffeebesessenen Seattle war es vergleichsweise einfach, richtigen Kaffee zu kaufen, aber nicht besonders billig. Wie Lothan trank sie ihn lieber schwarz als mit Sojamilch.

Mit ihrem Kaffee setzte sich Kellan an den Küchentisch, während sich Lothan am Herd zu schaffen machte. Wenn man ihn dabei beobachtete, wie er mit den Pfannen und Küchenutensilien umging, konnte man meinen, einen großen

Mann mit Kinderspielzeug hantieren zu sehen, aber er war sehr geschickt. Lothan nahm einige Eier aus einem Karton, schlug sie auf, gab sie in eine Schüssel und schlug sie mit etwas Sojamilch und Gewürzen schaumig.

»Planst du heute eine Übungsstunde ein?«, fragte er, ohne von seiner Arbeit aufzuschauen.

»Ja, wenn das okay für dich ist«, antwortete Kellan.

»In Ordnung, ich wusste nur nicht, ob deine andere Arbeit abgeschlossen ist oder nicht.«

Kellan trank einen Schluck Kaffee. »Nicht ganz. Keine Ahnung.« Lothan schaute sie nicht an. »Ach?«, war alles, was er sagte.

»Es gibt einige lose Enden, die verknüpft werden wollen.«

»Ich verstehe. Ich nehme aber an, dass keines der losen Enden vor meiner Tür auftauchen wird wie du letzte Nacht?« Lothan goss die Ei-Masse mit einem zischenden Geräusch in die Pfanne und fing an zu rühren.

Kellan starrte in ihre Kaffeetasse. Da hatte er nicht ganz Unrecht. Als sie zu ihm gekommen war, hatte Kellan ihn in die Sache hineingezogen. Damit hatte er ein Recht, zumindest einen Teil zu erfahren. »Wir hatten nur eine Auseinandersetzung mit ein paar Halloweenern.«

»Das weiß ich. G-Dogg hat es mir schon erzählt.« Lothan rührte weiter in den Eiern, stach ein paar Mal mit dem Löffel in eine Seite der Pfanne und hielt sie dann etwas schräg, damit die noch flüssige Ei-Masse zu dieser Seite laufen konnte. »Er hat mir aber nicht erzählt, warum die Halloweener euch Ärger machen wollten, und das ausgerechnet vor *Dante's Inferno*. G-Dogg und Orion scheinen es nicht zu wissen. Hast du eine Idee?«

»Die Halloweener würden sich nicht mit dir anlegen, Lothan ...« Kellans Rede wurde davon unterbrochen, dass er die Pfanne anhob und sie mit einem lauten ›Klack‹ auf eine kalte Platte knallte.

»Das weiß ich«, sagte er und schaute sie zum ersten Mal an. »Ich habe keine Angst vor ein paar Gangmitgliedern, auch nicht vor so psychotischen wie denen. Ich frage mich nur, wer die Halloweener davon überzeugt hat, dass es sich lohnt, den Ärger genau vor *Dante's Inferno* zu veranstalten.«

»Die Sache ist kein Problem.«

»Na, dann ist es ja gut«, gab Lothan brüsk zurück, schaufelte die Eier auf einen Teller und stellte ihn vor Kellan auf den Tisch. »Dann ist es ja wahrscheinlich auch kein Problem für dich, nach dem Essen abzuwaschen und zu mir ins Arbeitszimmer zu kommen, wenn du fertig bist?« Der Magier verließ den Raum ohne weiteren Kommentar.

Während Kellan mit einer Gabel in ihrem Rührei herumstocherte, hörte sie ihn die Tür zum Arbeitszimmer zuschlagen.

Sie fühlte sich schlecht, weil sie Lothan nicht mehr über die Geschehnisse erzählt hatte, aber je weniger er wusste, umso besser war es für alle, ihn selbst eingeschlossen. Er war Profi. Er wusste, was auf dem Spiel stand. Sie wollte keine Unruhe stiften, indem sie den alten Magier noch tiefer hineinzog, als er ohnehin schon in der Sache steckte. Er konnte nichts verraten, was er nicht wusste. Und Kellan wusste nicht, ob sie Lothan vollständig trauen konnte.

Drek, sie wusste nicht, ob sie *irgendjemandem* vollständig trauen konnte. Das gehörte zum Leben in den Schatten. Jeder war sich selbst der Nächste, und die Hälfte würde einen für ein paar Nuyen mehr verraten und verkaufen. Das Problem bestand darin herauszufinden, welche Hälfte. Das war eines der ersten Dinge, die Kellan in den Schatten von Seattle gelernt hatte, die erste richtige Lektion, die Lothan ihr erteilte. Bei ihrem ersten Run mit Lothan hatte er ihr nicht erzählt, dass er ein kleines Nebengeschäft mit dem Johnson abgeschlossen hatte, der auch das Team angeworben hatte. Sie hatte es zufällig herausgefunden, und Lothan hatte zu seinem eigenen Vorteil die Seiten gewechselt. Schließlich war alles ›rein geschäftlich‹ und ›nichts Persönliches‹.

Trotz allem war Lothan von allen Magiern und Runnern, die Kellan kannte, der erfahrenste und er war bereit, sie zu unterrichten. Seit sie in den Metroplex gekommen war, hatte sie von ihm viel über die magischen Künste gelernt und konnte schon weit mehr, als nur mit Feuer um sich werfen. Wie Midnight sagte, waren Leute mit magischen Kräften in der Welt der Erwachten wertvoll, und die Nachfrage nach Zauberschleudern war in den Schatten genauso groß wie überall sonst. Sie schuldete Lothan etwas, oder nicht?

Mürrisch schob sie das Essen weg. Sie konnte sich wahrscheinlich auf nichts richtig konzentrieren, was Lothan ihr beibringen wollte, bis sie wusste, was eigentlich wirklich los war. Midnight hatte ihr geraten, an Ort und Stelle zu bleiben und auf ihren Anruf zu warten. Es wäre viel einfacher gewesen, sich auf sie zu verlassen, aber Kellan wollte nicht einfach darauf warten, dass etwas passierte. Sie musste etwas *tun*, und sie wusste auch, mit wem sie darüber reden konnte.

Kellan stand auf, griff nach ihrer Ausrüstung und ging zu Lothans Arbeitszimmer, während sie ihre Jacke anzog und sich ihre Tasche über die Schulter warf. Sie klopfte und wartete Lothans Antwort ab, bevor sie die Tür zu dem schwach beleuchteten Raum öffnete. Der Trollmagier hatte sich auf seinem massiven Ledersessel niedergelassen und sah eine Reihe E-Mails auf dem kleinen ausgeklappten Bildschirm auf seinem Schreibtisch durch.

»Lothan? Ich habe mich doch entschieden, die Stunde heute ausfallen zu lassen. Ich muss mich um ein paar Sachen kümmern.«

Er betrachtete sie einen Moment mit unbewegtem Gesicht. »Ist in Ordnung«, sagte er und blickte wieder auf den Monitor. »Wird das wieder länger dauern?«

»Ich weiß noch nicht, aber ich bleibe in der Nähe.« Sie drehte sich um und hatte den Raum schon verlassen, als Lothans Stimme sie aufhielt.

»Kellan, stell nichts Dummes an und sei vorsichtig.«

»Ja, mach ich«, antwortete sie und zog ihre Tasche über die Schulter.

Beim Hinausgehen drückte sie einen Knopf ihres Telekoms

und hielt es ans Ohr. »Jackie?«, sagte sie nach einem Moment. »Hier ist Kellan. Bist du beschäftigt? Ich brauche ein paar Informationen über jemanden ...«

Jeder, der Jackie Ozone nicht kannte, hätte sie für eine Konzern-Geschäftsfrau halten können. Sie trug eine modische Jacke, lässige, aber funktionelle Kleidung, alle notwendigen elektronischen Geräte des 21. Jahrhunderts und eine glänzende Datenbuchse aus Chrom an ihrer rechten Schläfe. Sie sah aus wie eine von vielen Konzernmanagerinnen oder -mitarbeiterinnen in Seattle, die die Gelegenheit nutzten, ein paar Minuten des Nachmittags außerhalb der Neon-Beleuchtung und der klimatisierten Luft verbringen zu können. Als Kellan die Bank erreichte, auf der Jackie saß, schaute sie von ihrem Handheld auf, verstaute ihn in ihrer Tasche und begrüßte Kellan mit einem herzlichen Lächeln. Sie rückte ein Stück zur Seite, damit sich Kellan neben sie setzen konnte.

»Wir haben uns lange nicht gesehen. Was hast du gemacht?«, fragte sie.

Mit einem Achselzucken antwortete Kellan: »Ich war beschäftigt.«

»Mmm-hmm«, murmelte Jackie und trank einen Schluck aus einem Pappbecher, der neben ihr auf der Bank gestanden hatte. »Und hast dir überall Freunde gemacht.«

Kellan sah ihr wissendes Schmunzeln. »Du hast schon davon gehört.«

»Ich würde sagen, jemand hat etwas angedeutet.«

»Dann kannst du dir denken, dass ich gerne einiges aufklären würde.«

»Über eine Gang?«, fragte Jackie unschuldig.

»Über den, der dahinter steckt.«

»Dann war es kein Zufall.«

Kellan schüttelte den Kopf. »Nein, ich selbst war das Ziel.«

»Persönlich oder geschäftlich?«

»Das möchte ich gerade herausfinden.«

Jackie nickte. »Hast du selbst schon herumgeschnüffelt?«

Kellan schüttelte wieder den Kopf. »Noch nicht. Ich wollte erst mal wissen, wo ich überhaupt anfangen soll.«

»Wie ernst ist die Sache?«

»Das weiß ich nicht.«

»Okay, warum erzählt du mir nicht alles von Anfang an?«

Kellan berichtete ihr von dem Vorfall vor *Dante's Inferno* und insbesondere den Molotowcocktail werfenden Halloweener, ließ aber die Details des Runs und Midnights Beteiligung aus.

»Und du bist ganz sicher, dass er das gesagt hat?«, fragte Jackie. Als Kellan nickte, grübelte sie laut weiter. »Toshiro Akimura ...«

»Wer ist der Kerl? G-Dogg sagte, er sei ein großer Schieber oder so.«

»Das ist er, oder besser gesagt: Das war er.«

»War?«

»Na ja, zuletzt habe ich über ihn gehört, dass er für eine Weile verschwinden musste. Es gab Gerüchte, aber ...«

»Was für Gerüchte?«

Jackie zuckte die Achseln. »Die üblichen – dass er ein faules Ding gedreht oder die falschen Leute hintergangen hätte, nichts Konkretes.«

Etwas, das ihn zu einem Besuch in der Klinik veranlasst haben könnte?, überlegte Kellan.

»Warum sollte Akimura eine Gang auf dich hetzen?«, fragte Jackie, aber Kellan zuckte nur die Achseln.

»Ich weiß es nicht.«

»Kellan ...«

»Jackie, sieh mal, ich möchte nur wissen, was mich erwartet.«

»Eher, wo du hineingeraten bist«, antwortete sie und seufzte. »Okay. Akimura hat sich vor acht, neun Jahren einen Namen gemacht. Er hat sich in und um New Orleans betätigt und dort ein paar Sachen durchgezogen.«

»Schattenarbeit?«

Jackie nickte. »Aber seine wirklichen Geschäfte hat er mit Informationen gemacht.«

»Decken?«

»Handeln. Er hat alle möglichen geheimen Informationen gesammelt und sich viele Gefälligkeiten und Geld damit verdient, sie zur richtigen Zeit an die richtigen Leute weiterzugeben. Er war auch dafür bekannt, über viele Dinge und Leute Bescheid zu wissen. Dann hielt sich lange Zeit das Gerücht, er würde für einen Drachen arbeiten.«

»Was?«, sagte Kellan ziemlich laut, sodass sich Jackie prüfend umsah und sie mit einem warnenden Blick aufforderte, leiser zu sein.

»Ein Drache ...?«, flüsterte sie, und Jackie nickte.

»Ja, und nicht irgendein Drache, sondern der Großdrache Dunkelzahn. Nachdem der große D die Info gekauft hatte, hieß es in der Matrix, Akimura würde für ihn arbeiten und eine Menge Informationen wären direkt für die Ohren des Drachen bestimmt. Ich denke, dadurch hat er sich genauso viel Ärger wie Kreds eingehandelt. Viele Leute halten es für keine gute Idee, für einen Wurm zu spionieren. Akimura hatte immer noch Einfluss und wusste über vieles Bescheid, sodass er im Geschäft blieb, aber eher am Rande.«

»Und das ist alles?«

»Kellan, Schieber wissen besser als jeder andere, dass Informationen wertvoll sind. Sie halten sich bedeckt. Das ist alles, was ich weiß.« Als Kellan sie missbilligend ansah, fügte sie hinzu: »Aber ich kann versuchen, mehr herauszufinden.«

Sie lächelte dünn. »Danke, Jackie, du bist die Beste.«

»Ich kann nichts versprechen. Es könnte sein, dass es nichts zu finden gibt, aber ich höre mich mal um. Kannst du mir noch etwas mehr erzählen, damit ich weiß, wo ich anfangen soll?«

»Das kann ich nicht. Es tut mir leid, Jackie, aber ...«

»Du bist nicht allein in diese Sache verstrickt, stimmt's?«

Kellan überlegte, nagte einen Moment auf ihrer Unterlippe herum und schüttelte dann unmerklich den Kopf.

»Okay. Wie ich schon sagte, werde ich mal sehen, was ich ausgraben kann.«

Sie standen auf, und Jackie ließ Kellan vorgehen, während sie ihre Sachen einsammelte. Als die andere Frau hinter ihr vorbeiging, sagte die Deckerin leise über die Schulter: »Pass auf dich auf, okay?«

»Mach ich – und danke.« Sie hatte ihr Motorrad fast erreicht, als ihr Telekom klingelte. »Ja?«

»Kellan«, sagte Midnight. »Wir müssen uns sofort treffen. Wir haben ein paar Probleme.«

Kapitel 7

Sie verabredeten sich im Uni-Viertel. Midnight weigerte sich, ihr am Telefon mehr zu erzählen. Daher drehte sich Kellan auf dem ganzen Weg immer wieder um und kämpfte gegen das unangenehme Gefühl an, eine Zielscheibe auf dem Rücken zu tragen. Als sie am Treffpunkt angekommen war, trat sie auf dem Parkplatz nahe des chinesischen Restaurants, das Midnight erwähnt hatte, von einem Fuß auf den anderen, und wurde dabei immer aufgeregter. Sie versuchte, nicht zu viel Aufmerksamkeit zu erregen. Glücklicherweise fiel sie in der Menge der Universitätsstudenten nicht auf, die auf dem Weg von oder zu ihren Vorlesungen waren oder Pläne für den Abend machten.

Als Midnight auftauchte, stellte sie ihr Motorrad neben Kellans ab, setzte den Helm ab und schüttelte ihr Haar aus. Ohne abzusteigen, stellte sie den glänzenden Helm mit dem verspiegelten Visier vor sich ab.

»Was ist los?«, fragte Kellan.

Midnight schaute grimmig drein. »Akimura hat es auf uns abgesehen. Ein paar Orks haben versucht, meinen Kopf mit dem Boden bekannt zu machen, nicht lange nach unserem Gespräch heute Morgen. Sie haben zwar festgestellt, dass es eine schlechte Idee war, aber einer von ihnen erwähnte Akimuras Namen.«

»Wie hat er es herausgefunden?«

Midnight schüttelte den Kopf. »Ich weiß es nicht, aber vielleicht hat uns unser Auftraggeber an ihn verraten oder war einfach unvorsichtig. Nicht durch etwas, das wir getan haben.«

»Und jetzt verfolgt er uns?«

»Es sieht so aus.«

»Aber warum? Es war doch ...«

»... nur ein Geschäft«, schloss Midnight. »Ich weiß, aber aus irgendeinem Grund nimmt Akimura es persönlich.«

»Weil wir ein paar Daten gelöscht haben?«

»Vielleicht, oder auch, weil wir die Daten *haben*. Hast du immer noch eine Kopie?«

Kellan nickte. »Vielleicht können wir ihm damit einen Handel anbieten?«

Midnight schüttelte langsam den Kopf. »Wahrscheinlich nicht. Wenn es die Daten sind, um die er sich Sorgen macht, kann er nicht sicher sein, dass wir ihn nicht hereinlegen und sie trotzdem noch an jemand anderen verkaufen, nachdem wir sein Geld bekommen haben.«

»Verdammt«, murmelte Kellan. »Was wollen wir unternehmen?«

»Ich habe eine Idee«, begann Midnight, als Kellans Telekom klingelte. Als die Elfe kurz nickte, griff Kellan danach und kontrollierte die Anruferkennung, bevor sie das Gespräch annahm. Es war G-Dogg.

»Kel«, sagte er.

»Hey, G-Dogg«, unterbrach sie ihn, »ich bin etwas beschäftigt ...«

»Kein Problem. Ich wollte dir nur kurz sagen, dass sich Akimura mit dir treffen möchte.«

»Was?«

Der Ausdruck auf Kellans Gesicht veranlasste Midnight, den Kopf ein wenig schief zu legen und Kellan fragend anzusehen.

»Er will dich treffen.«

»G-Dogg, er hat die Halloweener damit beauftragt, mich abzufackeln, und will sich jetzt mit mir treffen? Vergiss es!« Midnights Augen verengten sich, als sie mitbekam, mit wem und über was Kellan gerade sprach.

»Ja, es riecht zwar nach einem Hinterhalt, aber ich dachte

mir, du solltest es wissen. Komischerweise hat Akimura so getan, als wüsste er nichts über die Sache mit den Halloweenern.«

»Hast du ihm geglaubt?«

»Nein, aber ich habe keine Ahnung, was er für ein Spiel spielt. Steckst du bis über beide Ohren im Drek, Mädchen?«

Kellan sah Midnight an und fragte sich, was sie darauf antworten sollte. Sie fragte sich selbst gerade ernsthaft, wie die Antwort auf diese Frage wohl lautete.

»Nein. Danke, G«, sagte sie dann. »Alles bestens. Ruf mich an, wenn du noch mehr hörst, okay?«

»Darauf kannst du dich verlassen.«

Kellan legte auf. »Akimura will ein Treffen. Er hat G-Dogg deswegen kontaktiert.«

»Und was hält er davon?«

»Er findet, dass es nach Falle riecht.«

Midnight nickte mit der Andeutung eines Lächelns um die Mundwinkel. »Ohne Drek.«

»Du hast gesagt, du hast eine Idee?«, fragte Kellan, und die Elfe nickte.

»Ja. Lass uns für eine Weile aus der Stadt verschwinden.«

»Ein Run?«

»Drek, ja! Willst du hier abwarten, wie jemand zum nächsten Schlag ausholt?« Als Kellan den Kopf schüttelte, fuhr sie fort: »Ich habe versucht, mehr über Akimura herauszufinden, und dabei von einem anderen Job erfahren, der perfekt für uns wäre und bei dem wir für eine Weile aus dem Plex herauskämen. Vielleicht lange genug, damit sich hier alles beruhigen kann und Akimura aufgibt und zu seinen Geschäften nach New Orleans zurückkehrt.«

»Aber wohin? Und für wie lange?«

»Tir Tairngire«, antwortete die Elfe mit einem Lächeln, »für mindestens ein paar Tage, vielleicht länger. Was hältst du davon? Bereit für einen Besuch im Elfenland?«

Jackie lehnte sich bequem in ihren Ruhesessel zurück und stöpselte das Verbindungskabel in die Buchse in ihrer Schläfe ein. Der Stecker rastete mit einem leichten Klicken ein, und sie legte das Cyberdeck auf den Schoß in Reichweite ihrer Fingerspitzen. Sie verspürte schon ein elektrisches Kribbeln der Vorfreude und den Abgleich ihres Nervensystems mit der SimSinn-Schnittstelle.

Sie drückte auf die *GO*-Taste, und sofort wurden ihre Sinne in eine silbergraue Mauer atmosphärischer Spannung gehüllt. Sie fühlte sich schwerelos und formlos, wie gefangen in einer geheimnisvollen Leere. Dann rückte plötzlich die Umgebung wieder in den Mittelpunkt, schärfer und klarer als sonst, unmittelbarer und echter als bloße Wirklichkeit.

An Jackies Stelle stand das Zeichentrickbild eines jungen japanischen Mädchens mit großen feuchten Augen und dunklem, fließendem Haar, das von einem bunten Band zusammengehalten wurde. Schaltkreise waren hineingeätzt. Ihr fließendes weißes Kleid flatterte und schillerte in einem nicht existenten Wind.

Sie stand unter einem Himmel aus Ebenholz mit kreuz und quer verteilten Neonlichtern, die ihn wie Sterne schmückten. Hoch über ihrem Kopf kreisten Pyramiden, Pagoden und wirbelnde Satelliten. Das Land am Horizont glich glattem schwarzem Glas, in das glänzende Linien und Kreismuster geätzt waren. Strahlend weiße Pyramiden, Würfel und andere Vielecke sowie ein bunter Regenbogen schwebten eine Handbreit über dem Boden. Sie repräsentierten die unzähligen Hostsysteme der Matrix von Seattle, eine gewohnte Umgebung für Jackie. Die virtuelle Realität der Matrix war für die Decker gleichermaßen Spielwiese, Kampfplatz und Zuhause. Da die Systeme des Cyberdecks die Eingaben des Computers in sensorische Daten umwandelten, konnte ein Decker mit der virtuellen Welt umgehen, als sei sie echt – aber ohne die Einschränkungen der realen Welt.

Jackie trat auf eine Datenbahn und zoomte in einer einzigen Bewegung mit Lichtgeschwindigkeit durch endlose Kilometer Glasfaserkabel. In Sekundenbruchteilen veränderte sich die Perspektive in der Matrix, und sie fand sich neben einer kleinen, sich drehenden weißen Pyramide wieder. Es gab keine Möglichkeit, dieses System von den unzähligen anderen zu unterscheiden, aber das hatte sie auch nicht erwartet. Jackies virtuelle Entsprechung strich mit der Hand über die glatte Oberfläche der Pyramide, und ihr Cyberdeck übermittelte einen komplizierten chiffrierten ›Schlüssel‹ an das Hostsystem. Die Pyramide öffnete sich und entfaltete eine Tür in der Luft, durch die sie eintrat.

Shadowland war eine der vielen versteckten Datenoasen im Untergrund, welche die Bedürfnisse derjenigen befriedigten, die auf Informationen spezialisiert waren: Sie fanden sie, forderten sie an und – was das Wichtigste war – verkauften sie an diejenigen, die bereit waren, den geforderten Preis zu zahlen.

Durch die Eingangstür betrat sie das virtuelle Abbild einer Bar mit polierten schwarzen Marmorflächen, die mit weißen und silbernen Adern durchzogen waren. Es gab einige Separees aus dunklem, poliertem Holz und weichem schwarzen Leder. Der Raum war gefüllt mit einer Menagerie von Gestalten aus der Vergangenheit und Romanen, aus Wunsch- und Albträumen. Ihre Gespräche sorgten für ein beständiges, unverständliches Hintergrundgemurmel, während Eiswürfel in dickwandigen Gläsern klirrten. Abschirm-Protokolle sorgten dafür, dass die Gesprächsinhalte den Kreis der Beteiligten nicht verließen.

Jackie machte sofort eine Persona aus, die abseits von den anderen stand. Einige der Gäste saßen zwar allein, aber ihre Bilder waren alle einzigartig, von Deckern speziell angefertigt und nach ihren eigenen Regeln codiert. Die Einzelperson, die Jackie suchte, war nicht mit derselben rücksichtslosen Missachtung von Programmierprotokollen entstanden, hatte keine individuelle Note und fiel auch nicht durch besonderes Benehmen auf. Stattdessen war ihre Persona die realistische Wiedergabe eines Klischees: ein unauffälliger dunkler Anzug und eine modische Sonnenbrille – das Ebenbild der Konzern-Konformität. Als sich Jackie ihr gegenüber in das Separee setzte, verriet die perfekte Maske nichts über ihre Gefühle.

»Ich hoffe, es ist wichtig«, sagte sie gereizt. »Es gefällt mir nicht, dass wir uns hier treffen müssen.«

»Die Beurteilung überlasse ich Ihnen«, antwortete Jackie, »aber ich glaube, Sie werden zufrieden sein.«

»Wenn diese Information wichtig ist, sollten wir uns an einem sichereren Ort treffen ...«

»Shadowland ist sicher genug, Eve. Ich habe mich davon überzeugt.«

Jackies Kontakt überlegte kurz und nickte dann. »Also gut. Was haben Sie für mich?«

»Informationen über Toshiro Akimura.«

Die Gesichtszüge von Eves Persona blieben unbewegt, aber Jackie konnte aus den Reaktionen der Gesprächspartner in der Matrix immer noch viel herauslesen. Die kurze Pause, bevor sie antwortete, und die bemüht beherrschte Stimme verrieten ihr eine Menge.

»Was ist mit ihm?«

Jackie schüttelte den Kopf. »Ich gebe keine Kostproben.«

»Warum glauben Sie, dass mir Ihre Informationen etwas wert sind?«

»Ich weiß nicht. Vielleicht sollte ich ein paar andere Leute in der Firma fragen ...«

Die Pause war nur kurz. »Was wollen Sie?«

Jackies Abbild strahlte sie mit einem nahezu unmöglich breiten Grinsen an. »Das Doppelte des üblichen Finderlohns und eine Option auf alle Arbeit, die sich daraus ergibt.«

»Das übliche Honorar plus fünfundzwanzig Prozent plus Bonus, wenn es die Sache wert ist.«

»Abgemacht.«

Eves Persona zog eine kleine Karte hervor, die sie über den Tisch gleiten ließ. Als Jackies Persona sie aufnahm, lud ihr Cyberdeck Daten von Eves System herunter. Es waren die erforderlichen Codes für den Zugriff auf die Geldmittel, welche gerade als Teil ihres Handels freigeschaltet wurden. Eve wartete, bis sich Jackie davon überzeugt hatte, dass die Daten korrekt waren.

»Also?«, fragte sie.

»Akimura ist in Seattle.«

»Warum?«

»Das weiß ich noch nicht, aber ich weiß, dass es etwas mit Kellan Colt zu tun hat. Er versucht, sich mit ihr zu treffen und hat anscheinend eine Gang aus der Innenstadt dafür bezahlt, ihr Ärger zu machen: sie zu liquidieren oder zumindest zu beunruhigen.«

»Colt? Die Kleine, die bei dem Run auf den Waffentransport dabei war? Was sollte Akimura von einer derart unbedeutenden Runnerin wollen? Ist sie ihm irgendwie in die Quere gekommen?«

»Kann sein. Das weiß ich noch nicht.«

»Sie wissen eigentlich nicht viel«, sagte Eve spitz.

»Ich weiß, dass Sie Akimuras Spur verloren haben und nicht wussten, dass er in Seattle ist – und ich weiß, dass ich noch mehr herausfinden kann, wenn es Sie interessiert.«

»Ich bin interessiert, aber nächstes Mal will ich Einzelheiten hören. Ich will einen Beweis dafür, dass Akimura hier ist. Ich will wissen, warum er hier ist, was er macht und mit wem er zu tun hat. Und ich will wissen, ob uns das etwas gegen ihn in die Hand gibt.«

Jackie nickte. »Kein Problem. Ich habe ein paar Spuren, höre mich ein wenig um und ich werde die Info beschaffen.«

»Gut. Ich bin froh, dass Sie mich informiert haben, Jackie. Ich werde das nicht vergessen. Wenn die Sache gut läuft, werde ich dafür sorgen, dass Sie eine angemessene Belohnung erhalten.«

»Ich halte Sie auf dem Laufenden«, sagte Jackie, während ihre Personae aus dem Separee glitten und aufstanden. »Ich sollte schnell mehr für Sie haben.«

»Viel Erfolg bei der Jagd«, sagte Eve, drehte sich um und verließ die Bar.

Jackie ging ihr nach und loggte sich dann aus dem System und der Matrix aus.

Als sie in ihren Körper in dem Sessel zurückkehrte, breitete sich ein Gefühl der Schwere in ihr aus. Sie öffnete langsam die Augen, blinzelte in das gedämpfte Licht und setzte sich auf, während sich ihre Pupillen langsam an die Lichtverhältnisse gewöhnten.

Sie überprüfte ihren Kontostand und stellte erfreut fest, dass alles in Ordnung war. Das Konto würde noch praller gefüllt sein, sobald sie mehr Informationen für Eve hatte. Jackie wusste, dass sie an dieser Sache sehr interessiert war, obwohl die Konzernfrau es gerade ziemlich heruntergespielt hatte. Es kam nicht oft vor, dass ein Spitzenagent des Cross-Konzerns die Seiten wechselte. Noch seltener war, dass der Überläufer mit dem Leben davonkam. Der Konzern würde sehr daran interessiert sein zu erfahren, dass der ›unantastbare‹ Toshiro Akimura möglicherweise doch angreifbar war. Das galt allerdings auch für alle anderen Feinde Akimuras.

Ja, es versprach ein gewinnbringendes Geschäft zu werden, und sie konnte gleichzeitig genug an Kellan weitergeben, um sie aus der Sache und damit auch aus der Schusslinie rauszuhalten. Sie war ein braves Mädchen, aber ganz sicher überfordert damit, sich mit einem der ganz großen Schieber auseinanderzusetzen. Jackie wollte nicht, dass ihr etwas passierte, erst recht nicht, wenn sie es vermeiden konnte.

Sie rückte das Cyberdeck noch einmal auf ihrem Schoß zurecht, rief den Anzeigemodus des Systems auf und arbeitete mit den Quellen, die ihr Aufschluss darüber geben konnten, warum ein Schieber in Seattle war, der hauptsächlich in New Orleans arbeitete, und weshalb er Interesse an einer jungen Runnerin wie Kellan Colt haben mochte.

Das *Icarus Ascending* war immer noch eines der schicksten Restaurants in Seattle, größtenteils, weil dort ›elfische‹ Küche serviert wurde. Sie bestand aus einer nordwestlichen Verschmelzung asiatischer, vegetarischer und irisch/keltischer Gerichte mit einigen kreativen Neu-Interpretationen. Die meisten Besucher im *Icarus* fragten sich jedoch nicht, wie eine ›traditionelle‹ Küche eines Volkes existieren konnte, das es erst seit etwa fünfzig Jahren gab. Und falls sie sich die Frage doch stellten, zogen sie es vor, die Antwort zu ignorieren und lieber die Illusionen zu genießen, die das *Icarus* erschuf. Es war eine Gelegenheit, für ein oder zwei Stunden aus der banalen Welt zu flüchten und stattdessen an etwas Exotischem und Magischem teilzuhaben. Natürlich waren die meisten der Restaurantbesucher Menschen.

Midnight hasste das Restaurant. Es sollte die Märchenland-Träumer ansprechen, diejenigen Elfen und Zwerge, die sich wie Abziehbilder aus traditionellen Fantasy-Geschichten gaben und so taten, als stammten sie aus einer magischeren und besonderen Welt. Es war eine kindische Vorstellung von schönen Elfen, die keltische Harfen spielten und in Baumhäusern wohnten, und von Zwergen in Höhlen, die herzhaftes Ale tranken und raue Lieder sangen. Vor die Wahl gestellt, hätte sie einen großen Bogen um den Laden gemacht, aber es wunderte sie nicht im Geringsten, dass er sie ausgerechnet hier treffen wollte, also sollte es wohl so sein.

Sie wartete an der Bar auf ihn. Es war nicht schwierig, ihn zu erkennen, und es wäre selbst dann nicht schwer gewesen, wenn sie sich keine Hologramme neueren Datums von ihm angeschaut hätte. Er wurde wie ein König zu seinem Tisch geführt. Die Ehrerbietung des Personals war so überdeutlich, dass man meinen konnte, sie hätten noch nie einen richtigen Elf gesehen – trotz der Tatsache, dass einige von ihnen selbst Elfen waren. Midnight wartete, bis er es sich auf seinem Stuhl bequem gemacht hatte und von dem livrierten Elfen-Ober begrüßt worden war, bevor sie ihren Drink nahm, vom Barhocker rutschte und zu ihm schlenderte.

Sie hatte sich mit Bedacht angekleidet, um die größtmögliche Wirkung zu erzielen. Anstelle ihrer üblichen eng sitzenden Kunstledersachen und der Weste mit den unzähligen Taschen trug sie einen Wildlederrock, der an den Seiten so hoch geschlitzt war, dass ihre langen Beine in der dunklen, transparenten Strumpfhose zur Geltung kamen, und dazu schwarze Wildlederschuhe mit silbernen Akzenten an den Spitzen und Fersen. Sie ließ das rabenschwarze Haar weich über die Schultern der dunkelblauen Bluse fallen, die aufgeknöpft war, um etwas Dekolleté zu zeigen. Es wurde zusätzlich durch ein silbernes Halsband im keltischen Stil betont. Die schwarze Handtasche verbarg gerade genügend Ausrüstung, damit sie sich wohl und nicht vollkommen ausgeliefert fühlte. Sie glaubte nicht, dass sie sie brauchen würde, aber es war immer besser, vorbereitet zu sein.

»Mögen die Schatten sachte auf Ihren Weg fallen«, sagte sie zur Begrüßung. Die Übersetzung war nicht exakt. Sie sprach Sperethiel, die Elfensprache, und die hatte verschiedene Bedeutungsebenen. Es wäre eine traditionellere Begrüßung gewesen, dem Mann einen hellen und erfreulichen Tag zu wünschen. Midnights Gruß beinhaltete ein gewisses Maß Wagnis und Risiko, und es war klar, dass er das verstehen würde.

»Mögen Sie Ihr Licht immer bei sich tragen«, antwortete er in der gleichen Sprache und wies damit auf die Bedeutung von Ehrlichkeit und Zusammenarbeit zwischen denen hin, die gemeinsam über den dunklen Pfad wanderten.

Midnight nickte verständig.

»Möchten Sie sich nicht setzen?«, fragte er, wobei er in ein Englisch mit leichtem Akzent wechselte und auf den leeren Stuhl auf der gegenüberliegenden Seite des Tisches zeigte. Midnight setzte sich graziös und stellte ihr Glas auf dem Tischrand ab.

Der Mann gegenüber sah sie lange und abschätzend an. »Sie sprechen unsere Sprache sehr gut für jemanden, der schon so lange nicht mehr im Land der Verheißung lebt«, sagte er. Midnight neigte höflich den Kopf, ohne nach dem Köder in seiner Bemerkung zu schnappen. Sollte er ruhig seine kleinen Spielchen spielen. »Vielen Dank. Ich habe leider nicht so viele Gelegenheiten, mich darin zu üben, wie ich sie gerne hätte.«

»Das kann ich mir vorstellen.«

Das bezweifelte sie.

»Ich bin froh, dass sie diesem Treffen zugestimmt haben, Mr Telestrian. Es bestand ja keine Notwendigkeit für Sie, nach Seattle zu kommen.«

»Ich hielt es für das Beste. Wie hätte ich eine solche Gelegenheit ausschlagen können? Ich habe viel Gutes über Sie gehört.«

»Wirklich? Ich bin überrascht – ich dachte, mein Name sollte nicht erwähnt werden.«

»Das sollte er auch nicht, aber nur, weil etwas eigentlich nicht getan werden soll ...«

»Heißt das nicht, dass es auch nicht getan wird«, schloss sie, und er lächelte dünn.

»Genau.«

»Schließlich sind wir deswegen hier«, sagte sie. Das Wortgeplänkel änderte seinen Charakter, wurde etwas ernster.

»Ich halte Ihr Angebot für ... faszinierend.« Er lehnte sich ein wenig nach vorn.

»Das dachte ich mir.«

Der Ober erschien diskret erneut an ihrem Tisch, und sie unterbrachen das Gespräch, um zu bestellen. Falls der Ober der Frau in Begleitung des reichen und einflussreichen Timothy Telestrian besondere Beachtung schenkte, ließ er es sich nicht anmerken. Nachdem er sich zurückgezogen hatte, richtete Telestrian seine Aufmerksamkeit wieder auf Midnight.

»Ich wüsste gern mehr Einzelheiten über die Informationen, die Sie anbieten. Ich muss wissen, ob sie es wert sind, Zeit und Mühe darauf zu verwenden.«

»Ich überlasse es Ihnen, das zu beurteilen«, antwortete sie, »sobald ich sie in Ihre Hände gelegt habe.«

»Ich könnte einfach einen Finderlohn aussetzen und jemand anderen die Informationen ausgraben lassen ...«

Midnight schüttelte leicht den Kopf. »Das erledige ich lieber selbst. Wenn Sie die Informationen haben wollen, dann nur über mich.«

»Eine Gelegenheit, die Heimat zu besuchen?«, wollte er wissen.

»Um ein unerledigtes Geschäft abzuschließen«, antwortete sie, und Telestrian zog als Antwort nur eine zierliche Augenbraue hoch.

»Ich muss zumindest wissen, welcher Art die Information ist«, entgegnete er.

»Anmerkungen zu einem Projekt, das auf Befehl des Rats beendet werden sollte, sowie Beweise dafür, dass es trotzdem fortgesetzt wurde, unter direkter Missachtung des Edikts.«

Ein dünnes Lächeln breitete sich auf Telestrians attraktivem Gesicht aus. »Klare Beweismittel für die Missachtung eines Ratsedikts?«

Midnight nickte. »Und mögliche Verbindungen zu ähnlichen Fällen. Mit Sicherheit genug, um eine umfassende Untersuchung einzuleiten.«

»Die möglicherweise andere Verwicklungen aufzeigt ...?«

Midnights Lächeln wurde breiter. »Möglicherweise.«

»Und Sie sind sicher, dass Sie an die Informationen herankommen? Es ist lange her.«

»Ich bin vollkommen sicher – mit Ihrer Hilfe«, entgegnete Midnight.

»Ich möchte nicht damit in Verbindung gebracht werden.«

»Selbstverständlich nicht. Ich lege großen Wert auf Diskretion.«

»Wie wollen Sie ...«, begann er, doch Midnight legte leicht eine Hand auf seine.

»Es ist besser, Sie wissen es nicht«, antwortete sie. »Ich benötige nur einige Dinge von Ihnen, die Sie mir wahrscheinlich problemlos zur Verfügung stellen können – vorausgesetzt, wir sind uns einig?«

Telestrian blickte von Midnights Hand zu ihrem lächelnden Gesicht und schmunzelte. »Ich denke, wir sind uns einig. Sollen wir auf das Unternehmen anstoßen?«

»Unbedingt. Auf den Abschluss eines alten Geschäfts ...« Midnight hob ihr Glas.

»... und die Schaffung neuer Gelegenheiten«, setzte Telestrian fort.

»Ich hätte es nicht besser ausdrücken können.«

Sie stießen an, und Midnight warf Timothy Telestrian einen schmachtenden Blick über den Rand ihres Glases zu, während sie nippte und ihn anlächelte. Wenn alles gut lief, würden sich ungemein viele neue Gelegenheiten auftun. Viel mehr als nur die zur Beendigung interner Familienstreitigkeiten. Aber das brauchte er nicht zu wissen. Jetzt gab es nur noch einen Punkt, den sie klären musste.

Kapitel 8

Das funkelnde Schwert glitt mit einem Zischen durch die Luft und hielt mühelos den Rhythmus: eins, zwei, drei, zurück, eins, zwei, drei, drehen. Tamlin Orion – ohne Hemd und nur mit einer locker sitzenden Jeans bekleidet – ließ seinen blitzenden Stahl einen tödlichen Tanz aufführen, bewegte sich vor und zurück auf dem Boden seiner Dachgeschosswohnung, die in dem Viertel Seattles lag, das man *Tarislar* nannte, was im Elfischen ›Andenken‹ bedeutete.

Die schwindenden Sonnenstrahlen funkelten auf der scharfen Klinge des Schwerts, das Tamlin hin und her wirbeln ließ, um sich damit imaginärer Gegner auf allen Seiten zu erwehren. Er bewegte sich mühelos durch die einzelnen Stufen der Übung: das Ergebnis beständigen Trainings und der Macht der Magie, die durch seinen Körper strömte.

Nicht alle Erwachten verwendeten Zaubersprüche und beschworen Geister. Einige – Ki-Adepten wie Tamlin – konzentrierten ihre magischen Talente nach innen auf die Verbesserung von Körper und Geist. Sie gewannen dadurch übernatürliche Stärke und Schnelligkeit, schärfere Sinne und eine verkürzte Reaktionszeit. Was andere Straßenkämpfer mit kybernetischen Implantaten erreichten, schafften Adepten mit magischer Kraft, Hingabe und Training. Einige behaupteten, damit seien sie nicht mehr menschlich, aber Tamlin interessierte sich als Elf sowieso wenig für ›Menschlichkeit‹ und hatte überdies wenig für Menschen übrig.

Schließlich hatte Tarislar seinen Namen zum Gedenken an die Jahre zuvor erhalten, als die *menschliche* Regierung von

Seattle alle Metamenschen mitten in der Nacht in ›Internierungslagern‹ zusammentrieb, um sie von dort aus irgendwohin zu deportieren – mit der Begründung, sie seien krank und eine Bedrohung für die öffentliche Gesundheit und Sicherheit.

Tamlin war zu diesem Zeitpunkt noch nicht einmal geboren. Er erinnerte sich daran, mit dem Spielzeugschwert gespielt zu haben, das sein Vater in dem Moment gekauft hatte, als er die Nachricht erhielt, dass er einen Sohn bekommen werde. Tamlin hatte seinen Vater wegen der Nacht des Zorns nie kennengelernt. Tom O'Ryan hatte sich als Student der Geschichte an der Berkely-Universität sehr für Schwerter interessiert. Tamlins Vater hatte zu den ersten Elfen gehört, die in der Welt kurz nach der Zeit des Erwachens geboren wurden.

Seine Mutter war ein Mensch. Er erinnerte sich lebhaft daran, was sie ihm über die bewaffneten Männer erzählt hatte, die spät in der Nacht zu ihnen gekommen waren. Wie sie und ihr Ehemann weggeführt und in den Strom der vertriebenen Metamenschen eingereiht worden waren, die wie Vieh zum Hafen getrieben wurden. Auch an die grausamen Witze und Bemerkungen über die ›Feenschlampe‹ und ihre Unreinheit, ein metamenschliches Kind auszutragen, von denen sie ihm erzählt hatte. Und an das große Lagerhaus, das nach den vielen Leibern stank, die darin zusammengepfercht waren, und an die plötzliche Explosion, die Schreie ...

Tamlins Schwert sauste herab, als die Türklingel läutete. Er hob schnell die Schwertscheide auf, ließ das Schwert hineingleiten, griff nach einem kleinen grünen Handtuch auf einer Stuhllehne und wischte sich auf dem Weg zur Tür die Stirn trocken. Es läutete noch einmal.

»Ja, ja, ich komme.« Er legte sich das Handtuch um den Nacken, während er durch den Spion nach draußen schaute, um zu sehen, wer gekommen war – für alle Fälle die Hand am Schwertgriff. Nach einem kurzen Blick öffnete er die Tür.

»Hey, Kellan«, begrüßte er sie mit einem Anflug von Überraschung.

»Hallo, kann ich reinkommen?«

»Sicher.« Orion trat zur Seite, um sie einzulassen. Der Dachboden war nicht übermäßig groß, aber im Vergleich zu der heruntergekommenen Nachbarschaft beinahe ein Palast. Durch die hohe Decke und die Dachfenster sah er viel größer aus. Der Raum bot Orion genügend Platz für sein Training. Viele der Möbelstücke stammten aus zweiter Hand, aber einige wenige persönliche Stücke hier und dort verliehen dem Raum Persönlichkeit: ein keltischer Wandbehang, ein einzelnes Schwert an einem Wandhaken, die Mischung aus neokeltischen und japanischen Möbelstücken und Dekorationsgegenständen.

Orion schloss die Tür. »Kann ich dir etwas anbieten? Wasser oder sonst irgendwas?«

»Ja, danke.«

Orion ging in seine kleine Küche und holte zwei Flaschen Wasser aus dem Kühlschrank. Er reichte Kellan eine, öffnete die zweite und trank einen großen Schluck.

»Also, was ist los?«, fragte er gespannt und wischte sich mit dem Handtuch noch einmal den Schweiß von der Stirn. Dann legte er das Handtuch weg, stellte die Flasche auf den Boden, griff nach dem T-Shirt auf der Rückenlehne des alten Sofas und zog es über.

»Ich wollte mich erkundigen, ob du Interesse an einem Job hast.«

»Ja? Worum geht's denn?«

»Datenextraktion ... in Portland.«

Orion hätte beinahe sein Wasser ausgespuckt. Er hielt inne und zwang sich, das Wasser herunterzuschlucken, um dann keuchend nach Luft zu schnappen. »Ist das dein Ernst?«

»Ja. Midnight hat ...«

»Warte mal, das ist Midnights Run?«

»Sie organisiert ihn. Ich weiß, du bist nicht Midnights größter Fan ...« Dafür erntete sie einen ungläubigen Blick.

»Das kannst du laut sagen«, schnaubte er.

»Aber hier geht es ums Geschäft. Es ist nichts Persönliches.«

»Weiß Midnight, dass du mit mir sprichst?«

»Natürlich weiß sie das.«

»Aber sie wollte nicht, dass du das tust, oder etwa doch?« Die Pause, bis Kellan eine Antwort formulieren konnte, war so lang, dass sich Orion bestätigt fühlte. »Nein, anscheinend nicht.«

»Das macht nichts«, erwiderte Kellan kopfschüttelnd. Es hatte einige Überzeugungskraft gekostet, Midnights Einverständnis dafür zu bekommen, Orion am Run zu beteiligen, aber schließlich hatte sich Kellan durchgesetzt.

»Ich gehe nur dahin, wo ich auch erwünscht bin, Kellan.«

»Und *ich* möchte dich bei diesem Job dabeihaben. Ich habe Midnight davon überzeugt, dass du mitkommst.«

»Weil ich mich unterordne?«

»Weil du der Beste für den Job bist. Und weil ich dir vertraue.«

Orion starrte sie einen Moment lang unverwandt an, bevor sein Ausdruck wieder etwas sanfter wurde. »Okay, was ist das für ein Job?«

»Wir gehen nach Portland, klauen ein paar Daten, übergeben die Ware und kommen zurück. Es wird ein paar Tage dauern, vielleicht auch etwas länger.«

»Hat Midnight gesagt, für wen wir arbeiten?«

Kellan schüttelte den Kopf. »Natürlich nicht. Ich bin noch nicht mal sicher, ob sie es überhaupt weiß.«

»Oh, ich bin sicher, sie weiß es. Ich glaube nicht, dass sie die Stadt verlassen und nach Tir fahren würde, wenn sie es nicht wüsste.«

Kellan zuckte mit den Schultern. »Hey, es ist eine gute Gelegenheit und ...«

»... und ich brauche den Job«, schloss Orion.

»Eigentlich wollte ich sagen: ›Und ich wollte schon immer mal nach Tir Tairngire‹, aber ja, das stimmt auch.«

»Du könntest feststellen, dass Tir Tairngire längst nicht so toll ist, wie es immer dargestellt wird.«

»Warst du schon mal da?«

Orion schüttelte den Kopf. »Nein, fast, aber dann hat es doch nicht geklappt.«

»Warum nicht?«

»Mein Vater hat dort die Staatsangehörigkeit beantragt, nachdem Kalifornien seine Unabhängigkeit erklärt und Japan San Fanzisko besetzt hatte, wo ich geboren wurde. Die Regierung Tirs gab ihre Einwilligung. Sie haben sogar gesagt, er könnte mich nach meiner Geburt mitbringen ...«

»Aber?«

»Aber meiner Mutter wollten sie die Staatsbürgerschaft nicht gewähren.«

»Weil sie ein Mensch war?«

»Ja«, sagte er mit einem Achselzucken.

»Tir Tairngire hat deine Mutter nicht einwandern lassen?«

»Natürlich nicht. Meinem Vater gegenüber haben sie irgendeinen dämlichen bürokratischen Vorwand geltend gemacht, aber er wusste, was sie eigentlich meinten: keine Menschen im Märchenland.«

»Aber es leben doch Menschen in Tir Tairngire, oder nicht?«

»Sicher, als Bürger zweiter Klasse, damit der Elfenadel ›Bauern‹ zum Herumschubsen hat. Sie sorgen dafür, dass die eigene Rasse bevorzugt wird.«

»Okay, also werde ich mich nicht aufs Altenteil dahin zurückziehen. Aber es ist immer noch eine gute Gelegenheit und ...« Sie hielt inne, zuckte die Achseln und sah weg.

»... und was?«

»Und es ist eine tolle Chance, die Stadt für ein paar Tage zu verlassen«, sagte sie mit einem vielsagenden Blick.

»Wegen letzter Nacht?«

»In der Zeit unserer Abwesenheit wird sich die Lage etwas beruhigen.«

»Welche Lage? Wer ist dieser verdammte Akimura, den die Halloweener erwähnten? Er muss einigen Einfluss haben, wenn er sie zu dem Angriff veranlassen konnte.«

»Ich glaube, den hat er. Jackie sagt, er ist ein Schieber im großen Stil, der für einen Drachen gearbeitet hat.«

»Ein Dra... ist das dein Ernst?«

Kellan nickte.

»Warte mal ... für einen Drachen ›gearbeitet hat‹? Was ist passiert?«

»Es war Dunkelzahn.«

»Verdammt. Also nachdem der Drache getötet wurde?«

»Ich habe keine Ahnung, ich glaube, er war immer noch im Geschäft, aber wer weiß das schon?«

»Und du hast wirklich keine Ahnung, wie du ihm in die Quere gekommen sein könntest und warum er dich jetzt verfolgt?« Kellan zog lediglich eine Augenbraue hoch, und Orion runzelte die Stirn.

»Es war nur ein Job. Wir haben ein paar Daten von ihm in einer Cyberklinik gelöscht.«

»Wir? Du und Midnight?«

Kellan nickte wieder bestätigend.

»Großartig«, murmelte Orion.

»Es war ein Job«, wiederholte Kellan, und er seufzte.

»Okay, du hast recht, es ist vermutlich eine gute Idee, dass du für eine Weile die Stadt verlässt, bis sich alles beruhigt hat. Und wenn du mit Midnight nach Tir Tairngire gehst, brauchst du jemanden, der auf dich aufpasst. Also bin ich dabei.«

Auf dem Heimweg informierte Kellan Midnight über ihre Vereinbarungen mit Orion. Midnight sagte, sie wolle einige Vorbereitungen treffen. Kellan musste noch einiges an Ausrüstung besorgen und sich etwas Ruhe gönnen, bevor sie zu dem neuen Run aufbrachen.

Orion bestand darauf, sie zu begleiten, und so düsten sie gemeinsam die Schnellstraße entlang.

»Deine Wohnung könnte beobachtet werden«, warnte er sie. »Es ist der erste Ort, an dem sie nach dir suchen würden.«

»Vorausgesetzt, sie wissen, wo ich lebe.«

»Kel, dieses Arschloch von Akimura wusste, dass du letzte Nacht im *Dante's* warst. Er hat Informationen für einen *Dra-*

chen gesammelt. Wenn er ein so großer Schieber ist, wie du sagst, gibt es wahrscheinlich nur wenig, das er nicht über dich weiß.«

Kellan fragte sich, ob Orion recht hatte. Wie viel *wusste* Akimura über sie? War es wirklich ungefährlich, wenn sie in ihre Wohnung zurückkehrte? Sie hatte fast die gesamte Ausrüstung bei sich, aber sie wollte noch ein paar Kleidungsstücke, eine Reservewaffe und ein paar andere notwendige Dinge holen. Das erzählte sie Orion. Gleichzeitig wollte sie aber auch in Erfahrung bringen, ob ihre Wohnung noch unberührt war. Sie hatte für ein wenig Erfolg schwer gearbeitet und sich ein bescheidenes Zuhause in Seattle geschaffen. Die Vorstellung, dass jemand dort eindringen und all das zerstören mochte, machte sie wütend.

Warum wollte sich dieser Kerl überhaupt an ihr rächen? Wenn er in den Schatten arbeitete, musste er wissen, dass es nichts Persönliches war. Es ging nur ums Geschäft. Sie hatte nichts gegen ihn. Drek, sie hatte ja selbst nach dem Run nicht einmal gewusst, wer er war, bis G-Dogg es ihr erzählte. Sie hätte ebenso gut für ihn arbeiten und die Daten schützen können, wenn er bereit gewesen wäre, dafür zu bezahlen. Es war nichts Persönliches, bis jemand es dazu machte.

Sie fuhren vor Kellans Wohnung in Puyallup vor. Es wurde schon dunkel, daher leerten sich die Straßen zusehends. Die Tagbewohner zogen sich hinter ihre geschlossenen Türen zurück und überließen die Straßen den Nachtbewohnern der Barrens. Bald würden an den Straßenecken Feuer brennen, und man würde Rufe, Gelächter und Schüsse durch die Nacht hallen hören. Sogar der Randbereich der Barrens – wo Kellan lebte – war weitgehend gesetzlos. Die Polizei wurde nicht dafür bezahlt, Streife zu fahren oder Anrufe aus der Gegend zu beantworten, daher würde erst so etwas wie ein öffentlicher Aufruhr zu einem Einschreiten der Behörden führen.

Sie stellten ihre Motorräder unter und schlossen sie ab, bevor sie die Treppe erklommen. Orion trug das Schwert und seine Pistole offen, und Kellan hielt eine Hand nahe an ihrer eigenen Waffe, als sie das billige Schloss der Haustür mit ihrem Kredstab öffnete und sie das Foyer des heruntergekommenen Gebäudes betraten. Ihre Wohnung lag im zweiten Stock. Sie mussten die Treppe benutzen, da der Aufzug schon seit langem defekt war und sich niemand um die Reparatur kümmerte.

Das Orkpaar im ersten Stock aß gerade zu Abend oder stritt sich oder beides. Eines ihrer vielen Kinder jammerte laut, und Kellan zuckte zusammen, als eine laute Stimme das Kleine anschrie, endlich Ruhe zu geben. Sie überlegte, ob es wohl die Mutter oder der Vater gewesen war. Wahrscheinlich die Mutter, aber sie konnte die tiefen, akzentbehafteten Stimmen kaum auseinanderhalten.

Orion und sie hielten Ausschau nach jeglichen Hinweisen für Ärger, aber es gab nichts Verdächtiges auf der Treppe oder im Flur vor ihrer Wohnung. Ein schneller Blick verriet keine Anzeichen für einen Einbruch: Die Tür und das robuste Magschloss waren intakt. Kellan schloss auf und stellte fest, dass sich niemand daran zu schaffen gemacht hatte. Sie drückte vorsichtig die Klinke herunter und stieß die Tür auf, während sie ihre Waffe zog. Auch Orion hielt seine Pistole schussbereit.

Zuerst wandten sie sich dem Wohnzimmer zu. Es war niemand da, und alles sah genau so aus, wie Kellan es zurückgelassen hatte. Sie traten schnell ein, und Orion schloss die Tür hinter ihnen. Eine kurze Kontrolle des Badezimmers und des Schlafraums ergab nichts Ungewöhnliches, sodass sich Kellan einen kurzen Seufzer der Erleichterung gestattete und ihre Waffe ins Halfter zurückschob.

»Okay«, sagte Orion. »Nimm mit, was du brauchst, und lass uns verschwinden.«

»Wohin?«

»Zurück zu mir. Du kannst heute Nacht bei mir schlafen.«

»Ich ... danke.« Sie wollte schon protestieren, musste dann aber doch einsehen, dass es keinen vernünftigen Grund gab, sein Angebot abzulehnen. Es wäre dumm gewesen, länger als notwendig in der Wohnung zu bleiben, falls tatsächlich jemand nach ihr suchte. Sie wollte auch nicht noch einmal bei Lothan übernachten und weiter seine Neugier wecken.

Kellan brauchte nicht lange, um das Nötige einzusammeln und alles in einem großen Beutel zu verstauen, den sie sich über die Schulter warf. Als sie gerade die Wohnungstür öffnen wollte, ließ ein lauter Knall sie zusammenfahren und stattdessen nach ihrer Waffe greifen. Orion legte ihr beruhigend eine Hand auf den Arm.

»Es ist okay. Es kam von unten, wahrscheinlich ist irgendwas gegen die Wand geworfen worden.« Sie hielten inne und horchten, und tatsächlich wurde das Geschrei ein Stockwerk tiefer noch lauter.

Kellan schob langsam die Waffe ins Halfter zurück und seufzte. »Tut mir leid, ich bin ein bisschen schreckhaft.«

»Kein Wunder. Los, lass uns von hier verschwinden.«

Als sie wieder bei Orions Wohnung ankamen, war es vollständig dunkel. Unterwegs hatten sie kurz angehalten, um einige Lebensmittel einzukaufen. Kurz darauf saßen sie auf dem Boden der Dachwohnung und teilten sich chinesisches Essen aus Faltkartons und Dosen. Orion konnte sehr gut mit den Essstäbchen umgehen, während Kellan eine Plastikgabel benutzte, um das nächste Stück ›Soja-Hühnchen in Orangensauce‹ aufzuspießen.

»So habe ich mir das Leben in Seattle eigentlich nicht vorgestellt«, sagte Kellan trübsinnig.

Orion antwortete mit einem kurzen, humorlosen Lachen. »Warum, was hast du erwartet? Etwas Glanzvolleres?«

Sie zuckte die Achseln und nahm einen weiteren Bissen. »Wahrscheinlich. Ich weiß nicht recht. Ich bin von Kansas hierher gekommen. Da läuft nichts Großes in den Schatten. Ich dachte, Seattle wäre ... *das Ding*, weißt du? Der Nabel der Welt oder so.«

»Du hast dich bis jetzt gar nicht schlecht geschlagen«, tröstete Orion sie und holte noch eine Portion Lo Mein aus seiner Packung.

Sie stocherte in ihren Essensresten herum. »Ja, das stimmt wohl. Ich wünschte nur …«

»Was?«, fragte er und neigte dabei den Kopf auf eine Weise, die Kellan irgendwie an eine neugierige Katze erinnerte.

»Ich wünschte nur, ich hätte das Selbstbewusstsein von Midnight oder Lothan.«

»Wenn du mich fragst, suchst du dir die falschen Vorbilder aus.«

Kellans hob den Kopf. »Wie meinst du das?«

»Du weißt, wie ich das meine«, murmelte Orion mit dem Mund voller Nudeln. Er legte die Essstäbchen zurück in den Karton und stellte ihn kauend und schluckend neben sich auf den Boden. »Midnight und Lothan zeichnen sich nicht durch Selbstbewusstsein, sondern durch Arroganz aus. Sie sind so von sich überzeugt, dass sie nicht nach anderen Leuten schauen, sondern höchstens in den Spiegel.«

Für einen kurzen Moment schauten Kellan und Orion einander schweigend an, dann brach Kellan in Gelächter aus. Sie lehnte sich gegen den Futon hinter ihr, hielt sich die Seiten und lachte so laut, dass ihr die Tränen über die Wangen liefen. Orion sah sie mit dem gleichen verblüfften Ausdruck an wie zuvor.

»Was ist so verdammt komisch?«

»Arrogant?«, lachte Kellan und rang nach Atem. »Midnight und Lothan sind arrogant? Hast *du* kürzlich mal in den Spiegel gesehen, Elfenjunge?«

»Augenblick mal«, schnaubte Orion, und seine Augen verengten sich zu Schlitzen. »Willst du damit sagen … Ich bin *nicht* arrogant!« Orion richtete sich zu voller Größe auf und reckte stolz das Kinn in die Höhe.

Das war zu viel für Kellan, sie bekam einen neuen Lachanfall.

»O je, ihr Götter«, keuchte sie. Sie bekam Seitenstechen.

»Bin ich nicht«, antwortete Orion mit weniger Nachdruck. »Ich meine … es ist keine Arroganz, wenn man, nun ja …«

Seine starre Miene verzog sich langsam zu einem Grinsen. »Nicht, wenn man so gut ist wie ich.«

Er hätte es fast geschafft, den strengen Blick beizubehalten, aber Kellans Lachen war so ansteckend, dass sich Orions Lippen langsam zu einem Grinsen verzogen. Dann verlor er völlig die Beherrschung und lachte laut schallend mit ihr. Er ließ sich nach vorn auf die Knie sinken und rutschte so näher an sie heran. Seine langen Arme reichten nach unten, und seine Finger strichen über Kellans Seiten.

»Ich bin also arrogant? Wer ist der beste Schwertkämpfer, den du kennst?«

»Nein!«, kreischte Kellan, als der Elf sie kitzelte und sich über sie beugte, während sie versuchte, sich aus seinem Griff zu winden und zu fliehen. Sie hatte keinen Bewegungsspielraum, da sie gegen den Futon gedrückt wurde.

»Sag es! Sag: ›Du bist der beste Kämpfer der Welt, Orion.‹«

»Du kannst mich mal!«, keuchte Kellan aufsässig, dann kreischte sie wieder vor Lachen, als er seine Bemühungen noch einmal verdoppelte. Sie versuchte sich zu verteidigen, musste sich aber gleichzeitig vor Lachen krümmen und rang verzweifelt nach Luft.

»Okay, okay! Du bist, du bist der beste, der großartigste Kämpfer auf der ganzen Welt.«

Orion ließ von ihr ab und richtete sich mit einem triumphierenden Grinsen auf. »Siehst du? Na, war das so ... uuumpf!«

Kellan warf ihn zu Boden, indem sie sich mit einem Hechtsprung auf ihn warf. Im Nu lag Orion flach auf dem Rücken, und Kellan hockte mit gespreizten Beinen auf seiner Hüfte, um ihn unten zu halten. Sie grinste wie eine Irre und beugte sich ganz zu ihm hinunter.

»Der ›große Krieger‹ sollte wohl besser aufpassen.« Orion schaute sie sprachlos mit einem Ausdruck der Überraschung und Verwunderung an. Kellan atmete nach dem kleinen Kampf immer noch ein wenig heftiger als sonst. Er wurde sich plötzlich ihrer Nähe bewusst, ihres Geruchs und der leichten, ihr schmeichelnden Gesichtsrötung.

»Du hast mir immer gesagt, ich sollte mit dem Unerwarteten rechnen«, sagte sie vornübergebeugt, das Gesicht ganz nah an seinem.

»Du hast recht, das habe ich. Du bist eine gute Schülerin.«

»Du bist ein ganz guter Lehrer.« Sie kam näher. Er konnte ihre Brust an seiner fühlen.

»Du bringst mir auch ein paar Dinge bei.«

Ihre Lippen berührten sich zärtlich, dann glitt Kellans Hand in seinen Nacken, und ihre Finger strichen durch sein langes, seidenes Haar. Sie spürte Orions starke Arme auf ihrem Rücken, er zog sie noch fester an sich, und sie versanken in einem leidenschaftlichen, brennenden Kuss.

Kapitel 9

Die Wälder, in denen Kellan umherirrte, waren dunkel. Vom halb verhüllten Gesicht des abnehmenden Mondes und einigen Sternen drang wenig Licht durch die verstreuten Wolken. Ein klagender Wind heulte durch die Bäume, versetzte sie überall um sie herum in Bewegung und ließ die Blätter rascheln. Sie hatte sich verirrt und keine Ahnung, wo sie war oder wie sie hergekommen war.

»Hallo?«, rief sie, aber ihre Stimme wurde von der Dunkelheit verschluckt. »Ist da jemand? Ist jemand da?«

Der Wind war kalt, und sie schauderte vor Kälte, doch das war nichts im Vergleich zu dem Frösteln, das sie überlief, als eine ihr bekannte Stimme heulend aus der Wildnis drang.

»Kellaaaaaaan!«, trug ihr der Wind einen markerschütternden Schrei zu.

»Orion«, flüsterte sie. Dann lief sie der Stimme entgegen. Zweige streiften ihr Gesicht in der Dunkelheit, und sie drosch mit den Armen auf sie ein, um sich einen Weg durch das Astgewirr zu bahnen. Sie erklomm einen Berghang und wich dabei den dunklen Baumstämmen aus, die überall aufragten.

»Orion!«, rief sie, aber sie bekam keine Antwort. Da war nur das Heulen des Windes.

Die Bäume dünnten aus, und Kellan konnte die felsige Klippe sehen, die mit tiefen Schatten in den Felsspalten und Rissen im Gestein vor ihr aufragte. In eine Spalte am Fuß der Klippe schmiegte sich ein leuchtend goldenes Licht wie ein falscher Sonnenaufgang. Kellan nahm den Kopf herunter und stürmte den Berghang Richtung Licht empor. In der Einmündung blieb sie nach Atem ringend einen Moment stehen und stützte sich mit einer Hand an der kalten Felswand ab.

»Orion? Tam?«, rief sie erneut, erhielt aber keine Antwort. Das Leuchten in der Höhle flackerte wie eine tanzende Flamme.

Kellan duckte sich und tauchte in den Spalt, um dann zu der Gestalt zu eilen, die auf dem dunklen Steinboden der schmalen Höhle lag.

»Tam!« Blut sammelte sich rings um ihn, sodass die ausgetrockneten schwarzen Steine vor Nässe glänzten. Sie konnte es heiß und klebrig an ihren Händen spüren, beachtete es aber nicht, als sie ihn umzudrehen versuchte. Er war noch warm, aber als sie ihm eine Hand seitlich auf den Hals legte, konnte sie keinen Puls fühlen und sein Kopf mit den langen, blutverklebten Haaren rollte schlaff hin und her.

»Nein ...«, flüsterte Kellan. »Bitte nicht ... Tam ...« Sie strich ihm ein paar feuchte Strähnen aus dem Gesicht, in der Hoffnung auf eine Bewegung, auf ein Lebenszeichen von ihm. Es gab keines. Das Licht fiel direkt auf sein regloses Gesicht. Er sah entspannt aus, als schlafe er nur.

»Kellan ...«, flüsterte eine Stimme, und sie drehte sich zu dem hellen, strahlenden Licht hinter ihr um – es war so grell, dass sie mit einer Hand die Augen dagegen abschirmen musste. Sie konnte nur in das Licht blinzeln und daher nur schwach und schemenhaft jemanden oder etwas dort ausmachen.

»Kellan«, rief die Stimme wieder, diesmal lauter, wie jemand, der einen lange verlorenen Freund oder Geliebten begrüßt.

»Wer bist du?«, fragte sie. »Wer ist da? Ich brauche Hilfe, er ist verletzt!«

»Er ist tot, Kellan, du kannst ihm nicht helfen.«

»Nein!«

»Du kannst ihm nicht helfen, Kellan. Lass es sein ...«

Das Licht wurde heller, und Kellan beugte den Kopf über Orion und hielt seinen Leichnam fest.

»Kellan ... Kellaaaan«, rief die Stimme. Eine Hand, so glühend wie die Sonne, griff nach ihr.

»Kellan!«

Sie erwachte keuchend, schüttelte die Hand von ihrer Schulter ab und tastete nach der Waffe in ihrem Achselhalfter.

»Beruhige dich. Es ist alles in Ordnung. Du hast nur geträumt.«

Kellan atmete tief ein, dann schaute sie tief in Orions grüne, sorgenvolle Augen unter den verwirrt gerunzelten Augenbrauen.

»O Gott, nur ein Traum ... Wie spät ist es?«

»Fast Zeit zu gehen«, antwortete Orion und half ihr auf die Füße.

In dem heruntergekommenen, schattigen Raum des Autohauses roch es nach Staub, Asche und altem Öl. Über die langen Fenster waren Holz- und Plastikpaneele genagelt, deren Risse kreuz und quer überklebt waren oder auch nicht, und auf dem Boden lagen Glasscherben, die unter den Sohlen knirschten. Sicher hatte der Raum auch schon anderen als Unterschlupf gedient, aber bei ihrer Ankunft war niemand da gewesen.

Kellan klopfte den Staub von ihrer zerknitterten Jeans und zog die Jacke an, die neben ihrem Schlafplatz auf dem Boden lag. Sie wussten nicht, wann sie wieder die Gelegenheit dazu bekommen würden, außerdem hatte sie nach dem Run auf die Klinik nicht gut geschlafen. Sie nickte dankend, als Orion ihr eine Packung mit selbst erhitzendem Essen reichte. Dampf stieg auf, als sie die metallartige Plastikverpackung aufriss. Sie brach den Löffel ab und schaufelte sich Soja mit Geschmack in den Mund, das zwar ziemlich fade schmeckte, aber zumindest heiß war. Während des Essens sah sie sich um.

»Wo ist Midnight?«

»Sie hat gesagt, sie muss noch ein paar Dinge vorbereiten«, sagte Orion mit einem Achselzucken. Er schaute sie nicht an, saß untätig auf einem ausrangierten Fass und rührte in seinem Essen herum, einen Fuß hoch in der Luft, während der andere bis fast auf den Boden herunterbaumelte. Sie waren zum ersten Mal seit der letzten Nacht allein. Midnight war früh bei Orion aufgetaucht, um alles für die Abreise vorzubereiten, und sie waren den ganzen Tag beschäftigt gewesen.

»Hey, wegen letzter Nacht ...«, sagte er zögernd

»Ist schon gut«, sagte Kellan schnell. »Ich wollte sagen ... ist schon gut.«

»Es war nicht meine Absicht ...«, begann er erneut, doch Kellan brachte ihn zum Schweigen.

»Mach dir keine Gedanken. Es ist doch keine große Sache. Du suchst nicht nach einer festen Beziehung und ich ganz sicher auch nicht. Ich meine, sieh dir doch mal an, wie wir leben.« Sie zeigte mit dem Löffel auf die schmutzige, schäbige Umgebung und dann mit einem Seufzen auf ihre Mahlzeit. »Was passiert ist, ist passiert, aber das muss nichts bedeuten. Es muss keinen Einfluss auf unsere geschäftliche Beziehung haben, oder?«

Orion begegnete zum ersten Mal ihrem Blick, dann holte er tief Luft und nickte. »Ja, sicher. Alles cool.«

»Großartig. Gut.« Sie aß noch einen Löffel voll, aber ihr war der Appetit vergangen, und das Zeug schmeckte noch fader als zuvor.

»Ja«, antwortete Orion und lehnte sich zurück, um seine Mahlzeit schweigend fortzusetzen. Nach ein paar Bissen öffnete sich leise die Seitentür des Gebäudes. Beide legten ihre Mahlzeiten beiseite, um die Hände frei zu haben. Als die zierliche Gestalt Midnights in der Tür auftauchte, stieß Kellan einen Seufzer aus und entspannte sich.

»Alles ist vorbereitet«, verkündete Midnight, während sie über den fleckigen Betonboden zu ihnen kam. Sie trug ihre Arbeitskleidung aus hautengem Kunstleder sowie eine Weste mit vielen Taschen für ihr Werkzeug und ein paar technische Spielereien. Darunter trug sie ihr Pistolenhalfter. Eine weitere Waffe war um ihren Oberschenkel geschnallt, das lange Haar hatte sie zurückgekämmt und im Nacken zusammengebunden. »Seid ihr fertig?«

»Ja.« Orion machte sich wieder über sein Essen her. Sie aßen schnell auf, sammelten ihre Ausrüstungen zusammen und machten sich auf den Weg.

Midnight hatte einen mittelgroßen Lieferwagen besorgt, der draußen geparkt war. Sie versteckten ihre Motorräder an einem sicheren Ort in der Nähe, sodass sie einigermaßen damit rechnen konnten, sie bei ihrer Rückkehr noch dort vorzufinden. Kellan hoffte dadurch zu vermeiden, einen Teil des Gewinns aus dem Run für ein neues Motorrad ausgeben zu müssen. Sie verstauten ihre Sachen hinten auf der Ladefläche, während Midnight auf den Fahrersitz rutschte.

Tiefe Nacht hatte sich über den Metroplex gesenkt. Im Norden konnte sie die funkelnden Lichter und Konzernpaläste der Innenstadt in der Ferne ausmachen. Ihre heruntergekommene Umgebung wurde hingegen nur von ein paar verstreuten schwachen Lichtquellen und einem brennenden Fass an einer Straßenecke beleuchtet. Sie achteten sorgfältig auf Anzeichen von Verfolgern. Da es keine gab, war Kellan ziemlich überzeugt davon, dass Akimura ihre Spur verlieren würde, sobald sie die Stadt verlassen hatten. Wenn sie eine Weile untergetaucht waren, würde sich seine Aufmerksamkeit hoffentlich auf andere Dinge richten.

Sie nahmen die South Street aus dem Metroplex in Richtung Salish-Shide-Council. Die Grenz-Beamten nahmen kaum Notiz von ihnen und kontrollierten trotz Kellans gegenteiliger Befürchtungen ihre Papiere nur oberflächlich. Das ›Trinkgeld‹, das Midnight ihnen gemeinsam mit den Ausweisen reichte, trug vermutlich einiges dazu bei. Kurz darauf waren sie wieder unterwegs und schlugen die Richtung zur Grenze nach Tir Tairngire ein. Sie kamen schnell voran, da nur wenig Verkehr herrschte. Nach ein paar Stunden lenkte Midnight den Lieferwagen in einer verlassenen Gegend von der Straße und schaltete die Scheinwerfer aus.

In kurzer Entfernung von der Hauptstraße zog Midnight

das tragbare Navigationssystem zu Rate, um Kellan und Orion ihre genaue Position zeigen zu können. »Von hier aus fahren wir abseits der Straßen. Es gibt Grenzkontrollen bei der Einfahrt nach Tir Tairngire, und wir wollen bei der Einreise nicht gesehen werden. Auf dieser Strecke«, sie zeigte auf die Karte auf dem Bildschirm, »kommen wir zur Grenze. Bist du sicher wegen deiner Kontakte?«, fragte sie Orion, der nickte.

»Jemand wird uns am Nordufer des Flusses erwarten und hinüberhelfen.«

Midnight nickte, obwohl klar war, dass sie durch Orions Versicherung nicht völlig überzeugt war. Es überraschte Kellan, dass Midnight überhaupt gewillt war, auf Orions Beziehungen und deren Hilfe in Tir Tairngire zu vertrauen. Er kannte immer noch ein paar Leute aus seiner Zeit bei den Ancients, einer elfischen Gang mit Verbindungen ins Heimatland der Elfen. Sie vermutete, dass Midnight eigene Kontakte in Tir hatte, sie aber anscheinend aus irgendeinem Grund nicht nutzen wollte. Kellan war neugierig, aber solange Midnight mit den Informationen nicht freiwillig herausrückte, wollte sie nicht danach fragen.

Sie fuhren weiter mit ausgeschalteten Scheinwerfern abseits der Straßen. Es war praktisch stockdunkel, doch Midnights Elfenaugen kamen mit der Dunkelheit gut zurecht, und sie steuerte den Lieferwagen geschickt durch das unebene Gelände. Trotzdem waren sie nun viel langsamer als auf der South Street. Sie brauchten mehr Zeit für die verbliebene kurze Entfernung bis zur Grenze als für die Strecke davor, und es war fast Mitternacht, als sie die vereinbarte Stelle erreichten. Kellan kontrollierte beim Aussteigen ihre Ausrüstung, dann schloss Midnight den Lieferwagen ab.

»Okay, es sollte nicht allzu weit von hier sein.« Sie schaute auf den Bildschirm des Navigationssystems. »Lasst uns gehen, und haltet die Augen offen.«

Sie gingen den Rest des Wegs zu Fuß zum Fluss, der nordwestlich der Stadt lag. Obwohl Kellan nicht so sehr an die Dunkelheit gewohnt war, hielt sie unterwegs nach Anzeichen für Ärger Ausschau. Als Stadtkind irritierte sie die Umgebung ein wenig, auch wenn sie aus Kansas City stammte. Eigentlich machte sie sie sogar ziemlich nervös, weil bei ihrem letzten Ausflug in die Erwachte Wildnis einige Versuche unternommen worden waren, sie zu töten. Anders als damals war sie jetzt die einzige Magierin, und sie hatte die Fähigkeiten, mit den feindlichen Geistern oder anderen Kreaturen fertig zu werden, wenn man von Orions Klinge absah.

Mehr als einmal verirrte sich Kellans Hand zu ihrem Halsring. Ihre Finger strichen zur Beruhigung über die warme Oberfläche. Auf ihrem Weg zum Fluss konnten sie die Nachtvögel und Insekten im Wald hören. Sie kamen nur langsam vorwärts, und niemand sprach, um möglichst keine Aufmerksamkeit zu erregen.

Nach einer Weile schweiften Kellans Gedanken ab. Sie hatte Orion versichert, dass sie die letzte Nacht nicht zu ernst nahm, aber stimmte das auch? Kellan war nicht völlig unerfahren. Sie war auf der Straße aufgewachsen und hatte von Zeit zu Zeit ihren Spaß gehabt, aber niemals einen festen Freund oder gar irgendeine ›Beziehung‹. In dem Leben, das sie gewählt hatte, gab es nicht viel Platz dafür. *Jetzt hör aber auf,* dachte sie. *Als ob eine Nacht eine Beziehung daraus macht.* Die ganze Idee war lächerlich, sogar ...

»Runter!«, zischte Midnight und holte Kellan in die Gegenwart zurück. Sie kauerten sich an ein paar Baumstämme. »Bewegt euch nicht!«, flüsterte die Elfe.

Kellan konnte jetzt auch das Schlagen von schweren, ledrigen Flügeln hören. Ihr stockte der Atem, und sie fröstelte wie eine Maus, die plötzlich in eine Falle tritt und einen großen Schatten über sich vorbeiziehen sieht.

Das Geräusch wurde lauter, aber niemand bewegte sich. Orions Hand schloss sich langsam und überlegt um den Griff seines Schwerts, doch er zog es nicht aus der Scheide. Midnight schmiegte sich an einen Baumstamm und hielt sich den Monitor des Navigationssystems vor den Bauch, um dessen Leuchten zu verdecken, während sie angestrengt lauschte.

Wind strich durch die Äste über ihnen, während ein Schatten das Licht der Sterne und des Monds verdunkelte. Die Blätter raschelten, sodass Kellan den Eindruck hatte, dass etwas Großes die Baumwipfel nicht weit über ihnen streifte. Kurz nachdem es vorbeigeflogen war, zerriss ein durchdringender Schrei die Nacht, der schrille Ruf eines Jägers ähnlich des heiseren Schreis eines großen Greifvogels. Beim Widerhall dieses Jagdschreis lief es Kellan eiskalt den Rücken hinunter.

Eine Ewigkeit schien zu vergehen, bis Midnight ihnen endlich freie Bahn signalisierte und Kellan wieder zu atmen wagte. Ein wenig steif richtete sie sich auf und machte ein paar Schritte nach vorn, um zu ihr aufzuschließen.

»Was zur Hölle war das? Ein Drache?«

Midnight schüttelte den Kopf. »Zu klein für einen Drachen«, antwortete sie sachlich. »Wahrscheinlich ein Lindwurm. In der Wildnis hier wimmelt es von denen.«

Es wimmelt *von denen?* Kellan schaute zurück in die Richtung, wohin die Kreatur vermutlich geflogen war. Drek, worauf hatte sie sich da nur eingelassen?

Sie erreichten das Ufer des Columbia ein paar Stunden vor Sonnenaufgang. Auf der anderen Seite des Flusses konnten sie die Lichter Portlands sehen, und die Portland-Mauer lag nur wenige Meter vom Südufer des Flusses entfernt.

Sie war etwa zehn Meter hoch, aus Stahlbeton und gekrönt von einem Gewirr aus Stacheldraht. Sie verlief entlang des Flussufers, so weit Kellans Auge in jede Richtung reichte, und umgab die Stadt am äußersten Rand des Elfenlandes. Auf der anderen Seite des Flusses lag Tir Tairngire, das Land der Verheißung, von Metamenschen gegründet als sichere Heimat, in der sie nach ihren eigenen Regeln leben konnten. Es war klar, dass sie dort keine ungebetenen Gäste sehen wollten.

»Wann kommen deine Leute?« Orions Blick begegnete ihrem und wanderte dann weiter zu ihrer Brust.

»Sie sind schon da«, erwiderte er ruhig, und auch Kellan bemerkte nun den kleinen roten Laserzielpunkt mitten auf ihrer Brust. Instinktiv griff sie nach der Waffe.

»Carronasto!«, rief eine Stimme aus den Schatten. »Bewegt euch nicht!« Orion lenkte Kellans Aufmerksamkeit auf sich und nickte ihr beruhigend zu, aber sie fühlte sich deswegen nicht sicherer.

»Wir haben die vereinbarte Bezahlung mitgebracht«, sagte Orion. *»Delarosa.«*

Eine große schmale Gestalt trat nur einige Meter entfernt aus dem Schatten eines Baumes. Die Elfe trug Schwarz und dunkles Waldgrün: einen Armeepullover mit Polstern aus irgendeinem strapazierfähigen Material an Schultern und Ellbogen, eine Drillichhose und Schnürstiefel. Weder die Hand mit der Pistole, die auf Kellan gerichtet war, noch ihre dunklen Augen verrieten Unschlüssigkeit. Ihr Haar war sehr kurz geschnitten, sodass Kellan sie zuerst für einen Mann gehalten hatte.

»Ich hoffe, dein Bankguthaben ist besser als dein *Sperethiel*«, sagte die Frau mit sehr melodiöser Stimme.

»Es *ist* gut«, bestätigte Orion. »Haben wir nicht immer anständige Geschäfte mit dir gemacht?«

Die Elfe verzog die Mundwinkel zur Andeutung eines Lächelns. »Ihr Ancients seid nicht an Anständigkeit und Verantwortung interessiert.«

»Einige von uns schon.«

»Aber normalerweise hält das nicht allzu lange vor. Trotzdem – Geschäft ist Geschäft, und dein Geld ist genauso gut wie das jedes anderen.« Sie senkte die Pistole, und Kellan ließ erleichtert die Luft entweichen.

Orion griff langsam mit einer Hand in seine Jacke. Er zog einen Kredstab heraus und reichte ihn der Frau.

»Die Hälfte jetzt, den Rest auf der anderen Seite, wie vereinbart. Du kannst es nachprüfen, wenn du willst.«

»Das brauche ich nicht«, antwortete sie und verstaute den Kredstab in einer Tasche ihres Gürtels. »Da ich annehme, dass ihr die Stadt auch irgendwann wieder verlassen wollt, werdet ihr dann wieder unsere Hilfe brauchen. Wenn etwas nicht in Ordnung ist ...« Sie zuckte leicht mit den Schultern und ließ den Rest unausgesprochen. »Hier entlang.«

Midnight folgte der Frau wortlos, Orion und Kellan schlossen sich an. Kellan hatte das Gefühl, beobachtet zu werden. Sie war sicher, dass die Elfe für den Notfall Gefährten in der Nähe hatte. Sie ließ den Blick über die Bäume in der Umgebung schweifen, konnte aber niemanden in der Dunkelheit ausmachen.

»Wer ist sie?«, flüsterte sie Orion zu. »Eine Schmugglerin? Eine Runnerin?«

Er schüttelte nur kurz den Kopf. »*Rinelle*. Eine Rebellin. Sie haben ein paar Geschäfte mit den Ancients gemacht.«

Kellan wollte noch mehr fragen, überlegte es sich dann aber anders, weil ihre Führerin nichts davon mitbekommen sollte.

Sie brachte sie zu einem Platz am Fluss, an dem ein kleines Boot versteckt war. Bei ihrer Ankunft schlüpfte ein Elf, dessen Kleidung weitgehend mit derjenigen der Frau identisch war, aus dem Schatten und half ihnen stumm, das Tarnnetz von dem kleinen Gefährt abzuziehen, zusammenzufalten und unter der Sitzbank zu verstauen.

»Steigt ein«, sagte die Frau, und die Runner kletterten an Bord. »Bleibt unten und verhaltet euch still.«

Der Mann und sie nahmen die Ruder, die auf dem Boden des Boots lagen. Kellan sah, dass es einen Außenbordmotor hatte, aber sie machten keine Anstalten, ihn zu starten. Stattdessen ruderten sie langsam und ruhig über den Fluss. Kellan duckte sich auf dem Sitz im Bug des Bootes und schaute auf das dunkle Wasser des Flusses und die Mauer, die immer höher zu werden schien, je näher sie ihr kamen. Sie hatten sich entschieden. Es gab kein Zurück mehr.

Kapitel 10

Mit einem Seufzer schloss Lothan das Buch, nachdem er denselben Absatz ungefähr zum zehnten Mal gelesen hatte. Obwohl der neue Text über Zauberei, den er sich angeschafft hatte, interessant war, beschäftigten ihn andere Dinge. Trotz aller Bemühungen, sich auf den Text zu konzentrieren, gingen ihm verschiedene Gedanken nicht aus dem Kopf.

Prinzipien, schalt er sich selbst lautlos, *Prinzipien.* Er mochte es nicht, wenn andere seinen Geschäften zu viel Aufmerksamkeit schenkten, und behandelte die anderen daher mit derselben professionellen Zurückhaltung – zumindest, solange es ihn nichts kostete. Aber Kellan ...

Lothan schnaubte leise in seinem düsteren Arbeitszimmer. Kellan war, gelinde gesagt, eine Kuriosität. Lothan arbeitete schon länger in den Schatten von Seattle, als die meisten seiner Kollegen am Leben waren. Er hatte sich ein beachtliches Ansehen als Meister der arkanen Künste erworben, aber auch als gewitzter Experte, der sein Metier kannte und seine Versprechen hielt. Er war verständlicherweise stolz auf diesen Ruf und hatte es sich mit den Jahren zum Prinzip gemacht, im Geschäft keine persönlichen Gefühle zuzulassen.

Kellan war nicht Lothans erste Schülerin, *obwohl sie meine letzte sein könnte,* sinnierte der Troll. Sie war sicherlich auch nicht die erste junge Runnerin, mit der er arbeitete. Warum fesselte sie ihn so? Sie war zwar talentiert, aber nicht die begabteste Magierin, der Lothan je begegnet war (nicht einmal, wenn er sich selbst ausnahm). Ihr Temperament und Erfolgshunger erinnerten ihn an seine Jugend, obwohl sie fast vollständig die Vorsicht und Diskretion vermissen ließ, die Lothan selbst damals schon hatte walten lassen. Nein, Kellan Colt bedeutete ihm mehr, auch wenn es der alte Magier nicht gern zugab.

Vielleicht lag es an dem Rätsel, das sie umgab und noch nicht vollständig gelöst war, angeblich nicht einmal von ihr selbst. Kellans Torques stammte angeblich von ihrer Mutter, über die sie – ebenfalls angeblich – nichts wusste. Er war ein einzigartiger Gegenstand und kraftvoller als alles, was Lothan bisher gesehen hatte. Wie also kam ein Mädchen aus Kansas ohne Übung in der Kunst der Magie und nur geringer Erfahrung in den Schatten zu so einem wertvollen Artefakt? Und zudem – wie war er in den Besitz von Kellans Mutter gekommen und warum hatte sie ihn einer Tochter anvertraut, die sie nicht einmal kannte?

Lothan blätterte lustlos in seinem Buch herum und achtete dabei weder auf den Text noch auf die Diagramme. Der Torques war sicherlich eine Kuriosität, und er hätte sehr gern mehr darüber gewusst, aber das war nicht das eigentliche Rätsel. Im Hinterkopf beschäftigte ihn hauptsächlich die Überlegung, wer wohl an dem Amulett interessiert war – und warum.

Als Runner war Lothan daran gewöhnt, vieles zu tun, ohne die genauen Zusammenhänge dahinter zu verstehen. Aber er hatte auch die bittere Erfahrung gemacht, wie wichtig es war, nicht vollkommen blind loszurennen. Daher legte er viel Wert darauf, die professionelle Diskretion und die notwendige Vorsicht im Gleichgewicht zu halten. Diese Vorausschau hatte ihn in all den Jahren vor vielen Fallen bewahrt.

Trotzdem hatte er nichts merkwürdig daran gefunden, als Midnight ihn angesprochen und gebeten hatte, auf ein bestimmtes *Objekt d'arcane*, ein kleines Schmuckstück, zu achten, an dem sie interessiert sei. Er hatte nicht nach dem Grund ihres Interesses oder der Natur des Gegenstands selbst gefragt, weil er wusste, dass sie es ihm ohnehin nicht erzählt hätte. Stattdessen hatte er gesagt, er werde darauf achten, und sich die Beschreibung des Gegenstands für den Fall eingeprägt, dass er ihn irgendwo sehen würde. Das war dann passiert, als G-Dogg ihn zum ersten Mal mit Kellan aufgesucht hatte.

Der alte Troll seufzte schwer und schlug das Buch zu. Er hatte die ganze Sache mit dem Torques verdorben, weil er Kellan nichts von Midnights Interesse daran erzählt hatte. Stattdessen hatte Midnight es Kellan erzählt, als sie ihr berichtete, sie habe ihre Mutter als Runnerin unter dem Namen Mustang gekannt. Durch diese Enthüllung schien Lothan und nicht Midnight derjenige zu sein, der Dinge vor Kellan geheim hielt und damit unglaubwürdig war. Lothan war sicher, dass es noch andere Gründe für Midnights Interesse gab. Bestimmt ging es ihr nicht nur darum, sich um das Schicksal einer ehemaligen Arbeitskollegin oder deren Nachkommen zu kümmern. Das war die Frage, die er nicht aus seinen Gedanken verbannen konnte, die in seinem Hinterkopf bohrte: Was war Midnights Motiv? Nicht sentimentale Erinnerungen, da war er ganz sicher.

Er sagte sich, dass es ihn nichts anging. Kellan war ein großes Mädchen und Profi. Sie hatte sich die Arbeit in den Schatten ausgesucht und auch ihre Partner selbst gewählt. Lothan war nur ihr Lehrer für die Zauberkünste, nicht ihr Guru, Mentor oder gar ein Ersatzvater. Es war nicht seine Aufgabe, ihr ...

»Ach, verdammt«, seufzte Lothan. Er holte den Handheld aus einem Beutel in seinem Gürtel. Bei seiner Berührung erwachte der Bildschirm sofort zum Leben.

»Ruf Jackie an«, wies er das Gerät an. Während des Verbindungsaufbaus mit dem lokalen Telekommunikationsgitter flackerten blitzschnell die Zahlen der Rufnummer über den Bildschirm. Einen Moment leuchteten die Worte ›Bitte Warten‹ auf, dann verwandelte sich das Bild auf dem Schirm in das einer jungen Cartoonfrau, deren dunkles Haar von einem

Haarband im keltischen Stil zusammengehalten wurde. Ihr Mund verzog sich zu einem Lächeln, als sie ihn sah.

»Hallo Lothan.«

»Jackie, ich brauche dich, um ein paar Sachen für mich herauszufinden.«

»Na sicher«, flötete sie. »Die üblichen Preise?«

»Natürlich.«

»Was willst du wissen?«

»Ich möchte, dass du etwas mehr über Toshiro Akimuras derzeitigen Aktivitäten herausfindest, insbesondere über sein augenscheinliches Interesse an Kellan.«

Der Ausdruck des Icons auf dem Schirm änderte sich nicht, aber Lothan konnte trotzdem einen Anflug von Neugier aus Jackies Stimme heraushören. »Kellan hat dich darüber informiert?«, fragte sie.

»Natürlich«, sagte er ohne Zögern. »Sie brauchte ein wenig Beratung.«

»Ja, ich habe ihr gesagt, dass ich so viel wie möglich herausfinden würde, aber Akimura verwischt seine Spuren wirklich sehr gut. Ich vermute, dass er aus diesem Grund auch Kellan damit beauftragt hat, seine Informationen aus den Aufzeichnungen der Klinik zu löschen.«

Lothan nickte, da Jackie ihn über die kleine Kamera des Verbindungsgeräts – oder auch auf jede beliebige andere von ihr gewählte Art – sehen konnte. »Hm, kein Zweifel. Gut, ich wäre für alles dankbar, was du herausfinden kannst.«

»Kein Problem. Hey, wie geht es Kellan?«

»Oh, gut. Sie ist nur etwas beunruhigt. Ich vermute, sie ist in etwas hineingeraten, das ihr über den Kopf gewachsen ist.«

Jackie nickte wissend. »Ich melde mich, wenn ich etwas Neues weiß.«

»Vielen Dank.« Er unterbrach die Verbindung.

So, Kellan war also schon wegen Akimura bei Jackie gewesen. Er fragte sich, was Jackie ihr erzählt hatte, aber er wollte nicht, dass die Deckerin wusste, dass er Erkundigungen ohne

Kellans Wissen einholte. Es gab noch eine weitere Person, die mehr über Kellans aktuelle Situation wissen konnte.

»Ruf G-Dogg an«, befahl er seinem Handheld.

Portland entsprach in keiner Hinsicht Kellans Erwartungen. Nach alldem, was sie über das fantastische Elfenvolk von Tir Tairngire, dem Land der Erwachten, der Metamenschen und der Magie, gehört hatte, hatte sie erwartet, dass ... na ja, dass vielleicht spitze Kirchtürme aufragten, Standarten in der Luft flatterten, verzauberte Lichtungen in den Wäldern auftauchten oder Greifen zwischen den Türmen in den Himmel aufstiegen, wie man es im Trid in Sendungen wie *Geschichten aus Atlantis* sehen konnte.

Ihre ›Führer‹ hatten ihr, Midnight und Orion nach dem Überqueren des Flusses die Augen verbunden. Kellan hatte sich zunächst gesträubt, aber sie hatten klargestellt, dass dies der einzige Weg sei und sie sicher durch einen der geheimen Wege durch die Portland-Mauer geführt würden. Es folgte eine verwirrende Reihe von Drehungen und Wendungen, sodass sich Kellan schon fragte, ob sie in eine Falle geraten waren. Aber dann durften sie die Augenbinden abnehmen und den ersten Blick auf die Stadt werfen, die von den Elfen *Cara'Sir* genannt wurde, die Stadt der Flüsse.

Sie war so ... weltlich. Die Stadt, die zwischen der Portland-Mauer aufragte, unterschied sich nur wenig von Seattle. Sicher, die Gebäude waren anders, und einige der öffentlichen Bildschirme und Neonschilder wiesen Beschriftungen in zierlichen Elfenrunen statt Englisch, Spanisch oder Japanisch auf. Aber die Stadt hatte dieselben Straßen und auch dieselben Wolkenkratzer aus Stahl und verspiegeltem Glas. Autos und nicht Pferdekutschen befuhren die Straßen, und Hubschrauber oder Flugzeuge mit Kipprotoren sausten statt Greifen oder Drachen um die Gebäude. Es war eine Stadt wie jede andere: groß, wuchernd, glänzend, dunkel und dreckig. Kellan unterdrückte einen Seufzer der Enttäuschung.

Midnight reichte der Elfe, die sie begleitet hatte, einen beglaubigten Kredstab. Sie nahm ihn kommentarlos entgegen und schob ihn in eine Tasche ihres Gürtels.

»Die gleiche Summe, wenn ihr das Land verlassen wollt«, sagte sie kurz angebunden, bevor sie und der andere Elf verschwanden und die drei allein auf einem dunklen Parkplatz zurückließen.

»Nett«, murmelte Kellan, während sie ihnen nachsah. Als sie sich umdrehte, kauerte Midnight neben einem der parkenden Wagen.

»Passt auf«, flüsterte sie und holte einige Werkzeuge aus ihrem Gürtel.

Kellan und Orion hielten Wache, während sie sich an die Arbeit machte, aber so früh am Morgen gab es in den Außenbezirken der Stadt nur wenig Verkehr.

Nach wenigen Minuten entriegelte Midnight die Autotür, öffnete ein Fach unter dem Armaturenbrett und schloss die Zündung kurz. Der Hybridmotor heulte kurz auf und brummte dann gleichmäßig vor sich hin, sodass Midnight zufrieden lächelte, das Fach wieder verschloss und auf den Fahrersitz rutschte.

»Kommt rein.« Nach kurzer Zeit waren sie bereits auf dem Weg in den Stadtkern.

»Wir müssen die Karre wieder loswerden, wenn wir in die Stadt kommen.« Midnights Augen blieben auf die Straße gerichtet. »Ich habe den Sender ausgebaut, damit die Tir-Polizei ein Weilchen braucht, um den Wagen zu lokalisieren, aber er ist trotzdem eine mögliche Gefahrenquelle. Fasst nichts mit bloßen Händen an.« Sie drehte sich zu Kellan um, die die Hände in die Taschen geschoben hatte und sich auf dem Sitz räkelte, um sich möglichst unauffällig zu geben.

»Wohin fahren wir?«, fragte Orion von der Rückbank.

»In einen Unterschlupf«, erklärte Midnight. »Ich habe für die Zeit unseres Aufenthalts in der Stadt einen besorgt. Dann können wir uns an die Arbeit machen.«

Während sie durch die Außenbezirke Portlands fuhren, schaute Kellan auf die Gebäude, Schilder und Passanten. Alles war eine merkwürdige Mischung aus Gewohntem und Exotischem. Nun, wo sie Einzelheiten sah, kam ihr Portland doch anders vor als ihr Metroplex. Zum einen gab es wesentlich mehr Elfen als an jedem anderen Ort, den Kellan kannte, wenn man von den wenigen elfischen Vierteln in Seattle absah. Sie sah in den Außenbezirken näher an der Mauer aber auch viele Metamenschen wie Zwerge, Orks und sogar gelegentlich einen Troll, die sich unter die Menschen und Elfen mischten. Je näher sie dem Zentrum kamen, desto mehr verschob sich das Verhältnis zu Gunsten der Elfen.

Kellan war auch überrascht über den Zustand einiger Gebäude, an denen sie vorüberfuhren. Es gab eine ausgebrannte Bauruine, die von Warnschildern und gelbem Band umgeben war. Sie versuchte, die Überreste eines Schildes in der Nähe der Straße zu entziffern, aber die Aufschrift war in Elfisch gehalten.

»Was steht auf dem Schild?«

»Das war mal ein Revier des Friedenskorps. Der Tir-Polizei«, antwortete Orion.

»Was ist damit passiert?«

»Wahrscheinlich ein terroristischer Anschlag oder eine Protestaktion der *Rinelle.*« Als sich Kellan mit einem Ausdruck des Staunens zu Orion umdrehte, zuckte der Elf lediglich die Achseln. »Der Prinzenrat zensiert alle Nachrichten des Landes, aber trotzdem dringt einiges nach außen und erreicht Orte wie Tarislar. Tir Tairngire hatte vor kurzem eine Menge politischer Probleme, und es sieht nicht nach Fortschritten aus. Sie wollen, dass der Rest der Welt denkt, Tir wäre ein glückliches Märchenland, dabei stehen sie hier kurz vor einem Bürgerkrieg.«

Kellan machte es sich auf ihrem Sitz bequem und dachte über das Gehörte nach. Obwohl die Innenstadt von Portland sauberer und ordentlicher war als das Geschäftsviertel von Seattle, konnte sie einige Anzeichen für das sehen, wovon Orion gesprochen hatte. Spät in der Nacht gehörten die uniformierten Beamten des Friedenskorps zum Straßenbild. Leute eilten schnell von einem Platz zum anderen, ohne sich irgendwo aufzuhalten, und es war eine gewisse Anspannung auf den gut beleuchteten Straßen und Plätzen zu spüren.

Midnight fand einen Platz in einer Seitenstraße, wo sie den Wagen parken konnten. Bevor sie ausstieg, drehte sie sich zu Kellan und Orion um. »Benehmt euch einfach unauffällig, vermeidet direkte Blickkontakte und lasst mich sprechen«, sagte sie. Sie stiegen aus und ließen Midnight vorgehen, die Straße entlang, quer über eine Allee und dann einige Häuserblocks weiter. Kellan hielt zwar den Kopf hoch, schaute aber angestrengt nach vorn, ohne jemandem auf der Straße auch nur einen flüchtigen Blick zuzuwerfen. Sie blieben vor einem kleinen Thai-Restaurant in einer Reihe umgebauter Reihenhäuser stehen. Midnight hielt ihnen die Tür auf und winkte sie herein, bevor sie als Letzte die Tür hinter sich schloss.

Innen war es gemütlich, es gab nur etwa ein Dutzend kleine Tische mit brennenden Kerzen. Die Luft war warm und duftete nach Gewürzen. Nur ein einzelner Tisch war besetzt, und das junge Elfenpaar dort schien keine Notiz von den Neuankömmlingen zu nehmen

Die Elfe, die sie begrüßte, trug eine exotische Mischung aus elfischen und asiatischen Merkmalen zur Schau, ihre langen dunklen Haare waren mit Perlen geschmückt und zu einem Zopf geflochten, der im Nacken zusammengebunden war und von einer lackierten Haarklammer gehalten wurde. Sie trug einen bunten Sari, in dem sie sich anmutig auf Midnight zubewegte, bevor sie sich lächelnd verbeugte.

»Ihre Reservierung erwartet sie«, sagte sie leise und führte die drei in die hinteren Räume des Restaurants. Sie verließen die Gaststube durch die Tür zur Küche, dann führte die Frau sie eine Treppe empor in den ersten Stock. Sie gingen an einer geschlossenen Tür vorbei, bevor die Frau vor der nächsten stehen blieb und sie öffnete.

Der Raum dahinter nahm sicherlich einen guten Teil der hinteren Hälfte des ersten Stocks ein. Die Einrichtung bestand aus einem kleinen Bett und ein paar Klappbetten, einem alten Tisch und einigen Stühlen. Die Tapete war wahrscheinlich älter als Tir Tairngire selbst, der Boden bestand aus Hartholz und hatte schon bessere Zeiten gesehen. Die Jalousien vor den beiden Fenstern mit Blick auf die Gasse hinter dem Gebäude waren so weit geschlossen, dass nur wenig Licht der Straßenlaternen und eines nahen Neonschilds hindurchfiel. Midnight trat ein und sah sich kurz um, bevor sie sich wieder an die Frau wandte.

»Gut«, sagte sie und reichte ihr einen Kredstab.

Die Frau verbeugte sich kaum merklich vor ihr, strich sanft über den Stab und nahm ihn dann. Midnight führte Kellan und Orion ins Zimmer und schloss die Tür hinter ihnen.

»Kennst du sie?«, fragte Kellan.

Midnight nickte. »Gut genug. Die Besitzer stellen uns den Raum zur Verfügung und keine neugierigen Fragen, solange wir uns diskret verhalten.«

Kellan ließ ihre Tasche auf eines der Klappbetten fallen, Midnight nahm sich einen Stuhl und setzte sich an eine Seitenwand des Raums mit Blick auf Tür und Fenster.

»Jetzt setzt euch, und ich erzähle euch alles über unseren Run.«

Orion nahm sich den anderen Stuhl, während sich Kellan auf die Bettkante setzte. Midnight schlug ein Bein über das andere wie ein Märchenerzähler oder ein Lehrer zu Beginn einer Stunde.

»Telestrian Industries ist der größte Konzern in Tir Tairngire. Ihm gehören Biotech-, Computer-, Unterhaltungs- und Datenverarbeitungs-Konzerne – was ihr wollt. Sie hatten schon immer ihren Hauptsitz in Portland und natürlich gute Verbindungen zum Prinzenrat hier in Tir. Bis vor kurzem hat James Telestrian III. die Firma geleitet. Sie ist im Privatbesitz seiner Familie. Natürlich sind die Telestrians eine der Familien mit großem Einfluss in Tir Tairngire. Kürzlich hat James öffentlich den Wunsch geäußert, dem Ruf des Prinzenrats zu folgen und Mitglied zu werden. Deshalb musste er nach dem Gesetz von Tir die Kontrolle über das Unternehmen einem anderen überlassen. Er hat seine jüngere Schwester Marie-Louise für diese Aufgabe ausgewählt.«

»Und jemand ist ziemlich sauer über seine Wahl«, unterbrach Kellan.

»Volltreffer. James' Sohn Timothy hat die Abschlussprüfung an der Universität mit Auszeichnung bestanden und ist ehrgeizig und talentiert – wie ich gehört habe –, daher ist er nicht besonders glücklich, dass er keine Gelegenheit bekommt, die Familiengeschäfte zu führen. Er sucht nach einer Möglichkeit, seiner Tante die Geschicke des Unternehmens aus der Hand zu nehmen. Und da kommen wir ins Spiel.

Wir sollen in eine Niederlassung der Firma eindringen und eine bestimmte, streng vertrauliche Datei an uns bringen, mit dem unser Arbeitgeber seine Tante unter Druck setzen kann. Vor allem, wenn sein Vater einen peinlichen Familienstreit verhindern will, während er in den Prinzenrat gewählt werden möchte. Telestrian bietet uns eine stattliche Bezahlung für die Information und kann uns seinerseits mit einigen nützlichen Informationen über die Codes versorgen, mit denen wir auf das Firmengelände gelangen können.«

»Einigen?«, fragte Orion.

»Offensichtlich kann er uns nicht alles geben, weil das auf seine Person hinweisen würde, aber es macht den Job trotzdem viel einfacher.«

»Wann gehen wir?«

»Ja, der Zeitpunkt ist wichtig«, bestätigte Midnight. »Sobald James Telestrian im Prinzenrat ist, verliert Timothy den größten Teil seiner Zugriffsmöglichkeiten auf das Bargeld, da die Stellung seines Vaters in der Firma auf seine Tante übergeht. Ich muss ein Treffen mit der Kontaktperson vereinbaren, von der wir die Informationen bekommen, die Telestrian uns versprochen hat. Dann können wir sie durchgehen, unseren Plan ausarbeiten und ihn durchführen. Höchstens ein paar Tage. Dann verschwinden wir von hier mit einem Guthaben, das uns das Leben in der nächsten Zeit sehr viel leichter machen wird.«

Kellan musste bei dem Gedanken an ein – zumindest zeitweilig – einfaches Leben grinsen. »Worauf warten wir dann noch? Lasst uns loslegen.«

Kapitel 11

»Lothan, du weißt, dass das nicht gerade das Klügste ist, was du in deinem Leben gemacht hast?«, fragte der Ork, ohne den Blick von der Straße zu nehmen.

»Ja, G-Dogg. Das hast du schon erwähnt, erst ungefähr ein halbes Dutzend Mal.«

G-Doggs Hände verließen für einen kurzen Moment das Lenkrad, um den Zorn des Trolls abzuwehren. »Ich meinte doch nur, dass es sein könnte, dass du aus einer Mücke einen Elefanten machst.«

»Vielleicht, vielleicht, aber ein paar Sachen müssen einfach erledigt werden. Denk dir nichts dabei. Es ist, wie es ist«, warnte er, als G-Dogg ihn prüfend ansah.

»Wenn du das unbedingt machen willst, gehe ich mit.«

Nun sah Lothan G-Dogg an, und der Ork erwiderte den Blick, bevor er sich wieder auf die Straße konzentrierte und seine Dreadlocks schüttelte.

»Hey, sie ist auch meine Freundin«, murmelte er.

»Dann freue ich mich über deine Begleitung«, entgegnete Lothan mit einem schiefen Grinsen.

G-Dogg fuhr sie in Lothans Lieferwagen die Pike Street entlang. Der Verkehr war relativ dicht, sodass sie auf ihrem Weg zum Hafenbecken öfter anhalten mussten. Lothan behielt den Anschein völliger Ruhe, obwohl er sich beherrschen musste, den Wagen vor ihnen nicht mit einem Feuerball von der Straße zu sprengen. Er wollte nicht zu spät kommen. Verdammter Verkehr.

»Erinnerst du dich daran …«

»Ja ja«, unterbrach ihn G-Dogg. »Ich weiß. Parken auf der Straße, falls das irgendwie möglich ist. *Das* hast *du* ein paar Mal erwähnt. Wenn du irgendeinen Zauberspruch dafür weißt, wäre jetzt eine gute Gelegenheit, ihn anzuwenden, weil ich nicht glaube, dass wir einen Parkplatz am Straßenrand finden.«

Stimmt wahrscheinlich, dachte Lothan mürrisch. Er legte keinen Wert darauf, seinen Lieferwagen im Parkhaus abzustellen, da es seine Möglichkeiten einschränkte, falls eine schnelle Abfahrt nötig würde. Er rechnete zwar nicht damit, wollte aber vorbereitet sein.

»Lass mich sehen, was ich tun kann.« Immerhin würde es ihn vom Verkehr ablenken.

Lothan lehnte sich trotz der Enge zurück. Obwohl die Welt der Erwachten Orks und Trolle seit Jahrzehnten kannte, hatten Autohersteller erst jetzt damit begonnen, darüber nachzudenken, dass der Beifahrersitz bisher nicht gerade mit Rücksicht auf drei Meter große Metamenschen gestaltet worden war.

Mit dieser Überlegung beruhigte sich Lothan. Er legte eine Hand auf seinen Solarplexus und die andere darüber, als wolle er einen kleinen Ball an seinen Bauch gepresst festhalten. Er atmete aus und spürte den Manafluss im Äther ringsumher. Mit einer Willensanstrengung nahm er einen kleinen Teil dieser Energie und sog sie einfach wie mit einem tiefen Atemzug ein, indem er sie zwischen seinen Händen kanalisierte. Er konzentrierte sich, modellierte und formte die Energie. Mit einem kurzen neugierigen Blick auf Lothan sah G-Dogg, dass die Luft zwischen seinen Händen schimmerte.

Nachdem der Trollmagier noch einmal fast explosiv ausgeatmet hatte, nahm der Schimmer zwischen seinen Handflächen Form an und wurde zu den geisterhaften Umrissen eines Vogels – ein Zerrbild in der Luft. Lothan spreizte die Hände, sodass die Form frei fliegen konnte und durch die Windschutzscheibe vor ihm davonschwirrte.

»Das wird uns einen Parkplatz verschaffen?«, fragte G-Dogg,

als sei ein Geister beschwörender Zauberer etwas Alltägliches für ihn.

»Wenn es überhaupt einen gibt.«

»Sahne.«

Wie sich herausstellte, gab es einen, und Lothans Watcher-Geist führte sie rechtzeitig zu dem gerade freigewordenen Platz. G-Dogg parkte den Lieferwagen mit beträchtlichem Geschick, wenn man bedachte, dass er nicht in die Kontrollsysteme des Fahrzeugs eingestöpselt war. Dann stellte er den Motor ab und stieg aus, um seinen Kredstab in den Parkautomaten zu stecken. Bis sie wieder wegfuhren, würden die Kosten für den Parkplatz minütlich von seinem Konto abgezogen.

Das Hotel *Nikko* lag an der Ecke Pike Street und Third Avenue westlich der hoch aufragenden glänzenden Masse der Renraku-Arcologie und des langen Schattens, den sie in den späten Nachmittagsstunden über die Innenstadt warf. Der Parkplatz war nur wenige Blocks entfernt auf der Pike Street, und Lothan zog es trotz des anstrengenden Anstiegs zum Hotel vor, zu Fuß zu gehen. Er tröstete sich mit dem Gedanken, dass der Rückweg bergab führen würde. G-Dogg ging ein oder zwei Schritte hinter ihm, seine kräftigen Beine hatten keine Schwierigkeiten, mit Lothans längeren Schritten mitzuhalten. Die anderen Leute auf dem Bürgersteig wichen dem massigen Troll in seinem fließendem Gewand und dem dunkelhäutigen Ork dicht hinter ihm so weit wie möglich aus.

Lothan hielt sich nicht damit auf, das japanische Dekor der Hotelhalle zu bewundern oder die Düfte der Vorbereitungen für das Abendessen aus dem angeschlossenen Restaurant zu genießen. Er ging direkt zu den Aufzügen und drückte auf den Knopf zum achten Stock. Mit einem Seitenblick vergewisserte er sich, dass der Watcher, den er beschworen hatte, immer noch über seiner linken Schulter schwebte. Er hatte den Geist nämlich nicht nur für den Parkplatz gerufen. Gleichzeitig würde er als Wachhund für alle Anzeichen mystischer Probleme dienen, damit sich Lothan auf seine weltlicheren Anliegen konzentrieren konnte.

Nachdem sich die Aufzugtüren geschlossen hatten, zog G-Dogg den Gurt unter seiner Weste zurecht und dehnte seinen Nacken ein wenig. Lothan legte ebenfalls eine Hand in die Nähe der Pistole, die er unter seinem Mantel trug. Eine vertraute und beruhigende Last, obwohl es die kleinste Waffe aus seinem Besitz war. Als sich die Türen öffneten, übernahm G-Dogg die Vorhut und untersuchte zunächst schnell die Halle, bevor er Lothan ein Zeichen gab, ihm zu folgen. Lothan stoppte vor der Tür mit der Nummer 937 und klopfte höflich drei Mal an die Tür. Es gab nur eine kleine Verzögerung, bevor sie sich öffnete.

Die Gestalt einen Meter hinter der Tür hielt eine glänzende Pistole in einer schimmernden metallischen Hand, die fast skelettartig aussah. Sie passte zu der weißen Hautfarbe, die eingefallene Wangen, ein flaches Kinn und breite Kiefer betonten. Mit der dunklen Brille und dem breitkrempigen Hut wirkte der Kopf wie ein Totenschädel. Das Gesicht zeigte keine Gefühlsregung, sondern blieb unbewegt und mechanisch wie die Metallhand, die die Waffe hielt.

»Lothan«, sagte der dunkel gekleidete Mann leise.

»Deacon«, erwiderte er kühl und zog den Kopf ein, um das Hotelzimmer betreten zu können.

G-Dogg folgte ihm, als Deacon zur Seite trat, um sie in die Suite des Hotels einzulassen. Während Lothan vorbeiging, hielt er ihm die freie Hand parallel zu der hin, die die Waffe hielt.

Lothan seufzte und griff langsam unter den Mantel, um seine Waffe hervorzuholen und sie Deacon mit dem Kolben voran zu übergeben. Der nahm die Pistole und legte sie auf den Toilettentisch in seiner Nähe, bevor er die Hand nach G-Doggs Waffe ausstreckte. Nachdem der Ork ihm die Waffe und die Reservepistole übergeben hatte, bat Deacon sie in den Raum.

Auf der gegenüberliegenden Seite konnte man durch die Fenster auf die Straße darunter und den in der Ferne schattenhaft aufragenden Klotz der Arcologie sehen. Der Mann, der in einem der Stühle am Fenster saß, stellte sein Getränk ab und stand auf, um sie zu begrüßen.

»Lothan, ich bin froh, dass Sie kommen konnten.«

»Akimura-san, das ist ein Treffen, das ich nicht versäumen wollte.«

»Ich glaube, Sie kennen Street Deacon schon.«

Lothan nickte. »Wir sind uns schon begegnet«, sagte er vage.

»Dann bin ich sicher, Sie wissen auch um seine Fähigkeiten. Aufgrund der jüngsten Ereignisse bin ich froh, jemanden wie ihn in meiner Nähe zu haben.«

»Natürlich.«

Akimura lächelte. »Ich bin froh, dass wir uns verstehen. Bitte, nehmen Sie Platz. Ich glaube, wir müssen uns über sehr viele Dinge unterhalten.«

»Er ist tot, du kannst es nicht ändern.«

Die Stimme war weich und warm, sogar mitfühlend, sagte aber auch absolut gnadenlos das, was Kellan befürchtete und nicht akzeptieren wollte. Sie wiegte Orions leblose, blutige Gestalt in den Armen, schüttelte ihn sanft, als schlafe er nur und als könne sie ihm die Haare aus dem Gesicht streichen und ihn mit einem Kuss aufwecken.

»Löse dich von ihm, Kellan.«

»Nein.«

»Du hast keine Wahl. Du musst dich von ihm lösen.«

Sie blinzelte mit geschlossenen Augen in das grelle Licht, das Gesicht in Orions Haar gedrückt. Es roch noch nach ihm, aber sie nahm auch den allgegenwärtigen Blutgeruch wahr.

»Komm zu mir, Kellan. Dann wird alles gut. Du wirst sehen. Komm zu mir. Ich kann dir helfen.« Die Stimme war hartnäckig.

»Nein, nein«, flüsterte Kellan. Sie wollte weinen, schreien, aber ihre Stimme schien ihr nicht zu gehorchen. Sie konnte sich nicht bewegen. Sie hatte das Gefühl, ein großes Gewicht liege auf ihrem Nacken und drücke sie nach unten.

»Bald ist alles vorbei, sehr bald. Hab keine Angst.«

»Kellan ... Kellan ...«

»Orion!«

Kellan erwachte blitzartig, Orion war ganz nah bei ihr. Er stützte sie, während sie versuchte, die Orientierung wiederzufinden. Dann warf sie sich an seine Brust und umarmte ihn, um sich davon zu überzeugen, dass er wirklich da war. Ihre Augen füllten sich mit Tränen ob der Erinnerung, wie sie seine leblose Gestalt umklammert hatte.

»Hey, schon gut«, sagte er beruhigend. »Ist ja alles gut.« Kellan war ihr Verhalten plötzlich peinlich. Sie zog sich zurück und fuhr sich mit dem Ärmel über die Augen.

»Schon wieder ein Traum?«, fragte Orion.

Kellan nickte stumm.

»Willst du darüber reden?«

Dieses Mal schüttelte sie den Kopf. »Es ist schon gut«, begann sie, doch Orion brachte sie mit einer Handbewegung zum Schweigen.

»Nein, Kellan, das ist es nicht. Irgendwas ist los, beunruhigt dich offensichtlich. Ich gebe ja zu, dass ich keinen Schimmer von Traumdeutung habe, aber ich weiß genau, dass etwas nicht in Ordnung sein kann, wenn man dauernd Albträume hat.«

Sie widersprach nicht, und das schien Orion den Wind aus den Segeln zu nehmen. »Sieh mal«, sagte er zärtlich, »es könnte dir helfen, dich mit jemandem darüber zu unterhalten.«

»Ich weiß nicht, was sie bedeuten«, sagte Kellan, während sie die Arme wie zum Schutz um sich schlang und sich auf die Kante des Klappbetts setzte. »Da sind nur diese Bilder ...«

»Bilder wovon?«

»Vom Tod«, sagte sie und schaute auf. Ihre Augen trafen sich.

»Bilder vom Tod und von Verrat ... Ich weiß nicht, wie ich damit umgehen soll, und ich fühle mich so ... hilflos.« Sie schüttelte langsam den Kopf.

»Kel, das sind nur Träume.«

»Nein, das glaube ich nicht. Ich glaube, sie haben mehr zu bedeuten, aber ich weiß eben nicht, was.«

»Magie?«, fragte Orion, und Kellan nickte. »Hast du Lothan danach gefragt? Oder vielleicht Liada?«

Sie schüttelte wieder den Kopf. »Ich wollte mit keinem darüber reden, ich wusste nicht, was ich sagen sollte. Jetzt wünschte ich, ich hätte es getan.«

»Meinst du nicht, es könnte irgendwie, na ja, der Stress vom Run sein und alles, was damit zusammenhängt?«

»Vielleicht.« Aber sie klang nicht überzeugt. Sie schaute sich um. »Wo ist Midnight?«

»Sie hat gesagt, sie wollte einiges mit ihren Kontaktpersonen klären. Sie müsste bald zurück sein.«

»Okay.« Kellan setzte sich auf und holte tief Atem. »Gibt es was zu essen?«

»Midnight wollte etwas mitbringen.«

Sie nickte wieder, stand auf und machte ein paar Dehnübungen, um die von der harten Matratze hervorgerufenen Verspannungen zu lösen. »Konntest du schlafen?«, fragte sie.

»Genug. Wenn du noch mal versuchen willst, etwas zu schlafen ...«

»Nein, ist schon gut. Ich bin jetzt wach.«

Kellan ging zu ihrer Tasche und holte das Cyberdeck heraus. Sie legte es sich auf den Schoß und schaltete es im ›Kriech‹-Modus ein, was ihr Zugang zum Gitter gestattete, ohne sich direkt in die Matrix versetzen zu müssen. Für die einfachen Dinge, die sie erledigen wollte, war das nicht nötig. Sie schaute nach, ob sie neue E-Mails oder Nachrichten hatte, aber es gab keine. Nicht, dass sie etwas erwartete, aber so hatte sie wenigstens etwas zu tun, während sie auf Midnights Rückkehr warteten.

»Kellan, wegen der einen Nacht ...«, begann Orion hinter ihr.

»Hab ich dir doch schon gesagt: Mach dir keinen Kopf, es ist kein Problem«, antwortete sie, ohne sich zu ihm umzudrehen.

»Na ja, ich glaube, ich habe doch ein Problem damit«, sagte Orion.

Kellans Finger hörten auf zu tippen. »Ich glaube ...« Er hielt inne und seufzte.

»Was?«, sie drehte sich halb herum, um Orion anzuschauen, der mit gesenktem Kopf dastand. Sie hatte den elfischen Straßenkämpfer niemals vorher so schüchtern erlebt, nicht einmal, als er vor den Anführer der Ancients getreten war, um sich zu rechtfertigen. Selbst da hatte er sein stolzes Gehabe und die trotzig-herausfordernde Art beibehalten.

»Ich möchte nicht, dass du denkst, dass unsere gemeinsame Nacht nur Spielerei war«, sagte Orion.

Ihre Augen trafen sich, und Kellan spürte, wie ihr Puls plötzlich zu rasen begann.

»Jedenfalls war es für mich keine Spielerei und ich glaube, für dich auch nicht.«

»Tam ...«

»Nein, lass mich ausreden. Ich mag dich, Kellan. Ich hätte nicht gedacht, dass ich in meinem Leben noch einmal jemanden so mögen würde. Ich ... empfinde etwas für dich, und ich kann verstehen, wenn es bei dir nicht dasselbe ist, aber wenn ich es dir nicht sagen würde, müsste ich mich immer fragen ...«

Kellan stand auf, legte das Cyberdeck zur Seite und trat zu ihm. Sie legte ihm federleicht die Hände auf die Brust und fühlte die kräftigen Muskeln unter seinem T-Shirt.

»Ich ... mir geht es genauso«, sagte sie zögernd. »Ich wollte nur nicht ... ich wollte es nur nicht zulassen, weil es ...«

»Unprofessionell ist?«, schlug er vor.

Kellan errötete und lehnte für einen Moment den Kopf an seine Brust. »Ja, ganz schön blöd, oder?«

Orion lächelte und schüttelte den Kopf. »Nein, eigentlich nicht. Wir müssen eben unseren Weg in den Schatten machen, und ein guter Ruf ist wichtig.«

»Ich wusste nur nicht, was ich sagen ... und was ich machen sollte.«

»Na ja, erst mal das als Anfang ...«, sagte Orion sanft und beugte sich zu ihr herab.

Kellan spürte den Druck seiner warmen Lippen, kuschelte sich in seine Arme und umarmte ihn ganz fest. Keiner von beiden bemerkte, dass sich die Zimmertür leise öffnete und eine dunkel gekleidete Gestalt hereinkam.

Lothan setzte sich auf den von Akimura angebotenen Stuhl, froh darüber, nicht nach japanischer Sitte auf dem Boden Platz nehmen zu müssen. Nein, der gepolsterte Hotelstuhl war bequem und sogar groß genug für seine Leibesfülle.

Toshiro Akimura war kein großer Mann – etwas kleiner als der Durchschnitt –, aber trotzdem eine dominante Persönlichkeit und sicherlich daran gewöhnt, von den Menschen in seiner Umgebung respektiert zu werden. Der Schieber schien keineswegs beunruhigt über das Treffen mit Lothan und G-Dogg zu sein. Stattdessen saß er bekleidet mit einem dunklen Sportjackett, einer Freizeithose und einem cremefarbenen T-Shirt mit V-Ausschnitt lässig auf seinem Stuhl. Lothan erkannte die Produktlinie ›sichere Kleidung‹ für Execs von Vashon Island. Das Jackett war mit einem kugelsicheren Stoff gefüttert und das T-Shirt als zusätzliche Schutzschicht extra dicht gewoben.

Akimura trug sein dunkles Haar altmodisch kurz geschnitten, sodass die glänzende Datenbuchse an seiner rechten Schläfe zu sehen war. Seine dunklen Augen glichen verhangenen Fenstern und verrieten nichts. Lothan unterdrückte den Wunsch, den Schieber auch astral zu begutachten: Es wäre zu unhöflich und mochte sogar als Angriff missverstanden werden, falls sich Akimura auch mit magischen Schutzvorrichtungen umgeben hatte.

»Ich bin wirklich froh, dass Sie mich um das Treffen gebeten haben«, sagte Akimura.

»Warum?«

»Weil ich unbedingt mit Kellan Colt in Kontakt treten muss und ich glaube, dass Sie sie gut kennen.«

»Gut genug.«

»Dann können Sie ihr eine Nachricht von mir übermitteln. Sie ist in Gefahr.«

»Wirklich?« Lothan runzelte die Stirn. »Ich hatte den Eindruck, dass eher Sie die Gefahr für sie darstellen.«

»Ich bedeute keine Gefahr für sie und will Kellan keinen Schaden zufügen. Im Gegenteil, ich will sie beschützen, aber ich konnte sie noch nicht erreichen.«

»Sie haben ein merkwürdiges Verständnis von ›beschützen‹, Mister Akimura. Beinhaltet das auch, eine Gang auf den Schützling zu hetzen?«

Der andere Mann schüttelte den Kopf. »Ich habe nichts mit den Halloweenern zu tun. Ich habe erst im Nachhinein von dieser Sache erfahren.«

»Wenn Sie die Halloweener nicht angestiftet haben, wer war es dann?«

»Ich habe meine Vermutungen.«

»Aber die wollen Sie nicht mit mir teilen?«

»Noch nicht. Entschuldigen Sie, dass ich das so sage, Lothan, aber wir kennen uns nicht. Ich weiß nicht, wo ihre Loyalitäten liegen, und Sie haben keinen Grund, mir zu vertrauen.«

»Das ist vollkommen richtig. Warum sollte ich Ihnen jetzt also irgendwas von dem glauben, was Sie mir erzählen?«

»Weil Kellan möglicherweise in sehr großer Gefahr schwebt«, erwiderte Akimura und fixierte Lothan mit gemessenem Blick, »und sie wahrscheinlich nicht einmal weiß, dass jemand, der ihr nahe steht, sie betrügen will.«

Kellan und Orion erschraken inmitten ihrer innigen Umarmung, als eine Kunstledertasche mit einem Plumps auf den Boden des kleinen Zimmers fiel. Die beiden drehten sich gleichzeitig zur Tür um, in der Midnight mit einer Plastiktüte voll asiatisch duftendem Essen stand und sich ein süffisantes Grinsen nicht verkneifen konnte.

»Es tut mir leid«, sagte sie spöttisch. »Ich wollte euch nicht stören. Soll ich vielleicht ein bisschen später noch mal wiederkommen ... oder vielleicht auch viel später?«

Kellan löste sich heftig errötend von Orion und fuhr sich mit dem Arm über den Mund. »Nein!«, rief sie. »Ich meine ... umph ...«

»Ist schon gut«, unterbrach Orion sie entschieden.

Midnight enthielt sich weiterer Bemerkungen, aber ihr kaum unterdrücktes Grinsen sprach Bände.

Sie nahm das Essen mit zum Tisch. »Ich habe Abendessen mitgebracht – und Informationen.« Midnight zog einen Datenchip aus der Tasche. »Wir haben die Informationen bekommen, die wir brauchen, um uns an die Arbeit zu machen, falls ihr zwei damit einverstanden seid.«

Als die beiden mit einem Nicken bejahten, gab Midnight Kellan den Chip, damit sie die Daten auf ihr Cyberdeck lud und so die Pläne und anderen Informationen abrufen konnte, um dann das Essen auf den Tisch zu stellen. Während Kellan die Daten auf ihr Deck überspielte, riskierte sie einen Seitenblick auf Orion. Der Elf, der gerade das Essen auspackte, schaute unvermutet in ihre Richtung. Ihre Blicke trafen sich kurz, bevor beide wieder wegsahen, und Kellan fragte sich zum ersten Mal, wie wohl die Zukunft nach diesem Run aussehen würde.

Kapitel 12

»Jemand will Kellan betrügen? Wer?«, fragte Lothan.

»Das würde ich zu diesem Zeitpunkt lieber noch nicht verraten«, antwortete Toshiro Akimura.

»Sie bieten mir nicht viele Informationen an, Akimura-san«, warf der Magier ihm vor.

»Nein, das tue ich wirklich nicht. Nicht, solange ich nicht mehr über den Stand der Dinge weiß.«

»Warum sind Sie so besorgt um Kellans Wohlergehen? Sie kennt Sie doch nicht einmal.«

»Nein, aber ich bin ihr etwas schuldig – und ich bezahle stets meine Schulden.«

»Sie kannten Kellans Mutter«, stellte Lothan fest. Es war keine Frage.

Akimura hielt einen Moment inne, ließ aber keine Überraschung erkennen. »Ja, ich kannte sie«, erwiderte er mit unergründlicher Miene.

»Gut?«

»Sehr gut.«

»Sie sind nicht ...«, begann Lothan, aber der andere Mann schüttelte den Kopf.

»Nein, bin ich nicht, aber ich kannte Kellans Mutter und bin es ihr schuldig, ein Auge auf ihre Tochter zu haben. Ich verdanke ihr mein Leben; sie hat mich mehr als ein Mal gerettet. Wir haben sehr eng zusammengearbeitet.«

»Dann wissen Sie, was ihr zugestoßen ist.«

Zum ersten Mal entdeckte Lothan einen dünnen Riss in Akimuras Maske. Ein schmerzlicher Ausdruck flackerte ganz kurz in seinen dunklen Augen auf, während sich die Mundwinkel um eine Winzigkeit nach unten verzogen. »Sie ist tot, und ich glaube, dass ihr Mörder jetzt hinter Kellan her ist. Ich muss also wissen, ob Sie ihr eine Nachricht zukommen lassen können. Ich muss mit ihr reden.«

»Warum haben Sie Kellan nicht eher kontaktiert? Wenn Sie die Information über ihre Mutter hatten und ihr etwas schuldig sind ...«

»Das konnte ich nicht. Ich war ... indisponiert. Wenn ich in der Lage gewesen wäre, früher mit Kellan in Verbindung zu treten, hätte ich das getan.«

»Die Klinik ... sie waren bei *Nightengale's*«, grübelte Lothan laut.

Akimura zuckte mit keiner Wimper. »Sie haben sich informiert, wie ich sehe.«

Lothan schüttelte den Kopf. »Nicht ich, sondern Kellan. Man hat sie angeworben, Ihre Daten in der Klinik zu löschen, und nahm an, Sie selbst wären der Auftraggeber. Sie dachte, Sie wären deswegen nach Seattle gekommen.«

»Hat sie allein gearbeitet?«

»Nein, sie hat mit jemandem zusammengearbeitet, der behauptet, Kellans Mutter gekannt zu haben.«

»Lothan, wo ist Kellan jetzt?«

Midnight beugte sich über das Diagramm auf Kellans Deck. »Wie ihr sehen könnt, ist das Telestrian-Habitat nicht so groß wie die alte Renraku-Arcologie, aber trotzdem noch so weitläufig, dass sie schwer zu bewachen ist. Selbst mit den besten Sicherheitsmaßnahmen ist es schwierig, sämtliche Leute zu kontrollieren, die sich den ganzen Tag zwischen den Gebäuden bewegen. Und das ist unsere Chance ...«

»Wie kommen wir rein?«, fragte Kellan.

»Wir mischen uns unter das Personal, tauchen in der Menge unter und lassen uns von ihr näher ans Ziel führen.«

»Wird es nicht viel schwieriger, den Run an einem derart belebten Ort durchzuziehen?«, unterbrach Orion sie und wedelte dabei mit den Essstäbchen, um seinen Worten Nachdruck zu verleihen.

»Nicht, wenn wir es richtig machen. Wenn wir versuchen, außerhalb der Bürozeiten ins Gebäude zu kommen, müssen wir uns mit allen möglichen Sicherheitsmaßnahmen auseinandersetzen, weil eigentlich niemand mehr reingelassen wird. Falls wir das Gelände aber zu den normalen Geschäftszeiten betreten, sind die Sicherheitsmaßnahmen lockerer und wir haben bessere Chancen, unbemerkt reinzukommen. Natürlich nur, wenn wir sorgfältig planen und keine Fehler machen.«

»Ja, das ist wohl so«, hörte Kellan Orion murmeln.

Midnight griff in ihre Tasche und holte eine flache Plastikmarke heraus. »Das wird uns durch die meisten Sicherheitsmaßnahmen bringen. Sie sind an die Systeme des Habitats angeschlossen und tragen einen Benutzer-Code, der uns als zugangsberechtigte Mitarbeiter ausweist. Wir lösen damit keinen Alarm aus, daher haben die Sicherheitsbeamten auch keinen Grund, uns zu verdächtigen.«

»Und wenn sie es doch tun?«, fragte Kellan in Erinnerung an ihren Zusammenstoß mit dem Wachmann in der Cyberklinik.

»Dann müssen wir improvisieren«, sagte Midnight lächelnd. »Wir denken uns eine Geschichte aus und halten uns daran. Wir sind ortsfremde Berater, die gerufen wurden, um die Ursache für ein Problem im System zu suchen und es zu beheben. Wir unterstehen direkt Thomas Telestrian, dem Leiter der Computer-Abteilung von NeuroTech.«

»Wird man das nicht nachprüfen?«

»Glaub mir, niemand in Tir Tairngire will ein so hohes Tier verärgern. Die Leute haben sich daran gewöhnt, ihre Autorität nicht zu hinterfragen. Solange wir so tun, als wären wir wichtig genug, um nicht belästigt zu werden, wird uns auch niemand belästigen. Sie werden NeuroTech nicht kontaktieren, weil sie es sich nicht mit Telestrian verderben wollen. Solange es keinen Ärger für sie bedeutet, werden sie sich nicht um uns kümmern.«

»Wie bekommen wir die Daten?«, wollte Kellan wissen.

»Das wird der schwierigere Teil. Sobald wir im Gebäude sind, haben wir Zugriff auf die Terminals, aber unser Kontakt kann uns nicht alle Codes geben, die wir zum Abruf der Dateien benötigen. Also müssen wir es auf die altmodische Art machen.«

»Die Dateien hacken?«

»Richtig. Und wir müssen vorsichtig sein, weil ein externes Alarmsystem unsere Tarnung auffliegen lassen kann.«

»Kellan, schaffst du das?«, fragte Orion.

»Natürlich«, behauptete Midnight.

Kellan schien weniger zuversichtlich zu sein. »Na ja, Jackie hat mir gute Software besorgt, aber mich in den Zentralrechner eines Konzerns zu hacken ...«

»Die meisten ICs des Systems haben wir dann ja schon überwunden«, betonte Midnight. »Du brauchst dich nur noch mit dem Ice auf den eigentlichen Dateien auseinanderzusetzen, nicht einmal mit der Verschlüsselung. Um die können wir uns auch noch kümmern, wenn wir fertig sind.«

Kellan nickte. »Das ist wahr.«

»Ich hätte dich nicht gefragt, wenn ich nicht sicher wäre, dass du es schaffst, Kellan.«

Kellan schaute von Orion zu Midnight. »Dann ist es ja gut. Kein Problem.«

»Gut. Dann lasst uns alles noch einmal von Anfang an durchgehen ...«

»Wo ist Kellan?«, fragte Akimura noch einmal.

Lothan stand langsam auf und überragte den vor ihm sitzenden Mann um Längen. »Ich werde Ihre Nachricht weitergeben, Akimura-san. Und dann liegt alles Weitere bei Kellan.«

Für einen Moment sah es so aus, als wollte der Schieber darauf noch etwas sagen, doch dann schluckte er seine Bemerkung herunter und nickte. »Sehr gut. Bitte sagen Sie ihr, dass sie ein Treffen arrangieren kann und ich ihre Bedingungen akzeptieren werde. Es ist wichtig, dass sie weiß, dass sie mir vertrauen kann.«

»Ich werde es ihr sagen.«

Lothan drehte sich mit einem Nicken in G-Doggs Richtung zur Tür. Street Deacon trat zur Seite, um den Troll und G-Dogg durchzulassen. Lothan hörte, wie der Leibwächter hinter ihnen leise die Tür schloss. Er schaute nicht zurück und sagte auch nichts, bevor sie den Aufzug erreichten.

»Lothan ...«

Der Magier hob die Hand, um G-Dogg zum Schweigen zu bringen. Erst als sie in den Aufzug getreten waren und sich die Türen hinter ihnen geschlossen hatten, ließ er die Hand sinken und gestattete seinem Begleiter zu reden.

»Was geht hier vor?«, fragte G-Dogg leise.

»Genau das will ich herausfinden«, erwiderte Lothan. »Wenn Akimura auch nur halbwegs die Wahrheit sagt, hat er mit einem recht: Kellan ist in Gefahr.«

»Sollten wir sie dann nicht warnen?«

»Natürlich sollten wir das. Aber ich möchte das auf einem Weg tun, der sicherer ist als ein Anruf auf ihrem Handy. Akimura hat genügend Möglichkeiten, das anzuzapfen.«

»Magie«, vermutete G-Dogg, und Lothan nickte.

Die Aufzugtüren öffneten sich. Sie durchquerten die Halle, verließen das Gebäude und machten sich auf den Rückweg zum Lieferwagen.

»Ja, und während ich mich vorbereite, möchte ich versuchen, Bestätigungen für Mister Akimuras Geschichte einzuholen.« Er zog sein Mobilkom aus der Manteltasche und sprach hinein, während er die Beifahrertür des Lieferwagens öffnete.

»Jackie Ozone.« Das Telefon wählte. Es klingelte nur zwei Mal, bevor die Deckerin antwortete.

»Jackie«, sagte Lothan, während G-Dogg den Motor anließ. »Ich habe möglicherweise ein paar zusätzliche Hinweise für dich, denen du nachgehen kannst, aber ich brauche die Informationen schneller als erwartet.«

Nachdem sie wieder in seinem Haus angekommen waren, verschwendete Lothan keine Zeit, sondern ging direkt in die Werkstatt im Keller. Er bat G-Dogg, mit Jackie in Verbindung zu bleiben und diskret Erkundigungen über Kellans Aufenthaltsort einzuziehen.

»Wir treffen uns in ein paar Stunden wieder.« G-Dogg machte sich auf den Weg und überließ Lothan seiner Arbeit.

Der Magier zeichnete zuerst ein Diagramm auf den Boden der Werkstatt. Schnell nahm es Formen an, zwei konzentrische Kreise mit mystischen Symbolen in dem Ring zwischen ihnen. In den inneren Kreis zeichnete er einen fünfzackigen Stern mit Runen an jeder Spitze. Lothan arbeitete schnell, seine Hände schufen die bekannten Muster des Diagramms wie so viele Male zuvor. Im Zentrum des Sterns entstand das Symbol des allsehenden Auges.

Lothan setzte sich auf den Boden, begutachtete sein Werk und befand es als ausreichend. Er stellte Kerzen auf die Eckpunkte des Sterns und zündete sie mit einer schnellen Handbewegung an. Dann löschte er das Licht im Raum, setzte sich in die Mitte des Kreises, holte tief Luft und griff in einen Beutel seines Gürtels, um eine kleine Plastiktüte herauszuholen. Mit einem weiteren Seufzer öffnete Lothan seinen Geist und begann mit der Arbeit.

Es war ein relativ einfaches Ritual. Er sammelte und konzentrierte sich, während er ein paar flachsblonde Haare aus der Plastiktüte holte. Es waren Kellans Haare, die er irgendwann nach einer Übungsstunde aufgesammelt hatte. Er betrachtete sie und dachte kurz darüber nach, warum er sie aufbewahrt hatte. Für eine Gelegenheit wie diese, sagte er sich. Falls Kellan in Gefahr geriet und es schwierig oder gefährlich war, sie auf andere Weise zu erreichen, konnte er mit den Haaren auf andere Möglichkeiten zurückgreifen.

Und wenn Kellan jemals zu einem Problem würde ..., sinnierte Lothan. Er gestattete sich nicht, den Gedanken zu Ende zu denken. Das gehörte zum Leben in den Schatten. Vertraue niemals jemandem vollkommen, oder du besiegelst deinen eigenen Untergang. Lothan rechnete nicht damit, dass Kellan ihn verraten oder betrügen würde, aber wer rechnete schon damit, wenn so etwas geschah?

Lothan zündete die Holzkohle in dem kleinen tragbaren Kohlepfännchen an und fügte ein paar Körnchen Räucherwerk hinzu. Der süßliche und gleichzeitig stechende Rauch stieg rings um ihn als Symbol für das Element der Luft auf, mit dessen Hilfe er diese Aufgabe angehen wollte. Während er die ersten Worte des Zauberspruchs murmelte, warf er die Haare auf die glühende Kohle, die sofort einen Brandgeruch verströmten. Diesen Geruch inhalierte er tief und skandierte dabei mit leiser, sonorer Stimme.

Die Wiederholung des Zaubers bewirkte eine Trance, und Lothan konzentrierte sich auf Kellan: Gesicht, Stimme und Ausstrahlung, um ein Band über Raum und Zeit hinweg zu knüpfen. Für seine Astralsinne sichtbar, sponn sich ein silbriger Faden aus dem Kreis durch den Äther, der sich immer weiter ausdehnte.

Dann spürte Lothan einen jähen Ruck – wie ein Angler, bei dem ein Fisch angebissen hatte. Er registrierte eine schwache psychische Schwingung, einen Schauder auf der Haut. Er griff mit seinen Gedanken danach und verankerte sie mit seinem Willen. Er holte tief Luft und atmete sacht wieder aus, und plötzlich schwang sich der Geist des Magiers in die Astralebene, als gleite ein Schwimmer lautlos ins Becken.

Zuerst kam das Gefühl der Schwerelosigkeit, der Freiheit von den Fesseln der irdischen Welt. Obwohl er es bereits unzählige Male erlebt hatte, war es immer noch ein berauschendes Gefühl, Fleisch und Blut hinter sich zu lassen. Der ungebundene Geist des Trolls löste sich von seinem in tiefe Meditation versunkenen Körper und konzentrierte sich auf den schimmernden Faden, der sich in die Ferne erstreckte.

»Na los«, murmelte Lothan. »Dann wollen wir mal sehen, wo du bist.« Er stieg empor, durch die Kellerdecke und die Wände des Gebäudes nach draußen. Als er einen Moment später hoch über dem Seattler Metroplex schwebte, folgte er dem astralen Faden, seiner Verbindung zu Kellan, nach Süden.

Bei G-Doggs Rückkehr wartete Jackie Ozone in Lothans Haus. Die Deckerin begrüßte ihn mit einem Nicken, als er die Küche betrat. G-Dogg war nicht allzu überrascht, Jackie zu sehen. Im Gegensatz zu den meisten wusste er, dass Lothan und Jackie schon viel gemeinsam erlebt hatten. Wenn der alte Magier sie brauchte, war Jackie zur Stelle.

»Arbeitet er noch?«, fragte er mit einem Kopfnicken zur Kellertür, und Jackie nickte.

»Sieht so aus. Hast du noch was herausgefunden?«

»Nur, dass Akimuras Geschichte stimmt, soweit man das sagen kann, aber die meisten wissen eben nicht viel. Er hat seine Spuren gut verwischt, daher könnte er die Wahrheit gesagt haben, aber es ist genauso gut möglich, dass er Kellan reinlegen will.«

»Das wäre aber ein langwieriges Unternehmen, nur um eine kleine Runnerin in Schwierigkeiten zu bringen, findest du nicht?«

»Woher soll ich wissen, was in den Köpfen der Leute vorgeht? Was ist mit dir, hast du irgendwas rausgefunden?«

»Ich möchte es nur ein Mal erzählen«, antwortete Jackie mit einem Blick auf die Kellertür.

G-Dogg ging gerade zum Kühlschrank, um sich etwas zu Trinken zu holen, als sich die Kellertür öffnete und ein erschöpft wirkender Lothan erschien. G-Dogg konnte sich nicht daran erinnern, ihn je mit derart grimmiger Miene gesehen zu haben.

»Tir Tairngire«, sagte der Trollmagier mit einem Anflug von Resignation. »Sie ist in Tir Tairngire. G-Dogg, wir müssen noch ein Treffen vereinbaren. Ich glaube, dieses Mal ist Kellan wirklich in eine Sache geraten, die eine Nummer zu groß für sie ist.«

Beim zweiten Treffen war Eve nicht mehr so abgeneigt, Jackie in der virtuellen Bar im Shadowland zu treffen, als die

Deckerin sie anrief und von ihren zusätzlichen Informationen über Toshi Akimura sprach. Sie wartete sogar schon am verabredeten Platz auf Jackie, was deren Vermutung bestätigte: Das Interesse des Cross-Konzerns an Akimura war so groß, dass jemand wie Eve keine Gelegenheit zu einem Treffen ausließ, um damit ihre Chancen für einen beruflichen Aufstieg zu erhöhen.

Jackies Persona glitt auf den Platz gegenüber von Eves eher fotorealistischem Abbild. Dabei war Geheimhaltungs- und Verschlüsselungssoftware auf dem Deck auf Jackies Schoß in der wirklichen Welt aktiv. Sie half dabei, ihr Gespräch und ihre Identitäten vor jedem zu schützen, der ein ungebührliches Interesse daran an den Tag legen mochte.

»Was haben Sie für mich?«, fragte die Konzernfrau ohne Einleitung. Die Ungeduld in ihrer Stimme war hörbar, obwohl sie sich nicht im Benehmen der Persona widerspiegelte.

Jackie machte es sich auf ihrem Platz bequem und genoss das Gefühl des kühlen Leders auf der Haut. Es war nicht real, sicher, aber es fühlte sich echt an und war nichtsdestotrotz wohltuend.

»Akimura hat sich einer langwierigen Behandlung in einer Cyberklinik namens *Nightengale's* in der Innenstadt von Seattle, nicht weit von der Space Needle, unterzogen. Jemand wurde beauftragt, seine Daten aus den Klinik-Dateien zu löschen, aber ich konnte mir eine Kopie beschaffen.«

»Woher?«

»Von einer außenstehenden Quelle. Sie ist zuverlässig.« Die Konzernfrau bedeutete ihr mit einem Nicken, fortzufahren.

»Die Aufzeichnungen zeigen, dass Akimura einige ziemlich schwere Verletzungen hat behandeln lassen, die ihn eigentlich hätten töten müssen, ihn technisch gesehen auch getötet haben. Er ist wieder zusammengeflickt worden, hat ein paar Organimplantate bekommen, Gentherapie und so weiter, die ganze Palette.«

»Jemand hat versucht, ihn umzubringen«, folgerte Eve.

»Sieht ganz so aus, und dieser Jemand hätte es fast geschafft.«

»Wissen Sie, wer den Auftrag zum Löschen der Dateien gegeben hat? War er es selbst?«

»Das weiß ich noch nicht, aber ich glaube nicht, dass er es war.«

»Warum?«

»Da wird es interessant. Akimura ist definitiv aus der Klinik entlassen worden, wieder aktiv und hält sich ganz gut, soviel ich gehört habe. Die Löschung seiner Daten hat nicht lange nach seiner Entlassung stattgefunden. Jetzt sucht er jemanden – eine junge Runnerin namens Kellan Colt.«

»Er sucht jemanden?«, fragte Eve mit einem Anflug von Überraschung. »Wissen Sie, warum?«

»Nun ja, sie hat die Daten gelöscht. Sie hat vermutet, Akimura hätte sie beauftragt, aber er behauptet, er war es nicht.«

Eve zuckte die Achseln. »Und? Vielleicht versucht er nur, lose Enden zu verknüpfen und seine Spuren zu verwischen.«

»Kann sein, aber ich glaube es nicht. Zunächst entspricht es überhaupt nicht Akimuras Ruf. Ich habe überall gehört, er wäre grundsätzlich ein fairer Geschäftspartner für alle Runner. Es gehört nicht zu seinen Gepflogenheiten, jemanden anzuheuern und ihn dann nach getaner Arbeit abzuservieren.«

»Oder er ist so gut, dass es bis jetzt niemand herausgefunden hat.«

»Wie schon gesagt, das wäre zwar möglich, aber da ist noch etwas. Er ist an dem Mädchen interessiert.«

»Wissen Sie, warum?«

Jackie überlegte kurz. Es kam ihr vor, als stelle Eve diese Frage mit besonderem ... Eifer. So als rechne sie mit einer ganz bestimmten Antwort. Sie schüttelte den Kopf. »Nein, noch nicht. Aber er hat einige Leute davon überzeugt, ihn bei seiner Suche zu unterstützen.«

»Hat sie sich versteckt?«

»Sieht so aus. Oder sie hat einfach für eine Weile die Stadt verlassen, als ihr der Boden zu heiß wurde. Sie ist auf jeden Fall nicht mehr im Plex.«

»Wo ist sie dann?«

»In Tir Tairngire.«

Eves Persona beugte sich mit der Anspannung einer eindeutig nicht virtuellen Erregung ein wenig vor. »Akimura wird ihr folgen, oder?«

»Das nehme ich an«, antwortete Jackie.

Eve kannte die virtuelle Welt nicht so gut wie Jackie, das taten ohnehin nur wenige. Als sich nun also langsam ein Lächeln auf dem Gesicht der Persona der Konzernfrau ausbreitete, wusste Jackie, dass dies einem ähnlichen Lächeln in der wirklichen Welt entsprach, das in die Matrix übertragen wurde.

»Erzählen Sie mir alles«, schnurrte die Konzernfrau. »Fangen Sie damit an, wen Akimura mitnimmt. Ich werde dafür sorgen, dass es sich *sehr* für Sie lohnt ...«

Kapitel 13

Am späten Nachmittag gingen sie zum Telestrian-Habitat, als sich die meisten Angestellten bereits auf den Feierabend und die Rückkehr in ihre Unterkünfte in den oberen Etagen des Komplexes freuten, um die Arbeit für ein paar Stunden hinter sich lassen zu können.

Kellan hatte Bedenken, dass sie als Mensch unerwünschte Aufmerksamkeit auf sich ziehen könnte. Doch im Gegensatz zu Orions Bemerkungen über die Einwanderung nach Tir Tirngaire gab es viele Menschen auf den Straßen Portlands und sogar im Telestrian-Habitat. Obwohl eindeutig in der Überzahl, waren die Elfen keineswegs die einzigen Bürger im Land der Verheißung.

So muss man sich als Metamensch in einer Stadt wie Seattle fühlen, dachte Kellan, als sie die gelegentlichen Blicke der Elfen auf der Straße spürte. Es war ein sonderbares Gefühl, als müsse sie ihre Anwesenheit irgendwie erklären. Sie kam sich fehl am Platz vor und machte sich in ihrer Nervosität immer wieder klar, dass keiner der Passanten ahnte, dass sie oder die anderen nicht das waren, was sie zu sein vorgaben: Angestellte eines Konzerns auf dem Weg zur Arbeit.

Kellans Kleidung trug nicht gerade zu ihrem Wohlbefinden bei. Midnight hatte für alle geeignete Garderobe besorgt, die zu der Geschichte, sie seien Berater von NeuroTech, passte. Kellan trug eine leichte Strickjacke, die ihr T-Shirt mit dem kugelsicheren Futter darunter gut kaschierte, eine dunkle Jeans mit vielen Taschen und ihre eigenen Stiefel. Die Schultertasche aus Kunstleder enthielt ihr Cyberdeck und einige der allernötigsten Ausrüstungsgegenstände.

Orion schien sich in seinem Pullover mit Sportsakko ebenfalls unbehaglich zu fühlen. Die langen Haare waren zu einem Pferdeschwanz zusammengebunden, wie ihn viele junge Konzern-Elfen trugen, und wurden von einer Klammer mit keltischem Knotenmuster zusammengehalten. Er trug außerdem eine dunkle Sonnenbrille, die ihm ermöglichte, mühelos jedem Blickkontakt auszuweichen.

Midnight war in ihrem anthrazitfarbenen Hosenanzug die selbstbewusste Konzernfrau, wie sie im Buche stand. Der tief ausgeschnittene schwarze Pullover zeigte genau die richtige Menge Dekolleté, wenn sie die Jacke aufknöpfte. Ihr schwarzes Haar war gleichmäßig zurückgekämmt, um kühl und streng zu wirken und so möglichst jeden davon abzuhalten, sie anzusprechen. Wie Orion trug sie eine dunkle Brille mit modernem Gestell. Ihre Schultertasche sah Kellans Tasche ähnlich und enthielt einen Handheld, einige Büroartikel und natürlich ihre Ausrüstung. Kellan wusste, dass Midnight außerdem eine hautenge kugelsichere Panzerung unter der Geschäftskleidung trug – für alle Fälle.

Während Midnight in ihrem Outfit aussah, als habe sie nie etwas anderes getragen, gab sich Kellan Mühe, nicht deplatziert zu wirken. Sie wünschte sich sehnlichst, sie hätten auf Orions Rat gehört und den Run nach Feierabend durchgezogen. Dann hätte sie wenigstens gewusst, wie sie sich verhalten sollte. Zum Glück wusste sie eins – man ging allgemein davon aus, dass sich Leute in der Nähe des Telestrian-Habitats ein wenig unbehaglich fühlten, daher war ihre Reaktion wahrscheinlich gar nicht so ungewöhnlich.

Die einzige andere Arcologie, die Kellan kannte, war die Renraku-Arcoloie in der Innenstadt von Seattle – und die hatte bereits bessere Tage gesehen. Das Telestrian-Habitat war nicht ganz so groß, aber nicht weniger eindrucksvoll. Der Komplex erstreckte sich über sieben Blocks und wurde ständig aufgestockt. Abweichend von der fast perfekten Geometrie der Renraku-Arcologie war diese in ihrer architektonischen Konzeption an die Natur angelehnt. Die verschiedenen Etagen des Gebäudes waren terrassenförmig und mit ausgedehnten Grünflächen angelegt: Rasen, Blumen und sogar ordentlich gestutzte Bäume. Die Wände wirkten nicht wie kalter Stahl und Glas, sondern wie warmer Lehm mit Holzfarben, fast wie Naturstein. Es sah aus, als sei der Komplex aus einem Berg gemeißelt worden und habe dabei als Zugabe auch noch Leben aus der Natur mitbekommen.

Das Habitat wirkte auch sonst wie ein Berg. Kellan staunte über seine Größe und Ausstrahlung. Die Grundrisse, die ihnen Midnight gezeigt hatte, wurden ihm aus der Nähe nicht gerecht. Kellan dachte an die vielen hundert Menschen, die in diesem Gebäudekomplex zu Hause waren, alles Mitarbeiter von Telestrian Industries oder deren Angehörige, die in einer großen glücklichen Konzerngemeinschaft lebten und durch hohe, dicke Wände vor der Außenwelt geschützt waren. Gab ihnen das wirklich ein Gefühl der Sicherheit und Distanz zu den Problemen der restlichen Welt? Sie fragte sich, wie es wohl sein mochte.

Kellan hörte auf zu grübeln, als sie einen der Eingänge des Gebäudes erreichten und die bewaffneten Wachmänner sahen. In ihren schneidigen dunkelgrünen Uniformen sahen sie elegant aus, aber Kellans Augen wurden wie magisch von den Maschinenpistolen angezogen, die sie trugen. Sie gaben sich gelangweilt, als Midnight ihren Kredstab durch das Lesegerät an der Tür zog und sie ihre Identität prüften. Wenn die Info ihres Auftraggebers stimmte, würden sie anstandslos passieren können.

Einer der Wachmänner nickte und winkte Kellan heran, während Midnight ihren Kredstab wieder einsteckte. Nach ihr wurde Orion auf dieselbe Weise kontrolliert. Falls den Wachmännern irgendetwas Ungewöhnliches aufgefallen war, war ihnen davon nichts anzumerken. Sie ließen sie mit einem knappen Nicken ins Gebäude.

Midnight führte sie hinein. Kellan riskierte einen Seitenblick auf den Eingang. Nachdem sie viel Zeit mit dem Studium der Habitatspläne verbracht hatte, war ihr klar, dass die Scanner sie gerade bis zu den Zahnfüllungen abtasteten. Glücklicherweise trug keiner von ihnen irgendwelche Implantate, die Alarm auslösen konnten. Kellan und Orion trugen als Erwachte keine Cyberware oder andere Implantate und Midnights waren für einen Konzern-Berater ganz sicher nicht ungewöhnlich, vor allem nicht für eine Spezialistin für Computersysteme.

Orion hatte sich heftig darüber beklagt, dass er das Schwert und seine anderen Waffen nicht mitnehmen konnte, aber Midnight hatte keine andere Möglichkeit gesehen.

»Jede Waffe wird von den Scannern entdeckt, und wir wären von einem Dutzend Wachmännern umzingelt, bevor wir auch nur blinzeln könnten. Wir kämen niemals ins Habitat, und wenn, dann auf keinen Fall weit.«

»Was ist, wenn irgendwas schiefgeht?«, entgegnete Orion.

»Wenn irgendwas schiefgeht, sind wir in einem Konzerngebäude mit über hundertfünfzig Sicherheitsleuten. Glaubst du wirklich, ein paar Waffen und ein Schwert machen einen Unterschied, wenn wir den Run vermasseln?«

Kellan dachte an dieses Gespräch, während sie eine der Haupteingangshallen des Komplexes durchquerten. Vom Eingang aus betrachtet wirkte das Telestrian-Habitat nicht gefährlich, aber sie wusste, dass man sich nicht immer auf den äußeren Schein verlassen konnte, vor allem nicht in Tir Tairngire.

Die unteren Ebenen des Gebäudes waren halböffentlich als Einkaufs- und Erholungszentrum für die Bewohner und alle Besucher angelegt, und zwar im Stil einer weitläufigen Einkaufsgalerie. In den beiden Etagen darüber gab es zahlreiche Balkone mit vielen Grünflächen und Blumenbeeten sowie guter Aussicht auf die unteren Ebenen. Hohe Bäume reichten bis in die oberen Etagen. Viele Türrahmen waren aus Holz und mit Mustern verziert, die wie eine Mischung aus amerindianischen, keltischen und gänzlich unbekannten Motiven aussahen.

Midnight führte sie durch das Einkaufszentrum zu einer Reihe von Aufzügen. Mitarbeiter von Telestrian gingen an ihnen vorbei, und niemand kümmerte sich um sie. Kellan bemerkte, dass es im Habitat weniger Menschen als auf der Straße zu geben schien und überhaupt keine anderen Metamenschen. Aber es gab immer noch so viele Norms, dass sie nicht auffiel. Dann sah sie sogar ein paar zwergische Techniker aus einem Aufzug steigen, die sich über technische Probleme unterhielten.

Sie hatten Glück – niemand stieg mit ihnen in den Aufzug. Sobald sich die Türen geschlossen hatten, warf Midnight einen Blick auf Kellan und Orion und dann in eine der oberen Ecken, bevor sie wieder zu Boden schaute.

Kameras, dachte Kellan. Sie konnten hier nicht offen miteinander sprechen, da sie möglicherweise beobachtet und belauscht wurden. Dasselbe galt wahrscheinlich für weite Teile des Komplexes, zumindest in den öffentlichen Bereichen. Kellan lehnte sich gegen die Rückwand und gab sich betont lässig.

Sie verließen den Aufzug im dritten Stock. Midnight führte sie den Gang entlang, als sei sie hier zu Hause. Durch die Fenster auf der einen Seite konnte man auf die Straße schauen und hatte einen Ausblick auf das Stadtzentrum von Portland. Viele Leute hatten gerade Feierabend gemacht, in den Straßen herrschte dichter Verkehr, und etliche Fußgänger waren auf dem Weg nach Hause oder zu einer abendlichen Verabredung.

Am Ende des Flurs saß ein elfischer Wachmann vor einer Doppeltür. Er schaute auf, als sie sich näherten. Midnight holte noch einmal ihren Kredstab heraus und lächelte ihn an.

»Wir haben einen Arbeitsauftrag«, sagte sie lässig.

Der Wachmann nahm den Stab und steckte ihn in ein Lesegerät auf dem Schreibtisch. »Hier ist nichts angekündigt«, argwöhnte er und schaute auf seine Anzeige.

»Ein Notfall«, antwortete Midnight. »Ein Problem mit einem Intranet-Zugang. Mister Telestrian wollte, dass wir uns in der arbeitsfreien Zeit darum kümmern, damit er morgen wieder funktioniert.«

Die Augen des Wachmanns überflogen noch einmal die Anzeige des Bestätigungs-Codes und kehrten dann zu Midnight zurück, die kühl und selbstsicher dastand, als sei sie der Inbegriff einer loyalen Konzernangestellten ohne jegliches Interesse an der übrigen Welt. Sie machte den Eindruck, als wisse sie genau, wo sie hingehörte und welche Pflichten sie hatte.

»In Ordnung«, sagte er, zog den Stab heraus und gab ihn zurück. »Sie kennen die Regeln: Wenn Sie aus irgendeinem Grund die Etage verlassen wollen, müssen Sie sich an diesem Ausgang abmelden und auch wieder anmelden, wenn Sie zurückkommen.« Er schaute auf seinen Monitor. »In ein paar Minuten mache ich Feierabend, aber dieser Posten ist immer besetzt.«

»Sie haben's gut«, antwortete Midnight unbeschwert. »Hoffentlich sind wir nicht die ganze Nacht hier.«

»Viel Glück«, wünschte ihnen der Wachmann.

Midnight führte sie durch die Tür in den dahinter liegenden Korridor. Sie lächelte Kellan kurz an, um zu signalisieren, dass alles nach Plan lief, schaute sich dann zur Orientierung um und führte sie durch den Flur zu einem der Büros. Nachdem sie es betreten hatten, zog Midnight sofort die Tür hinter sich zu und schloss ab.

»Dann mal los, Kinder, an die Arbeit«, sagte sie und ließ den Riemen ihrer Tasche von der Schulter gleiten.

»Meine ich das nur, oder war das viel zu leicht?«, fragte Orion.

Midnight zuckte die Achseln. »Es hilft, wenn der oberste Boss deine Eintrittskarte unterschrieben hat. Hättest du es gerne etwas schwieriger?«

Der Elf schüttelte den Kopf.

»Na siehst du, dann bewach die Tür.«

Orion lehnte sich neben der Tür an die Wand, während Midnight und Kellan zum Schreibtisch gingen, um sich anzusehen, womit sie es zu tun hatten. Es war ein Standardgerät: ein Flachbildschirm mit einer manuellen Tastatur und Buchsen für direkte neurale Anschlüsse, alles mit dem zentralen Hauptrechner der Niederlassung verbunden. Midnight tauchte unter den Tisch und stöpselte das Verbindungskabel zum Terminal aus. In der Zwischenzeit hatte Kellan ihr Cyberdeck herausgeholt und sich auf den Stuhl hinter dem Schreibtisch gesetzt.

Sie fuhr das Verbindungskabel des Decks aus und gab es Midnight, die es in den entsprechenden Anschluss des Systems steckte, während Kellan das Elektrodennetz auf ihrem Kopf bis zu den Augenbrauen zog und alle Verbindungen überprüfte. Sie ließ das Deck hochfahren und spürte das gewohnte Kribbeln der Elektroden, als alles bereit war. Midnight kam unter dem Schreibtisch hervor und hockte sich neben Kellans Stuhl.

»Die Datei, die wir suchen, heißt ›Morningstar‹. Kümmer dich nicht um das Entschlüsseln, das können wir machen, wenn wir hier weg sind. Du musst die Datei nur finden und kopieren ... und das, ohne aufzufallen. Wenn du merkst, dass man auf dich aufmerksam wird oder jemand nachforscht, stöpsel dich sofort aus. Dann sehen wir zu, dass wir zügig von hier verschwinden, in Ordnung?«

Kellan nickte, und Midnight schaute sie mit einem Lächeln an, das volles Vertrauen in ihre Fähigkeiten ausdrückte. »Okay, dann mal los. Wir halten Wache.«

Kellan atmete tief ein und drückte den GO-Knopf ihres Decks. Die reale Welt verwandelte sich in einen diffusen grauen Schleier, der schließlich durch die geschmeidige digitale Realität der Matrix ersetzt wurde. Sie befand sich in der Darstellung ihres Decks, einem nichtssagenden weißen Raum. Der Port zum Telestrian-Terminal sah aus wie eine mit Efeu bewachsene Pforte aus Stein, in die Runen eingemeißelt waren und die damit in starkem Kontrast zur sterilen Umgebung stand. Dahinter war ein Fußweg in einen Urwald zu erkennen, die Darstellung des Telestrian-Hostsystems.

Kellan betrat den Weg, um sich Zugang zum System zu verschaffen. Sobald sie die Schwelle der Pforte passiert hatte, verschwand der Weg, über den sie gekommen war, im grünen Hintergrund. Obwohl Kellan sicher war, dass sie den Rückweg finden würde, beschlich sie doch ein merkwürdiges Gefühl. Es war, als betrete man eine andere Welt, etwa so wie das Gefühl, das sie verspürt hatte, als der Lindwurm über sie hinweggeflogen war. Es war ungewohntes Territorium, aber glücklicherweise wusste sie, was sie tun musste.

Mit einem Gedankenbefehl aktivierte Kellan ein Suchprogramm auf ihrem Deck. Sofort erschien eine schimmernde, leuchtende Gestalt in der Luft: eine winzige Fee mit silbernen, glänzenden Flügeln. Sie surrten in der Luft, als sie in die Nähe von Kellans Gesicht schwebte.

»Finde Morningstar«, befahl sie dem Suchprogramm.

Die Fee schwirrte ein wenig hin und her und verschwand dann in der Dunkelheit des Waldes. Es wurde wieder ruhig, während Kellan wartete.

Die Minuten schienen dahinzukriechen. Kellan war sicher, Bewegungen in der Dunkelheit des Waldes hören zu können. *Sicherheitsprogramme,* dachte sie. Sie durchkämmten das System auf der Suche nach unbefugten Eindringlingen. Kellan hoffte, dass die Maskenprogramme des Decks eine ausreichende Tarnung waren, doch je länger sie sich im System aufhielt, umso größer war die Gefahr, dass die Wachprogramme etwas Verdächtiges entdeckten und ...

Plötzlich tauchte die Fee wieder auf und flog zu ihr. Als Kellan die Hand ausstreckte und über den glühenden Lichtschein um die winzige Gestalt strich, veränderte sich die Lichtung, auf der sie stand. Ihr fiel ein Weg auf, der schwach beleuchtet war. Kellan folgte ihm. Er entsprach dem Teil des Hostsystems, der durch ihre Suche isoliert worden war. Äste und Blätter schlossen sich über ihr zu einem natürlichen, dunklen Tunnel, der durch das Leuchten ihrer Fee erhellt wurde.

Die Lichtung, auf der sie schließlich landete, schien klein zu sein und war auf allen Seiten von hohen Bäumen umgeben. Kellan bemerkte plötzlich, dass es nun Nacht war, obwohl bei ihrem Betreten des Systems noch Sonnenlicht durch die Bäume gefallen war. Nun war der Himmelsausschnitt zwischen den Bäumen schwarz und mit Sternen bedeckt und wurde vom Schein eines zunehmenden Mondes erhellt. Sie hatte insgesamt nur wenig über die Symbolik der Telestrian-Matrix in Erfahrung bringen können, wusste aber, dass die nächtliche Umgebung gleichbedeutend mit einer höheren Sicherheitsstufe war.

Üppiges Gras und eine Menge abgefallenes Laub bedeckte den Boden der Lichtung. In der Mitte stand eine kleine Säule, die eine handgefertigte Steinschale mit einem Durchmesser von etwa einem Meter stützte. Die Säule ruhte im Mittelpunkt von vier großen quadratischen Steinplatten; an den Ecken der vier Platten stand jeweils die Statue eines Wolfshunds aus hellgrauem Stein, der im Mondschein fast silbrig glänzte.

Mit einem Gedanken und einer kurzen Handbewegung entließ Kellan die leuchtende Fee. Sie zog ein langes Stück hauchdünnen schwarzen Stoff aus der Tasche, das wie ein Schatten aussah, den man in der Hand halten konnte. Sie legte sich den Schattenschal um die Schultern, um damit die Schleicher-Utility zu aktivieren, die sie vor allen Wächtern der verbotenen Waldwiese verbergen würde. Dann näherte sie sich der steinernen Schüssel.

Als Kellan einen Fuß auf die Kacheln setzte, trat ein grünes Flackern in die Augen der Statuen, und ihr stockte der Atem. Sie hielt mitten im Schritt inne, um nötigenfalls sofort fliehen oder kämpfen zu können, aber mehr taten die Steinhunde nicht. Das Licht in ihren Augen erlosch so rasch, wie es aufgeflackert war, und Kellan traute sich wieder zu atmen. Sie sprach ein kurzes, an Jackie Ozone gerichtetes Dankgebet für ihre maßgeschneiderte Software.

Sie ging weiter über die Steinplatten zur Säule und sah nun, dass die Schüssel beinahe voll mit klarem, schimmerndem Wasser war. Die Innenflächen der Schüssel waren mit verschlungenen Knotenmustern verziert, die für Kellan wie komplizierte gedruckte Schaltkreise aussahen. Sie neigte den Kopf bis knapp über die Wasseroberfläche, beobachtete das Funkeln der Sterne und des Monds, das sich darin spiegelte, und staunte einen Moment über die Programmierkünste, die das alles erschaffen hatten. Wegen ihrer Schleicher-Utility erzeugte sie selbst kein Spiegelbild.

»Morningstar«, hauchte sie über die Wasseroberfläche und erzeugte damit ein schwaches Wellengekräusel. Das System beantwortete den Aufruf des Dateinamens, und die dadurch erzeugten Wellen verzerrten das Spiegelbild der Sterne ein wenig. Schließlich verschmolz das Spiegelbild zu einem hellen Lichtpunkt, der seinerseits Wellen erzeugte, als er die Oberfläche durchbrach und dann wie ein Korken auf dem Wasser trieb. Kellan griff danach.

Sie unterbrach die Bewegung aber schon nach wenigen Zentimetern und zog ihre Finger zurück. Das war zu einfach. Die Datei hätte besser geschützt sein müssen, selbst wenn man die von Midnight erwähnte Entschlüsselung berücksichtigte. Kellan sah sich auf der Waldwiese um, konnte aber nichts Ungewöhnliches entdecken. Sie blickte auf das Wasser, aber auch da war nichts außer dem Gefunkel der Morningstar-Datei, die sie aufgerufen hatte. Kein Anzeichen dafür, dass ihre Anwesenheit entdeckt oder das System in Alarmbereitschaft versetzt worden war. Sie streckte noch einmal die Hand aus und sah ihre Finger als Spiegelbild im Wasser von unten nach der Datei greifen.

Kellan hielt inne, zog die Hand wieder zurück und beobachtete die Statuen der Hunde, die reglos und stumm dastanden. Sie wurde das Gefühl nicht los, beobachtet zu werden. Während die Hard- und Software den größten Teil der Arbeit erledigten, hatten die meisten Decker wie Jackie eine Art sechsten Sinn entwickelt, mit dem sie die Ereignisse in der realen Welt verfolgten. Zum ersten Mal konnte Kellan wirklich verstehen, was sie damit meinten. Sie stand unter Verdacht und wurde vom System beobachtet. Sie hatte nicht viel Zeit.

Sie wickelte ihre Hand in den Schattenschal und griff zum dritten Mal nach dem Licht. Dieses Mal erzeugte sie kein Spiegelbild in dem nun unbewegten Wasser. Es gab kein Anzeichen für ihre Anwesenheit. Vorsichtig nahm sie das funkelnde Licht aus dem Bassin und verursachte dabei kaum ein Kräuseln im Wasser. Sie verstaute die Datei schnell in ihrer Tasche, und ihr Cyberdeck speicherte die Daten sofort. Glücklicherweise war die Datei nicht zu groß, sodass das Speichern nur einen kurzen Moment in Anspruch nahm. Kellan drehte sich um und verließ die Lichtung – und die Hunde –, so schnell sie es eben wagte.

Nun ohne die Hilfe ihrer leuchtenden Fee, machte sie sich auf den Rückweg durch den dunklen Wald zu der Stelle, an der sie das System betreten hatte, und erreichte sie ohne Zwischenfälle. Ihre Persona winkte ihr zu, als Kellan dem Cyberdeck den Befehl zur Abmeldung gab und eine Tür mit einem altertümlichen, mit Efeu bewachsenen Rahmen aus Stein aus dem Schatten auftauchte. Kellan seufzte vor Erleichterung und wollte zum Abschluss des Abmeldevorgangs durch die Tür zurück in die wirkliche Welt und in Sicherheit flüchten.

Plötzlich versperrten die rankenden Blätter Kellan den Weg, und sie lief direkt hinein. Sie waren biegsam wie Stahldraht und wickelten sich um ihre Arme, und je mehr sich Kellan gegen sie wehrte, desto stärker wurde die Umklammerung. Plötzlich hörte sie ein Geräusch hinter sich. Sie schaute sich um und sah zwei Hunde mit grün leuchtenden Augen aus der Dunkelheit des Waldes auf sie zurennen.

Kapitel 14

Kellan wehrte sich gegen die Ranken, während die Steinhunde immer näher kamen. Sie wusste, dass es nur virtuelle Empfindungen in ihrem Gehirn waren, die von der Software des Systems erzeugt wurden – aber es wirkte ganz echt. Wenn die Hunde ihr die Zähne in ihren Hals schlugen, würde das genauso real sein wie nötig.

Sie musste sich befreien und das System verlassen, bevor die IC-Programme reagierten. Sicher analysierten sie sie gerade und überprüften ihre Berechtigungscodes. Sie kämpfte, um sich zu befreien, und das Cyberdeck übersetzte ihre Bemühungen in Befehle an das System, die Protokolle zur Abmeldung freizugeben, doch die Ranken hielten sie fest, und das System antwortete nicht: Das war alles zu verdächtig, es wollte zuerst eine Bestätigung, und wenn es die nicht bekommen würde ...

Die Hunde kamen näher. Kellan glaubte sie keuchen zu hören, wusste aber nicht, ob das nur Einbildung war. Sie schaffte es, einen Arm aus den Ranken zu befreien. Das System hatte Schwierigkeiten mit den Masken-Programmen ihres Decks. Sie legte den Arm auf den steinernen Türrahmen, um die Schwäche des Systems auszunutzen und sich freizumachen. Sie blieb immer noch von Ranken umschlungen, aber einige rissen, als sie daran zog. Sie war ratlos. Keines von Jackies Programmen auf ihrem Deck konnte ihr hier weiterhelfen. Bestimmt gab es irgendeine Möglichkeit, das System auszutricksen, doch Kellan kannte sie nicht.

Einer der Steinhunde knurrte, und als sie sich umdrehte,

stand er mit brennenden Augen ganz in ihrer Nähe. Er fletschte die spitzen Reißzähne und knurrte sie an. Kellans Gegenwehr ließ darauf schließen, dass sie nicht hierhin gehörte, und das System reagierte darauf. Sie zog noch einmal kräftig, konnte sich aber nicht befreien, sondern blieb in der Sicherheit der Auslog-Protokolle des Systems stecken. Der Hund jaulte markerschütternd und sprang sie an.

Plötzlich verschwand die Welt in einem Chaos grauer elektrostatischer Ladung und Geräuschen. Kellan warf sich auf den Boden und versuchte, den Hund mit den Händen abzuwehren. Ihr schwanden die Sinne, und sie hatte das Gefühl, dass ihre Arme mit kräftigem Griff festgehalten wurden – die Ranken?

»Kellan, Kellan!«, rief eine Stimme. »Schhhh, es ist okay, alles okay, du bist draußen.«

»Orion?«, murmelte sie. Ihr Blickfeld wurde klarer, aus verschwommenen Schemen wurden klare Formen.

»Alles in Ordnung, du bist okay«, kam die Antwort.

»Du hast nur einen kleinen Auswurfschock«, erklärte ihr Midnight. »Das ist in ein paar Minuten vorbei, aber wir müssen sehen, dass wir hier rauskommen. Kannst du aufstehen?«

Endlich konnte Kellan die beiden deutlich sehen. Orion lockerte den Griff um ihre Handgelenke, und Kellan massierte sie, während sie gleichzeitig versuchte, die Orientierung wiederzufinden. »Ich denke schon.« Vorsichtig erhob sie sich von ihrem Stuhl. Im Stehen schwankte sie noch ein wenig, ihr Körper kam ihr merkwürdig und fremd vor, aber das Gefühl wurde mit jedem Moment schwächer.

Midnight sammelte das abgelegte Elektrodennetz und Kellans Cyberdeck ein und verstaute beides in der Tasche neben dem Stuhl. »Hast du sie?«, fragte sie Kellan, die sie einen Moment lang verwirrt anstarrte.

»Die Datei«, beharrte Midnight. »Hast du sie?«

»Lass ihr etwas Zeit«, sagte Orion heftig, aber Midnight ließ Kellan nicht aus den Augen.

»Ja ja, ich habe sie.« Kellan bekam heftige Kopfschmerzen. »Was ist passiert?«

»Du hast um dich geschlagen«, antwortete Orion, »als ob dich etwas angreifen würde. Wir haben uns dann dazu entschlossen, dich rauszuholen, und den Stecker gezogen.«

Midnights Blick verriet, dass das eher Orions Entscheidung als ihre gewesen war.

»Danke. Das waren ICs ...«

»Mach dir jetzt keine Gedanken deswegen«, sagte Midnight forsch. »Die ICs haben möglicherweise einen Systemalarm ausgelöst. Wir müssen hier raus.«

»Aber wenn Alarm ausgelöst wurde ...«

Midnight brachte Orion mit einem giftigen Blick zum Schweigen.

»Ich habe mich darum gekümmert. Jetzt lasst uns gehen. Kellan?«

»Ja, mir geht's gut.« Sie konnte wieder gerade stehen, ohne zu schwanken.

Midnight nahm ein handtellergroßes Gerät aus ihrer Schultertasche und tippte auf eine Befehlstaste. Dann steckte sie es wieder weg und sah die anderen beiden an. »Geht langsam und benehmt euch unauffällig. Wenn der richtige Zeitpunkt kommt, geht einfach so schnell wie möglich raus.« Dann drehte sie sich um und führte sie aus dem Raum zurück zu dem Kontrollpunkt. Als sie ihn erreichten, war er nicht besetzt.

»Wo ist ...«, setzte Kellan an, doch bevor sie ihre Frage beenden konnte, hörten sie ein entferntes, dumpfes Geräusch. Der Boden unter ihnen bebte.

»Was zum Teufel ...«, rief Orion, als das schrille Jaulen eines Alarms aus dem Lautsprechersystem dröhnte.

»Jetzt«, befahl Midnight. »Lasst uns abhauen.«

Uniformierte Wachmänner rannten über die Hauptflure des Gebäudekomplexes, und die Angestellten von Telestrian sprangen zur Seite, um sie vorbeizulassen. Zu Kellans Überraschung griff Midnight einen der vorbeilaufenden Wachmänner am Arm, anstatt ihm aus dem Weg zu gehen.

»Was ist passiert?«, fragte sie mit besorgter Stimme. »War das eine Bombe?«

»Miss, ich muss Sie bitten, diesen Bereich *sofort* zu verlassen«, antwortete der Elf mit einer wie versteinert wirkenden Miene. »Verlassen Sie diesen Bereich zu Ihrer eigenen Sicherheit.« Dann drehte er sich um und beeilte sich, seine Kollegen einzuholen.

»Ihr habt den Mann gehört.« Midnight lächelte Kellan und Orion an. »Wir sollen den Bereich so schnell wie möglich verlassen.«

Sie wurden auch sonst von niemandem daran gehindert, das Gebäude mit einer Anzahl anderer Besucher und Angestellter zu verlassen, die sich draußen in das Gewühl stürzten. Kellan hörte die Sirenen der Fahrzeuge des Friedenskorps, die sich dem Habitat näherten. Auf der anderen Seite des Gebäudes stieg eine dunkle Rauchwolke in den Himmel.

»Geh weiter«, raunte Midnight Kellan zu, als sie sich umdrehte.

Die drei entfernten sich zügig vom Habitat und erreichten nach kurzer Zeit ihren einige Blocks entfernt stehenden Wagen. Midnight fädelte sich schnell in den Verkehr ein und brachte sie von der Arcologie zurück in ihren Unterschlupf.

»Was ist passiert?«, fragte Orion, sobald sie im Auto saßen und losgefahren waren.

»Eine Notfallmaßnahme. Eine kleine ferngezündete Sprengladung und ein vorher aufgenommener Drohanruf bei Telestrian. Rinelle bereitet dem Unternehmen tatsächlich größere Probleme.«

Kellan erinnerte sich, dass Orion das Wort auf dem Weg hierher erwähnt hatte. *Rinelle*, die Rebellen, die gegen die Tir-Regierung kämpften.

»Sie werden glauben, dass es noch eine zweite Bombe gibt«, vermutete Orion, und Midnight stimmte ihm zu.

»Oder mehrere. Sie werden das Gelände so weit wie möglich evakuieren, während sie danach suchen. Niemand wird sich in dieser Situation um einen unbedeutenden Alarm des

Computersystems kümmern. Wenn wir Glück haben, überschreibt dieser vorrangige Sicherheitsalarm die niedriger eingestufte Systemwarnung, und es dauert einige Zeit, bis sie den unbefugten Zugriff überhaupt entdecken.«

»Nett«, stellte er mit zufriedenem Gesichtsausdruck fest. »Sieht aus, als wären wir in Sicherheit.«

»Kellan, sobald wir zurück in unserem Zimmer sind, möchte ich, dass du die Datei auf Vollständigkeit überprüfst. Erst dann werde ich das Treffen mit unserem Auftraggeber vereinbaren, um das Geschäft abzuschließen.«

»Kein Problem. Also ... das war alles?«

»Fast, wir müssen nur noch den Handel zum Abschluss bringen und die Ware übergeben. Warum? Freust du dich darauf, noch mehr Zeit bei den Sehenswürdigkeiten von Tir Tairngire zu verbringen?«

Kellan schüttelte den Kopf. »Eigentlich nicht. Ich hoffe nur, dass sich alles etwas beruhigt hat, wenn ich wieder nach Hause komme.«

»Ich bin sicher, du wirst keinen Grund mehr zur Sorge haben«, antwortete Midnight.

Geschäft war Geschäft, fand Jackie. Sie trieb kein falsches Spiel mit jemandem, der nicht zuvor sie betrogen hatte. Sie hatte keine Verbindungen zu Toshiro Akimura und interessierte sich nicht dafür, was sich zwischen ihm und Cross Applied Technologies abspielte. Was der Cross-Konzern Akimura angetan hatte oder umgekehrt interessierte sie nicht, es sei denn, sie konnte Gewinn daraus schlagen. So lief eben das Geschäft in den Schatten. Es sah aus, als könne Jackie einen erklecklichen Gewinn aus der Information ziehen, die sie an Cross weitergegeben hatte. Warum also hatte sie ein schlechtes Gefühl bei der ganzen Sache?

Weil Akimura nicht der einzige Betroffene war, beantwortete sie sich die Frage selbst und trommelte dabei nervös mit den Fingern auf dem Schreibtisch. Egal was hier los war, egal was der Schieber vorhatte, es betraf Kellan und nun auch noch Lothan. Was, wenn einer der beiden ins Kreuzfeuer zwischen Cross und Akimura geriet?

Und was geschieht, wenn sich jemand als zweiter Zhade entpuppt?, fragte sich Jackie. Sie hatte schon einmal Informationen an Eve weitergegeben, die dazu geführt hatten, dass Kellan in einen Konflikt mit einem Giftschamanen geraten war, der versucht hatte, den ganzen Metroplex zu verseuchen. Jackie hätte versucht, den Schaden in Grenzen zu halten, aber Kellan war damit nicht einverstanden gewesen. Sie hatte sich entschlossen, den mit einem tödlichen Gift bewaffneten Schamanen zu verfolgen, um ihn außer Gefecht zu setzen.

Jackie kaute nervös auf ihrer Unterlippe herum. Ihre kleinen Geschäfte mit Eve waren immer fair abgelaufen, aber sie wusste, dass die Konzernfrau von Cross ehrgeizig war. Jeder in der Konzernwelt war ehrgeizig – vor allem in diesen Positionen –, ansonsten *bekamen* sie den Posten erst gar nicht. Eve betrachtete die Informationen über Akimura sicher als Gelegenheit, aber als Gelegenheit wofür?

Akimura schien wegen Kellan in Seattle zu sein, also wäre es Kellan vermutlich recht, wenn sich der Cross-Konzern entschloss, ihn außer Gefecht zu setzen. Problem gelöst. Aber nach allem, was Lothan ihr erzählt hatte, ging es um mehr als das. Akimura hatte Lothan versichert, nicht er verfolge Kellan, sondern jemand anders. Vielleicht log er, aber was, wenn nicht? Wenn eine dritte Partei – wie etwa Cross – eine heikle Situation heraufbeschwören wollte? Es sollte sie eigentlich nicht interessieren, sagte sie sich. Es war nur ein Geschäft, aber ...

»Ach, verdammt«, murmelte Jackie. Sie ließ sich auf den gepolsterten Drehstuhl fallen und legte sich das Cyberdeck auf den Schoß. Es gab nur einen Weg, die Wahrheit herauszufinden. Sie nahm das lose Ende des Glasfaserkabels, stöpselte es in die Buchse an ihrer Schläfe und schaltete das Deck ein.

Bereit oder nicht bereit, jetzt komme ich, dachte sie und drückte die GO-Taste.

Bei der Rückkehr in ihre Unterkunft fühlte sich Kellan schon wieder besser und hatte den schlimmsten Teil des Schocks überwunden. Sie klagte nur noch über leichte Kopfschmerzen und wurde ein Gefühl leichten Unbehagens nicht los. Abgesehen von ihrem kurzen Zusammenstoß mit der Sicherheitssoftware im Telestrian-Habitat war der ganze Run fast zu einfach gewesen. Vielleicht war das Midnights exakter Planung und ihren guten Kontakten innerhalb des Unternehmens zu verdanken. Sie konnte es einfach nicht sagen. Es war nur ein Gefühl, aber sie konnte es partout nicht abschütteln.

Sie fragte sich auch, was wohl in der Datei auf ihrem Cyberdeck schlummerte und warum sie so eine große Rolle im Machtkampf um die Führung von Telestrian Industries spielte. Was konnte so wertvoll an ihr sein? Wenn sie jemanden zu Fall bringen konnte, warum war sie dann nicht besser geschützt? Und warum lag sie in einem derart merkwürdigen Bereich des Systems?

In ihrem Zimmer angekommen, ließ sich Kellan dankbar auf ein Bett fallen, während Orion nach einer Flasche Wasser griff und Midnight ihre Jacke ablegte.

»Zieh deine Arbeitskleidung an«, forderte sie Kellan auf, »und brenn die Daten auf einen Chip. Ich vereinbare ein Treffen zur Übergabe der Ware.«

»Hey«, brummte Orion, »gib ihr eine Minute zum Ausruhen, okay?«

Midnight warf ihm einen missbilligenden Blick zu. »Mit jeder Minute hat Telestrian mehr Gelegenheit zum Eingreifen, und dadurch könnte das, was wir bekommen haben, an Wert verlieren. Je schneller wir die Ware übergeben und bezahlt werden, desto schneller können wir auch wieder verschwinden. Wir können uns ausruhen, wenn wir unser Geld haben, aber bis dahin ist der Job noch nicht gelaufen.«

»Ist schon okay«, sagte Kellan. Sie seufzte, erhob sich vom Bett, zog ihre Strickjacke aus und warf sie auf den Boden.

Orion schaute sie beunruhigt an. »Geht es dir gut?«, fragte er leise.

»Ja, sicher, ich bin nur etwas müde. Ich will das jetzt hinter mich bringen.«

Er nickte und machte sich daran, seine Sachen zusammenzupacken, während sich Kellan an den Tisch setzte, ihr Deck herausholte, das Elektrodennetz wieder über den Kopf zog und die Morningstar-Datei aufrief. Wie sie vermutet hatte, war sie nicht sehr groß, also handelte es sich wahrscheinlich um eine Textdatei, jedenfalls kein Video oder SimSinn, auch kein anderer komplizierter Daten-Typ, höchstens eine Grafik. Konnte es E-Mail oder andere Korrespondenz sein? Vielleicht.

Kellan warf einen Blick auf Midnight, die sich für das Treffen mit ihrem Auftraggeber umzog, dann gab sie ihrem Deck den Befehl, die Datei mit einem Entschlüsselungsprogramm zu bearbeiten.

Es dauerte nur einen Augenblick. Anscheinend war die Datenverschlüsselung ebenso alt wie die Datei. Kellan schaute auf das Datum – sie war an einem Tag vor etwa zwanzig Jahren zum letzten Mal bearbeitet worden! Und es war tatsächlich eine Art Textdokument. Mit einem Gedanken befahl Kellan dem Deck, die Datei zu öffnen, dann baute sie sich vor ihr in der Luft auf.

Projekt Morningstar, las sie, *Dr. Marc Theriault, ThD. Supervisor. Eine Studie über fortgeschrittene Anwendungen zur Beschwörung für ...*

»Wie läuft's?« Midnight legte ihr eine Hand auf die Schulter, und Kellan sprang vor Überraschung fast vom Stuhl. Ihr Kopf fuhr so abrupt herum, dass sich beinahe das Elektrodennetz gelöst hätte.

»Gut! Äh, gut«, antwortete sie, während sie versuchte, den leeren Speicherchip in das Laufwerk des Decks einzulegen. Mit einem Blinzeln schloss sie das Dokument und gab dann den Befehl, es auf den Chip zu kopieren.

»Gut, dann erledige ich jetzt den Anruf.« Midnight verließ mit dem Kom in der Hand den Raum, während Kellan den Chip aus dem Deck zog. Dann warf sie einen kurzen Blick auf die Tür, die sich hinter Midnight geschlossen hatte, und schob noch einen Chip in den Port. Orion kam zu ihr herüber und setzte sich ihr gegenüber.

»Und?«, fragte er leise und mit gerunzelter Stirn.

»Und was?«, antwortete Kellan, ohne von ihrer virtuellen Anzeige aufzuschauen.

»Was ist mit der Datei?«

Ohne Zögern gab Kellan zu, sie geöffnet zu haben. »Ich habe nur einen flüchtigen Blick darauf geworfen. Irgendwas über fortgeschrittene Anwendungen zur Beschwörung.«

»Also Geister und so Zeug?«

Sie zog den anderen Chip aus dem Port, setzte das Elektrodennetz ab und schaltete kopfschüttelnd das Deck aus. »Ja. Tatsache ist, ich weiß nicht, wie ›fortgeschritten‹ es sein kann. Die Datei ist ungefähr zwanzig Jahre alt, also müsste der Inhalt eigentlich längst überholt sein.«

Orions Augenbrauen ruckten in die Höhe. »Das hört sich für mich nicht so an, als könnte man mit dem Drek einen Gegner in der Firma in Verlegenheit bringen.«

Kellan fuhr sich achselzuckend durchs Haar. Sie verstaute das Cyberdeck wieder in der Tasche, griff nach ihrer Jacke mit dem ballistischen Futter und zog sie über. »Vielleicht sind da ein paar uralte Skelette im Schrank, die Papa Telestrian lieber tot und begraben sähe. Wer weiß?«

Orion schüttelte langsam den Kopf. »Ich möchte so schnell wie möglich von hier weg«, murmelte er.

»Ja, ich auch.« Sie betrachtete den Chip, dann drückte sie ihn Orion in die Hand.

»Was soll ich damit?«

»Als Versicherung. Ich weiß nicht, woran es liegt, aber ich finde diesen Ort gruselig. Ich bin nervös, seit wir Seattle verlassen haben.«

»Ich glaube nicht, dass es an Tir Tirngaire liegt«, antwortete der Elf. »Ich denke, es liegt an ...«

Midnight öffnete die Tür und kam rein, während sie ihr Telekom wegsteckte. Ihr dünnes Lächeln zeigte, dass sie überrascht war, Kellan und Orion nicht wie beim letzten Mal in heftiger Umarmung anzutreffen. Orion schob die Hand mit dem Chip in die Tasche, als Kellan Midnight kurz die Sicht auf ihn versperrte.

»Es geht los. Lass uns gehen, Kellan.«

»Was ist mit mir?«, fragte Orion, aber Midnight schüttelte den Kopf.

»Ich sollte allein kommen, aber ich konnte sie dazu überreden, dass wir zu zweit sein werden. Mehr war nicht drin.«

»Dann solltest du Orion mitnehmen«, sagte Kellan. »Er kann auf dich aufpassen.«

»Ich brauche dich für die magische und technische Unterstützung«, entgegnete Midnight.

»Geh ruhig mit«, redete Orion ihr gut zu, als Kellan widersprechen wollte. »Lass uns die Sache abschließen.«

Midnight nickte zustimmend. »Wir haben nicht viel Zeit, also sollten wir loslegen.«

Es war kein großes Problem, sich in Eves E-Mails zu hacken. Jackie kannte durch ihre lange Verbindung zu Cross einige Schwachstellen im System, obwohl sie bisher noch keinen Gebrauch davon gemacht hatte. Die Entschlüsselung der Korrespondenz nahm etwas mehr Zeit in Anspruch, aber es stellte sich heraus, dass sich der Aufwand gelohnt hatte.

»Drek«, murmelte die Deckerin, nachdem sie die Mails durchgelesen hatte. Es sah nicht gut aus. Nicht nur, dass Eve in den letzten Tagen öfter an die Konzernspitze geschrieben hatte als die meisten Angestellten in vergleichbarer Position im ganzen letzten Monat, sie hatte auch einen Flug nach Quebec gebucht, um an einer Besprechung der Konzernspitze teilzunehmen. Vor ihrer Ankunft dort hatte sie bereits eine E-Mail an ihre eigene Adresse in der Zentrale geschickt.

Sie hatte ein wenig Zeit gebraucht, um den Dateischutz zu knacken, aber nachdem sie es geschafft hatte, sah sie ihre Befürchtungen bestätigt. Die Datei enthielt alle Informationen, die Jackie Eve gegeben hatte, sowie Konzern-Interna, die Akimura als ehemaligen Seraphim-Agenten identifizierten. Sie hatte bisher nur von dieser streng geheimen Abteilung der Konzernsicherheit von Cross gehört: Profi-Agenten, Vollzeit-Runner, die für das Unternehmen arbeiteten. Allerdings wusste sie ganz genau, dass Megakonzerne wie Cross ihre Agenten, wenn überhaupt, nicht einfach so gehen ließen.

Die Datei enthielt einen Plan zur ›Bestrafung‹ Akimuras, in deren Zuge auch das ›unvollendete Projekt‹ in Tir Tairngire erledigt werden könne. *Also gibt es einen Zusammenhang,* dachte Jackie, während sie den Rest der Datei durchging. Ausgehend von der Grundüberlegung, dass eine nachträgliche Genehmigung leichter zu bekommen sein würde als eine Vorab-Erlaubnis, wollte Eve ihren Vorgesetzten das Ganze als *fait accompli* präsentieren. Wohl auch deshalb, um keinen Konkurrenten bei Cross die Lorbeeren für eine gelungene Aktion einheimsen zu lassen.

Kein Wunder, dass sich Eve benommen hat, als hätte ich ihr gerade den Fund des Jahres überreicht, dachte Jackie. Sie hatte Eves Reaktion unterschätzt und angenommen, Eve habe versucht, sich ihre leichte Erregung angesichts der Informationen über Akimura nicht anmerken zu lassen, aber das war stark untertrieben. Es sah mehr danach aus, als hätte sie vor Freude Rad schlagen können, als sie die Informationen von Jackie bekam. Es mochte der entscheidende Schub für ihre Karriere sein: einen abtrünnigen Konzernagenten zu Fall zu bringen, der sich viele Jahre lang der Vergeltung entzogen hatte, und dabei gleichzeitig noch den Schaden zu reparieren, der wohl im Zuge seines ›Ausscheidens‹ angerichtet worden war.

Normalerweise hätte sich Jackie nicht um Eves Pläne gekümmert, sondern höchstens das Gefühl gehabt, nicht genug Geld verlangt zu haben und ausgetrickst worden zu sein. Wenn Akimura einen Fehler gemacht hatte und Cross sich dann mit allem, was der Konzern hatte, auf ihn stürzte, gehörte das zum Leben in den Schatten. Aber Jackie hatte ein Problem mit den Implikationen der Datei, mit einigen Einzelheiten der geplanten Aktion und auch mit dem Schlusspunkt, der möglicherweise als dramatische Präsentation für die Firma geplant war.

Konzern-Aktiva sind bereits an Ort und Stelle, lautete der letzte Gliederungspunkt, *um unmittelbare Sanktionen einleiten und den Schauplatz säubern zu können.* Eve wollte ihren Chefs eine bereits auf Akimuras Kopf zielende Waffe reichen, damit diese nur noch abzudrücken oder ihr den Befehl dazu zu geben brauchten. Alles war vorbereitet, und Eves Einsatztrupp wartete nur noch auf das Startzeichen. Sie würden auch dafür sorgen, dass keine Zeugen und losen Enden übrig blieben, und das bedeutete ...

»Jeder in Akimuras Begleitung wird auch erledigt«, murmelte Jackie. »Drek.« Die Cross-Agenten würden zwar versuchen, die sogenannten ›Kollateralschäden‹ möglichst gering zu halten, aber sie würden keine Unterschiede machen – und alle Augenzeugen der Operation aus Sicherheitsgründen liquidieren.

»Drek«, wiederholte Jackie.

Akimura war eine wandelnde Zielscheibe, und jeder in seiner Umgebung würde ins Kreuzfeuer geraten. Einschließlich Lothan, G-Dogg und – falls sie sie fanden – auch Kellan und ihre Begleiter. Jackie hatte keine Möglichkeit, mit ihr in Verbindung zu treten, um sie zu warnen. Jede Kommunikation in der Matrix konnte belauscht werden, vor allem, wenn einer der Gesprächspartner bereits abgehört wurde. Falls Cross entschied, dass Jackie zu den losen Enden gehörte und kein Aktivposten mehr war, mochte sie sogar selbst als ›Kollateralschaden‹ enden. Nach allem, was sie wusste, war das Unternehmen bereits angelaufen und bedurfte nur noch der Absegnung seitens der Zentrale, um die letzten Schritte auszuführen. In Eves Datei stand nichts davon, das bedeutete aber nicht, dass es nicht zum Plan gehörte oder im Anschluss daran geplant war.

»Stellt sich also die Frage«, überlegte sie laut, während sie auf die Bilder auf der virtuellen Anzeige starrte, »kann ich irgendwas daran ändern?«

Es wurde bereits dunkel, als sich Kellan und Midnight in den Wagen setzten und losfuhren. Sie fragte Midnight nicht, wohin. Wahrscheinlich hätte sie es ihr sowieso nicht erzählt, und außerdem kannte Kellan Portland nicht, sodass eine Antwort ihr nichts genützt hätte. Sie konnte nur darauf vertrauen, dass Midnight wusste, wohin sie fuhr und was sie tat. Sie hoffte, damit würde dann alles erledigt und der Run unter Dach und Fach sein.

»Wenn wir da sind ...«, begann Midnight.

»Ja ich weiß, du übernimmst das Reden«, antwortete Kellan.

»Ich wollte dich eigentlich bitten, auf mögliche magische Schwierigkeiten zu achten. Das gehört nicht zu meinen Stärken.«

»Tut mir leid.«

»Mach dir keine Gedanken. Jetzt dauert es nicht mehr lange, dann ist alles erledigt.«

Sie bog zügig auf eine Hauptstraße ab und folgte ihr eine Weile. Die Verkehrsdichte nahm zu, war aber verglichen mit Seattle zur selben Tageszeit immer noch gering. *Vielleicht gibt es hier strengere Abgas-Normen,* vermutete Kellan.

Ein Knistern in dem winzigen Komlink in ihrem Ohr ließ sie aufhorchen und sich ein wenig gerader hinsetzen.

»Ich glaube, ich bekomme Gesellschaft«, sagte Orion. »Und es hört sich nicht nach Gästen an, die hier zu Abend essen wollen.«

»Verschwinde von dort«, sagte Midnight. Sie hatte den Ruf auch gehört. »Setz dich sofort ab.«

»Ohne Drek«, erwiderte Orion, »ich bin ...« Ein dumpfer Knall unterbrach die Übertragung, und der Rest von Orions Antwort ging in lautem Husten und Keuchen unter.

»Orion? Orion!« Kellan erhielt keine Antwort, sie hörte nur einen lauten Krach – danach war alles still.

»Orion!«, wiederholte sie.

»Kellan, hör auf«, befahl ihr Midnight. »Schalte den Link aus. Wir wollen nicht, dass jemand das Signal aufschnappt.«

Kellan drehte sich schockiert und entsetzt zu der anderen Frau um. »Was redest du da? Orion ist in Schwierigkeiten. Wir müssen zurück!«

Midnight zog nur eine Augenbraue hoch und sah sie bedauernd an. »Wir können nicht zurück«, sagte sie, als müsse sie einem Kind etwas erklären. »Wahrscheinlich wären wir ohnehin nicht rechtzeitig da, um noch etwas ausrichten zu können.«

»Ich könnte astral kundschaften ...«

Midnight schüttelte jedoch den Kopf und wechselte die Spur zur nächsten Ausfahrt. »Und was willst du machen, wenn du da bist? Du könntest keine Magie einsetzen, nur beobachten. Außerdem haben sie wahrscheinlich magische Rückendeckung.«

»Sie ... Telestrian?«

»Gut möglich. Du würdest dich nur selbst reinreiten.«

»Aber wie haben sie uns so schnell gefunden?«

Midnight zuckte nur die Achseln.

»Du hast gesagt, du hättest dich darum gekümmert!«

»Ich habe mich anscheinend geirrt«, gab sie mit kühler Gelassenheit zurück und bog von der Hauptstraße ab.

»Wir müssen aus der Stadt und aus Tir Tirngaire verschwinden. Der Handel ist geplatzt. Das Treffen könnte kompromittiert worden sein ...«

»Aber wir können nicht einfach verschwinden! Orion ...«

»Orion ist für sich selbst verantwortlich! Du kannst nichts für ihn tun! Eine Rückkehr wäre Selbstmord, und das weißt du auch, Kellan! Er kannte die Risiken, und ich glaube, er würde nicht wollen, dass du dein Leben für ihn wegwirfst.«

»Aber ...« Kellan blieben die Worte im Hals stecken. Midnight hatte recht. Orion würde nicht wollen, dass sie etwas Dummes tat, nur um ihm zu helfen. Er würde ihr das immer vorwerfen.

»Er ist tot, Kellan, du kannst ihm nicht helfen.« Das Bild aus ihrem Traum tauchte wieder vor ihr auf: Orions schlaffer, blutiger Körper in ihren Armen.

»Nein!«

»Du kannst ihm nicht helfen, Kellan. Löse dich von ihm ...« Es war Wirklichkeit, es war geschehen.

»Ich habe immer noch ein paar Kontakte«, sagte Midnight gerade. »Sie sollten in der Lage sein, einen sicheren Fluchtweg für uns zu finden, obwohl es nicht derselbe wie auf dem Hinweg sein kann.«

Kellan hörte ihr nicht zu. Sie sah auf die vorbeigleitenden, von der untergehenden Sonne dunkelrot beleuchteten Gebäude und Straßen der Stadt und wischte sich die Tränen weg – Tränen für alles, was wegen des Lebens in den Schatten ungesagt und ungetan geblieben war.

Kapitel 15

Orion hätte vor Wut auf die Wand einschlagen können, aber er wusste, dass es nichts bringen würde. Er wünschte, er hätte nur ein paar Minuten mehr Zeit gehabt, mit Kellan zu reden, ihr zu sagen, dass ... na ja, viele Dinge, aber hauptsächlich hatte er ihr etwas Bestimmtes sagen wollen. Er glaubte, dass es ihr nicht nur wegen Tir Tairngire oder dem Run kalt den Rücken hinuntergelaufen war, sondern auch wegen Midnight.

Orion vertraute ihr nicht, und er wusste nicht, warum Kellan es tat. Nein, das war nicht richtig – er hatte zumindest seine Vermutungen. Es war offensichtlich, dass Kellan Midnights Erfahrung und ihren Stil bewunderte. Sie wollte Midnights Anerkennung, wollte, dass jemand mit Klasse ihr sagte, sie mache ihre Sache gut. Diese Anerkennung bekam sie von jemandem wie Lothan ganz sicher nicht.

Kellan hatte ihm einmal erzählt, dass sie ihre Mutter niemals richtig kennengelernt hatte, also musste Midnight für sie so etwas wie die Mutter sein, die sie nie gehabt hatte. Und Kellan wollte ihrem Vorbild gerecht werden.

Orion schnaubte leise. *Schönes Vorbild,* dachte er. Er erinnerte sich noch gut an seine Anfänge bei den Ancients und was er von Typen wie Green Lucifer gehalten hatte, *Omaes*, die einen Raum im Moment ihres Eintretens *in Besitz nahmen.* Er hatte so sein wollen wie sie, wünschte sich ihren Respekt. Jetzt wollte er von Kellan respektiert werden, mehr als alles andere. Er wollte ...

Mit einem tiefen Seufzer stand Orion auf und tigerte wie ein gefangenes Tier durch den Raum, fuhr sich durchs Haar und öffnete den Pferdeschwanz. Er wünschte, dass dieser Run endlich vorbei wäre! Er wollte zehn Minuten mit Kellan allein sein, damit sie über das reden konnten, was zwischen ihnen passiert war. Er wollte sie Midnights ständiger Aufsicht entziehen, zumindest für einen kurzen Moment.

Er nahm seinen Komlink, setzte ihn sich aufs Ohr und erwog kurz, Kellan anzurufen, aber was sollte er sagen? Dass sie vorsichtig sein sollte? Das wusste sie bereits. Er drehte sich um und nahm sein Schwert vom Tisch. Vielleicht konnte ihn die Beschäftigung mit seinen Waffen für eine Weile auf andere Gedanken bringen ...

Ein Geräusch – oder korrekter, die Abwesenheit von Geräusch – ließ Orion aufmerken. Das beständige Hintergrundgeräusch der Restaurant-Aktivitäten war verstummt, und es war unnatürlich ruhig, wenn man bedachte, dass das Restaurant noch nicht geschlossen hatte und sowohl Gäste als auch Küchenangestellte da sein mussten. Orion hielt inne und lauschte angestrengt.

Zunächst hörte er gar nichts, dann schnappte er das Schlurfen schneller, knapper Bewegungen auf, die nicht allzu schwer einzuordnen waren. Er zog das Schwert aus der Scheide, griff nach seiner Pistole und aktivierte seinen Komlink.

»Ich glaube, ich bekomme Gesellschaft«, sagte Orion. »Und es hört sich nicht nach Gästen an, die hier zu Abend essen wollen.« Von der anderen Seite kam nur ein Knistern.

»Verschwinde von dort«, antwortete Midnight knapp. »Setz dich sofort ab.«

»Ohne Drek, ich bin ...« Er konnte den Satz nicht beenden, bevor etwas das Fenster durchschlug, auf den Boden des Zimmers fiel und eine Wolke aus weißem Rauch verströmte. Gas! Orion drehte den Kopf weg und hustete, als die beißenden Dämpfe ihm in die Augen stiegen und in Hals und Lunge brannten. Das gesplitterte Fenster kam als Fluchtweg nicht in Frage, also rannte er zur Tür, die er aber nicht mehr erreichte.

Ein gestiefelter Fuß trat die Tür ein, während rote Ziellaserstrahlen durch den mit Gas gefüllten Raum huschten.

Schwarze Gestalten mit Gasmasken, die ihren Gesichtern etwas Insektenhaftes verliehen, richteten ihre Gewehre auf ihn.

»Lass die Waffen fallen!«, rief eine elektronisch verzerrte Stimme unter einer der Masken. »Runter auf den Boden! Sofort!«

Orion zögerte nur einen Moment, bevor er hustend und halb erstickt vom Gas Schwert und Pistole auf den Boden fallen ließ. Er fiel auf die Knie, während sich eine der schwarzen Gestalten näherte, die den Raum methodisch absuchte.

»Orion? Orion!«, hörte er Kellans Stimme über Komlink.

Er versuchte, sie zu warnen, ihr zu sagen, was passierte, irgendwas, aber er konnte nur noch husten. Sein Instinkt ließ ihn in dem Augenblick hochschauen, als der Gewehrkolben herabsauste, ihn an der Schläfe traf und alles schwarz wurde.

Grobe Hände ohrfeigten Orion in den Wachzustand zurück. Undeutliche Stimmen fauchten ihn an.

»Avano! Avano, versoniel!«, rief jemand, als Orion die Augen öffnete. Der elfische Wachmann mit dem harten Blick sah ihn geringschätzig an und ließ ihn wieder auf das harte Bett zurücksinken, als er sicher war, dass Orion wach war. Es dauerte einen Moment, bis Orions Blick wieder klar wurde. Sein Hals fühlte sich an, als sei er von innen mit Stahlwolle abgerieben worden.

»Ni ... ni hengar Sperethiel«, krächzte er schließlich mühsam. *Ich spreche kein Elfisch.*

»Hurm«, schnaubte der Elf verächtlich, als wolle er sagen *Natürlich nicht.* »Steh auf«, sagte er dann.

»Wer sind Sie ...?« Der Elf langte nach vorn, griff mit beiden Händen nach Orions T-Shirt und zog ihn auf die Füße.

»Ich sagte, steh auf, *makkanagee!* Steh gefälligst gerade, wenn Respektspersonen mit dir reden, du Abschaum von der Straße.«

»Das reicht, Javin«, sagte eine andere Stimme, und Orion drehte sich zu der einzigen Tür des Raums um, durch die gerade zwei andere Personen eintraten. Beide waren Elfen, unterschieden sich aber in ihrer Kleidung und ihrem Benehmen sehr von Javin, der wie die Männer, die in ihren Unterschlupf eingedrungen waren, Drillichkleidung im Militärstil trug.

Die Neuankömmlinge waren ein Mann und eine Frau. Er trug einen Maßanzug mit Seidenkrawatte und ein waldgrünes Hemd. Das neo-keltische Muster auf der Krawatte war in Tir Tairngire gerade sehr beliebt. Alles an ihm – von der Kleidung und den ordentlich geschnittenen und frisierten blonden Haaren bis zu dem beherrschten Lächeln – wies ihn als Mann mit Macht und Einfluss aus.

Auch die Frau trug einen Anzug, aber statt eines Blazers oder einer Jacke hatte sie ein gewandartiges Kleidungsstück übergeworfen, dessen Säume und Nähte mit komplizierten, ineinander verflochtenen elfischen Schriftzeichen bestickt waren. *Eine Magierin,* dachte Orion, die Lohnmagierin eines Konzerns, die bei irgendwem auf der Lohnliste stand.

Ihn überlief ein Schauder. Der Run war aufgeflogen, und er war ein Gefangener. Jeder Runner wusste, dass er sein Leben riskierte, aber das war noch das geringste Übel. Der größte Albtraum für einen Runner war die Gefangenschaft, weil es sie offiziell gar nicht gab. Ihre Auftraggeber würden ihre Existenz verleugnen, und die Gesellschaft kümmerte sich nicht darum, was ihnen zustieß. Ein gefangener Runner konnte ohne Hoffnung auf Schonung oder Rettung verhört, gefoltert und getötet werden, wenn er keine Freunde in hohen Positionen oder mit der Bereitschaft hatte, selbst ihr Leben für ihn zu riskieren. *Bitte,* dachte Orion, *bitte lass Kel nicht so dumm sein, mir helfen zu wollen.*

»Es gibt keinen Grund, es unserem Gast ungemütlich zu machen«, sagte der andere Mann zu Javin, »wenn er sich nicht unkooperativ verhält.« Mit einer auffordernden Geste deutete er auf einen Tisch mit zwei Stühlen in der Mitte des Raums. »Bitte nehmen Sie doch Platz.«

Javin warf Orion praktisch auf den Stuhl, aber er ließ sich dankbar darauf fallen, während er sich zu orientieren versuchte. Der andere Mann setzte sich ihm gegenüber an den

Tisch, als hätten sie sich gerade zu einem netten Geschäftsessen getroffen.

»Wissen Sie, wer ich bin?«, fragte er Orion, der ihn eingehender betrachtete und versuchte, sich an die Unterlagen mit Hintergrundinformationen zu erinnern, die er mit Kellan und Midnight zur Vorbereitung des Runs durchgegangen war.

»Telestrian«, murmelte er. »James Telestrian.«

»Das ist richtig«, antwortete der Elf mit einem kurzen Nicken. »Wenn Sie das wissen, dann wissen Sie auch, wo Sie hier sind. Von wem wurden Sie beauftragt?«

»Ich weiß nicht, wovon Sie reden«, antwortete Orion.

Der Betäubungsschlagstock, den Javin ihm in die Rippen rammte, traf ihn vollkommen unvorbereitet. Orion schrie unvermittelt auf und kippte vom Stuhl, um sich auf dem Boden zu krümmen, als der elektrische Schlag durch seinen Körper zuckte und alle Nerven reizte. Er schnappte nach Luft, als die ärgsten Schmerzen abflauten und nur noch ein dumpfer Druck zurückblieb.

Telestrian schüttelte traurig den Kopf. »Ich habe Ihnen gesagt, dass es keinen Grund gibt, Ihnen Unannehmlichkeiten zu bereiten, es sei denn, Sie verhalten sich unkooperativ.« Er nickte Javin zu. Der Elf griff nach Orion, zog ihn hoch und ließ ihn dann wieder auf den Stuhl fallen, um danach einen Schritt zurückzutreten.

Telestrian schaute auf die gelangweilt wirkende Elfe, die näher bei der Tür stand.

»Nun?«, fragte er, aber sie zuckte nur kurz die Achseln.

»Er ist ein Ki-Adept«, verkündete sie, »aber ich sehe keine ätherischen Verbindungen zu etwas anderem außer diesem Schwert und auch keine bedeutenden mystischen Abwehrmaßnahmen.«

Telestrian drehte sich langsam wieder zu Orion um. »Wissen Sie, was das heißt?«

Orion schüttelte vorsichtig den Kopf.

»Miss Othorien hier ist eine Magierin mit nicht geringen

Fähigkeiten. Wenn ich sie darum bitte, kann sie direkt aus Ihrem Gehirn holen, was ich wissen möchte.«

Orion spürte, wie es ihn kalt überlief, was die Nachwirkungen von Javins Schlagstockattacke weiter abflauen ließ. Doch er zwang sich, nach außen ruhig zu bleiben.

»Warum haben Sie das dann noch nicht gemacht?«, fragte er.

»Weil dieser Vorgang nicht ... sehr angenehm ist«, erwiderte Telestrian. »Tatsächlich ist er schwierig und kann bleibende Schäden hinterlassen. Außerdem wollte ich sie von Miss Othorien überprüfen lassen, um sicherzugehen, dass Sie nicht über magische Schutzmaßnahmen verfügen. Ich würde es vorziehen, dies so einfach wie möglich zu gestalten, aber das hängt ganz von Ihnen ab.«

Orions Kopf sank nach vorn. Er schlang die Arme um die Brust und biss sich auf die Lippen. Er wusste nicht viel über Magie, nur, dass Telestrian wahrscheinlich recht hatte. Nicht einmal er konnte sich ewig gegen eine Magierin behaupten. Früher oder später würde sie seinen Widerstand brechen und sich alle gewünschten Informationen einfach holen. Er konnte sich nicht dagegen wehren. Langsam hob er den Kopf und begegnete Telestrians kühlem, direktem Blick.

»Fahr zur Hölle«, sagte er.

Javin machte Anstalten, wieder mit dem Schlagstock auf ihn loszugehen, und Orion spannte sich in Erwartung des Angriffs. Wenn er einen Kampf anzettelte, tötete Telestrians Muskelmann ihn vielleicht versehentlich oder fügte ihm zumindest so viel Schaden zu, dass die Magierin nichts mehr aus ihm herausholen konnte.

Orion wollte gerade angreifen, als eine kurze Melodie aus Telestrians Jacke ertönte und er die Hand hob, um Javin aufzuhalten. Orion hielt sich zurück, in der Hoffnung, dass sich ihm später noch eine bessere Gelegenheit für einen Kampf bieten würde. Telestrian zog ein Handy aus der Jackentasche und nahm den Anruf mit verärgert zusammengekniffenen Augen entgegen.

»Was ist los? Ich sagte doch, keine Unterbrechungen.« Er horchte einen Moment auf die Stimme am anderen Ende.

Orion konnte nicht hören, was Telestrians Gesprächspartner sagte, aber es schien das Interesse des Elfs zu wecken.

»Das will er wirklich?«, antwortete Telestrian ein wenig verwirrt. »In Ordnung, arrangieren Sie das. Ich bin gleich da.« Er steckte das Telefon wieder weg, stand auf, strich seine Jacke glatt und schaute Orion an. »Ich fürchte, wir müssen unser Gespräch ein wenig verschieben. Aber das gibt Ihnen Zeit, Ihre Antworten und Ihr Benehmen für unsere nächste Begegnung zu überdenken.« Er drehte sich um und ging, gefolgt von Miss Othorien und Javin. Der elfische Wachmann drehte sich beim Hinausgehen noch einmal zu Orion um und verzog den Mund zu einem hässlichen Grinsen. Orion zweifelte nicht daran, dass Javin ihn bei der ersten Gelegenheit töten und das auch genießen würde. Das wiederum erfüllte ihn mit einer gewissen absurden Hoffnung. Wenn er Javin provozieren konnte, hatte er eine Chance. Die Tür schloss sich hinter den dreien, wurde abgesperrt, und Orion war alleine.

Er ging zum Bett und ließ sich behutsam darauf nieder. Seine Seite schmerzte immer noch von der Begegnung mit dem Betäubungsschlagstock. Er musste sich ausruhen, um dem Kommenden mit ganzer Kraft begegnen zu können.

Bitte, dachte er noch einmal, *bitte lass Midnight Kellan von hier weg und zurück nach Seattle bringen.*

»Was ist, wenn sie nicht kommen?«, fragte Kellan.

»Sie werden kommen. Mach dir keine Sorgen«, antwortete Midnight ruhig.

Kellan verstummte wieder. Die Bemerkung fand sie fast komisch. Mach dir keine Sorgen? Natürlich nicht, warum hätte sie sich auch Sorgen machen sollen? Sie saßen nur in einem fremden Land fest, einer der mächtigsten einheimischen Konzerne stand ihnen auf den Füßen und sie wussten keinen sicheren Weg, um aus der Stadt und zurück nach Seattle zu kommen, wo sie es möglicherweise mit einem gleichermaßen erzürnten Schieber zu tun bekamen, wenn sich die Lage noch nicht beruhigt hatte. Und Orion ...

Kellan schluckte Tränen der Enttäuschung herunter. *Nicht jetzt,* dachte sie. Sie durfte nicht an Orion denken, ansonsten würde sie zu nichts Sinnvollem mehr fähig sein. Immer wieder fragte sie sich, was mit ihm geschehen war. Midnight hatte recht, sie mussten ihn zurücklassen. Wenn Telestrian Industries ihren Unterschlupf überfallen hatte, konnten sie ihm nicht mehr helfen. Trotzdem, sie wurde das Gefühl nicht los, ihn im Stich gelassen und seinem Schicksal ausgeliefert zu haben, um selbst fliehen zu können. Jetzt war er Gefangener des Konzerns, wenn sie ihn nicht direkt ...

Hör auf damit, sagte sie sich. *Hör jetzt auf.* Sie blinzelte und fuhr sich mit dem Ärmel über die Augen, als Midnight gerade einen Blick aus dem Fenster des kleinen, sehr abgelegenen Soya Shack warf, in dem sie saßen.

»Da sind sie«, sagte sie leise und tippte Kellan auf den Arm. Kellan sammelte ihre Habseligkeiten auf, dann folgte sie Midnight aus dem Laden.

Die Frau, mit der sie sich nördlich des Flusses getroffen hatten, wartete auf dem Parkplatz und schien gerade einen Anruf aus einer der öffentlichen Telekomzellen zu machen. Sie sah Midnight und Kellan an, als sie an ihr vorbeigingen, gab aber nicht zu erkennen, dass man sich kannte. Midnight führte Kellan von den Lichtquellen am Parkplatz weg in eine dunklere Ecke ein Stück weiter die Straße entlang. Die Elfe folgte ihnen kurz darauf.

»Anscheinend waren unsere Kreds gut«, stellte Midnight leise fest, und die Frau lächelte ohne ein Fünkchen Humor.

»Gut genug«, entgegnete sie.

»Ich kann mehr besorgen.«

»Hier entlang«, wies die *Rinelle* sie an und ging vor ihnen die Straße entlang.

Midnight schloss sich ihr an, Kellan blieb dicht hinter ihr.

»Wohin bringen Sie uns?«, fragte Midnight. »Ich muss wissen, wo Sie uns draußen absetzen.«

»In der Nähe der Vierundachtzig, alles ist bereits in die Wege geleitet«, antwortete die Frau, und Midnight nickte, da sie die Antwort offenbar zufriedenstellte.

Kellan schaute auf die Mauer, die immer höher vor ihnen aufragte, je weiter sie nach Osten gingen. Sie waren nur noch ein paar Blocks entfernt. Die Rebellin brachte sie zu einem abgelegenen Platz zwischen zwei dunklen Gebäuderuinen. Es sah aus, als sei das, was hier gestanden hatte, erst kürzlich demoliert worden. Übrig geblieben waren nur verstreute Steine und zerbrochenes Glas. Zwei dunkle Gestalten traten aus dem Dunkel.

»Ihr kennt das Verfahren«, sagte die Frau, während sie Kellan ein dunkles Stück Stoff reichte, die es nahm und sich damit die Augen verband. Ihnen blieb jetzt nichts anderes mehr übrig, als ihr Schicksal Fremden anzuvertrauen und darauf zu hoffen, die Nacht zu überstehen.

Orion setzte sich rasch auf, als er das Geräusch vor der Tür hörte. Das Stechen in seiner Seite ließ es ihn sofort bereuen. Es wurde aufgeschlossen, und Javin, der elfische Knochenbrecher, betrat das Zimmer mit demselben selbstgefälligen, verächtlichen Gesichtsausdruck wie zuvor. Orion hatte Telestrians bevorzugte Magierin bei ihm erwartet, aber Miss Othorien war nicht zugegen. Javin war allein und richtete eine kurzläufige Automatikpistole auf Orion.

»Steh auf.« Orion schwang langsam die Beine herum und stand auf. Javin trat aus der Türöffnung und winkte ihn mit der Pistole durch, ohne Orion auch nur einen Sekundenbruchteil aus den Augen zu lassen. Orion zögerte ein wenig und überlegte dabei krampfhaft. War Telestrians Muskelmann hier, um ihn zum nächsten Verhör zu bringen, oder hatte die Konzernleitung entschieden, dass Orion die Mühe nicht wert war? Er schätzte die Entfernung zu Javin und fragte sich, ob er es schaffen konnte.

»Nur zu«, sagte der andere Elf gemächlich. »Versuch's doch.«

Javin lächelte dünn, und Orion sah, dass er die Waffe ganz

ruhig hielt. Er wollte es. Er hoffte, dass Orion einen Versuch starten und ihm einen Vorwand liefern würde. Das war Grund genug, es im Moment nicht zu tun.

Er ging zur Tür und betrat den Flur. Er war so unauffällig, dass er in jedes Konzerngebäude der Welt gepasst hätte, aber Orion vermutete, dass er sich im Telestrian-Habitat befand. Tatsächlich sagte ihm das nicht viel, denn das Habitat hatte die Größe einer Kleinstadt. Javin führte ihn durch den Flur zu einem Aufzug, den er durch Einführen eines Kontrollstabs öffnete. Innen waren nicht die üblichen Drucktasten angebracht, sondern nur ein weiterer Port, in den der Elf seinen Stab schob.

Zumindest geht es nicht nach unten, dachte Orion. Wenn Javin ihn hätte beseitigen sollen, hätte er ihn dazu nicht nach oben gebracht, sondern nach unten in den Keller oder nach draußen. Orion schaute auf die Anzeige und schätzte, dass sie sich nun in den oberen Etagen des Habitats befanden. Nicht viele Gebäude in Portland konnten mehr als hundertzwanzig Stockwerke haben.

Die Aufzugtüren öffneten sich in einen Korridor, der mit wundervollem poliertem Eichenholz verkleidet war. Orion war fast sicher, dass all das echt war, obwohl er in seinem Leben bisher kaum etwas anderes als künstliches Holz und Plastik zu Gesicht bekommen hatte. Der Teppich hatte einen satten dunkelgrünen Farbton, und ein schwacher Geruch lag in der Luft, der Orion überraschend anheimelnd und vertraut vorkam, obwohl er ihn nie zuvor wahrgenommen hatte. Er glich dem Geruch des Waldes, war aber auf eine Weise voller und kräftiger, die er nicht erklären konnte.

Javin gestikulierte mit seiner Pistole, und Orion folgte ihm aus dem Aufzug und durch den Korridor. Sie blieben vor einer Doppeltür stehen. Der Konzernmann befahl Orion zu warten und klopfte an.

»Herein«, kam Telestrians Stimme von der anderen Seite. Javin öffnete die Tür für Orion, winkte ihn herein und folgte ihm dann.

Das Büro bot eine spektakuläre Aussicht – nicht über die Stadt, sondern auf den privaten Grundbesitz des elfischen Hochadels in Richtung Westen. Durch die hohen Fenster konnte Orion über die Portland-Mauer bis zu den in der Ferne funkelnden Lichtern von Royal Hill blicken. Bei diesem Ausblick auf die Silhouetten der Schlösser und Villen im Schutz des urzeitlichen Waldes unter dem silbernen Mond und dem Sternenhimmel konnte er fast an die Märchen vom ›Elfenland der Verheißung‹ glauben. Dort lag das Tir Tirngaire, wie die Leute es sich vorstellten, jenseits der Mauer und vor den Übergriffen aus der Stadt geschützt, die eigentlich nicht zu ihrer Welt gehören sollte.

Telestrian saß hinter einem edlen Schreibtisch, deren schmückende Schnitzereien Eichen- und Efeumotive darstellten. Er wirkte so ruhig und gelassen wie zuvor. Orions Aufmerksamkeit wurde auf die anderen Personen im Zimmer gelenkt, insbesondere auf einen Mann, der die anderen überragte.

»Lothan?«, fragte Orion ungläubig. »Was um alles in der Welt ...?«

»Orion«, antwortete er. »Ich bin froh, dich zu sehen, aber wir haben nicht viel Zeit.« Er deutete mit einem Kopfnicken auf den dunkel gekleideten Asiaten an seiner Seite. »Das ist Toshiro Akimura. Er hat dir etwas zu sagen, aber zuerst müssen wir alles erfahren, was du über Midnights Aktivitäten weißt.«

Orions Blick wanderte von Akimura zu Telestrian und zurück zu Lothan und G-Dogg direkt hinter dem Troll, während er versuchte, Lothans Worte zu verarbeiten. War das hier Wirklichkeit? War das eine neue Verhörtechnik, ein Trick, um ihm zu entlocken, was er wusste?

»Javin«, sagte Telestrian. »Warten Sie draußen.« Mit einem knappen Nicken und einem kurzen Blick auf Orion verließ der Sicherheitsmann den Raum. Plötzlich war keine Waffe mehr auf seinen Rücken gerichtet.

»Orion«, wiederholte Lothan beharrlich. »Wo ist Midnight?«

»Ich weiß nicht«, antwortete er. »Sie hat sich mit Kellan abgesetzt.« Den Blicken der anderen konnte er entnehmen, dass dies die Antwort war, vor der sich alle gefürchtet hatten.

»Wir müssen sie finden«, sagte Akimura mit einem Blick in die Runde. »Midnight hat alle reingelegt und will jetzt zu Ende bringen, was sie vor zwanzig Jahren begann, als sie mich und Kellans Eltern verraten und verkauft hat.«

Kapitel 16

Das Hauptsystem von Cross Applied Technologies befand sich im unabhängigen Staat Quebec, aber Entfernung war in der virtuellen Welt der Matrix kein wesentlicher Faktor. Während Eve in einem Flugzeug Richtung Konzernzentrale saß, stand Jackie einen Augenblick später vor dem Zentralrechner des Konzerns.

Die kastenartigen weißen Türme ragten hoch in die virtuelle Welt und wirkten durch die Lichter auf ihren Spitzen wie Leuchttürme. Ein fast konstanter Verkehr floss in beiden Richtungen durch die massiven Doppeltüren im Erdgeschoss des höchsten Turms, dem Zugang zum Cross-System.

Über der Tür war ein wundervolles lebensgroßes Relief eines Engels mit gebeugtem Kopf und gefiederten Flügeln in den Marmor des Turms gemeißelt. Ein weißes Kleid hüllte ihn ein. Seine Hände lagen auf dem Griff eines Schwerts, das bis zu seinen Füßen reichte. Obwohl er nur wie eine besonders gelungene grafische Darstellung aussah, war für Jackies geübte Augen schnell klar, dass das Relief eine Darstellung der ersten Hürde war, die es zu überwinden galt: ein Wächterprogramm, das den Systemzugang vor Eindringlingen schützen sollte. Der Steinengel sah mit seinen geschlossenen Augen zwar leblos aus, doch Jackie wusste, dass er in Wirklichkeit sorgfältig und pausenlos alles und jeden überwachte, der auf das System zugreifen wollte.

Die Deckerin zog einen schimmernden Mantel aus einer Tasche. Es war schwierig, direkt auf das silbrige fließende Material zu schauen, weil es die Umgebung widerzuspiegeln schien. Jackie hängte ihrer Persona den Mantel um und zog sich die Kapuze über den Kopf, was ihre Entsprechung in der Matrix unsichtbar werden ließ, da sie sich perfekt dem Hintergrund der Systemumgebung anpasste. Derart getarnt näherte sie sich dem Zugang, ließ das Schutzprogramm dabei aber nicht aus den Augen.

Der Datenverkehr floss mit hohem Tempo in beide Richtungen. Jackie fädelte sich in der Hoffnung ein, dass sie darin besser verborgen bliebe. Sie war aufmerksam und richtete sich darauf ein, Schwierigkeiten zu bekommen. Der Steinengel rührte sich nicht im Geringsten, als sie den Eingang in den Zentralrechner des Cross-Konzerns unter ihm passierte.

Das war Schritt eins, dachte Jackie mit einem Seufzer der Erleichterung. Es gab aber immer noch genug Gelegenheiten, erwischt zu werden – je länger sie sich im System aufhielt, desto größer wurde die Gefahr, dass ihr unbefugtes Eindringen entdeckt wurde und sie mit Reaktionen rechnen musste. Daher musste sie nicht nur raffiniert vorgehen, sondern sich auch beeilen.

Hinter der Haupttür lag ein großer runder Saal. Pfeiler stützten viele Balkonreihen, die bis an das massive Kuppeldach hoch über ihr reichten. Auf einer Seite gab es ein fantastisches Wandgemälde, nach Jackies Meinung eventuell die Reproduktion eines Werks von Michelangelo oder da Vinci, genau wusste sie es nicht. Zwischen den Balkonen liefen überall Gestalten hin und her, die etwas aus einem der Regale mit den vielen kleinen wabenförmigen Fächern holten – Speicherplätze für Informationen – oder zu den Durchgängen zu anderen Systembereichen unterwegs waren.

Der Boden bestand aus verschiedenfarbigem Marmor mit dem Kreuz-im-Kreis-Logo des Konzerns als goldener Intarsie. Korridore führten aus dem Saal in alle Richtungen in die anderen Systembereiche. Jackie verließ den Verkehrsstrom, um sich einer rechteckigen Steinplatte an einer Wand zu nähern, einem Verzeichnis der Systemknoten für die Besucher.

In der realen Welt flogen Jackies Finger über die Tasten ihres Cyberdecks, dessen Schnittstelle ihre Gedanken und Makrobefehle in Aktionen in der virtuellen Welt übersetzte. Vor der Platte winkte ihre Persona wie ein Magier mit der Hand, um das Suchprogramm zu starten.

Als die fein gravierten Zeichen der Nachricht KEIN ERGEBNIS für einen Moment im Zentrum der Platte auftauchten, war Jackie überrascht. Das Verzeichnis reichte bis in die höchste Ebene der öffentlich zugänglichen Dateien, sodass die gesuchte offenbar tiefer lag, verborgen unter zusätzlichen Schutzmaßnahmen. *Oder auch höher,* dachte sie und schaute nachdenklich zu den oberen Etagen des Saals empor. Sie wandte sich ab und ging zur Treppe neben dem Eingang.

Am Fuß der Wendeltreppe ging Jackie an den beiden seitlich angebrachten Wandvertiefungen vorbei, die jeweils eine Statue enthielten. Man hatte den Eindruck, sie seien in tiefe Meditation oder ins Gebet versunken, aber ihr Blick war auf die Treppe gerichtet, und Jackie war sicher, dass ihre virtuellen Augen jeden ihrer Schritte beobachteten. Auch auf ihrem Weg durch die einzelnen Etagen nach oben verfolgten sie die Augen beständig. Sie hüllte sich enger in den Kapuzenmantel um ihre Persona und verließ sich darauf, dass das Maskenprogramm ihre Anwesenheit noch etwas länger verbergen konnte.

In der vierten Etage verließ sie die Treppe und eilte durch einen langen Flur, von dem auf beiden Seiten kleine Räume wie Mönchszellen und Schreibstuben abgingen. In einigen waren Gestalten in langen Gewändern damit beschäftigt, Manuskripte sorgfältig abzulichten – Verkörperungen der Datenverwaltung und Speichersysteme. Sie blieb vor einem dicken Buch auf einem Lesepult stehen und strich mit einem dünnen, silbrigen Stab darüber. In einer Wolke aus glitzerndem Feenstaub öffnete sich das Buch, und die Seiten wurden umgeschlagen wie von einer unsichtbaren Brise, um auf einer bestimmten Seite innezuhalten. Jackie fuhr mit dem Finger von oben nach unten über die Seite, bis sie die gesuchte Stelle gefunden hatte.

Danach ging sie ohne weitere Verzögerung weiter durch den Korridor und wäre beinahe mit einer männlichen Gestalt zusammengestoßen, die sich ihr in den Weg stellte. Der Mann trug eine Kapuze, sodass seine Gesichtzüge vollkommen im Schatten lagen. Der Wappenrock über seinem Gewand trug das Cross-Logo. Jackie blieb genau vor ihm stehen.

»Passwort«, sagte die Gestalt mit tiefer und unbewegter Stimme. Schützendes Ice, das die Personalakten bewachte. Jackies Persona griff unter ihren Mantel und zog eine Schriftrolle hervor, um sie dem Wachposten zu überreichen. Er nahm sie mit seiner flachen, schwarzen Hand, die aussah wie ein lebender Schatten, und entrollte das Dokument. Ein winziger orangeroter Punkt erschien in der Mitte, breitete sich aus und fraß sich durch das Papier, sodass nur verkohlte schwarze Asche übrig blieb. Es dauerte nur einen Augenblick, bis die Schriftrolle verschwunden war.

»Passwort«, wiederholte die Gestalt mit herabsinkenden Armen.

Verdammt!, dachte Jackie. Ihre Schwindel-Utility hatte den Passwortschutz des Verzeichnisses nicht überlisten können. Wahrscheinlich hatte der Cross-Konzern eine neue Version im Einsatz. Das erforderte direktere Methoden. Schnell rief Jackie das Programm auf, und ihre Finger flogen über die Tastatur und tippten Befehle in das Cyberdeck, als erschaffe ein Komponist eine neue Melodie. Mit den Erfahrungen der Reaktion auf ihren ersten Versuch stellte sie die Parameter des Programms neu ein, während das Ice auf Antwort wartete.

Nach einem kurzen Augenblick überreichte ihre Persona dem Wachposten eine weitere Rolle mit feiner Schönschrift, der sie kommentarlos entrollte. Eine kleine Pause trat ein, in der Jackie nicht zu atmen wagte.

Drek! Ein weiteres kleines Feuer zerstörte die Rolle, der Wächter blieb ungerührt.

»Passwort«, forderte er erneut.

Jackie wusste, dass die nächste Prüfung noch genauer ausfallen würde und es nur eine Frage der Zeit war, bis er sich entschied, ihre Zugangsberechtigung mit ernsthafteren Mitteln zu prüfen. Sie hatte zu wenig Zeit.

Kellan schwebte, umgeben von Licht. Es war das friedlichste und ruhigste Gefühl, an das sie sich erinnern konnte. Es war wie ein Nacherleben der Erfahrung, sicher und warm in den Armen ihrer Mutter zu liegen.

Meine Mutter, dachte sie, *wer war sie?*

Eine wunderschöne Frau, flüsterte eine Stimme in ihrem Kopf, *so kämpferisch und leidenschaftlich und so arglos gegenüber der Kraft der Liebe.*

Wer ist da?, fragte sich Kellan.

Ich bin es, sagte die Stimme. *Ich bin schon lange da, Kellan, eigentlich schon immer da gewesen.*

Wer bist du?

Plötzlich hatte sie das Gefühl zu fallen. Mit aller Macht schien die Schwerkraft sie in die Tiefe zu ziehen, sodass sie beim Fall in die dunkle Leere laut aufschrie. Das warme und beruhigende Licht wich der Dunkelheit – kalter, harter und unversöhnlicher Materie. Der Lichtschein ringsumher war nur noch ein Glimmen, das düstere Schatten auf die Steinwände warf.

Das Licht beschien das Gesicht und die Gestalt eines Mannes, eines Elfs. Er stand vor ihr, bekleidet mit Jeans, Wanderstiefeln und einer dunklen Jacke, über der er aber ein offenes Gewand ähnlich demjenigen Lothans trug, das mit eleganten elfischen Buchstaben in Silberfaden bestickt war. Sein honigfarbenes Haar war lang, wie Orion und die anderen ihr bekannten Elfen es trugen, und sein Gesicht kam ihr merkwürdig bekannt vor, obwohl sie sicher war, ihn noch nie zuvor gesehen zu haben. Er streckte ihr eine Hand entgegen, deren Finger abwehrend gespreizt waren.

»Halt«, skandierte er. »Durch die Kraft dieses Kreises bist du gebunden, mit der Kraft deines Namens beherrsche ich dich, durch die Rituale und die Macht der Elemente gebiete ich dir, jetzt zu bekunden, meinen Willen anzuerkennen.«

Kellan hatte das Gefühl, durch ein schweres Gewicht heruntergedrückt zu werden. Sie versuchte sich zu bewegen, zu sprechen, doch es war, als hätten sich unsichtbare Hände über ihren Mund gelegt, die sie stumm machten und sich ihrer Gegenwehr widersetzten. Sie sah Schatten, die sich hinter dem Elf in der Dunkelheit bewegten, als er in eine Tasche seines Mantels griff und etwas herauszog, das er fest umklammert hielt.

»Als Zeichen deines Gehorsams lege dein Leben in diesen Stein«, sagte er und öffnete die Faust.

Ein ihr bekanntes Amulett fiel heraus, das an einer im Licht funkelnden Kette baumelte. Der Jadestein schien von innen heraus zu leuchten. Kellan erkannte den Torques.

Es war, als zerre der grüne Stein an ihrem Herzen und ihrer Seele. Kellan konnte sie als glühende Nebelschwaden durch die Luft wirbeln sehen. Sie wurden in den Stein gesogen wie Rauch, bis die Jade von innen glühte.

»Damit bist du gebunden«, intonierte der Elf, »und das wird so bleiben, bis du befreit wirst.«

Sie spürte Kälte und Müdigkeit in sich aufsteigen, und ihre Gegenwehr wurde schwächer. Dann sah sie wieder Schatten, die sich am Rande des Lichtscheins bewegten. Eine dunkle Gestalt schien hervorzutreten. Sie war in hautenges dunkles Leder gehüllt, und eine zierliche Hand hob eine kleine, in der Dämmerung kaum auszumachende Pistole, auf deren Lauf ein Schalldämpfer geschraubt war.

Pass auf!, dachte Kellan, aber sie konnte nicht sprechen. Ein Teil von ihr fragte sich, ob sie überhaupt eine Warnung äußern sollte. Die Waffe wurde abgefeuert: ein Mal, zwei Mal – der Elf zuckte krampfhaft, als die Kugeln ihn in den Rücken trafen. Er konnte sich nicht einmal mehr umdrehen, sondern fiel zu Boden. Die schwarz gekleidete Gestalt zögerte keine Sekunde, sondern kniete sich neben ihn und hob das

Jadeamulett auf, das seinen leblosen Fingern entglitten war. Dabei wurde ihr Gesicht enthüllt.

Midnight.

Sie schauten einander nur für einen Moment an. Dann drehte sie sich um, rannte aus dem Licht und tauchte im Schatten unter.

»Aerwin! Marc!«, hörte Kellan eine Stimme in der Ferne rufen.

Aus der Dunkelheit tauchte eine Frau auf, die funktionelle Straßenkleidung und eine enge Jacke aus schwarzem Kunstleder trug. Ihr Haar war kurz geschnitten, das Gesicht glich einer Maske aus Sorge und Angst. In einer Hand hielt sie eine Automatik-Pistole. Sie ließ sich auf die Knie fallen, und ihre Finger suchten am Hals des Elfs nach dessen Puls.

»Marc ...«, flüsterte sie, während sie ihn umdrehte. »O mein Gott ...«

Sein Blut sammelte sich schon auf dem Steinboden, der dunkle Stoff seiner Jacke und seines Mantels saugten es auf. Die Frau unterdrückte ein Schluchzen und legte seinen Kopf in ihre Armbeuge, während sie ihm mit der freien Hand über den Nacken strich. Sie suchte nach einem Lebenszeichen, auch in seinen Augen, in denen immer noch der Schock und die Überraschung standen. Tränen liefen ihr jetzt unaufhaltsam über die Wangen, bis sie auf sein Gesicht tropften.

Dann beugte sie sich hinunter und küsste ihn zärtlich auf die Lippen, legte ihn zurück auf den Steinboden und schloss ihm die Augen. Mit einem Ausdruck zorniger Entschlossenheit stand sie auf und ging den Weg zurück, den sie gekommen war.

»Warte!«, rief Kellan. »Geh nicht. Lass mich nicht hier zurück!«

Aber die Frau achtete nicht auf sie. Entweder hatte sie die Worte nicht gehört, oder sie kümmerte sich einfach nicht darum, denn sie lief weg und verschwand in der Dunkelheit. Kellan blieb mit der stummen, leblosen Gestalt des Elfs auf dem Steinboden zurück.

»Nein!«, rief Kellan, während sie sich gegen die Fesseln wehrte, die sie festhielten. Dann öffnete sie plötzlich die Augen.

»Bleib locker, wir sind draußen«, hörte sie eine bekannte Stimme neben sich, während sie sich mit einer Hand den schmerzenden Kopf rieb und versuchte, das Gleichgewicht wiederzufinden.

Sie saß auf dem Beifahrersitz eines Wagens mit getönten Scheiben, in dessen Scheinwerferlicht die Schnellstraße vorbeiraste, die auf beiden Seiten von dicken Bäumen umgeben war. In der Ferne waren Berge zu sehen, schwarze Formen, die sich – beleuchtet von den Sternen und dem Vollmond – vom pechschwarzen Hintergrund des Nachthimmels abhoben. Das leise Motorengeräusch und die gleichmäßige Bewegung des Wagens waren beruhigend.

»Alles in Ordnung?«, fragte Midnight auf dem Fahrersitz. Sie fuhr entspannt, eine Hand am Lenkrad, den Blick auf die Straße gerichtet.

»Uuhh, ich glaube schon«, erwiderte Kellan, die sich immer noch den Kopf rieb. »Was ist passiert?«

»Du erinnerst dich nicht?«

»Nein. Ich erinnere mich daran, die *Rinelle* in Portland getroffen zu haben ... Was ist dann passiert?«

»Sie haben dir ein Beruhigungsmittel gegeben.«

Kellan konnte sich vage daran erinnern, mit dem Tuch vor den Augen herumgeführt worden zu sein. Die unangenehm feuchten Gerüche des Untergrunds und des Rosts stiegen ihr erneut in die Nase. Sie erinnerte sich auch wieder an die kurze Berührung eines Beruhigungspflasters im Nacken und an dessen warme Inhaltsstoffe, die sofort von ihrem Blut aufgenommen wurden, bevor sie sich wehren konnte, und wie ihr schwarz vor Augen geworden war.

»Warum?«, fragte sie.

Die Elfe zuckte die Achseln. »Sie haben dich als Magierin identifiziert«, antwortete sie. »Sie sagten, es sei die einzige Möglichkeit, zu garantieren, dass ihre Sicherheit nicht kompromittiert wird.«

»Ich kann mich nicht daran erinnern«, murmelte Kellan. »Muss ein starkes Zeug gewesen sein.«

»Ich habe ehrlich gesagt nicht damit gerechnet, dass du so schnell wieder aufwachen würdest.«

Kellan seufzte. »Ich hatte einen furchtbaren Traum. Wirklich eigenartig.«

»Worum ging es?«

Bevor sie richtig darüber nachdenken konnte, erzählte sie den Traum, bis sie zu der Stelle gelangte, als sie die Frau erkannt hatte, die dem Elf in den Rücken geschossen und ihm das Amulett abgenommen hatte.

»Echt, und was ist dann passiert?«, wollte Midnight wissen.

»Ich ... möchte lieber nicht darüber reden«, murmelte Kellan. »Wo sind wir eigentlich?« Sie schaute nach draußen auf die vorbeifliegende Landschaft, aber ihr kam nichts bekannt vor.

»Ein gutes Stück von Portland entfernt.«

»Schon auf Salish-Gebiet?«

»Nein, noch in Tir Tairngire.«

»Wie lange war ich weggetreten?« Kellan schaute auf die Digitaluhr des Wagens. Sie zeigte nach Mitternacht an.

»Über eine Stunde.«

»Und wir sind immer noch in Tir?«

»Ja«, antwortete Midnight. Warum hatten sie das Elfen-Territorium noch nicht verlassen? Die Grenze zum Salish Sidhe Council lag genau auf der anderen Seite des Flusses nahe Portland. Selbst wenn sie die Stadt auf der Ostseite verlassen hatten – warum waren sie nicht auf dem schnellsten Weg nach Norden gefahren und hatten das Land verlassen?

»Warum werden wir langsamer?«, fragte Kellan, als Midnight auf die Bremse trat. Sie verließ die Straße, fuhr auf einen Rastplatz und hielt auf einem der freien Parkplätze.

»Wir sind da«, verkündete Midnight. »Steig aus, und zwar langsam.«

Erst jetzt bemerkte Kellan die Waffe in Midnights anderer Hand, die direkt auf ihre Brust zielte.

Kapitel 17

»Kellans Eltern?«, fragte Orion.

Akimura nickte. »Zumindest dieser Teil von Midnights Erzählungen entspricht der Wahrheit. Kellans Mutter war als Runnerin namens Mustang in Seattle tätig. Midnight hat Kellan aber nicht erzählt, dass Mustang in Wirklichkeit für den Cross-Konzern gearbeitet hat und ich ihr Partner war.

Wir haben mit unseren Beziehungen verdeckt in den Schatten gearbeitet und den Konzern mit Informationen versorgt. Cross erhielt damit einen Einblick in die Schatten und fähige Helfer. Als wir Gerüchte über einen überragenden Magieforscher in Tir Tairngire hörten, der überlaufen wollte, war der Konzern selbstverständlich sehr daran interessiert, vor allem, als sie hörten, um wen es sich handelte.

Vor fünfundzwanzig Jahren war Dr. Marc Thierault einer der hellsten Köpfe, die aus dem MIT&T Thaumaturgie-Programm hervorgegangen sind. Cross Applied Technologies hatte sich an der Finanzierung der Ausbildung beteiligt, aber Thierault war ein Elf und wurde aus seinem Forschungsauftrag beim Konzern von Telestrian Industries abgeworben.«

James reagierte mit einem grazilen Achselzucken, als sich die Blicke auf ihn richteten. »Thierault war ein brillanter Wissenschaftler, und Tir Tairngire brauchte Leute wie ihn. Er hat das eingesehen und wollte uns helfen, eine Heimat für seine Rasse zu schaffen.«

Akimura ließ Telestrians Worte einen Augenblick wirken. »Es ist nicht überraschend, dass der Cross-Konzern das anders sah. Als Tierault nach Tir Tairngire abwanderte, protestierten sie, aber die Tir-Regierung erkannte ihre diesbezüglichen Ansprüche nicht an und weigerte sich, ihn gehen zu lassen. Sie haben die exterritorialen Konzernrechte nicht anerkannt. Das Unternehmen hat die Sache zwar im Auge behalten, dann aber entschieden, dass sie den Ärger nicht wert war. Zumindest nicht zu diesem Zeitpunkt.«

Telestrian beugte sich ein wenig vor. »Dr. Thierault war spezialisiert auf die Erforschung von Beschwörungstechniken mit dem Schwerpunkt Geister und astrale Metaebenen. Seine Theorien waren sehr innovativ. Sie versprachen neue Einblicke, wie man Geister heraufbeschwören kann und woher sie kommen.

Eine der Grenzen des Beschwörungszaubers liegt in der Schwierigkeit, die ›Distanz‹ zwischen der astralen und der physikalischen Ebene zu überbrücken. Dr. Thierault entwickelte die Theorie, dass bestimmte Orte und Zeiten eine bessere ›Schnittstelle‹ zwischen den beiden Ebenen beinhalteten, sodass die Beschwörung von mächtigeren und fähigeren Geistern möglich sei.«

»Und das ein paar Jahre vor der Kano-Hypothese«, murmelte Lothan.

»Bei seinen Forschungen stieß er auf ein Gebiet in Tir Tairngire, das Kaskadengebirge, wo das Mana-Niveau höher als üblich ist. Er wollte seine Theorie testen und feststellen, ob es wirklich möglich wäre, dort einen mächtigeren Geist zu beschwören.«

»Was ist passiert?«, fragte Orion.

Telestrian zuckte die Achseln. »Bevor wir irgendwelche Pläne machen konnten, erließ der Prinzenrat ein Edikt. Thieraults Forschungen wurden verboten, und das Projekt wurde ihm entzogen.«

»Warum?«

Der elfische Exec lächelte dünn. »Wir haben nicht nachgefragt. Man stellt die Gesetze des Rats nicht in Frage, und die Ratsmitglieder fühlen sich nicht verpflichtet, sie zu erklären. Thierault wurden andere, weniger ›heikle‹ Forschungsaufgaben übertragen.«

»... die er nicht übernehmen wollte«, schloss Orion.

»Vorsichtig ausgedrückt. Er protestierte, aber – wie ich schon sagte – man stellt die Entscheidungen des Rats nicht in Frage. Ich wusste zu diesem Zeitpunkt nicht einmal, warum sie das Projekt beenden wollten, aber es war nun mal Thieraults Leidenschaft.«

»Also hat er nach einem anderen Weg gesucht, es weiter zu verfolgen ...«

»... und an dieser Stelle kommen wir ins Spiel«, setzte Akimura seinen Vortrag fort. »Der Cross-Konzern bot Thierault an, Tir Tairngire zusammen mit seinen Forschungen zu verlassen. Alles wäre vergessen gewesen, und er hätte die Position eines Vizepräsidenten der Forschungsabteilung im Konzern bekommen. Und natürlich die Möglichkeit, die begonnenen Forschungen weiterzuführen. Mustang und ich erhielten den Auftrag, ihn außer Landes zu bringen. Es gab nur ein mögliches Problem.«

»Man könnte sagen, der Rat bekam Wind von Marcs Unzufriedenheit«, warf Telestrian ein. »Also wiesen sie ihm ›aus Sicherheitsgründen‹ einen Leibwächter namens Aerwin Dir Tanari zu, um ihn im Auge zu behalten.«

»Midnight«, sagte Akimura, und Telestrian nickte zustimmend. Akimura griff den Faden der Geschichte wieder auf. »Der Rat konnte allerdings nicht wissen, dass Midnight eigene Ambitionen hatte. Sie sollte Thierault nur von allen Einflüssen von außen abschotten, aber sie fand schnell auch alles über seine Forschungen heraus. Thierault war vernarrt in alles, was mit Magie zusammenhing, und diskutierte bereitwilligst mit ihr über seine Forschungsergebnisse, obwohl ihm verboten worden war, darüber zu reden.

Als wir endlich nach Tir Tairngire kamen und die Suche nach einer Kontaktmöglichkeit zu Thierault begannen, waren wir daher sehr erstaunt, dass seine Leibwächterin mit *uns* in Verbindung trat.

Zuerst dachten wir, wir seien aufgeflogen, doch Aerwin bot uns ein Geschäft an: Wenn wir sie gemeinsam mit Thierault außer Landes brachten, würde sie uns bei der Organisation der Flucht unterstützen. Natürlich waren wir vorsichtig und rechneten mit der Möglichkeit, dass das Angebot ein Täuschungsmanöver war, mit dem sie sich über unsere Absichten klar werden wollte. Doch schließlich überzeugte sie uns mit der Menge von Informationen, die sie uns gab, und außerdem stellte sie tatsächlich den Kontakt zwischen uns und Thierault her.

Ich glaube allerdings, Aerwin hatte nicht damit gerechnet, dass sich Marc und Mustang so gut verstehen würden. Meiner Meinung nach hat sie Thierault ein bisschen an der Nase herumgeführt und ihm eine kleine Affäre in Aussicht gestellt, doch nach seiner ersten Begegnung mit Mustang hatte er keine Augen mehr für eine andere. Komischerweise war das Gefühl beiderseitig. Ich weiß, dass Mustang damit nicht gut zurechtkam, weil sie versuchte, professionell zu bleiben und nichts Persönliches aufkommen zu lassen, was ihr aber nicht gelang. Die beiden wurden ... persönlich. Ich glaube wirklich, dass Mustang mit dem Gedanken spielte, sich nach dem Run aus dem Geschäft zurückzuziehen, aber sie hat auf jeden Fall an die Chance auf ein gemeinsames Leben geglaubt, weil sie für dasselbe Unternehmen arbeiteten.«

»Augenblick mal, dann ist Thierault also ...?«

»Kellans Vater, ja.«

»Kellans Vater war ein Elf?«, fragte Orion. »Aber wie ...?«

»Nicht alle Nachkommen aus Beziehungen zwischen Menschen und Elfen werden Elfen«, warf Lothan behutsam ein. »Es erklärt zumindest Kellans beachtliches magisches Talent und noch einiges mehr.«

Akimura fuhr fort. »Wir brauchten einige Zeit, um die Vorbereitungen zu treffen, Thierault und eine zusätzliche Person außer Landes bringen zu können. Wir mussten die richtige Gelegenheit abpassen, und der Cross-Konzern forderte einen Beweis für Thieraults Theorie.«

»Was für einen Beweis?«

»Einen praktischen«, erwiderte Akimura. »Also haben wir

alles so eingerichtet, dass Thierault im Kaskadengebirge einen Versuch durchführen konnte und wir ihn anschließend sofort außer Landes bringen würden, bevor man uns entdeckte. Alles ging seinen Gang, bis Aerwin bei uns auftauchte. Sie hatte Marc in den Rücken geschossen und ihm dann das Amulett gestohlen, das er als Teil seines Beschwörungsrituals benutzt hatte. Ich habe sie verfolgt. Wir kämpften, und ich konnte ihr das Amulett abnehmen. Aber dann tauchte das Friedenskorps auf.

Wir mussten verschwinden und haben es mit Mühe und Not geschafft, ohne verletzt zu werden. Natürlich war das ganze Unternehmen eine einzige Katastrophe, und der Konzern wollte nichts mehr mit uns zu tun haben. Wir tauchten in Seattle unter, und irgendwie ging es weiter und wir arbeiteten nach wie vor in den Schatten. Ein paar Wochen später erfuhr Mustang, dass sie schwanger war.

Sie entschied sich gegen eine Abtreibung, und ich respektierte ihren Entschluss. Nach Kellans Geburt hat sie das Kind bei ihrer Schwester in Kansas City in Pflege gegeben. Sie hatte langfristig vor, sich aus dem Schattengeschäft zurückzuziehen, sich eine neue Identität aufzubauen und ihre Tochter in Frieden großzuziehen.

Aber wir hatten nicht mit Midnight gerechnet. Aerwin hatte es noch nicht aufgegeben, sich Thieraults Forschungsergebnisse anzueignen, und sie hatte auch noch nicht vergessen, was in Tir Tairngire passiert war. Sie war im Exil und auf der Flucht vor den Tir-Behörden, trotzdem bekam sie viel Arbeit in den Schatten von Seattle und auch anderswo. Schließlich spürte sie uns auf und machte ihren nächsten Zug.

Mustang hatte mir Thieraults Amulett zur sicheren Verwahrung übergeben, daher fiel es Midnight bei ihrem Überfall nicht in die Hände. Ich habe nie wieder etwas von Mustang gehört.«

»Midnight ...«, stotterte Orion.

»Hat Kellans Eltern getötet«, antwortete Lothan für Akimura, »und wird auch sie töten, wenn wir nichts unternehmen. Toshiro, ich denke, wir haben genug erklärt. Wir müssen herausfinden, wo Midnight und Kellan gerade sind.«

»Ich weiß genau, wohin sie wollen«, warf Akimura mit grimmiger Miene ein. »Dahin, wo das alles angefangen hat, damit Midnight da weitermachen kann, wo sie abbrechen musste.« Er drehte sich zu Telestrian um. »Wir können selbst dorthin kommen, aber mit Ihrer Hilfe wäre es einfacher.«

Der Exec fixierte den Schieber durchdringend. Für ihn war es in jedem Fall besser, wenn die ganze Sache nie offiziell bekannt wurde. Aber würde er versuchen, alles unter Verschluss zu halten, indem er ihnen half, oder indem er dafür sorgte, dass sie ihr Wissen nicht mehr weitergeben konnten? Er drückte einen Knopf auf seinem Schreibtisch.

»Javin, lassen Sie einen Senkrechtstarter startklar machen«, befahl er.

»Jawohl, Herr Präsident.«

»Wir danken Ihnen«, sagte Akimura, und Telestrian nickte.

»Aerwin hat meinen Sohn so manipuliert, dass er ihr in die Hände gespielt hat«, antwortete er, »und sie hat damals auch mich hintergangen. Ein Ausgleich der Konten ist längst überfällig. Außerdem denke ich, dass sich für Sie eine Gelegenheit ergeben wird, sich bei mir zu revanchieren.« Der Anflug eines Lächelns stahl sich in seine Mundwinkel.

»Davon bin ich überzeugt. Na dann los.«

»Wohin gehen wir?«, fragte Orion, als Akimura und die anderen zur Tür schritten.

»Ins Kaskadengebirge. Dorthin, wo Kellans Vater starb und einen der mächtigsten Geister beschworen hat, die es jemals gab, und der seit über zwanzig Jahren dort gefangen ist.«

»Midnight, was geht hier eigentlich vor?«, fragte Kellan.

»Steig aus«, erwiderte die Elfe und unterstrich ihre Worte mit einem ungeduldigen Wink mit der Pistole.

Kellan gehorchte, löste den Sicherheitsgurt und öffnete die Tür des Wagens zeitgleich mit Midnight. Während Midnight die Waffe auf sie gerichtet hielt und jede ihrer Bewegungen beobachtete, stieg Kellan aus.

»Es ist tatsächlich passiert, oder?«, fragte Kellan. »Der Traum. Was ich im Traum gesehen habe, ist wahr.«

Midnight antwortete nicht, sondern ging schweigend um das Auto herum, ohne Kellan aus den Augen zu lassen. Ihr Blick war hart wie Granit. »Nimm den Halsring ab und reich ihn mir langsam rüber«, befahl sie. »Sofort. Mach keine Dummheiten, Kellan. Beim ersten Anzeichen von Magie erschieße ich dich. Ich hätte dich lieber bei meinem Vorhaben dabei, aber es hängt von dir ab.«

»Das Amulett ... du hast es ihm abgenommen ...«

»Ja, und dann hat es mir jemand abgenommen. Jetzt gib es schon her, es sei denn, du willst, dass ich es dir so abnehme wie ihm.« Midnight streckte eine Hand aus.

Wie unter Schock griff sich Kellan an den Hals und löste langsam den Torques, dann ließ sie ihn in Midnights ausgestreckte Hand fallen. Sofort schloss sich Midnights Faust, und nur einzelne goldene Kettenglieder waren noch zu sehen.

»Gut, jetzt geh langsam zu den Bäumen.« Midnight reagierte auf Kellans verwirrten und ängstlichen Blick mit einem knappen, kalten Lächeln. »Hab keine Angst – wenn du dich vernünftig verhältst, hast du keinen Grund, dir Sorgen zu machen. Wenn ich dich hätte erschießen wollen, wäre es längst dazu gekommen.«

»Also ging es die ganze Zeit nur um das Amulett«, stellte Kellan noch völlig benommen fest.

»Natürlich. Es ist nichts Persönliches, Kellan, nur eine Gelegenheit, die ich nicht auslassen konnte.«

»Ich habe dir vertraut.«

Midnight schüttelte traurig den Kopf. »Habe ich dir nicht beigebracht, dass du niemandem vertrauen kannst?«

Der Kopf der Elfe lag perfekt im Fadenkreuz des Zielfernrohrs, er hatte ihn so nah herangezoomt, dass er ihre Gesichtszüge erkennen konnte: der kalte Ausdruck von Selbstvertrauen und die Wachsamkeit, mit der sie die vor ihr gehende Menschenfrau beobachtete. Obwohl der Vollmond die einzige Lichtquelle in der Wildnis war, sorgten die lichtverstärkenden elektronischen Geräte dafür, dass in seiner cyberunterstützten Wahrnehmung alles taghell erschien.

»Ich kann sie von hier aus erschießen«, sagte er leise in die implantierten Mikrofone in seinem Hals.

Die Antwort erhielt er über knochenverstärkte Lautsprecher in seinem Schädel. »Negativ. Erst wenn wir grünes Licht von der Zentrale bekommen.«

»Ich habe ein klares Ziel ...«

»Und Sie werden weitere bekommen. Wir sollen sie nur überwachen und nichts unternehmen, bis wir den Befehl bekommen. Beobachten Sie sie, aber bleiben Sie unsichtbar und werden Sie nicht schießwütig. Verstanden?«

»Verstanden«, antwortete der Heckenschütze widerwillig. Es wäre ein so leichter Schuss gewesen. Einen Moment hielt er das Fadenkreuz auf die Zielperson gerichtet, nur um das Gefühl auszukosten, dass er ihr eine Kugel verpassen konnte, bevor sie überhaupt wusste, wie ihr geschah: ein Schuss, eine Tote. Dass die Zielperson nicht ahnte, was auf sie zukam, beeinträchtigte den Spaß aber auch ein wenig.

Mit einem Seufzer sicherte er die Waffe und schlang sie sich über die Schulter, während er sich hinter die Bäume kauerte. Die zwei Frauen gingen eindeutig bergauf, also schienen ihre Vorab-Informationen zu stimmen. Es war nicht leicht gewesen, in das Elfenterritorium und ins Zielgebiet zu gelangen, doch jetzt sah es endlich so aus, als könnte es sich lohnen, wenn sie grünes Licht bekamen.

Dann würde es schnell vorbei sein. Sie würden gar nichts davon mitbekommen. Bumm.

Der Heckenschütze des Cross-Konzerns zog sich in den Schatten der Bäume zurück, um auf die anderen Teammitglieder zu warten und gleichzeitig die beiden Gestalten im Auge zu behalten, die den Berg erklommen.

Jackie zog sich von der Wächter-IC zurück, die das Subsystem bewachte. Sie musste dennoch hinein, um ihre Schwindel-Utility besser drauf einstellen zu können. Ihr zweiter Versuch war nur provisorisch und improvisiert gewesen. Sie brauchte eine speziell auf diese Wächter-IC zugeschnittene Lösung, die sie mit der ihr zur Verfügung stehenden Software und ihrem Wissen über Eve und die Systeme des Cross-Konzerns erarbeitete.

Obwohl es riskant war, entschied sie sich, das System zu verlassen und für kurze Zeit in die relative Sicherheit der offenen Matrix zurückzukehren. Ihre Masken-Programme hatten sie beim ersten Mal ins System gebracht, daher war sie sicher, dass sie auch ein zweites Mal hineinkommen würde, wenn das System nicht anderweitig in Alarmbereitschaft versetzt wurde. Diese Theorie wollte sie jedoch nach Möglichkeit nicht ausgiebiger als nötig testen.

Sie setzte die Komponenten der Software im virtuellen Raum zusammen. Sie musste zwar auch hier schnell arbeiten, stand jedoch nicht unter dem gleichen Zeitdruck wie direkt vor dem Ice, das vor ihr aufgetaucht war. Nach relativ kurzer Zeit war sie zufrieden und zuversichtlich, dass das Ergebnis der Prüfung standhalten würde. *Das lässt sich nur auf eine Art herausfinden,* dachte sie und kehrte zum Zentralrechner des Cross-Konzerns zurück.

Wie erwartet, konnte sie im Schutz ihres Masken-Programms wieder am Steinengel vorbeischlüpfen. Sie durchquerte den Saal und erklomm die Treppe bis zu dem Korridor, der zu ihrem Subsystem führte. Wieder tauchte die Wächter-IC vor ihr aus dem Schatten der Nische auf.

»Passwort«, verlangte der Wächter mit seiner tiefen, kalten Stimme.

Dieses Mal holte Jackies Persona einen perfekten roten, glänzenden Apfel aus einer Tasche, den sie der IC mit ausladender Geste überreichte. Als der Wächter ihr die Frucht aus der Hand nahm, hielt sie die Luft an und machte sich darauf gefasst, schnell reagieren zu müssen. Wenn ihre Schwindel-

Utility auch diesmal aufflog, würde die IC wahrscheinlich Alarm auslösen.

Die verhüllte Gestalt hielt den Apfel vor die dunkle Leere ihres Gesichts, als wolle sie daran riechen. Dann ließ sie ihn plötzlich unter ihrer Kapuze verschwinden und schlang ihn mit einem hörbaren Schluckgeräusch hinunter. Eine kurze Pause trat ein, in der Jackie nervös wartete.

»Passwort akzeptiert«, sagte das Ice und trat zurück in den Schatten seiner Nische.

Jackie seufzte vor Erleichterung und eilte auf der Suche nach einer bestimmten Zelle den Flur entlang. Sie ging rasch die leitenden Abteilungen und die Namen der dazugehörigen Execs im Verzeichnis des Cross-Konzerns durch, bis sie den gesuchten etwa auf der Hälfte des Subsystems fand.

Die Zelle war nicht besetzt. Diverse Schreibutensilien lagen ordentlich sortiert auf dem rechteckigen Schreibtisch: Blätter, Schreibfedern, Tinte sowie verschiedene Umschläge und Pakete, die mit Papier und Bindfaden verpackt oder mit verschiedenfarbigem Wachs versiegelt waren. Das alles repräsentierte die Ecke des persönlichen Schreibtisches und der Mailbox von Jackie Kontakt beim Cross-Konzern, wo die Beweise für Toshiro Akimuras Aktivitäten abgelegt waren.

Jackie schenkte den Utensilien auf dem Schreibtisch wenig Beachtung. Sie wusste genau, dass sie das Gesuchte darunter nicht finden würde, denn sonst wären sie trotz der grundlegenden Sicherheitsmaßnahmen innerhalb des Zentralrechners besser geschützt und verborgen gewesen. Jackies Persona schlüpfte in die Zelle und tastete mit der Hand die Unterkante des Schreibtisches ab. Wie sie gehofft hatte, bewegte sich die eckige Schreibtischplatte ein wenig. Als sie sich duckte, um unter den Tisch zu schauen, konnte sie erkennen, dass es ein Schloss gab.

»Das wollen wir doch mal sehen«, murmelte sie, zog einen silbernen Schlüssel aus der Tasche und steckte ihn hinein. Sie musste ihn ein wenig hin und her bewegen, bevor er griff. Dann konnte sie ihn umdrehen, und der Schreibtisch klappte auf, während der Schlüssel wieder in dem Nichts verschwand, aus dem er gekommen war.

Im Schreibtisch herrschte ebenso gähnende schwarze Leere wie hinter der Kapuze der Wächter-IC. Jackie hielt nach einer Zugriffsmöglichkeit Ausschau, als ein Faden aus Finsternis aus der Leere zuckte und sich um die zierliche Gestalt ihrer Persona wand. Eine weitere folgte, und dann noch eine, als hause eine gigantische Schattenkrake in den Tiefen des Speicherplatzes. Jackie wehrte sich gegen sie, ihr Cyberdeck setzte ihre Befehle zur Befreiung um, aber die IC hielt sie fest. Sie war gefangen!

Kapitel 18

Die Federated-Boeing-Kipprotormaschine brummte durch den Nachthimmel über Tir Tairngire, und dunkle Baumwipfel rasten auf dem Weg zu den noch in der Ferne liegenden mondbeschienenen Bergen im Osten unter ihnen vorbei. Dichte schwarze Wolken verhüllten nach und nach den Vollmond, aber der Senkrechtstarter flog schnell und mit bis auf ein Minimum abgedunkelten Positionslichtern. Er wurde ausschließlich von seinen Instrumenten und dem Gehirn der Pilotin gesteuert, die direkt in die Systeme eingestöpselt war.

Orion saß mit Lothan, G-Dogg und Toshiro Akimura in der Passagierkabine. Sie beobachteten die Landschaft unter sich, seit sie die Außenbezirke Portlands verlassen hatten. Lothan hielt eine Datentafel in den Händen und las die Morningstar-Datei. Manchmal bekundete ein gemurmeltes ›Hmmmm‹ sein Interesse. G-Dogg überprüfte wieder einmal seine Waffen, während Akimura stumm aus dem Fenster schaute.

»Wenn Sie gewusst haben, dass Midnight Kellan verfolgt, warum haben Sie sie dann nicht gewarnt?«, fragte Orion den Schieber, der traurig den Kopf schüttelte.

»Ich habe es versucht. Ich habe mich bemüht, mit Kellan in Kontakt zu treten, aber Midnight hat den Run auf das *Nightengale's* angesetzt und Kellan erzählt, dass ich der Patient bin. Dann hat sie die Halloweener bezahlt, um ihr Ärger zu machen und ihr irgendwie zu vermitteln, ich hätte sie beauftragt. Sie wusste, dass Kellan genug Freunde hat, die ihr zur Seite stehen würden, und sie mir nicht trauen würde, wenn ich den Versuch unternähme, mit ihr in Kontakt zu treten.«

»Aber warum haben Sie so lange gewartet? Warum haben Sie Kellan nicht schon viel früher kontaktiert?«

»Das habe ich sehr wohl.«

Diese Antwort ließ Orion aufmerken, und er studierte Akimuras Gesicht. »Sie sind derjenige, der Kellan die Ausrüstung ihrer Mutter geschickt hat.«

»Ja, natürlich. Nachdem ich nichts mehr von Mustang gehört hatte, wusste ich, dass ihr etwas zugestoßen sein musste und Midnight früher oder später auch gegen mich vorgehen würde. Wie der Zufall es wollte, hatte ich ein paar Verbindungen und fand einen Arbeitgeber, der an einem ehemaligen Konzernagenten interessiert war, einen Arbeitgeber, dem nicht einmal Midnight in die Quere kommen wollte.«

»Ein Großdrache«, sagte Orion. »Dunkelzahn.«

Akimura lächelte dünn und nickte. »Ja. Ich war jahrelang einer seiner Vertrauten und habe mir währenddessen einen beachtlichen Ruf aufgebaut, aber dann ereigneten sich sehr einschneidende Dinge. Mein Arbeitgeber wurde getötet, und obwohl mir sein Vermächtnis einiges an Sicherheit bot, muss Midnight wohl die Gelegenheit gesehen haben, den nächsten Schritt zu tun.«

»Warum sind Sie ihr nicht zuvorgekommen?«, fragte G-Dogg, doch Akimura zuckte nur die Achseln.

»Ich habe es ein paarmal versucht, aber Midnight war kein einfaches Ziel, und ehrlich gesagt gab es Wichtigeres, worum ich mich kümmern musste. Dunkelzahns gesamtes Netz war gerade in sich zusammengefallen, die Dinge änderten sich schnell in den Schatten, und ich hatte seit Jahren nichts von Midnight gehört. Ich kannte sie noch nicht einmal unter diesem Namen. Sie nannte sich nicht mehr Aerwin, und so habe ich ihre Spur verloren, wahrscheinlich genauso wie die Tir-Behörden. Ich hatte nicht mit Ärger gerechnet, bis es zu spät war. Immerhin habe ich ihre ersten Versuche verhindert.

Als mir klar wurde, dass Midnight hinter dem Amulett her war, musste ich es vor ihr verstecken. Ich wusste nicht, was seine Zerstörung anrichten würde, und wollte es an einem sicheren Ort verstecken, um es später wieder zurückzubekommen. Daher ging ich nach Seattle, um mich um das Problem zu kümmern, und schickte das Amulett mit einer kurzen Notiz und einigen Ausrüstungsgegenständen ihrer Mutter zu Kellan. Ich glaubte, in Kansas City würde es eine Weile sicher sein, und habe überhaupt nicht damit gerechnet, dass Kellan nach Seattle kommen würde, um die Wahrheit herauszufinden. Ich hätte aber damit rechnen müssen, schließlich ist sie die Tochter ihrer Mutter.«

»Warum haben Sie Kellan dann nicht sofort kontaktiert, nachdem sie im Metroplex angekommen war?«

Akimura betrachtete Orion lange und mit einem Blick, der Bände sprach.

»Die Klinik«, vermutete der Elf. »Die Aufzeichnungen, die Kellan gesehen hat ...«

»Ich habe Midnight gefunden oder, besser gesagt, sie mich. Ich habe den Fehler gemacht, sie ein zweites Mal zu unterschätzen. Das hätte ich beinahe nicht überlebt. Midnight ließ mich klinisch tot zurück – aber ich hatte immer noch Verbindungen und einige Vorkehrungen für den Notfall getroffen. DocWagon spürte mich mittels eines Implantats auf und lieferte mich mit einiger Diskretion in eine Cyberklinik ein, die aus einem Treuhandfond für den Notfall im Voraus bezahlt wurde.

Sie haben mich praktisch neu zusammengesetzt«, seufzte er und hielt sich eine Hand vor das Gesicht, als sehe er sie zum ersten Mal. »Ersatzgewebe, kybernetische Rekonstruktion, Ersatzorgane, geklonte Teile, Gentherapie, die ganze Palette. Ich habe Monate mit Operationen, Therapien und Rekonvaleszenz verbracht, und die Welt musste glauben, ich sei tot, um Midnight davon abzuhalten, den Job zu vollenden. Nachdem sie herausgefunden hatte, dass ich noch lebte, musste ich die Klinik umgehend verlassen. Ich vermute, dass sie an dieser Stelle den Plan mit Kellan entwickelt hat.

Zu diesem Zeitpunkt hatte sie sich schon Kellans Vertrauen erschlichen und alles so arrangiert, dass Kellan mir nicht vertrauen würde, daher konnte sie ...«

Lothans gehörnter Kopf schoss plötzlich in die Höhe, als habe er ein Geräusch gehört. Er hob eine Hand hoch, um sich Stille auszubitten, während er die Datentafel neben sich legte und die Hand um seinen Stab von Candor-Brie schloss.

»Wir haben ein Problem«, verkündete er und nickte Richtung Pilotenkanzel.

Die vier schauten aus den Fenstern auf die dunklen Wolken, die am Nachthimmel aufgezogen waren. Ein blau-violetter Blitz zuckte plötzlich durch die Dunkelheit und erhellte für einen Moment die Nacht. Das Krachen des Donners folgte nach einer gefährlich kurzen Pause.

Die Pilotin rief aus der Kanzel nach hinten: »Schnallen Sie sich an. Das wird etwas holprig!«

»Dieses Gewitter ist nicht natürlichen Ursprungs«, stellte Lothan fest. »Hier ist Magie im Spiel.«

»Können Sie etwas dagegen unternehmen?«, fragte Akimura, der sich bereits anschnallte.

»Mal sehen«, antwortete der Troll. Er legte beide Hände um den Stab von Candor-Brie, dessen Ende er zwischen seine Füße geklemmt hatte, und schloss die Augen. Der Kristall an der Spitze des Stabs leuchtete in der Dunkelheit der Kabine schwach auf, als sie von der ersten Sturmbö getroffen wurden.

Die Federated-Boeing neigte sich zur Seite, und die Motoren stemmten sich gegen die Kraft des Sturms. Die Turbulenzen schüttelten die angeschnallten Passagiere heftig durch, während draußen der Wind wie ein Lebewesen heulte und nach ihnen zu greifen schien. Ein weiterer Blitz zuckte über den Himmel.

»Wir werden in diesem Ding nicht weiterfliegen können!«, rief G-Dogg. »Drek, ich wünschte, Max würde das Ding steuern.«

Die Triebwerke heulten auf, als sich der Senkrechtstarter infolge des neuerlichen Ansturms heftiger Sturmböen auf die Seite legte. Lothan öffnete die Augen, und das Licht im Kristall seines Stabs erlosch.

»Ich habe noch nie zuvor ähnliche Macht erlebt. Hinter dem Wetter steckt eine Kraft, gegen die nicht einmal ich etwas ausrichten kann, jedenfalls nicht von hier aus.«

»Ich muss einen Platz finden, wo wir landen können, bevor wir abstürzen«, rief die Pilotin nach hinten. »Alles festhalten!« Draußen blitzte es wieder, gefährlich nah, und der stechende Geruch nach Ozon stieg ihnen in die Nase, während Donner über sie hinwegrollte und der Sturm alles durchschüttelte. Die Pilotin kämpfte mit den Instrumenten, sowohl mit Muskel- als auch Willenskraft, da sie in die Systeme des Flugzeugs eingestöpselt war.

Sie stießen in steilem Winkel hinunter, aber die Pilotin konnte die Maschine dicht über dem Boden abfangen. Die Lichtung am Fuß der Berge war kaum groß genug für den Senkrechtstarter, aber die Pilotin setzte die Maschine auf, ohne allzu viele Äste abzubrechen. Die Landung war zwar nicht gerade sanft, aber weitaus besser, als zu erwarten gewesen war. Von allen Insassen kamen Seufzer der Erleichterung.

»Und jetzt?«, fragte G-Dogg.

»Wir sitzen hier fest«, antwortete die Pilotin, »bis ich alles auf Schäden durchgecheckt habe und das Wetter besser wird. Ich kann versuchen, das Hauptquartier per Funk um Hilfe zu bitten, aber ...«

»Dann gehen wir zu Fuß weiter«, entgegnete Orion mit einem Blick auf Akimura, der bestätigend nickte und seinen Sicherheitsgurt löste.

Lothan und G-Dogg folgten seinem Beispiel.

»Warten Sie hier auf uns«, befahl Akimura der Pilotin.

Die zuckte nur die Achseln. »Ich kann sowieso nirgendwohin.«

»Und halten Sie Funkstille, bis wir uns melden – für den Fall, dass wir abgehört werden.«

Jackie verfluchte die Fallen-IC, die ihre Persona in einem immer stärker werdenden Griff hielt. Die Ranken fühlten sich eiskalt an, während sie Jackie den Atem zu rauben schienen.

Sie wusste genau, dass dies unechte Sinneseindrücke waren, aber sie *wirkten* vollkommen echt.

Jetzt können wir ja auf Verstohlenheit verzichten, dachte Jackie und schaltete ihr Deck von Schleichmodus auf Kampfmodus. Der dunkle Mantel um ihre Persona löste sich auf und wurde durch eine glänzende Rüstung aus poliertem Chrom mit mattschwarzen Verzierungen ersetzt. Sie befreite eine Hand, und ein schlankes, grell leuchtendes Silberschwert nahm darin Gestalt an.

Ein Hieb der Klinge durchschnitt eine der schwarzen Ranken, und knisternde Funken sprangen aus den exponierten Schaltkreisen in den Schnittflächen, bevor sich das abgetrennte Ende in einem Pixelregen auflöste. Aber es griffen immer noch mehrere Fangarme nach ihr, während sich Jackie zu befreien versuchte. Sie schlug erneut zu, nahm aber mit Bestürzung zur Kenntnis, dass die erste von ihr abgeschlagene Ranke wieder nachwuchs.

Selbstreparierend, dachte sie, *großartig.* Sie konnte sich keinen längeren Tanz mit dem Ice leisten. Wenn sie es nicht rasch erledigte, würden ihm seine Reparatur-Subroutinen gestatten, so lange weiterzukämpfen, bis das System weitere Ressourcen zur Verfügung stellen oder sie so müde sein würde, dass sie einen Fehler beging. Sie musste den Kampf rasch und ein für allemal beenden.

Jackies Finger flogen gedankenschnell über die Tastatur, um Prozessorleistung von der Verteidigung ihrer Persona abzuziehen und für den Angriff freizumachen. Das war riskant, aber sie konnte sich keine Abwehrschlacht leisten. Unter Berücksichtigung der ihr bekannten Eigenschaften des Zentralrechners und der eingesetzten IC veränderte sie ein paar Einstellungen an ihrem Angriffprogramm. Wenn sie den richtigen Bereich der IC-Codierung traf ...

Die Chromrüstung schrumpfte zu einem einfachen Brustharnisch über ihrer silber-weißen Kleidung sowie zwei Panzerhandschuhen zusammen, während ihr glänzendes Schwert die Fangarme durchschnitt. Mehrere fielen ab, und Jackies

Persona konnte sich befreien. Sie hätte sich nun zwar ausloggen können, bevor das Ice sie wieder einfing, aber sie wusste nicht, ob sie sich später noch einmal Zugang verschaffen konnte. Das System war im Alarmzustand, und sie durfte keine Zeit verlieren. Es hieß: Jetzt oder nie.

Jackies Schwert verwandelte sich in einen silbernen, mit Schaltkreisen durchwirkten Bogen. Als sie die Sehne spannte, erschien ein leuchtender Pfeil darauf. Ihre Persona zielte sorgfältig, während Jackie die Parameter optimierte und mit ihrem Ziel in Übereinstimmung brachte. Die schwarzen Fangarme wuchsen nach, wanden sich und stürzten sich gemeinsam auf sie, als sie den Pfeil abschoss.

Der Pfeil verschwand in der schwarzen dunklen Leere, die das Ice ausgespien hatte. Die Ranken schlugen wie eine dunkle Welle über Jackie zusammen und umhüllten sie als erdrückende Masse, sodass sie den Bogen fallen lassen musste. Schwarze Flecken tanzten vor ihren Augen, während sie nach Luft schnappte und sich dem Drang widersetzte, sich schnellstens aus dem System auszustöpseln. Sie konnte nicht weglaufen und ihre letzte Verteidigungsmöglichkeit wahrnehmen, sonst wäre alles umsonst gewesen. Sie musste bleiben und nur noch ein bisschen aushalten.

Komm schon, dachte sie, während ihr langsam schwarz vor Augen wurde, *komm schon!* Dann war plötzlich ein berstendes Krachen zu hören, als zersplittere Eis. Aus den Tiefen der Leere breitete sich ein silbrig-weißer Chrom-Überzug auf die Fangarme aus, bis sie schließlich von den Wurzeln bis zur Spitze umhüllt waren und erstarrten. Nachdem sich die Fangarme nicht mehr bewegten, setzte Jackie die gesamte Prozessorleistung ihres Decks gegen sie ein.

Die Fangarme zerplatzten wie sprödes Glas, es regnete glühende Scherben, bevor sie sich in Pixel und dann in nichts auflösten. Es hatte funktioniert, sie hatte die Subroutine zur Selbstreparatur gegen die IC gewendet und eine Art elektronischen Krebs in den Code eingeschleust, der das System von innen heraus lahmlegte. Wo zuvor das Ice war, gähnte jetzt ein großes dunkles Loch im Schreibtisch, und Jackie konnte eine abwärts führende Treppe sehen, die nicht mehr im Dunkeln lag, sondern von unten beleuchtet wurde. Vorsichtig huschte ihre Persona die Treppe hinunter.

Die Landung des Senkrechtstarters war nicht unbemerkt geblieben. In einiger Entfernung ließ ein Mann ein kleines, kompaktes Fernglas sinken, nachdem die Kipprotormaschine unterhalb der Baumwipfel gesunken war.

»Abgestürzt?«, wollte eine dunkel gekleidete Gestalt an seiner Seite wissen.

Er schüttelte den Kopf. »Keine Anzeichen dafür, kein Rauch. Sicher haben sie noch eine normale Landung geschafft.«

»Wer ist das?«

»Ich weiß nicht, aber langsam wird es hier ein bisschen zu voll.« Er schaltete sein subdermales Kehlkopfmikrofon ein. »Gabriel an alle, es gibt noch mehr Besuch: eine Kipprotormaschine mit dem Logo von Telestrian Industries ist ein paar Kilometer von meiner Position entfernt gelandet. Bleiben Sie wachsam und melden Sie alle Veränderungen, aber werden Sie nicht aktiv – ich wiederhole – werden Sie auf keinen Fall aktiv, wenn es nicht unbedingt erforderlich ist. Wir warten noch auf grünes Licht, Leute.«

Gabriel wartete die Bestätigungen seiner Teammitglieder ab, dann meldete er sich erneut. »Wie ist der Status unserer ersten Besucher?«

Eine Stimme antwortete ihm über seine Induktionslautsprecher. »Sie steigen den Berg hinauf. Ich behalte sie im Auge.«

»Ich wette, die Neuankömmlinge nehmen den gleichen Weg. Wir kommen zu Ihnen. Behalten Sie sie im Auge, und erstatten Sie mir regelmäßig Bericht über ihr Fortkommen, aber bleiben Sie außer Sicht.« Er beendete die Verbindung und sagte: »Gehen wir.«

Gabriel warf einen Blick zurück in die Richtung des gelandeten Senkrechtstarters. Das war nicht der erste Auftrag, den er für Cross Applied Technologies durchführte, ohne über alle Informationen zu verfügen, aber allmählich bekam er bei diesem hier ein schlechtes Gefühl. Die Mission sah nicht mehr nach Routine aus, und Gabriel hasste unerwartete Komplikationen. Er verstaute sein Fernglas, griff nach seiner Waffe und machte sich in der Hoffnung auf zügig eintreffende Befehle vom Hauptquartier auf den Weg zu seinen Kollegen. Je schneller sie diese Sache hinter sich brachten, desto besser.

Kapitel 19

»Wenn du mich töten willst, warum bringst du es dann nicht einfach hinter dich?«, fragte Kellan.

»Kellan«, erwiderte Midnight in einem Tonfall unaufrichtiger Besorgnis. »Ich habe dir doch schon gesagt, dass du längst tot wärst, wenn ich dich hätte töten wollen.«

Das bedeutet, du brauchst mich lebend für irgendwas, dachte Kellan, *aber wofür?* Sie wusste immer noch nicht, was Midnight mit ihrem Amulett vorhatte oder warum sie Kellan erst mitten ins Nirgendwo geschleppt hatte, bevor sie ihr wahres Gesicht zeigte.

Kellan hätte sich in den Hintern beißen können. Wie hatte sie Midnight je vertrauen können? Drek, wie konnte sie überhaupt jemandem in diesem Geschäft vertrauen? Sie hätte es besser wissen müssen. Sie hätte auf Lothan hören sollen und keinem Runner vertrauen dürfen. Niemandem, außer vielleicht ...

Orion. Kellan dachte an ihre letzten gemeinsamen Minuten in Portland und daran, ihn zurückgelassen zu haben – kalte Wut überkam sie.

»Du hast das alles so organisiert, oder?« Sie blieb stehen, drehte sich zu Midnight um und sah ihr in die Augen.

»Geh weiter«, kam die knappe Antwort, die Midnight wieder mit einer auffordernden Geste mit der Waffe unterstrich.

»Und wenn nicht? Tötest du mich? Du brauchst mich für irgendwas.«

»Nicht so sehr, dass ich zögern würde, dich zu erschießen, falls du mehr Ärger verursachst, als du wert bist, Kellan«, sagte sie kalt. »Überschätz deinen Wert nicht. Wenn ich dich hier zurücklassen und es allein versuchen muss, werde ich es tun. Also sei nicht dumm und *geh weiter.*«

Kellan schaute Midnight in die Augen und war absolut sicher, dass sie dieses Mal die Wahrheit sagte. Daher drehte sie sich langsam um und setzte den Aufstieg fort.

»Du hast das alles so organisiert, oder?«, wiederholte Kellan, diesmal, ohne sich umzuschauen. »Ich meine, das hier ist doch kein Zufall.« Sie zeigte auf die Umgebung, auf die dunklen Wälder und den Berghang.

»Vielleicht habe ich endlich die richtige Gelegenheit gesehen«, antwortete Midnight zurückhaltend.

»Nein.« Kellan schüttelte den Kopf. »Es ist mehr als das. Es hat etwas hiermit zu tun, mit Tir Tirngaire. Hat es den Run für Telestrian tatsächlich überhaupt gegeben?«

»Sozusagen. Er glaubt es jedenfalls. Ich habe ihn davon überzeugt, dass ich an Informationen über seinen Vater herankomme, mit denen er ihn erpressen oder in Verlegenheit bringen kann. Und darauf war er so versessen, dass er bestimmte Arrangements für mich getroffen und nicht zu viele Fragen gestellt hat.«

»Aber das haben wir nicht aus dem Telestrian-System gestohlen.«

»Nein, obwohl ich annehme, dass es in den richtigen Händen dazu dienen könnte, Telestrian zu blamieren.«

»Aber du hattest nie vor, ihm die Info zu geben, und er muss inzwischen Verdacht geschöpft haben. Hast du bei dem Telekomgespräch nach dem Run wirklich ein Treffen mit ihm vereinbart?«

Midnight Schweigen reichte Kellan als Antwort.

»Du wusstest es, du wolltest uns da raus haben, weil du Orion an Telestrian verraten hast.«

»Eigentlich wollte ich gar nicht, dass er mitkommt«, entgegnete Midnight. »Aber dann hat es sich als nützlich erwiesen, dass ich jemanden hatte, den ich den Hunden zum Fraß vorwerfen konnte.«

»Du ...« Kellan fuhr zu Midnight herum.

Sie wusste nicht, was sie eher innehalten ließ, der Knall des Schusses oder der rasche Tritt, der ihm folgte, Kellan in den Bauch traf und sie auf den felsigen Boden schleuderte. Sie musste husten und versuchte wieder zu Atem zu kommen, gleichzeitig hörte sie Midnight den Hahn ihrer Waffe spannen. Instinktiv tastete sie nach Blut, nach Anzeichen für eine Wunde.

»Keine Sorge«, sagte Midnight verächtlich. »Das war nur ein Warnschuss. Der erste und einzige, Kellan. Ich bin kein dummes kleines Mädchen, das Shadowrunner spielt. Wenn du tust, was ich sage, kommst du vielleicht mit dem Leben davon. Wenn nicht ...« Sie zuckte die Achseln und richtete die Waffe auf Kellan. »Und jetzt steh auf und geh weiter.«

Kellan rappelte sich auf, sodass sie ihren Weg den Berg empor fortsetzen konnten.

»Wie weit sind wir noch von dieser Höhle entfernt?«, fragte Orion, während sie den Berg erklommen.

»Nicht allzu weit«, antwortete Akimura, der ein tragbares Navigationssystem zu Rate zog. »Vorausgesetzt, das Wetter bleibt so«, ergänzte er dann mit einem Blick auf die dunklen Wolken, die sich über ihnen zusammenballten.

»Ich glaube, es bleibt so«, entgegnete Lothan, der inzwischen etwas schwerer atmete. »Es hat vermutlich seine Aufgabe erfüllt. Viel wichtiger ist die Frage, ob ich durchhalte.« Der alte Troll war zwar von massiger Gestalt, aber nicht unbedingt für das Bergsteigen prädestiniert und stützte sich daher beim Klettern schwer auf seinen Stab. Orion hatte die Vorhut übernommen und musste gegen den Drang ankämpfen, den Berg emporzustürmen. Nur Akimura wusste, wohin sie gingen, und keiner von ihnen hatte eine Ahnung, ob nicht noch andere Überraschungen auf sie warteten.

»Wissen ... Sie ... was Midnight vorhat?«, fragte Lothan Akimura, der jedoch die Achseln zuckte.

»Irgendwas im Zusammenhang mit dem Geist, den Marc in

der Höhle gebunden hatte. Ich bin kein Magie-Experte, aber mit Marcs Forschungsnotizen und dem Amulett, das er als Teil des Rituals benutzt hat, müsste sie etwas erreichen können.«

»Gut möglich«, murmelte Lothan. »Das hängt von vielen Faktoren ab. Ich habe geahnt, dass mit diesem verdammten Amulett etwas nicht stimmt! Ich habe nie zuvor so einen Fokus gesehen – vielleicht weil es eigentlich kein Fokus ist, sondern lediglich mit einer beachtlichen Menge spiritueller Energie angefüllt.

Das Ritual ist anders als alles, was ich in dieser Beziehung je gesehen habe. Es ist sehr gewagt und sollte eigentlich ohne die von Dr. Thieault diskutierte Schnittstelle zwischen den astralen und physikalischen Ebenen gar nicht möglich sein. Trotzdem kann Midnight vielleicht etwas damit anfangen, immer vorausgesetzt, es ist ihr nicht auch noch gelungen, eine magische Begabung vor mir zu verbergen.«

»Das glaube ich nicht«, erwiderte Akimura mit einem bitteren Lächeln. »Midnight hat ihre Geheimnisse, aber ich denke nicht, dass Magie zu ihren Begabungen zählt.«

»Das lässt vermuten, dass sie Kellan braucht und deswegen unbeschadet mitnimmt?«

Bei dieser Bemerkung machte Orions Herz einen Sprung, und er drehte sich zu Lothan um.

»Meinst du wirklich?«, fragte G-Dogg.

Lothan nickte heftig. »Ich traue Midnight einiges zu, aber sie ist nicht dumm. Wenn sie für ihr Vorhaben einen Magier braucht, wird sie Kellan mitnehmen und versuchen, sie auf die eine oder andere Art dazu zu bewegen, ihr zu helfen.«

»Und wenn sie das nicht macht?«, wollte Orion wissen. Lothans Blick war Antwort genug, daher drehte er sich um und setzte den Aufstieg fort.

»Und was machen wir, wenn wir sie eingeholt haben?« fragte G-Dogg.

»Wir überzeugen Midnight davon, Kellan freizulassen«, antwortete Lothan.

»Notfalls mit Gewalt«, fügte Akimura hinzu.

G-Dogg grinste. »Hey, von mir aus gern.«

Orion suchte den Berghang mit den Augen ab. Die Bäume standen noch so eng, dass man nicht weit sehen konnte, obwohl die Dunkelheit kein Problem für ihn darstellte. Elfenaugen konnten auch im Licht des Mondes und der Sterne ziemlich weit sehen.

Während er die Baumlinie beobachtete, ließ er sich ein bisschen zurückfallen und von den anderen einholen. Als Akimura ihn erreichte, senkte Orion die Stimme, damit ihn keiner der anderen hören konnte.

»Ich glaube, da oben in Richtung zwei Uhr steht jemand, der uns beobachtet«, informierte er ihn und schaute dabei angestrengt in eine andere Richtung.

Akimura blickte nach unten, als wolle er sein Navigationssystem zu Rate ziehen, und dann nach vorn, aber seine Augen wanderten kurz in die Richtung, die Orion ihm genannt hatte.

»Sind Sie sicher?«, fragte er leise, und Orion nickte.

»Ziemlich. Ich habe eindeutig Bewegung hinter einem der Bäume gesehen.«

Akimura hielt die Gruppe auf und ließ es so aussehen, als wolle er ihnen etwas auf dem Bildschirm des Navigationsgeräts zeigen, während er leise mit ihnen redete. »Orion glaubt, wir werden beobachtet. Ich schlage vor, dass wir weiter in Richtung nordnordwest gehen und dann versuchen, einen Bogen zu der Stelle zu schlagen, wo Orion etwas gesehen hat.«

»Was ist mit Kellan?«, fragte Orion. »Wir können keine Zeit mit Spielereien vertrödeln.«

»Wenn wir in einen Hinterhalt geraten, können wir gar nichts mehr für sie tun«, erwiderte Lothan mit gerunzelter Stirn. »Vielleicht kann ich uns Klarheit verschaffen, sobald wir außer Sicht sind.«

»Gut, dann lassen Sie uns gehen«, sagte Akimura und schritt in die neue Richtung voran. Hoffentlich glaubte derjenige, der sie beobachtete, sie hätten eine Richtungskorrektur vorgenommen und würden ihrer Karte oder dem Navigationssystem folgen.

Orion kämpfte zunächst gegen den Drang an, dorthin zu schauen, wo er den Späher vermutete. Er wartete, bis sie einiges an Weg zurückgelegt hatten, um sich dann umzudrehen und sich alles genau anzusehen. Nach ein paar Minuten erklärte er dem Rest der Gruppe, er könne niemanden mehr sehen und sie seien auch nicht mehr im Blickfeld des Spähers.

»Noch ein Stückchen weiter, damit wir sicher sein können«, schlug Lothan vor.

Kurze Zeit später blieben sie an einem hohen Baum stehen, und der Magier stützte sich schwer auf seinen Stab.

»Dann wollen wir doch mal sehen, welche Gesellschaft wir haben.« Er streckte eine Hand aus, mit der Innenseite nach oben, schloss die Augen und flüsterte einige magische Worte. Orion sah den Kristall auf dem Stab von Candor-Brie schwach aufleuchten und einen ähnlichen Glanz in Lothans gewölbter Handfläche. Dieser wuchs zu einer matten, nebligen Lichtkugel, die in der Dunkelheit leuchtete, bevor Lothan die Augen wieder öffnete und zufrieden verkündete: »Jetzt sehe ich mir an, was es zu sehen gibt.«

»Wird derjenige das nicht bemerken?«, fragte Orion, doch Lothan schüttelte den Kopf.

»Keine Sorge«, antwortete er. Dann pustete er die Lichtkugel von seiner Hand. Das Licht entfernte sich und wurde schwächer, bis es schließlich ganz zwischen den Bäumen verschwunden war. »Für alle normalen Sinne sollte es unsichtbar und unhörbar sein«, verkündete Lothan.

Orion schaute ihm nach. »Und nun?«

»Wir warten.«

»Wir sollten weitergehen …«, schlug Orion vor, doch dieses Mal schüttelte Akimura den Kopf.

»Erst wenn wir wissen, mit wem wir es zu tun haben. Wir könnten sonst direkt in unser Verderben rennen.«

»Wie lange wird das dauern?«, fragte G-Dogg ungeduldig.

»Nicht lange«, erwiderte Lothan. »Der Watcher wird sich einen schnellen Überblick verschaffen und mir dann Bericht erstatten.«

»In der Zwischenzeit sollten wir die Augen offen halten«, gab Akimura zu bedenken.

»Eine bewundernswert Idee«, sagte eine Stimme, »aber leider ein wenig zu spät.«

Alle griffen nach ihren Waffen, hielten aber inne, als schwarz gekleidete Gestalten aus der Dunkelheit zwischen den Bäumen und aus anderen Verstecken auftauchten, die ihrerseits Waffen auf die Runner gerichtet hatten. Matte rote Laserzielpunkte zuckten kreuz und quer über sie. Orion nahm wie die anderen Mitglieder der Gruppe langsam die Hand vom Pistolengriff und hielt sie so, dass alle sie sehen konnten.

»Es wird langsam zu voll hier«, sagte der Mann, der auch beim ersten Mal gesprochen hatte. »Ich hatte das Gefühl, man müsste etwas dagegen unternehmen. Legen Sie bitte Ihre Ausrüstung auf den Boden und treten Sie zurück«, wies er Lothan an.

Der Trollmagier sah ihn finster an, kam seinem Befehl aber nach und legte seine Ausrüstung ab, um dann einen Schritt zurückzutreten, nachdem er sich wieder aufgerichtet hatte. Einen Moment später tauchte die schwach leuchtende Lichtkugel wieder aus den Bäumen auf und umschwirrte aufgeregt Lothans Kopf.

»Glaubst du, er hat sie gefunden?«, fragte G-Dogg beißend, sodass Lothans ohnehin finstere Miene noch grimmiger wurde. Er entließ den kleinen Geist mit einer Handbewegung, und die leuchtende Kugel verschwand mit einem kaum hörbaren *Plopp*.

»Wer sind Sie?«, versuchte Orion zu erfahren.

Akimura, der neben dem Elf stand, beobachtete schweigend den schwarz gekleideten Sprecher, dessen Stimme ihm bekannt vorkam. Es dauerte eine Weile, bis er sicher war, dass der Mann ihn nicht erkannt hatte. *Schließlich habe ich mich seit damals doch sehr verändert,* dachte er eingedenk der vielen kosmetischen Operationen. Er glaubte, dass er – solange er nicht redete – unerkannt bleiben würde, und das war lebenswichtig. Denn wenn Gabriel ihn doch erkannte, war alles vorbei.

»Ich denke, es ist besser für Sie, nicht zu viele Fragen zu stellen«, gab Gabriel, der Anführer der Gruppe, zurück. Zur Betonung seiner Worte gestikulierte er mit der Waffe.

Orion achtete nicht darauf. »Arbeiten Sie mit Midnight zusammen?«, hakte er nach.

»Das glaube ich nicht«, antwortete Lothan nachdenklich, während er die Männer genauer in Augenschein nahm. »Das sind Konzernagenten.«

Akimuras Gesicht blieb völlig ausdruckslos, aber er wusste, dass Lothan recht hatte, und er kannte sogar den Konzern – aber wie hatten sie von den Vorgängen in Tir Tairngire erfahren? Er zermarterte sich das Gehirn, ging alle Möglichkeiten durch und überlegte, was er unternehmen konnte.

»Was wollen Sie mit uns machen?«, fragte Orion. Der Elf war angespannt und konnte die aufgestaute Energie kaum im Zaum halten.

Akimura fragte sich, ob er bald etwas unternehmen würde. Wenn er das tat, hatten sie nicht den Hauch einer Chance.

»Das entscheide nicht ich«, gab Gabriel zurück, »aber wenn Sie zur Kooperation bereit sind, haben Sie sicherlich eine Chance davonzukommen. Wenn nicht ...« Er zuckte die Achseln, seine Waffe blieb jedoch starr auf sie gerichtet.

»Es kann kein Zufall sein, dass ein Einsatzteam eines Konzerns hier in Tir Tairngire ist«, bemerkte Lothan.

»Wir haben unsere Quellen und Gründe«, entgegnete Gabriel. »Ich könnte dasselbe von Ihnen behaupten. Tatsächlich würde es mich sehr interessieren, was Sie hier machen.« Die Runner wechselten stumme Blicke aus. »Erinnern Sie sich daran, was ich über Kooperation sagte?«, fügte Gabriel hinzu und betonte seine Worte mit einem Kopfnicken zu den schwarz gekleideten Männern, die ihre Waffen auf die Runner gerichtet hatten.

Der Direktionsassistent blinzelte angesichts des Luftwirbels, den die Turbinen des firmeneigenen Senkrechtstarters erzeugten. Er war gerade auf dem Landeplatz des Hauptgebäudes von Cross Apllied Technologies in Montreal im unabhängigen Quebec gelandet. Das golden umrahmte Cross-Logo glänzte sowohl an der Seite des Fahrzeugs als auch am Gebäude selbst und war über der Skyline der Stadt zu sehen. Er eilte zu der Maschine, sobald die Propeller langsamer wurden, die Turbulenzen sich legten und die Schiebetür an der Seite sich geöffnet hatte, durch die nun eine Frau in todschicker Geschäftskleidung auf den Landeplatz trat.

»Miss Henshaw!«, rief er und versuchte, ihre Aufmerksamkeit zu erregen. »Ich bin Carter LaValle, der Assistent von Monseiur Cross, willkommen in Quebec.« Er sprach Englisch mit leichtem Quebec-Akzent.

»Vielen Dank«, antwortete sie mit einem kurzen Nicken.

»Eine Besprechung ist bereits anberaumt. Wenn Sie mir bitte folgen wollen, ich bringe Sie zum Konferenzraum.«

Eve ließ sich von LaValle den Weg in das Gebäude und zu den Direktionsaufzügen zeigen, die sie zum Konferenzraum für die Präsentation bringen würde. Dabei genoss sie das Gefühl, in Begleitung eines der persönlichen Assistenten des Geschäftsführers die den höchsten Managern vorbehaltenen Bereiche des Konzernhauptquartiers zu durchschreiten. Sie hatte sich immer noch nicht entschieden, ob sie darum bitten sollte, alle verdeckten Unternehmungen im westlichen Nordamerika übernehmen zu können oder sich auf die aktivere Osthälfte zu konzentrieren, in der der größte Konkurrent von Cross, Ares Macrotechnology, ansässig war. Seattle bot viele Möglichkeiten, aber außerhalb der UCAS-Enklave schien Cross nicht viele Interessen zu haben.

Der Aufzug glitt sanft in das angestrebte Stockwerk, und dann öffneten sich die Türen mit einem schwachen pneumatischen Zischen und einem musikalischen Läuten. LaValle führte sie durch einen weitläufigen, mit hochflorigem Teppichboden ausgelegten Korridor zu einem privaten Konferenzraum und hielt ihr höflich die Tür auf.

Der Raum war größer als die meisten Wohnungen in Seattle. Die gegenüberliegende Wand bestand aus einem großen Fenster, das vom Boden bis zur Decke reichte und einen grandiosen Ausblick über die Stadt Quebec bot. Doch Eve wusste, dass dies in Wirklichkeit holografische Kristallmatrizen waren, die über der eigentlichen Wand lagen und einen Blick auf die Landschaft jenseits der massiv verstärkten Außenmauer auf die Innenwand projizierten. Richtige Fenster, sogar kugelsichere, wären in diesem Gebäudebereich ein zu hohes Sicherheitsrisiko gewesen.

Der Konferenztisch in der Mitte bestand aus gebeizter, warm glänzender Eiche, die ihn umgebenden Stühle waren mit weichem Leder bezogen. Auf der einen Seite stand auf einem Beistellschrank eine Auswahl an Erfrischungsgetränken bereit, während die andere Wand von einem breiten Flachbildschirm sowie einem Holzschrank beherrscht wurde, der die hoch entwickelte Elektronik enthielt: sprachgesteuerte Datenübertragung und Multimediaausstattung, alles verbunden mit dem weitreichenden Computernetzwerk des Konzerns und den internen Systemen des Gebäudes.

»Falls Sie es sich gern gemütlich machen und Ihr Material vorbereiten möchten«, sagte LaValle, während sie noch den Raum betrachtete. »Monsieur Cross wird sich in Kürze zu Ihnen gesellen. Wenn Sie etwas brauchen sollten, lassen Sie es mich bitte wissen.«

Nachdem Eve ihm gedankt hatte, verließ der Assistent den Raum und schloss die Tür hinter sich. Sie ließ sich für einen Moment auf einen der Stühle sinken. Nach dem langen Flug von Seattle nach Quebec war es ein angenehmes Gefühl. Sie war zwar müde, aber gleichzeitig voller Vorfreude und aufgeregt. Schnell schob sie ihre Aktentasche unter den Tisch, zog den kleinen Handheld hervor und klappte ihn auf.

Es dauerte nur einen Augenblick, ihren persönlichen Bereich des Systems aufzurufen und die Dateien einzurichten, die sie vorbereitet hatte. Als das System sie zum zweiten Mal nach ihrem Passwort fragte, gab Eve es erneut ein. Sie musste sich in der Eile vertippt haben. Dieses Mal akzeptierte das System das Passwort, und sie erhielt den Zugriff auf die Dateien. Damit war alles vorbereitet und griffbereit. Sie konnte nur noch warten. Glücklicherweise dauerte es nicht zu lange; schon nach ein paar Minuten öffnete sich die Tür zum Konferenzraum. Eve stand auf und schob ihren Stuhl zurück.

Eine Frau mit Sonnenbrille und einem dunklen Anzug betrat den Raum. Ihre blonden Haare waren kurz und glatt nach hinten gekämmt, sodass sie fast wie Plastik aussahen. Sie prüfte den Raum mit einem schnellen, aber professionellen Blick, bevor sie zur Seite trat und LaValle und zwei andere Männer eintreten ließ. Einen der beiden erkannte Eve nicht, wusste aber sofort, wer der andere war.

Lucien Cross, Gründer und Geschäftsführer von Cross Applied Technologies, hatte zwar durchaus das distinguierte Aussehen eines Mannes in seiner Position, wirkte aber infolge der Wunder der modernen Medizin und Magie nicht älter als Mitte vierzig. Sein dunkles Haar trug er makellos aus der hohen Stirn zurückgekämmt. Die Spuren grauer Haare an den Schläfen und der ordentlich gestutzte Bart mochten Affektiertheit sein und waren sicherlich so gewünscht. Dasselbe galt für die Falten um seine Augen, an den Mundwinkeln und über den Augenbrauen. Sein ganzes Auftreten zeugte davon, dass er die völlige Kontrolle über seine Umgebung hatte, wie auch über sein Image. Cross trug einen maßgeschneiderten Anzug, ein enges weißes Hemd und eine Seidenkrawatte. Sein einziger Schmuck war ein massiver Ring an der rechten Hand, wenn man vom polierten Chrom der Datenbuchse absah, die fast unsichtbar hinter seinem rechten Ohr angebracht war.

»Miss Henshaw«, begrüßte er sie mit tiefer Stimme ohne

die geringste Spur eines Akzents. »Ihnen ist klar, dass diese Besprechung notwendigerweise kurz sein muss.«

»Natürlich, Sir«, antwortete sie, während Cross' Leibwächter die Tür hinter ihnen schloss und neben ihr Platz nahm.

»Sie würde überhaupt nicht stattfinden«, setzte Cross hinzu, »wenn Ihre Vorschläge nicht so vielversprechend wären.«

Cross und sein Begleiter nahmen gegenüber von Eve am Konferenztisch mit dem Gesicht zum Bildschirm an der gegenüberliegenden Wand Platz. LaValle blieb mit einer Datentafel in der Hand stehen. Auch Eve setzte sich nicht wieder hin, sondern begann ihren Vortrag.

Akimura meldete sich zu Wort, bevor einer der anderen antworten konnte. Mit einem Kopfnicken deutete er auf die Bergspitze. »Da oben gibt es eine Höhle, in der ein mächtiger Geist gefangen ist«, sagte er auf eine Art, die sich viel mehr nach einem gebürtigen Japaner anhörte als seine gewohnte Ausdrucksweise. Keiner reagierte darauf, als hätten sie es gar nicht bemerkt.

»Und sie möchten ihn befreien?«, fragte Gabriel.

Er schüttelte den Kopf. »Ganz im Gegenteil. Wir wollen erreichen, dass er dort bleibt.«

»In wessen Auftrag?«

»Ich würde sagen, es wäre für alle das Beste«, antwortete Akimura.

»Ich glaube, die beiden Damen vor Ihnen sind anderer Meinung.«

»Sie haben sie gesehen«, mischte sich Orion ein und lenkte damit wieder Gabriels Aufmerksamkeit auf sich.

Nach einer kurzen Pause nickte er. »Wir halten die Gegend unter Beobachtung«, erklärte er mit einem Blick auf Akimura. »Also, für wen arbeiten die beiden, und wen repräsentieren Sie?«

Ein Windstoß pfiff plötzlich durch die Bäume und schüttelte die Äste, sodass die welken Blätter herabfielen. Gabriels Team ließ sich davon nicht in seiner Wachsamkeit beirren, obwohl alle einen Blick auf die dunklen Wolken warfen, die sich über ihren Köpfen zusammenballten.

Der Bildschirm an der gegenüberliegenden Wand zeigte eine Satellitenkarte des pazifischen Nordwesten mit besonderer Konzentration auf den Elfenstaat Tir Tairngire. »Daher können Sie erkennen«, schloss Eve ihren Vortrag, »dass wir eine erstklassige Gelegenheit haben ...« Sie hielt inne, als Cross eine Hand hob, um anzuzeigen, dass er genug gehört hatte.

»Michael?«, sprach er den Mann neben sich an.

Dieser war stumm geblieben, seit er den Raum betreten hatte, sodass Eve ihm wenig Aufmerksamkeit geschenkt und geglaubt hatte, er sei ein weiterer Direktionsassistent. Doch nun erkannte sie hinter der gelangweilten Fassade einen scharfen Verstand, dem kein Detail entging. Er nahm einen Handheld aus der Brusttasche seiner Jacke, drückte auf ein paar Tasten und schaute dann auf die Anzeige. Eve sah zu, wie die von ihr ermittelten Daten auf dem großen Bildschirm bei hoher Verarbeitungs-Geschwindigkeit analysiert wurden.

»Die genetischen und physiologischen Daten stimmen mit unseren Aufzeichnungen überein, Sir«, erklärte Michael, während er ihm den Handheld zur Begutachtung hinhielt »aber sie sind geändert worden, um das zu erreichen. Die Anzeichen sind äußerst subtil, aber es gibt sie.«

Lucien Cross' Stirn legte sich in Falten, während seine Augen immer schmaler wurden. »Miss Henshaw?«, fragte er mit einem gefährlichen Unterton, »haben Sie eine Erklärung dafür?«

»Ich ... nein, aber ...«

»Haben Sie nicht daran gedacht, Ihre Informationen auf Authentizität zu prüfen, bevor Sie sich entschlossen haben, den weiten Weg hierher zu machen und meine Zeit zu verschwenden?«

»Natürlich!«, sagte sie. »Ich meine ... ich habe die Informationen natürlich mit den Firmenunterlagen verglichen – und die Übereinstimmung war vollkommen. Es gab keine

Anzeichen dafür, dass sich jemand daran zu schaffen gemacht hat!«

»Vielleicht für das weniger erfahrene Auge«, erwiderte Michael leise, aber doch so laut, dass jeder es hören konnte.

»Ich weiß, was ich gesehen habe«, fuhr Eve ihn an. »Ich kenne meine Quelle. Vielleicht haben Sie einen Fehler gemacht!«

Der andere Man reagierte nicht, aber Cross lehnte sich langsam nach vorn, die Augen immer noch zu zornigen Schlitzen verengt. »Wollen Sie damit sagen, dass der Direktor der Seraphim keine Ahnung von seinem Metier hat, Miss Henshaw?«

»Der ...«, stotterte Eve, aber dic Worte blieben ihr im Hals stecken. Sie schaute wieder auf Michael, der einfach nur dasaß und sie ruhig und ohne jegliche Gefühlsregung ansah. Niemand hatte je den Direktor der Seraphim gesehen. Seine Identität war ein streng gehütetes Geheimnis der obersten Hierarchieebenen der Firma. Sie wandte sich wieder an ihren obersten Vorgesetzten. »Mister Cross ...« Sie brach jedoch ab, als er Michael ansprach, als sei sie überhaupt nicht anwesend.

»Die Daten sind also eine Fälschung?«, fragte er.

Der Seraphim-Direktor nickte. »Ich bin mir fast sicher. Damit ist gemeint, dass entweder jemand Zugang zu unseren Aufzeichnungen oder zu den Original-Genproben hatte. Der Art der Informationen nach würde ich auf Ersteres tippen. Die Übereinstimmung ist fast zu genau. Das in Verbindung mit den Anzeichen für Veränderungen in der Datei ...« Er zuckte die Achseln. »Ich würde sagen, jemand *will*, dass wir glauben, er ist noch am Leben.«

»Und Sie haben diesen Auftrag abgesegnet?«, sprach Cross nun wieder Eve an, während er zur Landkarte nickte, die auf dem Bildschirm an der Wand zu sehen war.

Sie nickte nur.

Der Geschäftsführer wandte sich wieder an Michael. »Einer unserer Agenten ist vor Ort?«

Der Seraphim-Direktor bejahte dies: »Wie üblich.«
»Verbinden Sie mich, und zwar sofort.«

»Das ist zwar alles äußerst faszinierend, aber ich finde, es wird hier langsam etwas ungemütlich«, verkündete Lothan mit einem Blick auf Gabriel. »Was haben Sie eigentlich vor?« Der Anführer richtete seine Aufmerksamkeit auf den Troll.

»Ich sollte Sie eigentlich hier vermodern lassen, mich um die beiden anderen weiter oben kümmern und Feierabend machen.«

»Vorausgesetzt, Ihr Arbeitgeber erwartet genau das von Ihnen«, konterte Akimura. »Schließlich wissen wir alle, wie ... nachtragend Firmen sein können, wenn Angestellte ihre Erwartungen nicht erfüllen.«

Der Wind frischte erneut auf, und ein Blitz erhellte für einen kurzen Moment die Nacht. Der unmittelbar darauf folgende Donnerschlag führte ihnen allen vor Augen, wie unangenehm nah das Gewitter war.

»Ich persönlich bin nicht ...« Gabriel brach plötzlich ab, seine Augen waren nicht mehr auf den Schieber gerichtet, als lausche er jemandem, den die anderen nicht hören konnten.

Orion beobachtete ihn angespannt – war das die Gelegenheit, die sie brauchten? Akimura betete im Stillen darum, der Ki-Adept möge Vorsicht walten lassen und abwarten. Der Rest von Gabriels Truppe reagierte nicht, sondern hielt nur weiterhin die Waffen auf die Runner gerichtet. Sie waren immer noch zum Tode verurteilt, wenn sie eine plötzliche Bewegung machten.

Die Anspannung in Orion war so groß, dass er glaubte, er müsse explodieren. Sie waren *so* nah dran gewesen – und dann das!

Die unmerklichen Bewegungen von Gabriels Kiefer verrieten, dass er gerade jemandem über ein Kommunikationssystem antwortete, wahrscheinlich über ein implantiertes Mikro mit Lautsprecheranlage. Plötzlich lachte er kurz und humorlos und richtete seine Aufmerksamkeit auf die Runner, während sich einer seiner Mundwinkel zu einem zynischen halbseitigen Grinsen verzog. Sein Daumen lag auf dem Hahn seiner Pistole. Alle spannten sich, doch dann sicherte Gabriel die Waffe und hob sie so hoch, dass sie nicht länger auf sie zielte.

»Der Auftrag hat sich erledigt, wir verschwinden«, erklärte er dem Rest seines Teams. »Sieht so aus, als würden Sie am Leben bleiben«, sagte er.

»So ein Glück für uns«, antwortete Akimura leise.

Plötzlich richtete Gabriel seine Waffe direkt auf den Schieber, sodass der Ziellaser einen roten Punkt wie ein leuchtendes Kastenzeichen mitten auf seine Stirn malte.

»Machen Sie sich nichts vor. Ich könnte Sie genau hier und genau jetzt töten, mit oder ohne Befehl, und damit wäre alles erledigt. Wer würde es je erfahren?« Die anschließende Pause, als er auf Akimuras Antwort wartete, war grässlich, aber der Schieber blieb vollkommen still und schaute dem Konzernagenten nur direkt in die Augen. Eine Ewigkeit schien zu vergehen, bis Gabriel seine Waffe erneut hochnahm.

»Aber ich bin Profi«, stellte er fest, »und will weder Zeit noch Munition vergeuden. Sie sind doch nur Müll von der Straße, also kommen Sie uns nicht noch mal in die Quere und beten Sie, dass sich unsere Wege nie wieder kreuzen.«

Er gab ein Handzeichen, und sein Team zog sich mit weiterhin auf die Runner gerichteten Waffen in den Schatten der Bäume zurück. Ein weiterer Blitz begleitete ihren Rückzug einen Moment, dann war das Konzernteam in der Dunkelheit verschwunden.

»Was ist da gerade passiert?«, fragte Orion, der sich umschaute, um sicherzugehen, dass der Rückzug kein Trick war.

»Wir haben Glück gehabt«, antwortete Akimura und zog seine Waffe. »Verdammtes Glück. Zum ersten Mal seit langer Zeit habe ich das Gefühl, dass jemand dort oben mich mag. Lassen Sie uns weitergehen, ich glaube, wir haben nicht mehr viel Zeit.« Er schaute zum Himmel, während der Wind wieder aufheulte, die Bäume durchgeschüttelt wurden und starker Regen einsetzte.

Midnight führte Kellan zielsicher zu einem Felsgrat am Berghang und weiter zum niedrigen Eingang einer Höhle. Die Steine und der Schutt rings um den Höhleneingang rauchten immer noch wie nach einer Art Explosion. Als sie das schwarze Felsgestein betrachtete, fragte sich Kellan, ob hier vielleicht ein oder mehrere Blitze eingeschlagen waren. Obwohl die Höhle im Schatten lag, sah man innen ein schwaches goldenes Licht leuchten.

»Da rein«, befahl Midnight kurz angebunden.

Kellan stieg über die geschwärzten Gesteinstrümmer und zog den Kopf ein, als sie den Eingang erreicht hatte.

Sie war nicht überrascht, sich nach Betreten der Höhle in fast vertrauter Umgebung wiederzufinden. Es sah genauso aus wie in ihrem Traum, nur aus einer anderen Perspektive. Dort, wo die Höhle am lichtesten war und man die Decke im Stehen nicht erreichen konnte, sah Kellan die Quelle des Lichts, das den Raum ausfüllte.

Das Leuchten hatte seinen Ursprung in einer Figur, die auf dem Steinboden kniete wie ein Betender oder Meditierender. Sie bestand vollständig aus goldenem Licht mit weißgoldenen Flügeln, die um den Körper gelegt waren. Als sie sich näherten, hob sich der leuchtende Kopf mit dem hellen Heiligenschein, und die Augen öffneten sich so weit, dass man das Gefühl hatte, in den Tiefen des weißen Lichts direkt die Seele zu erblicken.

»Kellan, sag Hallo zu Morningstar«, befahl Midnight.

Hallo Kellan, meldete sich die Stimme in ihrem Kopf. *Ich habe sehr lange auf dich gewartet.*

Kapitel 20

Kellan betrachtete staunend das fantastisch leuchtende Geistwesen.

Gewartet ... auf mich?, dachte sie.

Ja, antwortete es. *Seit dein Vater mich bcschworen hat.*

Mein Vater? Kellan erinnerte sich an ihren Traum von dem Elfenmagier, der den Geist gerufen und an sich gebunden hatte, um dann in den Rücken getroffen zu werden ... von Midnight.

Ja, bestätigte Morningstar, *Midnight hat ihn getötet. Ich habe dir durch die Verbindung des Amuletts eine Vision von dem geschickt, was ich an jenem Tag gesehen habe.* Kellan dachte an das Jadehalsband, das jetzt in Midnights Besitz war.

»Eindrucksvoll, nicht wahr?«, unterbrach Midnight ihren Gedankengang, ohne den Blick von dem Geist zu lösen. »Ist dir klar, was ein so mächtiger Geist alles erreichen kann?«

»Genug, um so viele Leben wert zu sein?«

»Du reimst es dir also langsam zusammen«, sann Midnight. »Das und noch einiges andere, also müsstest du mittlerweile auch wissen, dass es unklug wäre, mich zu hintergehen.«

»Warum hast du mich hierher gebracht?«

»Weil ich dich vielleicht noch brauche. Ich habe Thieraults Aufzeichnungen, meine Erinnerung an die ursprüngliche Beschwörung und das hier.« Sie hielt das Halsband hoch. »Aber vielleicht reicht das nicht. Vielleicht brauche ich einen Magier, möglicherweise sogar einen, der mit Thierault blutsverwandt ist.«

»Mit meinem Vater«, stellte Kellan leise fest.

»Ja. Der Zeitpunkt deiner Geburt lässt keinen anderen Schluss zu. Ein Jammer, dass du nicht mehr von ihm geerbt hast als sein magisches Talent. Du hättest eine gute Elfe abgegeben.«

»Du verdammtes Miststück ...«, fauchte Kellan, während sie eine Wut in sich hochkochen spürte wie noch niemals zuvor.

»Reg dich ab«, schnauzte Midnight und richtete ihre Waffe direkt auf Kellans Herz. »Wenn du vernünftig bist, kannst du immer noch davonkommen, Kellan. Sobald ich habe, was ich will, habe ich keine Verwendung mehr für dich und wir sind quitt, aber wenn du mich zwingst ...« Sie ließ den Rest der Bemerkung in der Luft hängen, aber Kellan war klar, was sie damit ausdrücken wollte.

Kellan fragte sich kurz, ob Midnight wohl schnell genug war, sie zu töten bevor sie einen Zauberspruch loswerden konnte, der das elfische Miststück knusprig braten würde. Was hatte sie jetzt noch zu verlieren?

Nein, Kellan, vernahm sie erneut die Stimme von Morningstar. *Es gibt einen anderen Weg. Ich kann dir helfen, wenn du mir hilfst.*

Dir helfen?, antwortete Kellan.

Hilf mir, mich zu befreien, antwortete der Geist, *dann können wir uns beide rächen.*

Kellan ließ Midnight nicht aus den Augen. *Warum sollte ich dir trauen?*

Hast du eine andere Chance?

»Also«, sagte sie zu Midnight, »was machen wir jetzt?«

»Jetzt führe ich das Ritual aus, und du behältst die Astralebene im Auge und sagst mir, was passiert. Irgendwelche Tricks und ...« Sie schwenkte die Waffe in Kellans Richtung.

Sie wird verwundbar sein, Kellan, flüsterte Morningstars Stimme in ihrem Kopf. *Hör einfach zu und tu, worum ich dich bitte ...*

Kellan biss sich auf die Lippen und schluckte die Antworten herunter, die sie beiden geben wollte, stattdessen nickte sie. Welche Chance hatte sie tatsächlich? »In Ordnung«, erklärte sie. »Bringen wir's hinter uns.«

»Ich wusste, du würdest es einsehen«, sagte Midnight mit einem selbstzufriedenen Lächeln.

Draußen war der Sturm so heftig geworden, dass sich die Runner auf ihrem Weg bergauf aus Leibeskräften gegen ihn stemmen mussten. Wolkenbruchartiger Regen prasselte auf sie nieder und wurde ihnen vom Wind ins Gesicht gepeitscht, und immer noch zuckten Blitze und grollte Donner über ihnen. Ein Einschlag spaltete einen Baum in gefährlicher Nähe, sodass einige der herabfallenden Äste Orion beinahe verletzt hätten, doch der Elf konnte gerade noch rechtzeitig zur Seite springen.

»Da!«, rief Akimura und zeigte auf einen leuchtenden Punkt in einer Felsspalte.

Orion blinzelte in den Regen. Als er das Licht erblickte, schlug er einen schwerfälligen Trab in die entsprechende Richtung ein. Die anderen folgten ihm in nicht allzu großem Abstand.

Midnight befahl Kellan, sich während des Rituals dicht an die Wand vor Morningstar zu stellen. Falls sich Midnight Sorgen machte, wie sie Kellan während des Rituals im Auge (und die Waffe auf sie gerichtet) behalten wollte, ließ sie sich davon jedenfalls nichts anmerken. Große Teile des Rituals wurden in Sperethiel vorgetragen, das in Kellans Ohren gleichzeitig lyrisch und seltsam vertraut klang. Ihr ging auf, dass Midnight genau die Worte sprach, die sie im Traum auch in Elfisch gehört, da aber aus irgendeinem Grund verstanden hatte.

»Seterin' ranshae!«, intonierte Midnight und wechselte dann ins Englische, während sie den Torques in die Höhe hielt. »Du, der du als Morningstar bekannt bist, bei der Kraft deines Namens, bei den Riten und Mächten der Elemente beschwöre ich dich und gebiete dir, manifestiere dich hier, unterwirf dich meinem Willen und sonst niemandem. Durch diesen Ge-

genstand bist du gebunden. Erhebe dich! Erhebe dich und gehorche meinem Willen.«

Das Halsband, erklärte Morningstar Kellan. *Sie muss das Halsband umlegen.*

»Du musst das Halsband tragen, um ihm befehlen zu können«, sagte Kellan und lenkte damit Midnights volle Aufmerksamkeit auf sich. Als die Elfe ihr einen verwirrten Blick zuwarf, fügte sie hinzu: »Die Kraft ist da, ich kann sie sehen, aber das Halsband muss getragen werden, um seine volle Kraft zu entfalten.«

Midnight winkte Kellan heran. »Dann leg es mir um, aber komm nicht auf dumme Ideen!«

Kellan trat näher, damit Midnight ihr das Halsband reichen konnte. Gleichzeitig spürte sie, wie Midnight ihr die Pistolenmündung in den Bauch drückte und ihre Elfenaugen sie eiskalt musterten. Von Angesicht zu Angesicht mit ihr öffnete Kellan den Verschluss des goldenen Halsbands, legte Midnight die Kette um den blassen Hals und hakte den Verschluss im Nacken ein, bevor sie einen Schritt zurücktrat.

»Was muss ich ...«, begann Midnight, doch der Rest der Frage blieb ihr im Hals stecken. Das Jadeamulett leuchtete in einem feurigen Licht auf, und die Elfe stolperte rückwärts, als sei sie geschlagen worden. Die Waffe entglitt ihren tauben Fingern und fiel zu Boden, während Midnights zuvor dunkle Augen plötzlich Licht verströmten.

JA!, hallte ein triumphierender Ruf durch Kellans Gedanken, während Midnight einen erstickten Schrei von sich gab.

Ein Donnerschlag draußen erzeugte ein Echo in der Höhle, während sich Morningstar in einem goldenen Nebel aufzulösen schien. Er verwandelte sich von einer glänzenden, ruhigen, beflügelten Lichtgestalt in eine Figur aus einem Albtraum: Hörner, Klauen und gefletschte Reißzähne von der Farbe eines Schmiedefeuers. Kellan, die wie angewurzelt dastand, konnte die Gestalt nur für einen kurzen Moment sehen, bevor sie in Midnights Augen und in ihren geöffneten Mund strömte und in sie eindrang, während das Amulett glühte. Einen Moment später war die leuchtende Gestalt des Geistes verschwunden, und Midnight stand allein mit geneigtem Kopf da. Die dunklen Haare verhüllten ihr Gesicht.

Kellan hatte nur den Bruchteil einer Sekunde gezögert, bevor sie nach der Waffe am Boden griff, doch dieser Augenblick reichte. Als sie sich bückte, zuckte eine von Midnights Händen vor wie eine zustoßende Schlange und schloss sich mit eisernem Griff um ihren Hals. Kellan schaute in Midnights jetzt geöffnete Augen und sah, dass das kalte Schwarz einem weißgoldenen Leuchten gewichen war.

»Ach, Kellan«, sagte sie, und ihre Stimme war eine Mischung aus Midnights und derjenigen aus ihren Träumen. »Du musst immer noch so viel lernen.«

»Ich habe getan, was du wolltest! Erledige sie!«, fauchte Kellan.

»Ich bin dir dankbar«, erwiderte der Geist mit Midnights Stimme. »Unglücklicherweise hast du meinen wahren Namen gehört, und ich kann nicht riskieren, dass du ihn jemandem erzählst. Ich möchte *niemals* wieder so gebunden sein. Es ist schade, dass dein Vater nicht hier sein kann, aber dann musst du eben für ihn einspringen.« Die Hand um Kellans Hals drückte fester zu und raubte ihr den Atem. Ihr Blickfeld verschwamm.

»Lass sie sofort los!« Den Worten aus dem Höhleneingang folgte der donnernde Knall von Pistolenschüssen. Blut spritzte auf Kellan, als die Kugeln Midnight trafen, sodass sie den Griff lockern musste und zurück an die Höhlenwand stolperte. Kellan rang nach Atem und hustete, und als sie sich umdrehte, erkannte sie Orion, der bis auf die Haut durchnässt und mit der Waffe in der Hand mitten im Eingang stand. Direkt hinter ihm tauchten Lothan, G-Dogg und ein Kellan unbekannter asiatischer Mann in dunkler Straßenkleidung auf.

»Kellan ...«, begann Orion, aber G-Dogg fiel ihm ins Wort.

»Passt auf!«, rief er und zog seine Waffe.

Kellan drehte sich um und warf sich zur Seite, als Midnight sich von der Wand abstieß. Obwohl der Fels hinter ihr blutverschmiert war, konnte Kellan erkennen, dass sich Midnights Wunden bereits wieder schlossen und ein feuriges Licht sowohl in Midnights Augen als auch in dem Jadeamulett brannte.

»Sie ist besessen!«, rief Lothan aus dem Hintergrund.

Orion und G-Dogg eröffneten das Feuer auf Midnight, und die Waffen dröhnten ohrenbetäubend in der Enge der Höhle. Sie zuckte und tanzte wie eine Marionette mit defekten Schnüren, da Kugeln durch die Stellen ihrer hautengen Kleidung drangen, wo die Panzerung schwächer war, und an den ungeschützten Stellen Fleisch und Knochen zermalmten. Midnight sank am Boden zusammen, und ihr Blut sammelte sich in einer dunklen Lache um sie herum.

»Kellan!«, rief Lothan, »und auch ihr anderen, kommt zurück.« Als Orions Kopf ärgerlich zu dem Troll herumfuhr, fügte er noch ein gebieterisches »Sofort!« hinzu.

Widerwillig griff Orion nach Kellans Hand und half ihr auf, dann verließen sie die Höhle und blieben im strömenden Regen auf dem Bergkamm stehen.

»Wir hätten uns vergewissern müssen, dass sie erledigt ist!«, schrie Orion Lothan an, doch der schüttelte den Kopf.

»Mit Kugeln kann man so was nicht töten. Sie ist von einem mächtigen Geist besessen.«

»Er nennt sich Morningstar«, erzählte Kellan, und Lothan zog eine Grimasse.

»Ich weiß. Wir müssen ihn bannen, aber in der Datei stehen nicht die dafür erforderlichen ...«

»Sein wahrer Name lautet *Seterin'ranshae*«, schnaufte Kellan und versuchte sorgsam, den Namen richtig auszusprechen.

Auf Lothans Gesicht erschien ein Grinsen wie bei einem stolzen Vater. »Meine Liebe, aus dir wird doch noch mal eine Meisterin der Künste! Wir ...«

»Er kommt!«, rief G-Dogg.

Lothan hob den Stab von Cador-Brie in einer abwehrenden Geste, und sein Kristall flackerte in der Dunkelheit auf.

Plötzlich gab es eine Explosion und ein dumpfes Tosen, und die Luft schien in Flammen zu stehen. Kellan hielt schützend die Arme über sich, als die Druckwelle sie umwarf.

Sie fiel zwar, konnte sich jedoch schnell wieder aufrappeln, während sich der Rauch verzog. Lothan war ungerührt stehen geblieben, obwohl sowohl Bart als auch Kleidung angesengt und mit Aschesprenkeln übersät waren. Die anderen waren durch die Kraft der Druckwelle zu Boden geschleudert worden, waren aber wie Kellan bis auf einige Brandmale und leichte Verbrennungen unverletzt.

Morningstar stand in Midnights Körper vor dem Höhleneingang. Licht loderte aus ihren Augen, und Reste der mystischen Flammen umspielten ihre Hände.

»Gut gemacht, Magier«, spottete der Geist mit seiner gemischten Stimme. »Aber ich frage mich, wie lange du dich so gegen mich verteidigen kannst.«

»Lange genug«, entgegnete Lothan. Er rammte den Stab fest vor sich auf den Boden und zeigte mit der anderen Hand auf Morningstar. »Durch die Kraft der Elemente und durch die Kraft meines Willens, *Seterin'ranshae*, wirst du von dieser Ebene verbannt!«, rief er gegen den Wind an.

Statt bei Lothans Nennung seines wahren Namens zurückzuschrecken, lachte Morningstar lediglich, und das Geräusch fand ein Echo in einem neuerlichen Donnergrollen über den Bergen. »Ich werde nie wieder gebunden sein!«, rief der Geist und reckte Midnights Hände in den trüben Himmel. Ein Blitz brach durch die Wolken und schlug mit einem gewaltigen Donnerschlag neben Lothans Füßen ein. Erde und Gestein wurden zusammen mit dem Troll davongeschleudert. Lothan blieb zusammengekrümmt auf dem Boden liegen und wäre fast den Abhang heruntergerutscht.

»Lothan!«, rief Kellan und eilte sofort zu ihm.

Die anderen feuerten aus allen Rohren auf Morningstar. Die reine Aufprallwucht der Geschosse hielt den Geist zwar etwas auf, aber die Wunden heilten sofort, und das Leuchten um Midnights Hände wurde immer greller.

»Lothan, bist du in Ordnung?«, fragte Kellan und kniete sich neben ihren Lehrer.

Lothan stöhnte laut, konnte sich aber aufrichten und Kellan zunicken. »Ich konnte mich vor dem Schlimmsten schützen. Bei den Göttern, er ist mächtig. Wir können ihn vielleicht nicht aufhalten, Kellan.« Lothan schaute zurück, während Morningstar Midnights leuchtende Hände in die Höhe reckte.

»Schirm die anderen ab!«, wies er Kellan an.

Sie konzentrierte sich darauf, ihre magische Abwehr auf alle anderen auszudehnen, während der Geist mit einem leuchtenden Energiestrahl angriff. Er traf G-Dogg, der vor Schmerzen aufbrüllte, sich mit der freien Hand an den Kopf fasste und zurückstolperte, bis er auf die Knie fiel.

Mit einem Kampfschrei, der von einem Donnerschlag unterstrichen wurde, zog Orion sein Schwert, ließ die Pistole fallen und lief mit der Klinge in beiden Händen auf Midnight zu. Der Geist drehte sich in seine Richtung, aber es war zu spät, um einen Zauber gegen ihn zu wirken. Die Klinge des elfischen Kriegers schlitzte Midnights ausgestreckten Arm bis auf die Knochen auf. Ein doppelter Schmerzensschrei kam aus ihrem Mund, während sich der Geist zurückzog und sich die Wunde bereits wieder schloss.

»Orions Klinge könnte ihn vielleicht zerstören«, informierte Lothan Kellan, während er sich aufrappelte. »Wir müssen ihn so lange gegen die Zauber des Geists schützen.«

Kellan konzentrierte sich darauf, Orion mit einem Schutzschild gegen jede Magie zu umgeben, die Morningstar gegen ihn einsetzen konnte. Als der Geist einen einer Sense ähnlichen Bogen voll mystischer Kraft in Richtung des Elfs schickte, wurde dieser von der kombinierten Kraft ihrer und Lothans Verteidigungszauber zurückgeworfen – Orion blieb unverletzt. Wieder schlug er mit seinem Schwert zu, doch dieses Mal war Morningstar besser auf den Angriff vorbereitet. Der Geist war in der Lage, Midnights beachtliche Gewandtheit und ihre Geschicklichkeit im Nahkampf auszunutzen.

»Warum hatte die Nennung seines wahren Namens keine Wirkung auf ihn?«, fragte sich Lothan, dessen Stirn sich in tiefe Falten gelegt hatte. »Es hätte reichen müssen, um ihn zu verbannen.«

»Das Amulett!«, riefen er und Kellan gleichzeitig, als sich die Wolken teilten und ein weiterer heftiger Blitz einschlug. Diesmal erreichte er nicht einmal den Boden, sondern traf Lothan direkt. Seine magische Abwehr sorgte zwar für die Ableitung fast aller Energie, aber der Blitz zwang ihn dennoch in die Knie. Fast wäre ihm der Stab aus den Händen geglitten. Morningstar wich Orions Angriffen geschickt aus. Der Elf konnte Midnight einen oberflächlichen Schnitt an der Schulter zufügen, aber auch diese Verletzung heilte sofort wieder.

»Orion!«, rief Kellan. »Das Halsband!«

Sofort fuhr Morningstar zu Kellan herum, und seine Augen brannten vor Wut. Diesen Augenblick nutzte Orion, um sich mit ausgestreckter freier Hand auf sie zu stürzen und nach dem Amulett an Midnights Hals zu greifen. Mit einem Wutschrei riss der Geist eine Hand in die Höhe – eine unglaubliche Kraft schleuderte Orion durch die Luft, als sei er von einem Auto angefahren worden. Doch seine Hand hatte sich bereits um das Amulett geschlossen, und er ließ nicht los. Die goldene Kette riss. Die beiden Enden hingen aus seiner geschlossenen Faust, als er am Rand des Kamms landete, sich überschlug und den Abhang hinunterkollerte. Er verlor sein Schwert, hielt aber das Amulett fest in der freien Hand, während sich die andere Halt suchend in den steinigen Untergrund krallte.

Kellan eilte zu ihm, während Morningstar mit erhobenen Händen den Himmel anrief. Weil sie mit einem weiteren Blitzschlag rechnete, verstärkte sie ihre Abwehr in der Hoffnung, Orion und sich selbst schützen zu können. Dann hallten Schüsse durch die Dunkelheit – Akimura feuerte sein Magazin auf Midnight ab. Die Geschosse lenkten den Geist immerhin so sehr ab, dass sein Zauber vereitelt wurde. Kein

Blitz zuckte herab, und Kellan erreichte Orion. Er öffnete die Hand und hielt ihr das Amulett hin, während sie ihm auf festen Boden half.

»Bist du ...?«, fragte sie, doch er schüttelte den Kopf und hielt sich die Seite.

»Ich komme wieder in Ordnung«, sagte er gepresst. »Mach einfach, was nötig ist.«

Kellan nahm das Amulett in dem Augenblick an sich, als Akimuras Waffe leer geschossen war. Er wollte das Magazin wechseln, doch in dieser kurzen Pause beschrieb Morningstar eine magische Geste, die auch Akimura durch die Luft wirbelte.

»Seterin'ranshae!« Kellan hielt das Amulett fest umklammert und erinnerte sich an die Worte, die sie in ihrer Vision und in der Höhle gehört hatte. »Durch die Kraft deines Namens, durch die Kraft dieses Artefakts und durch die Kraft meines Willens bist du gebunden! Ich befehle dir ... hinfort! Hinfort aus diesem Körper, hinfort aus dieser Welt für immer und ewig!«

»NEIN!«, heulten der Geist und Midnight gleichzeitig. Plötzlich glitt Morningstar aus dem Körper der Elfe. Der Geist hatte die Gestalt, in der Kellan ihn zuletzt gesehen hatte: steinharte, vernarbte Haut, ein aufgerissenes Maul mit spitzen Zähnen, knorrige Hände mit Krallen und vor Hass und Energie sprühende Augen. Jetzt schoss er auf Kellan zu wie ein Greifvogel, der sich auf sein Opfer stürzt, hielt aber kurz vor ihr inne, da er durch ihre Willenskraft in Verbindung mit dem Verbannungsritual und dem Amulett zurückgehalten wurde, das ein Teil seiner Essenz enthielt.

Ich ... lasse ... mich ... nicht ... verbannen!, heulte Morningstar in Kellans Kopf. Sie konnte seine Energie und den enormen Druck spüren, den er freisetzte, um sie zu zerstören und damit seine Verbannung aus der physikalischen Welt zu verhindern. Er kämpfte wie ein Tier in der Falle.

»Du wirst!«, entgegnete sie, während sie sich mit aller Kraft gegen den Druck wehrte, doch sie war nicht sicher, ob ihre

Kräfte ausreichen würden. Morningstar glich einer tobenden Bestie, die sie kaum in Schach halten konnte.

Lothan schüttelte die Folgen von Morningstars Blitzattacke langsam ab. Als er den Kopf hob, sah er, dass Kellan in einen magischen Kampf mit der Astralgestalt des Geistes verwickelt war. Der lodernde Morningstar schwebte mit ausgebreiteten feurigen Flügeln vor ihr und sandte brennende Blicke in ihre Richtung. Kellan hielt stand. Sie hatte voller Konzentration die Stirn gerunzelt und hielt Morningstar das leuchtende Amulett wie einen Talisman entgegen – doch es war, als stemme sie sich gegen einen Sturm. Eine Welle von Stolz angesichts ihrer Fähigkeiten überflutete ihn, aber neben der entfesselten Kraft Morningstars sah sie so klein aus ...

Lothan, flüsterte eine Stimme in seinen Gedanken. *Lothan ...* Er brauchte einen Augenblick, um die Stimme Morningstars ohne Midnights Anteil darin zu erkennen. Lothan erhob sich und stützte sich auf seinen Stab.

Lothan, wiederholte der Geist. *Hilf mir, und du wirst belohnt. Ich habe Kräfte, wie du sie dir kaum vorstellen kannst. Ich kenne Geheimnisse aus den Niederwelten, aus Reichen jenseits der Vorstellungskraft Sterblicher. Ich garantiere dir Wissen und Reichtum in einem Maß, das deine kühnsten Träume übersteigt!*

Bilder fluteten sein Gehirn: Er stand auf der höchsten Spitze des Metroplex, kommandierte Legionen von Geistern, lehnte sich dann auf einem thronähnlichen Stuhl behaglich zurück, um seine Blicke über all die dicken Wälzer und Kunstgegenstände schweifen zu lassen, die ihn umgaben, exquisiter Wein und seltene Delikatessen wurden ihm gereicht, eine wunderschöne Frau berührte ihn sanft ... Lothan schaute in den vergoldeten Spiegel neben seinem Thron und sah ein freundliches, distinguiertes, *menschliches* Gesicht als Ebenbild, sehr ähnlich dem Gesicht seines Vaters, aber auch dem eines Königs. Er brauchte nur Kellan das Amulett aus der Hand zu schlagen oder – noch besser – es selbst zu nehmen ...

»Auuu!«, rief Kellan und fiel vor Morningstar auf ein Knie. Sie streckte beide Hände vor sich aus, um den Geist abzuwehren, setzte die allerletzten Reserven ihrer Willenskraft gegen ihn ein und kam langsam wieder hoch. Lothan machte einen schwerfälligen Schritt auf sie zu, bei dem er deutlich die Masse seines metamenschlichen Körpers spürte, das Knacken und den Schmerz in jedem Gelenk. Wie er die Gebrechen des Alters hasste, den grausamen Humor der Natur! Wie angenehm waren die Erinnerungen an seine Kindheit, bevor das Erwachen seinen Körper als Preis für seine Macht verlangt hatte.

Ich könnte dich wiederherstellen, sagte die Stimme in seinen Gedanken. *Du könntest menschlich, jung und attraktiv sein. Was du willst. Es liegt in meiner Macht.*

Lothan war kein Narr. Er wusste, dass der Geist alles sagen und alles versprechen würde, um sich selbst zu retten. Er wusste auch, dass solche Geister heimtückisch waren. Ohne bestimmte Rituale würde er sein Wort nicht halten, und selbst dann würde er versuchen, Schlupflöcher in der Vereinbarung zu finden, um sich ihr zu entziehen und sich gegen den bisherigen ›Verbündeten‹ wenden zu können.

Aber mit dem Amulett und der Kenntnis von Morningstars wahrem Namen gab es eine Chance, den Geist zu binden, ihn zu seinem Sklaven zu machen wie jeden anderen dienstbaren Geist und frei über seine Kräfte zu gebieten. Er würde enorme Macht ausüben können. Dazu musste er Kellan daran hindern, Morningstar zu verbannen, aber auch alle zukünftigen derartigen Versuche unmöglich machen. Doch was würde das schon ausmachen, wenn es ihm gelang?

Nach ein paar Schritten stand der Troll vor Kellan, die kaum noch standhalten und die Angriffe des Geistes abwehren konnte. Morningstar leuchtete wie eine Sternschnuppe, man konnte kaum hinsehen.

»Lothan ...«, sagte Kellan und sah ihn an, nicht länger das einsame, hilflose Mädchen, das G-Dogg zu ihm gebracht hatte, sondern mit großer Entschlossenheit und Erfahrung, die sich, vermischt mit Schmerz und Anstrengung, in ihrem Gesicht abzeichneten.

Lothan griff mit seiner kräftigen Hand nach dem Amulett, schloss seine Faust um Kellans. »Gefährlich ist's, so einem Diener Herr zu werden«, zitierte er einen Klassiker. Dann übertönte er Donner und Regen mit seiner lauten Stimme. »Bei der Macht dieses Artefakts, bei der Kraft meines Willens und bei der Macht deines Namens, *Seterin'ranshae*, du bist für immer verbannt! Verlasse diese Welt und suche sie nicht länger heim! Wir befehlen dir, *hinfort mit dir!*«

Nachdem damit eine Welle neuer Energie in den Kampf geflossen war, richtete sich Kellan auf und warf sämtliche ihr noch verbliebene Kraft in die Waagschale. Morningstar kreischte wie eine verdammte Seele, als ihn die vereinte Macht der beiden Magier traf. Seine leuchtenden Flügel hatte er wie einen Deckmantel um sich gefaltet, die Hände wie flehentlich von sich gestreckt bei dem Versuch, irgendwo Halt zu finden, da er in einen unsichtbaren Energiestrudel gezogen zu werden schien.

Nein, bitte!, rief er. *Bitte! Ich gebe euch alles, was ihr wollt, Meister, alles! Ich werde euch dienen und euch gehören, bitte, ich bitte euch, tut es nicht ... Neeeein!* Die Bitten des Geistes endeten in einem klagenden Schrei, als seine Astralgestalt in sich zusammenfiel und wie glühender Rauch im Luftzug eines Ventilators herumwirbelte. Weiß-goldene Lichtstreifen bildeten einen Strudel in der Luft und zogen sich dann plötzlich zu einem Blitz zusammen, und die Energie entlud sich mit einem krachenden Donnerschlag aus den Gewitterwolken am Himmel.

Kellan taumelte gegen Lothan, das Amulett mit der zerrissenen Kette hing schlaff von ihrer Hand. Der Jadestein war verkohlt und zerbrochen. Ein feiner Rauchfaden stieg von ihm auf, der aber sofort vom Wind verweht wurde. Kellan seufzte tief vor Erleichterung und Erschöpfung. »Ist er ...«

»Es ist vorbei«, antwortete Lothan. »Er ist weg.«

Sie hob den Kopf und schaute sich in der durch das Gewitter verwüsteten Umgebung um, schließlich strich sie sich die regennassen Haarsträhnen aus dem Gesicht. Plötzlich drehte sie sich zu Lothan und Orion um.

»Drek, wo ist Midnight?«

Da es immer noch heftig regnete, war der Berghang tückisch, aber ein zierlicher Schatten bewegte sich entlang des Abhangs außer Sichtweite des Höhleneingangs in Richtung Nordwesten. Von dort aus war es ein kurzer Abstieg hinunter zur verhältnismäßig großen Sicherheit der Baumlinie und anschließend eine lange Wanderung zurück in die Zivilisation. Aber sie hatte immer noch Kontakte und Verbindungen und ein sicheres Versteck für alle Fälle, um wieder auf die Beine zu kommen. Von da ab war es dann nur noch eine Frage der Zeit.

»Willst du uns schon verlassen, Aerwin?« Die Stimme ließ Midnight ebenso wie angewurzelt stehen bleiben wie das Klicken, als der Hahn einer Pistole gespannt wurde. Toshiro Akimura stand in der Nähe des Bergkamms, und seine Waffe war auf sie gerichtet. Sie richtete sich etwas auf, hielt die Hände an der Seite und lächelte. Sie wusste, dass Akimura trotz der Dunkelheit ebenso gut sehen konnte wie sie. Dann schüttelte sie langsam den Kopf.

»Diese Waffe ist leer, Silk, und wir beide wissen das«, stellte sie fest.

»Bist du sicher?«

»Sei nicht dumm. Du weißt, dass ich Vorbereitungen getroffen habe für den Fall, dass mir etwas zustößt.«

»Für Schlimmeres, als du bereits angerichtet hast?«, fragte er mit gerunzelter Stirn.

Sie grinste nur süffisant. »Du hast ja keine Ahnung.«

»Vielleicht interessiert es mich nicht.«

»Du müsstest es besser wissen. Wir haben beide zu lange in den Schatten gearbeitet. Es war nichts Persönliches, sondern rein geschäftlich. Ich bin sicher, wir können uns einigen ...«

Als Midnight irgendwie die kleine Holdout hervorzauberte, krachten in kurzem Abstand drei Schüsse. Die ersten beiden trafen die Elfe in Schulter und Arm, und Blutspritzer vermischten sich mit dem Regen. Der dritte traf ihren Bauch. Sie stolperte einen Schritt zurück, ihre Füße fanden keinen Halt auf dem matschigen, nassen Untergrund, die Arme drehten sich kreiselnd wie Propeller, griffen aber ins Nichts – und dann fiel sie.

Toshiro Akimura trat an den Rand des Abgrunds und starrte in die Finsternis, als plötzlich ein Blitz die reglos daliegende Gestalt tief unter ihm beleuchtete. Langsam schob er die Waffe zurück ins Halfter, während ihm Regentropfen über das Gesicht liefen und von seiner Nase und dem Kinn tropften.

»Du verstehst schon«, teilte er der Dunkelheit mit. »Nichts Persönliches.« Dann schaute er zum Himmel hinauf und seufzte. »Ruht in Frieden, Marc, Mustang, ruht in Frieden.«

Epilog

G-Dogg verklebte den Karton sorgfältig und verpasste ihm einen leichten Schlag mit der flachen Hand. »Das war das«, sagte er. »Noch was, Jackie?«

Die Deckerin schaute von ihrer Liste von Kartons, Taschen und Möbeln auf, die sich in der Mitte des Apartments türmten. Ihr Haar war zurückgebunden, und anstatt der üblichen Straßen- oder Geschäftskleidung trug sie ein abgetragenes T-Shirt und Jeans. Sie schüttelte als Antwort den Kopf.

»Ich glaube, das war's«, stellte sie fest. »Sieht aus, als wären wir so weit, das Zeug aufzuladen.«

G-Dogg stapelte den Karton auf zwei andere und bückte sich, um alle drei mit seinen muskulösen Armen – begleitet von einem Grunzen – hochzuheben. »Mir ist aufgefallen, dass Lothan gar nicht gekommen ist, um dir beim Umzug zu helfen«, bemerkte er.

»Lothan ist selten zur Stelle, wenn es darum geht, schwere Sachen zu tragen«, gab Jackie mit einem Lächeln zurück. »Aber er kommt später zu meiner neuen Wohnung und hilft mir bei den Feinarbeiten.«

»Magischer Beistand?«, vermutete Kellan und trat mit Orion im Schlepptau durch die offene Wohnungstür.

Jackie nickte dem Elf zu, als der sich eine Kiste griff und G-Dogg nach unten folgte, wo Silver Max mit dem Lastwagen wartete. Kellan sah sich in der inzwischen fast leeren Wohnung um – alles war schon auseinandergenommen, und sie konnten mit der Reinigung anfangen.

»Ich kann immer noch nicht glauben, dass du diese Wohnung aufgibst.«

Doch Jackie zuckte nur die Achseln. »Es wurde Zeit für einen Tapetenwechsel. In diesem Geschäft ist es keine gute Idee, irgendwo zu sesshaft zu werden, und meine neue Wohnung ist für den Anfang ganz okay.«

»Sie ist nicht so schön wie diese«, bemerkte Kellan.

»Dafür ist sie etwas sicherer«, war Jackies einziger Kommentar.

Kellan entschloss sich, das Thema nicht weiter zu vertiefen. Sie fragte sich, ob nicht noch mehr Gründe als nur der Wunsch nach einer anderen Umgebung für Jackies Umzug verantwortlich waren. Aber die Deckerin hatte freiwillig keine weiteren Informationen gegeben, und so wollte Kellan auch nicht weiter in sie dringen. Sie war sehr dankbar für Jackies Vertrauen, sich von ihr beim Umzug helfen zu lassen, weil die Deckerin ihr Privatleben in der Regel so gut wie möglich abschirmte.

Jackie wechselte das Thema. »Wie lange dauert es noch, bis Orion und du euch eine neue Wohnung sucht?«

Kellan zuckte die Achseln und errötete leicht. »Ich glaube nicht, dass wir schon so weit sind«, sagte sie, doch die Deckerin lachte nur.

Sie griffen sich beide eine Kiste und brachten sie nach unten zum Lastwagen. Dabei begegneten sie G-Dogg und Orion auf ihrem Weg zurück nach oben. Die beiden unterhielten sich gerade genauso über die derzeitigen Banden-Konflikte in den Seattler Barrens, wie zwei andere Männer über Sportergebnisse diskutiert hätten. Es schien, dass der Krieg zwischen den Spikes und den Ancients erneut ausgebrochen war, und G-Dogg wettete darauf, dass die Spikes dieses Mal wirklich Schaden anrichten würden. Orion entgegnete, dass die Ancients wahrscheinlich Hilfe von jemandem mit Einfluss aus Tir Tairngire bekommen würden, da der Elfenstaat ein Interesse an der Beibehaltung der ›Untergrund-Pipeline‹ ins südliche Seattle habe. G-Dogg fragte sich, ob die beiden

Banden wohl die wachsende Bedrohung von Seiten der 405 Hellhounds realisieren und sich mit vereinten Kräften gegen sie stemmen würden oder sich gegenseitig so viel Schaden zufügten, dass die Hellhounds gegen eine der beiden anderen Banden vorgehen konnten.

Silver Max wartete mit dem Laster vor dem Haus. Als sie herunterkamen, sah er sich jedoch gerade die funkelnde Rennmaschine an, die vor dem Laster parkte. Der Zwerg betrachtete den Motor mit fachmännischem Blick und folgte anerkennend den Drehungen und Windungen der Auspuffrohre und Armaturen, während Kellan und Jackie die Kisten auf den Laster luden.

Als G-Dogg und Orion wieder mit Jackies kleiner Couch nach unten kamen, sprach der Elf ihn über die Schulter an.

»Was meinst du, Max? Kannst du es reparieren?«

»O ja«, antwortete der Zwerg, während er über das ganze bärtige Gesicht strahlte. »Die neunundfünfziger Yamaha ist zuverlässig, du brauchst nur ein paar neue Kontakte, und der Motor muss neu eingestellt und vielleicht überholt werden. Ich könnte vielleicht auch noch einen netten Lader für dich einbauen.« Der Monteur war eindeutig scharf darauf, den Motor auseinanderzunehmen und in besserem Zustand wieder einzubauen. Orion grinste, während er G-Dogg half, die Couch auf den Laster zu laden.

»Hört sich prima an«, sagte er. »Es würde mir nichts ausmachen, dir dabei zu helfen.«

»Aber klar.«

Nach kurzer Zeit war der Laster beladen und die alte Wohnung abgeschlossen, und sie waren unterwegs zu Jackies neuer Bleibe. Kellan und G-Dogg saßen mit Silver Max in der Kabine des Lasters und begleiteten Jackie zu ihrem neuen Zuhause. Orion war auf seiner Yamaha dicht hinter ihnen. Unterwegs erzählten sie Max von ihrer Rückkehr aus Tir Tirngaire. Der Zwerg warf natürlich ein, dass er sie sicher durch das Gewitter über dem Kaskadengebirge gebracht hätte, wenn er den Senkrechtstarter geflogen hätte. Er bekräftigte noch einmal, dass er bedauere, dieses Abenteuer verpasst zu haben.

James Telestrian war so dankbar gewesen, dass er ihnen für den Erhalt aller Informationen, die Kopien von Marc Thieraults Notizen und ihr Versprechen, Stillschweigen über Midnight und Morningstar zu bewahren, im Gegenzug die Rückkehr nach Seattle organisiert hatte. Sollte die Tir-Regierung Notiz von den ›unüblichen meteorologischen Phänomenen‹ im Kaskadengebirge genommen haben, hatten sie sie jedenfalls nicht kommentiert, sondern nahmen sie als eine weitere Kapriole der Erwachten Welt hin.

Im schummrigen Licht seines Arbeitszimmers beendete Lothan auf seinem mit altem Leder bezogenen massiven Sessel mittels der kabellosen Tastatur die Dateneingabe, gab den Befehl zur Verschlüsselung und sicherte die Datei mit einem geschützten Passwort in seinem persönlichen Speicher. Er würde Computern zwar nie gänzlich vertrauen, musste aber anerkennen, dass dies eine wesentlich sicherere Methode war, als etwas lediglich aufzuschreiben. Die komplizierte Verschlüsselung würde die Informationen schützen.

Es war alles da, was er von Marc Thieraults Ritual und dessen Aufzeichnungen wusste, auch seine eigenen Beobachtungen in Bezug auf den Geist Morningstar – und vor allem dessen wahrer Name. Lothan hatte zugestimmt, Telestrian die Originaldatei zurückzugeben und nichts über das zu verraten, was er im Zuge des Unternehmens in Tir Tirngaire gesehen und erfahren hatte. Aber er war nicht so dumm, das alles einfach zu vergessen. Man wusste nie, ob man diese Informationen nicht irgendwann einmal brauchen konnte.

Der Troll seufzte tief, als er das goldene Amulett vom Tisch vor sich aufhob und es an der zerbrochenen Kette hin und her pendeln ließ. In seiner kräftigen Faust sah es winzig aus. Der Jadestein war zerbrochen und verkohlt, sodass ihn nur noch eine ganz schwache magische Aura umgab. Nachdem Morningstar verbannt war, hatte der Anhänger seine ganze magische Kraft verloren, und Kellan hatte sich entschlossen, ihn in der Höhle zurückzulassen, in der ihr Vater getötet worden war. Das war ihr Weg, den Mann zu ehren, den sie nie gekannt hatte. So konnte sie die Vergangenheit hinter sich lassen und sich eine Zukunft aufbauen. Sie hatte Lothan bereits gebeten, ihr beizubringen, wie man Amulette mit Zaubern belegte, um sich eines anfertigen zu können, das wirklich ihres war.

Sie ahnte weder, dass Lothan das Amulett wieder ausgegraben hatte, bevor er die Höhle versiegelte, noch dass er es mit nach Seattle genommen hatte. Es gab tatsächlich auch keinen Grund dafür. Lothan verstand zwar Kellans Wunsch, die Vergangenheit hinter sich zu lassen, war aber zu praktisch veranlagt, um ein derart mächtiges potenzielles Hilfsmittel unter Erde und Steinen vergraben zurückzulassen. Die zwischen dem Gold und dem Jade verborgenen astralen Spuren mochten immer noch nützlich sein.

Er seufzte noch einmal, öffnete ein kleines Kästchen aus Teakholz und legte das Amulett vorsichtig hinein. Er verschloss das Kästchen, fuhr mit einer Hand leicht darüber, und ein matter goldener Glanz flackerte ganz kurz um das Kästchen auf. Dann ließ er es mit einer weiteren knappen Handbewegung durch die Luft zu einem der Regale an den Wänden seines Arbeitszimmers segeln. Es fand seinen Platz zwischen Büchern und anderem angesammelten Kram, der von einem lebenslangen Studium der Magie in den Schatten zeugte. Der Computer meldete den Abschluss der Datei-Verschlüsselung, und Lothan schaute einen Moment auf das Nachrichtenfenster, bevor er es schloss und den Bildschirm ausschaltete. *Das war's*, dachte er, erhob sich aus dem Sessel und verließ das Zimmer. Bevor er die Tür hinter sich schloss, schaltete er das Licht aus und überließ den Raum den Schatten.

Endlich allein in ihrer neuen Wohnung, saß Jackie mit untergeschlagenen Beinen auf ihrem Sessel zwischen den aufgetürmten Kisten. Das Auspacken und die Organisation ihres physischen Lebensraums würde warten müssen, bis sie die wichtigeren Dinge erledigt hatte.

Die einzige Lichtquelle war der schwache Schein der Halogenlampen und Neonlichter, der von draußen durch die geschlossenen Jalousien fiel, aber Jackie brauchte nicht mehr, da ihre Aufmerksamkeit auf die virtuelle Welt gerichtet war. Ihr Gehirn wurde über das Glasfaserkabel, der das Cyberdeck auf ihrem Schoß mit dem verchromten Anschluss in ihrer Schläfe verband, mit Informationen beliefert.

Langsam schuf sie sich ein neues virtuelles Abbild, Schicht für Schicht, wie ein Bildhauer, der mit Lehm arbeitete. Das Erstellen einer neuen Matrix-Persona war eine langwierige und mühsame Arbeit. Natürlich gab es auch vorgefertigte Vorlagen und virtuelle ›Puppen‹, die man sich schnell zurechtbasteln konnte. Der Unterschied war vergleichbar mit dem zwischen einem Einkauf von der Stange in einem Second-Hand-Laden und der Maßanfertigung bei einem Modedesigner. Keine Deckerin wie Jackie würde sich dabei erwischen lassen, mit einer vorgefertigten Persona zu arbeiten.

Sie fand es bedauerlich, ihr altes Abbild nicht weiter benutzen zu können. Es hatte ihr gute Dienste geleistet und war in der Schattenwelt Seattles bekannt, aber das war natürlich jetzt auch das Problem. Wenn auch nur die geringste Möglichkeit bestand, dass eine Beschreibung ihrer Persona im Cross-System gefunden wurde und vielleicht den Weg nach draußen fand ... nun, es war besser, dieses Risiko gar nicht erst einzugehen. Ihre neue Matrix-Identität musste eben noch besser als die alte werden – sie versuchte also, das Ganze als Chance und nicht als Rückschritt zu betrachten.

Sie war so in ihre Arbeit vertieft, dass sie das Klopfen in der realen Welt beinahe nicht bemerkt hätte. Als sie darauf aufmerksam wurde, fuhr sie das Cyberdeck und das Design ihrer Persona auf Bereitschaftsmodus zurück, löste das Kabel und ließ ihre Sinne wieder in die reale Welt zurückkehren.

Als sie dann zurück waren, wäre sie fast aus dem Sessel gesprungen.

Neben der Tür stand ein schmächtiger asiatischer Mann in einer maßgeschneiderten Lederjacke, einem engen Hemd und Jeans und mit einer Brille auf der Nase, der mit den Knöcheln an die Innenseite des Türrahmens klopfte. Dunkle Schatten verdeckten seine Augen, daher wusste Jackie, dass er optische Verstärker tragen musste, die ihm in der Dunkelheit der Wohnung klare Sicht gestatteten. Ihre erste Reaktion war der Griff zur Tasche neben ihrem Sessel, in der ihr Halfter mit der Waffe steckte.

»Lassen Sie das«, befahl der Mann mit fester Stimme. »Wenn ich Sie hätte verletzen wollen, hätte ich es bereits getan.«

Jackie hielt inne. Er hatte recht, und außerdem war es zweifelhaft, ob sie ihre Waffe erreichen konnte, bevor er seine gezogen haben würde.

»Sie hätten ein besseres Sicherheitssystem benutzen können«, bemerkte der Mann beiläufig. Ein grünes Licht brannte in einem kleinen Schalter im Türrahmen in Schulterhöhe.

»Kennen Sie eine gute Bezugsquelle?«, fragte Jackie, und er nickte bestätigend.

»Ein paar. Ich habe immer noch ein paar Verbindungen hier und dort.«

»Und Ihre Fähigkeiten sind eindeutig nicht eingerostet, Herr ...?«

Er belohnte die Bemerkung mit einem dünnen Lächeln. »Fox, nennen Sie mich Mr Fox. Na ja, nicht zu sehr eingerostet. Ich bin nicht hier, um Ihnen Schwierigkeiten zu machen«, wiederholte er beschwichtigend. »Ich bin nur gekommen, um mit Ihnen zu reden«

»Sie hätten vorher anrufen können«, bemerkte sie, »oder zumindest anklopfen.«

Er zuckte die Achseln. »Das habe ich; Sie waren anderweitig beschäftigt.«

»Was wollen Sie?« Jackie war beunruhigt, da sie seine Absicht ahnte.

»Wie bereits gesagt habe ich noch einige Verbindungen hier und dort, darunter auch einige Kontakte zu Cross. Ich habe mich gefragt, warum ein Seraphim-Arbeitsteam, das uns bereits so gut wie ausgeschaltet hatte, plötzlich zurückgepfiffen wurde, und wie sie wohl überhaupt an die Informationen über die Vorgänge in Tir Tairngire gekommen waren, daher habe ich einige Überprüfungen vorgenommen. Gerüchte verbreiten sich schnell in einem Unternehmen, vor allem, wenn es um den Geschäftsführer und eine Besprechung auf höchster Ebene geht.«

»Und was haben Sie herausgefunden?« Jackie versuchte, nicht zu neugierig zu klingen, sondern unbeteiligt, aber vage interessiert.

»Dass die Information, die jemand einer Cross-Agentin hier in Seattle übergeben hatte, und die bewies, dass ich noch am Leben war und mich hier im Nordwesten aufhielt, nichts weiter war als ein Windei. Was die Vermutung nahe legt, dass es jemandem gelungen ist, die Daten zu verändern. Entweder vor dem Verkauf, um die Agentin von der Echtheit zu überzeugen, obwohl sie falsch waren, oder – was wahrscheinlicher ist – danach, um die Firma von der Spur abzubringen. Schließlich waren es die Daten, die Midnight aus dem *Nightengale's* gestohlen hatte.«

»Und warum erzählen Sie mir das?«

»Berufsehre. Ich dachte mir, eine Deckerin mit Ihrem Ruf, würde das Ausmaß des Einsatzes bei so einem Job einschätzen können. Schließlich haben Sie so eng mit Lothan und Kellan zusammengearbeitet, dass Lothan Sie engagiert hat, um die Informationen über mich auszugraben.«

»Kann nicht einfach gewesen sein«, bemerkte Jackie.

»Nein, das war es bestimmt nicht. Also können Sie sicher verstehen, warum ich jemandem Anerkennung zolle, der unabhängig von seiner Motivation solche Mühen auf sich genommen hat. Derjenige wäre ein wertvoller Aktivposten – und sollte weiter beobachtet werden, finden Sie nicht?«

»Ohne Zweifel.«

»Ich bin froh, dass Sie mir recht geben. Hier«, er zog eine kleine Karte aus der Innentasche seiner Jacke und legte sie auf einen der Kistenstapel. »Das könnte Sie interessieren. Sie können mich auch noch einmal auf ein besseres Sicherheitssystem ansprechen.«

Jackie lächelte dünn. »Ich denke, Sie wissen, wie Sie mich finden«, antwortete sie, und Fox erwiderte das Lächeln.

»Verlassen Sie sich darauf«, erklärte er, bevor er die Tür öffnete und ohne ein weiteres Wort in den matt beleuchteten Flur trat. Die Tür schloss sich leise hinter ihm, das Licht im Schalter wechselte von grün auf rot.

Jackie legte das Deck beiseite und rappelte sich auf, um sich die Karte anzusehen, die er ihr dagelassen hatte. Sie schaute auf die wenigen, hübsch angeordneten Zeilen und nickte gedankenverloren.

Kellan und Orion kamen gleichzeitig im *Dante's Inferno* an. Der Türsteher Newt ließ sie trotz der wachsenden Schlange wartender Clubbesucher sofort durch, sodass sich alle fragten, wer denn die Frau in Lederkleidung und ihr stattlicher Begleiter wohl sein konnten.

Das Fegefeuer unter den öffentlich zugänglichen Etagen des Clubs war mit dem für das *Inferno* typischen Überfluss ausgestattet. Unter anderem war ein Buffetschrank ausgiebig mit üppigen *Horsd'œuvres*, gekühlten Champagnerflaschen und einer sündigen Auswahl Süßigkeiten gedeckt. Auf der gegenüberliegenden Seite des achteckigen Tisches saß Toshiro Akimura in einem dunklen Maßanzug mit einer schillernden blau-goldenen Seidenkrawatte im japanischen *Kanji*-Muster. Lothan stand – in seine Unterhaltung mit dem Schieber vertieft – neben einem der anderen Stühle, an den der Stab von Candor-Brie gelehnt war. Der Troll trug seinen mit Symbolen geschmückten Umhang, aber auch eine schicke dunkle Tunika und neue polierte Stiefel.

»Kommen Sie herein.« Mit einer Handbewegung lud Akimura sie an den Tisch ein. »Bedienen Sie sich, wenn Sie möchten.«

Nicht viel später kamen einige der anderen dazu: G-Dogg sah in seinem Nadelstreifenanzug und der dunklen Weste mit Taschenuhr und Kette richtig elegant aus; Liada trug einen dunkelgrünen Umhang über einem kurzärmeligen Top und schwarze Designer-Jeans. Der Zwerg Silver Max hatte sogar seinen üblichen schmierigen Overall gegen ein gut geschnittenes Jackett über einem kragenlosen Hemd und ordentlich umgeschlagenen Hosen ausgetauscht. Kellan war etwas erstaunt, Jackie als Letzte eintreffen zu sehen. Die Deckerin zog es normalerweise vor, Meetings und Zusammenkünfte virtuell abzuhalten. Nicht viele Leute sahen sie draußen in der realen Welt und vor allem nicht im Outfit einer aufstrebenden Konzern-Exec, die sich einen netten Abend in der Stadt machen will.

»Wie macht sich das neue Zuhause?«, fragte Kellan.

»Ich gewöhne mich dran. Ich habe gerade ein neues Sicherheitssystem bekommen, das besser als das in meiner alten Wohnung ist. Ich muss die Nachbarn im Auge behalten«, fügte sie mit einem Zwinkern hinzu, und Kellan musste lachen.

Als Akimura aufstand und seinen Stuhl zurückschob, richteten alle ihre Aufmerksamkeit auf ihn. »Sie alle kennen mich«, sagte er. Er schaute in Kellans Richtung. »Einige von Ihnen etwas besser als die anderen, aber Sie wissen alle, dass ich lange im Geschäft war.«

»Nach den Maßstäben einiger Leute ...«, murmelte Lothan gerade so laut, dass alle es hören konnten. Er erntete einige Gluckser.

»Nach den letzten Ereignissen«, setzte der Schieber seine Rede fort, »möchte ich einige der alten Fesseln lösen und mich wieder in den Schatten etablieren. Ich habe den Namen ›Fox‹ gewählt, um die alten Beziehungen hinter mir zu lassen und ein neues Geschäft hier in Seattle aufzubauen. Ich war zwar für einige Zeit aus dem Verkehr gezogen, habe aber immer noch genügend Verbindungen, weiß das eine oder andere und kann immer noch einen Handel abschließen. Ich habe meine alten Guthaben aufgelöst, sodass ich ausreichende materielle Grundlagen habe. Ich suche nach Leuten, auf die ich mich verlassen kann, Profis, die ihr Geschäft verstehen und ihre Jobs erledigen, die Gelegenheiten ergreifen, etwas aus ihnen machen und auf eigenen Füßen stehen.«

Ein lautes Ploppen zog die Aufmerksamkeit aller auf sich, als G-Dogg einen Champagnerkorken knallen ließ. Kellan lächelte darüber, dass mehrere Hände nach nicht-existenten Waffen griffen, die sie in der ›Garderobe‹ des *Inferno* abgegeben oder sogar zu Hause gelassen hatten. Der Ork zeigte nur ein breites Grinsen, schenkte Champagner ein und verteilte die Gläser.

»Also«, schloss Akimura, nahm ein Glas und hielt es hoch. »Sollten Sie Interesse haben, möchte ich Sie als potenzielle Arbeitskräfte in dieser neuen Firma verpflichten, sozusagen als Pool von Talenten, auf die ich mich verlassen kann, wenn ein Job zu erledigen ist. Wenn Sie natürlich einfach nur den Abend genießen und es dabei belassen wollen, ist das auch in Ordnung. Was sagen Sie dazu?«

Bevor jemand etwas äußern konnte, räusperte sich Kellan, sodass sich plötzlich alle Augen im Raum auf sie richteten.

»Ich wollte nur sagen, dass ich eine Menge Fehler gemacht habe, seit ich nach Seattle gekommen bin.« Sie hielt inne, schluckte und schaute in die Gesichter rund um den Tisch. »Aber ich bin so glücklich, dass ich Freunde habe, die bereit sind, mir den Rücken zu stärken, auch wenn ich Fehler mache, und die mehr als nur ihre Arbeit getan haben. Ich bin nach Seattle gekommen, um mehr über meine Familie herauszufinden und mir einen Namen in den Schatten zu machen, und ich hoffe«, sie schaute zu Orion, der sie unterstützend anlächelte, »dass ich hier sowohl Familie als auch Arbeit gefunden habe, nicht nur Profis, mit denen ich arbeiten kann, sondern Leute, denen ich vertrauen kann.«

Akimura hob erneut als Zeichen der Anerkennung wortlos sein Glas, und alle anderen folgten schnell seinem Beispiel.

»Auf Vertrauen und Ehre in den Schatten«, sagte er, und alle prosteten sich zu.

»Darauf trinke ich auch«, sagte Jackie leise, nur Kellan konnte sie hören.

Sie schaute der Deckerin in die Augen und nickte ihr lächelnd zu. Dann stießen die beiden miteinander an.

Von SHADOWRUN sind im
WILHELM HEYNE VERLAG erschienen:

1. Jordan K. Weisman (Hrsg.): *Der Weg in die Schatten*

TRILOGIE GEHEIMNISSE DER MACHT

2. Robert N. Charrette: *Laß ab von Drachen*
3. Robert N. Charrette: *Wähl deine Feinde mit Bedacht*
4. Robert N. Charrette: *Such deine eigene Wahrheit*

5. Nigel Findley: *2 X S*
6. Chris Kubasik: *Der Wechselbalg*
7. Robert N. Charrette: *Trau keinem Elf*
8. Nigel Findley: *Schattenspiele*
9. Carl Sargent: *Blutige Straßen*

TRILOGIE DEUTSCHLAND IN DEN SCHATTEN

10. Hans Joachim Alpers: *Das zerrissene Land*
11. Hans Joachim Alpers: *Die Augen des Riggers*
12. Hans Joachim Alpers: *Die graue Eminenz*

13. Tom Dowd: *Spielball der Nacht*
14. Nyx Smith: *Die Attentäterin*
15. Nigel Findley: *Der Einzelgänger*
16. Nyx Smith: *In die Dunkelheit*
17. Carl Sargent/Marc Gascoigne: *Nosferatu 2055*
18. Tom Dowd: *Nuke City*
19. Nyx Smith: *Jäger und Gejagte*
20. Nigel Findley: *Haus der Sonne*

21. Caroline Spector: *Die endlosen Welten*
22. Robert N. Charrette: *Gerade noch ein Patt*
23. Carl Sargent/Marc Gascoigne: *Schwarze Madonna*
24. Mel Odom: *Auf Beutezug*
25. Jak Koke: *Funkstille*
26. Lisa Smedman: *Das Luzifer Deck*
27. Nyx Smith: *Stahlregen*
28. Nick Polotta: *Schattenboxer*
29. Jak Koke: *Fremde Seelen*
30. Mel Odom: *Kopfjäger*
31. Jak Koke: *Der Cyberzombie*
32. Lisa Smedman: *Blutige Jagd*
33. Jak Koke: *Bis zum bitteren Ende*
34. Stephen Kenson: *Technobabel*
35. Lisa Smedman: *Psychotrop*
36. Stephen Kenson: *Am Kreuzweg*
37. Michael Stackpole: *Wolf und Rabe*
38. Jonathan Bond/Jak Koke: *Das Terminus-Experiment*
39. Lisa Smedman: *Das neunte Leben*
40. Mel Odom: *Runner sterben schnell*
41. Leo Lukas: *Wiener Blei*
42. Stephen Kenson: *Ragnarock*
43. Lisa Smedman: *Kopf oder Zahl*
44. Stephen Kenson: *Zeit in Flammen*
45. Markus Heitz: *TAKC 3000*
46. Björn Lippold: *Nachtstreife*
47. Markus Heitz: *Gottes Engel*
48. Markus Heitz: *Aeternitas*
49. Harri Assmann: *Auf dem Sprung*
50. Harri Assmann: *Töne der Unendlichkeit*

51. Markus Heitz: *Sturmvogel*
52. Harri Assmann: *Elementares Wissen*
53. Markus Heitz: *05:58*
54. Ivan Nedič: *Die Anfänger*
55. Markus Heitz: *Jede Wette*
56. André Wiesler: *Altes Eisen*
57. Markus Heitz: *Schattenjäger*
58. Maike Hallmann: *Pesadillas*
59. Markus Heitz: *Schattenläufer*
60. Lara Möller: *Ash*
61. André Wiesler: *Shelley*
62. Lara Möller: *Quickshot*
63. Maike Hallmann: *Vertigo*
64. André Wiesler: *Im Namen des Herrn*
65. Sebastian Schaefer: *Das Bronzetor*
66. Stephen Kenson: *Gefallene Engel*
67. Boris Koch: *Der Schattenlehrling*
68. Christian Riesslegger: *Cash*

Der neue russische Bestseller-Autor
HEYNE <
DMITRY GLUKHOVSKY
METRO 2033
ROMAN
Es ist das Jahr 2033.
Nach einem verheerenden Krieg liegen weite Teile der Welt in Schutt und Asche. Die letzten Menschen haben sich in die riesigen U-Bahn-Netze der Städte zurückgezogen. Doch sie sind nicht allein...
»Ein phantastisches Epos!«
Sergej Lukianenko